凝煉知識品味閱讀

歷代文選——閱讀、鑑賞、習作

洪順隆 編著
洪文婷 校訂

五南圖書出版公司 印行

校訂序

家父教授「歷代文選暨習作」多年，利用課內外時間，帶領學生標示句讀，循序掌握字句、章篇旨意。原只是以講義的形式，選篇註記，提供學生上課使用。並在課餘，組成六朝文學研究小組，義務教導學生練習閱讀，加強鑑賞。十餘年來，反應良好，肯定此一方式，確實有助提升閱讀、鑑賞、寫作古文之能力。於是增補講義內容，編輯而成《歷代文選——閱讀、鑑賞、習作》，並交付五南出版公司發行。

民國九十年年初，家父遽然離世。其投注數十年心血，從事教學研究，許多作品，或未整理發表；或僅刊登於期刊，尚未集結出版，均待陸續彙整，完成其未竟志業，以期有所接續發揚。父親去世以來，眾多長輩親友，對於相關事宜，亦多所關注。《歷代文選——閱讀、鑑賞、習作》一書，在各方詢問催促下，經與五南出版公司商議，決定重新校對修訂，再度付印出版，以利相關課程參考使用。

我與父親同樣從事中國文學的教學與研究，對於父親孜孜不倦之研究態度，以及質量兼備之成就，驕傲敬仰之餘，卻也壓力深重。重新校對修訂父親之作品，責任巨大，不安惶恐之心，難以表述。幸賴中國文化大學高禎霙教授、父親學生王延蕙等多方協助，逐篇校正，增補修訂，始得順利完成。

本書重新出版，期能延續家父闡明文章結構規律，引導學子依科學方法，增進閱讀、鑑賞、寫作知能之目標。由於時間倉促，疏漏之處，難以避免。尚祈鴻儒先進不吝指正，以利日後改版增訂。

洪文婷

二〇〇五年七月

編者的話

「歷代文選暨習作」是一門講授閱讀古文、鑑賞古文、寫作古文的課程。十餘年前，我接了這門課，在教材的編選和講授方法上，不斷求新，先採用《昭明文選》，依序講解；後改用《古文辭類纂》，依文體講授；繼又自己編教材，希望給學生一套規律性的閱讀、鑑賞、寫作方法，於是依文章的題材內容編成教材單元，在同一單元中尋找語言的共性，讓學生記憶學習，以增加學生的詞彙，提升學生的寫作能力。又利用無標點未分段的文章，讓學生課外標點、分段，以訓練學生閱讀能力；提出鑑賞文章要在閱讀了解文章的字、詞、句、章節意義的基礎上，進一步掌握全文的主題，明白作者的創作動機；分析作者展現主題的方法；及追究作者選擇題材的技巧，安排題材的方法，構造章節的脈絡。也就是說，了解作者為展現主題，選擇哪些題材，選了題材之後，如何運用語言文字去運載題材，去謀篇布局，去完成結構。而在這段構思和營造結構的過程上，作者又如何用字鑄詞，組詞造句，列句成章，連章成篇。也就是要弄清作者在文章中的表現技巧和修辭方法。最後，再對文章的成就給以適當的評斷，完成鑑賞的活動。在每篇文章的閱讀和鑑賞活動結束之後，並要求學生吸取前人的創作經驗，結合自己已有的創作能力，從事寫作練習，俾培養文言文的寫作能力。所以，這門課程提供的是閱讀、鑑賞、寫作，三位一體的學習活動過程。希望學生在這門課程的學習活動中，認識傳統文言文，培養學生閱讀、鑑賞、寫作文言文的能力，從而增進學生的一般創作才能。

但在課程的執行過程，對於規律性的掌握，一直無法得到突破性的進展，直到數年前拜讀了吳應天先生的《文章結構學》。吳先生在書中，研究文章結構，由思維形式，闡明文章結構，歸結文章的敘述、描寫、議論、說明、複合等五種思維型態，十八種結構模式，提出文章結構的基本原理，掌握

了文章的結構規律。尤其他在敘述、描寫、議論、說明之外，提出複合一體，解決了傳統文體分類上許多糾纏不清的問題；而且，由語言、文章與思維的區別與聯繫，闡明文章的結構規律，使「文章之道」，成為有規律可循的科學，意義重大。

因此，在「歷代文選暨習作」課程上，我引進了吳先生的結構理論，運用他所提出的邏輯關係，說明文章各體的特色，並依吳先生的結構模式，分體選文，於是完成了這本集子。

四、五年來，學生依我的講義進行學習，反應相當不錯，我的歷代文選教學，也因引進吳先生的理論而獲得學生的好評。吳先生在《文章結構學》〈自序〉中說：「殷切希望獲得學術界的更多支持和幫助。」我希望這本《歷代文選——閱讀、鑑賞、習作》的出版，起到宣揚吳先生的理論，使臺灣學術界更多注意到吳先生的《文章結構學》，臺灣年輕一代的學者在文章學方面急起直追，共襄學術盛舉，支持和幫助吳先生。

這樣，我的「歷代文選暨習作」這門課程，在借用吳先生的理論之餘，也能獲得更豐富的業績。

洪順隆

一九九八年七月二十一日

於瑞安街寓所

編寫體例

一、本書的架構以文類為經，時代為緯，按文類選不同時代作品，講解閱讀、鑑賞、習作等方法。

二、文類劃分，承吳應天先生之說，依思維形式分敘述、描寫、議論、說明等四大類。各類分別有四支類，加上體類複合，計有十八種類型。

三、各類前有概說，說明類體概念，後舉文例講解印證。所以闡明其類的閱讀、鑑賞、習作方法；證實其類型結構模式。又附練習題目，以為學生課後，閱讀、鑑賞、習作之用。

四、本書選文，共九十二篇，其中，除〈古文十弊〉、〈擇材〉、〈說難〉、〈非法先王〉、〈訂鬼〉、〈六國論〉、〈獄中上梁王書〉、〈廉頗藺相如列傳〉、〈愚公移山〉、〈記王忠肅公翱事〉、〈太宗納諫〉、〈醉翁亭記〉、〈觀潮〉、〈西湖七月半〉、〈核舟記〉、〈鄒忌諷齊威王納諫〉、〈陋室銘〉等十七篇，因讀吳先生《文章結構學》所舉而取用外；其餘七十五篇則是平時閱覽所得，以其符合吳先生文類概念而選錄的。

五、本書每篇選文，下分㈠文本、㈡注釋、㈢作者、㈣主題和題材、㈤結構、㈥技巧等六部分，在這六階段的詮釋過程，從事閱讀、鑑賞、習作等技巧的講解，藉以印證文類架構、鑑賞及習作方法。為使學生熟習其中原則和規律，往往不惜重複其說，以期自然見效。

六、書中閱讀、鑑賞、習作等學習理則，是個人閱讀相關著作以及教學體驗的心得；惟每篇例文的鑑賞，其結構分析，全依吳應天先生《文章結構學》的方法論進行，是敝人學習吳先生文章結構理論的體現。

七、本書閱讀、鑑賞、習作的指導，全在各例文中，大學二年級「歷代文選暨習作」課，可據以

教授，一般大專學生以及社會大眾，也可作為學習文言文的參考讀物使用。

八、本書內容，疏漏缺失，在所難免，還請同行及學界博雅君子，多加指正。

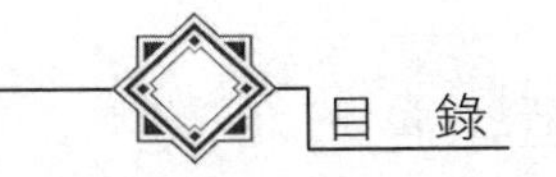

目錄

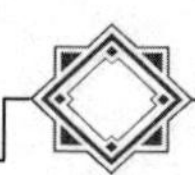

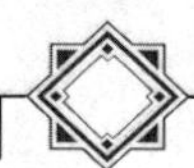

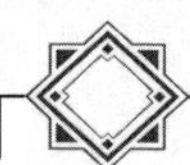

序 編

「歷代文選暨習作」是一門教大學中文系學生閱讀文言文、鑑賞文言文、寫作文言文的課程。文言文是中國古典文學重要的一環，身為中國人，尤其是中文系的學生，如想學得自己國家古典文學的知識，和以文言文表達思想、感情和交流意見、經驗的能力，就不能對它漠視和無知。因此，學習歷代文選、閱讀古代文言文、鑑賞古人文章，從中認識古文，學習古人的文章寫作方法，以為自己習作文言文的借鑑，乃成為大學中文系學生必修的課程。可是，中國文言文源遠流長，由《尚書》、《左傳》、《國語》、《戰國策》，以及《史記》、《漢書》、《後漢書》、《三國志》等四史，又有《莊子》、《荀子》等歷代子書，加上別集所載，文言文文章汗牛充棟，一般讀書人皓首不能睹其百一，終生難窮其涯涘。今日吾人如欲修得文言文閱讀、鑑賞、寫作的知識和能力，以便進入古典文言文的堂奧，非講求方法，探索規律，以熟練閱讀、鑑賞、寫作的技巧，掌握其訣竅，不為功。因為，學習文言文，要對文言文能準確地閱讀、深刻地鑑賞、嫻熟地寫作，才算能文言文，讀、賞、寫是認識文言文的三個方向。

一、談文章的閱讀

閱讀是對作品的閱覽和讀誦，而閱覽讀誦作品，目的是解明所閱讀作品的含蘊，以期由作品中提出意義。它可以說是由文本中提出意義的活動過程。這個活動過程會因閱讀對象——文本的難易和閱讀主體——讀者的文化修養和解讀能力，而產生不同的閱讀效果；然而，閱讀活動本身卻有一定的方法和共通的規律，可資掌握。首先，閱讀是讀者面對作者所創作的作品，進行認識和解讀的活動，就本課程所要講授的古典散文而言，作者創作時是由選字而鑄詞；由詞而造句；由句而構章；最後聯合

多章而成篇。因此，讀者閱讀時，也應逐字識義，逐句解意，逐章析旨，最後聯合多章的意旨，探求全篇的大意，擷取作者所要表達的中心思想。而這種閱讀的過程，所謂講求方法，就是循字認詞；循詞識句；循句求章；連章以概括全篇的意旨。又字有本義、引申、假借；詞的性質，有動詞、形容詞、名詞、副詞、數量詞、代詞、連詞的分別；詞組有正反之異，有常變之用；複詞有同義、偏義、借代諸法；句有長短繁簡；句裡有陳述、有判斷，句中有主謂；句法有正序、有倒裝、有省略；章由句群組成，章法是章中句群的組織方法，句群的組織有並列、承接、選擇、遞進、總分、轉折、因果、假設、條件等；章次的劃分往往以思維形式為根據。思維形式有縱式、橫式和總分式。縱式有以時間的推移為依據；有以情節的發展變化為依據；有以作者感情發展變化為依據；橫式有以空間方位的轉換變化為依據；有以並列的事件為依據；總分式有以綜合分析為依據；有以演繹歸納為依據。總之，字法、詞法、句法、章法，大小均有規律可循，掌握其規律，嫻熟其方法，是閱讀效果的最佳保證。現代人對於古典散文的字、詞、章、句的認識辨別，都用標點分段把它記錄下來，所以熟知標點符號的符號含意和用法，也是增進閱讀效果，借重辨析工具以保存認知知識的必具本領。標點符號的符號含蘊，如逗號「，」，表示句中較小的停頓。這種停頓有時是為了換氣；有時是為了標明句子內部的結構層次。頓號「、」是表示詞語的平行並列劃分，語氣的短促停頓。句號「。」，表示完整的一句話完了。一句話是指在意義上能夠完整地表達出一個意思，在語法上具備主語和謂語，無論是單句或繁句，都在結尾的地方標明句號。分號「；」，一句之中，如由兩個以上的平行子句組成，則在子句和子句交界，用分號「；」標明，這是分號「；」的應用，以截分過長的長句。感嘆號「！」，表示感情強烈，語氣激動，氣氛濃郁，用在抒發特殊感情，渲染強烈情意的話完了的地方。引號「『』「」」及括號「（）」，表示引文、成語、俗語、格言的引用；有時用以表示對話、自白、所引用者的話語，則引號之前要加冒號「：」。其他尚有問號「？」、破折號「——」、省略號「……」、連接號「——」、間隔號「·」、著重號「·」、書名號「《》」、篇名號「〈〉」等。總之，字詞章

句和標點符號的認識是閱讀的基本功夫，上面不過舉其大要言之，全盤的知識要在講授時隨機說明，以便學習的人舉一反三，聞一知十，掌握全盤的知能。大學中文系的學生，由幼稚園開始認字讀書；入小學，業小道，履小節，六年畢業，對於字詞章句、標點符號，已略知一、二，並能作簡單的運用；由國中而高中，循序漸進，所讀過的文章，光國文課本，已有十二冊，篇數近百，加上課外讀物，日積月累，相當可觀。其中接觸文言文的機會也不會太少。因此，對於文言文的字詞章句，已有基礎性的認識；對於標點符號也有常識性的識知。所以，在他們修習「歷代文選暨習作」這門課程時，如能喚起往日豐富的閱讀經驗和能力。對於過去的閱讀知識作科學的綜合，規律的掌握，明晰朦朧的概念，補充經驗的不足，吸收正確而新鮮的閱讀知識和方法，那麼，對於課程中講解和運用的閱讀技巧，必能事半功倍，日新月異，達到本課程所要求的標準。

二、談文章的鑑賞

鑑賞是鑑識和賞析，是讀者對作家的創作現象的進入過程。劉勰說：「夫綴文者情動而辭發；觀文者披文以入情。」「觀文者」就是讀者。對於作家創作的文學作品，其中所表現的思想感情和審美觀點的方方面面；讀者要通過鑑賞的活動才能發現，才能體現自己的認識和審美功能。「披文以入情」就是讀者的鑑賞活動。這種活動是配合著前面的閱讀活動進行的。然而，鑑賞與閱讀又有不同。鑑賞有析又有賞，「析」要求符合作品的客觀實際和作者的意圖，「賞」有讀者審美觀念的參與和評價。鑑賞古典散文，如要了解該散文作者的意圖，首先得知人知世，由人論文。古典散文既然是古代作家的作品，當然是依據作家自己的思想和生活而創作出來的。因此，鑑賞古典散文首先必須了解作家和他所處時代的社會生活。要認識作品與作家的關係，以及作家創作作品的時間，弄清作家創作作品的動機和意旨；析出作家在文中選用以呈現他的作品主題的題材，完成對作品內容的認識。其次，要鑑析作者如何安排他選擇的題材？如何呈現他的主題思想？換句話說，要分析作者謀篇布局的要

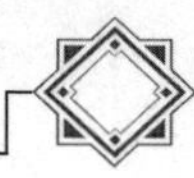

領，弄清文章的脈絡，把文章的結構型態和思維形式突現出來。文章的結構由作家構思謀篇時，腦海中的思維活動決定。據吳應天《文章結構學》說，人類的思維活動，有形象思維和邏輯思維。形象思維產生了敘述和描寫的兩種形式；邏輯思維產生了說明和議論的兩種形式。文章結構的類型，就是由敘述、描寫和議論、說明等四種思維形式的變化和組合所決定的。因此，分析古典散文的結構，只要依據這四種思維形式分析其在文中的活動情形，就可勾畫了。思維形式是作者依據主題思想的需要，在構思時，進行選材、剪裁和安排等活動時呈現的思維過程，這種思維過程對文體的格式和框架，起著塑造作用。因此，分析古典散文的結構，不但要與作者創作該文本的選材、剪裁和安排等形式的探求相配合；而且要看清題目，辨明文體，分別類型，了解它的文體結構。再次，鑑賞古典散文要了解作者如何運用物質語言材料，把他的主題思想、題材形象、結構脈絡等表現出來，他在文中搬用了哪些表現技巧、修辭方法？換句話說，要鑑析古典散文的藝術形象、語言技巧。古典散文的藝術形象，實際上是作者按照自己的認識，用形象化手法技巧表現的客觀事物。一篇散文的藝術形象是由作品所寫客觀事物形象和作者在作品中表現出來的自我形象交融而成的。一般地說，客觀形象通常是由作品所作題材綜合而成的主題形象性；自我形象則是作者對主題的認識、感情、態度、傾向的特徵表現或流露的總和。因此，鑑賞一篇散文的藝術形象，其實就是要求回答：是什麼的形象？有什麼特點？用什麼手法技巧表現的？表現或流露著作者怎樣的思想感情和傾向？把全篇的具體題材一一分析，然後加以綜合歸納，便可了解、把握全篇主題的形象性和作者自我形象的表現，從而認識這一作品的藝術特點。古典散文的語言技巧，指的是作者以散文的物質手段——語言，去運載題材，表現意象，傳達思想感情的技巧。讀者面對文本，從弄懂字句開始，分析作者所運用的修辭方法，造句構章，連章成篇的各種技巧，就是鑑賞創作技巧的整個過程。分析結構和辨識技巧，對於作品形式的鑑析也就完成了。最後，綜合內容和形式的鑑賞活動，讀者依自己的審美情趣、價值觀念判別作品的性質和意義，評價作品的藝術成就，以及其在散文史上的地位。總之，文學鑑賞是情感與理智相結合的鑑識辨析心

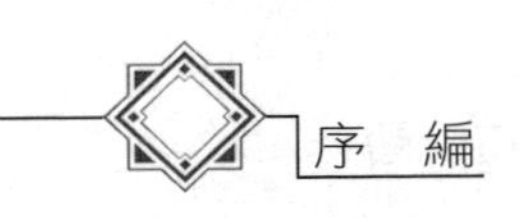

理活動、審美活動和批評活動。當我們鑑析、審美和批評一篇作品時，作品的內容和形式越是優秀，就越有「文學的魅力」。「文學的魅力」是由吸引力、感染力和誘導力三者合成。文學之所以有吸引力，主要是在於藝術表現形式的運用；文學的感染力則與題材內容和主題有關；至於所謂誘導力，就是基於文學的藝術創造功能，對於鑑賞者的某種創造興趣的激發，或是某種文學慧巧的啟迪，從而產生一種藝術上的頓悟。所以，閱讀鑑賞古典散文，既可從中獲取古典文化知識，又可從中吸收古人的創作經驗、表現技巧，以增進自己寫作古典散文的能力。根據上面對鑑賞活動方方面面的論述，我們知道一篇散文的「文學魅力」，可由作者、主題和題材、結構、技巧等方面的分析獲知。因此，對於古典散文的鑑賞，便可分內容和形式兩方面，按作者、主題和題材、結構、技巧等次序，步驟規律、方法科學地去進行。

三、談文章的習作

寫作是一種表達思想、情感和交流意見、經驗的活動。我們在生活中，心裡對外界有所感知，於是形成思想、感情、意見、經驗；然後運用文字把心裡的思想、感情、意見、經驗寫出來，創作成有組織的文章，把思想感情蘊涵在文章中，呈現給人看。所以寫作是製作精神產品的活動和過程，又是將思維成果轉化為文字符號的能動過程，是製作信息載體，交流思想的手段。所以寫作活動過程，是由「物」到「意」；再由「意」到「文」的勞動過程。因而所謂「寫作」，即寫所感知的思想、感情、意見、經驗；創作出文字符號的信息載體——文章的活動過程。

寫作是一種能力表現，關係著寫作者的智力和技能。智力含有多種的心理成分，如感知能力、記憶能力、思維能力、言語表達能力等，而思維能力和言語表達能力是諸多心理成分中的主要方面；技能包括技巧，技能是從反覆實踐中逐步形成的。寫作雖是一種複雜的腦力活動，其方法和技巧卻有步驟和規律可循。寫作的步驟，一般分為立意、選材、謀篇、措詞、造句等幾個階段。立意在於建立主

題，確定文中所要表現的中心思想；選材在於從生活素材中，選取合乎表現主題需要的材料；謀篇是依據主題需要，構思文章的結構，構畫文章的脈絡，設想題材的安排次序，決定文體，運營思維。措詞和造句是籌思適當的語言形式，去運載題材，組織結構，表達思想感情。這些方面的方法和技巧，千頭萬緒，卻有其基本規律。字有字義、詞有詞序、句有句型、結構有其思維規律。在無定法中，有其基本體式可資掌握。熟悉體式，掌握規律性的技巧，就可從事寫作。何況，大學中文系的學生擁有十二年以上的寫作經驗，累積了十二年以上的文化薰陶，只要喚起舊經驗，對文言文虛字的用法，作系統的確認，清晰的辨別，正確的運用，加上在「歷代文選」這一門課程中，一年期中的六十四週、一百九十二小時的古典散文講解；課外六十四篇閱讀訓練；六十四篇鑑賞實習，必可由中體悟古典散文的寫作方法，得到古人寫作技巧的啟迪，修習成文言文的基本寫作能力。

閱讀、鑑賞、寫作是學習文學的三大方面，閱讀和鑑賞著重於認識前人的文言文作品，透過前人作品中文言字詞和文言句式等方面組構規律的講解，認識文言詞句的鑄造方式，繼承前人的文言鑄詞造句方法；經由前人作品中文言文章節和段落的布置，全篇文章的謀畫安排，認識文言文的文體脈絡、布局謀篇的形勢；鑑賞前人運思的徑路、行文的脈絡、構築的格局、造句的格式、鑄詞的要領，體會他們的寫作技能、表現技巧，了解他們的思想感情、意識層面。寫作是運用立意、謀篇、措詞、造句等技巧，以語言表達自己思想感情的活動。是一種技能的實踐，而技能是可以憑自己的慧巧和借鑑前人的經驗獲得的。閱讀、鑑賞、寫作這三種活動，可互相作用，互相增進，其過程都要遵循下列的規律：

㈠日積月累，循序漸進：文言文閱讀能力、鑑賞技能、寫作技巧等的學習，需要鮮明的目的性，主觀意圖要確定，要激起培養這些能力的意欲。要知這是一種綜合性的智力勞動，它是思想、生活、知識、文字技巧等各方面水平的一個綜合反映。對於這些方面，要平時不斷的儲備。由少到多，先放膽，再收斂。由於人的認識是由具體到抽象，由感性到理性的。思維能力的發展也是「形象思維先於邏輯思維」，所以寫作訓練也應由記敘而論說。所謂「無規矩，不能成方圓。」開始閱讀文言文，鑑賞各種文體，寫作各種文類，都要先求明白、清楚、暢達、正確、明瞭，特別是基本訓練，要嚴格、按規矩辦事，認真、嚴肅，一絲不苟，然後要求熟練、巧妙、神化。

㈡習慣成自然，基礎須打好：閱讀、鑑賞、寫作等都是一種技能，技能要好，有待於熟練，養成習慣。諸如每天閱讀一文的習慣，閱讀時分析詞句章法的習慣；讀後反覆吟詠的習慣；鑑賞文章技巧和審美情趣的習慣；積累材料的習慣，認真構思謀篇的習慣，事先擬制提綱的習慣；寫後反覆修改的習慣；講究文面書寫的習慣。總之，要養成強烈的實踐性習慣。寫作是一種能力，運用語言文字來表達思想感情的技能、技巧，閱讀和鑑賞是循著文章的詞句篇章，尋索作者的詞法、句法、章法、篇法，追究作者在文中表現思想感情的技能、技巧。老師在課堂上講的是道理和規律，同學由老師這裡學到道理和規律，要把它轉化成能力。老師起的作用，是作為一個重要的「外因」，外部「條件」，可以起「指引」、「點化」、「督促」的作用。所謂「毛驢沒有人騎不行」，寫、讀、析文章，沒有人逼不行。決定性戰役要靠同學自己打。所謂「師父領進門，修行在個人。」所以要多讀、多賞、多作、多練，在實踐中自強不息。按習慣進行，表現某種習慣。

㈢保持旺盛的熱情：要始終保持旺盛讀、賞、作的熱情，鼓動前進的巨大推動力。凡是能力的養成，或是技能、技巧的獲得，都要吃點「苦中苦」，讀、賞、作文言文，要愛它，廢寢忘食，如癡如醉。

㈣多讀多作多練：閱讀、鑑賞、寫作等要做得好，每人「得力點」不一致。生活積累，閱讀、鑑賞，多讀多作多練，是學習不二法門，精熟的規律。古諺云：「習伏眾神。」、「巧者不過習者之門。」、「文入妙來無過熟。」思想和理論、知識的修養要博、要富，要源源不絕。

這些文言文學習方法的獲得，技能、技巧、規律的掌握原理，需要有一套教材和教法，以便學習者在一定期限內，經由有計畫的訓練，而認識它以至熟練它。

案說，無論是閱讀、鑑賞或寫作，首先應認識文體的基本模式，閱讀須知各種文體的模式，讀時方能依文體所屬，判別其章法，擘析文章的結構，搜尋其行文脈絡，依層循序，分別其段落界限；了解其詞法、句法；進而鑑賞其思想情況，宗旨核心所在。玩味其審美情趣。體會並掌握各種文體寫作技能和技巧的共性和個性。分別各種文體的思維特徵；布局謀篇的固有方式，和配合變化的原理原則。然後分清各種文體的基本句法，表現技巧，獨自運用，綜合驅使的方法。所以，教材和教法的設計必須先依文體分類、定型，依類說明其文體的哲學原理、邏輯依據，然後由原理為文體設立基本模型體式，闡說各模式的理論依據，再舉實例——文學作品，加以論證，令學習者反覆練習，依模式習作，令其熟練，期其成巧，悟出變化，最後運用自如，隨心應手，巧奪天工。

文體的劃分眾說紛紜，角度不同，體類亦異。然基本類別，應依思維方式視點入手。思維方式不同，運思的徑路亦異，而其表現模式也自然不同。正如前面論鑑賞，分析散文結構所說，吳應天《文章結構學》指明文體（文章體裁）與文章結構有關，文章結構又與作家行文時運思的思維模式有關。運思，即思維形式，有規律性存在，由思維形式切入，據其規律性為標準，他將文章結構（即文章的內部形式）所反映出來的文章外部形式（即文章的體裁），分為敘述文、描寫文、說明文、議論文等四大類型；而每一種類型中，又依思維形式的變化和組合的規律，分出四種模式；加上四種體制的綜合運用，產生兩種複合體制，乃形成其文體十八式的規律結構。以此結構建造了中國文章體制系統，掌握文章的結構規律。

《歷代文選——閱讀、鑑賞、習作》這本文言文寫作學教程，目的在於教導大學中文系學生學習閱讀、鑑賞和寫作文言文，內容分閱讀、鑑賞、寫作三部分，在講解時將三者結合起來，依吳應天先生的文章結構規律，分文體為四大類，行文模式十八種，每類皆先論說其思維上的理論依據，然後舉實例作說明，並依所論文體，選擇課外閱讀文章，所選文章皆前人未加標點，未加分段的作品，以為閱讀訓練之資。又選擇範文，供學生就其主題和題材、結構、技巧等方面，在課外研析、鑑賞，以培

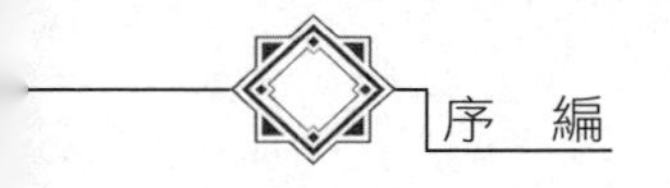

養學生對文言文的鑑賞能力；再指定題目，配合文體教學，令其習作，俾三方面綜合運作，結合實踐，令其在規定期限內，能自己運用工具書，閱讀、鑑賞文言文，並能寫作像樣的文言文。像樣的文章以通順為基礎，通順之餘，還得達到下列諸點：

1.主題鮮明，有中心思想；材料充實，要求有內容；結構嚴謹，要求有層次；語言規範，並力求能有點個性和色彩，要求有文采。

2.具備敘述、描寫、議論、說明等四種思維形式的知識，分辨四體界限，熟練其最常用、最基本的表達能力，以及聯合運用的技能。

3.要有文體感，注意各文體的共性和個性，以及其與詞句組織、修辭、文法的關係。

為了達成上面所說的教學目的，下面本論的編排，全遵循緒論所闡發的閱讀、鑑賞和寫作文言文的原理，以文體類型為經，以古典散文文例為緯，印證論析閱讀、鑑賞和寫作的原理，提供借鑑、安排課外練習，期望學生在不斷的肄業和自我實踐中，通過一年的課業，培養三方面的基本能力、達到預期的學習效果。

本編

前面說過，思維形式決定創作構思的型態，而人類思維不外形象思維和邏輯思維兩種。當作家進行創作構思而運用形象思維，有時出以敘述的思維形式；有時出以描寫的思維形式。又當作家運用邏輯思維進行構思時，有時出現議論的思維形式；有時出現說明的思維形式。因此，如由思維形式看，散文的基本結構可以敘述文、描寫文、議論文、說明文這四種文體概括之。四種文體中，又各因思維展現方式的變化而各有四種類型：敘述文有順敘、倒敘、合敘、分敘等四型；描寫文有聚象、散象、聚散、散分等四型；議論文有演繹、歸納、演歸、分論等四型；說明文有分析、綜合、分合、分說等四型。又因作者創作一篇散文時，運用一種文體以展現思想感情的，固然是有，但多數場合，是多種文體的交叉綜合應用。這種交叉綜合地運用多種文體，以構造一篇散文的形式，稱為複合文。複合文又因文體間的組合關係，而分主從和聯合兩種類型。大概一切散文的模式都不出這十八種形式。讀者只要熟習這十八種結構模式的組合原理和格式，閱讀時可據以判分古典散文的文體，解明古典散文的行文脈絡；創作時可運用它們，以為謀篇布局之資。

因此，本編的編次，就以四種文體十八種模型為經，以時代為緯，在各模型下，闡述其理論依據，與歷代文例相印證，在論證過程中，說明各文體各類型的立意、謀篇、選材、措詞、造句等藝術技巧。指導讀者閱讀、鑑賞古典散文的方法和規律；提供創作文言文的參照和借鑑的典範。讓讀者於課外作閱讀、鑑賞、寫作古典散文的練習。俾其體驗方法，掌握原則，心領意會地，領悟古人的方法，將它轉化為自己的能力，熟練閱讀、鑑賞、寫作各種文體的古典文言文。

下面分五章，各章先論其文體，再分論其類型，各類型下各舉歷代文例以作閱讀、鑑賞的方法和規律的講授，並指定課外閱讀、鑑賞、習作的練習課題。

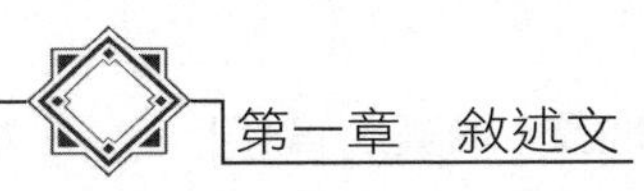

第一章　敘述文

夏丏尊和劉薰宇《文章作法》（開明書局，一九二六年版，頁三三）云：「記述人和事的動作變化或事實的推移現象的文字，稱為敘述文。」朱子南《文體學辭典》也說：「敘事散文，是一種側重於寫人記事的散文。」這種文體，主要的是把人物的經歷、言行和事物的發展過程交代出來，通過敘述人物和事件來表達作者的思想感情，反映社會生活。一篇完整的敘述散文，必須包括人物、時間、地點、事件的起因、事件的經過、事件的結果等六個因素。就敘事文的內容和題材說，分寫人和記事兩種。但無論寫人或記事，都以敘述為表現手段。

敘述是一種構思技法，是作家運思時的思維活動的反映。作家構思的理路，也即思路，以思維形式為科學依據。人類思維以腦神經的生理過程為基礎，人腦的思維大體可分為邏輯思維和形象思維兩種。邏輯思維在較大程度上依賴於大腦左半球的活動；而形象思維則在較大程度上依賴於大腦右半球的活動。在思維活動中，大腦兩半球既有代償和互補機能，又通過聯絡腦的大約兩億根神經纖維把它們聯成一個統一的有機整體（參考《思維世界導論——關於思維的認識論考察》第二章〈思維發生的生理和社會基礎〉，夏甄陶、李淮春、郭湛主編，中國人民大學出版社，一九九二年十一月）。敘述文的結構與作家運思時大腦的思維活動的聯繫，形成敘述文結構的基本規律，而文章結構的基本規律就是文章結構模式。文章結構是具有規律性的，其性質由思維規律反映。敘述文的結構規律決定於形象思維，其模式和規律，不但與議論文和說明文不同，也和描寫文有異。不同的原因是因各文體的創作運思，及大腦思維活動的理路不同造成的。詳細理由留待將來論及描寫文、議論文、說明文時再說。

形象思維分為空間性形象思維和時間性形象思維。各有其本身的體系，敘述文屬於時間性形象思維。如從歷時性體系來看，敘述文是敘述事物歷時性形象的反映。從這個定義看，敘述文以有形象性為其特性。再者，文章是由語言組合成的，文章中的語言的許多實詞都有兩重性，它既可以表示形象，又可以表示概念。形象為形象思維所運用，概念為邏輯思維所運用。兩者之間有區別有聯繫，可以互相轉化。由於敘述文是時間性形象思維，時間性思維有順逆兩種活動，反映到作家構思時所呈現的事件形象，便有正象和反象兩種形象體系出現。這就形成了形象思維的正反關係。所謂形象思維的正反關係，就是外界事物運動的具體形式在人們思維中的順序反映或逆序反映。所謂順逆，是以時間的先後為標準而產生的思維活動型態。因為時間是世界萬物運動的主要形式，所以敘述文的結構式主要是表現人和事物的運動過程。由於形象思維的時間性結構類型也是從時間的順逆上表現出來。因此，我們把順時性的形象體系稱為正象；逆時性的形象體系稱為反象。而這些正反關係中都自然存在著因果關係，即形象的邏輯關係。換句話說，前因必然帶來後果的形象體系，就是正象；根據後果推溯前因的形象體系，就是反象。再由於正象與反象之間具有辯證關係，所以又有正反結合的合象。另外，還有各種形象的並列形式，似乎和合象相反，故稱為分象。這樣的歷時性形象思維反映到敘述文的結構中，就形成合理的四個敘述文類型：即順敘型敘述文、倒敘型敘述文、合敘型敘述文、分敘型敘述文。下面依序論述四種敘述文的閱讀、鑑賞、寫作的規律和原則。

第一節　順敘型敘述文

萬物都以其結構決定其功能，敘述文是在一定的結構模式下，產生其敘事功能的。順敘型敘述文決定於形象思維的正象，是客觀事物發生、發展順序的客觀反映。與古代文人所說的「起」、「承」、「轉」、「合」（元・楊載《詩法家數》，見何文煥《歷代詩話》）相近，現代小說有所謂「開端」——「發展」——「高潮」——「結局」的結構和順敘型敘述文的模式恰好一模一樣。下面舉實例講說之：

〈廉頗藺相如列傳〉

廉頗者，趙之良將也。趙惠文王十六年①，廉頗為趙將，伐齊，大破之，取晉陽②，拜為上卿③，以勇氣聞於諸侯。藺相如者，趙人也，為趙宦者令④繆賢舍人⑤。趙惠文王時，得楚和氏璧⑥。秦昭王⑦聞之，使人遺⑧趙王書，願以十五城請易璧。趙王與大將軍廉頗、諸大臣謀：欲予秦，秦城恐不可得，徒見欺⑨；欲勿予，即⑩患秦兵之來。計未定，求人可使報秦者⑪，未得。宦者令繆賢曰：「臣舍人藺相如可使。」王問：「何以知之？」對曰：「臣嘗有罪，竊計欲亡走燕⑫。臣舍人相如止臣，曰：『君何以知燕王？』臣語曰：『臣嘗從大王與燕王會境上⑬，燕王私握臣手，曰：「願結友。」以此知之，故欲往。』相如謂臣曰：『夫趙強而燕弱，而君幸⑭於趙王，故燕王欲結於君。今君乃亡趙走燕，燕畏趙，其勢必不敢留君，而束⑮君歸趙矣。君不如肉袒伏斧質⑯請罪，則幸得脫矣。』臣從其計，大王亦幸赦臣。臣竊以為其人勇士，有智謀，宜可使。」于是，王召見，問藺相如曰：「秦王以十五城請易寡人之璧，可予不？」相如曰：「秦強而趙弱，不可不許。」王曰：「取吾璧，不予我城，奈何？」相如曰：「秦以城求璧而趙不許，曲⑰在趙；趙予璧而秦不予趙城，曲在秦。均之二策⑱，寧許以負秦曲⑲。」王曰：「誰可使者？」相如曰：「王必無人⑳，臣願奉㉑璧往使。城入趙而璧留秦；城不入，臣請完璧歸趙㉒。」趙王於是遂遣相如奉璧西入秦。

秦王坐章臺㉓見相如，相如奉璧奏㉔秦王。秦王大喜，傳以示美人及左右㉕，左右皆呼萬歲。相如視秦王無意償趙城，乃前曰：「璧有瑕㉖，請指示王。」王授璧。相如因持璧卻㉗立，倚柱，怒髮上沖冠㉘，謂秦王曰：「大王欲得璧，使人發書至趙王，趙王悉召群臣議，皆曰：『秦貪，負其強㉙，以空言求璧，償城恐不可得。』議不欲予秦璧。臣以為布衣之交㉚尚不相欺，況大國乎！且以一璧之故逆強秦之歡㉛，不可。於是趙王乃齋戒㉜五日，使臣奉璧，拜送書於庭㉝。何者？嚴㉞大國之威以修敬也。今臣至，大王見臣列觀㉟，禮節甚倨㊱；得璧，傳之美人，以戲弄臣。臣觀大王無意償趙王城邑，故臣復取璧。大王必欲急㊲臣，臣頭今與璧俱碎於柱矣！」相如持其璧睨㊳柱，欲以擊柱。秦王恐其破璧，乃辭謝㊴，固請㊵，召有司案圖㊶，指從此以往十五都㊷予趙。相如度秦王特㊸以詐佯為予趙城，實不可得，乃謂秦王曰：「和氏璧，天下所共傳寶㊹也，趙王恐，不敢不獻。趙王送璧時齋戒五日。今大王宜齋戒五日，設九賓㊺於廷，臣乃敢上璧。」秦王度之終不可強奪，遂許齋五日，舍相如廣成傳舍㊻。相如度秦王雖齋，決負約不償城，乃使其從者衣褐㊼懷其璧，從徑道㊽亡，歸璧於趙。秦王齋五日後，乃設九賓禮於廷，引趙使者藺相如。相如至，謂秦王曰：「秦自繆公㊾以來二十餘君，未嘗有堅明約束㊿者也。臣誠恐見欺於王而負趙，故令人持璧歸，間(51)至趙矣。且秦強而趙

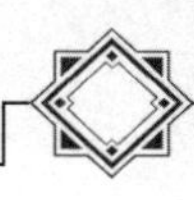

弱，大王遣一介之使[52]至趙，趙立奉璧來。今以秦之強而先割十五都予趙，趙豈敢留璧而得罪於大王乎？臣知欺大王之罪當誅，臣請就湯鑊[53]。唯[54]大王與群臣孰[55]計議之。」秦王與群臣相視而嘻[56]。左右或欲引相如去[57]，秦王因[58]曰：「今殺相如，終不能得璧也，而絕秦趙之歡。不如因而厚遇之[59]，使歸趙。趙王豈以一璧之故欺秦邪[60]？」卒[61]廷見相如，畢禮而歸之。相如既歸，趙王以為賢大夫，使不辱於諸侯[62]，拜相如為上大夫[63]。秦亦不以城予趙，趙亦終不予秦璧。

其後[64]秦伐趙，拔[65]石城。明年，復攻趙，殺二萬人。秦王使使者告趙王，欲與王為好會於西河[66]外澠池[67]。趙王畏秦，欲毋行[68]。廉頗藺相如計曰：「王不行，示趙弱且怯也。」趙王遂行，相如從。廉頗送至境，與王訣[69]曰：「王行，度道里會遇之禮畢[70]，還，不過三十日。三十日不還，則請立太子為王，以絕秦望。」王許之。遂與秦王會澠池。秦王飲酒酣[71]，曰：「寡人竊聞趙王好音，請奏瑟[72]。」趙王鼓瑟。秦御史[73]前書曰：「某年月日，秦王與趙王會飲，令趙王鼓瑟。」藺相如前曰：「趙王竊聞秦王善為秦聲，請奉盆缻秦王[74]，以相娛樂。」秦王怒，不許。於是相如前進缻，因跪請秦王。秦王不肯擊缻。相如曰：「五步之內，相如請得以頸血濺大王[75]矣！」左右欲刃[76]相如，相如張目叱之，左右皆靡[77]。於是秦王不懌[78]，為一擊缻。相如顧[79]召趙御史書曰：「某年月日，秦王為趙王擊缻。」秦之群臣曰：「請以趙十五城為秦王壽[80]。」藺相如亦曰：「請以秦之咸陽[81]為趙王壽。」秦王竟酒[82]，終不能加勝於趙。趙亦盛設兵以待秦，秦不敢動。

既罷，歸國，以相如功大，拜為上卿，位在廉頗之右[83]。廉頗曰：「我為趙將，有攻城野戰之大功，而藺相如徒以口舌為勞[84]，而位居我上。且相如素賤人[85]，吾羞，不忍為之下[86]！」宣言曰：「我見相如，必辱之。」相如聞，不肯與會。相如每朝時，常稱病，不欲與廉頗爭列[87]。已而[88]相如出，望見廉頗，相如引車避匿。於是舍人相與諫曰：「臣所以去[89]親戚而事君者，徒慕君之高義[90]也。今君與廉頗同列，廉君宣惡言而君畏匿之，恐懼殊甚，且庸人尚羞之，況於將相乎？臣等不肖[91]，請辭去。」藺相如固止之，曰：「公之視廉將軍孰與[92]秦王？」曰：「不若[93]也。」相如曰：「夫以秦王之威，而相如廷叱之，辱其群臣。相如雖駑[94]，獨畏廉將軍哉？顧[95]吾念之，強秦之所以不敢加兵於趙者，徒以吾兩人在也。今兩虎共鬥，其勢不俱生。吾所以為此者，以先國家之急而後私仇也。」

廉頗聞之，肉袒負荊[96]，因賓客[97]至藺相如門謝罪曰：「鄙賤之人，不知將軍[98]寬之至此也！」。卒相與歡，為刎頸之交[99]。

一、注釋

①趙惠文王十六年：西元前二八三年。惠文王名何，趙武靈王的兒子。

②晉陽：地名，在今山東省鄂城縣西。

③上卿：古代的執政大臣。戰國時代列國最高級的官稱上卿。這裡指給與將軍的官位。《左傳．成公十八年》：「卿無共御。」疏：「卿，謂軍之諸將也。」頗為趙將，功高，故拜為「上卿」。

④宦者令：宦官的頭目。

⑤舍人：達官貴人門下的客人，侍從賓客親近左右。

⑥和氏璧：楚人卞和發現的一塊寶玉。相傳卞和在山裡得到一塊璞玉，獻給楚厲王，厲王不知是玉，以為卞和欺君，就砍斷他的左腳。武王即位以後，他又獻給武王，武王也以為他欺君，又砍斷他的右腳。等到文王即位，他抱著璞玉在荊山下痛哭，文王派人問他，他說：「我不是因為斷了雙腳而悲哀，我悲哀的是寶玉被人認做石頭，忠貞的人被人認做說謊者。」文王使人把璞玉外層的石質鑿去，果然是塊寶玉，這塊寶玉後稱為「和氏璧」。

⑦秦昭王：秦昭襄王，惠文王之子，嬴稷。

⑧遺：ㄨㄟˋ，送給。

⑨徒見欺：白白受欺騙。見：被，受。

⑩即：則，就。

⑪可使報秦者：可以為使臣去答覆秦國的人。

⑫竊計欲亡走燕：私下打算要逃往燕國。竊：私自，稱自己的客氣話。亡走：逃走。燕：戰國古國名。

⑬境上：邊境地方。

⑭幸：得寵。

⑮束：綁。

⑯肉袒伏斧質：上身赤露伏在斧質上。斧質：古代一種刑具，斧子和鐵鍖。行刑時置人身於鍖上，以斧砍之。質：鑕，鐵砧。

⑰曲：理虧，理不直。

⑱均之二策：比較這兩個對策。均：度。

⑲寧許以負秦曲：寧可答應將壁給秦國，使它負理虧的責任。負秦曲：令秦負曲。負：擔。又加秦國的理虧。負：加。

⑳王必無人：大王果真沒有適當的人選。必：苟，如果。

㉑奉：捧。

㉒完璧歸趙：把璧完完整整地送回趙國。

㉓章臺：秦宮名，舊址在今陝西省長安縣故城西南角。

㉔奏：獻給，進獻。

㉕美人：指秦王的妃子和宮女。左右：指左右侍從人員。

㉖瑕：ㄒㄧㄚˊ，玉石上的斑點。

㉗卻：退。

㉘怒髮上沖冠：憤怒得頭髮直豎，好像沖動了帽子。形容盛怒的樣子。

㉙負其強：倚仗他的強大。負：倚仗。

㉚布衣之交：普通人交朋友。

㉛逆強秦之歡：觸怒強秦的感情，違背了強秦的歡心。逆：拂逆，傷害。

㉜齋戒：古時舉行祭祀，主祭人先要齋戒，住在清淨的房子裡，戒絕與外人往來，誠心誠意，準備敬神。

㉝拜送書於庭：趙王在朝廷上行了禮，送出國書。拜：叩頭。庭：同「廷」，國君聽政的朝堂。

㉞嚴：尊重。

㉟列觀：一般的宮殿，指章臺。觀：建築物的一種。

㊱倨：ㄐㄩˋ，傲慢。

㊲急：逼迫。

㊳睨：ㄋㄧˋ，斜視。

㊴辭謝：婉言道歉。

㊵固請：堅決請求。

㊶召有司案圖：召喚管版圖的官吏按察地圖。有司：官吏的通稱。

㊷都：城。

㊸特：只。

㊹天下所共傳寶：天下人公認的寶物。

㊺九賓：也稱九儀。古時外交上最隆重的禮節，由九個儐相依次傳呼接引上殿之禮。

㊻舍相如廣成傳舍：把相如安置在廣成賓館。前一個「舍」字，作「安置」講，動詞。傳舍：招待賓客的館舍。廣成傳舍：賓館名。

㊼從者衣褐：隨從的人穿著粗布便衣（化裝成老百姓模樣）。衣：動詞，穿。褐：粗衣，寒賤的人所穿。

㊽徑道：便道。

㊾繆公：即秦穆公，春秋五霸之一，嬴任好，德公第三子。繆：又作穆。

㊿堅明約束：堅守信約。

(51)間：ㄐㄧㄢˋ，便道。

(52)一介之使：一個使者。一介：一個。

(53)就湯鑊：受湯鑊之刑。就：受。湯鑊：古代酷刑之一。在大鼎中燒滾湯，烹煮被認為犯死罪的人。鑊：ㄏㄨㄛˋ，無足大鼎。

(54)唯：表示希望的語氣助詞。

(55)孰：通「熟」，仔細。
(56)嘻：表示由驚怒的感情發出的聲音，這裡作動詞用。
(57)引相如去：拉相如去赴湯鑊之刑。
(58)因：就，於是。
(59)因而厚遇之：就此好好地招待他。
(60)邪：同「耶」，表示疑問的語末助詞。
(61)卒：終於。
(62)使不辱於諸侯：出使諸侯之國，能不受欺辱。
(63)上大夫：比卿低一級的官。卿分上、中、下，大夫亦然。
(64)其後：後來，指趙惠王十八年（西元前二八一年）。
(65)拔：攻取。石城：在現在河南省西南。
(66)西河：在現在陝西省大荔縣一帶。
(67)澠池：在現在河南省澠池縣境。澠：ㄇㄧㄣˇ。
(68)欲毋行：想不去。
(69)訣：告別。
(70)度道里會遇之禮畢：估計路程及會見的儀式完畢的時間。度：ㄉㄨㄛˋ，估計。道里：由趙都到澠池的路程。會遇：古代諸侯舉行外交會議，會面相遇的儀式。禮：儀式。
(71)酣：ㄏㄢ，飲酒到高興的時候。
(72)奏瑟：彈瑟。與下面「鼓瑟」，意同。瑟：樂器名，似琴。
(73)御史：史官。
(74)請奉盆缻秦王：願意捧盆缻的樂器到秦王面前。（要請秦王敲奏缶樂器）。缻：ㄈㄡˇ，同「缶」。盆缻：本是盛酒的瓦器，秦人鼓缶以調節拍子，遂為秦樂器。
(75)以頸血濺大王：把項頸裡的血濺在你的身上。
(76)刃：刀的鋒利面，當動詞用，即用刀刺殺。
(77)靡：ㄇㄧˇ，退卻。
(78)不懌：不樂。懌：ㄧˋ，高興。
(79)顧：回頭。
(80)為秦王壽：獻給秦王作賀禮。古代凡是以禮贈人曰壽。
(81)咸陽：秦國的都城，舊址在現在陝西省咸陽市東。
(82)竟酒：酒宴完畢。竟：完畢。
(83)右：上，古代尚右，以右方為上位。
(84)徒以口舌為勞：只憑言詞立下功勞。
(85)素賤人：本來是出身低賤的人。因相如本是宦者令繆賢的舍人，故云。
(86)不忍為之下：無法忍受位在他的下位。不願自己的職位在他下面。
(87)爭列：爭地位的先後。
(88)已而：過了些時候。
(89)去：離開。君：指藺相如。
(90)高義：崇高的品德。
(91)不肖：不賢。

⑨²孰與：哪個（厲害）。誰勝？

⑨³不若：比不上。

⑨⁴駑：劣馬，比喻無能。

⑨⁵顧：但。

⑨⁶肉袒負荊：光著上身，背著荊條。表示願受責罰，認錯賠罪。荊：荊條，打人的鞭子。

⑨⁷因賓客：借著賓客作引導。賓客：指門下的客人。

⑨⁸將軍：指藺相如。相如已為上卿，可領軍，故稱他將軍。

⑨⁹刎頸之交：誓死不變的朋友。刎：ㄨㄣˇ，割。頸：脖子。言朋友之交，不同生可同死，交情之深，為對方割頸而死，亦不後悔。

二、作者

這篇文章的作者是司馬遷（西元前一四五年～前八六？年），字子長，西漢左馮翊夏陽（今陝西省韓城縣）人。父談，學問淵博，為太史令。遷十歲時，隨父至長安，從諫議大夫孔安國讀古文書，習誦《詩》、《書》、《春秋》、《左傳》、《國語》等典籍。二十歲南游江、淮，上會稽，探禹穴，窺九疑，浮沅、湘，北涉汶、泗，講業齊、魯之都，觀孔子遺風，鄉射鄒、嶧，阨困蕃、薛、彭城，過梁、楚以歸。漢武帝元朔五年（西元前一二四年），遷二十二歲，補博士弟子員。次年，歲課得高第，仕為郎中。三十四歲，扈從武帝郊雍，至隴西，登崆峒。三十五歲隨軍西征巴蜀以南，攻略邛、筰、昆明。次年，元封元年春正月，遷自西南還，時武帝以封禪東行，遷乃赴行在報命。父談時扈駕至緱氏、嵩高間，以病滯留周南，故遷得省父於河、洛之間，談勉之著史。四月，遷扈從帝封泰山。是歲談卒。元封三年六月，遷繼父任太史令，時年三十八。因紬讀史記、石室、金匱之書，論次其文。嗣後屢次扈駕巡遊，北出蕭關，歷鳴澤，南至江陵，祀虞舜於九疑，升廬山，觀禹疏九江，過彭蠡，北臨琅邪。四十二歲時，奉詔與中大夫公孫卿、壺遂議改曆法，為中國曆學改革功臣。天漢三年（西元前九八年）以遭李陵之禍，下獄論罪，坐以腐刑，時年四十八。以《史記》屬稿，草創未就，因忍辱以冀其成。及赦天下，遷出獄，據〈報任安書〉，書已粗完。綜計子長之作《史記》，前後凡歷二十寒暑。其經綸萬端，鎔裁各體，實開中國正史之創局；且其為文，浩瀚奔放，亦開後世散文文學之大源。其書為歷代所傳誦，推崇為歷史散文之最高典籍。據今人考證，遷於太始元年（西元前九六年）夏六月大赦出獄，為中書謁者令，而郭穰於漢昭帝始元二年（西元前八五年）繼其缺，疑遷當死於前一年，享年六十。

這篇〈廉頗藺相如列傳〉，就是上述這位歷史學家司馬遷嘔心瀝血，經歷二十年才完成的歷史巨著《史記》中的一篇。司馬遷撰《史記》有他的著史總宗旨，而《史記》分本紀、表、書、世家、列傳五大部分，各部分有它的撰著體例和宗旨。這篇文章屬〈列傳〉，列傳是人物傳記，各傳有各傳的宗旨，也就是有它的主題。那麼，這篇文章的主題是什麼呢？

三、主題和題材

所謂主題，是一篇文章的中心思想；題材，是表現主題的素材。

《史記》有列傳七十篇，多係以人物為中心的記事。本篇是廉、藺合傳，廉頗是趙國名將，藺相如是外交家。記事以藺相如為主，敘廉頗的事較少，因為廉頗的事已分見於〈趙世家〉等篇。傳後涉及趙奢、趙括、李牧等武將事，是連類附及，屬附文，故予刪節。

文章的主題在寫廉頗和藺相如以勇智和識見，和衷共濟，以「先國家之急而後私仇」的崇高情操和廣闊磊落的胸懷，共扶趙惠文王抗禦強秦的威脅，藉由事件的發展，刻畫他們之間護國的共同心志以及由地位高下形成的矛盾，由敘述兩人對問題的回應方式和對待態度，突現他們公忠體國的心性和待人接物的氣度。題材就是按主題需要而選的廉、藺二人抗秦外交事件。

但作者是以什麼方法去表現這個主題、去處理所選的題材呢？換句話說作者是以什麼結構、什麼技巧來表現這個主題的呢？

四、結構

這篇文章的主題是敘述人物，而人物的敘述是在展現事件，讓人物在事件中活動的格局下進行的。事件分「相如出使」、「完璧歸趙」、「澠池之會」、「廉藺交歡」等三個事件、四個情節展開。三個事件依時間順序安排，每一情節都由若干細節組合起來，細節的安排也是按時間發展次序進行的。下面分別以「相如出使」、「完璧歸趙」、「澠池之會」、「廉藺交歡」等四節詳加剖析：

㈠**相如出使**：自「廉頗者」至「相如奉璧西入秦」這一段先敘述廉頗和藺相如，一為趙國上卿，一為宦者令舍人的身世，讓兩主角上場以為開端。然後分趙王得璧；秦王派使求以城換璧；趙王與廉頗、繆賢等商議對策，繆賢推薦

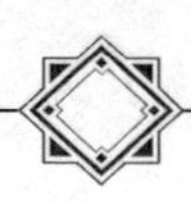

藺相如；藺相如應詔見趙王；趙王遣藺相如出使秦國。在這一情節裡，作者著意表現廉、藺地位的懸殊，埋下將來兩人之間矛盾的伏線；並藉繆賢推薦的話，表現藺相如不僅具有忠於趙國的思想品質；還有善於分析複雜形勢的政治頭腦，為他得趙王信任，能勝利完成外交使命提供了條件。而廉頗參與策略會議，顯示他在趙國的崇高地位和趙王對他的器重，雖然著墨不多，卻是舉足輕重，頗具分量。

㈡**完璧歸趙**：自「秦王坐章臺見相如」至「畢禮而歸之」。在這情節中，寫相如入秦，為趙王與秦王交涉以璧換城的事。在這一段落中，出現了兩個事件，考驗相如。藺相如作為趙國的使者，秦王應依聘禮，在賓館以平等的諸侯國禮節接待他，然而藺相如卻被引到秦王的別墅章臺；再者，藺相如的任務是拿和氏璧去換取秦十五城，那麼璧送到後，秦國就應該交出十五城。可是自負強大的秦王既不在朝廷上接見藺相如，得璧之後，又無意交出十五城。藺相如懷著誠意而往，卻面對著外交侮辱和欺騙。他基於完璧歸趙的責任感，急中生智，托辭說璧有瑕點，「請指示王」，重新取回了璧，隨之，「持璧卻立倚柱，怒髮上沖冠。」尖銳地揭露秦王「以空言求璧」的陰謀，並堅定地表示「臣頭今與璧俱碎於柱」的決心。藺相如的行動和語言，使「無意償趙城」，卻又很想得到璧的秦王只好軟下來。在這一事件裡，藺相如表現了他的臨機應變能力，顯示了他的智謀。和氏璧由秦人手中取回，外交戰由被動轉為主動，藺相如下一步驟考慮的是如何完璧歸趙，於是他在前面後發制人戰勝敵人之餘，改採先發制人的外交戰術，他取回和氏璧後，要求秦王「齋戒五日」、「設九賓於廷」，自己才正式獻璧。秦王答應，改舍「相如廣成傳舍」，相如終於得到外交上最隆重的禮待。然而，他判斷秦王沒有償城的誠意，所以暗中派人把璧送回趙國。秦王發覺受騙，怒不可遏，下令烹煮相如，相如臨危不懼，置個人生死於度外，滔滔不絕地慷慨陳辭，先理直氣壯地申明送璧歸趙的原因：「秦自繆公以來二十餘君，未嘗有堅明約束者也」；再合情合理地提出建議：「以秦之強而先割十五都予趙，趙豈敢留璧而得罪於大王？」又委婉懇切地勸告：「唯大王與群臣孰計議之。」這一席外交舌戰，辭鋒犀利，氣勢奪人，弄得秦國君臣，「相視而嘻」，茫然不知所措，在秦人認知殺相如於秦國無益的利害關係下，相如最後取得了「完璧歸趙」的勝利，安然返回趙國。

㈢**澠池之會**：自「相如既歸」至「秦不敢動」。這一段敘述的是澠池之會。藺相如回到趙國，秦並未割城，也未再向趙強索璧，「璧」、「城」之爭算已平息，但秦國並未就此罷休，於是又出兵「伐趙」，趙節節敗退，失地損兵。

秦王卻在戰場勝利之餘，約趙王到澠池「好會」。趙王在廉頗和藺相如的勸告下，決定赴會。藺相如陪駕前往，廉頗監國守邊。深謀遠慮的廉將軍，預料到這場外交會議的嚴重性，臨別向趙王說：「三十日不還，則請立太子為王。」表明了他對意外的防備策略。另一方面，擔當了外交艱巨任務的藺相如，陪趙王到了澠池。在會上，秦王要求趙王鼓瑟以侮辱趙國，藺相如挺身而出，針鋒相對，要求秦王擊缻，不然就要「五步之內」、「以頸血濺大王」，秦王左右想要殺他。他「張目叱之，左右皆靡。」使秦王不得不聽話，「為一擊缻」，為趙王爭回顏面，挫敗了秦王想羞辱趙國的意圖。這次外交會議，藺相如不顧安危生死，最後爭得了勝利，而秦在會議上不敢輕舉妄動，是因為「趙亦盛設兵以待秦。」可見廉頗陳兵國境，嚴陣以待的軍事準備，是相如外交揮灑自如的後盾。作者在這一段的敘述中，正面突現了藺相如在外交會議上的機智勇敢的精神；側面顯示了廉頗在軍事上的重大後衛作用。

(四)**廉藺交歡**：自「既罷，歸國」至「為刎頸之交」。這一段敘述了廉頗對藺相如三次威壓、藺相如三讓、藺相如曉諭舍人、廉藺交歡、將相和好。澠池會後，相如因功「拜為上卿」、「位在廉頗之右」，廉頗心生不服，甚至放言要當面羞辱他，而藺相如卻「先國家之急而後私仇」，多次避免與廉頗發生衝突。當舍人們誤以為他軟弱怕事，欲離開他時，他才說明自己之讓是為顧全國家大局。原先恃戰功自傲的廉頗一得知藺相如對舍人曉諭的話後，馬上「負荊」、「謝罪」，「卒相與歡，為刎頸之交。」在這一段裡，敘事既表明藺相如以國為重，不計私仇的精神，也顯示了廉頗忠心為國，勇於改過的君子風度。

由上面的分析，我們知道〈廉頗藺相如列傳〉是由「相如出使」、「完璧歸趙」、「澠池之會」、「廉藺交歡」等四個故事單元組成的，四個故事單元按順時性次序展現。本來依傳統的段落結構，這樣的分段就算完成結構分析了。但我們這本《歷代文選——閱讀、鑑賞、習作》卻要進一步追究這個結構模式是如何構成的？它的結構機制有什麼規律可言？

吳應天先生在《文章結構學》中，把這篇列傳作為敘述文順敘型的範例，而把它的結構分為：

㈠開端（起）——趙王遣藺相如出使秦國。
㈡發展（承）——
1. 藺相如完璧歸趙。
2. 藺相如智勝秦王。
3. 藺相如三讓廉頗。

㈢高潮（轉）——藺相如曉諭舍人。
㈣結局（合）——廉藺交歡。

其實他這樣分，只是為了配合傳統的起、承、轉、合和小說的結構，才把列傳的視點由傳統的廉、藺關係，改為藺相如中心視點，而在傳統的第四段中，分出「相如曉諭舍人」以為「高潮」；又似「廉、藺交歡」為結局，其實它和四段落的架構沒有實質上的分別。吳先生以此為順敘型的基本間架。這種結構可以說是整個故事的自然順序的反映。它的基本情節是秦趙兩國和趙國內部兩種矛盾衝突過程的發生、發展、激化、統一。藺相如的傳記是被安排在這兩個矛盾衝突過程上展現出來的。由於客觀決定主觀，所以這種結構類型是形象思維和敘述文的基本形式，故事情節本身是有必然的邏輯性的。即使是敘述文也必須通過多方面表現主題的形象進行說服，感染力才會更強，所以「發展」部分要求有曲折變化的故事情節，即至少要有「發展」和「高潮」兩部分，才合乎辯證邏輯的要求。如果「開端」是「總敘」，那麼，「發展」和「高潮」是「分敘」，「分敘」至少要有兩個才能符合「發展」和「高潮」兩情節要求，而「結局」可稱為「結尾」。「總敘」和「分敘」以及「結尾」，三者具有明顯的前因後果關係，如此，它的結構模式便可以概括為：

順敘型模式
㈠總敘——1
㈡分敘——2 … n 3
㈢結尾——4

其中的總敘，是一切情節發生、發展的起點，也是客觀事物發生、發展的基本原因。例如藺相如的事蹟，首先是由於趙王派他出使秦國，而趙王之所以派他出使是決定於當時國內外的總體形勢和他智勇雙全的才能。繆賢的推薦，同樣有其歷史原因。其中的分敘，是敘述事物發展過程的曲折變化，目的是通過兩個以上的具體情節或事件，充分表現主題的合理性和可信性。例如列傳中的「分敘」是由「完璧歸趙」、「澠池之會智勝秦王」、「三讓廉頗」、「曉諭舍人」等四個事件構成的，所以顯得曲折動人，引人入勝。至於模式中的2、3兩部分是分敘部分的常數，而n這個任意自然數是其中的「變數」。至於「結尾」，同樣也是合乎邏輯的，因為它敘述的是事物發展過程的結果。例如藺相如深明大義、廉頗有改過的勇氣，最後以「交歡」解決了封建時代人臣之間的矛盾。

〈廉頗藺相如列傳〉的總敘——「趙王遣藺相如出使秦國」，敘述的是趙王為了對付秦國而選拔人才的事件。從結構上看，事件就是故事的雛形，其結構又如下：

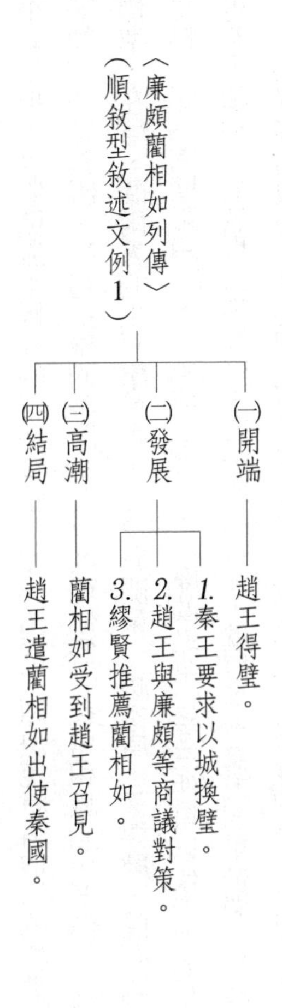

這個事件作為篇或章自成體系，但對下文的秦、趙之爭來說，它只是一個「開端」；對下文的廉、藺之爭來說，也只是一個「開端」，所以它只占總敘的地位。而作為分敘的發展部分以及高潮、結局，其中的具體內容或結構單位，總少不了人、事、時、地四要素，同時貫串一條因果虛線。可知敘述文這種文章反映的是人物活動的因果性過程。就總敘這一章來說，它就是敘述並未擔任要職的藺相如剛剛被選拔出來的過程，而他被選拔的原因有二：一是當時的形勢，二是他有智勇雙全的才能。當時形勢，即趙得璧，秦要求以城換璧，形勢要求趙國選出一個擔任處理城璧交換事務的人才，這是「因」；繆賢推薦藺相如是因為他深知藺相如的才能和膽識，所以，藺相如的膽識和分析局勢的才能，也成為他被選上的另一個「因」；而他被選為處理秦趙城璧交換事務的趙國外交全權代表，就是「果」。

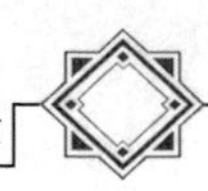

在「分敘」部分的「完璧歸趙」、「澠池之會」、「將相之爭」等，也都是完整的篇、章，且都是「順敘型敘述文」，讀者可依樣畫葫蘆，自己加以分析。

五、技巧

技巧指的是文學作品的藝術方法，可分資料選擇、構思謀篇、修辭造句等方面言之。從文學作品的角度看，〈廉頗藺相如列傳〉也有相當高的藝術水平。《世說新語．品藻》云：「廉頗、藺相如雖千載上死人，懍懍恆如有生氣。」司馬遷是運用了什麼技巧達到這個水平的呢？關於技巧方面，我們可分下列三方面來談：

㈠**選材的技巧**：作家寫人物傳記，要注意突出重點，寫出人物性格的主要特徵。因此，選材時便不能有材料就用，來者不拒，以避免流水帳式的平舖直敘，而必須依主題決定材料取捨的標準。司馬遷在這篇列傳的主題是寫藺相如與廉頗的公忠為國、扶趙抗秦的事蹟；以及表現他們的智勇和識見、倨傲和改過的精神，於是以這方面的主題為選材的標準，在廉、藺兩人的生平事蹟中，選擇有關秦、趙矛盾，又與廉、藺有關，可以突現主題所要求的表現人物性格的資料，即「完璧歸趙」、「澠池之會」、「廉藺之爭」等三件可以代表他們生平事蹟和性格特徵的典型事件，那些不是重要事蹟和不能表現人物性格主要特徵的事件，就摒棄不寫或簡單帶過。這種選材技巧是合乎文學的篇章營構原理的。

㈡**謀篇的技巧**：要使用的材料選好了，接著作者要考慮的是如何把這些材料展現出來？哪些材料擺在前面，哪些材料擺在中間，哪些材料擺在後面。對於這個問題的思考就叫「構思」，構思材料的先後並加以安排次序，就叫「布局」，合起來叫「謀篇」。司馬遷在構思這篇「列傳」，為它「謀篇」時，他採用的是順時性布局的方法，把三個事件按發生的次序安排，在事件前面有「因」——以「總敘」的面目出現，後面有「果」——以「結尾」的面目出現。再分詳略主次，事件宜詳的放在「發展」部分，宜略的放在「總敘」和「結尾」部分。「總敘」部分對於廉、藺身世，三言兩語，輕輕帶過，至趙王選出使人才開始，以繁筆寫它。然後，接敘三事件皆用繁筆，結尾又以簡筆略寫廉頗的認錯和廉、藺交歡。就人物而言，司馬遷以藺相如為主、廉頗為賓。集中地詳寫藺相如，穿插地略寫廉頗，使列傳中的藺相如成了主角，廉頗退居配角，以完成主題的顯現。

㈢**修辭的技巧**：構思謀篇之後，作者便得把事件展現出來。依「總敘」、「分敘」、「結尾」的順序，根據展現

故事和表現人物性格的需要，考慮以何種思維形式和修辭技巧，把整個「列傳」推出。在這篇文章中，司馬遷採用的是敘述的思維形式，全文分由敘事和對話組成，未用其他的修辭技巧。不過對廉、藺二人的形象，卻有分寫與合寫、明寫與暗寫的巧藝出現。「總敘」部分寫二人身世以及「分敘」部分寫「廉、藺之爭」一章是合寫二人；「分敘」部分，寫「完璧歸趙」、「澠池之會」是明寫藺相如、暗映廉頗；而「總敘」部分趙王與廉頗商議應付秦國求璧策略的部分，又是暗寫藺相如。

綜合而言，這篇列傳選材精當，剪裁貼切，刻畫人物形象栩栩如生。事件沿廉、藺二人生平重大歷史事件、依時間次序的發展線索而逐步展開，受秦、趙兩國之間的矛盾，以及廉、藺兩人之間的矛盾兩線索所引起的衝突制約。它是依照事物的因果邏輯聯繫和矛盾的運動規律而發展情節，安排結構，有助於人物性格的表現和主題思想的深化。其藝術效果引人入勝，扣人心弦，發人深思。是一篇相當成功的順敘型敘述文。下面再舉一篇例文說明：

〈愚公移山〉

太形、王屋[1]二山，方七百里，高萬仞[2]，本在冀州之南，河陽之北[3]。

北山愚公者，年且九十，面山而居[4]。懲山北之塞，出入之迂[5]也，聚室而謀，曰：「吾與汝畢力平險。指通豫南，達于漢陰，可乎[6]？」雜然相許[7]。其妻獻疑曰：「以君之力，曾不能損魁父之丘，如太形、王屋何？且焉置土石[8]？」雜曰：「投諸渤海之尾、隱土之北[9]。」

遂率子孫荷擔者三夫[10]，叩石墾壤，箕畚運于渤海之尾[11]。

鄰人京城氏之孀妻有遺男，始齔[12]。跳往助之，寒暑易節，始一反焉[13]。

河曲智叟[14]笑而止之，曰：「甚矣汝之不惠！以殘年餘力，曾不能毀山之毛，其如土石何[15]？」北山愚公長息曰：「汝心之固，固不可徹，曾不若孀妻弱子[16]。雖我之死，有子存焉。子又生孫！孫又生子，子又有子，子又有孫，子子孫孫，無窮匱[17]也；而山不加增！何苦而不平[18]？」河曲智叟無以應。

操蛇之神聞之，懼其不已也，告之于帝[19]。帝感其誠，命夸娥氏二子負二山，一厝朔東，一厝雍南[20]。自此，冀之南、漢之陰，無隴斷焉[21]。

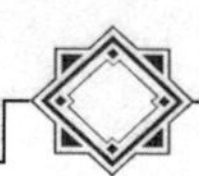

一、注釋

①太形：即太行山，橫跨山西和河北平原之間。形：作「行」。王屋：王屋山。位於今山西陽城縣西南。

②方：方圓、周長。里：長度的單位。仞：ㄖㄣˋ，長度的單位。一仞有八尺。

③冀州：古代九州之一，包括今河北西北部、山西、河南黃河以北和遼寧西部地區。河陽：古縣名，古城在今河南孟縣西。

④北山愚公：擬設的人名。且：近。

⑤懲：苦於。塞：阻塞。迂：曲。指繞道曲折迴遠。

⑥室：家，指全家人。汝：你們。畢力：盡力。平險：削平險阻。指通：直通。豫：豫州，地域大約包括今黃河以南的河南一帶及湖北北部。漢陰：漢水南面。

⑦雜然：紛雜。許：贊許。

⑧獻：提出。曾：還。損：減損，指挖平。魁父：小土山，在今河南開封。魁：ㄎㄨㄟˊ。如……何：奈……何，能把……怎樣？焉：於何，到哪裡？

⑨雜：紛紛。諸：之於。渤海：海洋名。黃海的一部分，遼東半島和山東半島所拱抱的內海。尾：指海灣。海靠岸水域不寬處，對大海來說，就像「尾巴」。隱土：傳說中的地名，東北之州。《淮南子・墜形訓》：「東北薄州曰隱土。」注：「薄，猶平也。隱氣所隱藏，故曰隱土。」

⑩荷：負、挑。夫：成人。

⑪叩：擊、砸。箕畚：盛土器。

⑫京城：複姓。孀妻：寡婦。孀：ㄕㄨㄤ。遺男：遺腹子。始齔：七、八歲的幼童。始：才。齔：ㄔㄣˋ，小孩乳牙脫落，換生永久齒曰齔。

⑬跳往：急往。急跳而往。節：季節。反：通「返」。

⑭河曲智叟：擬設的人名。河曲：地名。

⑮甚矣：太過分了。惠：通「慧」。毛：苗。其：難道。

⑯固：頑固。徹：通，明白。曾不若：還不如。弱子：稚子、幼子。

⑰雖：即使。匱：盡。

⑱何苦：何患，哪怕。

⑲操蛇之神：山神。神話中的山神手裡拿著蛇。帝：天帝。

⑳夸娥氏：神話中的大力士。厝：通「措」，置放。朔：朔方。在今山西北部。雍：雍州。陝西、甘肅一帶。

㉑隴：同「壟」，山丘。斷：阻斷，阻隔。

二、作者

這篇故事篩選自《列子．湯問篇》，〈湯問篇〉由十五個奇誕詭譎的故事組成。〈愚公移山〉是十五篇故事之一。原來《漢書．藝文志》所著錄的列禦寇所著《列子》八篇早已亡佚，列禦寇是戰國時身居鄭國圃田的一位隱者，他有自己的老師、同學以及弟子，崇尚清虛無為，順性體道。所學的那一套本事如「心凝形釋，內外盡矣。」以及壺丘子向神巫季咸所顯示的「杜德機」、「衡氣機」、「太沖莫朕」等相，有點像後人的辟穀、導引、入定等氣功術，而他思想特點的形成又同這很有關係。今本《列子》八篇，內容摻雜著大量魏晉思想，從語言使用看，似是魏晉間人偽托的。有人以為偽作者是《列子注》的注者張湛。張湛字處度，高平人，仕至中書侍郎、光祿勳。然而《列子偽書考》說：「蓋《列子》書出晚而亡早，故不甚稱於作者。魏晉以來，好事之徒，聚斂《管子》、《晏子》、《論語》、《山海經》、《墨子》、《莊子》、《尸佼》、《韓非》、《呂氏春秋》、《韓詩外傳》、《淮南》、《說苑》、《新序》、《新語》之言，附益晚說，成此八篇，假為向《序》以見重。」但也有人反對增竄之說，以為它成書於魏晉時期。〈湯問篇〉即是今本《列子》八篇中的一篇。

〈湯問篇〉十五個故事之首，即第一篇〈殷湯問夏革〉。在這個故事中，它針對人們只知「今之有物」的局限，提出「物之始終，初無極已。」針對「上下八方有極盡」的局限，提出宇宙「無極無盡」；針對當時只知「四海之內」的局限，提出萬物「大小相含，無窮極也」；針對人們強自分辨事物的巨細修短，提出無限豐富的萬有，雖然形氣各異，但是各自情性相對於生態都是均衡的。〈愚公移山〉和其他十三個故事，都是圍繞這個觀點展開的。它的作者應是較接近原始《列子》作者的思想。

三、主題和題材

這是一篇短小的寓言，屬於文學作品的範圍，而且完全出於虛構，虛構也是為了說理，古代許多寓言都是論說文的一個組成部分，只是寓論說於敘述而已。

在〈湯問篇〉十五個奇詭誕譎的故事，以第一個寓言〈殷湯問夏革〉為全篇的綱領，其他十四個寓言是衛星式的寓言，都圍繞著第一個寓言的觀點運轉。作者是想用這些故事，反覆開導人們不受智力拘限，放開眼界衡量事物，在

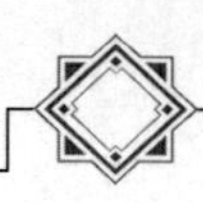

「宇宙無極無盡」、眾生萬物皆「大小相含，無窮極。」的認知下，努力達到主體和客體協調均衡的精神狀態。

就〈愚公移山〉這則寓言而言，它是作為〈湯問篇〉十五個論據而存在的。寓言的本意，是要改變「山塞之懲」為「無隴斷焉」。是使自然客體適應人的主體，由「出入之迂」而置於指通直達的自由境界，也就是夏革所說的「性鈞」，性情對於所處的環境都是相均衡的。

換句話說，在人生過程中，作者告訴人，人力定能勝天，所謂「精誠所至，金石為開。」基於這個主題，作者選了愚公移山有關的題材，作為呈現其思想感情的依據。

四、結構

〈愚公移山〉在〈湯問篇〉中，是一個論據。論據是議論文的組成因子，然而〈愚公移山〉這則寓言本身卻是一則純粹的敘述文，故事是虛構的，但它和記事一樣，具備「開端」——「發展」——「高潮」——「結局」，即「起」——「承」——「轉」——「合」的敘述架構。作者在故事中虛構人物、虛構事件，讓人物在事件中活動，把要表現的思想觀點展現出來。事件分「太形、王屋兩山阻塞交通」、「愚公提議移山」、「愚公率家人移山」、「鄰童往助」、「愚公駁智叟」、「帝派夸娥氏二子移山」等六個情節展現。作者在展列故事情節時，把六個事件按時間順序推出，形成順敘型敘述結構。下面依序說明各個情節的內容和細節：

㈠**太形、王屋兩山阻塞交通**：自「太形、王屋二山」至「河陽之北」。這一情節敘述兩座阻塞交通的大山的原始位置。這是開端。太形、王屋代表自然障礙。

㈡**愚公提議移山**：自「北山愚公者」至「隱土之北」。這一節敘述愚公為兩座大山所苦，向家人提出移山的建議。愚公代表為自然所苦，希望征服自然，改變交通阻塞的現狀的人類。這中間有他老妻的「獻疑」，然而在人生累積九十年生活經驗的愚公，並非真愚，其實他老謀深算，終於獲得全家子孫的贊同。

㈢**愚公率家人移山**：自「遂率子孫荷擔者三夫」至「箕畚運于渤海之尾」。敘述愚公開始移山。這是在上節所敘建議得到全家成員贊許通過後，自然展開的情節。

㈣**鄰童往助**：自「鄰人京城氏之孀妻有遺男」至「始一反焉」。這一節敘述愚公的移山構想不但得到家人的贊許，也得到鄰人的肯定，連寡婦的遺腹子都「跳往助之」。這一段敘述加強愚公征服自然的思想的說服力，並以「寒暑易節，始一反焉」，交代時間的轉移，移山工程已進行數年的過程。

㈤愚公駁智叟：自「河曲智叟笑而止之」至「河曲智叟無以應」。敘述智叟對愚公征服自然構想抱失敗觀，加以嘲笑，認為愚公「以殘年餘力，曾不能毀山之一毛，其如土石何？」在智叟的心目中，人類生命有限，如何能改變巨大的自然阻礙呢？對此，愚公以「山不加增」、「雖我之死，有子存焉。子又生孫，孫又生子，子又有子，子又有孫，子子孫孫，無窮匱也。」微小的人類生命綿延不絕，無窮無盡；自然雖巨大，卻「不加增」，雄辯地駁倒智叟，讓智叟啞口無言，「無以應」。這是故事的高潮部分，憑此作者又有強大地增進愚公理念的說服力。表現了「大小相含，無窮極」的形象。

㈥帝派夸娥氏二子移山：自「操蛇之神聞之」至「無隴斷焉」。敘述愚公的精誠感動上帝，上帝遣「夸娥氏二子」移走了兩座山，人類終於藉神力之助，征服自然。精誠所至，金石為開。這是結局，愚公移山，成功了。

由上面的分析，我們知道〈愚公移山〉，是由「太形、王屋兩山阻塞交通」、「愚公提議移山」、「愚公率家人移山」、「鄰童往助」、「愚公駁智叟」、「帝派夸娥氏二子移山」等六個故事單元組成的，六個故事按順時性次序組合。具備了順敘型敘述文的模式。吳應天先生將全文結構作如下的提綱：

〈愚公移山〉
（順敘型敘述文例2）

- ㈠開端——愚公被兩座大山害苦了。
- ㈡發展——
  - 1.愚公提出移山建議。
  - 2.愚公開始移山。
  - 3.愚公獲得鄰人贊助。
- ㈢高潮——愚公駁倒智叟。
- ㈣結局——愚公感動了上帝，移了山。

〈愚公移山〉雖然是一則寓言，出於虛構，卻有很強的說服力，能把主題呈現出來。全文的結構，按照客觀的自

然順序分為四部分。每部分都是按思想表現的需要安排：「太形、王屋」兩山的阻塞是作為自然障礙的問題出現的；「愚公」和「移山建議」是作為解決問題，以他為征服自然的人類形象出現的；「鄰人之童」和「河曲智叟」，一正一反，是作為加強「人類能征服自然」理念的說服力而出現的；「帝派夸娥氏二子移山」是作為「征服自然」理念成功的助力而出現的。全文是一則應用藝術手法創作的寓言，是一個生動的故事，寫出了愚公移山的前因後果，合乎邏輯順序，所以屬於順敘型。其中最突出的是具有形象思維，但是自始至終卻又寓有邏輯思維。除了「開端」是「總敘」；「發展」和「高潮」是「分敘」；「結局」是「結尾」，具有總分關係，即分析綜合關係之外，還有明顯的因果關係，即歸納演繹關係。這方面具體表現為「起、承、轉、合」四部分。「總敘」（「開端」）即「起」的部分，「起」的部分敘述的是「自然障礙」，這是問題所在，愚公要移山和為之拼搏的根本原因，是事件發生、發展的開端。發展和高潮是分敘的部分，就是承、轉，愚公面對交通阻塞迂迴，提出移山的建議，是所謂「窮則思變」的發展，這「窮則思變」是愚公建議形象後面的必然邏輯，承開端而來，在整個故事的發展過程上，屬於分敘㈠。雖然他遇上老妻的懷疑，但得到全家青年輩的贊許，解答了老妻的懷疑，獲得全家的贊同；然後他的理念擴大說服力，得到鄰人的贊助，這是分敘㈡。事件的發展再擴大，終於引起河曲智叟的否定，河曲以人力微、自然阻力大，不可能成功的思考嘲笑愚公，這是「轉」的部分，愚公終以人類生命綿延不絕的理念駁倒智叟，表面似乎高人一等的智叟，不堪一擊，終於無言以對。愚公的大智大勇，最終表現出來，理念得到更強有力的肯定，事件發展到這裡已達到高潮，高潮也是發展的一部分，屬於分敘㈣。結局是愚公必然成功，這也是形象背面的必然邏輯。此中成功的關鍵在於他感動了上帝。作者在結尾，借助神力來完成故事的「合」。這是這個寓言具有古代神話魅力的主要特點。如果作者不用神力，而由愚公的子孫去完成搬山的工作，則這個寓言必然冗長得非一則故事可以負擔。用神力完成工作，雖是虛構，卻有思想依據，俗言「天定勝人，人定亦能勝天。」「天定勝人」是藉神力的思想根據；「人定亦能勝天」謂幹勁加科學具有成功的必然性。所謂「天助自助者」，神力是由幹勁加科學出現的奇蹟，是有其必然性的。雖然「人能勝自然」這個抽象的信念，只能訴之於人們的理智；然而這篇寓言的神奇故事，其情節結構，卻很符合形象思維的一定模式，並能以形象性訴之於人們的感官，活靈活現地顯示出人類改造舊世界，征服自然的無限樂觀精神。它的結構是具有邏輯性的。

五、技巧

這篇寓言的技巧也可分為下列三方面來談：

㈠**選材的技巧**：作家寫寓言，首先要決定在寓言中表現什麼思想。〈愚公移山〉的作者，無論是列禦寇或魏晉間人，他想在寓言中表現眾生萬物皆「大小相含，無窮盡」。人雖渺小，其精神卻可與自然協調均衡，「精誠所至，金石為開。」所以，人可征服自然。有了這個觀點，想把它表現出來，表現時不是以議論的方式，而是以寓言去顯現思想。於是，在構思時想出這個寓言，來暗示所要表現的思想。寓言必然要藉用虛構，他在虛構的構思中，擬設了一個人類征服自然的故事。故事的營構，首先要提出問題，於是在想像中，選擇出「太形、王屋」兩座山，讓它們阻塞人類的交通，製造出問題來；接著又選擇為自然阻塞所苦的人物，他虛構了「愚公」，讓他的生活為自然所困；「愚公」這個人物不屈服於自然的阻塞，於是向家人提出「移山」（征服自然）的建議，這個建議如果馬上通過，直接去執行，故事便平淡無味，毫無曲折；因此，作者擬設贊成和反對雙方，選擇正反雙方的人物，分兩個階段展現。老妻「獻疑」是第一次的反對，但為家中子弟所駁而站到肯定一方；鄰人之助是贊成的有力者；河曲智叟的嘲笑是強有力的反對力量，卻被愚公駁倒，至此，「人能勝自然」的理念已形象地得到肯定的敘述，最後理念的實現，「征服自然」的成功，作者卻選擇了神力。由人之「誠」感動了神，在神的協助下，完成「征服自然」的工程。作者選擇題材是依主題呈現的需要、情節發展和觀點實現的所需，去進行的。

㈡**謀篇的技巧**：「阻塞交通的山」、「為自然所苦，想征服自然的人物」、「贊成和反對的人物」、「協助完成征服工程的神」等相關題材選擇好了，下面就是考慮如何安排題材，那是「構思」的功夫；又得考慮把哪些題材安排在什麼位置，相應的事件如何展現？這是「謀篇」、「布局」的功夫。〈愚公移山〉的作者依思想表現、主題展示的需要，以及結構的安排，首先展現問題——自然阻礙；其次讓受苦的人物出場，並且由他提出改變自然——「移山」的建議；接著他又擬設贊成和反對雙方的人物，讓他們分別在愚公建議和執行時出現，推展情節，當愚公建議時，贊成的人是子孫，反對的是老妻，但老妻被子孫說服了；當愚公執行征服自然時，贊成的除了家人外，還有鄰人，反對的是嘲笑他的河曲智叟，但愚公把智叟駁倒了。至此，愚公的理念受到由家庭到社會的全面肯定，表現了強大、廣闊

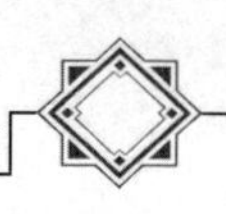

的說服力，征服自然的工程不斷進行著；最後，作者安排天帝完成改造工程，故事即結束。這種依情節發展自然順序謀篇，按時間性的先後次序安排情節的故事，自然成了順敘型敘述文。

(三)**修辭的技巧**：這篇文章是一篇寓言。寓言由表層和深層兩層次的意象組成。愚公移山是表層意象，征服自然、人能勝天的思想是深層含意。所以寓言的結構都是雙重意象的疊合，是雙關意象的組構。而且故事的發展有波折。明・孫鑛《列子沖虛真經評》謂「其妻獻疑」一節，為「作波」，又云：「先有此一層，則後面智叟，應來有情。」此外，全文只有直陳和對話兩種修辭技巧出現。

綜合言之，這篇寓言，含意集中而顯明。末段「操蛇之神懼其不已也」緊承前面愚公之言「何苦而不平？」虛中有實，運筆靈活，有一波三折的趣味。故事結構緊湊，內容豐厚，已形成短篇小說的格局，富有生命力，愚公精神令人類移山填海不怕難。下面再舉一例說明：

〈紀昌學射〉

甘蠅，古之善射者①。彀弓而獸伏鳥下②。弟子名飛衛，學射于甘蠅，而巧過其師③。紀昌者又學射于飛衛④。

飛衛曰：「爾先學不瞬，而後可以言射矣⑤。」紀昌歸，偃臥其妻之機下，以目承牽挺⑥。二年之後，雖錐末倒眥，而不瞬⑦也。以告飛衛。

飛衛曰：「未也，必學視而後可。視小如大，視微如著⑧，而後告我。」昌以氂懸虱于牖，南面而望之⑨。旬日之間，浸大⑩也；三年之後，如車輪焉。以睹餘物，皆如丘山。

乃以燕角之弧，朔蓬之簳射之，貫虱之心，而懸不絕⑪。以告飛衛，飛衛高蹈撫膺⑫曰：「汝得之矣。」

紀昌既盡衛之術，計天下之敵己者一人而已，乃謀殺飛衛⑬。相遇于野，二人交射，中路矢鋒相觸而墜于地，而塵不揚⑭。飛衛之矢先窮，紀昌遺一矢，既發，飛衛以棘刺之端扞之，不無差焉⑮。于是二子泣而投弓，相拜于塗，請為父子，剋臂以誓，不得告術于⑯人。

一、注釋

①甘蠅：古代傳說中的射箭能手。
②彀弓：張弓，拉滿弓弦。彀：ㄍㄡˋ，張。獸伏：走獸趴下不敢動，一說野獸中箭倒地。鳥下：飛鳥聞弦聲害怕得從天上掉下來，一說鳥中箭落地。
③飛衛：古代傳說中的射箭能手。巧：技巧。
④紀昌：古代傳說中的射箭能手。
⑤不瞬：兩眼注視目標不眨。
⑥偃臥：仰臥。機：織布機。承：承接，此指兩眼盯著。牽挺：紡織機下踏板。
⑦錐末：錐尖。倒：到。一說倒刺。眥：ㄗˋ，眼眶。
⑧學視：訓練視力。微：微細不明的東西。著：顯著分明的東西。
⑨氂：ㄌㄧˊ，牛尾毛。懸：挂。牖：ㄧㄡˇ，窗戶。南面：面朝南。
⑩旬日：十天。浸：漸。
⑪燕角之弧：用燕國出產的牛角做襯的弓。弧：弓。朔蓬之簳：應作「荊蓬之簳」。楚產的竹子的幹。朔，是「荊」之誤。荊：楚國，出產良竹。蓬：蓬草，幹可做箭。簳：箭幹。貫：穿過。虱心：虱子的心。懸：指用以拴挂虱子的氂牛毛。絕：斷。
⑫高蹈：手舞足蹈。撫膺：拍著胸膛。
⑬盡衛之術：全學到飛衛的箭技。敵己者：可以和自己相匹敵的人。殺：克，勝。《爾雅•釋詁》：「殺，克也。」
⑭野：城外田野。中路矢鋒相觸：兩人射出的箭在中途半空相碰。塵不揚：表示箭輕。
⑮棘刺：荊棘的尖刺。扞：捍，格衛。無差：無差失，言棘刺刺向來箭之準確。
⑯尅臂：在臂上刻畫記印。尅：通「刻」。

二、作者

同前〈愚公移山〉作者欄。

三、主題和題材

〈紀昌學射〉也是〈湯問篇〉十五個寓言故事之一，它的主題與〈湯問篇〉第一則寓言〈殷湯問夏革〉相迴繞，開導人認知上下四方雖有限，「宇宙無極無盡」，眾生萬物皆「大小相含，無窮極。」人類只要正確努力，可達到主體和客體協調均衡的精神狀態，發揮無窮的潛能絕技。

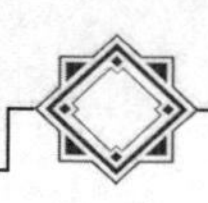

這篇故事是透過紀昌學射，表現人可以打破智力極限，開拓眼界，將射術發揮到神妙極致，強了再求強，不要自以為是，限制了自己的精神潛力。所以，紀昌射技能出神入化，就是基於這種信念而努力的結果。

換句話說，寓言的中心意旨是告訴人，人類的潛能是無窮盡的，就以學射為例，只要求師得人，循序漸進，必可出神入化，妙乎其技，所謂「精誠所至，金石為開」是也。作者選紀昌學射這個事件為題材，把上述的主旨傳達出來。

四、結構

〈紀昌學射〉在〈湯問篇〉中是一個論據，是議論文中的一個組成份子，然而本身卻是一篇敘述文，作者寓議論於敘述，用敘述營構一個故事，藉它的雙關深層意蘊來表現作為論據的思想——人的射箭潛能也是無窮極的。

故事具備「開端」——「發展」——「高潮」——「結局」，即「起」——「承」——「轉」——「合」的敘述過程。有「總敘」、「分敘」、「結尾」的敘述架構。它的內容分：「紀昌學射於飛衛」、「紀昌學不瞬」、「紀昌學視」、「紀昌試射」、「師徒校技」、「師徒均享最高神技的成就」。下面依序說明各情節的內容和細節，以及故事的結構模式：

㈠**紀昌學射於飛衛**：自「甘蠅，古之善射者」至「紀昌者又學射于飛衛」。這一情節，敘述飛衛的射技，先述飛衛之師甘蠅的射箭神技，「彀弓而獸伏鳥下」，接敘飛衛「巧過其師」，表示飛衛射技出自名師神箭手而又青出於藍。然後述紀昌「又學射于飛衛」，以見師門神技，代代相傳。這部分是「總敘」，也就是「開端」，更是「起」。總敘射技的名門，男主角紀昌，其師及師公均出現。

㈡**紀昌學不瞬**：自「飛衛曰：『爾先學不瞬……』」至「而不瞬也。以告飛衛。」敘述紀昌先學射箭的基本功夫，眼睛的定力，要求面對對象的刺激而能睜眼不眨。這是瞄準的基本功夫。作者依序敘述紀昌受教，然後回家學「不瞬」的過程。是分敘。

㈢**紀昌學視**：自「飛衛曰：『未也，必學視而後可……』」至「皆如丘山」。這一部分敘述紀昌受教，然後回家學習眼睛注視物體，訓練眼睛視物的神力妙術。以求達到「視小如大，視微如著」的境界。經歷三年練眼的功夫才完成。也是按時間順序敘述的。也是分敘。

(四)紀昌試射：自「乃以燕角之弧」至「汝得之矣」。這一段敘述紀昌由練眼的基本功進入學射，省略了初學射的過程，而直接切入試射成功，並經飛衛鑑定，飛衛證實他學得神技。也是分敘。

(五)師徒校技：自「紀昌既盡衛之術」至「不無差焉」。這一部分，敘述紀昌想超越其師，求為天下第一神箭手。於是「謀殺飛衛」，「殺」在這裡是「克」的意思，即勝過。所以「相遇于野」、「交射」、「中路矢鋒相觸」，打成平手。師徒的射技都達到登峰造極的境界。這一部分是分敘，故事的轉折處，高潮所在。情節發展的巔峰。

(六)師徒均享最高神技的成就：自「于是二子泣而投弓」至「不得告術于人」。結尾師徒二人不分彼此，不較高下，均享箭術最高峰的地位，完成人類潛力無窮極，得名師，循正途，自可發揮無窮潛能，達到射技極致的理念實踐。

全文結構可提綱如下：

這篇故事全文結構，也是按客觀的自然順序分為四部分。即「開端」——「發展」——「高潮」——「結局」。故事敘述紀昌學射。先敘紀昌拜師，這一節由師寫起，寫師又先著筆師承，故以師公開端，甘蠅傳飛衛，紀昌再拜飛衛為師，師門傳統，其來有自。名師傳藝，成藝可靠，由師開端合乎學射的自然邏輯規律，然後敘述學射：學射有步驟，先學基本功，又分學不瞬和學視二節，這是練眼力的程序；再學射箭，省去初習階段，直入試射成功，學射完成，也是依自然的習射程序敘述，到了想居天下第一，乃進而與師校技，故事轉折起波浪，故事發展至此，達到高潮，校技結果，師徒平分秋色，證明二人都已達到射技的巔峰，乃以互誓師徒如父子，心脈相契，技藝相傳，均享射學的極致收尾。

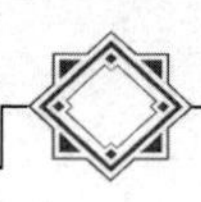

這是運用藝術手法創作的寓言，文中出現的三位神箭手，都是傳說人物，可是我們讀了都不會懷疑其事，即使無法在現實中看到其人，體驗其事，但都會相信它所傳達出來的理念，技藝是無窮盡的，神技可超越，如飛衛之「巧過其師」；最高的境界可企及，如紀昌之「謀殺其師」、與師「交射」、「矢鋒相觸」。全文就是一個生動的故事，敘述了紀昌學射成就一身絕技的來龍去脈，情節的展開是事件的先後安排，合乎邏輯順序，所以也是屬於順敘型。這種結構類型，是古今中外最常用的類型之一。

這篇故事全文都是在形象思維的邏輯運作下展開的。起的部分總敘紀昌拜師，把他的師承所自，由頭敘來，然後到拜師，這是依據學射必有師的邏輯思維原理安排的；承的部分，分敘紀昌學射的始終，這是沿著學射的學習次序所必有的邏輯思考原理安排的；分敘分練眼力、習射、試射成功等階段，也是依學射的必然步驟安排的；直到分敘4.，轉折為師徒校技，這更是按學習活動，精益求精，以及技藝競爭，爭勝求最的習藝者心理發展出來的，自然有其邏輯上的必然性，合情合理，最後師徒共登射藝的最高寶座，更是師徒關係常有的現象。

總之，這篇傳說寓言很符合形象思維的一定模式，並能以形象性訴之於人們的感官，活靈活現地傳達了，「彀弓而獸伏鳥下」的神技可超越，極致的技藝只要有名師、循正途，是可以企及的無限樂觀的學習精神。告訴人學習要精益求精，以盡自己極限的理念。

五、技巧

關於這則故事的寫作技巧，我們由三方面來談：

㈠**選材的技巧**：一篇文章所應用的題材，雖然因作家的個性而有不同的選擇，但作家選擇題材，必然要受主題的制約。就這則故事而言，作家在下筆之先，首先要考慮將在故事中表現什麼思想？顯而易見這篇故事所要表現的是人類的潛能無窮，只要學習得當，就可發揮淋漓盡致，學成絕技。但人力無窮可由多方面去表現，作者選擇的是藉「射技」的學習來體現人類能力無窮的意旨。既然決定以「射」顯現主題，所選的題材必然要與射有關。於是他選擇「紀昌」這位擬設的神箭手，藉敘述他學射的經過和成就，來詮釋自己所要傳達的理念，也即故事主題。選「紀昌學射」為傳達主題的題材，接著就得設計他學射的種種題材，如傳授者、學射所用器材等。就傳授者而言，作者選擇了兩位擬設的傳說中的神箭手，他們的成就代表當時射技的最高境界，於是甘蠅和飛衛以師徒關係、射技名門被選上了，以為紀昌學射的傳授源處；又因為學射分練眼力和射技兩個步驟，於是作者又選擇了紀昌妻的紡機牽挺和懸虱，以為訓練「不瞬」和「視」的題材；至於神技的表演分兩階段：首先是射虱，其次是校技。於是又選擇「燕角之弧」、「朔蓬之簳」以為射具。這些題材的選擇都是應所要表現的主題的需要，以及情節所需進行。作家在寫文章時，先要知道自己要表現什麼？用什麼去表現？就是構思時所要準備好的選材的工作，選材適當不適當，合不合用，就成了創作上的一個技巧問題了。

㈡**謀篇的技巧**：題材準備好了以後，下面要考慮的便是如何組織安排這些題材，以營構情節，展現主題的問題。這篇故事要敘述的是學射。作者採用的是單線的、順時性發展模式，所以他起先把傳授者安排在最前部，以為故事的開端，傳授者飛衛和其師甘蠅就安排在總敘的部分，以為紀昌拜師的情節；拜師交代清楚，接著就敘述他習射的過程；作者分練視力——先練「不瞬」；次練「視物——瞄準」。視力的訓練敘述後，接著他射藝完成，以燕角之弧，朔蓬之簳，射虱而貫其心；與師競技而有餘。至此，學藝已成功，紀昌的無窮潛能在射技得到最高的表現，結尾，作者讓師徒兩人均享無窮之能所達到射學上的殊榮。很自然地，這樣安排下來，就成了順敘型敘述文了。構思時的謀篇布局還是受主題的呈現和情節的營構所制約。

㈢**修辭的技巧**：作家寫文章，在謀篇工作做好後，再要考慮的是修辭的問題。這篇故事的作者在寫作這則故事時，為要強調紀昌所拜之師出自名門，且是當時天下第一高手，師承有自，所以由飛衛之師寫起，寫飛衛之師甘蠅，著墨頗多，彰顯他「彀弓而獸伏鳥下」的神技，然後運用比較法接敘飛衛，以「巧過其師」一詞層遞了飛衛射技，如此，紀昌所拜之師為當時天下第一就突現出來。其次，作者敘述紀昌練射技。神射、射技的境界，都用誇張的手法，如說練眼睛定力，就說「偃臥其妻之機下，以目承牽挺」是一種特殊的訓練法，帶有誇張；說他眼睛定力練成，就是「雖錐末倒眥而不瞬」，也是誇張的寫法；敘他練視力，就說「以氂懸虱于牖，南面而視之」也是特異的訓練法，是「視小」的誇張，視力練成而能「視虱如輪焉，以睹餘物，皆丘山也」又是「視小如大，視微如著」的誇張。敘述他射藝之精，就說「貫虱之心而懸不絕」、「交射，中路矢鋒相觸，而墜于地」也是誇張之言。這些誇張在現實中很少看到，然讀者卻感覺有其可信，由中得到滿足的美感。

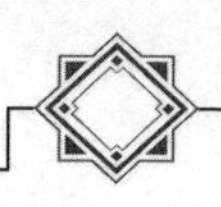

全文只不過用了直陳和對話，卻在用詞上隱藏了這麼多技巧。而且細節描寫精彩，善於渲染緊張氣氛，又由初學至技成，敘述層層升高，更是層遞法在全文中的運用。

總之，這篇故事，平正雅密，構思精，鑄句選字亦精，敘語簡妙。平中有奇，簡中有密，可以說是難得的佳構。

〈周處改過〉

周處年少時，兇彊俠氣，為鄉里所患①。又義興水中有蛟，山中有邅跡虎，並皆暴犯百姓，義興人謂為三橫，而處尤劇②。

或說處殺虎斬蛟，實冀三橫唯餘其一③。處即刺殺虎，又入水擊蛟。蛟或浮或沒，行數十里，處與之俱。經三日三夜，鄉里皆謂已死，更相慶，竟殺蛟而出④。

聞里人相慶，始知為人情所患，有自改意⑤。

乃自吳尋二陸，平原不在，正見清河，具以情告，並云：「欲自修改，而年已蹉跎，終無所成⑥。」清河曰：「古人貴朝聞夕死，況君前途尚可。且人患志之不立，亦何憂令名不彰邪⑦？」

處遂改勵，終為忠臣孝子⑧。

一、注釋

①周處：字子隱，晉、吳郡、義興（今江蘇省宜興縣南）人。吳、鄱陽太守周魴之子。《晉書・周處傳》說他「少孤，未弱冠時，膂力絕人，好馳騁田獵，不修細行，縱情肆欲，州曲患之。」後改過自新，出任吳、東觀左丞，入晉又曾為新平、廣漢太守及御史中丞。史書上說他「安人立政，入司百僚。」均有顯著的成績。兇彊俠氣：兇狠強悍，霸氣欺人。為鄉里所患：被同鄉的人當作禍害。為：被。鄉里：古代行政區劃的區域。五家為伍，十伍為里，四里為扁，十扁為鄉。患：禍害。

②義興：郡名，晉置，今江蘇省宜興縣。蛟：蛟龍，象龍而無角，傳說能興風作浪發洪水。邅跡虎：行綜不定難於追捕的虎。邅：轉。跡：腳跡。並皆：都。暴犯：危害暴虐，殘害。橫：暴。《史記・周紀》：「以威勢相脅曰橫。」

三橫：《晉書・周處傳》作「三害」。劇：厲害。

③或說：有人勸說。冀：希望。

④或浮或沒：有時浮在水面有時沈沒水中。更相慶：輪番互相慶賀。竟：居然，表示出乎意料。

⑤始知：才知。為人情所患：被人心中害怕。有自改意：有自己改過的想法。

⑥乃：於是。自吳：從吳地。一云為「至吳」之誤，《晉書・周處傳》作「入吳」，與「至吳」意同。吳：國名，在今江蘇、浙江、湖南、湖北等地。二陸：陸機、陸雲。吳大將陸抗之子。平原：陸機，曾任晉、平原內史，後人以其治地稱其人。正見：正好遇見。清河：陸雲，曾任晉、清河內史。以情告：把心事告訴他。欲自修改：想修養改過自新。年：年歲。蹉跎：ㄘㄨㄛ ㄊㄨㄛˊ，錯過時機，貽誤歲月。時光空過。終無所成：到頭來，事業無所成就，謂不能建功立名。

⑦貴朝聞夕死：珍貴的是聞知真理，死而無怨。《論語・里仁》：「朝聞道，夕死可矣。」言即使人老了，晚上就死，而能早上聽到真理，那就好了。這裡陸雲引用這個典故，勸周處不必擔心年歲遲暮，如能改過自新，則為時不晚。前途尚可：前途還可以有作為，幹一番事業。患：擔心。志不立：建功立業的大志不能建立起來。令名不彰：美名不顯揚。

⑧改勵：改過自勉。終為忠臣孝子：終於成為忠臣孝子。據《晉書・周處傳》謂：周處為御史中丞時，凡所糾劾，不避寵戚。後來，氐人齊萬年謀反，朝廷有人恨周處強直，建議派周處出戰。有人知其必戰死，勸他以老母為由，不出征。周處說：「忠孝之道，安得兩全？」遂領兵出戰，斬敵甚眾，弦絕矢盡，臨危不退，最後戰死。朝廷追贈平西將軍。

二、作者

劉義慶（西元四〇三年～四四四年），彭城（今徐州）人。南朝宋武帝之姪，景王劉道憐次子。後襲封臨川王。他生性簡素，寡嗜欲，好文義。府中聚集許多文人學士。晚年信佛，又受當時談神鬼、志怪異風氣的影響，與門人共同編寫了志異小說《幽明錄》、《宣驗記》及志人小說《世說新語》。

三、主題和題材

《世說新語》是一部志人小說，內容依故事性質，分類編纂，分三十六單元，各單元首揭兩字詞以為類目，類目

往往標示主題屬性。本篇選自〈自新第十五〉。〈自新第十五〉有故事兩篇，這是第一篇。

故事內容敘述周處改過自新的事蹟。俗語說：「浪子回頭金不換。」像周處原是鄉里人心目中的「三橫」之一，後來發憤為鄉里除害，洗心革面，為國家社會建功立業，終於轉變為忠臣孝子，名傳千古。

小說塑造一個勇於改過自新的典型，形象地說明一個人生活在世界上，不怕有錯誤，「過則勿憚改」，只要有改正錯誤的勇氣和決心，就一定能重新做人，就可幹出一番事業，做個堂堂正正的人。基於這個主題思想，作者選用了周處除三害的事件為題材，把它詮釋出來。

四、結構

這是一篇志人故事，屬於文學作品的範圍，是實人實事，在編者釀造主題、組織情節的匠心下，形成了順敘型結構。全文由「周處暴犯百姓」、「周處除害」、「有自改意」、「陸雲的指點」、「成忠臣孝子」等五個情節組合而成。下面就其結構加以分析，以見其所以為順敘型敘述文。

㈠**周處暴犯百姓**：自「周處年少時」至「而處尤劇」。這一部分寫周處的兇強俠氣，從他年少時寫起，「俠氣」，《太平御覽》卷三百八十六引作「使氣」。「俠氣」是霸氣，是說他蠻橫不講道理，「使氣」是任性不受拘束的意思。既是蠻橫霸道，肆意放縱，行為便會侵犯他人，「為鄉里所患」，與吃人的山虎、害人的水蛟並列為三橫，類比成兇物。這個情節，作者著重寫周處的惡。然而，周處並非萬惡不赦的人，他的兇強作惡，或出於無知使氣，是血氣方剛的人易犯的毛病，這就埋伏轉變的可能性，為他後來轉變作舖墊。因為不是惡性難改，所以，寫他的惡，以虎蛟類比，以略筆輕輕帶過，留下事後改過自新的餘地。

㈡**周處除害**：自「或說處殺虎斬蛟」至「竟殺蛟而出」。這個情節是由前文與虎蛟並列三橫，為害地方和「兇強俠氣」生發出來的。情節的發展具現實條件和個人心理因素兩方面的展現基礎。周處的好逞強和近乎豪俠的蠻橫個性，是鄉里人在受暴犯之餘所深知的。受暴犯之苦的鄉里人對周處的「患恨」，可由上文的「患」字、「三橫」、「尤劇」透露出來。「患恨」周處卻拿他沒辦法，於是便動腦筋，利用他的「好強」、「豪氣」的心理，慫恿他去「殺虎斬蛟」，目的在於借刀殺人，「冀三橫唯餘其一」，甚至是周處被咬死，也是值得慶幸的。這種計策和表面要求，迎合了周處「俠氣」、「逞強」的心理，所以周處豪爽地接受了，於是作者繼續敘述周處去殺虎擊蛟，重點、詳寫、實寫周處除害的過程。把周處的英雄本色，寫得具體生動，富有褒貶的精神。文中，略寫刺虎，詳寫刺蛟，目的在於接敘「鄉里皆謂已死，更相慶。」刺虎的活動易知，不容「鄉里」對周處生死有「謂」的餘地，故略寫即過，「擊蛟」在水中，可「或浮或沒，行數十里，處與之俱。經三日三夜」與其「行數十里，經三日三夜。」有容鄉里人對於周處生死臆測的餘地，故詳寫，其實詳略互用，非謂殺虎輕易斬蛟艱難也。更重要是，在與蛟搏鬥、三天三夜沒有上水，鄉里人竟無營救或找尋的動作，還以為周處與蛟同歸於盡，甚至被蛟吃了，而在鄉里「更相慶」，這不但和前文「患」的心理、「三橫」的稱號心理相應，更加深刻畫了鄉里的恨意，為周處的改過提供了必要的客觀條件。

㈢**有自改意**：自「聞里人相慶」至「有自改意」。這個情節只有十六個字。略寫周處萌發悔改的心理。他滿以為為地方除害，是英雄之舉，可得鄉里的崇拜讚譽，沒有想到鄉里人不但不關心他的生死，還在為他的死慶祝，他終於領悟到「為人情所患」，而想到要「自改」了。這一段敘述，目的在於為他的改過行為鋪設更堅強的心理基礎，為下文的轉變埋下線索。文外，暗暗傳達了周處內心的掙扎。

㈣**陸雲的指點**：自「乃自吳尋二陸」至「亦何憂令名不彰邪」。周處內心的掙扎是想改過，卻怕年紀已大、名聲已壞，難於挽回，不能建功立業，成就好名聲。作者在上文先點示他「有自改意」，卻未就此結尾收束全文，而只是藉此故意蕩開一筆，為的是要寫他「改過」的另一動力，故留餘地，要完整地、充分地、精彩深刻地寫他的改過，以表現他是徹底要改過了。於是接著就敘述他到東吳去向陸機、陸雲請教，並在陸雲的教誨下，改勵自新。這樣從旁詳寫他改過的過程，不惜用詳筆，深化主題。

㈤**成忠臣孝子**：即「處遂改勵，終為忠臣孝子。」結束的這部分，只有十個字，作者簡潔扼要地敘述了周處徹底改過，重新做人，由「兇強俠氣，為鄉里所患」的「暴犯橫人」，經過一番「自改意」的掙扎和「改勵」，終於成了一個懂道理、明大義、有志氣、有思想的「忠臣孝子」了。

經過上面對〈周處改過〉這一則故事的結構分析，我們可以確定它是一篇順敘型的敘述文，其結構可圖示如下：

〈周處改過〉
（順序型敘述文例4）

㈠開端（起）——周處暴犯鄉里。
㈡發展（承）——1.周處除害。
　　　　　　　2.周處想改過。
㈢高潮（轉）——3.周處訪二陸受陸雲啟示。
㈣結局（合）——周處改勵，成忠臣孝子。

這則故事整個結構脈絡，是由主題生發出來主角周處心理發展的自然順序的反映。它的基本情節是周處的犯錯和改過過程的發生、發展、激化、統一。由於客觀決定主觀，所以這種結構類型是形象思維和敘述文的基本形式。故事的主題和主角的心理發展要求情節脈絡的形式，所以故事情節本身有其必然的邏輯。主題要求寫一個人能夠改過自新，終於完成了大事業，立了好名聲，那麼這個人必得是一位犯過錯而有善根的人。要寫他改過自新，那必然要先寫他犯錯，然後著重表現他的思想轉變，要交代他改過後的新面目，因此，發展的部分要求有曲折變化的故事情節，也就是要有「發展」和「高潮」的兩部分，才合乎辯證邏輯的要求。原因是敘述文必須通過多方面表現主題的形象進行說服，才可以增強它的感染力，感動讀者，影響讀者的心理型態。再者，故事要影響人，讓人相信，就要敘述得有根有據，合情合理，真實可信。這則故事寫周處犯過，而以山虎、水蛟為類比，以暴犯鄉里百姓為「害」，並由此引出鄉里之「患」（恨），也就成了有人建議他去殺虎斬蛟的依據。從情節的發展上看，殺虎斬蛟又為敘述周處的悔悟自新提供了必不可少的環境條件。再者勸說周處去殺虎斬蛟的事，固是鄉人深知周處「好強」的心性，但也是鄉人不怕周處兇惡的表現，這樣下面敘述周處的轉變，就顯得順理成章，十分自然。周處聽了建議，便立即去殺虎擊蛟，固然表現他「好勇逞強」，卻也透露他粗豪爽快，具有敢冒險為民除害的勇氣和善性，這也是敘述他後來轉變的心理依據。然後，敘述周處到東吳請教二陸，得到陸雲的啟示，也安排得十分自然，曲折有致，是周處轉變的第二個契機。可見故事結構的安排，由大體到細節，都有堅強緊密的邏輯依據，即就情節發展而言，犯過在先，改過在後，那是事實的自然次序，無可更動的必然因果關係，所謂「順理成章」，它之為順敘型敘述文是事物發展過程的必然形象，與事實是相符合的。

五、技巧

這篇故事，在選材、謀篇、表現等方面都具有精巧細密的藝術技巧，高明超凡的藝術表現。下面分三方面論析之：

㈠**選材的技巧**：作家寫一則故事，或寫一篇散文，寫作的準備有選材這個階段，選材的進行要依據主題和文體，受主題需要和文體形式的制約。〈周處改過〉這篇故事的主題是寫一個人改過自新，終於完成道德修養，成就了大事業，建立了令名。作品的立意是自新，自新是人的心理和行為的轉變。作者創作時決定用敘述文表現它，也就是決定以人的改過事蹟去表現它。因此，作者必須先選擇一個人去當故事中的主角。這個人要是犯過的人物，而且後來改過了，變成善人，建功立業。這樣人物可經由虛構去塑造，也可以實人為模特兒來虛構其事，甚至可在現實人物中，選一個合乎需要的人物。這篇故事的作者採用後者，他在前人中選中了周處，因為他的事蹟就是「自新」的典型模子。主角選好後，選其他相關的題材，為了要由類比表現周處的惡，以及表現周處的「好強」的個性、除害的事蹟，作者又選擇了「山中邅跡虎」、「水中蛟」；為了表現周處改過的契機，又選擇了對他啟導的陸雲。當然，如故事所敘事蹟是事實，那作者選材的工作只要到史書裡，把周處的這段歷史選出就好了。

㈡**謀篇的技巧**：我們分析了這篇故事選材的技巧之後，接著來談謀篇的技巧。這篇故事的謀篇布局是經由精巧細密的藝術構思，高明巧妙的藝術布置，才完成的。首先看他故事的大綱：分「開端」——犯過；「發展」——除害和想改過；「高潮」——走訪二陸，陸雲的啟導；「結局」——改過，成忠臣孝子。這就是按一個人由犯過而改過的自然歷程安排，也可以是改過自新的現實典型人物周處的事蹟自然順序。「開端」的部分是「起」，就順敘型的敘述文結構而言，屬於「總敘」部分；「發展」和「高潮」的部分是「承」和「轉」，在敘述文的順敘型中，屬「分敘」的部分，分敘隨情節發展的需要，可以有兩個以上，且不能少於兩個，不然便無法發揮感染力，無法令人信服；「結局」的部分是「合」，是「結尾」，結束事蹟。這種結果合乎小說的結構原理，也和傳統的文章章法相符合。

㈢**修辭的技巧**：這篇故事的修辭以第三者觀點的敘述法為主，偶在近結尾處，運用了對話。而其他的技巧可言者有下列諸種。首先是類比法，首段（總敘）云：「周處……又義興水中有蛟，山中有邅跡虎……謂為三橫。」這是拿周處與蛟、虎類比，藉此渲染周處對百姓為害之甚，並以此為下文寫出有人建議他去殺虎擊蛟的依據。其次是第四段

（分敘）（高潮），寫陸雲的勸導，套用了《論語‧里仁》：「朝聞道，夕死可矣。」的典故，是用典法。

至如入題簡潔，善建舖墊、呼應關合自然緊密，更是作者細節表現的巧妙處，令人擊掌。這篇故事對後世影響相當深刻，後世戲劇《除三害》等劇目，就是以本篇為依據而編寫的。

〈國子助教河東薛君墓誌銘〉

君諱公達，字大順，薛姓①。曾祖曰希莊，撫州刺史，贈大理卿②。祖曰元暉，果州流溪縣丞，贈左散騎常侍③。父曰播，尚書禮部侍郎④。侍郎命君後兄據；據為尚書水部郎中，贈給事中⑤。

君少氣高，為文有氣力，務出於奇，以不同俗為主⑥。始舉進士，不與先輩揖⑦。作胡馬及圜丘詩，京師人未見其書，皆口相傳以熟⑧。

及擢第，補家令主簿，佐鳳翔軍⑨。軍帥武人，君為作書奏，讀不識句，傳一幕以為笑，不為變⑩。後九月九日大會射，設標的，高出百數十尺，令曰：「中，酬錦與金若干⑪。」一軍盡射，莫能中。君執弓，腰二矢，指一矢以興，揖其帥曰：「請以為公歡。」遂適射所，一座皆起隨之。射三發，連三中，的壞不可復射⑫。中輒一軍大呼以笑，連三大呼笑。帥益不喜，即自免去⑬。

後佐河陽軍，任事去害興利，功為多⑭。拜協律郎，益棄奇，與人為同⑮。今天子修太學官，有公卿言，詔拜國子助教，分教東都生⑯。

元和四年，年四十七，二月十四日，疾暴卒⑰。君再娶，初娶琅邪王氏，後娶京兆韋氏。凡產四男五女，男生輒即死。自給事至君，後再絕。遺言曰：「以公儀之子巳巳後我⑱。」其年閏二月廿一日，弟試太子通事舍人公儀、京兆府司公幹，以君之喪歸，以五月十五日葬于京兆府萬年縣少陵原，合祔王夫人塋⑲。銘曰：

「官不遂，歸譏於時；身不得年，又將尤誰？世再絕而紹，祭以不隳⑳。」

一、注釋

①諱：人死後稱名曰諱。即死者生前的名。

②撫州：州名，隋置，今江西省臨江縣。刺史：州長官。贈：死後天子贈封、追封。大理卿：官名，大理寺長官，此為贈銜。

③果州：州名，不詳。流溪：縣名，不詳。縣丞：官名，縣官。左散騎常侍：官名，此為贈銜。

④尚書禮部侍郎：尚書省禮部侍郎。

⑤後：過繼為人後嗣，動詞。尚書水部郎中，官名。給事中：官名，此為贈銜。

⑥氣高：性高傲。品性高傲。奇：不同凡響。

⑦始：才。舉：考上。

⑧胡馬、圓丘：詩題名。即〈胡馬詩〉、〈圓丘詩〉。書：文稿、文集。

⑨擢第：及第。補：敘官、任職。家令主簿：官名，掌刑獄。佐：次官，副首長。鳳翔軍：行政區名，今陝西省鳳翔縣。

⑩軍帥：軍的長官。書奏：上書、奏章等公文。一幕：整個幕府。

⑪大會射：舉鄉射禮，會眾人舉行射箭比賽。標的：目標、箭靶。的：ㄉㄧˋ。酬：報酬，獎賞。

⑫一軍：全軍，全鳳翔軍。腰：腰佩，動名詞。指：指挾，動名詞。興：起。的：靶。

⑬自免去：自己辭職離開。

⑭河陽軍：行政區名，在河南省孟縣西。

⑮協律郎：官名，掌音樂。棄奇：放棄奇異不同人的作風。

⑯今天子：唐憲宗。修太學官：新任命太學的教育官員。國子助教：官名，掌教育，在國子祭酒之下。東都：洛陽。

⑰元和：唐憲宗年號，自西元八〇六年至八二〇年之間。疾暴卒：生病、暴斃。

⑱再娶：娶了兩次。給事：指薛據。絕：香火斷絕。

⑲試太子通事舍人：官名，太子府的官。京兆府司：官名，京兆府屬官。喪：指棺木。京兆府萬年縣少陵原：地名，在京兆府萬年縣。合祔：合葬。塋：墓。

⑳銘：文體名，文後作總結的韻文。遂：順。不得年：不能享受天年，不長壽。尤：怨。世：世代，香火。再絕：二度斷絕，指薛公達無男承繼。紹：繼，指以弟公儀子已為嗣。隳，ㄏㄨㄟ，壞。

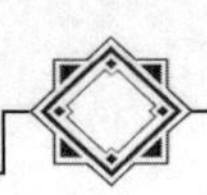

二、作者

韓愈（西元七六八年～八二四年），字退之，河內河陽（今河南省孟縣）人。嘗自稱「昌黎韓愈」，世人遂稱韓昌黎。三歲而孤，由大哥韓會及嫂嫂鄭氏撫養成人。苦讀書，通六經、百家學。貞元八年（西元七九二年）中進士，又三試博學鴻詞科不第。後輾轉於汴州、徐州做幕僚。貞元十九年任監察御史時，因上疏要求減免百姓租賦觸怒權貴，貶為陽山令。憲宗初年召為國子博士，轉都官員外郎、職方員外郎、史館修撰等。元和十二年（西元八一七年）以行軍司馬之職佐裴度平淮西，因功升刑部侍郎。後因諫憲宗迎佛骨，貶為潮州刺史。穆宗時，召為國子祭酒，又任吏部侍郎、京兆尹等職，世稱韓吏部。長慶四年（西元八二四年）卒，贈禮部尚書，諡曰文，世又稱韓文公。

這篇墓誌銘寫於元和四年閏二月以後不久，其時韓愈以國子祭酒分司東都；薛公達應是他的下屬。

三、主題和題材

本文選自馬其昶《韓昌黎文集校注》卷六。唐憲宗元和四年閏二月，東都國子助教薛公達卒，時韓愈為國子祭酒分司東都，為其撰墓誌銘。文章敘述公達的生平事蹟，突現其性高奇、官不遂、年不長、世再絕等方面，以見其為人。作者自公達的生活中選擇有關其高奇之性、官不遂、年不長、世再絕的事蹟，表現公達的一生。

四、結構

文章的結構是以敘述文順敘型的模式組織起來的。全文情節可分「開端」、「發展」、「結局」等三大部分，「發展」分三個敘述段落。下面依文本的結構原理說明：

㈠開端：自「君諱公達」至「贈給事中」。這個部分是全文起點。作者先由墓中人的身世敘起。寫其曾祖、祖父、父親、繼父等，以表現其家世、前代，是寫人物傳記最常用的筆法。這樣寫法最能體現順敘型敘述文的「總敘」。

㈡發展：分三個單元，依時間的自然順序敘述：

*1.*分敘：自「君少氣高」至「皆口相傳以熟」。這一段敘述他未及第前的事，著重其心性和文學。「氣高」、「文奇」、「傳誦於時」。

2.分敘：自「及擢第」至「即自免去」。敘述他進士及第後的官途不順遂。以佐鳳翔軍時的作為——恃才凌主，仕途波折為典型事件，表現他氣高和文武才奇，終致為「帥不喜」、「自免去」。敘述的是他及第後任職鳳翔軍事件。

3.分敘：自「後佐河陽軍」至「分教東都生」。這部分敘述他由「佐鳳翔軍」轉「佐河陽軍」，拜協律郎，又以國子助教分教東都生的一連串事蹟。染筆他個性和為人的轉變，「益棄奇，與人為同。」與分敘1.：「務出於奇，以不同俗為主。」成強烈的對照，由此反映他為人的風格。

(三)**結尾**：自「元和四年」至「合祔王夫人塋」，以及〈銘文〉。結敘墓主人的人生終點、兒女和繼嗣以及喪葬、死後的總評價。死亡之事，止於敘年時日。兒女之事，兼交代婚姻妻室及繼子。喪葬之事敘為其營喪葬的兩位弟弟和墓地所在。銘文對其一生下總評。這種結構是順敘型敘事文最常見的模式。它的圖表形構如下：

〈國子助教河東薛君墓誌銘〉
（順敘型敘述文例5）

- (一)開端（總敘）——人物及家世。
- (二)發展（分敘）
  - 1.心性與文學。
  - 2.佐鳳翔軍之事。
  - 3.佐河陽軍之事。
- (三)結局（結尾）——卒時、兒女、喪葬，評價。

這是一篇應用散文。墓誌是誌墓中人的德性、事蹟、功過的文章，應用意義比文學意義大，可是也具有相當高的文學性。這篇墓誌就是一個好例子。文章的結構是在主題的制約下，由墓中人生平幾個與主題相關的典型而光彩的事蹟組織起來的，情節的發展完全是按照墓中人生卒時限中的自然順序安排。總敘就是事件的開端，文章的起處，敘述家世是大處著筆，然後推及主角個人，合乎由大及小的邏輯。分敘是事件的發展，文章的承、轉。這篇文章的分敘部分交織著心性和作為等兩條深層情節線索，又以「不同於世」和「同於世」的心性和作為，作為事件發展和型態的推動力及塑造因素，構造「與俗衝突」和「與俗妥協」的兩種態度所生發出來的兩個情節發展型態，藉以表現墓中人的心性之奇與作為之異，以及敘述由此而發生的生平事蹟。這是合乎由主觀影響客觀，由客體塑造主體的邏輯發展原理

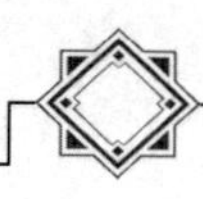

的，是形象思維與敘述散文營構出來的文章形式。具有必然的邏輯性，合乎人物心性在社會制約下的發展原理。結尾是事件的結局，文章的合。墓誌即是敘寫墓中人，以死卒的時間及後嗣、喪葬、評價作為結尾，是自然的人生程序和社會文化習俗的指引使然，是情節發展的自然次序。因此，它的結構有其邏輯依據，合乎敘述文順敘型的模式。

五、技巧

為了解敘述文順敘型的創作方法，我們還是依前面四個文例的討論方法分析這篇散文的寫作技巧，讓讀者多見識前人的表現藝術，以為寫作散文的參考，分析分下列三個步驟進行：

㈠**選材的技巧**：墓誌是寫墓中人，人物是固定的，事蹟也是墓中人的事蹟，但墓中人生前的事蹟很多，就以薛公達而言，他有四十七年的生活史，如何在他四十七年的生活中選出具代表性的材料，是作者在下筆前必須構思考慮的。韓愈寫這篇墓誌的主題，是要表現墓中人的高傲好奇、不同於俗的心性，和他在歷經磨鍊之後的個性變化。於是他選擇了墓中人生前的心性特徵和文學造詣為表現的重點，然後又選擇墓中人生平的兩段生活事件，來詮釋和傳達其心性特色和行為標幟，這兩段生活，一是佐鳳翔軍時的為軍帥「作書奏」和「大會射」；二是佐河陽軍後的「益棄奇，與人為同」的任事經歷。這其中，為了全面敘述墓中人，還得選擇其「家世」和「亡卒」之事。這樣選材的工作就算完成了。

㈡**謀篇的技巧**：題材選擇好了之後，接著要思考的是如何安排這些材料，將它組織成文章。在這裡，作者既想以順敘型處理這篇墓誌，所以傳達墓中人家世的材料，按敘生平的原則，就依發生順序放在總敘的位置；而「心性和文學」及「佐鳳翔軍」的題材和「佐河陽軍」的材料，也必然地為了表現其心性和作為的轉變，安排在分敘*1.*、*2.*、*3.*，依事件發生的時序加以敘述；最後墓中人死亡的時日以及喪葬、銘文，也自然地放在結尾，以為全文殿後。

㈢**修辭的技巧**：這篇墓誌，以直陳式的敘述為中心，中間因表現上的需要，二處引用，即令曰：「中，酬錦與金若干。」銘曰：「官不遂，歸譏於時；身不得年，又將尤誰？世再絕而紹，祭以不隳。」二處對話，即「請以為公歡。」遺言曰：「以公儀之子已巳後我。」全文均出以作者的視點敘文，是標準的敘述文。而文中以動詞為名詞，如「諱」字，以名詞為動詞，如「腰」、「指」、「後」等，用字是相當靈活的。又寫公達的文學武藝，以軍帥反襯，

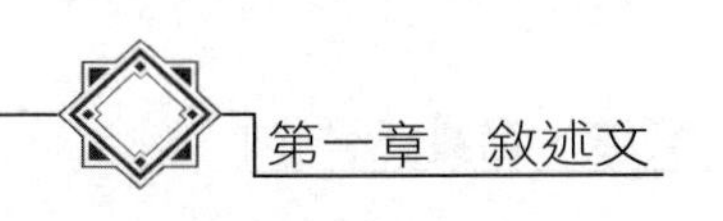

一軍作比，更顯公達之高，是陪襯法。這是作者修辭技巧的顯著地方。

由於主題的確定、結構的安排、技巧的運用，這篇文章完成了對墓中人的表現。這些表現，尤其對墓中人生前心性之奇、為文之不同俗這幾點的強調，以及用字的變化詞性，均是韓愈「惟陳言之務去」的文學主張的體現。而分敘㈡，對薛公達的文才和武藝的奇特，刻畫深刻，詞語靈動，寫活了薛公達的個性，人物形象躍然紙上，「作書奏」、帥「讀不識句」、「傳一幕以為笑」、「不為變」；「一軍盡射，莫能中。君執弓，腰二矢，指一矢以興，揖其帥曰：『請以為公歡。』遂適射所，一座皆起隨之。射三發，連三中」、「中輒一軍大呼以笑，連三大呼笑」寫公達生時，傲凌上司，目無餘人，栩栩如生，歷歷如畫，精彩絕倫。這算是順敘型相當高水準的散文。

順敘型敘述文舉了五篇例文，經過這樣的分析，讀者當已徹底了解其結構以及創作、閱讀和鑑賞方法，寫作時自可以這些文章作為參照，以求熟習其理論和訣竅。為了讓讀者學以致用，每週應做下列指定的課外作業。

練　習

㈠閱讀下列諸文，並為其標點、分段。
　1.左丘明〈公子重耳之亡〉。　3.司馬光〈太宗納諫〉。
　2.班固〈蘇武守節〉。　4.侯方域〈李姬傳〉。

㈡請以順敘型敘述法寫下列諸文。
　1.〈自傳〉：以順敘型寫自傳。（人物傳記）　3.〈寓言〉：以事件暗寓道理。
　2.〈某某事變〉：事件敘述。　4.〈故事一則〉：敘述歷史人物故事。

㈢請以本課程所講鑑賞原理和方法評前人的散文鑑賞，每週一篇，資料由教師自選。

第二節　倒敘型敘述文

思維世界是為人所特有的精神世界，人和人腦是思維的主體。創作時的構思活動是一種頭腦的思維活動，其過程會出現抽象思維和形象思維。頭腦的思維過程的結構特徵、活動方式，有它一定的運動規律。思維運動的規律會影響構思活動，構思活動的方式決定創作方式，從而制約思路的發展，形成作品的文類模式。人類形象思維運動在大腦上反映出來的有正象、有反象，敘述文的順敘型決定於正象；倒敘型則決定於反象。而正象是事物發展過程的主要事件依正常次序的自然順序的反映；反象則是事物發展過程的主要事件因反常的次序而顛倒了自然順序的反映。具體地說，是把事件的結局或某個重要情節放在前面，然後再追敘事件的開始和發展，或在開始和發展以及結局之後，追溯其前的事件，都會形成倒敘的形式。在這種思維過程中，事件的結局或放在前面的重要情節，在文章中稱為「本事」；而事件的開始和發展便稱為「往事」。處理這種文章形體時，一般是把「本事」中原有的「往事」（或追溯的「往事」）寫在「結局」（或某個具結束性的段落）之後。這種「本事」在前面，「往事」在後面的結構形式，在文章的發展脈絡上，顯然形成因果倒置的局面，所以稱為倒敘型。它的模式可以下面的綱領表示：

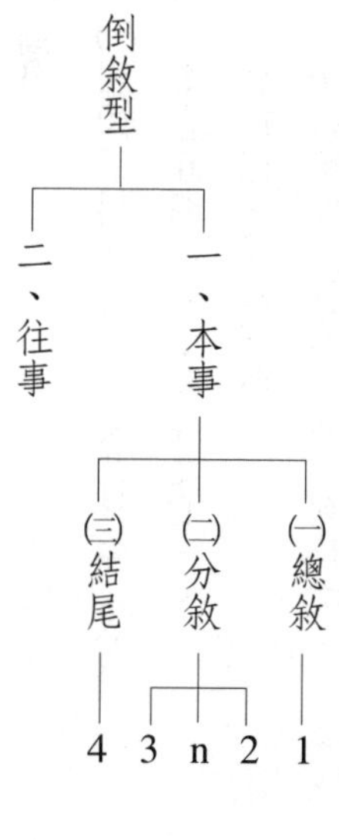

下面列舉五篇例文加以分析，以證明倒敘型的現實性，並藉以反覆呈示其模式典型，以便讀者熟練這種文章模式。

首先我們來看：

〈晉惠公韓原之敗〉

晉侯之入也，秦穆姬屬賈君焉。且曰：「盡納群公子」。晉侯烝于賈君，又不納群公子，是以穆姬怨之①。晉侯許賂中大夫，既而皆背之。賂秦伯以河外列城五，東盡虢略，南及華山，內及解梁城，既而不與。晉饑，秦輸之粟；秦饑，晉閉之糴。故秦伯伐晉②。

卜徒父筮之，吉：「涉河，侯車敗。」詰之，對曰：「乃大吉也。三敗，必獲晉君③。其卦遇蠱䷑，

曰：『千乘三去，三去之餘，獲其雄狐。』夫狐〈蠱〉，必其君也。〈蠱〉之貞，風也；其悔，山也。歲云秋矣，我落其實而取其材，所以克也。實落材亡，不敗何待？」三敗，及韓[4]。晉侯謂慶鄭曰：「寇深矣，若之何？」對曰：「君實深之，可若何？」公曰：「不孫[5]。」卜右，慶鄭，吉，弗使。步揚御戎，家僕徒為右。乘小駟，鄭入也。慶鄭曰：「古者大事必乘其產，生其水土，而知其人心，安其教訓，而服習其道，唯所納之，無不如志。今乘異產以從戎事，及懼而變，將與人易。亂氣狡憤，陰血周作，張脈僨興，外彊中乾，進退不可，周旋不能，君必悔之。」弗聽[6]。九月，晉侯逆秦師，使韓簡視師。復曰：「師少於我，鬬士倍我。」公曰：「何故？」對曰：「出因其資，入用其寵，饑食其粟，三施而無報，是以來也。今又擊之，我怠秦奮，倍猶未也[7]。」公曰：「一夫不可狃，況國乎？」遂使請戰曰：「寡人不佞，能合其眾而不能離也。君若不還，無所逃命。」秦伯使公孫枝對曰：「君之未入，寡人懼之；入而未定列，猶吾憂也。苟列定矣，敢不承命？」韓簡退曰：「吾幸而得囚[8]。」壬戌，戰于韓原。晉戎馬還濘而止。公號慶鄭，慶鄭曰：「愎諫違卜，固敗是求，又何逃焉？」遂去之。梁由靡御韓簡，虢射為右，輅秦伯，將止之，鄭以救公誤之，遂失秦伯。秦獲晉侯以歸[9]。

晉大夫反首拔舍從之，秦伯使辭焉，曰：「二、三子何其慼也！寡人之從君而西也，亦晉之妖夢是踐，豈敢以至？」晉大夫三拜稽首曰：「君履后土而戴皇天，皇天后土，實聞君之言，群臣敢在下風[10]。」穆姬聞晉侯將至，以大子罃、弘與女簡璧登臺而履薪焉。使以免服衰絰逆。且告曰：「上天降災，使我兩君匪以玉帛相見，而以興戎。若晉君朝以入，則婢子夕以死；夕以入，則朝以死。唯君裁之[11]。」乃舍諸靈臺。大夫請以入，公曰：「獲晉侯，以厚歸也，既而喪歸，焉用之？大夫其何有焉？且晉人慼憂以重我，天地以要我。不圖晉憂，重其怒也；我食吾言，背天地也。重怒難任，背天不祥，必歸晉君。」公子縶曰：「不如殺之，無聚慝焉。」子桑曰：「歸之而質其大子，必得大成。晉未可滅而殺其君，祇以成惡。且史佚有言曰：『無始禍，無怙亂，無重怒。』重怒難任，陵人不祥。」乃許晉平[12]。晉侯使郤乞告瑕呂飴甥，且召之。子金教之言，曰：「朝國人而以君命賞，且告之曰：『孤雖歸。辱社稷矣，其卜貳圉也。』」眾皆哭。晉於是乎作爰田[13]。呂甥曰：「君亡之不恤而群臣是憂，惠之至也。將若君何？」眾曰：「何為而可？」對曰：「征

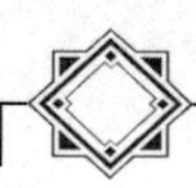

繕以輔孺子。諸侯聞之，喪君有君，群臣輯睦，甲兵益多。好我者勸，惡我者懼。庶有益乎！」眾說，晉於是乎作州兵⑭。

初，晉獻公筮嫁伯姬於秦，遇〈歸妹〉䷵之〈睽〉䷥⑮。史蘇占之曰：「不吉，其繇曰：『士刲羊，亦無衁也；女承筐，亦無貺也。西鄰責言，不可償也。〈歸妹〉之〈睽〉，亦無相也。』〈震〉之〈離〉，亦〈離〉之〈震〉。『為雷為火』，為嬴敗姬。『車說其輹，火焚其旗。』不利行師，敗于宗丘。『〈歸妹〉〈睽〉孤，寇張之弧。』姪從其姑，六年其逋，逃歸其國而棄其家，明年其死於高梁之虛⑯。」及惠公在秦，曰：「先君若從史蘇之占，吾不及此夫！」韓簡侍曰：「龜，象也；筮，數也。物生而後有象，象而後有滋，滋而後有數。先君之敗德，及可數乎？史蘇是占，勿從，何益？《詩》曰：『下民之孽，匪降自天，僔沓背憎，職競由人⑰。』」

一、注釋

①晉侯之入：指以前晉惠公在秦的幫助下，回晉國。秦穆姬：申生之姐秦穆夫人。屬：託。賈君：太子申生之妃，穆姬的親弟寡媳。群公子：獻公之子九人，除申生、奚齊、卓子已死，夷吾立為君外，尚有重耳等五人，是為群公子。

②中大夫：里克、丕鄭等。《國語・晉語》二：「夷吾退而私於公子縶曰：『中大夫里克與我矣，吾命之以汾陽之田百萬；丕鄭與我矣，吾命之以負蔡之田七十萬。』」按中大夫：夷吾時求秦納己，對秦大夫公子縶稱晉大夫，故言「中大夫」，是晉國內之大夫之意。河外：指大河環曲之南，河西與河南之地。黃河自龍門至華陰，自北而南，晉都於絳，故以河西與河南為外。河外列城五：舉其數而言。虢略：虢國國界，今河南省靈寶縣治即舊虢略鎮。華山：在秦晉之界，今陝西省華陰縣西南十里之太華山。內：河內。解梁城：今山西省永濟縣伍姓湖北之解城。閉之糴：不糴。

③卜徒父：秦之卜人，名徒父，掌龜卜。涉河：言秦軍渡過黃河。涉：渡。侯車敗：晉侯的戰車陷敗。詰之：穆公問為什麼吉利。詰：問。之：他，指卜徒父言吉的事。三敗：三次擊敗晉軍。必獲晉君：在主力戰時，一定可以俘虜晉的國君。

④其卦遇蠱：筮卦出現蠱卦。遇：見。千乘三去：千乘國的

軍隊三次驅趕敵軍。千乘：指秦。去：驅。三去之餘獲其雄狐：言三次驅趕敵軍之後，俘虜了敵人的主帥。餘：後。獲：俘。雄狐：象徵諸侯。這十二字是繇詞。今《周易》無其文。蠱的外卦（上卦）是艮，依《九家易》，艮為狐，是其象為狐，主五爻（第五爻），五為君位，是其象為雄狐。古人多以雄狐喻君，此指晉惠公。故下卜徒又斷云：「夫狐蠱，必其君也。」言象徵狐的艮卦所組成的蠱卦，象徵一國之君。所筮得蠱卦，狐蠱，即謂雄狐。貞：內卦（下卦）。悔：外卦（上卦）。蠱卦是由巽、艮兩卦所構成，巽為內卦（下體）為風為西，艮為外卦（上體），為山。秦在晉西，故以巽為西風，秦象。山，晉象。歲云秋矣：年節已秋了。歲：指季節。云：語助詞，無義。我落其實而取其材：我西風吹落山中的木實伐取山中的木材。巽為內卦，代表西，自秦言之，秦是內，故內卦代表本國秦；艮為外卦，是外，代表敵國。巽象風，風代表秦；艮象山，故山代表晉，秋季吹西風，風經山上，吹落山中果實，吹倒山中樹木，故附會有落實取材之象。所以克：依這卦象看，所以斷定秦可以勝晉，故前面斷云「吉」。三敗：三次打敗晉軍。及韓：追到韓原。韓：地名，在晉與秦接境地。

⑤晉侯：惠公。寇：敵軍。深：深入。不孫：不遜。謂慶鄭答語不敬。孫：通「遜」。

⑥卜右：卜問神明選乘戎車車右。卜：卜龜視兆。弗使：不用。步揚御戎：任命步揚駕戎車。步揚：姬姓，晉公族郤氏之後。步揚是郤犨之父；因食采於步，其子孫遂以步為氏。《左傳・成公十一年》〈正義〉引《世本》云：「郤豹生義，義生步揚，揚生州。」又云：「州，即犨。」家僕徒：晉大夫，其後為家僕氏。右：即車右。小駟：鄭所獻馬名。入：納，獻納。大事：指戰爭。必乘其產：必以本國所產之馬駕車。乘：駕。生其水土：在本國的水土上出生。知其人心：諳熟本國人的心理。安其教訓：安靜聽本國人的駕御指揮。服習其道：嫻習本國的道路。服：習。服習是同義雙音詞。唯所納之：只要駕御人叫牠向何方，就朝哪方驅進。異產：外國所產的馬。以從戎事：以參加戰爭。及懼而變：因不知人心，不安其教訓，不嫻習其道路，故臨戰而懼，馬變其常度。變：謂反乎正常的狀態。與人易：和駕御人的心意相反。言不聽御者指揮。亂氣狡憤：馬體中紛亂的精神狡戾憤懣。亂氣：因不安服而紛亂的精神。狡：戾反。憤：懣。一云憤，動也。陰血周作：身內之血遍身流動。血在身內，故云陰血。周：遍。作：流動。張脈僨興：漲起的血脈流動突起。張：漲。脈：血管。僨：沸起，動。興：起。外彊中乾：外形強壯，身內精氣乾竭。

⑦九月：夏正九月，當是周曆十一月。逆：迎戰。韓簡：晉

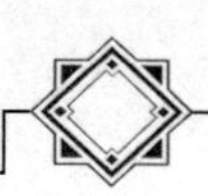

大夫，韓萬孫。《史記・韓世家・索隱》引《世本》云：「萬生賕伯（韓萬為曲沃桓叔之子），賕伯生定伯簡。」視師：視察秦軍。復：回復晉侯。出因其資：出奔藉他的資助。言夷吾當年遭驪姬之禍，出奔梁國，梁近秦，藉秦之資助而到梁。入用其寵：後來夷吾入晉即位，亦藉秦的恩寵，秦穆公應夷吾之求，與齊桓公共納夷吾入晉。施：惠。

⑧一夫不可狃：匹夫猶不可輕而狎侮。一夫：匹夫。狃：狎侮。請戰：約戰。不佞：不才。能合其眾而不能離：能聚合軍隊不能散離軍隊。《吳子・治兵篇》：「其眾可合而不可離。」古以能合其眾為將才。無所逃命：不逃避您的挑戰之命。定列：定位，君位安定。敢不承命：豈敢不接受您的挑戰。幸而得囚：要是能不戰死，僥倖只落得被俘就好了。

⑨壬戌：十四日。《經》用周正，故為十一月壬戌：傳乃依《晉史》抄來，用夏正，則是九月十四日。韓原：陝西韓城縣西南之古韓國。戎馬：駕戎車的馬。還：盤旋。濘：泥濘。還濘：在泥濘坑中盤旋。止：不能行，不得出。號：喊叫。愎諫：不聽不可用小駟之諫。去諫曰愎，讀ㄅㄧˋ，戾也。違卜：違背車右用慶鄭吉之卜。固敗是求：固是求敗。何逃焉：何必逃敵呢？梁由靡：晉大夫。梁由：氏。靡：名。嘗從里克敗狄於采桑。輅：ㄌㄨˋ，迎，要截。止：獲、俘。

⑩晉大夫：隨征的大夫郤乞等。反首：翻亂其頭髮。反：翻。首：頭。亂髮下垂，故云「反首」。拔舍：即茇舍，拔草以蓋軍用帳蓬。一云：在茇上住宿即草宿。茇：草。舍：宿。一云：拔起帳蓬隨秦軍西行，隨行隨宿。辭：拒絕。感：同「慽」，憂。從君而西：從晉君而西。帶晉君西行。從：帶隨。《禮記・王制》：「九十者，天子欲有問焉，則就其室，以珍從。」亦晉之妖夢是踐：只為踐履晉國的妖夢。亦：祇。妖夢：指狐突不寐而夢申生告欲以晉畀秦，狐突論其不可，申生改托巫言，告以欲懲罰惠公。踐：厭，止。一云：踐履。以：已，太。至：甚，過分。三拜稽首：古人但有再拜稽首。三拜稽首是變禮，國將亡或已亡之人所行。稽首：五體投地而拜，即手足伏地，頭點地而拜。履后土而戴皇天：在地上天下，天神地祇所見。下風：在風向之下，謙而退立下風。

⑪穆姬：秦穆公之后，晉獻公之女，申生胞姐，惠公同父異母姐。大子罃：穆姬長子，後來的秦康公，秦之十五君。弘：罃之母弟。簡與璧：穆姬的兩個女兒，罃與弘的姐妹。登臺而履薪焉：登上宮臺下舖薪柴而站在上面。免服：用布寬一寸，從項中而前，交於額上，又卻向後繞於髻，成卷幘，如此可約四垂之髮而露其髻，是遭喪之服，初死則有免，服成則衰絰。免：ㄨㄣˋ，同「絻」。袒絻之服。衰絰：ㄘㄨㄟ ㄉㄧㄝˊ，喪服，著於喪服者曰衰，通「縗」；繫於胸前不縫邊曰斬衰，縫邊曰齊衰。繫於腰者曰絰。皆麻布為

之。逆：迎。匪以玉帛相見而以興戎：不是在會盟時相見而在戰爭時碰面。匪：不是。以：於。玉帛：圭璋和束帛，皆諸侯會盟朝聘禮物。興戎：戰爭，發生戎事。朝以入：於朝入。夕以死：於夕死。

⑫舍諸靈臺：秦穆公接了穆姬的傳言後，把晉惠公安置在靈臺。靈臺：在秦都郊外，秦人觀陰陽天氣之變之所。一云：周文王之靈臺，在今陝西鄠縣。請以入：請穆公帶晉惠公入雍城。以厚歸：帶著豐厚的勝利品凱旋回國。喪歸：歸而服喪，是以喪歸，言穆姬或因而帶子兒一起自殺，則自己回國便得服喪。何有：何所得。慼憂以重我：晉人反首拔舍，憂戚過人而感動我。重：動。天地以要我：言晉人指著天神地祇，謂其「實聞君之言」，約束我去實行。要：約束。不圖晉憂重其怒也：不考慮近前的晉人的憂苦，就會激怒他們。晉：晉人隨秦軍西行，就在近前。重：動，激。或云加重。我食吾言背天地也：我不履行踐晉妖夢，止以懲罰惠公而放其歸，是對天地食言，違背天神地祇。古人以不履行諾言為食言。任：當。祥：吉。公子縶：秦公子子顯，穆公之子，秦大夫。無聚慝：不要讓惡人聚集。慝：ㄊㄜˋ，惡。必得大成：必得大有利的和議。成：和議。史佚：人名，周史官尹佚。始禍：為禍亂之首。怙亂：恃人之亂以為己利。

⑬郤乞：晉大夫，時隨惠公在秦。瑕呂飴甥：晉大夫，即子金。召之：召瑕呂飴甥到秦。教之言：教郤乞言。朝國人而以君命賞：朝會國人傳達國君的命令賞賜他們。國人：國城中的自由民，或指朝廷眾臣。告之：告國人。孤：國君自稱。辱社稷：因戰敗有辱國家。卜貳圉：卜立太子圉為副君。卜：龜卜以問神。貳：副君。圉：惠公之子，太子圉。爰田：轅田，改換井田之制以開阡陌。爰：易。爰田：更改井田制中田疇疆界，以增加土地。

⑭呂甥：即瑕呂飴甥。亡之不恤：不恤亡。恤：憂。征繕：征收財賦、軍賦曰征；修治曰繕，此指繕治甲兵。孺子：謂太子圉。輯睦：和睦。好我者勸：與我交好的諸侯得到鼓勵。惡我者懼：與我交惡的諸侯必懼怕而不敢有非分之舉。州兵：設地方軍隊，古時五黨為州，州二千五百家，州兵即由州長募集的軍隊，這是一種兵制改革，擴充軍隊，增造兵器。

⑮初：當年，追溯之語。晉獻公：晉惠公之父，晉國君。筮嫁伯姬：筮卦問神，嫁伯姬的吉凶。伯姬：即穆姬，長於申生及諸公子，故稱伯姬。歸妹䷵之睽䷥：筮卦時五正爻一變爻，由於上六是老陰，變為陽爻，上卦（外卦）由震☳變為離☲，故歸妹變為睽。之：往，變化。

⑯史蘇：晉之史官，掌卜筮。占：數策以測禍福，瞻視斷言以測禍福。繇：ㄓㄡˋ，卦之繇辭。刲：ㄎㄨㄟ，刺割。衁：ㄏㄨㄤ，血。承筐：帶筐。貺：ㄎㄨㄤˋ，賜、與。無貺：無實，《周易·歸妹·上六爻辭》：「女承筐，無實；士刲羊，

無血。」〈歸妹・卦爻辭〉多言婚姻，獻公此筮亦問婚姻。刲羊、承筐乃古代婚姻之禮，刲羊而無血，承筐而無實，故言不吉，《易》亦云「無攸利」。西鄰責言不可償：西方鄰國秦雖與晉是姻親，可是伯姬嫁後，秦晉會有衝突，西秦將會向晉責言，而晉無法應付。西鄰：指秦。責言：責求之言。指責晉惠公償五城，實現諾言，糴糧回報秦之糴。不可償：晉不能應付，不割五城，不糴米。歸妹之睽：卦是卜嫁伯姬，今卜得歸妹之睽之卦。亦無相：亦無助，言伯姬嫁秦，無助於加強兩國關係，避開衝突，故會發生戰爭。震之離亦離之震：上卦由震變成離也跟離變成震一樣。這是史蘇解釋語。為雷為火：震是雷，離是火。為嬴敗姬：是嬴姓敗姬姓之象。卜卦時，內卦為主，主代表晉；外卦為客，客代表秦。歸妹和睽之內卦均是兌，兌是水；於是本卦和變卦的內卦合起來只是一兌一水，而外卦則一震一離，雷火相成，火勢盛強，故水本可克火，然一水對二火，水反為火滅，故是嬴敗姬之象。車說其輹：車子脫去其伏兔。震為車，兌為毀折，兌有毀折之象，故謂「車說其輹」。說：ㄊㄨㄛ，脫。輹：ㄈㄨ，伏兔。插於車輿下，下方有鉤以持車軸，所以連軸與輿。火焚其旗：離為火，故謂火焚。不利行師：出兵則不利。歸妹之上六在震而兌之六三均為陰爻，是兌之六三無應，如車脫伏兔而解體，象晉軍上下不相救之象；歸妹之震變為離而成睽，原陰爻變陽爻，在睽上卦離是陰爻失位，而離又為火，與歸妹之震相通而火盛熾，故云：「火焚其旗」。因此皆失車火之用，車敗旗焚，故斷云：「不利行師」。敗于宗丘：在宗丘被打敗。宗丘即故韓國，韓原之別名，其地有丘，有晉先君之廟，故名。就卦象而言，火出現於變卦睽，害其母爻（歸妹上六），故有敗終宗丘之象。歸妹睽孤寇張之弧：歸妹上六爻變為睽上九，處睽之極，背離孤立，以致通敵寇，寇張弓欲射之。《易・睽・上九》云：「睽孤，見豕負塗，載鬼一車，先張之弧，後說之弧。」弧：木弓。睽有睽違睽離之象。故《易》曰：「睽孤。」歸妹為嫁女，上古有搶奪婦女者，故曰：「寇張之弧。」一云：互體坎當寇，為弓，乃仇人張弓之象。姪從其姑：謂子圉到秦為人質，隨從其姑穆姬。凡卦變而之他曰從，亦取震變為離之義。震以陽爻為主，而陽爻在下，離以陰爻為主，而陰爻在中，離之陰爻高於震之陽爻一位，故震以男而為姪，離以女而為姑。六年其逋：子圉以僖公十七年質於秦，二十二年逃歸，是六年。逋：逃。變卦睽乃由本卦歸妹上六變上九而成，自初六至上六是第六爻，故據以云六年。家：妻，夫謂妻為家。歸妹上六變為睽上九，陰賤陽貴，是卑賤人質逃歸即位為尊貴國君。又睽卦有背離之象，象夫棄妻。高梁之虛：今山西省臨汾縣東北二十七里。圉於僖公二十二年歸，惠公於僖公二十三年死。二十四年二月殺懷

公於高粱，二月指夏正，猶是逃歸之明年。

⑰侍：卑者陪在尊者之側曰侍。龜象也筮數也：卜用龜，灼以出兆，視兆象而測吉凶，故曰：「龜，象也。」筮之用蓍，揲以為卦，由蓍策之數而見禍福，故曰：「筮，數也。」物生而後有象：有物然後有形象。象而後有滋：有形象的物（物有形象）然後其生長繁衍而出現眾數。滋而後有數：有生長繁衍然後多少之數乃生。先君之敗德及可數乎：言先君之敗德非筮數所生。及可數：數可及，數可以測及。孽：罪。僔沓：ㄗㄨㄣˇ ㄊㄚˋ。小人聚語雷同附合。背憎：相背而憎疾毀謗。職競由人：以競逐為主，完全是由人造成。職：主。競：爭。

二、作者

這篇文章選自《春秋左氏傳》。其書記載春秋時代的史事，所記史事起於魯隱公元年（西元前七二二年），終於魯悼公四年（西元前四六四年）。書的成立年代歷來頗有爭議，這裡取春秋末年說；書的作者也有很多說法，這裡取左丘明的說法；左丘明的生平和身分也有不同意見，這裡取魯人，孔子弟子的說法。班固《漢書・藝文志》云：「（孔子）以魯，周公之國，禮文備物，史官有法，故與左丘明觀其記。據行事，仍人道，因興以立功，就敗以成罰，假日月以定曆數，藉朝聘以正禮樂，有所褒諱貶損，不可書見，口授弟子。弟子退而異言，丘明懼弟子各安其意，以失其真，故論其本事而作傳，明夫子不以空言說經也。」班固認為《左傳》的作者為左丘明，左丘明為魯人孔子弟子。

三、主題和題材

這篇文章敘述晉惠公韓原之敗。故事交代秦、晉於魯僖公十三年至僖公十七年之間，由交涉而至發生戰爭以至和談的經緯。主題在於表現晉惠公的失敗，所以選晉惠公敗德，秦穆公伐晉，惠公兵敗韓地的事件，表現之。題材分由前因、經過、結果諸階段的事件組合成。內容主要寫晉惠公昏庸狂傲招致失敗，敗後又糊塗地將失敗的原因歸之於迷信，以為他父親獻公當年卜嫁穆姬，史蘇占卦，告以嫁女給秦不吉利，可是獻公不聽史蘇的卜斷，仍將伯姬嫁秦，以致有今日之敗。作者為要表現晉惠公的愚頑不知自省，在韓之役晉敗之後、秦晉和談之餘，敘述晉惠公的追憶和他父親違卜，論嫁伯姬之不吉，故文章的發展，採用「原因」——「發展」——「結果」——「追溯」前事的次序，決定了其必為倒敘型的機制，充分突現了主題制約結構的實際情狀。

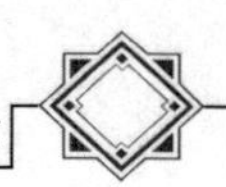

四、結構

由於《左傳》的作者寫《左傳》是為了詮釋孔子的《春秋》，自然在行文時會帶有對歷史人物的褒貶意識，比方在上引這段文章裡，作者顯然地含有貶晉惠公的用意，所以文中特別突現他的忘恩、背德、頑固、迷信等。下面從全文的結構來分析它，以證明它是倒敘型的敘事文。

(一)本事：

1. 開端：自「晉侯之入也」至「故秦伯伐晉」。敘述戰爭的原因。又分晉惠公背穆姬之屬、背賂晉中大夫之許、不與秦所賂五城、忌施而閉秦糴等四件述之。

2. 發展：自「卜徒父筮之」至「吾幸而得囚」。這部分敘述秦晉韓之戰，又分幾個小情節。

(1)秦卜戰：自「卜徒父筮之」至「不敗何待？」敘述秦穆公命卜徒父卜戰之吉凶，卜徒父占卦，分析卦象，預言戰爭對秦晉的吉凶利害。用卜徒父的分析繇辭先把韓之戰概括地敘述一遍。

(2)前鋒戰晉敗和主力戰晉之選將：自「三敗，及韓」至「弗聽」。這部分敘述晉惠公與慶鄭論戰爭形勢，和選車右、戎馬。

(3)韓簡論秦晉軍力：自「九月」至「吾幸而得囚」。這部分敘述韓簡在戰前視秦師，對雙方軍力士氣的分析，藉以呈現敵我形勢。

3. 高潮：自「壬戌」至「秦獲晉侯以歸」。敘述韓原之戰。晉惠公戎車陷於泥濘，慶鄭不救；韓簡迎戰秦穆公，快要俘獲，慶鄭呼其救晉惠公，坐失良機，秦反敗為勝，獲晉惠公。

4. 結局：自「晉大夫反首拔舍從之」至「晉於是乎作州兵」。敘述韓之戰的餘聲。分三部分敘述之：

(1)晉臣求情：自「晉大夫反首拔舍從之」至「群臣敢在下風」。這部分敘述晉從征群臣從惠公而西，求穆公不要過分對待晉惠公。

(2)穆姬救弟：自「穆姬聞晉侯將至」至「乃舍諸靈臺」。敘述穆姬率子女以死脅穆公以救其弟晉惠公。

(3)秦晉言和：自「大夫請以入」至「晉於是乎作州兵」。敘述秦晉言和。又分兩細節敘之。先敘穆公與群臣論處理秦晉的戰後關係策略。後敘呂甥教郤乞說國人以和睦同心，共對與秦人之和議。

以上四個大情節即〈晉惠公韓原之敗〉的本事。然而在本事之後，作者又接敘一段往事。

(二)往事：晉獻公卜嫁女：自「初，晉獻公筮嫁伯姬於秦」至「職競由人」。這部分敘述晉獻公筮嫁伯姬於秦，晉惠公和韓簡回憶其事，以為韓役之敗的形上原因，藉嫁伯姬給秦之吉凶，論獻公當時不從史蘇占斷的得失，以求戰爭失敗癥結所在。突現晉惠公迷信、愚頑、不知自省。由於有這一段往事在本事之後，這篇文章的結構是倒敘型無疑。

下面再以邏輯原理論之。

根據上面對〈晉惠公韓原之敗〉這篇敘述文的分析，我們可以把它的結構提綱如下：

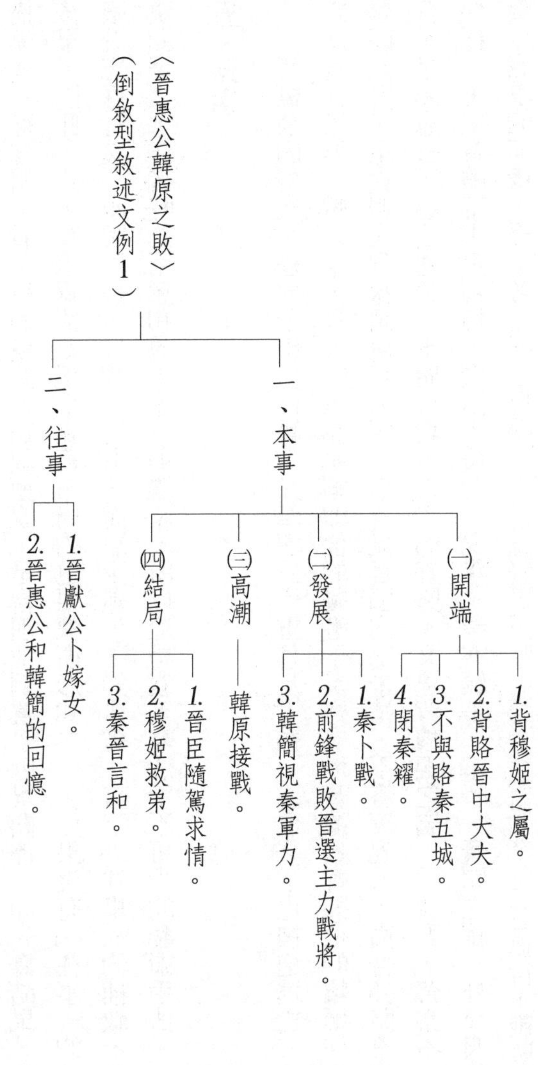

從文章的結構提綱看，這篇文章和順敘型文章不同的地方是末尾多了一個「往事」的部分，它恰好和「本事」（基本情節或事件）相對照。按時間順序說，這是人們根據主觀顛倒了客觀順序。按創作心理說，這是為了適應強調晉惠

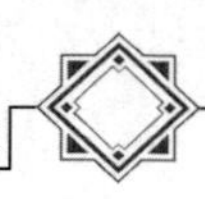

公不德的需要而採取的補敘所造成的，是作者敘韓原之役時，為突現晉敗是由於惠公不德的這個主觀見解，所採取的加強主題形象的藝術手法，所以，這是加強主題意識的形式，把它寫在結局之後，加以強調，這是合乎邏輯的，因為前果後因的順序正如我們後面要討論的議論文的演繹型。這篇文章的結構恰好符合前面我們由倒敘型理論所指出的結構模式。從邏輯上看，這個模式對順敘型說，是合理地倒置了因果關係，即先寫結果，後寫原因，而順敘型則是先因後果。因此，我們應承認倒敘型是謀篇布局的重要藝術形式之一，如果沒有「往事」的補敘，晉惠公的不德的形象僅限於忘恩背義，頑固自是（愎諫、違卜）而缺少迷信不知自省。有了「往事」的補敘，晉惠公的不德的形象才完整，更顯著了，作者貶的用意和效果才更加濃厚，所以這是濃筆寫法所不可少的藝術手法。

五、技巧

晉獻公因驪姬，逼太子申生自殺，又牽連公子重耳及夷吾，二位公子也被迫逃亡。重耳逃往北狄，夷吾因秦穆公之助逃往梁國。獻公卒，晉大夫里克弒剛即位的驪姬子奚齊，以及繼奚齊即位的驪姬妹生的卓子。驪姬姐妹也被殺。晉國無君，里克派人到狄請重耳返國，重耳見晉國內部未靖，不答應返國，夷吾卻賂秦求助，秦穆公連合齊桓公納夷吾，是為惠公，惠公返晉，不履行對中大夫的許賂，又違背穆姬之屬，烝賈君，背秦不予所賂五城，忘恩負義，罪大惡極。後來晉饑荒求秦糴糧，秦給予援助，隔年，秦亦饑荒，求晉，晉閉之糴，外交爽約，負恩不報，終於引起韓之戰。戰爭的前後，惠公又「違卜愎諫」，一反戰爭選將、選戰具的原理，一意孤行，戰敗後又不知檢討晉軍內部不和、戰略缺失，而將責任推給往年晉獻公違卜嫁女於秦。這是一個歷史事實。

《左傳》是左丘明傳述《春秋》的歷史著作，作者左丘明在撰作時，固是要以史事釋《春秋》，又要將《春秋》的褒貶史觀傳達出來。所以，當左丘明寫韓原之役這段歷史時，他既要敘述歷史事實，又要在寫史時把善惡賢愚的人物形象映現出來，藉以為褒貶之資。那麼，左丘明是運用什麼技巧在這篇文章中，記述歷史，塑造人物形象，以行褒貶的史家職責呢？下面我們分三方面論述之：

㈠**選材的技巧**：歷史事件，材料本是現成的，作者似乎把現成的材料排列上去就好了，但《左傳》卻不成，《左傳》的編寫本是為了詮釋《春秋》，《春秋》寓有褒貶，《左傳》在詮釋《春秋》時，除了在史的義理上要發揮《春秋》的義例外，歷史記事還要配合褒貶的史筆，對於事件和人物形象的表現作適當的反映。就以〈晉惠公韓原之敗〉這篇記事為例，作者對於事件固然依事實記錄，把前因後果，經過的情形按自然的時序敘述就可以了；然而對於事件的主角晉惠公這個人物，既要揭露他行事的荒謬、心性的惡劣，又要傳達他不德行為背後的心理，因此在題材方面便不能不精心選擇。於是作者分原因、經過、結果等三部分去選擇題材，在敘述「原因」時，作者選擇的是他敗德背信的幾件事：*1.*背穆姬之屬：包括烝賈君和不召群公子二事；*2.*背晉中大夫，不依約予賄；*3.*背秦，不予所賂五城；*4.*閉秦糴。在「經過」部分，作者選擇的題材是：*1.*卜筮材料，如秦卜戰；*2.*前鋒三敗，晉惠公選將用馬，「違卜愎諫」造成晉軍不和；*3.*韓簡視秦軍，強調「我怠敵奮」，透露晉惠公理屈，影響雙方士氣；*4.*韓原之戰，選慶鄭不救惠公，秦反敗為勝等題材。這些題材，除了交代事實外，常呈現惠公所以敗；是那時歷史事件材料中，最適於表現惠公不德的題材。至於「結果」的部分，作者選的是：*1.*晉大夫為惠公求情；*2.*穆姬救弟；*3.*秦晉言和等三個事件，這三個事件，也最能表現惠公所以能獲赦返國的因素。這些是作者寫韓之役的「本事」時，選的題材；然而作者覺得這樣對惠公的貶尚不夠，於是再選一則「往事」以為補筆，借惠公和韓簡對當年「筮嫁事件」的批評，加深惠公的反面形象，表示惠公的不德是這次戰爭失敗的最根本因素。

㈡**謀篇的技巧**：構思之初應主題的需要，須用的題材選好了，接著作者的思緒便要伸向文章的結構，去考慮如何安排題材，如何布置先後，這是謀篇布局的功夫。主題既是要在「韓之戰」中貶責晉惠公的不德，便是以寫人物不德的形象為主，戰爭反在其次了。所以作者想出的布局方法是寫戰爭，而在戰爭中反映主人翁的不德。寫戰爭，尤其寫歷史戰爭，以史筆為之，不外是敘述戰爭的起因、經過、結果。要在戰爭的敘述中刻畫人物的不德，作者採用的布置方法是在敘述「原因」時，集中寫戰爭是由他的不德無信引起的，所以「開端」的地方安排了他在戰前的種種失信和理虧的事件；「發展」的部分先敘「秦卜」，預言晉的「三敗」；次敘選將，安排的是他「違卜、愎諫」的題材，借以表現晉軍不和；再敘視師，安排韓簡論「晉怠秦奮」，見晉惠公對秦「三施不報」的理虧；又敘韓戰，以慶鄭拒救陷濘的惠公，顯晉軍不和而致敗。「結尾」部分，先安排晉群臣護主之事，以見敗不在臣而在君；次安排穆姬死諫救弟，以反襯惠公不聽其屬之非；後安排秦晉言和，先敘秦議後敘晉謀，敘得雙方謀和形象顯明。「往事」在最後，先追敘獻公卜嫁女，再敘惠公韓簡之評，以惠公在回憶中追咎先君，加深其惡質。這樣的，先「本事」後「往事」的時

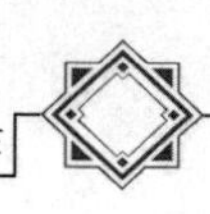

間反折，使文章的結構成為倒敘型。而這敘述層次的安排又與強調晉惠公的不德息息相關，布局與主題的關係，謀篇與脈絡的聯繫，那是有必然的牽連的。

㈢**修辭的技巧**：文學是語言的藝術，修辭與主題和結構都有密切的關係。就以這篇文章來說，作者在構思時既想好文章的重點所在，在於人物形象，而人物的善惡智愚早已成竹在胸，那些人物的敘述語言和口白，隨著所要表現的個性和情節的發展而有所不同；情節的發展、筆法的繁簡，在在都會影響語言的運用，語句的鎔鑄。

這篇文章的思維方式以敘述為主，對話居次，並穿插有說明和議論，如卜徒父回答秦穆公的占卦語是說明，但這種說明體是包在大格局的敘述，就整體而言是敘述卜徒父筮卦，只有在敘述格局下看卜徒父「對曰」的時候，它才獨立為說明式；又如慶鄭論「乘小駟」，在作者敘述選將的大格局中，它是以議論為敘述，議論包在敘述中，只有獨立看慶鄭那段時，它才是議論文。其他，「結尾」部分，秦穆公回答秦大夫請以晉惠公入的那段話，也是以議論為敘述，「往事」部分敘晉獻公巫嫁伯姬於秦，占辭也是以說明為敘述。這種思維方式的賓主轉移，是在分析文章結構時不得不留意的。否則便會因誤導而混淆文體了。

除了思維方式和文體轉化外，這篇文章在表現技巧上還有下列數點可談。

1. 簡筆的運用：如「三敗，及韓。」前哨戰只用兩個字帶過。這是因為主力戰在後，韓原接戰才是這一役的中心，所以「三敗」宜略，然而「三敗」二字由前文繇詞陡入，其千鈞之力，使文章顯得奇峭，勢如高峰隆石，飛仙過眾，神妙不可多得，是簡筆與繁筆交用的效果。

2. 對照法：周大璋云：「前極寫秦之仁，此極寫晉之惡。」這「開端」部分，以秦糴晉而晉閉之糴相對照；韓席籌云：「前極寫秦穆之智，此極寫惠之愚耳。」這是人物形象的對照。其實這篇文章為了寫晉惠公的不德，處處用對照法，如韓簡口中的「晉怠」與「秦奮」相對均是。

3. 映射法：作者在這篇文章中，還用了映射法，如「經過」部分寫惠公「違卜、愎諫」，「往事」部分又寫他將戰敗歸咎先君，這些都在於回應「開端」部分寫他的理虧，其他寫秦穆公之智、韓簡之賢也用這種手法，加強文中的意象。

4. 烘托法：至於寫穆姬，以死諫秦伯，與前面「怒之」，是以兩種相反情思互相交叉，見穆姬之識大體，烘托得

秦穆公一派霸者雄風，凜凜有威，溫熙有愛。

總之，作者出於貶晉惠公的創作動機，由謀思主題而選材以備應用，然後謀篇以安排材料，構思以組脈絡，奇正互用，虛實交媾，言單意複，在歷史事件中編織人物形象，借人物對照和烘托，運用人物行為和語言，刻畫人物形象，寫得晉惠公惡形昭彰，令人不齒。清．馮李驊在《左繡》中說：「前半寫見獲之由。平日既著著理虧，臨時猶事事膽大，其見獲固不待言。後半忽連敘舍靈臺，許晉平，此不是寫他絕處逢生，正是寫他盡情出醜。至寫到子金賞眾，分明事後追悔無及，全賴諸臣挽回，尚不知自反，而猶追咎先君也。至死不悛，想作者于此，亦未免拔劍著屐之恨也矣。」又云：「韓原之戰，正面著筆無多，前後都是寫晉惠見獲，可惱可憐處。尤妙在卜右一段，句句說小駟，卻句句是寫此公，將忌克人性情舉動，刻畫無遺。子金一段，句句是算計，卻句句是弄虛頭，將負心人不稍退步，打落殆盡。」誇獎作者的寫人手法，和我的見解是相通的。

〈李廣不得侯〉

居頃之，石建卒，于是上召廣代建為郎中令①。

元朔六年，廣復為後將軍，從大將軍軍，出定襄，擊匈奴②。諸將多中首虜率，以功為侯者，而廣軍無功③。

後二歲，廣以郎中令將四千騎出右北平，博望侯張騫將萬騎與廣俱，異道④。行可數百里，匈奴左賢王將四萬騎圍廣。廣軍士皆恐，廣乃使其子敢往馳之⑤。敢獨與數十騎馳，直貫胡騎，出其左右而還，告廣曰：「胡虜易與耳！」軍士乃安⑥。廣為圜陣外向，胡急擊之，矢下如雨。漢兵死者過半，漢矢且盡⑦。廣乃令士持滿毋發，而廣身自以大黃射其裨將⑧。殺數人，胡虜益解。會日暮，吏士皆無人色；而廣意氣自如，益治軍。軍中自是服其勇也⑨。明日，復力戰，而博望侯軍亦至，匈奴軍乃解去。漢軍罷，弗能追⑩。是時廣軍幾沒，罷歸。漢法：博望侯留遲後期，當死，贖為庶人；廣軍功自如，無賞⑪。

初，廣之從弟李蔡與廣俱事孝文帝。景帝時，蔡積功勞至二千石。孝武帝時，至代相⑫。以元朔五年為輕車將軍，從大將軍擊右賢王，有功，中率，封為樂安侯⑬。元狩二年中，代公孫弘為丞相。蔡為人在下中，

名聲出廣下甚遠⑭。然廣不得爵邑，官不過九卿，而蔡為列侯，位至三公。諸廣之軍吏及士卒，或取封侯⑮。

廣嘗與望氣王朔燕語曰：「自漢擊匈奴而廣未嘗不在其中，而諸部校尉以下，才能不及中人，然以擊胡軍功取侯者數十人。而廣不為後人，然無尺寸之功以得封邑者何也？豈吾相不當侯邪？且固命也？⑯」朔曰：「將軍自念，豈嘗有所恨乎？」廣曰：「吾嘗為隴西守，羌嘗反，吾誘而降，降者八百餘人，吾詐而同日殺之。至今大恨獨此耳！」朔曰：「禍莫大于殺已降，此乃將軍所以不得侯者也⑰。」

一、注釋

①居頃之：過了不久。石建：武帝時為郎中令。上：武帝。郎中令：官名，九卿之一，掌宮殿門戶。

②元朔：武帝年號，西元前一二三年。後將軍：武官名。大將軍：武官名，指衛青。定襄：郡名，在今山西省西北部、內蒙西南部一帶。

③中首虜率：斬敵人首級合符所規定的標準。中：符合。首虜：新虜首。首：首級。率：標準。侯：爵位。

④後二歲：即元狩二年（西元前一二一年）。將：率領。右北平：郡名，今河北省和熱河一帶。博望侯：張騫爵號。張騫，武帝初為郎，通西域，以功封博望侯。異道：不同路線。

⑤可：大約。左賢王：匈奴貴族的封號。匈奴太子或單于繼承人受此封號。敢：李廣子。馳之：騎快馬前往偵察，驅逐。

⑥貫：穿過，衝。易與：容易對付。

⑦為圜陣外向：令將士面向外，布成圓形陣勢。

⑧持滿：弓拉滿。大黃：一種強弓，色黃而大的弩弓。裨將：副將。裨：ㄆㄧˊ。

⑨益解：漸漸散去。自如：自然。

⑩罷：同「疲」。

⑪軍功自如：功過相當，軍功和罪責相如。

⑫從弟：堂弟。李蔡：《史記》有傳。孝文帝：孝景帝之父，惠帝之子。景帝：武帝之父。二千石：俸祿。代相：代國的相。代：國名，其地即代郡，漢初行郡國制，以代為國以封子弟，後又改為郡。相：國的長官，所以輔國之王者，官職類似郡的太守。

⑬元朔五年：武帝元朔五年，西元前一二四年。輕車將軍：雜號將軍之一。右賢王：匈奴貴族封號，與左賢王職位相近。中率：合乎封賞的標準。樂安侯：李蔡的爵號。

⑭元狩二年：武帝元狩二年，西元前一二一年。公孫弘：漢薛人，字季，學《春秋雜說》，武帝時博士，官丞相，元狩二年卒。下中：古人將人才分九等，即上上、上中、上下、中上、中中、中下、下上、下中、下下，下中在第八等。出廣下：在李廣之下。

⑮不得爵邑：不得封爵封邑。九卿：九卿位在三公之下，漢九卿，太常、光祿勳、衛尉、太僕、廷尉、大鴻臚、宗正、大司農、少府。列侯：封建時代的國君，漢代列侯食邑稱國。三公：丞相、太尉、御史大夫。

⑯望氣：觀測天象預占吉凶。王朔：當時有名的望氣家。燕語：閒時私下交談。諸部校尉：各部曲校尉。部：部曲。校尉：官名，掌屯兵，秩二千石。不為後人：不落在別人後面。尺寸之功：一點點功勞。相：面相。命：命運。

⑰自念：自己想想。恨：缺憾，過失遺陷。隴西守：隴西郡太守。隴西：郡名，今甘肅省舊蘭州、秦州、鞏昌一帶。守：太守。羌：西北的一個少數民族。

二、作者

這篇文章選自《史記》，作者司馬遷，字子長。西漢夏陽（今陝西省韓城縣）人。他生於漢景帝五年（西元前一四五年），大約死於漢宣帝時。太史司馬談之子。十歲誦古文，二十歲時游歷天下名勝。後繼父職為太史令，因受李陵降匈奴事件連累，下獄受宮刑，憤激之餘，以餘生著《史記》一百三十卷。後赦為中書令，卒年不詳。

司馬遷出生於隴門，自幼受世代史家的家庭教育，他編《史記》，上起軒轅，下至漢武帝太初年間，是一部紀傳體的通史，體大思精，既為歷史，又具文學性，為歷來知識份子所喜讀。

三、主題和題材

「李廣才氣，天下無雙。」這是〈李將軍列傳〉中典屬國公孫昆邪在漢武帝面前稱讚李廣的話。又漢武帝在一場與匈奴單于決定性戰役前夕，告誡大將軍衛青，說李廣數奇（命運不好），不宜讓他正面與單于作戰。「才氣無雙」和「數奇」是〈李將軍列傳〉的篇眼。這篇文章選自〈李將軍列傳〉，它的主題也在表現李廣的才氣無雙和數奇。全文敘述李廣坎坷的遭遇，提供李廣才氣和命運的題材訊息。但這個主題是如何表現出來，下面我們由結構和技巧兩方面細加分析。

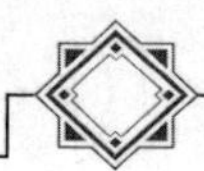

四、結構

天下無雙的李廣沒有得爵封侯，這是作者司馬遷所感到不公平的。這篇文章在〈李將軍列傳〉中以一個構成單元的形式營構李廣不得封侯。開端先敘述李廣升任郎中令；發展以分敘的方式敘述元朔六年的「出定襄擊匈奴」的「無功」；又敘述「後二歲」（元狩二年）的「出右北平」攻匈奴的「廣軍幾沒」、「罷歸」；這是「本事」部分；然後回敘李蔡、「諸廣軍吏」的封侯；及追敘「廣與望氣王朔燕語」事。

(一)本事：

1. 開端：自「居頃之，石建卒」至「為郎中令」。由廣升任郎中令敘起。先將廣的此段經歷提出。

2. 發展：自「元朔六年」至「廣軍功自如，無賞。」分敘兩件歷史事實。

(1)定襄之役：自「元朔六年」至「而廣軍無功」。敘述李廣隨從大將軍衛青出定襄攻擊匈奴。「諸將多中首虜率，以功為侯者。」而「廣軍無功」。

(2)出右北平之役：自「後二歲」至「無賞」。敘述李廣率騎兵出右北平與博望侯分道攻匈奴，「軍幾沒，罷歸。」「廣軍功自如，無賞。」在發展的部分強調李廣的戰役無功。以上是這篇文章的「本事」。

(二)往事：自「初，廣之從弟李蔡與廣俱事孝文帝」至「此乃將軍所以不得侯者也」。分敘兩件事。

1. 李蔡與李廣自孝文帝時至「元狩二年中」（即前面「後二年」出右北平）之役時，兩人的遭遇，一以「下中」之人而位至三公；一以「無雙」之才而不及封侯。

2. 李廣與望氣王朔燕語：敘述李廣因自己屢擊匈奴而「無尺寸之功以得封邑」，而向術士王朔請教，王朔聽了李廣回憶往日誘降羌人而詐殺之的往事後，告訴他：「禍莫大于殺已降，此乃將軍所以不得侯者也。」經過上面對這篇文章行文脈絡的分析，我們發現它的結構可以提綱如下：

〈李廣不得侯〉
（倒敘型敘述文例2）

- 一、本事
  - (一)開始——由李廣代石建任郎中令敘起。
  - (二)發展
    - 1. 定襄之役——敘述其役無功。
    - 2. 出右北平之戰——敘述其役功過相抵。
- 二、往事
  - (一)李蔡與李廣過去經歷和成就。
  - (二)李廣與王朔的燕語。

根據這個結構提綱，我們發現它的脈絡和倒敘型敘述文的模式是相符合的。作者在這個架構中，依據主題去組織本事，主題是要表現李廣的不得封侯，所以他在元朔六年前後這段期間，敘述其兩戰均無功，沒有受到侯爵的封賞，這樣本事就結束了。接著他為了表現李廣遭遇異常，有不公平的可能，想交代清楚它的原因；所以，改以追敘之筆敘述文帝至武帝元狩二年以前，李廣和他堂弟李蔡的事蹟，把不公平的現象突現出來，這也是歷史事實，不過所敘的事件在「定襄之役」和「出右北平」之前，所以在全文中，它成了「往事」，然後接敘李廣和王朔的對話，這是倒敘型思維脈絡。「本事」依事件發展的自然順序敘述，那是合乎整個事件的發展邏輯的。它的基本情節是李廣的無功和不得侯的發生、發展、結尾。「本事」部分，開端在傳統文體中屬於「起」，在「文章結構」中屬總敘，而「漢法」一段因是「出北平之役」的「結尾」，也是本事的結局，在傳統文體屬「合」。根據客觀決定主觀的原理，我們可以說它的結構類型是形象思維和敘述文的基本形式之一，屬於倒敘型，故情節本身有必然的邏輯性。而「往事」卻是表現不公平和追究不公平發生的原因，所必然的轉折，是事物發生事件的深層動力，所以，這裡的敘述也是合乎事件的邏輯發展理則。尤其人類在遭遇異常事體時，往往會出現追根究底的心理，就是人類這種心理，提供了在「本事」之後，接續這個「往事」的創作依據。所以，這篇〈李廣不得侯〉之出現如此倒敘的模式，是合乎文章結構邏輯的。

五、技巧

主題制約結構，而作者在主題制約下營造結構，卻是各人技巧不同的。這篇文章的營構技巧，可由下列三方面論述之：

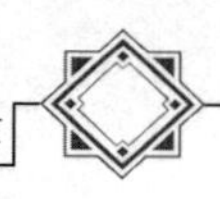

㈠**選材的技巧**：這篇文章作為〈李將軍列傳〉的一個局部，它所要扮演的是李廣的作戰無功，不能得到封侯。因此，作者在選材上要考慮的是在李廣的一生中，哪些時候的哪些事件適合作為李廣戰場無功不得封侯的典型題材，作者想到元朔六年至元狩二年前後的生活橫斷面和主題有相聯繫的地方，於是選擇了「定襄之役」和「出右北平」那兩個事件，由於這兩個事件不但分別有李廣的戰場「無功」和「軍幾沒，罷歸。」等題材，還分別有「多中首虜率，以功為侯者」的「諸將」作反襯和「留遲後期，當死，贖為庶人。」的「博望侯」作陪襯，所以這兩次戰役就成了表現這個主題的最佳典型題材了。其次選擇表現「不得侯」原因的題材，這部分可以在「往事」中看到，為了加強「有才不得侯」的不公平意象，作者在「往事」這部分，選擇了「李蔡和李廣」的遭遇那段生活橫斷面之題材作比較；又選擇了李廣與王朔燕語那段生活橫斷面題材以為究「因」的表現。幾則題材的選擇都是應主題表現的需要；都具有生活的現實性和客觀性，不是隨便截取出來的。這樣作者選材的技巧很明白地可以看出來了。

㈡**謀篇的技巧**：題材選好之後，最先這些題材——生活橫斷面在作者腦海中並不是像現在文章所呈現的模樣，這個題材組織模式是作者在構思時，以謀篇布局的手法組構好的。這就是謀篇的功夫。作者在謀篇時，他想先敘述李廣的作戰無功、不能封侯，於是，他把在元朔六年和元狩二年那段生活斷面的幾則事按時間先後次序加以安排，以適當的文字詞句把兩事件敘述出來，並加以連接，以見其匠心。然後進行「原因」的追敘，先以李蔡與李廣對比，再以李廣和王朔的燕語接應，把「原因」——「命運」、「殺已降」之恨點出來。如此，全文的格局就完成了。

㈢**修辭的技巧**：謀篇和布局的構思工作完成後，接著是考慮如何運用語言把事件按計畫好的格局呈露出來，使它物質化、具象化。〈李廣不得侯〉這篇文章，以敘述和對話的技巧把文章的格局敘述出來。而在敘述的過程中，運用了下面兩種技巧：

1. 對照法：是指作者以兩種相反的題材作比較，讓所要表現的主體更加清晰地顯現出來。如「本事」部分，以「諸將」與李廣比照，讓「廣軍無功」更加突出；又「往事」部分，以李蔡和李廣對比，作者先敘「廣之從弟李蔡與廣俱事孝文帝」，以為比較基礎，次依時序敘「景帝時，蔡積功勞至二千石。孝武帝時，至代相。以元朔五年為輕車將軍，從大將軍擊右賢王，有功，中率，封為樂安侯。元狩二年中，代公孫弘為丞相。蔡為人在下中，名聲出廣下甚遠。然廣不得爵邑，官不過九卿，而蔡為列侯，位至三公。諸廣之軍吏及士卒，或取封

侯。」也是詳寫李蔡和李廣，加以比對；又補一筆，以「諸廣之軍吏及士卒」和廣對比，以見廣遭遇的不公。

2.陪襯法：是指作者以主賓關係寫兩種事物，以賓陪襯主，使主的形象更加鮮明清晰。如「本事」部分以李敢陪襯其父李廣，以加強李廣的善射、多略；又以張騫的「贖為庶人」，陪襯李廣的「軍功自如，無賞。」使李廣的「無功」更明晰。

總之，司馬遷在這篇文章中，緊緊抓住李廣「善射」和「數奇」的特點，以兩者矛盾展開故事，表現主題，刻畫人物，寄託自己的感情思想。在題材的選擇，題材的安排，題材的先後位置、剪裁的繁簡，講究殊精。司馬遷的塑造功夫是相當成功的。

〈吳保安與郭仲翔〉

吳保安，字永固，河北人，任遂州方義尉[1]。其鄉人郭仲翔，即元振從侄也。仲翔有才學，元振將成其名宦[2]。

會南蠻作亂，以李蒙為姚州都督，帥師討焉[3]。蒙臨行，辭元振。元振乃見仲翔，謂蒙曰：「弟之孤子，未有名宦，子姑將行，如破賊立功，某在政事，當接引之，俾其縻薄俸也。」蒙諾之。仲翔頗有幹用，乃以為判官，委之軍事，至蜀[4]。

保安寓書于仲翔曰：「幸共鄉里，籍甚風猷。雖曠不展拜，而心常慕仰[5]。吾子國相猶子，幕府碩才，果以良能而受委寄[6]。李將軍秉文秉武，受命專征，親綰大兵，將平小寇[7]。以將軍英勇，兼足下才能，師之克殄，功在旦夕[8]。保安幼而嗜學，長而專經，才乏兼人，官從一尉。僻在劍外，地邇蠻陬[9]。鄉國數千，關河阻隔[10]。況此官已滿，後任難期。以保安之不才，厄選曹之格限，更思微祿，豈有望焉[11]？將歸老邱園，轉死邱壑[12]。側聞吾子急人之憂，不遺鄉曲之情，忽垂特達之眷，使保安得執鞭弭，以奉周旋[13]。錄及細微，薄沾功效[14]。承茲凱入，得預末班。是吾子邱山之恩，即保安銘鏤之日[15]。非敢望也，願為圖之。唯照其款誠而寬其造次。專策駑蹇，以望招攜[16]。」仲翔得書，深感之。即言于李將軍，召為管記[17]。

未至而蠻賊轉逼。李將軍至姚州，與戰，破之。乘勝深入蠻，覆而敗之。李身死軍沒，仲翔被虜。蠻夷

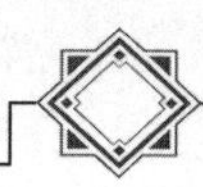

利漢財物，其沒落者皆通音耗，令其家贖之，人三十匹。

保安既至姚州，適值⑱軍沒，遲留未返。而仲翔于蠻中間關致書于保安曰：「永固無恙。頃辱書未報，值大軍已發，深入賊庭，果逢撓敗。李公戰沒，吾為囚俘。假息偷生，天涯地角⑲。顧身世已矣，念鄉國窅然⑳。才謝鍾儀，居然受縶；身非箕子，且見為奴。海畔牧羊，有類于蘇武；宮中射雁，寧期于李陵㉑。吾自陷蠻夷，備嘗艱苦，肌膚毀剔，血淚滿池㉒。生人至艱，吾身盡受。以中華世族，為絕域窮囚。日居月諸，暑退寒襲，思老親于舊國，望松檟于先塋，忽忽發狂，腷臆流慟，不知涕之無從㉓！行路見吾，猶為傷愍。吾與永固，雖未披款，而鄉里先達，風味相親；想睹光儀，不離夢寐㉔。昨蒙枉問，承間便言。李公素知足下才名，則請為管記㉕。大軍去遠，足下來遲。乃足下自後于戎行，非僕遺于鄉曲也㉖。足下門傳餘慶，天祚積善，果事期不入，而聲名并全㉗。向若早事麾下，同參幕府，則絕域之人，與僕何異㉘？吾今在厄，力屈計窮；而蠻俗沒留，許親族往贖。以吾國相之侄，不同眾人，仍苦相邀，求絹千匹㉙。此信通聞，仍索百縑㉚。願足下早附白書，報吾伯父。宜以時到，得贖吾還。使亡魂復歸，死骨更肉，唯望足下耳㉛。今日之事，請不辭勞苦。吾伯父已去廟堂，難可咨啟。即愿足下親脫石父，解夷吾驂；往贖華元，類宋人之事㉜。濟物之道，古人猶難。以足下道義素高，名節特著，故有斯請，而不生疑㉝。若足下不見哀矜，猥同流俗，則僕生為俘囚之豎，死則蠻夷之鬼耳。更何望哉?!已矣吳君，無落吾事㉞。」保安得書，甚傷之。

時元振已卒，保安乃為報，許贖仲翔。仍傾其家，得絹二百匹住㉟。因往嶲州，十年不歸。經營財物，前後得絹七百匹，數猶未至㊱。保安素貧窶，妻子猶在遂州，貪贖仲翔，遂與家絕，每于人有得，雖尺布升粟，皆漸而積之。後妻子飢寒，不能自立。其妻乃率弱子，駕一驢自往瀘南，求保安所在㊲。于途中糧盡，猶去姚州數百。其妻計無所出，因哭于路左，哀感行人。時姚州都督楊安居乘驛赴郡，見保安妻哭，異而訪之。妻曰：「妾夫遂州方義尉吳保安，以友人沒蕃，丐而往贖㊳。因住姚州，棄妾母子，十年不通音問。妾今貧苦，往尋保安。糧乏路長，是以悲泣。」安居大奇之，謂曰：「吾前至驛，當候夫人，濟其所乏。」既至驛，安居賜保安妻錢數千，給乘令進。

安居馳至郡。先求保安，見之，執其手升堂，謂保安曰：「吾常讀古人書，見古人行事，不謂今日親睹于公。何分義情深，妻子意淺？捐棄家室，求贖友朋，而至是乎?!吾見公妻來，是公道義，乃心勤佇，愿見顏色[39]。吾今初到，無物助公，且于庫中假官絹四百匹，濟公此用。待友人到後，吾方徐為填還[40]。」保安喜，取其絹，令蠻中通信者持往。向二百日而仲翔至姚州。形狀憔悴，殆非人也。方與保安相識，語相泣也[41]。安居曾事郭尚書，則為仲翔洗沐賜衣裝，引與同坐，宴樂之。

安居重保安行事，甚寵之。于是令仲翔攝治下尉[42]。仲翔久于蠻中，且知其款曲，則使人于蠻洞市女口十人，皆有姿色[43]。既至，因辭安居歸北，且以蠻口贈之。安居不受，曰：「吾非市井之人，豈待報耶！欽吳生分義，故因人成事耳。公有老親在北，且充甘膳之資[44]。」仲翔謝曰：「鄙身得還，公之恩也；微命得全，公之賜也。翔雖瞑目，敢忘大造[45]！但此蠻口，故為公求來。公今見辭，翔以死請。」安居難違，乃見其小女曰：「公既頻繁有言，不敢違公雅意。此女最小，常所鍾愛。今為此女受公一小口耳[46]。」因辭其九人。而保安亦為安居厚遇，大獲資糧而去。仲翔到家，辭親凡十五年矣。卻至今，以功授蔚州録事參軍[47]。則迎親到官。兩歲，又以優授代州戶曹參軍[48]。秩滿，內憂，葬畢，因行服墓次，乃曰：「吾賴吳公見贖，故能拜職養親。今親歿服除，可以行吾志矣。」乃行求保安[49]。

而保安自方義尉選授眉州彭山丞。仲翔遂至蜀訪之[50]。保安秩滿，不能歸，與妻皆卒于彼，權窆寺內。仲翔聞之，哭甚哀，因制縗麻，環經加杖，自蜀郡徒跣，哭不絕聲[51]。至彭山，設祭酹畢，乃出其骨，每節皆墨記之，盛于練囊。又出其妻骨，亦墨記，貯于竹籠，而徒跣親負之，徒行數千里，至魏郡[52]。保安有一子，仲翔愛之如弟。于是盡以家財二十萬厚葬保安，仍刻石頌美。仲翔親廬其側，行服三年[53]。既而為嵐州長史，又加朝散大夫[54]。攜保安子之官，為娶妻，恩養甚至[55]。仲翔德保安不已，天寶十二年，詣闕，讓朱紱及官于保安之子，以報。

時人甚高之[56]。

初，仲翔之沒也，賜蠻首為奴，其主愛之，飲食與其主等[57]。經歲，仲翔思北，因逃歸，追而得之。轉賣于南洞，洞主嚴惡，得仲翔，苦役之，鞭笞甚至[58]。仲翔棄而走，又被逐得。更賣南洞中，其洞號菩薩蠻。仲翔居中。經歲，困厄，復走。蠻又追而得之[59]。復賣他洞，洞主得仲翔，怒曰：「奴好走[60]，難禁止邪？」

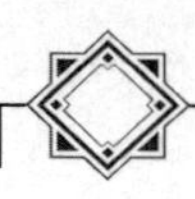

乃取兩板，各長數尺，令仲翔立于板，以釘其足背釘之，釘達于木。每役使常帶二木行。夜則納地檻中，親自鎖閉。仲翔二足經數年瘡方愈。木鎖地檻，如此七年，仲翔初不堪其憂。保安之使人往贖也，初得仲翔之首主㉛，展轉為取之，故仲翔得歸焉。

一、注釋

①河北：縣名，山西省芮城縣東北。遂州方義：今四川方寧。尉：官名，即縣尉。

②鄉人：同鄉的人。鄉：古行政區劃分之單位。元振：郭元振。唐人，名震，元振其字，進士及第，武后時為涼州都督。中宗神龍中，遷安西大都護。睿宗立，為太僕卿。先天初，兼兵部尚書、中書門下。玄宗時，為朔方大總管，封代國公。開元初授饒州司馬。生平見《唐書》卷一百二十二。從侄：堂姪。名宦：名聲和官職。

③會：逢。南蠻：南方蠻人。李蒙：人名。姚州：今雲南姚安。唐置姚州都督府，在古滇國之地。都督：官名。領刺史職，都督中外諸軍。

④元振乃見仲翔：元振引見仲翔於李蒙。孤子：孤兒，父已死，故稱。姑：且。將行：率其同行。在政事：當朝執政。接引：接見、引見。之：他，指仲翔。俾：使。其：他。縻薄俸：領取朝廷一點微薄的俸祿，即吃俸祿。謂一小官位。縻：通「靡」，損耗，今言消費。薄：小。幹用：幹才可用、可用的幹才。判官：官名，唐代節度、觀察等使的僚屬。蜀：四川。

⑤寓書：寄信。共鄉里：即同鄉。籍甚風猷：風教道德很盛。籍甚：盛極。風猷：風教道德，政教之謀。風：風教。猷：謀。曠：久，遠。展拜：拜望。慕仰：仰慕，敬慕。

⑥吾子：先生，親呼對方。國相：朝廷宰相。猶子：姪子。幕府：大將軍的本營。幕：帳幕，軍行無常所，以帳幕為府，故云。碩才：大才。良能：良才，高才，優秀的才能。委寄：委託信任。猶言信任重用。

⑦秉文秉武：允文允武。秉持武文的才能。受命專征：奉命專權征討。綰：ㄨㄢˇ，統率。小寇：小賊，指南蠻。

⑧師之克殄：軍隊能盡滅敵人。殄：ㄊㄧㄢˇ，殺盡，滅盡。功在旦夕：旦夕可成功。旦夕：言其速。

⑨專經：專擅經學。才乏兼人：無過人的才能。劍外：劍門山以南。劍：劍門，山名，四川省劍閣縣北。邇：近。蠻陬：南蠻角落。陬：ㄗㄡ，隅。

⑩鄉國數千：與故鄉距離數千里。鄉國：故鄉。關河阻隔：

有關隘河水阻絕。

⑪此官已滿：任期已滿。厄選曹之格限：受朝廷選官規格的限制。厄：通「阨」，阻限。選曹：選舉官署。吏部主持職官考核、選拔、任用的機構。格限：規格制度的限制。微祿：小俸。更思微祿：再想做個小官。

⑫歸老邱園：退休山野田園。轉死邱壑：在山野間生活以至老死。

⑬側聞：在旁聽說，謙語。急人之憂：勇於助人，為人之憂患而急。不遺鄉曲之情：不忽略鄉里的情誼。垂特達之眷：給予特別的關注。垂：下賜。特達：特別。眷：眷顧。執鞭弭：為人拿馬鞭弓矢，以供驅使。即為僕役。奉周旋：侍奉人，隨人周旋。

⑭細微：小才。薄沾功效：少微得到效果。

⑮承茲凱入：趁這次凱旋回歸。承茲：趁此。凱入：凱旋回歸。預末班：參與朝班之末。預：參與。末班：朝班之末位。邱山之恩：高大的恩惠。銘鏤：銘心鏤骨。形容感激之深。

⑯愿為圖之：希望您為我想法。照其款誠：明白我的懇誠。照：明。其：我。款誠：心款誠懇。寬其造次：寬諒我的唐突冒昧。寬：寬諒。造次：突然，急遽之間。策駑蹇：鞭策駑劣之馬和跛足之駟。比喻逞拙劣之才。招攜：招撫提拔。

⑰管記：官名，掌理文牘。

⑱覆而敗之：言李蒙軍覆敗。沒：滅。沒落者：被俘的人。沒落：因戰敗而身陷敵。通音耗：通消息。人三十匹：贖身費每人要三十匹絹。適值：恰遇。軍沒：唐軍敗沒。遲留未返：留遲未返鄉。

⑲間關：經多方周轉。無恙：平安，書信問候語。辱書未報：承望您賜信，我尚未回報。賊庭：敵境。撓敗：撓折失敗，指戰敗。假息偷生天涯地角：借餘氣在天涯海角苟且偷生。假息偷生：苟且偷生。天涯地角：同天涯海角。

⑳顧：但，只是。身世已矣：身家世事已完蛋了。窅然：遙遠貌。窅：ㄧㄠˇ。

㉑才謝鍾儀，居然受縶：我沒有鍾儀的才氣，居然也受俘。鍾儀：春秋楚人，為鄭人所執，送於晉，奏南音，得以放還。縶：綑綁。身非箕子，日見為奴：自己又不是箕子，卻被賣為奴隸。箕子：商紂時人。海畔牧羊，有類于蘇武：身為南蠻的俘虜，就如北海牧羊的漢代蘇武。官中射雁，寧期于李陵：我雖然有善射之能，可怎麼也不想當李陵。射雁：射雁之能。官中射雁，寧期于李陵：我怎會希望做個官任射聲校尉的李陵呢？《漢書・百官公卿表》注引服虔射聲校尉：「工射者，冥冥中聞聲則中之，因以為名。」官中射雁：指射聲校尉。李陵：李廣孫，父當戶。善射，為騎都尉，領射士，後降匈奴。

㉒毀剔：既敗刮剔。血淚滿池：言傷心至甚。

㉓生人至艱：人類所遭的極端艱苦。中華世族：中原顯族。絕域：遠方。窮囚：被困的囚犯。日居月諸：日月交替。居、諸均為助詞。光陰迅速流轉。暑退寒襲：暑夏去而寒冬繼。襲：繼。老親：父母。舊國：故鄉。松檟：墓地樹。檟：ㄐㄧㄚˇ。先塋：祖墳。忽忽發狂：喪心如狂惑。腷臆流慟：哀憤而心中悶結。腷：ㄅㄧˋ，塞。腷臆：意不泄貌。不知涕之無從：不覺涕下，無從抑制。

㉔行路：路人。傷愍：傷心憐愍。披款：懇談。鄉里先達：故鄉先賢。風味相親：性格氣味相投。光儀：容貌。不離夢寐：言夢中也在想。

㉕昨：以前，與前文「頃」同意。指接獲吳保安信時。枉問：委屈地下問。承間便言：趁空隙時就向李將軍薦言。

㉖足下自後于戎行：你自己沒趕上軍隊出發的時間。遺于鄉曲：忽視鄉親。鄉曲：鄉曲之人。

㉗門傳餘慶：家門傳給你餘福。門：家門。餘慶：祖先積善，留給子孫吉祥之事。餘：遺。天祚積善：上天福佑積善的家門。天祚：上天降福。果：果然。事期不入：戰敗時你不在軍中。聲名并全：性命和名聲並得以保全。

㉘向：從前。早事麾下：早在軍中任職。麾下：屬下，指將軍李蒙旗下。同參幕：同在幕府參與軍事。絕域之人與僕何異：與我同成外國的俘虜。

㉙厄：災禍。力屈計窮：無力無計可施。沒留：陷沒留置，拘囚。求絹千匹：要求我以千匹絹贖身。

㉚通聞：告知，通知。百縑：百匹縑。

㉛白書：說明情況的書信。亡魂復歸：已死的靈魂重回。死骨復肉：枯骨再生肉。

㉜廟堂：朝廷。咨啟：報知。親脫石父，解夷吾驂：解夷吾驂親脫石父之倒句；言如春秋時晏子解下駕車的驂馬，贖出被囚的越石父。夷吾當是晏嬰之誤。喻言請吳保安贖回自己。往贖華元，類宋人之事：像春秋時宋國人贖回華元那樣，來贖回我。

㉝濟物之道：救人的道理。道義素高：平常道義崇高。斯請：這樣的請求。

㉞不見哀矜：不被你同情。猥同流俗：同流俗一樣無情義。猥：語詞。豎：奴僕。無落吾事：不要丟落我的事，不要不管我的事。

㉟為報：回報仲翔，告知其伯父元振已死。傾其家：盡出家財。

㊱巂州：今四川西昌。巂：ㄒㄧ。

㊲貧窶：窮困。窶：ㄐㄩˋ，貧。自立：自己獨立生活。弱子：幼子。瀘南：瀘水之南，唐時置縣，屬姚州。

㊳路左：路邊。楊安居：人名，姚州都督。乘驛：坐驛車。訪：問。沒蕃：陷沒蕃邦。丐而往贖：求丐去贖友。乘：

車馬。

㊴分義：友情，守分行義。愿見顏色：希望見到你。

㊵填還：填補以還官絹。

㊶通信者：交通信息的人。向：將近。殆：差不多。與保安相識：和保安相認。語相泣：交談相對而泣。

㊷攝治下尉：代理自己轄地的縣尉。攝：代理。治下：管轄地。尉：縣尉。

㊸款曲：詳細情況。蠻洞：蠻夷所住的洞名。市：買。女口：女性人口。

㊹蠻口：蠻夷女口。市井之人：俗人。且充甘膳之資：就作奉養父母的甘美飯食的資財之用。

㊺瞑目：死。大造：大恩，大造化。

㊻見辭：拒絕我。頻繁有言：屢再地說。

㊼蔚州：今河北蔚縣。蔚：ㄩˋ。錄事參軍：州一級機關的僚屬，掌文書。

㊽代州：今山西代縣。戶曹參軍：主管一州戶籍的官員。

㊾秩滿：任期滿。內憂：喪母。行服墓次：父母死後，在墓旁搭草廬服喪。服除：居三年喪期滿，脫去喪服。

㊿眉州彭山：今四川彭山。丞：縣丞。

(51)權窆：暫時落葬。權：暫時。窆：ㄅㄧㄢˇ，落葬。縗麻：粗麻布喪服，披於胸前。縗：ㄘㄨㄟ。環絰加杖：頭上和腰間繫上麻帶，手拿哭喪棒。絰：ㄉㄧㄝˊ，繫腰麻帶。徒跣：赤足走。

(52)節：骨節。墨記：以墨作記號。練囊：用潔白的熟絹做成的口袋。魏郡：今河北大名一帶。

(53)刻石頌美：刻墓碑讚頌。廬其側：在吳保安墓旁築草茅居住以服喪。

(54)嵐州：今山西嵐縣。長史：州刺史的屬官。朝散大夫：文散官，五品下。

(55)之官：到官，上任。恩養：報恩而養育。

(56)德：感激。天寶：唐玄宗年號。詣闕：到宮闕。指朝見皇帝。朱紱：紅色印綬，此代官印。紱：ㄈㄨˊ，紅色的裳，官服。官：官職。

(57)蠻首：蠻夷的酋長。主：奴隸的主人。

(58)南洞：蠻人區域劃分名。嚴惡：嚴厲兇惡。鞭笞：鞭打。

(59)菩薩蠻：蠻洞名。困厄：困苦迫阨。

(60)好走：喜歡逃走。

(61)地檻：地牢。首主：蠻首之為奴隸主者。

二、作者

這個故事選自《紀聞》。《紀聞》原為十卷，已佚，《太平廣記》收有佚文一百餘條，多記開元（西元七一三年～七四一年）至乾元（西元七五八年～七六〇年）年間神怪異聞。《紀聞》的作者牛肅，原籍京兆府涇陽縣（今陝西涇

陽），後徙懷州河內縣（今河南沁陽），約生於武后聖歷（西元六九八年～七〇〇年）前後。卒於代宗朝。曾官岳州刺史。

三、主題和題材

這篇故事敘述的是發生於唐代的一個真實人物事件。在這個故事中，作者寫了吳保安和郭仲翔這兩個人物。借這兩個人物在故事發展的歷程上，刻畫他們的重信義、重友誼，知恩能報的傳統美德，塑造了兩個品格美好而富有感染力的人物形象。

在故事的發展和人物塑造的過程中，隱隱約約地閃示著一個中心思想，那就是人要以信義為重，知恩能報，所謂「積善之家，必有餘慶」，就是作者在故事中所要傳達出來的中心思想，這中心思想正是這篇故事的主題，它在吳保安和郭仲翔兩個人物的互敬互德，互施互報，各得善報的一生事蹟上體現出來。但作者又如何營構篇章。把主題展現出來的呢？這就有待我們在下面的結構論述中，作出交代。

四、結構

這篇故事，其情節結構，發展脈絡如下：這篇故事可分本事和往事兩部分。

(一)本事：

1.關端：自「吳保安」至「元振將成其名宦」。總敘吳保安和郭仲翔兩位主人公的姓名、籍貫、官職、關係。

2.發展：

(1)自「會南蠻作亂」至「至蜀」。敘郭仲翔隨李蒙往蜀，征南蠻。

(2)自「保安寓書于仲翔曰」至「召為管記」。敘吳保安寄書仲翔求薦，仲翔薦保安為幕府管書記。

(3)自「未至而蠻賊轉逼」至「人三十匹」。敘保安未至蜀，而唐征蠻軍戰敗覆沒，郭仲翔陷敵成俘。

(4)自「保安既至姚州」至「甚傷之」。敘吳保安至蜀，仲翔自蠻中致書在蜀中的保安，敘沒敵的經緯，求保安轉告其伯父郭元振，設法營贖。

(5)自「時元振已卒」至「給乘令進」。敘保安設法營救仲翔，為友情棄家室，以致妻兒飢寒，往尋保安途中受困，得楊安居之助方得到達目的地。

(6)自「安居馳至郡」至「宴樂之」。敘楊安居與吳保安合力完成為郭仲翔贖身之事。仲翔終得脫困。

(7)自「安居重保安行事」至「乃行求保安」。敘安居重用保安，置仲翔在治下。仲翔以財物報安居之恩，然後返北任官，孝養父母，訖服喪三年，盡人子之孝。

3.高潮：自「而保安自方義尉選授眉州彭山丞」至「以報」。敘仲翔訪保安，保安夫婦已卒，為保安夫婦營祭奠、改葬、服喪三年，又恩養其子，讓官保安子以報。

4.結局：「時人甚高之」。敘述仲翔因知恩能報，得到輿論的讚譽。

以上是本事。

(二)**往事**：自「初，仲翔之沒也」至「故仲翔得歸焉」。這段文章追敘仲翔被俘居蠻中，三次脫逃不成，四換主人，受盡酷苦，為奴七年，最後得保安營贖，方才脫困，重見天日。

這篇故事寫的是發生於唐代的一個真實故事。作為紀實性的小說故事，在章法上先介紹兩位主人公，然後敘述其生平大事，從生前直寫到死後，再加一個補敘追溯過去。是人物傳記式的歷史故事。從人物傳記的角度來看，故事既傳寫吳保安，又傳寫郭仲翔，其體制很像《史記》〈列傳〉中的二人合傳。又作者具體敘寫兩位傳主的方式方法，則很類似《史記》中〈廉頗藺相如列傳〉等作品，而作品中完整地抄錄吳、郭二人的書信，也是和《史記》、《漢書》的作法相似。自然，有相似的地方，但也有匠心經營，獨出心裁的地方，而且都合乎創作邏輯，出自人物心理機制的自然發展。

這篇故事的基本情節是吳保安和郭仲翔兩人的友情發展，發展的過程是以兩人之間的「求助」——「薦援」——「報答」的因果循環為主要線索，發展而成「開端」——「發展」——「高潮」——「結局」——「追溯」的過程連接成的。這種結構類型是形象思維和敘述文的結合形成的，且有高度和必然的邏輯性。

開端合寫兩人，這是應主題的要求，友誼必在兩個以上的人物之間才可能發生，而且這兩個人物的生活要有關係，吳、郭兩人是在鄉里關係上開始的；發展依兩位主人公生平事蹟的時間順序敘述，既是由客觀的事實所決定，又是合乎事件發展的邏輯原理。先敘述郭仲翔出仕，然後敘述吳保安向其求薦，展開情節，既是由生活真實和歷史事實所決

定，可也是由上文兩人家世自然發展而來，家世顯赫，至親在朝的他先出仕，是合乎情節發展邏輯和人物形象性質的，然後是仲翔答應推薦，它具有必然的邏輯性；接著情節沿著郭仲翔陷敵，吳保安設法營救，這是由主題要求，在「受施——報恩」的發展原則下，必然延伸發展下去；反過來是吳保安的「分義情深，妻子意淺；捐棄家室，求贖友朋」的報恩行為；再反過來寫郭仲翔受恩情結，郭仲翔的人物形象循環地再出現「受施——報恩」的情節發展，於是有進一步的延伸，以至吳保安夫婦之卒，提供郭仲翔對其祭奠、改葬、廬墓三年、恩養並讓官其子等一連串的報恩行為，這些情節固是在主題「受恩必報」的思想要求下，必然有的發展，可也是為了表現主題、刻畫兩位主人公「知恩能報」的精神品格，所不可缺乏的反覆；尤其故事的發展部分，也要求有曲折變化的情節，所以在發展這部分，故事有七個分敘，一個高潮；而結局，敘述當時輿論的讚頌，又是兩位主人公循環式「受施——報恩」行為的發展結果，這正是故事中因果關係的邏輯原理必然有的引導，合乎辯證邏輯的要求，這樣帶有循環性的反覆敘述報恩情節，正是多方面形象地表現主題和加強敘述的感染力所必須有的現象。因此，開端正如中國傳統文體章法的「起」，又屬敘述文文章結構的「總敘」；發展正如中國傳統文體章法的「承」，敘述文文章結構的「分敘」，分敘可以有多個，這個故事的分敘共有七個；高潮正如中國傳統文體章法的「轉」，在敘述文文章結構中也稱「分敘」。結局則如中國傳統文體章法的「合」，在敘述文文章結構中，稱「結尾」。這些都具有明顯的前因後果關係，是合乎邏輯要求的。再者，作者為加強「本事」部分敘述的邏輯性，情節發展的合理性，他又在後補一個情節，追敘郭仲翔在蠻中七年奴隸生活的事件。在這七年中，他三次脫逃，四換主人，受盡虐待酷苦，以加強郭仲翔脫逃之困難與求脫心之強烈，最後以吳保安將其救出作結。這是為文中仲翔薦保安於楊安居；為保安夫婦服三年喪，恩養並讓官於保安之子等一連串報恩行為，提供堅固的行為心理基礎，使仲翔的超常報恩行為合情合理，更具說服性。所以這段往事的追敘，在結構也具有邏輯的必然性。由此，全文的結構便形成前「本事」後「往事」的形式，合於倒敘型敘述文的模型。其架構可概括如下：

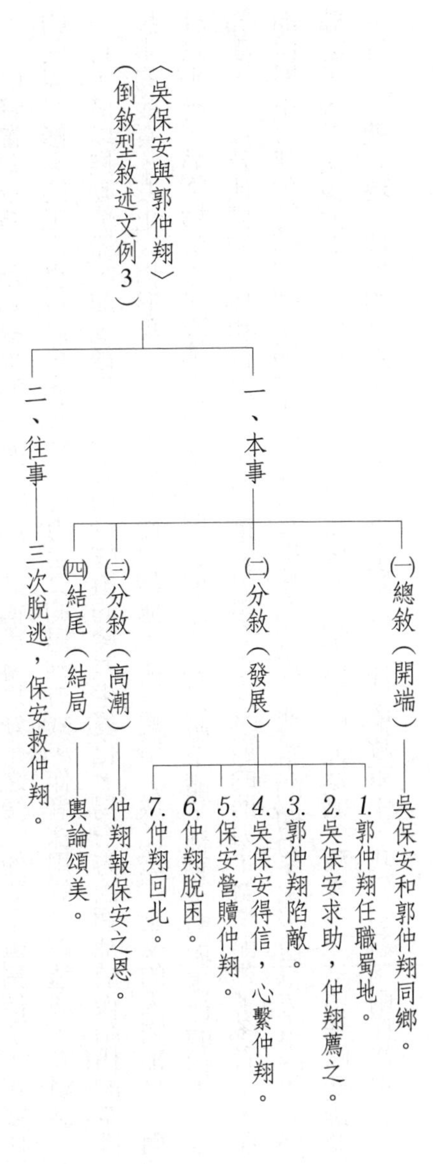

五、技巧

這篇故事的技巧，我們還是就「選材」、「謀篇」、「修辭」三方面來談。

㈠選材的技巧：文章的結構是由主題決定，依主題選材，依題材對應主題去謀篇構畫出來的。精選題材對文章的內容充實與否，有決定性的影響關係。選材有技巧，首先要考慮主題的需要，其次考慮情節發展的需要。

這是一篇紀實性文章，紀實性文章的價值，在於傳寫出事件的真實性，令人信服，發揮影響力，要在生活真實和歷史真實的基礎上，塑造出富有感染力的藝術形象，展現出足以顯露主題的合情合理情節。

作者首先在生活真實和歷史真實中找到了吳保安和郭仲翔這兩位典型人物，他們的事蹟恰好可以作為表現「友情至高」、「知恩能報」的典型事件。於是在這兩個現實人物的一生生活中，選擇最足以表現這個主題的事件，如「二人的身世關係」、「郭仲翔征蠻」、「吳保安求薦」、「郭仲翔陷敵」、「吳保安營救」、「郭仲翔回報」、「郭仲翔留蠻」等生活斷面被截取而選擇出來，作為表現「知恩能報」的主要題材，因為這些生活斷面都含蘊著兩位主人公的友誼情節。這些生活斷面的事件，又是發生在郭仲翔征蜀蠻，吳保安往蜀求薦，以至吳保安死亡的期間，所以那期間與兩人的友誼發展有關的人物，如郭元振、李蒙、楊安居、郭的父母、妻子、吳的妻子等人物，便成了配角被選上

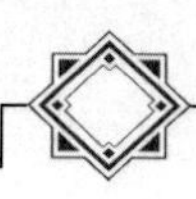

了。選材的工作是在下筆之前進行，這篇故事的題材雖是現實生活史上已有，但由現實的紛繁生活題材中，選取適合於表現主題和相關題材，仍是需要作者的匠心運作，構思時對生活事實和歷史事件的搜尋和截取，也不是隨取而為，俯拾可得的，必賴平時的知識儲蓄，和臨時的慧眼匠心，方能得心應手，選擇精當。

㈡**謀篇的技巧**：主題定好，題材選齊，作者接著要考慮的是，如何把這些題材組合起來，這就得在構思過程中，進行謀篇的運思。這篇故事既是二人合傳的人物傳記，謀篇的工作便得集中地思考兩人生平中友誼的發生、激化、結尾的那時段，把其他與兩人友誼發展無關的事件刪去，簡略地一筆帶過，對於兩人友誼的發生和激化的事件要加強渲染，恰當地安排，精密地組合，對兩位主角要集中安排他們友情交媾時重義重信的傳統美德，和知恩能報的思想行為，所激發的事件推演，配角要和兩位主角的友誼交媾事件配合，以加強主題，令主題更加形象化，令主角的形象更加鮮明，足以感染讀者，發揮說服和影響的作用。

組合的工作，作者基本上在「受施」和「報恩」的基本情節架構上，讓同樣的主題反覆出現，層遞發展。構成「生平略述點示兩人人際關係」——「生平友誼事件」（生平友誼事件是依時序，在「受施——報恩」的基因情節中，以因果相承相襲交叉的形式推進的）——追敘往事加強故事發展的邏輯性和行為心理基礎，這樣其故事的章法和思維模式，便自然朝倒敘型敘述文的方程式進展，構成其敘述文的型態了。

㈢**修辭的技巧**：這篇故事的作者在主題、結構等籌思好了之後，便要下筆寫作了，在寫作過程上，便會遇到修辭的問題。修辭的工作也可以事先想好，比方全文的思維方式，作者採用的是敘述法，有對話，並穿插吳、郭的書信各一封，借以推動情節，前應後呼，一方面令故事的發展生變化，另一方面彌補前後結構的空隙，截止情節發展，調節故事的節奏，濃化人物形象，突出人物個性。其他，作者還用了烘托法，全文的人物都是正面角色，兩位主角在故事分量平等，品格均衡，而陪襯人物：郭元振、楊安居等有加強主題、推動主題與事件的作用，李蒙、郭父母、吳妻子、郭妻子，以及他們的品性和行為，都成了推動故事向正面發展的助力，對情節起了多彩化、曲折化的作用，又成了情節發展不可缺少的動力的一部分。比方郭元振在開端是情節發生的助力，楊安居是本事結尾的助力，李蒙、保安妻子、郭妻子，是使情節繁富化的助力，郭父母是郭北返那段情節促進劑、酵素等，這些細節安排雖是應情節發展的需要而進行，可就表現了作者的修辭技巧。除了以上所述，在這篇故事中，我們還看到兩種修辭：

1.對偶法的運用：如吳保安的書信中「幼而嗜學，長而專經，才乏兼人，官從一尉。僻在劍外，地邇蠻陬。鄉國數千，關河阻隔。」不只是對偶，而是對偶中的排句了。又「是吾子邱山之恩，即保安銘鏤之日。」也是。又有郭仲翔書信中「日居月諸，暑退寒襲」、「思老親于舊國，望松檟于先塋」等。

2.用典：如郭仲翔書信中「才謝鍾儀，居然受縶；身非箕子，日見為奴」、「海畔牧羊，有類于蘇武；宮中射雁，寧期于李陵」既是對偶，又用典。而這些對偶在文中，與散句交叉，起了調節文章節奏的作用，又為人物形象添色，表現人物個性，突出人物知識。

總之，這篇紀實性的小說故事，敘述散文，在人物傳記的筆法上，相當成功；其語言簡練概括，以散文為主，偶插駢句，在自然中有整練，人物形象鮮明，情節發展雖有瑕疵，大致自然可信；主題突出，不過沒有衝突，主觀性相當強，為表現主題刻意安排，才造成其美中有不足。故事以當時社會現實為背景，起了真實地揭示社會弊病的作用。由於內容寫的不錯，影響相當大，《唐人說薈》中的〈奇男子傳〉與它有關；《新唐書》卷一九一〈忠義列傳〉第一一六〈吳保安傳〉即是據本文稍加剪裁而成；《喻世明言》卷八〈吳保安棄家贖友〉、沈璟《埋劍記》傳奇、鄭若庸《大節記》傳奇等，均演此事。

這篇文章的結構型態，更是一篇標準的倒敘型敘述文。

〈楊妃之死〉

（天寶）十五載六月，潼關失守，上幸巴蜀，貴妃從①。

至馬嵬，右龍武將軍陳玄禮懼兵亂，乃謂軍士曰：「今天下崩離，萬乘震蕩，豈不由楊國忠割剝甿庶，以至于此？若不誅之，何以謝天下？②」眾曰：「念之久矣。」會吐番和好使在驛門遮國忠訴事。軍士呼曰：「楊國忠與蕃人謀叛！」諸軍乃圍驛四合，殺國忠并男暄等③。

上乃出驛門勞六軍。六軍不解圍，上顧左右責其故④。高力士對曰：「國忠負罪，諸將計之。貴妃即國忠之妹，猶在陛下左右，群臣能無憂怖？伏乞聖慮裁斷。」上回入驛，驛門內傍有小巷，上不忍歸行宮，于巷中倚杖欹首而立。聖情昏默，久而不進⑤。

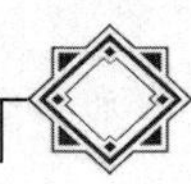

京兆司錄韋鍔進曰：「乞陛下割恩忍斷，以寧國家。」逡巡⑥。上入行宮，撫妃子出于廳門，至馬道北牆口而別之，使力士賜死。妃泣涕嗚咽，語不勝情⑦，乃曰：「願大家好住。妾誠負國恩，死無恨矣。乞容禮佛⑧。」帝曰：「願妃子善地受生。」力士遂縊于佛堂前之梨樹下。才絕，而南方進荔枝至⑨。上睹之，長號數息，使力士曰：「與我祭之。」祭後，六軍尚未解圍。以綉衾覆床，置驛庭中，敕玄禮等人入驛視之。玄禮抬其首，知其死，曰：「是矣。」而解圍⑩。

瘞于西廓之外一里許道北坎下。妃時年三十八⑪。上持荔枝于馬上謂張野狐曰：「此去劍門⑫，鳥啼花落，水落山青，無非助朕悲悼妃子之由也。」

初，上在華清宮，乘馬出宮門，欲幸虢國夫人之宅。玄禮曰：「未宣敕報臣，天子不可輕去就。」上為之回轡⑬。他年，在華清宮，逼上元，欲夜遊。玄禮奏曰：「宮外即是曠野，須有預備，若欲夜遊，願歸城闕。」上又不違諫⑭。及此馬嵬之誅，皆是敢言之便也⑮。先是，術士李遐周有詩曰：「燕市人皆去，函關馬不歸。若逢山下鬼，環上繫羅衣⑯。」燕市人皆去，祿山即薊門之士而來。函關馬不歸，哥舒翰之敗潼關也。若逢山下鬼，嵬字，即馬嵬驛也⑰。環上繫羅衣，貴妃小字玉環，及其死也，力士以羅巾縊焉。又妃常以假髻為首飾，而好服黃裙。天寶末，京師童謠曰：「義髻拋河裡，黃裙逐水流。」至此應矣⑱。

一、注釋

①十五載：天寶十五年，玄宗改年為載，載即年。潼關：在今陝西潼關縣北，地當陝西、山西、河南三省要衝，為軍事要地。失守：為安祿山叛軍所破，唐軍棄守。幸：往，古時天子所為均曰「幸」。巴蜀：巴州和蜀州地方的總稱。巴，今四川省重慶地方；蜀是成都地方，後世以為四川的別稱。貴妃：天子女官名，此指楊貴妃玉環。

②馬嵬：即馬嵬坡，又稱馬嵬城，又名馬嵬鎮，在今陝西興平縣南。嵬：ㄨㄟˊ。右龍武將軍：武官名，統領禁軍（右龍武軍，唐有左右龍武軍）。陳玄禮：玄宗駕前的禁軍統帥。崩離：崩潰離析。萬乘：天子。古時天子有車萬乘，故以為代稱。震蕩：震動流蕩，即遷徙流浪。楊國忠：楊貴妃族兄，玄宗後期的宰相。割剝：剝削。甿庶：平民。甿：ㄇㄥˊ，田民。

③會：碰上。吐番：古代少數民族，今藏族的祖先。和好使：外交使節。驛門：馬嵬驛的門。遮：擋住。四合：四周。暄：國忠之子名楊暄。

④六軍：天子軍隊。上：天子，指玄宗。顧：視而指令。責：問。

⑤負罪：犯罪。聖慮：聖心。行宮：天子以天下為家，其巡行天下所止的地方住居，稱行宮。攲首：斜傾頭部。

⑥京兆司錄：官名，京兆尹屬官。韋鍔：人名，韋見素之子，任京兆府司錄參軍。鍔，一作諤。割恩忍斷：割愛強加裁斷。忍斷：忍痛判決。寧：安。逡巡：卻行，卻退，指韋鍔。

⑦泣涕：哭泣流淚。嗚咽：咽聲而哭。

⑧大家：古代宮中侍從對帝、后的稱呼，此指玄宗。好住：好好過日子。禮佛：拜佛。

⑨善地受生：善死。受生：死的代稱。南方進荔枝至：貴妃喜吃荔枝，每年由南方進貢，此年在此時貢至。

⑩長號：長歎。衾：覆屍之布。抬其首：抬起貴妃的頭。

⑪瘞：一ㄝˋ，埋。坎：凹地洞。

⑫張野狐：人名。劍門：劍門關，在今四川劍閣縣境內。

⑬華清宮：在今陝西省臨潼縣南驪山上，唐宮殿名。虢國夫人：貴妃姐妹的封號，此指其人。宣敕：傳旨。回轡：回車。

⑭逼上元：近上元節。陰曆正月十五日，其日作膏粥祀門戶，或演角戲，鈞提燈，士女夜遊。夜游：上元之俗的活動。曠野：郊野空曠之地。城闕：都城。

⑮馬嵬之誅：馬嵬坡誅殺國忠、貴妃。敢言之便：敢諫的效果。

⑯術士：精方術、方技的人。李遐周：術士之姓名。函關：函谷關。

⑰燕市：燕的都城。薊門：地名，即薊丘。北京德勝門西北，在燕。祿山：安祿山。去：祿山自薊門率兵攻唐，是去燕市到唐上；故云「去」，自唐言之；祿山攻入關是「來」。哥舒翰：唐玄宗時名將。

⑱假髻：假髮髻。童謠：童孩歌謠，往往為有心之士所作，以為諷詠刺讖預示之用。義髻：假髻。應：應驗。

二、作者

這篇文章截取自〈楊太真外傳〉，作者是樂史。生於西元九三〇年，卒於西元一〇〇七年。字子正。撫州宜黃（今江西宜黃縣）人。由南唐入宋後，曾舉進士，官三館編修、直史館著作郎、水部員外郎等職。北宋著名學者，尤精於

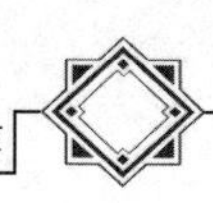

地理學，有《太平寰宇記》二百卷。另有筆記小說《洞仙集》、《詩仙傳》、《商顏雜錄》、《廣卓異記》等共二百餘卷。

三、主題和題材

這篇文章敘述馬嵬坡兵變、楊貴妃被賜死，以及追敘玄宗幾次接受陳玄禮諫勸，以明貴妃之死是由陳玄禮敢言導致，又敘述術士讖詩和京師童謠，暗示貴妃馬嵬被誅乃是天意。本來這篇文章是〈楊太真外傳〉中一個情節。〈楊太真外傳〉分上、下兩篇，這個情節在下篇，承「賞橘」、「嗜荔」、「采戲」、「調鸚」、「賜香」等五個事件而來。〈楊太真外傳〉的總主旨是「拾楊妃之故事，且懲禍階」。這個文本作為〈楊太真外傳〉的局部，它所演述的是「禍國女色」的下場，作者在這個事件中，強調的是貴妃之死是天子受諫的結果，更是天意如此。在這個事件中，作者的行文隱隱含有美色亂階禍國，終必自食惡果，走向死亡的思想意旨，而這個思想促使作者在馬嵬事件後，追敘陳玄禮的兩次諫君，以及術士李遐周和童謠的預言，這種情節發展風向，正是受了主題制約的必然現象。

四、結構

這篇文章的結構正如前面所說，是在主題的制約下形成，在整個〈楊太真外傳〉中，這個情節性的故事出現，有其必然性，即在這個故事中，它的結構也是勢不得不然的。下面我們將這個故事中的小故事，依文章結構的理論分章論析於下：

㈠本事：自「十五載六月」至「無非助朕悲悼妃子之由也」。敘述楊貴妃死於馬嵬坡，可分下列諸節說之：

*1.*開端：自「十五載六月」至「貴妃從」。敘述玄宗為避兵禍而幸蜀，楊貴妃同行。

*2.*發展：自「至馬嵬」至「伏乞聖慮裁斷」。這一部分敘述馬嵬兵變，國忠被亂軍所殺，軍圍不解，力士示意士兵意在除「亂階」，求死貴妃。它又可分為下列二節：

⑴自「至馬嵬」至「念之久矣」。敘述玄宗在禁軍的扈衛下，逃兵禍到馬嵬坡，陳玄禮慫恿軍士殺楊國忠。

⑵自「會吐番和好使左驛門遮國忠訴事」至「伏乞聖慮裁斷」。敘述軍兵殺國忠，意猶未足，高力士告知眾意猶欲殺貴妃。

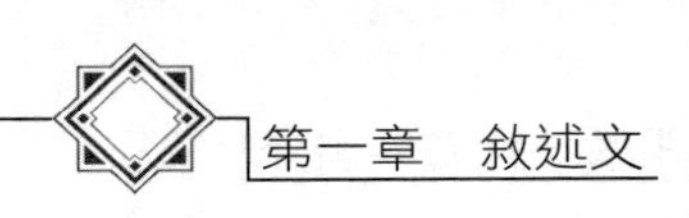

3.高潮：自「上回入驛」至「力士遂縊于佛堂前之梨樹下」。敘述貴妃被賜死。這是這篇故事的高潮所在，而這篇故事又是〈楊太真外傳〉的高潮所在。所以它是高潮中的高潮。

4.結局：自「才絕」至「無非助朕悲悼妃子之由也」。敘述貴妃死後，陳玄禮驗屍證實，軍士解圍。玄宗葬貴妃，訴悲懷。

㈡**往事**：自「初」至「至此應矣」。追敘以前的事。以明貴妃之死有其必然的來由。可分下列數節言之：

1.玄禮一諫：自「初」至「上為之回轡」。敘述以前玄宗在華清宮欲幸虢國夫人宅，玄禮諫以「天子不可輕去就」，玄宗為之回轡。可見玄宗聽玄禮之諫。

2.玄禮二諫：自「他年」至「上又不違諫」。敘述有一年上元節，玄宗在華清宮，欲夜遊，玄禮諫以無預備，不可造次。玄宗「又不違諫」，可見玄宗與玄禮關係親切，能受玄禮諫言。

3.「及此馬嵬之誅，皆是敢言之便也」：敘述馬嵬除亂階，也是諫言之功。

4.術士預言：自「先是」至「力士以羅巾縊焉」。敘述術士李遐周早先對貴妃縊馬嵬的預言。

5.童謠預言：自「又妃常以假髻為首飾」至「至此應矣」。敘述童謠對貴妃之死的預言。

主題制約結構，這已是文家的共識，這篇文章又是〈楊太真外傳〉這個大故事中一個段落的小故事。〈楊太真外傳〉要寫的是「懲禍階」的主題，這個小故事恰好是其中「禍階」除去的階段，它的主題是「禍階」楊太真的結局，即貴妃的窮途末路。這故事有真實的歷史記事為生活原型。史事見《舊唐書》和《新唐書》，可是樂史並不是簡單地搬用玄宗和貴妃的生活故事，它是高明的藝術創造。它的結構是經過匠心經營的。

馬嵬坡貴妃之死，雖是真實的故事，可是樂史處理它時，卻在題材的繁簡和情節的發展上花了很大的心思，作了足以表現主題的精妙安排。首先開端提起玄宗攜貴妃幸蜀，綱領很是鮮明，然後進入發展，發展分「兵變的醞釀」、「殺國忠」、「求除亂階」。後伸向高潮──「縊死貴妃」，情節發展跌宕起伏，錯落有致。以上是本事。本事之後，作者並不為這小故事作結，後面還來一段往事，借以往陳玄禮的二次諫君，遙應發展前半「陳玄禮」慮兵亂而暗中鼓動兵諫，這樣陳玄禮鼓動兵諫，就有其人物形象基礎，更加可信。而作者強調「皆是敢言之便也」，把前後的諫諍聯繫起來，更加突現了「懲禍階」的主題；接著術士的預言和童謠，加強文中的天命思想，把貴妃之死歸於天意，也使

美色禍國，終必食其果的思想更加鮮明，而「貴妃之死」的情節發展更為合理化。據說法國大小說家福樓拜寫到包法利夫人死去的時候，他非常傷心地為之抱頭痛哭，有位朋友看他那樣傷心，認為可以把她寫活，但福樓拜卻說：「非死不可，沒法寫活。」這就是說，故事情節本身有必然的邏輯性。在這個故事中，貴妃之死固為歷史事實，然它也是貴妃生活的必然下場，作者在故事中，依事實寫她的死，也是基於情節發展的必然邏輯性。再說，在本事之後，接敘往事這種情節安排，那是作者的匠心了。作者寫到這裡，故意不再順時敘下去，而來個倒敘，讓故事的整體結構倒置，即頭身倒置，因果倒置。具體地說，陳玄禮之所以敢鼓動兵諫，是因為他以前幾次諫諍玄宗都被接受，所以他深知諫諍對玄宗有效；其次，作者要表現「美色禍國而自食惡果」是天意自然的結果，所以才安排術士和童謠的預言。而在那時代，術士之言和童謠，往往為人相信是代傳天旨，容易接受，所以這樣安排，在邏輯上看，也是合情合理的。倒敘有兩種方式：一是直接倒敘法；二是間接倒敘法。前者是作者的直接敘述，後者是通過文中有關人物說明此中的原因及其關鍵環節。我們前面所舉文例：〈晉惠公韓原之敗〉、〈李廣不得侯〉、〈吳保安與郭仲翔〉和本篇都是直接倒敘法。直接倒敘和間接倒敘均有必然性，這四個故事都是由情節發展和人物安排，造成其非用直接倒敘不可。

下面我們把這段故事的結構提綱出來，以便讀者掌握它的模式。

〈楊妃之死〉
（倒敘型敘述文例4）

一、本事
- (一)開端——自「十五載」至「貴妃從」。敘述貴妃隨玄宗幸蜀。
- (二)發展
  - 1.自「至馬嵬」至「念之久矣」。敘述陳玄禮鼓動兵變殺楊國忠。
  - 2.自「會吐番和好使在驛門遮國忠訴事」至「伏乞聖慮裁斷」。敘述兵諫，求殺貴妃。
- (三)高潮——自「上回入驛」至「力士遂縊于佛堂前之梨樹下」。敘述貴妃之死。
- (四)結局——自「才絕」至「無非助朕悲悼妃子之由也」。敘貴妃入葬，玄宗悲懷。

二、往事
㈠玄禮一諫——諫玄宗不可輕去就，入臣宅。
㈡玄禮二諫——諫玄宗上元節夜遊。
㈢術士預言——預言貴妃縊死馬嵬。
㈣童謠預言——預言貴妃之死。

五、技巧

這段故事也可由「選材」、「謀篇」、「修辭」等三方面討論它的技巧：

㈠**選材的技巧**：寫文章要求先立主題，有主題，然後根據主題去構思，進行選材的工作。這篇文章的作者寫這段故事，故事中的人物和事件都有生活事實原型。不過當年玄宗幸蜀時，隨行的軍官當不只陳玄禮，太監也不只高力士，而大臣不只楊國忠，但為什麼除了男女主角是必用之外，為何選楊國忠、陳玄禮和高力士為配角呢？這當然是因為他們都是馬嵬之變、貴妃之死等事件的相關和重要人物。其次，楊國忠被殺，埋伏著下面殺貴妃的誘因。陳玄禮和高力士較近玄宗又敢諫言，適合用來興波作浪，諫言示意；又為何用李遐周和童謠，這就是作者根據主題的需要和情節發展的要求，所作的選擇。題材選得恰當，表現才會合理，情節發展才能自然。這是選材時不能不留意。至於背景方面的題材，也是要配合情節發展的需要，作適當擇配的。在這個故事中，作者對這些問題都進行適當的計畫。

㈡**謀篇的技巧**：題材選擇好之後，如何安排題材，又是謀篇的任務。既然馬嵬事件是歷史事實，但作者在裡面卻要呈現自己的思想，表現故事的主題，於是哪些題材為主，哪些為賓；哪些題材宜詳，哪些宜略，都是謀篇時要考慮的。如文本中，玄宗和貴妃是主；陳玄禮和高力士、楊國忠是賓；開端略，發展和結尾、往事詳。其次，情節發展的順序也是作者在謀篇時要考慮的，這文本的本事依歷史事實，順時推展，那是生活原形本來的層序，而往事的安排，放置末端，則是加強創作主題思想所必然採取的技巧，往事事件的安排更是應本事情節發展的要求和主題思想要求的需要，而採用的手法。這些都是作者在謀篇的匠心技法所在。

㈢**修辭的技巧**：修辭是呈現故事，將主題、結構等具體化、物質化的手段。這篇故事，也是以敘述和對話為其主要手法。還有詩歌、童謠的插敘，簡筆、詳筆的互用。全文是現實主義和浪漫主義的巧妙結合。其中有一種技巧值得

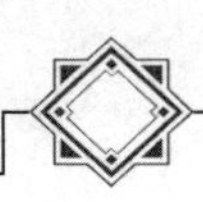

一談。那就是對比映襯法。

文本中，在人物上有陳玄禮和高力士映襯玄宗，他們在逼死貴妃的動力上，互相作用，彼此照映；在事件上，殺國忠和縊貴妃相襯，使禍階自食惡果的言外之意，更加彰顯。

總之，這是一篇有相當水準的故事；又是一篇典型的倒敘型敘述文。

自玄宗貴妃之後，稗說野史記李、楊軼事的，長盛不衰。雖然正如《唐語林》所說，唐代史料毀於安史之亂，「《玄宗實錄》百不敘其三、四」，然而「人間傳記尤眾」，如李德裕〈明皇十七事〉、鄭處海〈明皇雜錄〉、鄭綮〈開天傳信記〉、吳競〈開元升平源〉、郭湜〈高力士外傳〉、陳鴻〈長恨歌傳〉、五代・王仁裕〈開元天寶遺事〉等。樂史〈楊太真外傳〉即取材於上述資料。雖然有人說樂史此傳拼貼而少剪裁，但有關玄宗和楊貴妃之事略備於此。尤其本文是相當不錯的一部分。後世小說和戲曲受其影響還算不少。

〈方士索神魂，貴妃憶往事〉

自南宮還于西內[1]。時移事去，樂盡悲來。每至春之日，冬之夜，池蓮夏開，宮槐秋落，梨園弟子，玉琯發音，聞〈霓裳羽衣〉一聲，則天顏不怡，左右歔欷[2]。三載一意，其念不衰。求之夢魂，杳不能得[3]。

適有道士自蜀來，知上皇心念楊妃如是，自言有李少君之術。玄宗大喜，命致其神[4]。

方士乃竭其術以索之，不至。又能游神馭氣，出天界，沒地府以求之，不見[5]。

又旁求四虛上下，東極天海，跨蓬壺[6]。見最高仙山，上多樓闕，西廂下有洞戶，東向，闔其門，署曰：「玉妃太真院[7]」。方士抽簪扣扉，有雙鬟童女，出應其門[8]。方士造次未及言，而雙鬟復入[9]。俄有碧衣侍女又至，詰其所從。方士因稱唐天子使者，且致其命[10]。碧衣云：「玉妃方寢，請少待之。」于時雲海沈沈，洞天日曉，瓊戶重闔，悄然無聲。方士屏息斂足，拱手門下[11]。久之，碧衣延入，且曰：「玉妃出。」見一人冠金蓮，披紫綃，佩紅玉，曳鳳舄，左右侍者七八人。揖方士，問：「皇帝安否？」次問天寶十四載已還事。言訖，憫然[12]。

指碧衣，取金釵鈿合，各析其半，授使者，曰：「為我謝太上皇，謹獻是物，尋舊好也[13]。」

方士受辭與信，將行，色有不足。玉妃因徵其意，復前跪致詞：「請當時一事，不為他人聞者，驗于太上皇；不然，恐鈿合金釵，負新垣平之詐也⑭。」玉妃茫然退立，若有所思，徐而言曰：「昔天寶十載，侍輦避暑于驪山宮。秋七月，牽牛織女相見之夕，秦人風俗，是夜張錦綉，陳飲食，樹瓜果，焚香于庭，號為『乞巧』。宮掖間尤尚之⑮。時夜殆半，休侍衛于東西廂，獨侍上。上凭肩而立，因仰天感牛郎事，密相誓心，願世世為夫婦。言畢，執手各嗚咽。此獨君王知之耳⑯。」

一、注釋

①南宮：宮殿名，即興慶宮，玄宗自蜀回長安後居住的宮殿。西內：指太極宮，後玄宗遷居的宮殿。

②梨園弟子：戲園中的藝人。梨園是唐玄宗時教習宮廷歌舞的地方。玉琯：玉製吹奏樂器。琯：同「管」。霓裳羽衣：曲名。相傳玄宗夢游月宮見仙女舞此曲，醒後記譜而成。天顏：天子的表情，指天子。怡：樂。左右：旁邊的侍人。歔欷：歎息聲。

③三載一意：三年中，玄宗一直思念著貴妃。一意：思念的心不變。求之夢魂：在夢中和貴妃的靈魂見面。杳：遠。

④適：恰。蜀：四川。上皇：天子之父尊為上皇，此指玄宗。李少君之術：招魂術。李少君：漢武帝時方士，自稱可游仙求長生不老之藥，以騙取武帝的信任。致其神：招貴妃的靈魂。

⑤方士：自稱為求仙之人，也稱道士。竭其術：用盡全部的法術。索：求。游神馭氣：游心神，駕馭大氣。出天界，沒地府：上天下地。天界：天上界，佛家語，指在天的地界。地府：冥府，道教語。

⑥四虛：四方大道，太虛，道家語。東極：東方遠處，東方天空盡處。天海：虛空，天空廣闊，故以海喻。蓬壺：蓬萊仙島。

⑦最高仙山：蓬萊島上仙山的最高地方。樓闕：樓殿宮閣。西廂：西邊廂房。洞戶：洞門。闔：閉。署：題寫。玉妃太真院：玉妃太真所住的院落。玉妃太真：貴妃的道號。

⑧抽簪扣扉：抽下髮簪敲門。應其門：回答他，為他開門。

⑨造次：倉猝之間。雙鬟：指童女。

⑩俄：不久。碧衣侍女：綠衣婢女。詰：問。致其命：傳達天子命令。

⑪寢：睡。雲海沈沈：雲空多雲。沈沈：深貌，雲多故以比海。洞天日曉：仙境地方太陽才出來。瓊戶重闔：玉製的

門戶緊閉。悄然：靜貌。屏息：靜氣連呼吸也不敢而屏住了。斂足：收斂腳步聲。拱手：雙手環抱作拱狀。

⑫延入：請進。冠金蓮：戴金蓮冠。披紫綃：穿紫色羅衣。綃：絹。佩紅玉：腰佩紅玉。鳳舄：鳳頭鞋子。舄：ㄒㄧˋ。皇帝：指稱玄宗。憫然：悲傷貌。

⑬指：指使。金釵鈿合：金製髮釵與髮簪盒子。鈿：ㄉㄧㄢˋ，髮簪。合：盒。鈿合：指髮簪帶盒。太上皇：即上面「上皇」。尋舊好：續舊情。

⑭色有不足：有尚覺不足的表情。徵：問。負：背，犯。新垣平：西漢時趙人，曾用迷信欺騙文帝，事覺被殺。

⑮茫然：失神貌。侍輦：陪天子。輦：車。驪山宮：唐天子別墅。牽牛織女：傳說中的愛侶。男的牽牛，女為織女，兩情相愛，為織女父天帝所禁，每年七夕方可會面，其夜稱七夕。秦人：陝西人。張錦繡：張設錦綉的帳蓬。陳飲食，樹瓜果：陳列飲料食品瓜果。乞巧：向織女神乞女紅之巧技。宮掖：宮廷。尚：流行，崇尚。

⑯殆：近，差不多。

二、作者

陳鴻，字大亮，貞元二十一年（西元八〇五年）登太常第。唐文宗時，官尚書主客郎中。擅長詩學，有《大統紀》三十卷，佚。《全唐文》錄其文三篇。傳奇筆記作品有〈長恨歌傳〉、〈開元升平源〉（或云吳兢撰）等。

三、主題和題材

這篇文章節錄自〈長恨歌傳〉。〈長恨歌傳〉雖以「懲尤物，窒亂階，垂于將來」為寫作意旨，含有「女色禍國」的道德觀念。但全文以帝妃愛情為發展線索。尤其這一段落，寫帝妃生離死別，生者「三載一意，其念不衰」夢魂尋求，「杳不可得」；死者「憫然」、「致意」、「獻物尋舊好」。陳鴻在這一情節裡以愛撫之筆調，描寫住在蓬萊仙宮的貴妃形象，人間天上愛情永恆。顯然，在這一短文裡，陳鴻的情節主題是強調兩人的愛情。

四、結構

這段情節的主題如上，結構又如何呢？全篇的結構貫穿著對失落愛情的尋索，由人世尋向天界，情節也沿著這條線索發展。而全文的脈絡可以下面的層次析論之：

㈠**本事**：自「自南宮遷于西內」至「尋舊好也」。敘述人間天上求索失落的愛情。

1.開端：自「自南宮遷于西內」至「杳不能得」。敘述貴妃死後，玄宗在人世對愛情的追憶思念，夢寢尋覓。

2.發展：自「適有道士自蜀來」至「不見」。敘述玄宗得道士，命其上天下地，求索妃魂，遍尋不見。這裡又可分二小節：

⑴玄宗命道士致貴妃之神。

⑵道士上下天地求索。

3.高潮：自「又旁求四虛上下」至「憫然」。敘述道士尋至蓬萊山最高處仙居，與貴妃見面，傳達太上皇意旨。

4.結局：自「指碧衣」至「尋舊好也」。敘述貴妃授道士「辭與信」，請其帶回給太上皇，告訴他天上人間，愛情不變。

以上是求索的本事。

㈡**往事**：自「方士受辭與信」至「此獨君王知之耳」。敘述貴妃告方士以天寶十載七夕「玄宗貴妃」的「密相誓心，願世世為夫婦」祕事。

由上面的分析，這個情節的結構是形象思維與敘述文的結合，屬於倒敘型。它的基本情節是以玄宗和貴妃的人間天上愛情的延續為基本線索。它在整個〈長恨歌傳〉中，雖然負有顯現「懲禍階」的主題的結構任務，但它本身擔當的只是愛情的延伸，它要和「禍階」引起的戰亂和其他的「惡果」連合起來，才反映出全部小說的核心主題，它本身的主題只止於愛情的強韌性上。既然如此，那作者寫到這一段是如何構畫它的脈絡呢？那就是由一生一死，天人相隔的人物關係來決定的。「開端」寫玄宗的思念，那是承「馬嵬之變」那個情節發展過來的，是合乎生活邏輯和人物心理機制的。「發展」敘命道士求索，與當時宗教信仰、靈魂不滅有關，有了這層心理基礎，玄宗命道士上天下地去求索，便順理成章了。至於求索的地方與當時的道教神話傳說、神仙思想有關，細節的構畫也是合乎文化心理，至於道士找到貴妃靈魂和她相見，要求「辭與信」以及一件不為他人知的愛情隱事，也是他要取信於事主玄宗所必然有的要求。在這樣人物需求的要求下，情節會出現往事，也是理所當然。所以「發展」以兩個小節和一個高潮連接，那是使情節曲折變化的邏輯要求。因為這樣表現，所要表達的主題才更有說服力。因此，把它寫成一個倒敘型是合理的。這

個結構我們可以用下列的綱目把它概括出來：

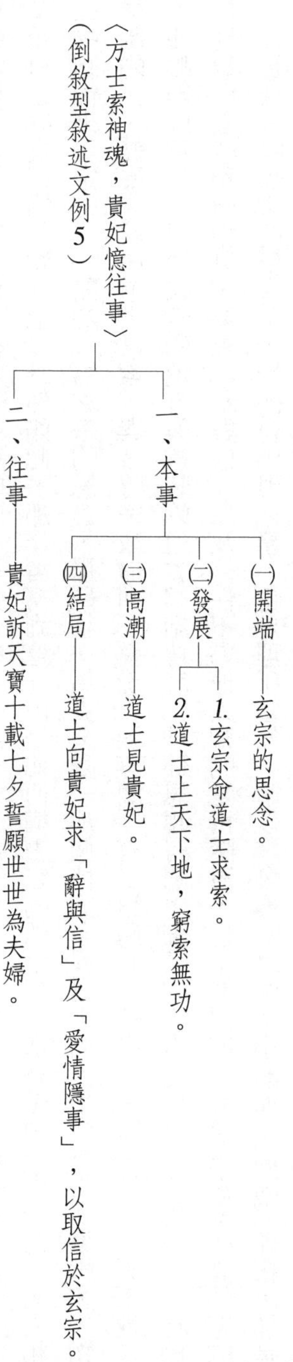

綱目中，「開端」是文章結構學所謂敘述文的「總敘」，也是傳統文體章法中的「起」。「發展」是敘述文的「分敘」，分敘有三個，包括「高潮」在內，而在傳統文體章法中，「發展」是「承」，「高潮」是「轉」；至於「結局」是「結尾」，在傳統文體章法中，稱「合」。「開端」、「發展」、「高潮」，是敘述事物發展過程的曲折變化，目的是通過兩個以上的具體情節或事件，充分表現主題的合理性和可信性。這些和「結尾」連合起來就是「本事」，把「本事」和「往事」倒置過，先因後果，後面發生的事件擺在前面，前面發生的事件擺在後面，就成了倒敘型架構了。倒敘有直接和間接兩種，本文是間接的一種，由文中人物的嘴把它喚出來的。

五、技巧

關於這篇文章的技巧，我們仍可分「選材」、「謀篇」、「修辭」三方面來分析：

㈠**選材的技巧**：選材要嚴，開掘要深，不能簡單的羅列材料，這是選擇題材的基本要求。陳鴻這段文章是根據〈長恨歌傳〉的整體思想要求而定。作者在第一部分楊貴妃得寵的「起因」、「經過」、「結果」之後，在現世的愛情之後；接著第二部分寫馬嵬事變（愛情發生變化），然後渡引到第三部分；第三部分寫明皇和貴妃的生死變化，天上人間愛情延續，這就是這篇文本的部分。由於這部分要在現實和幻虛之間，在死生之間，展延愛情情節，所以，他只好選取傳說故事的題材。為了連接現實與虛幻，本文開始敘寫玄宗對貴妃的思念，由思念引出求索，為了展現天界求索

的情節，所以他選取了「道士」這一角色，為了展現道士到仙界求索，所以才選取了「蓬壺」仙界，又為了加強男女主角的愛情意象，作者選取了「金釵鈿合」、「七夕誓願」這些情節。可知文本題材的選取是主題與情節表現和發展的需要，依「選材嚴，開掘深」的理則去取。這就體現了作者選材的技巧。

㈡**謀篇的技巧**：謀篇就是布局。文章的布局，是一種處理「局部」和「整體」關係的藝術，是一種關於「分」和「合」的藝術。它須為揭示主題、調度材料、安排層次服務。本文的作者掌握本篇要加強愛情長遠的主題思想，在貴妃死後，先安排玄宗的「思念」，作為下面「求索」的基礎，「求索」死者的魂魄就需要安排一個道士，為了加強「求索」的艱難意象，於是先來一次上天下地的「求索失敗」，然後才柳暗花明地出現「蓬壺」，這是「求索」情節的核心，所以細節描寫要詳細，仙境、仙院要鮮明。找到貴妃，為了取信雇主向貴妃求取信物，詢問男女主角之間不為人知的隱事，這樣章節的脈絡就呈現了。而信物和信事，又是加強愛情意象的重要題材。

㈢**修辭的技巧**：寫作的藝術，語言要準確、生動、簡練，因此要講求修辭。

唐明皇與楊貴妃的故事，家喻戶曉。它不單是史事的記載，也是結合當時民間傳說，運用現實主義和浪漫主義相結合的手法，強調兩位男女主角的愛情。本文本著重寫貴妃以後的傳說，從而構成了濃郁的浪漫主義色彩。全文以敘述和對話為主要筆法，在情節進入仙景時也偶然使用描寫。此外有兩種修辭法是比較突出的：

1. 用典：本文的用典有兩處，其一是「發展」中的「自言有李少君之術」，另一是「恐鈿合金釵，負新垣平之詐也」這兩個典故，一方面以歷史故事傳達游仙術和方士詐欺，另方面也提示了「道士」的本色，豐富了要表達的意象。

2. 虛構：虛構是文學寫作中的一個重要手段。虛構的過程即對材料的加工、改造的過程。本文作者在敘述道士索求時，選神話傳說資料，對它加工、改造就是一種虛構手法。至於「玉妃太真院」的人物諸如「雙鬟童女」、「碧衣人」，以及其中的情節都是幻想的產物，但都以道教生活為依據，以人物性格為基礎，並且具有高度的真實性。

練　習

在本單元的學習期間，學生在課外要有相應的閱讀鑑賞和創作的練習。

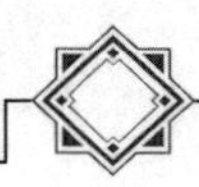

(一)試以倒敘型敘述文寫下列諸題。

1. 憶往。
2. 屈原傳。
3. 校史簡述。
4. 迪化溯原。
5. 草山故事。
6. 博物館溯原。

以上每週一題，文言敘述。

(二)倒敘型敘述文古文習讀。

1. 左丘明《左傳・宣公二年・趙盾遇難》。
2. 劉向〈周幽褒姒〉。
3. 范曄〈耿恭守邊〉。
4. 王績〈醉鄉記〉。

每週標點一篇，討論分析。

(三)鑑賞練習：每週選一篇鑑賞文，課外評析。

第三節　合敘型敘述文

順敘型和倒敘型都是敘述思維和形象邏輯的結合形式，這裡要談的合敘型也是。順敘型的敘述次序決定於形象思維的正象（即依時序呈現的形象）；倒敘型的敘述次序決定於形象思維的反象（即顛倒前後順序的形象），它是事物發展過程的主要事件顛倒了自然順序的反映。合敘型則是決定於形象思維的正象和反象的互相結合，同時也是順敘和倒敘兩種形式的互相結合。這種結構類型的形式，是客觀辯證法在敘述文結構中的必然反映，因為事物的過程固然必依時序展現，但人類的回憶對過程的掌握，是有時出現正象，有時出現反象，有時正象和反象相銜接的，也就是說客觀事物是互相聯繫的，現實存在的本事總是和「往事」聯繫在一起的。因此，敘述文中有合敘型是合情合理的，如由創作構思時，意象呈現的客觀和具體的形式來說，合敘型敘述文，是把作為某個重要情節的「本事」，先敘述，然後在「本事」發展到某個階段時，暫時中斷敘述的線索，接敘一段「往事」，然後再掉轉筆鋒，返回原來故事的順時發展處，繼續進行「本事」的敘述，直到結局。這種敘述形式就是合敘法，由合敘法寫成的文章，就是合敘型敘述文。

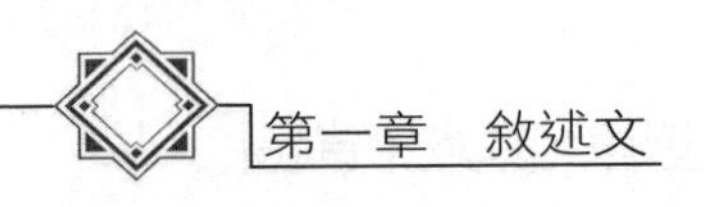

為了讀者記誦方便，認識熟練，運用時得心應手，我們把合敘型敘述文的模式，概括成如下的綱目：

合敘型模式
- 一、總敘——1
- 二、分敘
  - (一)本事——n
  - (二)往事——2
  - (三)本事——n
- 三、結尾——3

圖中，阿拉伯數字是變數，n是常數。

下面再以五個文例析證，以便讀者由實際作品的結構體驗其形式，認識其型態，熟練其寫法，牢固對它的記憶和印象。

〈趙盾諫君邀患〉

晉靈公不君，士季諫而不改。宣子驟諫，公患之①。使鉏麑賊之。晨往，寢門闢矣，盛服將朝。尚早，坐而假寐②。麑退，歎而言曰：「不忘恭敬，民之主也。賊民之主，不忠；棄君之命，不信。有一於此，不如死也。」觸槐而死③。

秋九月，晉侯飲趙盾酒，伏甲，將攻之。其右提彌明知之，趨登，曰：「臣侍君宴，過三爵，非禮也。」遂扶以下④。公嗾夫獒焉，明搏而殺之⑤。盾曰：「棄人用犬，雖猛何為！」鬥且出。提彌明死之。

初，宣子田于首山，舍於翳桑，見靈輒餓，問其病⑥。曰：「不食三日矣。」食之，舍其半。問之，曰：「宦三年矣，未知母之存否？今近焉，請以遺之。」使盡之，而為之簞食與肉，寘諸橐以與之⑦。既而與為公介，倒戟以禦公徒而免之。問何故？對曰：「翳桑之餓人也。」問其名居，不告而退。遂自亡也⑧。

乙丑，趙穿殺靈公於桃園⑨。

一、注釋

①晉靈公：晉襄公的兒子，晉國君。不君：在君位而言行不合為君之道，即無道。士季：晉大夫。宣子：趙盾，諡宣。驟諫：多次諫勸。驟：ㄗㄡˋ。公：靈公。患：疾，惡，討厭。

②鉏麑：ㄔㄨˊ ㄋㄧˊ，晉國力士。賊：殺。寢門：臥房的門。闢：開。盛服：朝衣朝冠均已穿戴，整齊的朝服。朝：上朝。假寐：不解衣冠而睡。俗語所謂「瞌睡」。

③恭敬：恭敬朝事，此指早起盛服將朝之事。民之主：人民的靠山。主是家長。《詩．周頌．載芟》：「侯主侯伯。」傳：「主，家長。」《太玄經．靈》：「內有主也。」注：「主，謂父也。」不忠：對民之主不忠誠。觸槐：頭碰盾之庭槐。

④飲：請人喝酒。伏甲：埋伏甲兵。甲：兵所穿，以代兵。右：盾車右。提彌明：勇士，趙盾的車右。趨走：快步走上殿堂。三爵：三巡。古代君宴臣，其禮有二：一為正燕禮，一為小燕禮。小燕禮即小飲酒禮。《儀禮．燕禮》記正燕禮，脫屨升堂，行無算爵，非止三爵而已。惟小飲酒禮不過三爵。《禮記．玉藻》所謂「君若賜之爵，則越席再拜稽首，受。君子之飲酒也，受一爵而色洒如也，二爵而言言斯；禮已三爵而油油，以退。」遂扶以下：提彌明言訖，上堂扶盾下，一作「遂跣以下」；趙盾聞言而悟，急迫不及著韈納屨，因赤足下堂。案古燕「以跣為歡」。

⑤嗾：ㄙㄡˇ，使犬。獒：ㄠˊ，猛犬。

⑥首山：即首陽山，亦即雷首山，在今山西省永濟縣東南。舍：住。翳桑：地名。翳：ㄧˋ。靈輒：晉人。

⑦舍：捨。宦：在外為人臣隸。今近焉：現在走近家鄉了。遺：留給。簞食與肉：一籃飯和肉。簞：ㄉㄢ，古盛飯食的圓形筐。寘諸橐：裝在口袋。寘：ㄓˋ，放。橐：ㄊㄨㄛˊ，袋。

⑧介：甲，指甲士。倒戟：例轉戟。公徒：靈公的衛兵、伏兵。問何故：問為何助己。名居：姓名和住址。亡：逃走。

⑨乙丑：魯宣公二年九月二十七日。趙穿：趙盾之弟。桃園：地名，晉靈公的園囿。

二、作者

左丘明，見前〈晉惠公韓原之敗〉作者欄。

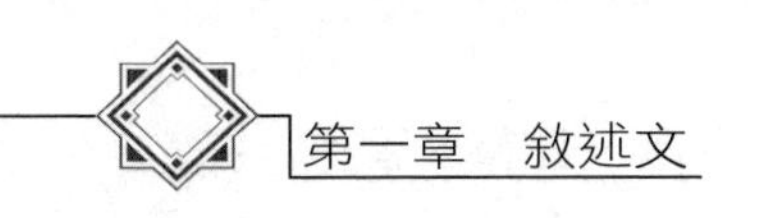

三、主題和題材

這篇文章寫晉靈公悛惡不改，趙盾驟諫，引起靈公的疾惡，於是想謀殺趙盾，在這個過程中，有鉏麑的犧牲，提彌明的鬥死，最後靈輒救了趙盾，使他免於難。不久，趙穿刺殺晉靈公，趙盾的政治災難才結束。文章的主題在於告訴人趙盾是位「勤政愛民」、「恭敬職事」、「仁愛人民」、「敢諫」的執政。作者就主題需要去選擇有關趙盾和晉靈公的矛盾事件以及三位義士救助趙盾的經過。

四、結構

結構是作者安排題材以呈現主題的形式。這篇文章依前面的標點分段，其結構是合敘型，它是敘述文的形式和形象思維的結合，由正象和反象組織成的，下面依序說明之：

㈠**總敘**：自「晉靈公不君」至「公患之」。敘述晉靈公惡趙盾，敘趙盾遇難的原因。

㈡**分敘**：自「使鉏麑賊之」至「遂自亡也」。敘述趙盾遇難。

1.本事：自「使鉏麑賊之」至「提彌明死之」。敘述趙盾遭難。又分兩件：

⑴刺客窺伺：自「使鉏麑賊之」至「觸槐而死」。敘述靈公派刺客鉏麑刺殺趙盾。鉏麑見趙盾「盛服將朝」，尚早，「坐而假寐」，認為盾「不忘恭敬，民之主也。」自己如刺殺盾是「賊民之主」，將犯下「不忠」的惡名；然不刺殺盾，又是「棄君命」，是「不信」，在「忠」、「信」相矛盾的心情糾結不解下，鉏麑「觸槐而死」。

⑵赴宴遭伏：自「秋九月」至「提彌明死之」。敘述靈公設宴伏兵以待盾，盾不知是陷阱而赴宴。酒過三巡，車右提彌明提醒盾「過三爵，非禮也。」靈公嗾獒突襲盾，提彌明殺獒，伏兵出，「提彌明死之」。

2.往事：自「初，宣子田于首山」至「寘諸橐以與之」。敘述往日趙盾救翳桑餓人靈輒，施恩於他。

3.本事：自「既而與為公介」至「遂自亡也」。敘述靈輒倒戈救趙盾報答前恩，遂逃匿。

㈢**結尾**：「乙丑，趙穿殺靈公於桃園。」敘述趙穿弒晉靈公，趙盾的禍源消除。

這篇歷史記事是整個事件發展順序的反映，「分敘」中，「往事」的回折，是為了交代靈輒護盾緣由的一個回馬

槍，一次返顧。事件的基本情節是趙盾和晉靈公之間矛盾衝突過程的發生、發展、激化、結束。根據由客觀決定主觀的理則演化而成，是形象思維和敘述文的主要形式。

任何敘述文的結構，就整體說都有總敘、分敘之類，而總敘與分敘之類，又有較低層次的總敘與分敘之類。正由於這個原因，任何模式的內部結構單位，同樣也有順、倒，分、合的互相轉化。合敘型敘述文是這種轉化的一種現象反映。〈趙盾諫君邀患〉的開端是寫晉靈公和趙盾之間矛盾的緣由；而「分敘」中，先沿著事件的發展，敘述1.靈公派刺客要刺殺趙盾，2.靈公伏兵邀宴趙盾。在後面這個情節中，又衍生出了提彌明為盾鬥死和靈輒護盾脫險這兩個小情節；這兩個小情節在「伏兵邀宴」中，占有重要地位，目的在於表現趙盾得人心，仁者多助。可是，作者為了交代靈輒所以護盾，所以在靈輒這次事件中「倒戈」之前，穿插了一節趙盾救靈輒的往事，這個往事雖只直接關涉趙盾，但間接影響靈公計畫的成敗，於是也對前面和後面產生作用，對前面是呼應鉏麑「民之主也」的說法；對後面是導引出趙盾的脫險和靈公的被弒，所以作為全文結構的往事，仍是有其邏輯根據的。這樣一來，它的結構便可如下提綱：

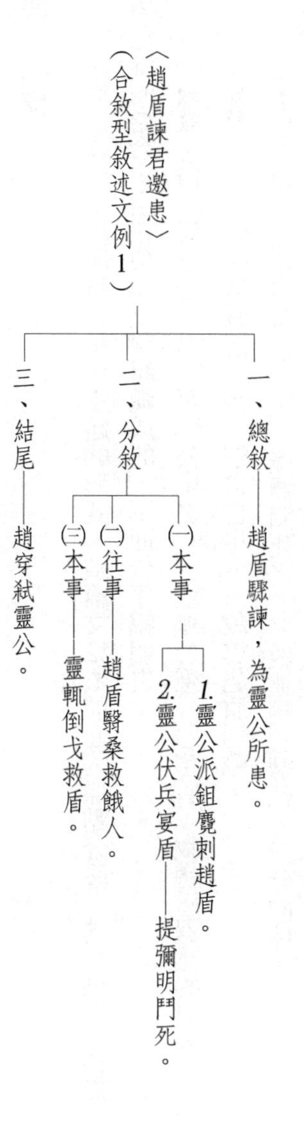

這三件事都是直接敘述。它是順敘和倒敘結合的形式，也是模式內部的變化。就前面分敘的本事而言，其情節的發展，前一件是由於鉏麑「民之主」不可殺的心理機制決定的；後一件是由於趙盾與提彌明主屬關係決定的；往事則是為後一本事的人物行為（靈輒倒戈）心理基礎，先作交代的；結尾，則是在人物關係（趙盾和趙穿）的作用下，承繼分敘而來的結果，所以情節結構的模式具有因果關係上的邏輯根據。

五、技巧

這篇文章的技巧也可分為「選材」、「謀篇」、「修辭」等三方面論析。

㈠**選材的技巧**：這篇文章的題材得自現實生活，它的生活原型是春秋時代晉朝廷的政治事件，這是歷史事實，要由歷史上去尋材。文中的人物，主角趙盾和靈公；鉏麑、提彌明、靈輒、趙穿，都是當時的現實人物，而由這些人物組成的衝突事件，也是當時晉國發生的大事。問題是當時晉朝廷不只這幾個人，事件也不只這一件，但作者為什麼要選這件事作為那時代晉國歷史的代表呢？在這事件中，參與的人物也不只這幾個人，作者為什麼只選他們而捨棄其他的人物呢？這就關涉到主題的問題，作者擬定的主題是在這一時段表現晉國的要事，所以才選〈趙盾諫君邀患〉的這件事。因兩造事主，一為國君一為執政，他們倆之間的事件，最足以代表晉國內部的政治事件，寫它具有晉國歷史的典型性；而在整個事件中，「謀刺」、「邀宴」這兩件事，是事件的核心，最能突現事件的性質，也最能把主題和兩位主角的形象顯現出來，所以作者選這兩個事件是合乎文學創作原理的；至於人物的選擇，本是由事件決定，可也與主題有關，鉏麑的道德意識可以突現趙盾的勤政——忠；提彌明的忠和靈輒的義可以烘托出趙盾的愛民，獒的出現加深了靈公的無道形象。所以，這些題材的選擇，是緊密地和主題和情節相扣的。選材要根據中心思想；材料要具本質意義，要有典型性；可一點兒也不錯啊。

㈡**謀篇的技巧**：這篇文章的章節，在大體上，是依事件的先後安排；唯在低層次的結構上，作者安排了一段往事。這件往事既是為靈輒這個人物「倒戈」，交代緣由；也為表現趙盾的心性增添筆畫，加了顏色，這是作者在構思布局時，有意設計的。因為這樣做，選用它有利於揭示趙盾「仁民」的主題，將它安排在「本事」與「本事」之間，有利題材的調度，使文章層次井然，整齊而有變化，顯得靈活。再次各章的設計，也有憑有據，不是隨便下子，比方「謀刺」一節，寫刺客先略後詳，是合乎章的中心思想的要求。刺客受命在前，已見靈公之暴，不必用詳筆，刺客到盾庭，看到盾的生活起居，要彰顯他不殺盾的心理因素和盾的勤政形象，不能用簡筆。「邀宴」一節，靈公陰謀，一點即透，用簡筆即可；提彌明之護主，要反映趙盾的愛屬下，提彌明護主之誠，用詳筆渲染，不嫌嚕嗦；至於靈輒，先詳敘其受施於盾，後鋪張其報恩之篤，彰明較著，動人至極。至結尾趙穿殺靈公，盾之難消除，輕輕一筆，筆力萬鈞。篇章

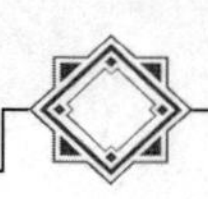

先後、詳簡等等的謀畫，技巧殊妙，讀者應深加體會，領悟其中的訣竅，吸收以為己用。

㈢修辭的技巧：這篇文章的修辭，敘述和對話是它的基本技巧，此外作者運用了對句法，如「賊民之主，不忠；棄君之命，不信。」在散句中穿插偶句，起整齊節奏的作用。用典：如「三爵」，表現提彌明識禮，使其形象繁富。至如烘托和對照法的使用，更是本文的一大特色：鉏麑是位識大體的刺客，提彌明是位知禮的忠屬；靈輒是知恩能報、忠孝雙全的義士，三人以他們的美德和親盾行為，烘托得趙盾「民之主」的賢臣光圈燦爛顯赫；而靈公的疾惡引起一連串謀盾的暴力行為，和趙盾的「勤政」和「仁民」，恰成反照，在藝術表現效果上，惡者越惡，賢者越賢。

總之，這是由《左傳》選出的一篇名文，事件發生在魯宣公二年。文章多為後世讀者所喜愛。

〈敗壞名節〉

文潞公知成都，甚端謹，雖妓女滿前，未嘗一顧之①。日因宴客，襟組偶脫，自紐弗及。名妓秦鳳儀從旁紐之②。公轉眄微笑，鳳儀曰：「相公亦有覷人時耶？」自此意愜，每有宴集，非鳳侑之不可③。

有飛語聞朝廷，適御史何聖從名郯謁告歸蜀，上因令密訪其事④。郯將厭境，潞公為之懼。張少愚名俞，白公曰：「聖從之來，亦不足慮。前在漢州適同郡，會有營妓善舞。從愛之，問其姓，妓曰：『妾姓楊。』聖從曰：『所謂楊臺柳也⑤。』愈即其項帕題詩其上曰：『蜀國夫人號細腰，東臺御史惜妖嬈。從今喚作楊臺柳，舞盡春風萬萬條⑥。』因命妓作〈竹枝詩〉歌之，聖從為之大醉。此可以見其守也。」公曰：「姑密之⑦。」

及聖從至，果自嚴重，潞公宴之，因迎其妓，雜府妓中，使歌少愚之詩以侑之，聖從為之醉⑧。既而喧傳，遂達聖聽。及歸，不復引見，潞公之謗亦由是遂息⑨。

一、注釋

①文潞公：宋代名臣文彥博（西元一〇〇六年～一〇九七年），字寬夫，汾州介休（今山西汾休縣東南）人。封潞國公，因稱。曾知益州，治在今成都市。潞：ㄌㄨˋ。知：治。成都：在四川，當時是益州首府。端謹：端正謹慎。

②襟組：古代衣服交領的帶子。紐：結。

③轉眄：回視，轉眸。相公：女人對男人的尊稱。又，尊稱宰相，古時為相必封公。覷：ㄑㄩˋ，伏覗，俗語偷看。意愜：感情投合。愜：ㄑㄝˋ，滿足，痛快。侑：ㄧㄡˋ，陪侍，陪酒。

④飛語：無根據的流言。御史：官名，掌糾察百官。郯：ㄊㄢˊ。謁告：告假。蜀：四川，成都。上：天子。密訪：密查。

⑤厭境：至境。厭：當作壓。少愚：張愈之字。漢州：地名。四川廣漢縣，為州。營妓：兵營所蓄之妓，官妓。精臺柳：當是陽臺柳之訛，謂高唐陽臺之柳，即陽臺女、美女。

⑥項帕：額巾。項：首。蜀國夫人：蜀地女人。細腰：美女。東臺御史：官名。門下省御史。東臺：官署名，指門下省。惜：愛。妖嬈：美麗。嬈：ㄖㄠˊ，美貌。萬萬條：喻比舞姿和柳枝擺動，有萬萬條。

⑦竹枝詩：詩體名。劉禹錫〈楊柳枝詞〉：「因想陽臺無限事，為君回唱竹枝歌。」守：操守。姑：暫且。

⑧嚴重：端莊嚴重。嚴加查訪重視文潞公狎妓事。

⑨喧傳：喧揚流傳。達：到。聖聽：天子耳朵。歸：回朝。息：止。

二、作者

這個故事見《湖海新聞夷堅續志》。作者不詳。繆荃孫《藝風藏書記》云此書「署款江陰薛證如節刊」。

三、主題和題材

文彥博是宋代「任將相五十年，名聞四夷」、「立朝端重，顧盼有威。遠人來朝，仰望風采。其德望固足以折沖禦侮于千里之表」的著名歷史人物。《宋史》第三一三卷有他的傳記；何郯也是「第進士，由太常博士為監察御史，轉殿中侍御史」的宋代著名人物。作者借這兩位著名的歷史人物，寫一段由超越禮節的前科犯查訪新犯禮禁的人，而導引出這段巧妙擺脫「敗壞禮節」之謗的故事。由故事的內容看，作者有意褒文貶何；並且借寫兩人「端謹」、「嚴

重」的非自然本性，揭露封建名節的虛偽性，這是主題所在。

四、結構

文章的結構由主題定向；在作者構思時的思路，展現脈絡中形成。這個故事的作者在故事中要表現的中心思想，也就是主題，是文潞公巧計息謗。這個謗是狎妓越禮禁壞名節的謗。作者構思謀篇時的思路是，先寫文潞公「甚端謹」，接寫他狎妓傳飛語；轉寫何郯奉天子密令至蜀查訪，再追敘何郯往昔狎妓，結寫文潞公平息對自己敗壞名節的誹謗。因此形成故事的結構如下：

㈠**總敘**：自「文潞公知成都」至「未嘗一顧之」。敘述文潞公平時私生活「甚端謹」，非禮「未嘗一顧之」。

㈡**分敘**：自「日因宴客」至「聖從為之醉」。敘述文潞公因一次宴席上「名妓秦鳳儀」為他「紐襟組」而真情歆動，「意愜」而「每有宴集，非鳳侑之不可。」於是「飛語聞朝廷」，天子令御史何郯因「謁告歸蜀」之便，「密訪其事」。何郯到來，潞公懼，張愈告知聖從往日狎妓事，潞公乃定策應付聖從的訪查。當聖從煞有其事嚴查潞公犯禁之事時，潞公「迎其妓，雜府妓中，使歌少愚詩以侑之。」聖從果然「為之醉」。這部分依結構原理可分為下列諸支節：

*1.*本事：自「日因宴客」至「上因令密訪其事」。敘述潞公招鳳儀侑酒，遭流言中傷，天子令何郯密訪。這部分又可分為兩小節：

⑴發展：自「日因宴客」至「非鳳侑之不可」。敘潞公狎妓。

⑵發展：自「有飛語聞朝廷」至「上因令密訪其事」。敘述遭謗，朝廷令人密訪。

*2.*往事：自「郯將厭境」至「姑密之」。敘述何郯往昔狎妓事。

*3.*本事：自「及聖從至」至「聖從為之醉」。接上面「本事」，敘述潞公宴聖從，「迎其妓」以醉之。

㈢**結尾**：自「既而喧傳」至「由是遂息」。敘述何郯回朝，天子「不復引見」，「潞公之謗」息。

由上，我們可以把這個故事的結構提綱如下：

〈敗壞名節〉
（合敘型敘述文例2）

一、總敘（開端）——潞公宿昔為人端謹。
　㈠本事——1.潞公每宴集，必鳳儀侑酒。
　　　　　2.朝廷密令查訪其事。
二、分敘（發展）——㈡往事——張愈敘御史何聖從昔時狎妓。
　㈢本事——潞公迎何聖從，以妓醉聖從。
三、結尾（結局）——潞公狎妓之謗息。

這個結構的成立，具有堅固的邏輯基礎。它的形象思考進程和敘述思維的脈絡，可以提供具體而真實的證據。既然作者的表層主題是潞公息謗，深層的主題是禮禁虛偽，士大夫矯揉造作。那麼在整體結構上，先敘述潞公平日的風格，其次敘述其變化，接敘因變化而引起的困擾——謗言和查訪，然後敘述其解決問題之道，最後，問題解決，謗言消除，這是合乎事物發展的邏輯。再者，作者在「分敘」中安排一段御史何聖從的往事，以為潞公解決問題的關鍵，把它安排在「本事」發展的途上，穿插在前「本事」和後「本事」之間，這也是合乎情節發展的邏輯。在這個故事中，「往事」既是作為問題解決的關鍵而存在，將它安排在問題關係人物的出現的最近處，並由解決問題的一方之人物提出，這是事件發展的必然程序，是事物展現的自然過程，它的位置也是合情合理。總敘是「起」、「開端」；三個分敘，前「本事」是「承」，是「發展」，「往事」是「轉」、「發展」；後「本事」是「轉」、「發展」，「結尾」是「結局」，是「合」。它既合乎小說的創作原理，具備「開端」——「發展」——「高潮」——「結局」的情節模式，也合乎中國傳統散文的結構原則，「起」——「承」——「轉」——「合」的程序。所以，它是標準的合敘型敘述文，「往事」由小說中的人物追述，是間接的倒敘形式的體現。

五、技巧

由「選材」、「謀篇」、「修辭」三方面鑑賞文章，既合乎創作心理揭祕，又與創作美學理則相符，且可有規律地掌握鑑賞方法，了解創作技法。所以，我仍依這三方面來談這則故事的技巧。

㈠選材的技巧：選材在創作活動中，占有很重要的地位，卻往往為初學者所忽略，在這裡，我要提醒有意學習寫作的讀者，留心選材的要領。且看這個故事的作者，在下筆之先，是如何選材的。

首先作者既已確定要寫「潞公息謗」這個主題，並藉它呈現禮教名教觀念所落實的士人行為的虛偽，和士大夫行為的矯揉造作和矛盾可笑，他就得選擇適合於表現這個主題的人物題材。這篇故事的作者在歷史事實中，找到了文彥博和何郯這兩個人物，以他們作為故事的生活原型，因為他們在現實生活中，都曾經有「端謹」、「嚴肅」和「召妓侑酒」的生活原據，在行為上形成正反的雙重形象，他們適合於呈現封建名節的虛偽性和士大夫矯揉造作的矛盾面。再者潞公（文彥博）的人格高尚，平時又「立朝端重，顧盼有式。」卻在生活中，曾有「非鳳侑之不可」的生活浪漫，以致受謗，而天子令「密訪」其事的何郯，也是一代名臣，作為「嚴重」，居殿中侍御史，負糾察群臣風儀的職責，偏偏他也曾「愛」善舞「營妓」，留下一段風流豔事。所以，潞公是最適合的主角人選，何郯是最恰當的配角人物。主角和配角選定，與兩人相應的妓女自然也非選不可。至於天子與張少愚，則是作者用來推動情節，轉折發展的人物，也是生活中所有。在事件的題材上，文、何的前後生活態度和行為，自然應情節的需要，被選上的；「天子令密訪」、張愈的獻計和告知何郯愛妓事，都是為推動情節，製造矛盾，被選取的。題材的選取，固是來自生活原型、歷史事件；然而，作者為了表現主題，製造矛盾，以達諷刺的創作動機，材料的選擇和剪裁，卻帶有虛構的因素。把這些題材擺進文潞公息謗的故事情節中，主題自然就顯現出來了。

㈡**謀篇的技巧**：謀篇指的是作者在構思過程上的題材安排和情節脈絡的構畫。首先作者已確定整個故事是寫「潞公息謗」，所以「息謗」是故事的表層主題；深層主題要在情節的進行過程上，借細節的映照才顯現出來。這樣，謀篇的首務是安排表層主題「息謗」的呈現次序。謗是不實的批評，所以要交代它發生的原因，因此，（總敘開端）先敘述主角的「端謹」，再接入「妓女侑酒」，然後引入「飛語」，這是事物發生和演化的自然過程，這樣謀畫故事開端的章節，既合敘述文合敘型的章法，也符合故事發展的情理；「飛語」，「聞朝廷」之後，接著安排天子命人「密訪」，這也是故事發展的自然層次，可是天子令御史「密訪」其事，衝突就發生了，於是作者在「密訪」之後，敘述主角面對困難而想法解決的事件，更是依事物的因果關係安排的，符合邏輯理則。可是問題的解決，是在張愈「以其人之道還制其人」的思想下提出的，作者在情節發展需要的指引下，借張少愚的追敘，引出了何聖從往日的「愛妓」事件，從敘述時間上看，這是追敘，是回溯往事，文潞公一點就透，悟出了解決問題的方法。情節發展的節奏到這裡，稍稍停頓，然後，作者又安排上問題的解決，聖從在潞公的宴席為往日舊妓而醉。最後，謗息，故事落幕。在這裡，

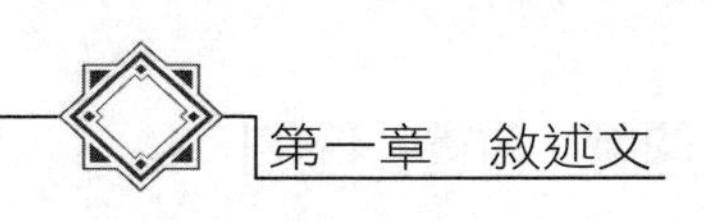

還有要談的是，作者為了達到諷刺的創作目的；他把潞公和何郯兩人的「端肅」和「風流」，按先後次序安排，營造他們生活上的人格矛盾，以見他們行為的可笑，並藉由這種矛盾暗示封建禮教名節的虛偽，尤其安排一個曾經敗壞名節的御史，去查訪無心犯過的文潞公，就如派一位殺人犯去審查過失傷人的人，一正一反，回旋作勢，對士人維護封建名節的虛偽加以揭露，手法辛辣、犀利，發人深省。

㈢**修辭的技巧**：這篇故事的修辭，也是以敘述法和對話為基礎的。雖然全文都用素描直陳，然由於情節安排緊密得當，波瀾起伏，奔騰翻滾，張中有弛，令讀者玩味。整個故事，在對照和烘托的技法中，翻轉騰挪，回旋起伏：文潞公的前後行為是一種對照；文潞公和何聖從的形象也是一種比較；秦鳳儀和楊妓，彼此烘托，相得益彰，把超越禮教誘引，顯現得既形象又具體，對文、何兩人起了反諷的作用。至於用字、用詞，準確生動。「甚端謹，雖妓女滿前，未嘗一顧之。」寫古士人的「道學先生面孔」，多麼逼真；「轉眄微笑」，「非鳳侑之不可。」寫道學先生隱藏內心的真意流露，反映往日「端謹」多麼虛偽造作。「愛」、「問」、「所謂楊臺柳也」，「即其項帕題詩」、「大醉」，寫何聖從的輕佻面目，多麼深刻真實，「果自嚴重」，一語點破何的雙重人格，裡外相違，虛假行為，令人厭惡。短短篇章，簡潔詞字，卻如此透背有感染力，實是難得。

〈戴文進傳〉①

明畫手以戴進為第一。進，字文進，錢塘人②也。

宣宗喜繪事，御制天縱。一時待詔有謝廷循、倪端、石銳、李在，皆有名，進入京，眾工妒之③。一日，在仁智殿呈畫，進進〈秋江獨釣圖〉，畫人紅袍垂釣水次④。畫惟紅不易著，進獨得古法，入妙。宣宗閱之。廷循從旁跪曰：「進畫極佳，但赤是朝廷品服，奈何著此釣魚⑤？」宣宗頷之，遂麾去，餘幅不視⑥。

故進住京師，頗窮乏。

先是，進，鍛工也，為人物花鳥，肖狀精奇，直倍常工。進亦自得，以為人且寶貴傳之⑦。一日，于市見鎔金者，觀之，即進所造，憮然自失⑧。歸語人曰：「吾瘁吾心力為此，豈徒得糈⑨？意將托此不朽吾名

耳。今人煉吾所造，亡所愛，此技不足為也，將安托吾指而後可⑩？」人曰：「子巧托諸金，金飾能為俗習玩愛及兒、婦人御耳。彼惟煌煌是耽，安知工苦⑪？能徙智于縑素，斯必傳矣⑫。」進喜，遂學畫，名高一時。

然進數奇，雖得待詔，亦轗軻亡大遇⑬。其畫疏而能密，著筆淡遠。其畫人尤佳，其真亦罕遇云⑭。予欽進，鍛工耳，而命意不朽，卒成其名⑮。

一、注釋

①戴文進傳：清・毛先舒（字稚黃）所作。毛是陳子龍的門人。這是一篇畫家小傳。

②畫手：畫家。錢塘：地名。今浙江杭縣。

③宣宗：明宣宗朱瞻基，年號宣德。繪事：作畫。御制天縱：宣宗畫作，得天獨縱。御：皇帝。制：製作的畫。天縱：上天所縱任的才華，天生優秀。待詔：官名。翰林院待詔，以備應待之官。謝廷循：明、永嘉人，名環。永樂中供奉內庭，明名畫家。《明畫錄・二》有傳。倪端：明畫家，字仲正，生平見《明畫錄・一》。石銳：明、錢塘人，字以明，明畫家，生平見《明畫錄》。李在：明畫家，雲南人，字以正。宣德中與戴進同直仁智殿。《明畫錄・二》。進：戴文進。名進，明、錢塘人，號靜菴，又玉泉山人。善畫，馳名海內，時人稱浙畫第一流，生平見《明名人傳・二十八》、《明畫錄・二》。京：燕京，今北平。眾工：眾畫工，指謝廷循等。妒：嫉。

④仁智殿：明宮殿名，宣宗時畫家待詔的地方。水次：水邊。

⑤朝廷品服：封建朝廷官分九品，紅袍紫袍都是高級品官穿的。著：穿。

⑥頷：ㄏㄢˋ，點頭。麾（ㄏㄨㄟ）去：揮手命進離去。餘幅：剩下的畫幅。

⑦鍛工：金飾工匠。為人打金飾的匠人。肖狀精奇：肖像形狀精當奇妙。且：將。寶貴傳之：寶貴金飾上的人物花鳥鍛藝而流傳它。

⑧鎔金者：鎔鑄黃金的人。憮然：失意的樣子。憮：ㄨˇ。

⑨瘁：ㄘㄨㄟˋ，勞苦成病。為此：製造金銀首飾。糈：ㄒㄩˇ，糧食。

⑩意：心。不朽吾名：使吾名聲傳久遠，不滅。亡：無。托吾指：運用我的手指在……。

⑪巧托諸金：寄托技巧於金屬。御耳：使用了吧。御：用，

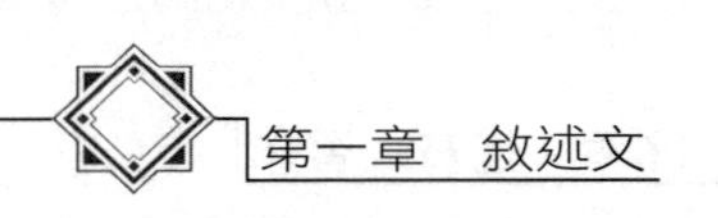

《楚辭・九章・涉江》：「腥臊並御。」注：「御，用也。」煌煌：光輝之物。耽：ㄉㄢ，用心。安：何。

⑫縑素：絲絹，可以作畫，此指畫布。縑：ㄐㄢ。

⑬數奇：命運不好。數：命中的定數。奇：ㄐㄧ，命運不好。轗軻：ㄎㄢˇ ㄎㄜ，坎坷不平，形容人運途不平，不得志。亡大遇：無大成就。大遇：好的逢遇。

⑭疏而能密：繪畫的布局，疏密適當。著筆淡遠：筆調淡薄，韻彩深遠。

⑮欽：敬。命意不朽：以不朽自勵，立志於不朽的藝術。

二、作者

毛先舒（西元一六二〇年～一六八八年），字稚黃，浙江仁和人。生於明光宗泰昌元年，卒於清聖祖康熙二十七年，享年六十九歲。初，遵父命為諸生，父死，棄功名，不求聞達。陳子龍門下，又隨劉宗周求學，與毛奇齡、毛際可齊名。

三、主題和題材

作者寫〈戴文進傳〉，卻在文進一生的事蹟中，寫他遭遇「惟煌煌是耽，安知工苦？」的消費大眾，和有眼無珠的鎔金者，以及昏庸的天子和妒嫉的畫工，以致「轗軻亡大遇」。作者在這篇小說中，所要呈現的主題是「遇不遇，時也；才不才，天也。」的傳統思想。戴文進的時代，無識的金飾消費者、昏庸的君王和善妒的畫界的同僚，在在令他「亡大遇」；而他「命意不朽」的天賦，和瘁心力的精神，令他「名高一時」、「卒成其名」。這是作者寫這篇小傳的中心思想所在。依此主題，作者選戴文進的畫才，以及造成他「不遇」的環境為題材。

四、結構

主題如上，但作者是如何把上述的主題展現出來的呢？主題是在什麼的脈絡構圖上顯相的呢？要回答這些問題，就得剖析小傳的結構。這篇小傳可以分成下面幾個部分來談：

㈠總敘：自首句至「錢塘人也」。概括了戴文進的整體形象，敘述他的地位、姓名、籍貫。

㈡分敘：自「宣宗喜繪事」至「亦轗軻亡大遇」。分別敘述傳主的「受妒」、「呈畫不為宣宗賞識」、「在京窮乏」、「棄鍛工改學畫」、「數奇亡大遇」等事蹟。下面再依更低層次的情節分析之：

1.本事：自「宣宗喜繪事」至「頗窮乏」。敘述戴文進進京後的遭遇。又可分為三個小節：

(1)入京遭妒：自「宣宗喜繪事」至「眾工妒之」。敘進遭妒。

(2)呈畫遭譭：自「一日」至「餘幅不視」。敘待詔畫工謝廷循在宣宗前譭進〈秋江獨釣圖〉，致宣宗對進「餘幅不視」。

(3)在京窮乏：「故進住京師，頗窮乏」。

2.往事：自「先是」至「名高一時」。這部分敘述進往日為鍛工，瘁心鍛藝而鎔金者無所愛，乃在人之指示下改學畫，名高一時。

3.本事：自「然進數奇」至「亦輒軻亡大遇」。敘述進命運不好，沒有好逢遇，以在官場上出人頭地。

(三)結尾：自「其畫疏而能密」至「卒成其名」。敘述進畫的特色，以及自己對進的尊敬，和進「卒成其名」。

〈戴文進傳〉
（合敘型敘述文例3）

- 一、總敘（開端）——明第一畫手戴進，錢塘人。
- 二、分敘（發展）
  - (一)本事
    - 1.進入京遭妒。
    - 2.呈畫遭譭，未得天子賞識。
    - 3.在京窮乏。
  - (二)往事——進棄鍛改畫而成名。
  - (三)本事——進數奇，終無大遇。
- 三、結尾——進畫的特色，自己敬進，進終以藝術成名。

結構受主題的制約，這是無法否認的事實，作者營造文章的結構要遵循主題的指向，這也是布局的鐵則。戴文進是明代的名畫家，是實實在在的歷史人物，作者為他寫小傳，當然要依戴文進的生平秩序去安排結構，但作者不是要為這位主角作年譜，作者中心意旨是要寫主角一生中最得意的藝業——繪畫，以及由於數奇受人排斥、陷害、誣指，因而得不到天子的青睞，以致終生「轗軻亡大遇」。

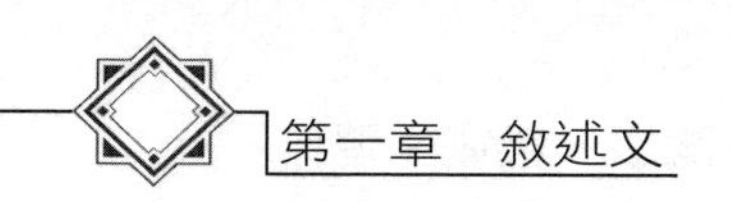

作者在總敘時，用非常簡潔的語言，敘述了身為「明畫手第一」的主角名字、籍貫，介紹了人物的輪廓，接著就突進他入京為待詔，遭待詔同僚的畫家妒忌攻擊，以致天子不看「餘幅」的那次呈畫事件，然後點明他在京窮乏；接著為了強調主角的藝術天賦，作者倒轉筆，敘述他入京前，改鍛學畫的事件。原來文進先為鍛工，擬以鍛金藝術贏得不朽的盛名，可是當他發現自己的鍛工藝術被糟踏後，他便接受勸告，放棄不能寄託理念的金工，而改學繪畫了，這表現他見機能改，終於有了成就——「名高一時」，然後又掉轉筆，回敘本事，把主人翁的「亡大遇」歸諸「數奇」，結尾，敘述他的繪藝造詣，終極因畫不朽。這樣由「本事」而「往事」，再由「往事」回「本事」，正是合敘型敘述文模式，而合敘型模式卻是包含在一般順敘文的架構中。

五、技巧

談完主題和結構，下面我們就要進入「技巧」的討論了。

㈠**選材的技巧**：這篇小傳的選材，集中在戴文進入京受排斥和由鍛工改學畫藝的那兩段時限，選的題材一是仁智殿呈畫，一是鍛金被鎔。作者所以在戴文進一生眾多的事件中，選這兩件事，那是因為這兩件事最能代表他的一生：是仕途轗軻和無識屈人的典型事件，作者正是想藉這兩件事來突現文中的中心思想，高才遭妒，無識毀寶。而戴文進「轗軻亡大遇」，也是這兩種外力所醞釀出來的命運造成的。「數奇」不過是外面的矛盾勢力和自我個性激盪而成一股暗流的運轉。既然事件決定，其次要選的是人物，而鼓動兩次事件的人物，都是現實中，與主角對立的反面，宣宗、眾工（謝、倪、石、李、鎔金者、人）都是在事件的現實中存在的，作者選的是最適於推演情節和突現主題的人物而已。

㈡**謀篇的技巧**：作者決定了主題，選好了要使用的材料之後。接著就考慮如何安排這些題材了。首先他安排兩大事件，這兩大事件也分賓主，前面那件事與主人翁的關係最大，所以安排在前面，後面這件事，敘述他學畫的來由，這事件在文中是次要的，是由他的繪畫事業遭抑，使他窮乏而引起的追敘，至於其他的細節是在這兩大情節的推演下，由需要而選取的。

還有，這篇小傳，文中繁筆和簡筆的分配；詳寫與簡寫的安排，也都是視其對主題呈現的重要程度而決定的。比

方總敘寫主人翁的輪廓，只要簡筆就好了；兩事件，地位重要，任務重大，宜用詳筆，所以細節要寫得詳細。所以，在布局時各題材的位置，各事件的承轉開合，都是謀篇時先考慮好的。

㈢修辭的技巧：這篇小傳的修辭，仍以敘述和對話為主，除了這兩種基本技巧外，文中比較顯眼的，那就是比較法的運用，比方眾畫工和戴文進的比較，顯出小人與君子的兩種人物形象；明宣宗的昏庸誤信，鎔工的無識，和或人恰成對照。托於金和托於縑的比較也是。

總之，全文語言簡練，借人物語言作人物心理描寫都不錯，相當生動。

〈文天祥傳〉

祥興元年十一月，天祥進潮陽縣，已遂有陳懿之變，天祥被執于五坡嶺①。陳懿者，潮州劇盜，與其黨劉興數叛附為害。天祥執興誅之，懿乃潛導元帥張弘範兵濟潮陽②。天祥方飯五坡嶺，弘範奄至，眾不及戰，天祥倉皇出走，千戶王惟義前執之。一時官屬、士卒死者甚眾③。

天祥見弘範于潮陽，不拜，踴躍請就戮。弘範驅之前，與俱至崖山，使為書招張世傑④。天祥曰：「吾不能捍父母，乃教人叛父母乎？」索之固，乃書〈過零丁洋〉一詩與之，其末云：「人生自古誰無死？留取丹心照汗青！」弘範笑而置之⑤。

二年正月，崖山破，陸秀夫沈其妻孥，冠裳抱帝赴海，從而死者數十萬人⑥。弘範置酒軍中大會，從容語天祥曰：「國亡，丞相忠孝盡矣。能事宋者事無，將不失宰相。」天祥泫然出涕，曰：「國亡不能教，為人臣者死有餘罪！敢逃死不二其心乎？」弘範義之，遣使護天祥至燕⑦。

初，天祥被執，取懷中腦子盡服之，不死；已在道，不食八日，又不死⑧。

既至燕，丞相孛羅命盛供張，天祥義不寢處，坐達旦，乃移至兵馬司，設卒守之⑨。孛羅召見，使跪，天祥曰：「南人不能跪。」左右或牽頭，或拏手，或按足，或以膝倚其背，卒不跪。孛羅曰：「自古有以宗廟土地與人又遁去者否？」天祥曰：「奉國與人，是賣國之臣也。賣國者必不去，去者必不賣國。前被拘留時，國亡當死，徒以度宗二子在浙東，老母在廣，故去之耳⑩」。問：「德祐非君乎？」曰：「吾君也。」

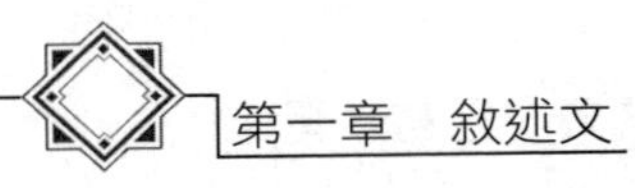

曰：「棄嗣君而立二王，忠乎⑪？」曰：「當此之時，社稷為重，君為輕。忠臣但為宗廟社稷計，故從懷愍而北非忠，從元帝為忠；從徽欽而北非忠，從高宗為忠。」孛羅不能詰，呼獄吏引去⑫。

自是，囚兵馬司四年，未嘗一食官飯。坐一土室，廣八尺，深可四尋⑬。日放意文墨，以泄悲憤⑬。其為詩有《指南錄》三卷、《後錄》五卷，集杜句二百首；又自譜生平行事一卷、曰《紀年錄》，天下爭傳誦之。

未幾，中山狂人薛寶住自稱宋主，有兵千人，欲取文丞相。京城亦有匿名書，言：「某日燒蓑城葦，率爾翼兵為變，丞相無憂⑭。」疑丞相者天祥也。于是召入諭之曰：「汝何愿？」天祥曰：「愿賜之一死，足矣。」

至元十九年十二月，天祥臨刑，當過市時，意氣洋洋自若，觀者如堵⑮。天祥從容謂吏曰：「吾事畢矣。」問市人孰為南北？南向再拜，遂死。

一、注釋

①祥興元年：西元一二七八年。祥興：宋末帝趙昺年號。潮陽縣：在今廣東省惠來縣東北。五坡嶺：今廣東海豐縣西北。

②劇盜：大盜。叛附：時叛離時降附。潛導：偷偷引導。張弘範：蒙古漢軍元帥，督兵進侵宋國的人。濟：渡。

③奄至：忽至。倉皇：慌張。千戶：下級軍官，駐縣者。

④崖山：在廣東新會縣南近海處。張世傑：南宋末愛國將領。

⑤捍：扞，保護。父母：喻國家。〈過零丁洋〉：文天祥詩：「辛苦遭逢起一經，干戈寥落四周星。山河破碎風飄絮，身世沈浮雨打萍。惶恐灘頭說惶恐，零丁洋裡嘆零丁。人生自古誰無死，留取丹心照汗青。」丹心：赤誠的心。汗青：史冊。

⑥陸秀夫：南宋末年名臣，與趙昺同時投海殉難。孥：ㄋㄨˊ，子。冠裳：戴冠穿服，正裝。帝：帝昺。

⑦泫然：流淚貌。二其心：變心。燕：今北平。

⑧腦子：毒藥。

⑨孛羅：元丞相。盛供張：供給豐盛的飯菜和帷帳。兵馬司：官名，元置，掌捕京城盜賊、姦偽事。

⑩南人：南冠者，用春秋時鍾儀典故，指身為俘虜的自己。

自古者有以宗廟土地與人又遁去者乎：南宋德祐二年（西元一二七六年），南宋左丞相吳堅、兵部尚書呂師孟向元軍投降。時文天祥被元統師扣留，後設法逃回宋國。故孛羅此語是諷刺天祥。「以宗廟土地與人」，實是吳、呂。「遁去者」：暗指文天祥。孛羅故意混同文天祥與吳、呂，以諷刺他。奉國與人：出賣國家，指吳、呂二人。不去：不脫逃而留事敵人。度宗二子：趙昰、趙昺。度宗：宋第十五代君，趙禥。浙：浙江。廣：廣東。

⑪德祐：宋恭帝年號，指恭帝。嗣君：後繼的君主，指恭帝。二王：趙昰、趙昺。

⑫懷愍：晉懷帝、愍帝，先後為匈奴所俘。從：同被俘隨從天子而往北方。元帝：東晉元帝。徽、欽：北宋末帝徽宗、欽宗。高宗：南宋首君。詰：問。

⑬尋：八尺長。

⑭中山：地名，今河北定縣。燒蓑城葦：焚燒城上的枯草，引火為標誌。

⑮至元十九年：西元一二八二年。至元：元世祖年號。意氣洋洋自若：神態鎮靜旺盛自在。如堵：如牆，形容人多。

二、作者

陳弘緒，字士業，江西新建人。生於明神宗萬曆二十五年（西元一五九七年），好學警敏，曾署長興、孝豐二縣事。入清不仕，移居章江，輯《宋遺民錄》以見志。清聖祖康熙四年（西元一六六五年）卒，享年六十九歲。

三、主題和題材

這篇小傳是作者陳弘緒以愛憎分明的態度和飽含民族意識的愛國心情，為他家鄉的先賢作傳，突現了文天祥的錚錚鐵骨和寧死不屈的忠貞精神。正如他輯《宋遺民錄》一樣，寫文天祥所以表明自己愛國家愛民族，不事異族滿清的心志。這正是這篇小傳的主題所在。作者蒐集有關文天祥的生活題材，對主題作了適切的表現。

四、結構

文章的結構取決於它所欲表現的對象——事件和人物。事件與人物是為了展現主題而選取的題材，如何安排事件和人物以展現主題，是一種形式的思考，一種題材的組合，也就是結構。本文作者為了表現文天祥的錚錚鐵骨和寧死不屈的忠義精神，他依需要而安排，把這篇小傳安排成如下的情節結構。

㈠**總敘**：自「祥興元年十一月」至「士卒死者甚眾」。敘述文天祥在海豐縣五坡嶺被突襲，倉皇出走而被捕的事蹟。

㈡**分敘**：自「天祥見弘範于潮陽」至「天下爭傳誦之」。敘述「被俘」、「北上」、「囚禁」等有關事蹟，通過那些事蹟，文天祥的回應言行，突出了一代豪傑的悲憤和不屈，赤膽與忠心。

這一部分依情節的發展順序，又可分為下列支節：

*1.*本事：自「天祥見弘範于潮陽」至「遣使護天祥至燕」。敘述文天祥被俘送北，張弘範勸天祥招張世傑，又勸文天祥降，天祥不屈。這部分又可分兩部分論之：

⑴自「天祥見弘範于潮陽」至「弘範笑而置之」。敘述文天祥由潮陽至崖山，弘範使為書招張世傑，天祥拒之。

⑵自「二年正月」至「遣使護天祥至燕」。敘述陸秀夫抱帝赴海後，弘範又勸天祥降，天祥又以不敢逃死答之。

這兩個情節敘述的都是被俘北上途中的事蹟。前者迫招張世傑，後者勸降元。天祥均不屈，先以〈過零丁洋〉詩表明心志；後以有一死之志無二心之想回應。堅守忠貞的節操。

*2.*往事：自「初，天祥被執」至「又不死」。追敘被執初始，欲以腦子自殺，北上途中，又「不食八日」。是表現天祥求死的決心。

*3.*本事：自「既至燕」至「天下爭傳誦之」。敘述天祥至燕受囚禁。先述天祥答元相孛羅的詰難；次述被囚兵馬司。

⑴自「既至燕」至「呼獄吏引去」。敘述元相孛羅詰難天祥，天祥據理力駁，孛羅無能為。

⑵自「自是，囚兵馬司四年」至「天下爭傳誦之」。敘述天祥在燕京兵馬司被囚四年的事蹟。

㈢**結尾**：自「未幾」至「遂死」。敘述中山、北京出現將有兵變的謠諑，元人終以把天祥處死，臨刑「意氣洋洋自若」，從容南向受刑而死。

這種結構形式是作者依據主題要求、題材組合、情節銜接等因素，依事件發展，在時間上呈現的脈絡。

作者要寫這篇小傳的動機是要突現文天祥的忠貞不屈，文天祥的忠貞不屈表現在他五坡嶺戰敗被俘以後的幾件事

件上，那就是「被俘」、「北上」、「囚禁」、「臨刑」等情節上。這些情節，作者依時間的自然順序安排。事件由戰敗起，然後就是被俘北上。北上途中，為了突現天祥的不屈，作者安排了「拒招張世傑」和「拒勸降」的兩個情節，然後掉轉筆端，「被執」時「服腦子」，企求自殺，以及「在道」、「不食八日」，企以絕食殉國，這兩個回敘是分由「被執」和「北上」的兩個情節中抽離出來的；如不抽出，放在順時位置，文章會太平板，缺少變化，把它由自然地位上抽出，至此才回敘，使情節的跌宕有變化，而且加強他不屈的意象，對後面他回答孛羅的詰難，提出「前被拘留時，國亡當死，徒以度宗二子在浙東，老母在廣，故去之耳。」的辯解，提供有力人格依據和可信性；與結尾「愿賜之一死足矣」、「吾事畢矣」相呼應，加強他的堅貞不移、忠烈守節的意象。接著又掉轉筆鋒遙承前面的「本事」，把事蹟繼續演述下去，直至被刑而死。這期間，作者凡運用了「不向張弘範低頭屈服（不拜）」、「拒絕寫信招降張世傑」、「不跪見元相孛羅」等連續三次的不屈細節，又運用「人生自古誰無死」、「敢逃死而二其心乎？」、「服腦子」、「不食八日」、「愿賜之一死足矣」、「吾事畢矣」等一連串六個不畏死、求死的細節，編織在大情節中，這樣，完成了全文的結構，達到突現主題的目的。就文體的大脈絡看，它的結構可概括以圖表表示如下：

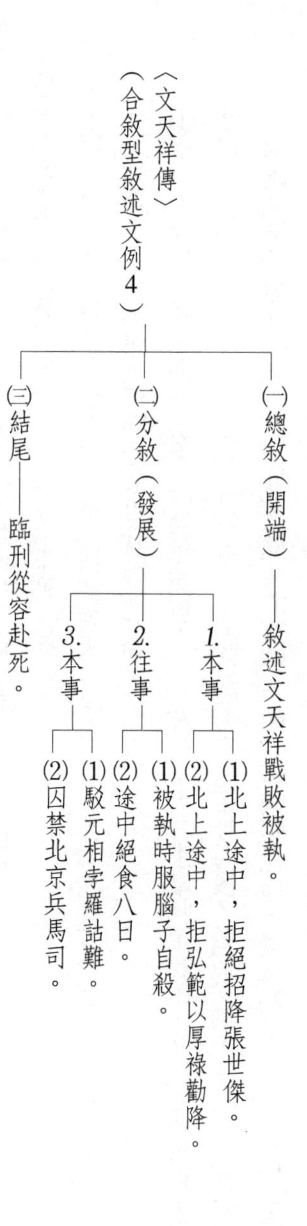

這種結構合乎情節發展的邏輯，是合敘型好文例，可以為寫合敘型敘述文的讀者參考。

五、技巧

文章的技巧決定於主題、題材和結構的要求。題材是作者為表現主題而選擇的材料。作者如何選擇題材是一種技巧：

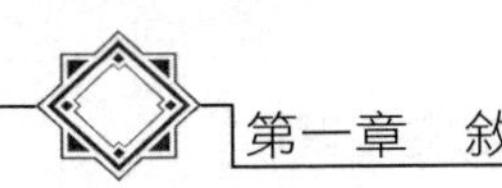

的大豪傑、大忠臣。他的生平事蹟在明代應該也是膾炙人口的。

㈠**選材的技巧**：文天祥是一位歷史人物，在陳弘緒之先已有元．脫脫的《宋史》為他立傳。他又是一位名垂千古的大豪傑、大忠臣。他的生平事蹟在明代應該也是膾炙人口的。但作者寫這篇小傳與脫脫的《宋史》大不相同。作者要寫的是文天祥的錚錚鐵骨和寧死不屈的精神，是他的忠貞，他的愛民族、愛國家，藉此反映自己在滿清統治下的心志。所以作者不能見材料就用，作者要選合乎主題的題材。作者選的是「五坡嶺之敗」、「過崖山」、「弘範利誘」、「服毒與絕食」、「與孛羅辯難」、「受禁兵馬司」、「臨刑就死」等七個情節的題材單元。因為這些題材最能突現〈文天祥傳〉的主題。

㈡**謀篇的技巧**：這篇小傳的布局是比較單純的。除了有一小段往事，以回敘的形式安排在前後兩個本事的中間外，其餘的題材都是按時代的順序排列，布局的技巧表現在三次不屈、六次求死的細節，妥切安排，而這些細節也是含有時間的自然順序，只要依次序與各大段落配合，就能安穩切當。

㈢**修辭的技巧**：在修辭方面，其基本手法，也是敘述和對話，作者在這篇小傳中，是以敘述推展情節，以細節對話刻畫人物。如張弘範要文天祥寫信招降張世傑，再三催促時，他寫下〈過零丁洋〉一詩，表明自己視死如歸的態度；當張弘範慶賀他們的勝利，置酒再次勸降文天祥時，文天祥泫然出涕，為不能救國而悲痛，決不投降。他說：「南人不能跪。」多麼勇敢堅決。這些細節和人物語言，突出文天祥的氣節。另外，作者還用側面烘托的方法，突出了文天祥民族英雄深得民心的形象，作者寫自稱宋主的中山狂人薛寶住，要來搶回文天祥；還有京城的匿名信中稱要發動兵變，請「丞相無憂」，從側面寫出了文天祥受天下人的敬愛。

總之，這篇小傳敘事簡潔，語言精鍊，熱烈地歌頌了文天祥的浩然正氣，無畏的人生。

〈李姬傳〉

李姬者，名香，母曰貞麗。貞麗有俠氣，嘗一夜博，輸千金，立盡①。所交皆當世豪傑，尤與陽羨陳貞慧善。姬為其養女，亦俠亦慧，略知書，能辨別士大夫賢否？張學士溥、夏吏部允彝，亟稱之②。

少風調皎爽不群③。十三歲，從吳人周如松受歌。《玉茗堂四傳奇》④，皆能盡其音節，尤工〈琵琶詞〉，然不輕發⑤。

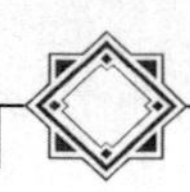

雪苑侯生，己卯來金陵，與相識。姬嘗邀侯生為詩，而自歌以償之⑥。

初，皖人阮大鋮者，以阿附魏忠賢論城旦，屏居金陵，為清議所斥⑦。陽羨陳貞慧、貴池吳應箕實首其事。大鋮不得已，欲侯生為解之⑧。

乃假所善王將軍⑨，日載酒食與侯生游。姬曰：「王將軍貧，非結客者。公子何叩之⑩？」侯生三問，將軍乃屏人，述大鋮意。姬私語侯生曰：「妾少從假母識陽羨君，其人有高義，聞吳君尤錚錚⑪，今皆與公子善。奈何以阮公負至交乎？且以公子之世望，安事阮公？公子讀萬卷書，所見豈後于賤妾耶⑫？」侯生大呼稱喜，醉而臥。王將軍者殊怏怏，因辭去，不復通⑬。

未幾，侯生下第，姬置酒桃葉渡，歌〈琵琶詞〉以送之⑭，曰：「公子才名文藻，雅不減中郎。中郎學不補行，今〈琵琶〉所傳詞固妄，然嘗昵董卓，不可掩也。公子豪邁不羈，又失意，此去相見未可期，願終自愛，無忘妾所歌〈琵琶詞〉也。妾亦不復歌矣⑮！」

侯生去後，而故開府田仰者，以金三百鍰邀姬一見，姬固卻之。開府⑯慚且怒，且有以中傷姬。姬嘆曰：「田公寧異于阮公乎？吾向之所贊于侯公子者謂何？今乃利其金而赴之，是妾賣公子矣。」卒不往。

二、注釋

①貞麗：主角之母親。俠氣：豪俠氣概。博：賭。

②陽羨：今江蘇宜興。陳貞慧：字定生，明末，復社主要成員，明亡，隱居家鄉。善：交好。張學士溥：學士，官名。張溥，字天如，號西銘，江蘇太倉人。明末復社的組織者，學識淵博。夏吏部允彝：吏部：官名。夏允彝，上海松江人，崇貞十七年（西元一六四四年）進士。組織幾社。南明時，從事武裝抗清活動，後兵敗自殺。亟：屢。

③少風調皎爽不群：從小風韻格調高潔俊朗，與常人不同。少：年輕時。風調：風韻格調。不群：不平凡。

④吳：今江蘇、浙江之地。周如松：河南人，曾居住於蘇州。《玉茗堂四傳奇》：即〈還魂記〉、〈紫釵記〉、〈南柯記〉、〈邯鄲記〉。明代著名戲曲作家湯顯祖所著，亦稱《臨川四夢》。湯顯祖：臨川人。玉茗堂：湯顯祖書齋名。

⑤音節：戲曲講究唱腔、音節，戲曲的音韻節奏。〈琵琶詞〉即元末明初，高則誠（高明，字則誠）的〈琵琶記〉。發：

唱，表演。

⑥雪苑侯生：即作者侯方域。己卯：明崇禎十二年（西元一六三九年）。金陵：南京。儐之：伴唱它。唱侯生詩。

⑦皖：安徽。阮大鋮：字集之，號圓海，明末戲曲家，魏忠賢的黨羽。鋮：讀如成，ㄔㄥˊ。阿附：阿黨依附。魏忠賢：明末宦官，專權亂政。思宗崇禎立，被貶鳳陽，縊死於道中。論城旦：判罪為城旦。論：裁判。城旦：秦漢刑名，此處泛指罪刑。屏居：隱居。清議：清流輿論，以清潔公正為號，故曰清，評論人行為是非，故曰議。斥：指責。

⑧貴池：今安徽貴池。吳應箕：字次尾，復社成員，後參加武裝抗清，不降而被殺。首：發動。解：從中排解。

⑨假：藉，拜託。所善：交好的人。

⑩結客：與客結交，結交客人。非結客者：不是要和你套交情的人。

⑪屏：退。假母：義母。錚錚：人品剛正不阿。錚：ㄓㄥ，金。錚錚：鐵剛利貌，喻人品剛強正直。

⑫至交：好友。世望：世代望族。此指侯生家世聲望。安：何必。

⑬怏怏：失望，不快樂貌。怏：ㄧㄤˋ。通：交通，交往。

⑭下第：科舉落第。置酒：擺酒席。桃葉渡：江蘇南京秦淮河上的一個渡口。

⑮文藻：文學藻采。中郎：蔡邕東漢末人，任左中郎將，世稱蔡中郎。學不補行：才學佳，品行差，才學不能彌補品行的缺漏，有才無行。蔡邕在董卓專政時，被迫任官，即後文所言「嘗昵董卓」之事，世人以為他品行缺。妄：虛假。昵：ㄋㄧˋ，親近。董卓：東漢末軍閥。何進召他入京，欲誅宦官，卓至，廢少帝，立獻帝，後為呂布所殺。掩：彌補掩蓋。豪邁不羈：豪放自在，不為世俗所羈束。

⑯開府：明清時巡撫的別稱。田仰：南明時淮陽巡撫。鍰：ㄏㄨㄢˊ，重量單位，六兩為一鍰。贊：鼓勵。

二、作者

侯方域（西元一六一八年～一六五四年），字朝宗，號雪苑，河南商丘人。早年為復社成員，與方以智、陳貞慧、冒辟疆稱明末四公子。順治八年（西元一六五一年）鄉試為副貢生，頗受後人譏議。文章與魏禧、汪琬齊名，有《壯悔堂集》十八卷。其中《壯悔堂文集》十卷、《四憶堂詩集》六卷、《壯悔堂遺稿》一卷、《四憶堂詩集遺稿》一卷。

三、主題和題材

〈李姬傳〉中的侯生，即作者侯方域自己，李香是秦淮名妓，也實有其人。但這裡的李香，已不是歷史上真實存在的那個金陵名妓。作者是以金陵名妓李香為模特兒，對於題材原型作了剪影，成為自己想要突現的思想中的理想形象李姬。所以文中要表現的主題是李香的「俠」、「慧」和她對自己的知己深情。作者是就「俠」、「慧」方面，選擇李香的生活題材入文的。

四、結構

但作者在這篇小傳中，是如何呈現他所擬訂主題所要求的李香形象呢？這是結構功能的作用。為了了解這個問題，下面讓我們談談這篇小傳的結構。

㈠總敘：自「李姬者」至「亟稱之」。敘述傳主身世，點出李香的氣格，以為全文的綱領。

㈡發展：自「少風調皎爽不群」至「妾亦不復歌矣」。敘述傳主李香與侯雪苑的交誼情契。又可分為「本事」、「往事」、「本事」等三節。

1.本事：自「少風調皎爽不群」至「而自歌以償之」。寫李香才藝品格。「風調皎爽」、「不群」、善歌曲，「不輕發」，有才有品。以及與侯雪苑相識。又可分為二節：

(1)自「少風調皎爽不群」至「然不輕發」。寫才品。

(2)自「雪苑侯生」至「而自歌以償之」。寫相識。

2.往事：自「初」至「欲侯生為解之」。敘阮大鋮「屏居金陵，為清議所斥」。請侯生排解。

3.本事：自「乃假所善王將軍」至「妾亦不復歌矣」。敘述傳主與侯生交往，為其辨別士大夫賢否，戳穿阮大鋮陰謀利用侯生在「清議」之前緩頰的詭計，保全侯生的清譽，慰安侯生下第的落寞。又分二節：

(1)自「乃假所善王將軍」至「不復通」。敘述阮大鋮托王將軍交游侯生，以便請求緩頰。

(2)自「未幾」至「妾亦不復歌矣」。敘述侯生科考落第，李香設宴餞別，鼓勵其「自愛」，殷殷訴說其不捨、「無忘」的摯情。

㈢**結尾**：自「侯生去後」至「卒不往」。敘述侯生離開後，李香信守諾言，不再歌唱。雖巡撫田仰威勢相邀，不為所動，「卒不往」。

侯方域是位名家，文筆不凡。他與李香相識，又和她相戀，紅粉知己，侯方域對她既愛又敬，愛她深情似海；敬她伎藝高超嫻熟，更敬她「俠而慧」、「知書」、「能辨善否」。侯方域寫這篇小傳就是憑他對李香愛敬的感覺來結構、布置的。

他先總敘她的身世，由她的身世引出她的才品，再由她的才品衍生出兩人相識——詩與歌的同緣共構，由相識而相關懷尊敬，她為他戳穿阮大鋮想利用侯方域的詭計，表現她的「能辨士大夫賢否——慧」；她在他失意時安慰他，表現她見識超俗，有俠氣，她為他「不復歌」、「不賣面」，表現了深摯的情誼。這樣表現脈絡，網結了合敘型的布局，它的綱目如下圖。

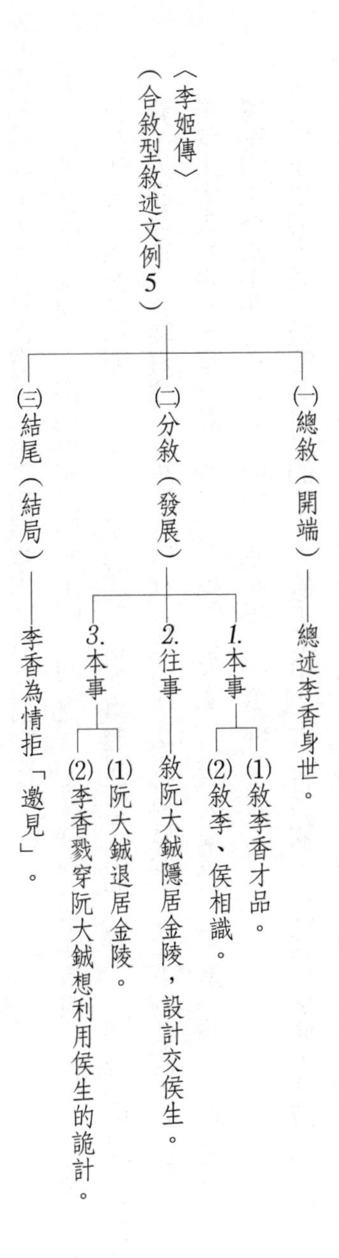

總敘是起寫，分敘是承、轉，結尾是合。本文的「往事」，非李香直接的往事，可是它是表現「士大夫賢否」的一條支線，在整個結構中仍有前承後引的作用，作為合敘型的中間銜接因素，仍是適當的。

五、技巧

我們為了依一定的規律討論散文寫作技巧，不避呆板，反覆由「選材」、「謀篇」、「技巧」等三方面著筆，目的在於使讀者嫻熟鑑賞的方法，掌握鑑賞的切入口。

㈠**選材的技巧**：這篇小傳，作者的著眼點是寫李姬的俠、慧，作者先立綱領，然後衍述。為了完成這個表現目標，作者就依「俠、慧」這兩種中心品質需要去選題材。「俠、慧」概念不同，內涵不一，本屬兩種不同的性格，是一個人的兩個側面形象。於是作者就在李香的現實生活材料找出三件事：

1.李姬戳穿阮大鋮詭計，讓侯生跨過假友誼陷阱的事件：李姬發現「王將軍貧」，卻「日載酒食與侯生游」，勸侯生不要「以阮公負至交」，不可事阮公。這件事體現了李姬的「慧」。阮大鋮依附閹黨的權勢，阿附魏忠賢，人品鄙猥，為陳貞慧、吳應箕等復社人物所斥，李姬只是個地位卑下的妓女，如此嫉惡如仇，足見她「能辨別士大夫賢否」，是「慧」的表現，她阻止侯生「以阮公負至交」，是「俠」；這題材是為「俠、慧」的主題選的；整個事件就是為總敘中的「俠而慧」所選取。

2.喻慰侯生的失意，鼓勵其自愛的事件：侯生落第，李姬置酒歌〈琵琶詞〉送他，且借蔡中郎嘗昵董卓而「學不補行」，勸侯生終自愛，這裡又是為了賢否對比，才這樣選材的，她的評中郎、囑侯生，是一股正氣促成。這也是為了表現李姬卓識和突出她的俠氣而選的。

3.拒田氏邀見，守對侯生的諾言：田仰與阮大鋮是一丘之貉，「以金三百鍰邀姬一見」，姬「固卻之」。這一事件（題材）也是為了表現傳主「能辨別士大夫賢否」而選取的題材。姬重氣節不為利誘，「開府慚且怒，且有以中傷姬。」而姬「卒不往」。是表現姬有氣節不為勢所脅。

而這些題材，又是表現了姬對侯生愛情的深摯，關懷的深切，真是無一件題材與主題無關。

㈡**謀篇的技巧**：這篇小傳，布局明顯，線索清楚，我們可循跡，追尋作者謀篇的技巧。

作者為了在文中展現傳主的「俠而慧」的形象，他先寫她的身世，並插入她的養母貞麗，寫貞麗的豪俠氣概，「嘗一夜博，輸千金，立盡。所交皆當世豪傑，尤與陽羨陳貞慧善。」把傳主「俠」的成因埋在這裡；又與後面勸侯生不可「為阮大鋮負至交」的事件埋下伏筆。接著便直指「俠而慧」、「略知書」、「能辨別士大夫賢否」設計好全文的綱領。下面，便順理成章，順勢構圖地，安排三件事：即「勸侯生不可墜阮大鋮詭計」、「餞送侯生」、「拒田仰」等，這三件事都體現了傳主的俠慧，而作者第一件事開頭，為介紹阮大鋮，採用追敘法，敘述阮的往事，涉及他所以托王將軍交游的原因，所以，全文才成了合敘型。這樣的謀篇由總而分，由綱入目，頗似議論文中的演繹型；說明文中的分析型；描寫文中的總分型。是有其邏輯根據的。

題材安排順序想好，順敘和回敘的地點決定了，下面是用什麼語言來推展事件的問題。

㈢**修辭的技巧**：這篇文章的基本思考形式仍是敘述，同時又運用了對話。在語言上，除了使用蔡邕的典故，以蔡邕喻比被權勢利用的敗行者外，全文都是直敘素描。比較值得一提的是，文中的呼應法非常成功。比方分敘和結尾的事件對總敘中主題提示的呼應；往事中的陳貞慧與總敘中陳貞慧呼應，都是很巧妙的安排，使李姬勸侯生不要為阮公負至交，成為情理諧合的情節發展；又運用對照法，以東林派的人和阮大鋮之黨作比對，具體而形象地突出賢否的意象，也是值得一提的技法；又侯生受王將軍酒食也是反襯李姬慧的一面，可以說是具有特色的技法。

練　習

㈠試以合敘型敘述文模式寫下列諸題：在進行本單元課程時，每週一篇。

1. 改寫侯方域〈馬伶傳〉。
2. 情侶。
3. 〈吾友○○傳〉。
4. 洪水記。
5. 事變。

㈡試為下列諸文標點、分段。

1. 葛洪〈相如賣酒〉。
2. 祖沖之〈張氏少女〉。
3. 洪邁〈蘭溪獄〉。
4. 王明清〈全州佳偶〉。
5. 沈德符〈郭勛傳〉。

㈢鑑賞練習：每週選一篇鑑賞文課外學習。

第四節　分敘型敘述文

敘述文因構思時呈現的意象型態不同，而有順敘型、倒敘型、合敘型，前面我們已說明過，下面再論分敘型。分敘型決定於形象思維的分象，而分象是同一事物的幾個階段或幾個部分的反映。具體地說，是把若干有一定聯繫卻有某種程度上的分離性事件，依序排列，組織在一起敘述，從各個不同的側面去展現主題思想的方法。它的模式如下：

分敘型模式——
(一)分敘（X型）——1
(二)分敘（X型）——2
(三)分敘（X型）——n

其中的「X」，代表四種模式的某一種，這是包含整體意義的「變數」，也是一種十分複雜的綜合，但是仍然不難理解。其中的「n」，代表任意的自然數，是和1、2兩個「常數」相對的「變數」。它可以是零，也可以是很大的數，而且可以發展為長篇巨著。

這種敘述文模式在前人作品，也是屢見不鮮。下列我們舉六篇作品為例，加以說明，使讀者反覆其概念，嫻熟其形式，以便創作時應用自如。

〈章泛〉

臨海樂安章泛，年二十餘死，經日未殯而蘇[1]。云：「被錄天曹。」天曹主者是其外兄，料理得免[2]。初到時，有少女子同被錄送，立住門外。女子見泛事散，知有力助。因泣涕，脫金釧三隻及臂上雜寶，托泛與主者，求見救濟[3]。泛即為請之，并進釧物。良久出，語泛：「已論，秋英亦同遣去。」秋英即此女之名也。于是俱去，腳痛疲頓，殊不堪行。會日亦暮，止道側小窟。狀如客舍，而不見主人。泛共宿燕接，更相問，女曰：「我姓徐，家吳縣烏門。臨瀆為居，門前倒棗樹即是也④。」明晨，各去，遂并活。

泛先為護軍府吏，依假出都⑤。經吳，乃到烏門，依此尋索，得徐氏舍。與主人敘闊⑥，問秋英何在？主人云：「女初不出入⑦，君何知其名？」泛因說昔日魂相見之由。秋英先說之，所言因符，主人乃悟，惟羞，不及寢燕之事⑧。而其鄰人或知，以語徐氏。徐氏試令侍婢數人遞出示泛⑨。泛曰：「非也。」乃令秋英見之，則如舊識。徐氏謂天意，遂以妻泛。生子，名曰：「天賜」。

一、注釋

①臨海：郡名，今浙江臨海縣附近。樂安：今浙江仙居縣。未殯：未出葬。蘇：醒。

②錄：拘捕。天曹：天上的官衙。外兄：指姑表哥哥。料理：幫忙。

③散：了結。金釧：金製的手環。救濟：救助。

④論：議定，判定。燕接：性行為。吳縣：屬今江蘇蘇州。瀆：溝渠。

⑤護軍府吏：即護軍將軍府之吏，職掌武官選拔。依假出都：在休假期間離開京城。

⑥敘闊：敘別後的情況。

⑦初不出入：從來不曾外出。

⑧寢燕之事：同寢燕好的事情。

⑨遞出：一個接一個出來。

二、作者

劉敬叔（西元三九〇年～四七〇年？），彭城（今江蘇徐州）人。仕晉、宋兩朝。晉時曾任司徒掌記，義熙（西元四〇五年～四一八年）中，拜南平國郎中令及長沙景王驃騎參軍。宋初，徵為征西長史、黃門郎，泰始（西元四六五年～四七一年）中，卒於家。

三、主題和題材

古代兩性間的交往幾乎是完全封閉的，人們對未來的伴侶往往存著迫切懸揣，產生神奇的幻想，祈求天意冥助，

得到自己所愛的對象。

本文通過魂交的形式，對天賜姻緣中的杳渺天意，具體而形象地加以敘述，藉以呈現當時青年男女的求偶心願。文中透露婚姻由天意定，天曹亦貪賄等思想。作者採用了章泛的故事為題材，表現了主題思想。

四、結構

作者在構思這篇文章時，分陰間交媾和陽間成婚兩單元。

㈠合敘：自「臨海樂安章泛」至「遂并活」。敘陰間交媾，作者採用的是合敘型。

1.本事：自「臨海樂安章泛」至「經日未殯而蘇」。敘述章泛死而復生。

2.往事：自「云：『被錄天曹』」至「遂并活」。由章泛敘述其在陰間遇徐秋英的事蹟。又可分下列數節：

(1)自「云」至「料理得免」。敘復活是在天曹外兄幫忙下，才被釋回。

(2)自「初到時」至「立住門外」。敘兩人初遇。

(3)自「女子見泛事散」至「秋英即此女之名也」。敘述徐秋英求助章泛，在天曹主者面前代為說項，終能俱遣還。

(4)自「于是俱去」至「門前倒棗樹即是也」。敘述章泛與徐秋英返陽途上，「共宿燕接」，相問陽世家居。

3.本事：「明晨，各去，遂并活」。敘兩人回陽。

㈡順敘型：自「泛先為護軍府吏」至「天賜」。敘述回陽後，章泛尋跡求婚，終得成眷屬。

1.自「泛先為護軍府吏」至「問秋英何在」。敘述章泛到鳥門，訪問秋英家。

2.自「主人云」至「惟羞，不及寢燕之事」。敘述章泛向秋英家人，說明與秋英在陰間相識的經過。

3.自「而其鄰人或知」至「則如舊識」。敘章泛和秋英相認。

4.自「徐氏謂天意」至「生子，名曰：『天賜』」。敘述男女主角遂願，結婚生子。

這篇文章的結構受陰陽二元思想的影響，由陰到陽；也就是從夢魂中事到現實中事。雖然前後是依時間順序發展下來，但一在陰間，一在陽間，陰陽各有始末，自成體系，將它分開亦可獨自起訖，而且，前者是合敘型；後者是順敘型。試以綱領圖式，表示於下：

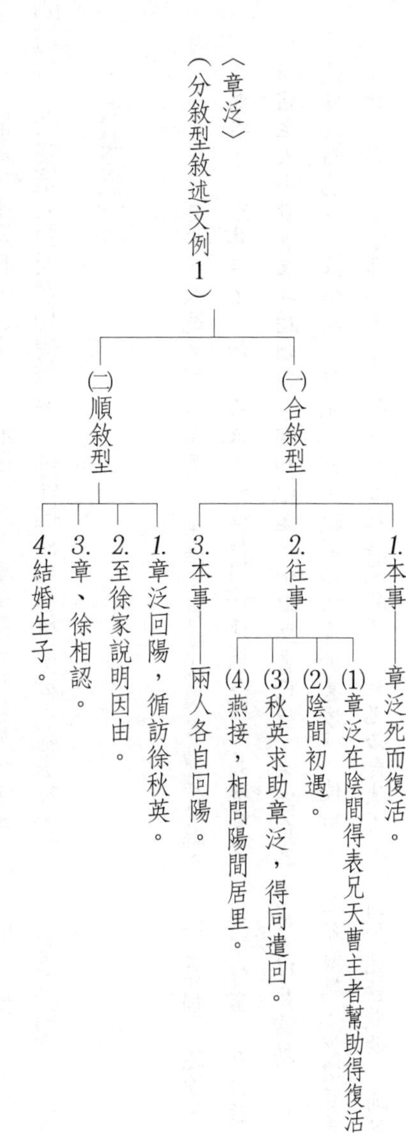

第一截先敘死而回陽，是本事；次敘復活前在陰間時相遇、求助、燕接諸事，是往事。然後接敘各自回陽，由回憶回到現實，是本事。所以這一截是合敘型敘述文結構。第二截，由章泛回陽後循訪起，到徐家說緣由、相認、結婚生子，順時敘述，是順敘型敘述文結構，故本文是由順敘型和合敘型結合而成的分敘型敘述文。

五、技巧

敘述技巧雖不因結構類型而各自歧異，但由作品的個別分析所得的共性，卻可為敘述技巧的普遍法則，技巧的分析在鑑賞和創作中，仍有其必要。

㈠**選材的技巧**：文學創作的選材受主題的制約，那是一切文學文體（包括文藝和應用兩方面）共同的現象。〈章泛〉一文的主題是表現婚姻由天意、夙緣早註定。陰間通情愛，陽世結良緣。作者創作前，必然要選擇的題材，首先是男女主角，章泛和徐秋英，要透過他們兩個，證現姻緣由天意這個主題；然而，他們的姻緣和一般男女的姻緣憑媒妁之言、父母之命不同；他們是自由戀愛，先燕寢而後結婚。這種婚姻方式是不容於禮教社會的。所以作者必須選擇一個接受自由戀愛的世界，就是陰間，在陰間進行戀愛，到陽間才結婚。於是故事的背景題材，便不能不選在陰間和陽間徐秋英的故里。人物、背景的題材選好，事件就依此配合情節的進展，視其需要而決定；細節主題暴露陰間賄賂，

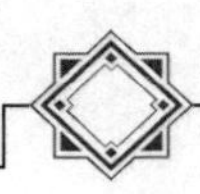

作者必然得安排與男主角有親戚關係的天曹主者、女主角向男主角求助，同被遣後，返回陽間的燕寢；復活後，章泛的循尋、相認、結婚生子等，這些事件都應主題展現的需要，成為必然要選的題材。

㈡謀篇的技巧：題材選妥之後，如何安排這些題材？這些題材出現的先後如何決定？那是謀篇的工作。觀看故事的全文，作者對〈章泛〉的謀篇技巧，是有跡可循的。作者的起筆是由男女主角死而復活開端，接著是由他敘述復活的因由和回陽時的一段愛情，藉此，作者安排了男主角表兄「料理」、「得免」，以及女主角向男主角求助。這種情節發展是很自然的，試想人死後真有靈魂，靈魂得知求情可以復活，必然要想盡辦法去進行；「同遣」之後，女主角或由感恩，或由途上寂寞，或因中意男主角，於是發生感情，兩人相愛，進而成燕好事，這情節也是循正常的感情發生的，回陽後男主角的循尋、相認、結婚生子，一連串的事件，都是實際人生所常見，情理所應有的。它們依時間之順序，事理之層次，遞以展現，完成了表現主題的目的。

㈢修辭的技巧：這篇故事和其他敘述文一樣，也以敘述和對話為主調。情節簡約而神奇。故事的細節描繪和道具點綴是比較特殊的技法呈現。如在魂游時，秋英見章泛有救，因羨而「泣涕」，並「脫金釧三隻及臂上雜寶，托泛與主者，求見救濟」。回生的道中，特設一小窟以行燕接，種下姻緣之種；秋英在自報家居時，除具郡之名外，還特意指出「門前倒棗樹即是也」。回到陽世，章泛依言循訪，與主人一一稱述時，還忘不了提了一句「惟羞，不及寢燕之事」。最後，為了讓這種天意紮紮實實地落在世間，徐氏還安排了一個認人的遊戲，一切的巧合，最終讓人對天意相信無疑。細節描寫和承接手法，處處都表現了作者遣詞用字的得當和巧妙。

〈太樂伎〉①

宋、元嘉中，李龍等夜行劫掠②。于時，丹陽陶繼之為秣陵縣令，微密尋捕，遂擒龍等③。取龍引一人，是太樂伎，忘其姓名。劫發之夜，此伎推同伴往就人宿，共奏音聲④。陶不詳審，為作款列，隨例申上⑤。及所宿主人士貴賓客并相明證，陶知枉濫，但以文書已行，不欲自為通塞，遂并諸劫十人，于郡門斬之⑥。此伎聲伎精能，又殊辯慧。將死之日，親鄰知識看者甚眾⑦。伎曰：「我雖賤隸，少懷慕善，未嘗為非，實不作劫。陶令已當具知，枉見殺害。若死無鬼則已，有鬼必自陳訴。」因彈琵琶歌曲，而就死。眾知其枉，莫

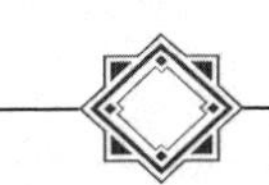

不殞泣⑧。

月餘日，陶遂夜夢伎來，至案前云：「昔枉見殺，實所不忿。訴之得理，今故取君⑨。」便入陶口，仍落腹中。陶即驚寤，俄而倒絕，狀若風顛，良久方醒⑩。有時而發，輒夭矯頭反著背。四日而亡⑪。亡後，家便貧悴⑫。一兒早死，餘有一孫，窮寒路次。

一、注釋

①太樂伎：宮廷樂工。秦漢以下設太樂令，掌樂人及諸樂事。伎：藝人，女樂工。

②宋：劉裕所建王期。元嘉：宋文帝年號（西元四二四年～四五三年）。夜行劫掠：夜裡去搶劫掠奪。

③丹陽：郡名，今江蘇省江寧縣南。陶繼之：人名。秣陵縣：今江蘇省南京市。令：縣長官。微密：祕密，不露聲色。尋捕：搜捕。

④引：牽引，指犯罪引發同伙。劫發：搶掠發生。推：求。往就人宿：去陪宿。共奏音聲：合奏音樂。

⑤款列：陳列於案情中。款：條目，文書。例：罪例。申：上書。

⑥枉濫：冤枉浮濫。通塞：打通案情堵塞的地方，即指呈報糾正。

⑦聲伎精能：聲色伎藝精純多能。殊辯慧：特別聰明善言語。知識：相識的人。

⑧賤隸：卑賤的奴婢。陳訴：向上帝告訴。殞泣：落淚。

⑨案：桌。不忿：不勝氣忿，氣忿的反語。

⑩仍：續。寤：醒。倒絕：倒下絕氣。風顛：瘋癲，瘋狂顛倒。羊角瘋。

⑪輒：就。夭矯：扭曲。頭反著背：扭反頭顱，抵著背部。

⑫貧悴：貧困。路次：路邊。

二、作者

顏之推（西元五三一年～？）字介，琅邪臨沂（今山東臨沂縣）人。梁時為奉朝請、散騎侍郎，仕北齊時任黃門侍郎、平原太守。齊亡，入周，為御史上史。入隋，為東宮學士。入隋後，著有《冤魂志》。又著有《顏氏家訓》二十篇。《顏黃門集》三十卷，佚。另有志怪小說集《集靈記》二十卷，佚。

三、主題和題材

這篇文章的題材選自《冤魂志》。《冤魂志》是一部佛教輔教的志怪小說集。內容都寫冤死的靈魂。〈太樂伎〉的故事寫的就是女主角太樂伎被昏官冤殺，死後，冤魂報仇，昏官受報應，得瘋癲病而死，其子孫貧困，流落路邊。這個故事演示了因果報應，善有善報，惡有惡報的思想理念。

四、結構

文章的結構由謀篇時的構思思路形成，作者創作時，構思思路，則受主題的指引。〈太樂伎〉的結構是在主題的制約下，構思而成的，下面依分析結果，論述其結構於下：

㈠**分敘**：自「宋、元嘉中」至「莫不殞泣」。敘述太樂伎無辜被牽引，與劫匪同被斬，成了冤魂。故事依序，又分三個階段：

*1.*自「宋、元嘉中」至「忘其姓名」。敘述秣陵縣令陶繼之，「微密尋捕」，「劫掠」夜盜，牽引太樂伎。

*2.*自「劫發之夜」至「于郡門斬之」。敘述太樂伎因縣令陶繼之草菅人命，明「知枉濫」，「不欲自為通塞」，與「諸劫十人」，同被斬首，成了冤魂。

*3.*自「此伎聲伎精能」至「莫不殞泣」。敘述太樂伎臨刑，誓自己「枉見殺害」，為鬼「必自陳訴」。以報被枉殺之仇。

㈡**分敘**：自「月餘日」至「窮寒路次」。敘述太樂伎復仇。

*1.*自「月餘日」至「仍落腹中」。敘述太樂伎死後，顯靈陶繼之之前，告以自己「訴之得理」，來取陶繼之，「入陶口」、「仍落腹中」。

*2.*自「陶即驚寤」至「四日而亡」。敘述太樂伎為鬼祟陶繼之，陶繼之得病而亡。

*3.*自「亡後，家便貧悴」至「窮寒路次」。敘述陶繼之之子孫，因受報應，夭壽窮寒。

這個結構型態，前後二截，在時序上是依自然的時間轉動而發展的，很像順敘型。然而，前後兩個順敘型，一敘其生前之冤，一敘其死後服仇，截然分開，可自獨立，所以，審定其為分敘型。下面概括其綱領，以便讀者記憶，以利創作、參考、運用。

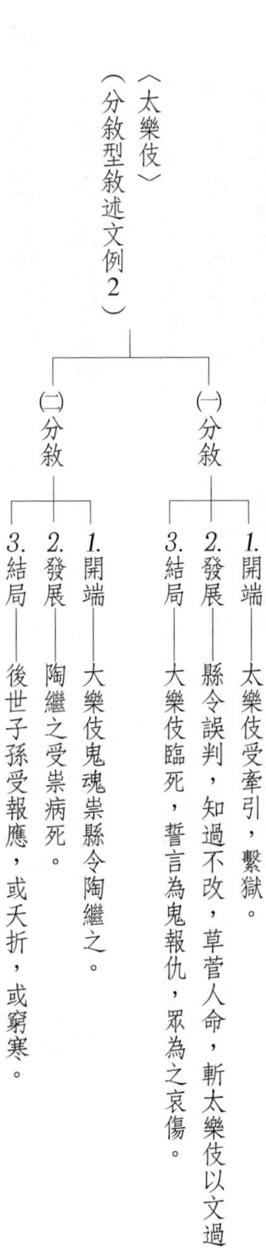

五、技巧

技巧的鑑析也可分下列幾項進行：

㈠**選材的技巧**：作者顏之推的《冤魂志》，內容寫的都是冤魂。〈太樂伎〉是《冤魂志》裡面的一篇，它的主題也是寫冤魂。作者在創作時，首要之務就是選個主角，而主角必然是個冤魂。太樂伎就是一個冤魂。主角選好，主角的性格既是受冤的人物，於是必然要有冤她的人，又必然地要選一個配角，於是作者選了陶繼之，陶繼之是一位精明練達的縣令，為了掩飾自己的疏忽，他把人命當兒戲，將太樂伎錯當劫匪，「為作款列，隨例申上。」雖有「并相明證」、雖「知枉濫」，「但以文書已行，不欲自為通塞，遂并諸劫十人，于郡門斬之。」冤獄事件造成冤魂，冤獄由縣令導致，陶令形象、冤獄的經緯，都是作者精心選擇的題材，至於復仇事件，所以完成因果報應，惡人沒有好下場，禍延子孫等等，這些相關題材，都是作者在下筆前就選好的。

㈡**謀篇的技巧**：結構是展現情節的形式，是文章脈絡，情節發展的藍圖。寫文章，要在下筆前，想好文章的局部和整體的關係。李漁說文章布局好比「工師之建宅」，「基地初平，間架未立，先籌何處建廳？何處開戶？棟需何木？樑需何材？必俟成局了然，始可揮斤運斧。」要構思好最佳方案，合理分配材料，恰當地組織層次，使文章的形式和內容達到完美的統一，從而有效地表現主題。

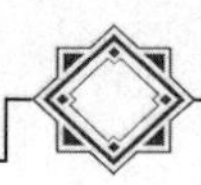

對這個故事，顏之推在謀篇時，是受了因果報應思想的影響，在陰陽二元互補互用的哲學思想指導下，先安排太樂伎冤死（在陽受冤），然後為鬼報仇（為陰鬼向陽人報仇）。是冤死與報仇二元構造的因果組織，冤死是因，報仇是果。於是文章便形成兩個「分敘」的間架。然後在兩大截中，設計細節與細節的關係，比方，「冤死」部分，先敘「尋捕」劫匪，再敘太樂伎被牽引，隨著便入縣令「枉濫」，小結是太樂伎蒙冤被斬，情節隨著案情的發展變化；是合情合理的推衍，合乎生活邏輯；「報仇」這一截，細節的安排也是有層次可言的，作者先敘太樂伎顯靈，「便入陶口，仍落腹中。」鬼進入仇人的身中作祟；接敘陶令因犯病，「四日而亡」，這是報應，報應尚不止此，而以「禍延子孫，加重警世的作用，勸人不要草菅人命。

㈢修辭的技巧：就修辭方面看，這個故事的辭語作法和表現思想，還是小說本色，以敘述和對話為基礎，體現敘述文的本色。詞句都是散句，不對偶，無用典。

文中最大的修辭特色是細節描寫，寫太樂伎，用「奏音聲」、把她的身分顯現了，又用「聲伎精能，又殊辯慧。」寫她的個性，「我雖賤隸，少懷慕善，未嘗為非……陶令已當具知，枉見殺害。若死無鬼則已，有鬼必自陳訴。」以她自己的語言刻畫她，映現她的「慧」和「辯」，符合個性統一的原則，「昔枉見殺，實所不忿。訴之得理，今故取君。」生前死後，不畏權勢，剛堅不屈的形象，躍然紙上，唯有如此個性，死後方能作鬼報仇，筆墨合乎塑造人物的原則，不失情理的常軌。至於陶令，作者先寫他「不詳審」而錯判，又寫他自知「枉濫」，卻為怕令名受損，宦程不保，而文過飾非，不把人命當一回事兒，草菅人權，兒戲處之，睜眼製造了一起冤案。這些人物刻畫相當成功，都得歸功於作者的修辭技巧。

〈記王忠肅公翱事〉①

公一女，嫁為畿輔某官某妻。公夫人甚愛女，每迎女，婿固不遣，恚而語女曰：「而翁長銓，遷我京職，則汝朝夕侍母；且遷我如振落葉耳，而固吝者何？②」女寄言于母。夫人一夕置酒，跪白公。公大怒，取案上器擊傷夫人，出，駕而宿于朝房，旬乃還第。婿竟不調③。

公為都御史，與太監某守遼東。某亦守法，與公甚相得也④。後公改兩廣，太監泣別，贈大珠四枚。公固辭。太監泣曰：「是非賄得之。昔先皇頒僧保所貨西洋珠于侍臣，某得八焉，今以半別公，公固知某不貪也⑤。」公受珠，內所著披襖中，紉之⑥。後還朝，求太監後，得二從子。公勞之曰：「若翁廉，若輩得無苦貧乎？」皆曰：「然。」公曰：「如有營，予佐爾賈⑦。」二子心計，公無從辦，特示故人意耳⑧。皆陽應曰：「諾。」公屢促之，必如約。乃偽為屋券，列賈五百金，告公。公折襖，出珠授之，封識宛然⑨。

一、注釋

①王忠肅公翱：王翱（西元一三八四年～一四六七年），字九皋，鹽山（今河北鹽山）人。明代名臣。歷事成祖、宣宗、英宗、代宗、憲宗五帝，擢任吏部尚書。忠肅：是王翱諡號。公：尊稱。生平見《明史》卷一七七〈王翱傳〉。

②畿輔：舊稱京城周圍一帶。明代自成祖改都北京，畿輔指北京附近的州縣。某官某妻：某官某人的太太。婿：女婿。據《明史‧王翱傳》，其婿名賈傑。固：必。遣：遣歸，指送妻子回娘家。恚：ㄏㄨㄟˋ，憤怒。語：ㄩˋ，動詞，對……說。而翁：你爸爸。長詮：掌管銓選官員的職事。詮：ㄑㄩㄢˊ，詮選。吏部職掌銓選，王翱當時為吏部長官，管銓敘，故云「長銓」。遷：調。京職：京官。朝夕：早晚。遷：調，有提拔升任的意思。如振落葉：如同搖下掉落的樹葉，喻比容易。固吝者何：為什麼如此固執吝嗇，不肯幫忙。

③寄言：托人捎話。置酒：備辦酒饌。跪白公：欠身（長跪）告訴丈夫。案：桌。駕：坐車。朝房：吏部的辦公室。旬：十日。第：私第，住宅。竟不調：終究不為他女婿調職。

④都御史：監察機關都察院的長官。明時，都察院設左右都御史。太監：宦官。守遼東：時王翱任都察院長官，掌管糾察，提督遼東軍務。遼東：明、軍鎮名，今遼寧省。相得：情意投合，相處融洽。

⑤改：改任。兩廣：廣東、廣西。改兩廣：調任兩廣總督。固辭：堅決謝絕。是非賄得之：這不是受賄賂得來的珍珠。先皇：已經亡故的皇帝。頒：「班」的借字，賞賜的意思。僧保：明英宗時的太監。貨：賣，動名詞。西洋：泛指婆羅洲以西各地。侍臣：侍奉皇帝左右的臣子。焉：謙詞，「于彼」的意思。以半別公：拿一半在送別時作為禮物贈送你。

⑥內：納，放入。著：穿。披襖：穿在外邊的上衣。紉：ㄖㄣˋ，縫。

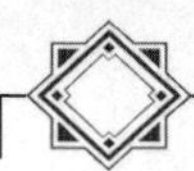

⑦求：尋訪。後：後代。這裡指太監的後嗣，宦官多以姪輩承嗣。從子：兄弟的兒子，即姪子。勞：ㄌㄠˋ，慰問。若：你們。廉：廉潔。得無：豈不是，能無……。若輩：你們。營：經營。佐爾賈：幫助你們錢。佐：助。賈：價，錢。

⑧心計：心裡盤算。無從辦：無法辦到。特：只是。示：表示。故人：老朋友。

⑨陽：通「佯」，假裝。諾：答應聲。猶曰：「是」。屢促：多次催促。必如約：一定要照約定的辦。偽為屋券：偽造買房契。列賈：列價，開列價格。封識宛然：封好的印記如初封時一樣。識：ㄓˋ，志，記。

二、作者

崔銑（西元一四七八年～一五四一年），字仲鳧，一字子鍾，亦字後渠。安陽（今河南湯陰縣南）人。生於明憲宗成化十四年，卒於世宗嘉靖二十年。享年六十四歲。弘治十八年（西元一五〇五年）考中進士，授編修。見劉瑾，長揖不拜。出為南吏部主事，召充經筵講官。世宗即位，擢南京國子監祭酒。大禮議起，張璁、桂萼等貴顯用事，銑疏劾之。帝不悅，令致仕。後因薦起，歷官南京禮部右侍郎，致仕，卒。諡文敏。著述頗多，有《洹詞》十二卷，又有《文苑春秋》、《晦庵文鈔續集》等十餘種，流傳後世。

三、主題和題材

本文選擇了王翱一生事蹟中的兩件小事為題材，以小見大，體現了這位明代名臣不徇私情，剛直無私，清正廉明的美德。而他清正廉明，在文章由「不徇私」、「不貪財」的兩件小事顯現出來，主題明白，有神采。

四、結構

分敘型敘述文是兩截文章獨立而藕斷絲連地有一線索牽引，把它連接成統一體。〈記王忠肅公翱事〉一文就是這種結構類型，茲將其內容分析論述於下：

㈠分敘：自「公一女」至「婿竟不調」。敘述王翱不循私的事蹟。可分下列數節論之：

1. 開端：自「公一女」至「女寄言于母」。敘述公之夫人迎女而婿固不遣。

2. 發展：自「夫人一夕置酒」至「跪白公」。敘述夫人宴公，為婿請調京畿。

3. 高潮：自「公大怒」至「旬乃還第」。敘述公憤怒拒請。

4. 結局：「婿竟不調」。婿終無法調至京畿。

(二)分敘：自「公為都御史」至「封識宛然」。敘述公不貪財賄的事蹟。也可分下列數節論析之：

1. 開端：自「公為都御史」至「公固知某不貪也」。敘述某太監因交厚而當公改兩廣時，贈公以珠。

2. 發展：自「公受珠」至「紉之」。敘述公受珠而封藏於衣夾縫之中。

3. 高潮：自「後還朝」至「諾」。敘述公久後，力促資助太監之姪。

4. 結局：自「公屢促之」至「封識宛然」。敘述太監之姪試言買房而公拆衣授珠。

文本雖然沒有明顯的分敘形式，但是事實上是分敘型。前後兩個分敘型都自己成順敘型文體型態，各有始末，自成體系，而且涉及的人物，也就有親疏不同。前者拒以權謀私，後者自覺重義輕財，一個敘述不循私的事蹟；一個敘述不貪賄的事蹟。顯然各有不同的中心思想。由兩個細支的中心思想結合，才塑造出主旨大公無私的王忠肅公翱的忠臣形象。「一篇文章只能有一個主題」，但大主題之下，可有多個小主題，只是小主題要為大主題服務，不能背道而馳，乖亂形象的統一性。根據上面的分析，我們可以把這種分敘型敘述文概括為如下的綱目，以便讀者學習記憶之用。

〈記王忠肅公翱事〉
（分敘型敘述文例3）

- (一)分敘（順敘型）
  - 1. 開端——女兒因女婿阻擋，不能回娘家。（問題）
  - 2. 發展——夫人為女婿請調。
  - 3. 高潮——王公怒拒夫人所請。
  - 4. 結局——女婿調不成。
- (二)分敘（順敘型）
  - 1. 開端——太監臨別贈賄。
  - 2. 發展——王公收而封藏。
  - 3. 高潮——力求太監後還珠。
  - 4. 結局——授珠太監之姪。

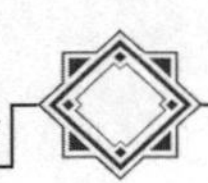

五、技巧

談到這篇文章的創作技巧，我們還是分三方面來討論。

㈠**選材的技巧**：這篇文章，前後兩截寫的都是王翱生涯事蹟。王忠肅翱是明朝正統、景泰年間的著名人物，在都御史和吏部尚書任內，在改督遼東、兩廣軍務時期，在出鎮江西、陝西時期，均蜚聲朝野。英宗召對便殿，皆稱先生而不名。由此可見，該寫的大事並不少，但這個文本卻只寫了兩件小事，為什麼呢？這是為了突顯王公的大公無私，這兩件小事把王忠肅的剛明廉直，憂國奉公精神，表現得躍然紙上了。這是選材要受主題制約，題材要為表現中心思想服務的最佳說明。

㈡**謀篇的技巧**：這篇文章要表現王公的不徇私、不貪賄。作者選了兩件事為題材，但這兩件事的先後如何安排呢？根據文本的內容。王公長詮應在守遼東和改兩廣以後，依時序當擺在後面敘述，但作者採用的儒家政治哲學的層序，先內而外，由近及遠的倫理次序，所以把發生在家中的事件放在前面；把發生在外的事件放在後面，這樣看來，把時序顛倒，違背時間自然發展的邏輯原理。但作者是在主題的制約下，以事件遷就主旨，主旨既在表現主人翁的性格和品德，那麼，藉事件和主人翁對事件的對應態度表現，是再適當不過的，因此，兩事件時序顛倒並不妨害主題的呈現，因此，作者採用空間秩序，由內而外，由家及國的順序謀篇，以成全文的結構，可見在分敘型敘述文中，平行的兩個分敘單元之間，時序並不甚重要，時間模糊，次序不明，甚至顛倒前後，並不妨害呈現主題的功能，倒是各分敘中的秩序，前後順暢連貫，或順敘，或倒敘，或合敘，都自成秩序，就可以了。

㈢**修辭的技巧**：這篇文章的修辭，也以敘述和對話為主調。在敘述時，作者並未著意於詳盡細膩的描述，而是運用白描的手法，致力於傳神上。「置酒」、「跪白」，寥寥二詞，就鮮明準確地揭示了愛女心切而又十分了解丈夫個性的王夫人，不得不委婉地代婿求調的複雜心情。面對自己妻子的請求，這「忠肅」的王公是怎麼反應的呢？作者只用了「怒」、「擊」、「出」、「駕而宿于朝房」、「旬乃還第」、「婿竟不調」等幾個極為精鍊的字詞句，粗筆淡畫，卻十分傳神地刻畫出了一個剛直無私的封建官員的形象。其他，細節描寫，敘女婿不讓女兒回娘家，令人費解，其實這是作者營造「懸念」，然後，在情節發展中揭開謎題，原來，女婿為難女兒，是由於岳父大人不肯賣情面，為

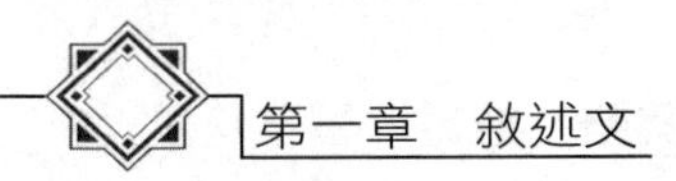

他調官，女婿的形象與王公成了反襯，再如「紉之」一詞，出人意外，卻傳神地刻畫出王公珍藏寶珠的深意。太監的不貪賄成了王公的烘托。

總之，全篇文章，筆墨簡約，交代清楚，人物形象栩栩如生，躍然紙上。作者選取生活小事來表現人物性格，小中見大，在平凡中顯高尚，運用反襯，烘托和白描手法，刻畫人物形象，在簡潔中現神韻。選材具典型性；主題集中；又結構上，大水興波，曲折多姿，值得借鑑。

〈阿留傳〉

阿留者，太倉周元素家僮也。性痴呆無狀，而元素終畜之①。嘗使執洒掃，終朝運帚，不能潔一廬。主怒之，則擲帚于地，曰：「汝善是，曷煩我為②？」元素或他出，使之應門。賓客雖稔熟者。不能奉其名。問之，必曰：「短而肥者，瘦而髯者；美容姿者；龍鍾而曳杖者。」後度不悉記，則闔門拒之③。家畜古樽、彝、鼎、敦，數物④。客至，出陳之。留伺客退，竊叩之，曰：「是非銅乎？何黯黑若是也！」走取沙石，就水磨滌之⑤。矮榻缺一足，使留斷木之歧生者為之。持斧鋸，歷園中竟日。及其歸，出二指狀曰：「木枝皆上生，無向下焉！」家人為之哄然⑥。

舍前新植柳數株，元素恐為鄰兒所撼，使留守焉。留將入飯，則收而藏之。其可笑事率類此⑦。元素工楷書，尤善繪事。一日，和粉墨，戲語曰：「汝能為是乎？」曰：「何難乎是？」遂使為之。濃淡參亭，一看素能。屢試之，亦無不如意者⑧。元素由是專任之，終其身不棄焉。

一、注釋

①太倉：太倉衛，江蘇太倉。周元素：人名。痴呆：痴　　愚，笨。無狀：不成樣兒。畜之：收養他。

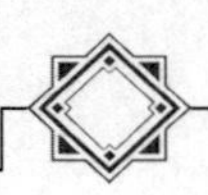

②執洒掃：負責洒掃工作。終朝：自日出至早飯的時間。運帚：揮掃帚，打掃。一廬：一房。善是：會打掃。曷：何。

③應門：接待客人。稔熟：熟悉。稔：ㄖㄣˇ。奉其名：報其名。髯：絡腮鬍子。龍鍾：老態。龍鍾，反切為癃。曳杖：拖杖。度不悉記：料想不能全部記牢。度：料，估量。闔門：閉門。拒之：拒不接客，不讓客人進門。

④畜：藏，收藏。古樽：古酒器。彝：ㄧˊ，酒瓶之類。鼎：祭器，食器。敦：盛黍稷器。

⑤伺：等。竊叩：偷敲。黯黑：黯淡墨黑。磨滌：磨洗古器。

⑥木之歧生者：樹枝歧出之幹。無向下：言樹枝無向下生如榻足在下者。哄然：笑聲多貌。

⑦撼：搖動。留守：看管。率：大體。

⑧工：善。楷書：書體之一種。和粉墨：調和彩色。參亭：交錯均勻。素能：老手，平素就養成的能耐。如意：合意，如自己所要求。

二、作者

陸容（西元一四三六年～一四九四年），字文量，號式齋，太倉人。生於明英宗正統元年，卒於孝宗宏治九年，享年五十九歲。生性孝順，嗜好書籍，與張泰、陸釴齊名，時稱「婁東三鳳」。博學為三人之冠，詩不如二人。成化二年（西元一四六六年）進士，授南京主事，升官兵部職方郎中。西番進貢獅子，請大臣往迎，容諫止之。累遷浙江右參政，所到之處，有政績。著作有《菽園雜記》十五卷，又有《式齋集》傳世。

三、主題和題材

這是一篇幽默詼諧的風趣傳記，題材是阿留天生畫痴的故事。阿留是一個奴僕，看來痴呆呆的，什麼也幹不了，舉動言行很可笑，但是，他在繪畫方面卻又表現得十分出色。

本文的主題在於表現阿留的痴呆以及對繪畫的素能（五痴一能），點示藝術氣質往往在現實中，表現拙劣痴愚。

四、結構

這篇傳記分五痴和一能兩大部分，茲分析於下：

㈠**分敘**：自「阿留者」至「其可笑事率類此」。敘述阿留五件事蹟，以見其「痴呆無狀」。可分五截分析之：

*1.*自「阿留者」至「曷煩我為」。敘述阿留為周家僮僕，痴呆無狀。打掃屋子，不能淨一室。主人問他，回話沒大沒小。

*2.*自「元素或他出」至「則闔門拒之」。敘述阿留為主人看門，不能呼客人之名，以客人形狀為記；客人多了不勝記，就閉門不讓客人進門，以免增加麻煩。

*3.*自「家畜古樽、彝、鼎、敦」至「就水磨滌之」。敘述阿留不明白古董可貴在古色古香，看其「黯黑」，以沙石就水磨滌。

*4.*自「矮榻缺一足」至「家人為之哄然」。敘述阿留奉命取樹木歧生枝，製造床腳，卻以為樹枝要下生方可作腳，所以終日找不到。

*5.*自「舍前新植柳數株」至「其可笑事率類此」。敘述阿留奉命看守新植的柳樹，以防鄰兒搖撼，不料他要入屋吃飯，竟連柳樹也帶入屋中。

以上是分敘型敘述文。

㈡**順敘**：自「元素工楷書」至「尤善繪事」是開端；自「一日」至「遂使為之」，是發展；自「濃淡參亭」至「亦無不如意者」，是高潮；自「元素由是專任之」至「終其身不棄焉」，是結局。全段敘述阿留「和粉墨」，「濃淡參亭」、「無不如意」，有「素能」，得專任。

全文是分敘與順敘兩截結合而成的分敘型敘述文。結構為呈現主題而設計，主題是阿留「性痴呆無狀，而元素畜之。」也就是阿留有五呆而一能，因得主人收留。主題如此，結構乃由五呆而一能，不是依時序而敘述，而是由主題結構而安排，詳敘呆，故有五；簡敘能，故唯一。這種分敘型結構，如以圖表簡括之，便如下：

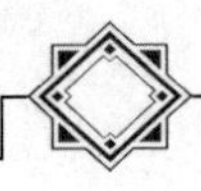

〈阿留傳〉
（分敘型敘述文例4）

- （一）分敘型
  - 1.阿留打掃屋子。
  - 2.阿留為主人看門。
  - 3.阿留擦洗古董。
  - 4.阿留取木修床。
  - 5.阿留拔樹藏屋。
- （二）順敘式——阿留能和粉墨，主人終畜之。

前五單元平行敘述五件阿留日常生活中的可笑之事，表現他的痴呆，成一分敘型單元；後一單元是順敘型，也與前面平行，可自獨立為一單元，所以與前一單元合為分敘型敘述文。

五、技巧

這篇傳記的表現技巧，簡單明白。

（一）**選材的技巧**：作者要寫的是阿留的痴和素能，所以從阿留的現實生活中，選出五痴一能的事件來，這六件事是阿留一生中，最具特色，可以代表他的痴和能的典型事件。五痴表現阿留一系列可笑舉止，極力渲染阿留的傻乎乎，什麼事也幹不成；一能點明阿留有繪畫素能，具藝術家氣質。

（二）**謀篇的技巧**：這篇傳記的結構由六個獨立平行的短篇結合而成。六個短篇之間，時間關係模糊，它們由一類似的氣質為線索，藕斷絲連地串連起來。值得一提的是，前五個小故事中，其內容要寫得可笑，所以就不得不設計反諷的構造，反諷是由阿留的行為反乎常理，行為似是而非，想法與常理矛盾造成。第一則的「汝善是，曷煩我為？」是言語與身分矛盾，行為與常態矛盾；第二則是記憶與常智矛盾，待客與常道矛盾；第三則是古董價值與平常金屬價值的矛盾；第四則是床腳與歧生枝的方位類似引起的矛盾；第五則是移柳入屋以解決鄰童撼柳而造成的柳樹生命矛盾。這些設計是在篇章中謀造矛盾的形式所促成的。

（三）**修辭的技巧**：除了上面提到的反諷形式的謀畫也是一種表現技巧外；另外，文章先抑後揚，是一種欲揚先抑的技巧，而敘述和對話都十分傳神，如「汝善是，曷煩我為？」答得戇態可鞠；「是非銅乎？何黯黑若是也！」無文化的表情隱然可見；「木枝皆上生，無向下焉」無知之狀躍然而出。又「主怒之，則擲帚于地」、「後度不悉記，則闔門拒之。」、「走取沙石，就水磨滌之。」、「將入飯，則收而藏之。」敘述傳神，型態畢現。

總之，全文跌宕起伏，人物的言語極富於個性。文筆簡練、幽默，在敘述中既有情狀描寫，又有對話和場面描寫，錯落有致，趣味盎然，令人忍俊不禁，卻又發人深思。

〈左忠毅公逸事〉①

先君子嘗言鄉先輩左忠毅公視學京畿②。一日，風雪嚴寒，從數騎出，微行。入古寺，廡下一生伏案臥，文方成草。公閱畢，即解貂覆生，為掩戶；叩之寺僧，則史公可法也③。及試，吏呼名至史公，公瞿然注視，呈卷，即面署第一。召入，使拜夫人，曰：「吾諸兒碌碌，他日繼吾志事，惟此生耳④。」

及左公下廠獄，史朝夕窺獄門外；逆閹防伺甚嚴，雖家僕不得近⑤。久之，聞左公被炮烙，旦夕且死，持五十金涕泣謀於禁卒⑥。卒感焉；一日，使史更敝衣，草屨，背筐，手長鑱⑦，為除不潔者，引入，微指左公處。則席地倚牆而坐，面額焦爛不可辨，左膝以下筋骨盡脫矣。史前跪，抱公膝而嗚咽。公辨其聲，而目不可開，乃奮臂以指撥眥，目光如炬⑧。怒曰：「庸奴！此何地也！而汝來前？國家之事糜爛至此。老夫已矣，汝復輕身而昧大義，天下事誰可支柱者！不速去，無俟姦人構陷，吾今即撲殺汝！」因摸地上刑械，作投擊勢。史噤不敢發聲，趨而出。後常流涕，述其事以語人，曰：「吾師肺肝皆鐵石所鑄造也！⑨」

崇禎末，流賊張獻忠出沒蘄、黃、潛、桐間，史公以鳳廬道奉檄守禦⑩。每有警，輒數月不就寢，使將士更休，而自坐幄幕外，擇健卒十人，令二人蹲踞而背倚之，漏鼓移則番代。每寒夜起立，振衣裳，甲上冰霜迸落，鏗然有聲。或勸以少休，公曰：「吾上恐負朝廷，下恐媿吾師也⑪。」

史公治兵，往來桐城，必躬造左公第，候太公、太母起居，拜夫人於堂上。余宗老塗山，左公甥也，與先君子善，謂獄中語乃親得之於史公云⑫。

一、注釋

①左光斗：字遺直，明、桐城人。熹宗時，官僉都御史。時閹寺魏忠賢用事，朝政腐敗紛亂。左與楊漣等疏劾忠賢罪狀，後來，被魏報復、構陷，下獄。未幾，被害。史可法為左光斗及門弟子。忠毅：光斗謚號。逸事：遺佚的事蹟。

②先君子：稱自己已故的爸爸曰先君子。作者方苞，父仲舒，字南董，號逸巢。鄉先輩：同鄉的先賢。視學：視察學事，此指監督地方學務，掌管秀才等考試。京畿：京師附近地方。

③嚴寒：酷冷，很寒冷。微行：尊貴的人，單騎出入，若微賤之所為，曰微行。即私下訪視。廡下：廊屋下面。廡：ㄨˇ。案：桌。文方成草：寫文章剛完成草稿。貂：ㄉㄧㄠ，謂貂裘。掩戶：關門扉。叩：問。史公可法：史可法，明末大忠臣，祥符（河南開封縣）人。史應元之孫。字憲之，又字道鄰，謚忠靖，又謚忠正。崇禎時進士。至孝至忠，為清軍所捕，不屈遭害。《明史》卷二百七十四有傳。

④瞿然：視貌。喜視的表情。瞿：ㄑㄩ。呈卷：交考卷。夫人：左光斗妻。碌碌：平凡貌。碌：ㄌㄨˋ。

⑤下廠獄：被關入東廠的牢獄。明成祖即位後，在燕京東安門北設牢獄，號曰東廠，此「廠」即東廠。東廠所以拘補異己之人，其後相承不廢，常派宦官主管。熹宗時，魏忠賢提督東廠。窺獄門外：在東廠門外窺探牢獄動靜。逆閹：暴逆的宦官。防伺：防備伺察。

⑥炮烙：ㄆㄠˊ ㄌㄨㄛˋ，刑名。注油銅柱架於炭火上，令罪人行其上，足滑則墜火中燒死，一種慘無人道的酷刑。謀於禁卒：懇求牢卒。

⑦更敝衣：換破衣。草屨：穿草鞋。手長鑱：手拿長鑱。手：動名詞。長鑱：長形鐵鑱。鑱：ㄔㄢˊ，掘土之具。

⑧嗚咽：低泣聲。奮臂以指撥眥：用力伸出手，以手指撥開眼眶。眥：ㄗˋ，目眶。炬：火炬。

⑨輕身而昧大義：輕忽生命，不明國家大義。昧：ㄇㄟˋ，暗。支柱：支撐。構陷：構釁陷害。噤：閉口。吾師肺肝皆鐵石所鑄造：形容其心硬。

⑩崇禎：明思宗莊烈帝朱由檢年號。自西元一六二八年～一六四四年。流賊：到處流竄的賊寇。張獻忠：流寇首領。蘄：ㄑㄧˊ，今湖北蘄春縣。黃：今湖北黃岡縣。潛：今安徽潛山縣。桐：今安徽桐城縣。鳳廬道：明行政區域名，今安徽鳳陽、盧江一帶。明、清時分一省為數道，設道員以轄之。此「道」即道員，官名。奉檄：奉軍命。

⑪警：警報。更休：輪休。幄幕：軍帳。漏鼓：鐘漏更鼓。移：轉換。番代：輪番交代。甲上冰霜：戰甲上凝結的冰

霜。迸落：散落。迸：ㄅㄥˋ，散走。鏗然：聲貌。媿：同「愧」。

⑫造：到。第：家宅。候：探望。太公、太母：師長父母尊稱太公、太母。宗老：謂同族長輩。塗山：人名。

二、作者

方苞（西元一六六八年～一七四九年），字鳳九，號靈皋，晚號望溪，又號清溎漁父，安徽桐城人。康熙四十五年進士。累官禮部侍郎，以事一再落職。經學，以宋儒為宗，推衍程、朱之學，尤致力《春秋》、《三禮》；文學韓、歐，為桐城派始祖。書房名抗希堂。著作等身：經學方面著作有《周官辨》、《周官集注》、《周官析疑》、《春秋通論》、《春秋直解》等十餘種；文學方面著作有《望溪文集》。方苞文章雅正簡潔，嚴於義法。自謂非闡道翼教，有關於人心風化者不苟作，作品確是主義的實踐。由是多載道之文，少賞心悅目之作。本篇倒是例外，頗為可觀。

三、主題和題材

這篇傳記的作者，在這篇文章中，不像史書羅列主人翁的生平大事，也不求全面地展示人物的身世經歷，而只概括地以某個或某幾個片段為題材，用墨不多，旨在展現栩栩如生的人物形象，深刻感人的性格。

因此，文本著力表現的是左光斗愛護賢才的深沈、國事為重的剛烈；是左光斗以國為首，不計個人榮辱存亡的可貴品質。塑造了這位耿介貞亮之臣，忠烈剛強之士的動人形象，使之聲口宛然，惟妙惟肖，這就是文本主題所在。文中題材，有識拔人才、入獄、史可法探監、秉師志報國諸端。

四、結構

了解了作者創作這篇傳記是為了寫左光斗的愛賢才、愛國家，嫉惡如仇，與惡抗爭，雖被陷害，至死不悔，影響所及，史可法如影子一般，履行左光斗的人生使命。因此，作者以左光斗為主角，以史可法為配角，賓主相映，賓為主之萼，寫完這篇傳記。因此文章的結構便成為三股平行的線索，分流成圖面。下面依此結構認知，論析其內容機制如下：

㈠自「先君子嘗言鄉先輩左忠毅公視學京畿」至「惟此生耳」。敘述左公心存救國大志，而賞識提拔史可法。

㈡自「及左公下廠獄」至「吾師肺肝皆鐵石所鑄造也」。敘述左公入獄不屈，史可法入獄探監，關心其安危，而左公斥退史可法，使史可法大為感動。

㈢自「崇禎末」至「謂獄中語乃親得之於史公云」。敘述左公死後，史可法秉承其志剿流寇、衛家國；候省左公家宅，孝事師公母，以見左公言傳身教使史公滿懷報國感恩之心。

分敘型決定於形象思維的分象；而分象是同一事物的幾個階段或幾個部分的反映。由於形象思維和邏輯思維具有對立而統一的關係，我們辯證地看，形象的對立造成分敘型；形象的統一造成順敘型、倒敘型和合敘型。

由於文本是由三個並列的分敘部分構成；又由於三個分敘都有一定的獨立性，所以稱為分敘型。我們為了方便記憶，運用簡易，將其綱目條列於下：

〈左忠毅公逸事〉（分敘型敘述文例5）
- ㈠左公愛才拔史公。
- ㈡左公入獄，史公探監。
- ㈢史公秉志剿賊報國，孝敬師公母。

這個提綱看起來十分簡單，實際上是綜合應用各種模式的複合型，因為其中每個分敘，都可能是順敘型或倒敘型，也可能是合敘型或分敘型。其邏輯關係，很像議論型的分論型。是分敘型模式的典型。

五、技巧

〈左忠毅公逸事〉一文的技巧亦可依下列三方面論析之：

㈠**選材的技巧**：「選材要嚴，開掘要深」，這是大家都知道的道理。寫文章要儲蓄材料，選擇題材，不能只簡單地羅列材料。方苞寫〈左忠毅公逸事〉，集中於左公與史公的關係，他在下筆之前，選擇史公作為陪襯，賓所以烘托主，史公最能映照出左公忠貞愛國光輝。人物選定，其次是選事件，在左公與史公的關係中，事件不少，作者要選擇的是，事件要能突現兩人的人格特色；所以，作者選了「左公為國選才，以繼自己志事」、「左公為國受害」和「史公為國剿賊」、「史公孝敬左公親人」等四件，並就這四件事去突現主題。前二事集中表現左光斗愛護賢才、為國受難；後二事表現史公盡忠職守、孝敬師道。由左公生前寫到死後。寫左光斗是主旨，寫史可法是為了烘托左公，通過史可法的形象反射出左光斗的光彩，從而增添出左光斗的光彩。因此，四個事件的選擇有其邏輯上的必然性。

㈡**謀篇的技巧**：題材的選擇如上所述。那情節的安排又如何？由文本的現實看，四個事件的安排是按自然時序處理的。只是各事件之間，只有人物的共同線索，和時間的前後關係，在事件和事件之間沒有直接的因果牽連，所以，它是依主題的內在需要因素排列，在共同的表現功能下，並列成文，連章成篇的。作者對這篇逸事的排列，就是在這種邏輯理則下進行的。分敘型的謀篇原則在於依主題表現的功能因素安置，時間的連續性是比較模糊的。

㈢**修辭的技巧**：主題和章節架構謀畫妥當以後，語言和詞句的運用就成了要考慮的問題了。

敘述和對話，可以說是敘述文的基本技巧。而敘述的進行都是白描手法，沒有刻意的修飾，有的話是用詞用字的講求，酌字鑄句的研練，以簡潔的筆墨勾勒形象，例如寫左光斗的神態，僅「瞿然」二字，就表現了左光斗全神貫注的神態，刻畫了他對史可法刮目相看，見他出現在考場的內心喜悅，隱然流露。再如史可法探獄一段「公辨其聲，而目不可開，乃奮臂以指撥眥，目光如炬。」、「因摸地上刑械，作投擊勢。」文字簡約而意態豐富，「公辨其聲」，可見神志清楚；「目不可開」，足證受刑嚴重；「奮臂以指撥眥」，映現意志的堅毅，感情激動，隨著一「奮」一「撥」，跳出了「目光如炬」，閃示出精神旺盛；「因摸地上刑械，作投擊勢。」表示行動艱難；「左膝以下，筋骨盡脫。」見用刑之嚴酷，受刑者痛苦。其次，作者要言不煩地寫左公性格，集中表現為國的剛腸赤心；再如細節點染，傳神動人，如首截寫左公為國而「愛才」、「選才」、「惜才」、「譽才」等；二截、三截寫史公側面烘托：探視牢獄，顯示恩師恩重；流涕述事，頌讚了左公剛毅；勤於職守，表現了恩師的影響。疏淡簡潔的短短文章，把左公寫得栩栩如生。

〈太宗納諫〉

三月庚午①（略）

長樂公主將出降，上以公主皇后所生，特愛之，敕有司資送倍于永嘉長公主②。魏徵③諫曰：「昔漢明帝欲封皇子，曰：『我子豈得與先帝子比，皆令半楚淮陽。今資送公主倍于長主，得無異于明帝之意乎？』」

上然其言，入告皇后，后嘆曰：「妾亟④聞陛下稱重魏徵，不知其故，今觀其引禮儀以抑人主之情，乃知其社稷之臣也。妾與陛下結髮為夫婦，曲承恩禮，每言必先候顏色，不敢輕犯威嚴，況以人臣之疏遠，乃能抗言如是，陛下不可不從⑤。」因請遣中使賫錢四百緡、絹四百匹，以賜徵⑥。且語之曰：「聞公正直，乃今見之，故以相賞。公宜常秉此心，勿轉移也。」上嘗罷朝，怒曰：「會須殺此田舍翁！」后問為誰？上曰：「魏徵每廷辱我⑦。」后退，具朝服立于庭。上驚問其故，后曰：「妾聞主明臣直。今魏徵直，由陛下之明故也，妾敢不賀？」上乃悅。

閏月乙卯（略）

上宴近臣于丹霄殿。長孫無忌曰：「王珪魏徵昔為仇人，不謂今日得此同宴⑧。」上曰：「徵珪盡心所事，故我用之。然徵每諫，我不從；我與之言，輒不應，何也？」魏徵對曰：「臣以事為不可，故諫。陛下不從而臣應之，則事遂施行，故不敢應。」上曰：「且復而復，庸何傷⑨？」對曰：「昔舜戒群臣：『爾無面從，退有後言。』心知其非，而口應陛下，乃面從也，豈稷、契事舜之意耶⑩？」上大笑曰：「人言魏徵舉止疏慢，我視之，更覺嫵媚，正為此耳！」徵起，拜謝曰：「陛下開臣使言，故臣得盡其愚；若陛下拒而不受，臣何敢數犯顏色乎！⑪」

一、注釋

①太宗：李世民。三月庚午：貞觀六年，西元六三二年，三月十七日（三月朔甲寅）（據《中國史曆日和中西曆日對照表》）。

②長樂公主：太宗女，長孫皇后所生。出降：降嫁。《舊唐書・王珪傳》：「禮有婦見舅姑之儀，自近代公主出降，此禮皆廢。」公主：天子之女稱之。《唐會要》：「長樂公主下嫁長孫沖。」樂：音洛。皇后：長孫氏。敕：命。有司：官吏。資送：指嫁妝、贈送的資財。《晉書・紀瞻傳》：「及嫁機女，資送同於所生。」永嘉長公主：高祖女，下嫁竇奉節，又嫁賀蘭僧伽。唐制，皇姑為大長公主，正一品；姊為長公主；女為公主，皆視一品。

③魏徵：唐、曲城人，字玄成，諡文貞。好讀書，博涉群書。隋末詭為道士。初從李密入京，見高祖自請安輯山東，為

祕書丞。太宗時，為諫議大夫、檢校侍中。受詔改訂令狐德棻、孔穎達等所撰周、隋各史，多所損益，時稱良史，書成，進左光祿大夫，封魏國公。後以太子太師卒官。貌雖不揚，有膽力，帝怒甚時，仍神色自若，敢諫，前後陳二百餘事。

④漢明帝：東漢第二代君，光武帝子，劉莊。半楚淮陽：東漢楚王、淮陽王封地的一半。楚：楚王劉英；淮陽：淮陽王劉延，均為光武帝子，明帝兄弟。《資治通鑑》卷四十五、漢紀三十七、明帝永平十五年：「四月，封皇子恭為鉅鹿王，黨為樂成王，衍為下邳王，暢為汝南王，昞為常山王，長為濟陰王，帝親定其封域，裁令半楚淮陽。馬后曰：『諸子數縣，於制不亦儉乎？』帝曰：『我子豈宜與先帝子等，歲給二千萬足矣！』」然：贊成。亟：屢。

⑤抑人主之情：壓抑天子的情欲。社稷之臣：國家重臣，任國家安危之臣。《禮記．檀弓下》：「有臣柳莊也者，非寡人之臣，社稷之臣也。」《論語．季子》：「是社稷之臣也，何以我為？」結髮：結婚。曲承恩禮：特受恩愛之禮。曲：在正禮之外，曲加優待。候顏色：觀察您的表情。犯威嚴：冒犯威力尊嚴。疏遠：關係疏隔遙遠。抗言：直言。

⑥中使：天子使者，宮中使者。賫：帶。緡：ㄇㄣˊ，貫錢之絲。四百緡：四百貫。《考異》引《舊文德皇后傳》曰：「使齎帛五百匹，詣徵第賜之。」《魏文貞公故事》：「遣中使齎錢二十萬，絹百匹，詣公宅宣命。」案《舊唐書．長孫文德皇后傳》所載同，文微異。

⑦田舍翁：農夫，指魏徵。

⑧后退，具朝服立於庭：唐制，皇后之服，褘衣者，受冊助祭、朝會大事之服也。深青織成，為之畫翬，赤質，五色，十二等，素紗中單，黼領，朱羅縠褾襈（袖端衣緣），蔽膝隨裳色，以緅領為緣，用翟為章三等，青衣革帶，大帶隨衣色，裨紐約佩，綬如天子，青韈，舄加金飾，首飾大小華十二樹，以象袞冕之旒，又有兩博鬢。閏月乙卯：貞觀六年閏八月，八月朔壬子。乙卯：八月四日。丹霄殿：宮殿名。長孫無忌：唐、洛陽人。長孫晟之子，字輔機。博涉書史，撰《隋書》之志，永徽中，受命更定《五經正義》。佐太宗定天下，功第一。官吏部尚書，封趙國公。遷太子太師，後與褚遂良同受顧命。高宗初，進太尉，與褚遂良盡心國事，以天下安危自任，號永徽之政，比美貞觀之治。因諫立武昭儀，為許敬宗所誣，削爵流黔州，投繯死。著《唐律疏義》。王珪：唐、郿人。字叔玠，諡懿。太宗時，禮部尚書，稱名臣。昔為仇人：謂王珪、魏徵事隱太子建成，勸建成圖世民。

⑨所事：職務。不應：不贊成。庸何傷：有何害？

⑩舜戒群臣：『爾無面從，退而後言。』：《尚書．益稷》：「予違汝弼，汝無面從，退有後言。」注：「言爾無面諛

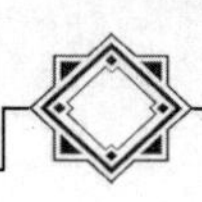

以為是，而背毀以為非。」稷：后稷棄，周民族始祖，事舜為稷官。契：商民族始祖，事舜為司徒。舉止疏慢：行為疏闊怠慢。嫵媚：動人。

⑪開：開啟。盡其愚：盡愚心。數犯顏色：屢次冒犯您的怒顏。犯顏色：不懼人怒而直諫。

二、作者

司馬光（西元一〇一九年～一〇八六年），字君實，宋、夏縣（今山西安邑縣東北）人。生於宋真宗天禧三年，卒於哲宗元祐元年。享年六十七歲。七歲時聞講《春秋左氏傳》，即了解大旨。寶元初，考中進士，歷同知諫院。仁宗時，請定國嗣。英宗時參與論議濮王典禮，力持正論，公正不阿。神宗時為御史中丞，以議王安石新法，與安石不合，辭官。居洛十五年，絕口不論時事。哲宗初，起為門下侍郎，拜尚書左僕射，悉去新法之為民害者，在相位八月，卒。贈太師溫國公，諡文正。居涑水，世稱涑水先生，著《資治通鑑》、《獨樂園集》、《書儀》等。

三、主題和題材

這篇文章選自《資治通鑑》卷一百九十四、〈唐紀〉十〈太宗貞觀六年（西元六三二年）〉記事。文章以唐太宗李世民善於接受大臣勸諫為題材，表現了唐太宗的賢明形象，突現了賢君納諫的政治思想。

《資治通鑑》，宋・司馬光奉英宗詔編撰，是歷代編年史的始祖。《四庫全書簡易目錄》云：「光作此書，閱十九年乃成。故淹通貫穿，為史家絕作。」題材分受抑嫁長樂公主嫁妝和讚魏徵敢諫兩件。

四、結構

這篇文章的結構可分兩大截說明。

㈠自「三月庚午（略）」至「上乃悅」。敘述太宗欲嫁長樂公主，魏徵諫不可厚嫁，太宗准諫，皇后讚賞魏徵。又可分為四小節：

1.自「三月庚午（略）」至「送倍于永嘉長公主」。敘述太宗嫁女，嫁妝要倍於其姐永嘉長公主。

2.自「魏徵諫曰」至「得無異于明帝之意乎」。敘述魏徵諫太宗勿厚嫁女，以免超越公主之姑永嘉長公主。

3.「上然其言，入告皇后」。敘述太宗准許魏徵之諫。

4.自「后嘆曰」至「上乃悅」。敘述皇后讚賞魏徵，補敘皇后朝賀。

(二)自「閏月乙卯（略）」至「臣何敢數犯顏色乎」。敘述太宗宴朝廷近臣，長孫無忌賀太宗邀王珪、魏徵同宴，魏徵回答人臣「無面從」，太宗讚魏徵，魏徵謝納諫。又可分五小節。

1.自「閏月乙卯（略）」至「丹霄殿」。敘述太宗邀宴近臣於丹霄殿。

2.自「長孫無忌曰」至「得此同宴」。敘述長孫無忌賀王珪、魏徵同宴。

3.自「上曰」至「豈稷、契事舜之意耶」。敘述太宗問魏徵，每次諫言，自己如不從，就「不應」，是什麼道理？魏徵回答，「不應」所以堅持諫言，如「應」是「面從」，人臣不可面從。

4.自「上大笑曰」至「正為此耳」。太宗讚美魏徵不虛偽。

5.自「徵起」至「臣何敢數犯顏色乎」。敘述魏徵謝納諫。

以上是〈太宗納諫〉依文章結構歸納的大綱。這篇文章選自《資治通鑑》，《資治通鑑》是編年體的史書，除了按年月分敘外，最後還是按日分敘。如果某日有幾件事，則按順序分敘，所以各大截都是順敘型，如本文，就寫出了「起」、「承」、「轉」、「合」。

從邏輯上看，論說文中的分說分論，一般都大講特講均衡原則，即每個分說或分論，不可畸輕畸重，那是由於句段篇章都圍繞一個中心之故。編年史則與其不同，因為它是多中心的綜合性著作，所以它可以不講均衡原則，有的只用一句話帶過，有的則寫成首尾圓合的結構形式。本文結構如下圖：

〈太宗納諫〉（分敘型敘述文例6）
- (一)太宗納諫（順敘型）
  - 1.太宗嫁女，嫁妝倍長公主。
  - 2.魏徵諫減嫁女嫁妝。
  - 3.太宗納諫。
  - 4.皇后賞徵，賀太宗得賢臣。

㈡太宗納諫（順敘型）
- *1.*太宗宴近臣。
- *2.*長孫無忌賀太宗重用仇人。
- *3.*魏徵述諫君的態度。
- *4.*太宗讚美魏徵不虛偽。
- *5.*魏徵謝太宗納諫。

五、技巧

談〈太宗納諫〉的寫作技巧，可分三方面：

㈠**選材的技巧**：本文的主題在於表現唐太宗李世民能接受臣下的諫言，所以，作者在下筆之前，就依主題的需要選了太宗嫁女，魏徵諫不可厚嫁女和太宗宴近臣，魏徵謝納諫等兩件事，借這兩件事來表現太宗的賢明——能聽諫言。這種題材的選擇法是應主題的需要而運作的。題材選好，就依時間順序安排，而每一支節，人物的出現和情節的展現，也都依支節的意旨，逐自表現，完成表現任務。

㈡**謀篇的技巧**：這篇文章的布局，由於是編年體史書中的材料，所以依年月日時排列，謀篇較為單純。

㈢**修辭的技巧**：

*1.*敘述：作者的旁觀觀點敘述太宗納諫事件。

*2.*問答：借問答推進情節，表現諫者和受諫者的活動。

*3.*比較：「皆令半楚淮陽」：借漢明帝子封邑與其兄弟封邑比較。「資送倍于永嘉長公主」，拿永嘉長公主的資送與長樂公主比較。長孫皇后自己與魏徵比較。

*4.*比喻：以明帝子與其兄弟的關係，喻太宗女與其姐的關係。以稷、契與舜喻己與太宗。

*5.*用典：漢明帝封諸子故事，舜與稷、契的故事。

以上五種技巧，把貞觀六年三月和閏八月時事敘述出來，構造成篇章。

練習

㈠試以分敘型結構寫下列諸文。

1.司馬相如逸事。
2.諸葛亮逸事。
3.日記。（大事記）
4.駝子。
5.痴情。
6.慧。

㈡試為下列諸文標點、分段。

1.司馬遷〈晏子助人〉。
2.陳壽〈華佗行醫〉。
3.范曄〈楊震傳〉。
4.劉敬叔〈謝安二則〉。
5.柳宗元〈永某氏之鼠〉。
6.賈后擅朝。

㈢試選鑑賞範文命學生課外學習，每週一篇。

第二章　描寫文

描寫，是文學創作的基本表現手法之一，是從生活到藝術的橋樑，作家只有通過描寫，才能把生活轉化成藝術；讀者只有通過作家的描寫，才能欣賞和評價作家所描寫的生活。當然，文學作品的創作，是許多極為複雜的因素交融匯合而成的，並不單純由於描寫才使生活轉化為藝術；而描寫本身，也體現著作者複雜的思想感情和變化萬千的客觀世界，它有自己獨特的規律，有自己獨特的技巧。作家，只有掌握描寫的規律和技巧，並且創造性地運用這些規律和技巧於創作，才能寫出有特色、有個性的作品。同時作為讀者，當他翻開一篇文章時，總是首先通過作者的描寫而走進作品所展示的藝術世界，又繼而走進——至少是走進作者在他所展示的藝術世界裡，所坦露的心靈王國。

因此，溯原尋根，由創作的立場講，描寫就是運用相關的題材，通過多種多樣的手法，有聲有色地刻畫人物和景物，感情和思想，使它躍然紙上，而描寫的手法是有它獨特的規律和技巧的。使用描寫的獨特規律和技巧創作成的文章，就是描寫文。描寫文由於運用它自己獨特的規律和技巧去創作，所以形成的結構和前面討論的敘述文有所不同。

描寫文以前稱為「記」，或「記載文」，它的結構和敘述文一樣決定於形象思維；雖然如此，但描寫散文，偏於描述人和物的形狀和性質，自然和動態形象思維的敘述文不同，它是屬於靜態形象思維的範圍；敘述文是時間分合關係結構之具體表現；而描寫文則是空間分合關係結構之具體表現。它決定於形象分合思維中的形象思維形式。

所以，描寫文主要的是描寫客觀事物占有空間的整體形象，和主觀思想感情起伏動止的抽象形象，它是描繪事物和思想感情空間立體性形象的文章，因而，也是分合形象思維的反映。形象思維的分合體系是具體的分析綜合體系，不同於說明文的抽象分析綜合體系，也不同於敘述文的因果形象體系，更不同於議論文的抽象因果體系。

描寫文的具體分析綜合規律，其運轉作用的結果，造成它多種的結構類型和模式，從空間形象思維的整體看，由

於事物整體與部分之間的構象，有聚、散、聚散、散分諸型態，所以它不同於時間性形象思維的敘述文結構；而獨自形成聚象型、散象型、聚散象型、散分象型等四種結構類型。它們和敘述文的形象體系所形成的順敘型、倒敘型、合敘型、分敘型等四種結構類型，顯然在形象思維的基本原理之外，有很多不同的規律和技巧存在。讀者能掌握它的獨特規律和技巧，對於閱讀、鑑賞、創作這種文體，是有很大意義的。

事物情緒的整體與部分之間的聚、散、分、合，促使描寫文有聚象型、散象型、聚散象型、散分象型等四種文體類型，為了熟悉各類型的基本模式，幫助提升閱讀鑑賞能力，提供創作描寫文的參照，下面依序，每類型各舉五或六篇例文論析，俾讀者在實際接觸中，深化理論的了解和技巧的運用。

第一節　散象型描寫文

散象是事物、感情、思想的分解形象形成的，它是整體聚象的分解、解剖和分析，所以散象必須以聚象為前提；而聚象是兩個以上散象的結合、化合和綜合。因此，散象型是以分解、分析為主的一種結構類型。這種結構類型必須由總而分，由一整體而化為多數支體，所以，在形式上，它必須具有「總描」和「分描」兩大部類。所謂總描，即對於聚象或整體事物的描寫，也就是總括式的，對事物的總體顯示；分描是對於散象或部分、局部、分支事物的描寫。也就是把整體事物分解析散為數個支體，依支體在整體中的地位層次，一一加以描繪，以顯現整體事物各局部的表現手法。因此在一篇散象型描寫文中，總描只有一個，分描卻必須有兩個以上，這樣才合乎「一分為二」的原理。散象型描寫文，其總描部分是寫事物的整體印象，即寫聚象；分描部分是寫每個局部的印象，即寫分象。它的模式如下：

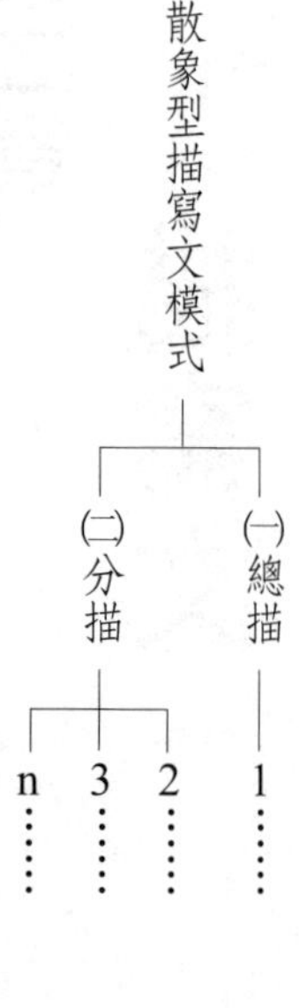

下面以實際作品論析證明之：

〈洛陽大市〉

出西陽門外四里御道南。有洛陽大市，周迴八里①。

市東南有皇女臺，漢大將軍梁冀所造，猶高五丈餘②。景明中，比丘道恒立靈仙寺于其上③。臺西有河陽縣，臺東有侍中侯剛宅。市西北有土山魚池，亦冀之所造。即《漢書》所謂「采土築山，十里九坂，以象二崤。」者④。

市東有通商、達貨二里，里內之人盡皆工巧屠販為生，資財巨萬⑤。有劉寶者最為巨室。州郡都會之處皆立一宅，各養馬十匹。至於鹽粟貴賤，市價高下，所在一例⑥。舟車所通，足跡所履，莫不商販焉。是以海內之貨，咸萃其庭，產匹銅山，家藏金穴⑦。宅宇踰制，樓觀出雲，車馬服飾擬於王者⑧。

市南有調音、樂律二里，里內之人，絲竹謳歌，天下妙伎出焉⑨。有田僧超者，善吹笳，能為〈壯士歌〉、〈項羽吟〉，征西將軍崔延伯甚愛之⑩。正光末，高平失據，虎吏充斥⑪。賊帥萬俟醜奴寇暴涇岐之間，朝廷為之旰食，詔延伯總步騎五萬討之。延伯出師于洛陽城西張方橋，即漢之夕陽亭也⑫。時公卿祖道，車騎成行，延伯危冠長劍，耀武於前；僧超吹〈壯士笛曲〉於後，聞之者懦夫成勇，劍客思奮⑬。延伯膽略不群，威名早著，為國展力，二十餘年。攻無全城，戰無橫陣，是以朝廷傾心送之⑭。延伯每臨陣，常令僧超為〈壯士〉聲。甲冑之士，莫不踴躍。延伯單馬入陣，旁若無人，勇冠三軍，威振戎豎。二年之間，獻捷相繼⑮。醜奴募善射者射僧超，亡，延伯悲傷哀慟，左右謂「伯牙之失鍾子期，不能過也。」後，延伯為流矢所中，卒於軍中，於是五萬之師，一時潰散⑯。

市西有延酤、治觴二里，里內之人多醞酒為業⑰。河東人劉白墮善能釀酒。季夏六月一時暑赫晞，以甖貯酒，暴于日中⑱，經一旬，其酒味不動。飲之香美，醉而經月不醒。京師朝貴多出郡登藩，遠相餉饋，踰於千里⑲。以其遠至，號曰鶴觴，亦名騎驢酒。永熙年中，南青州刺史毛鴻賓齎酒至藩，路逢盜賊，飲之即醉，皆被擒獲，因此復名擒奸酒。游俠語曰：「不畏張弓拔刀，唯畏白墮春醪⑳。」

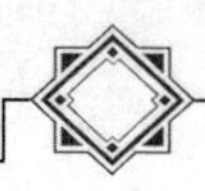

市北有慈孝、奉終二里，里內之人以賣棺槨為業，賃輀車為事㉑。有輓歌孫巖，娶妻三年，妻不脫衣而臥。巖因怪之，伺其睡，陰解其衣，有毛長三尺。似野狐尾，巖懼而出之。妻臨去，將刀截巖髮而走。鄰人逐之，變成一狐，追之不得㉒。其後京邑被截髮者，一百三十餘人。初變為婦人，有服靚妝，行於道路，人見而欲近之，皆被截髮㉓。當時有婦人著彩衣者，人皆指為狐魅。熙平二年四月有此，至秋乃止㉔。

別有阜財、金肆二里，富人在焉。凡屯十里，多諸工商貨殖之民㉕。千金比屋，層樓對出，重門啟扇，閣道交通，迭相臨望。金銀錦繡，奴婢緹衣，五味八珍，僕隸畢口㉖，神龜年中，以工商上僭，議不聽衣金銀錦繡，雖立此制，竟不施行㉗。

一、注釋

①洛陽大市：洛陽大市街。西陽門：洛陽西城有四個門，從北往南第三個門是西陽門，也叫正西門。御道：天子通行的道路。市：集中買賣貨物的固定場所。周迴：周圍迴繞。

②皇女臺：《元河南志》三云：西陽門外四里，御道南，洛陽大市，周八里，市東南有皇女臺，或云漢時皇女殤，埋於臺側，故以名。大將軍：漢代官名，武職之高者。梁冀：東漢烏氏（今甘肅平涼市西北）人，字伯車，東漢順帝梁皇后之兄，以外戚任大將軍，前後執政二十餘年，權勢顯赫，貪暴跋扈，後為漢桓帝所殺。《後漢書》卷六十四有傳。

③景明：北魏宣武帝（元恪）年號，共四年（西元五〇〇年～五〇三年）。比丘：和尚，Bhiksu，梵文音譯。道恆：和尚名。靈仙寺：佛寺名。

④河陽縣：春秋時為晉地，漢置縣，屬河內郡，歷代沿置，明時廢。故地在今河南孟縣。侍中侯剛：官侍中的侯剛。侍中：漢官名，侍從皇帝，出入宮廷，備應對顧問的官，南北朝時門下省長官。侯剛：字乾之，上谷人。出身寒微，以擅長烹調進官，與元義為姻親，進左衛將軍，歷武衛將軍、衛尉卿、侍中等職。《魏書》卷九十三〈恩倖列傳〉有傳。「采土」三句見《後漢書‧梁冀傳》。坂：斜坡。二崤：東、西崤山，在今河南洛寧縣北。

⑤通商、達貨二里：商業區，貨物集散地。工巧屠販為生：以工藝巧技屠宰販賣謀生。巨萬：萬萬，形容數目極大。

⑥巨室：大家屋。都會：都市。所在一例：指劉寶立宅之處，所有貨物的價格都一樣。

⑦萃：聚集。產匹銅山：家產可與鄧通的銅山比。漢文帝賜四川嚴道縣的一座銅山給寵臣鄧通，准許他私自鑄錢。於是鄧通錢遍天下。家藏金穴：家產如郭況富有。《後漢書‧郭皇后紀》：「后弟況遷大鴻臚，帝賞賜錢縑帛，豐盛無比，京師號況家為金穴。」

⑧踰制：超越國家的制度。古代的房屋建造，按照居住者的身分，有一定體制。出雲：高出雲外。車馬服飾：所坐的車、所駕的馬、所穿的服飾、規定的服章。擬：比。

⑨調音、樂律二里：音樂藝人住宅區。絲竹：弦管樂器，此指其演奏音樂。謳歌：歌唱。妙伎：精妙的歌伎。古代以歌舞為業的女子曰伎。

⑩田僧超：人名，管樂器家。笳：胡笳。笛之一種，胡人卷蘆葉為笳，吹之以作樂，後以木為管，飾以樺皮，作三孔，兩端加角。〈壯士歌〉：《樂府詩集》卷八十五謂西晉時，農民陳安據秦州，自號「秦州刺史」，隴上氐羌來歸附。到東晉，劉曜圍攻秦州（隴城），陳安敗走，同壯士二十餘騎奮戰而死，隴上人作〈壯士歌〉悼念他云：「隴上壯士有陳安，軀幹雖小腹中寬。愛養將士同心肝，驌驄父馬鐵鍛鞍。七尺大刀奮如湍，丈八蛇矛左右盤。十蕩十決無當前，戰始三交失蛇矛。棄我驌驄竄岩幽，為我外援而懸頭。西流之水東流河，一去不還奈子何？」這首歌又名〈隴上歌〉。〈項羽吟〉：應即〈項王歌〉。項羽所作。項羽困於垓下，歌云：「力拔山兮氣蓋世，時不利兮騅不逝。騅不逝兮可奈何？虞兮虞兮奈若何？」後又有無名氏作歌云：「無復拔山力，誰論蓋世才？欲知漢騎滿，但聽楚歌哀。悲看騅馬去，泣望艤舟來。」見《樂府詩集》卷五十八〈琴曲歌辭〉二〈力拔山操〉。征西將軍崔延伯：生平見《魏書‧崔延伯傳》，博陵人，英勇善戰，屢立戰功，為持節征西將軍西道都督，與蕭寶夤大破莫折天生（秦賊）軍於隴西。其事又見《魏書‧肅宗紀》。征西將軍：為北魏時四將軍之一，二品官。

⑪正光：魏孝明帝（元詡）年號，共六年（西元五二〇年～五二五年）。高平失據：高平失守。高平：北魏時屬原州，在今寧夏固原縣，魏孝明帝五年四月，高平鎮民赫連恩等反，推敕勒酋長胡琛為高平王，攻高平鎮以應破六韓拔陵。十一月，高平人攻殺魏將卜胡，迎立胡琛。虎吏充斥：如虎的官吏充滿高平。虎吏指胡人之吏。

⑫賊帥：賊軍統帥。萬俟醜奴：人名。魏孝明帝正光六年，胡琛據高平，遣其鎮將萬俟醜奴攻魏涇州，並進攻關中，直指長安，後被爾朱天光擊敗。涇：指涇州。岐：指岐州。萬俟：ㄇㄛˋ ㄑㄧˊ。朝廷：朝廷之人，此指天子。旰食：因事繁而晚食。旰：ㄍㄢˋ，日晚。《漢書‧張湯傳》：「日旰，天子志食。」注：「旰，晚也。」總：統。張方橋：西晉八王之亂時、張方屯軍於此，故名張方橋。橋在洛陽西十

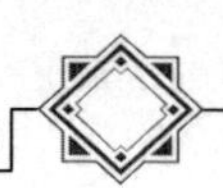

三里，又名十三里橋。夕陽亭：晉・賈充出鎮長安，百寮餞行於此，自旦至暮，故名夕陽亭。

⑬祖道：祭道神以祝出行者平安。祖祭之後，往往餞宴以送行者，故曰餞行。危冠：高頂冠帽。耀武：光耀威武的容儀。懦夫成勇：怯懦的人會生出勇氣，變為勇士。劍客思奮：用劍的武士想奮身擊敵。

⑭膽略不群：膽識戰略不平凡。《魏書・崔延伯傳》：「延伯有氣力，少以勇壯聞。」「常為統帥，膽氣絕人，兼有謀略，所在征討，咸立戰功。」展力：出力。攻無全城：攻城必下，無城可保完。戰無橫陣：每出戰無有能抗禦的敵陣。橫陣：橫列的戰陣。

⑮甲冑之士：武士。躍躍：急欲出戰貌。旁若無人：形容不畏敵，直向前。勇冠三軍：其勇為三軍之最。戎豎：戎兵首領。二年之間：延伯受命征討，在正光五年，打敗莫折天生時在正光六年，故云。獻捷：向朝廷報捷訊。

⑯伯牙之失鍾子期：春秋時伯牙，善鼓琴；鐘子期善知音。伯牙鼓琴，意在高山流水，鍾子期皆能聽而知之。鍾子期死，伯牙破琴絕弦，終身不復鼓琴。流矢：飛箭。

⑰延酤、治觴二里：酒漿販賣區。醞酒：釀酒，造酒。

⑱赫晞：指氣候十分炎熱。甖：同「罌」，小口大腹，用以盛酒。《廣雅》：「甖，瓶也。」暴：ㄆㄨˋ，同「曝」，曬。

⑲出郡登藩：到外郡上任，或到自己的封地就職。餉饋：贈送。踰：超過。

⑳永熙：北魏孝武帝（元修）年號，共三年（西元五三二年～五三四年）。南青州：地名，在今山東省沂水縣一帶。刺史：州長官。毛鴻賓：北地三原人，明帝時為北雍州刺史，轉南青州刺史，後鎮潼關，為高歡所擒，憂忿而死。《北史》卷四十九有傳。齎：ㄐㄧ，攜帶。春醪：春酒。醪：醇酒。

㉑慈孝、奉終二里：辦喪葬的區域。槨：外棺。賃輀車：出租喪車。輀：ㄦˊ。

㉒輓歌：送葬之歌，這裡指唱送葬之歌的人。輓：同「挽」。伺：觀察，守候。陰：暗，偷偷。出之：休掉她。出：出妻，休妻。將刀：持刀。

㉓京邑：京師市郊的村落。服靚妝：穿美麗衣服。靚：美。

㉔魅：怪物。狐魅：俗稱狐狸精。熙平：北魏孝明帝（元詡）年號。熙平二年：西元五一七年。

㉕阜財、金肆二里：工商區。屯：聚。諸：各種，各樣。貨殖：以貨物生殖繁息，即經商做買賣的意思。

㉖千金比屋：富室眾多。有千金資財的人家，一家連接一家。比：相鄰。層樓對出：高樓相望。閣道：複道。連接兩處高屋的空間道路。迭：更迭，相互的意思。緹衣：用赤黃色的綢緞做成的衣服。五味八珍：醯（醋）、酒、飴蜜、

薑、鹽等為五味，即酸、苦、甜、辛、鹹等五味。八珍：八種珍品，龍肝、鳳髓、兔胎、鯉尾、鶚炙、猩唇、熊掌、酥酪。一云，牛、羊、麋、鹿、麇、豕、狗、狼等八種肉。畢口：都可以嚐到。

㉗神龜：北魏孝明帝年號，西元五一八年～五一九年。上僭：僭上，超越禮制。

二、作者

這篇文章選自《洛陽伽藍記》卷四。《洛陽伽藍記》作者楊衒之，北平（今河北遵化縣）人。生卒年不詳。北魏時人，唯《魏書》其他史書不為他立傳。魏撫軍府司馬。東魏孝靜帝武定五年（西元五四七年），衒之因出差到洛陽，於是得訪查其地民俗世風。本書通過佛寺的變遷，寫出歷史的興廢，也反映了當時洛陽在經濟文化和人民生活的情況。

三、主題和題材

〈洛陽大市〉，寫洛陽街道、市區、人物。大市在洛陽城西門外，分東市、南市、西市、北市，每市分建兩道街坊，稱為里，為工商匯聚的地方。另在阜財、金肆兩道街坊住著富人，過著奢侈的生活。作者從方位、距離、史事、迭聞、傳說、怪異、現狀各個方面，作了詳細而具體的描述。綜合以上的題材，它所表現的主題應是描寫洛陽大市，以突顯其歷史與現實的面貌。

四、結構

這篇文章依空間關係寫洛陽大市，由總而分，層次井然地描寫，茲將其結構分析於下：

㈠自「出西陽門外」至「周迴八里」。描寫洛陽大市的總體。

㈡自「市東南有皇女臺」至「以象二崤者」。分描東市通商、達貨二里，用一兩句話寫出各里的概況，然後焦聚到一點，用特別突出的人或物，寫出街坊里的特色。

㈢自「市南」至「一時潰散」。分描南市調音、樂律二里，寫其妙伎——田僧超事蹟。

㈣自「市西」至「唯畏白墮春醪」。分描西市延酤、治觴二里。寫釀酒高手劉白墮以及所製白墮春醪事蹟。

㈤自「市北」至「至秋乃止」。分描慈孝、奉終二里。寫里內人民職業以及輓歌孫巖娶狐妻等怪異之事。

㈥自「別有」至「竟不施行」。分描工商貨殖之民，以及其樓居、衣食僕隸等。

作者從方位、距離、史事、佚聞、傳說、怪異、現狀各個方面，作了詳細而具體的描述。寫出街道坊里的特色。這樣的結構，屬描寫文的散象型，即先寫它的總象，再作方位劃分為許多局部，逐次描寫。其綱領可概括如下：

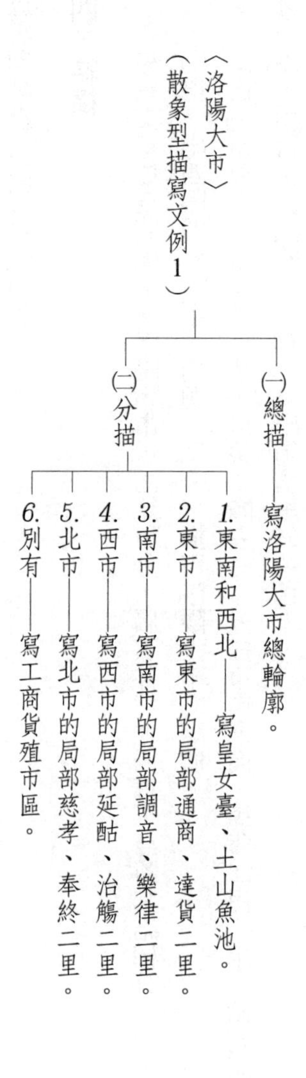

五、技巧

這篇文章寫洛陽大市的面貌，採用的是描寫法，描寫的是具體事物。它的選材、謀篇、修辭各有技巧，今縷析於下：

㈠**選材的技巧**：文章既是寫街市，材料都是現實的，主題既是寫洛陽大市，題材也是固定的。不過在這些前提下，作者所選的題材，有實景、史事、逸聞、傳說、怪異等方面的題材。如東南市的皇女臺、靈仙寺、侍中侯剛宅。西北市土山、魚池等。東市通商、達貨二里、劉寶。南市調音、樂律二里、田僧超、崔延伯、萬俟醜奴。西市延酤、治觴二里、劉白墮鶴觴。北市慈孝、奉終二里、輓歌孫巖。別有阜財、金肆二里、富人等。這些題材是洛陽大市現實所有，作者只要有充分的調查，各區的現實建築和歷史遺蹟，自然有不盡的材料可取用。

㈡**謀篇的技巧**：題材是現實所有，題材的位置本是現實空間的自然順序。因此布局時，只要分東南西北市、東市、南市、西市、北市以及別有等六個自然局部，依現實所有安排題材，隨層次描寫，依方位、距離、史事、逸聞、傳說、怪異、現狀各個方面著筆，自成篇章。

㈢**修辭的技巧**：〈洛陽大市〉的作者按照自然的位置，一個接著一個有次序地描寫，使讀者跟著作者的導引，自東至西，自南至北，眼下井井有條，方位明確。寫街坊先用一兩句話寫出各里的概況，然後聚焦到一點，用特別突出的人或物，寫出街坊里的特色。寬泛處不枝蔓，簡要處又能突出要點。而其描寫人物又能突顯人物獨特過人的地方。又善於從多方面樹立形象。

修辭以描寫為之，夾雜敘述、說明。又有比喻法，如「采土築山，十里九坂，以象二崤者」。對偶法，如「千金比屋，層樓對出」。誇張法，如「樓觀出雲」。用典法，如「產匠銅山，家藏金穴」、「伯牙之失鍾子期不能過也」。加之，語言優美，散體和駢體錯落交織。散體宜於敘事，就多用於敘事；駢體宜於造型，就多用於寫景。各得其所。故能婉轉有致，穠豔秀逸。

〈飛蛾賦〉

仙鼠伺暗，飛蛾候明。均靈舛化，詭欲齊生①。觀齊生而欲詭，各會性以憑方。凌燋煙之浮景，赴熙焰之明光。拔身幽草下，畢命在此堂②。本輕死以邀得，雖糜爛其何傷？豈學山南之文豹，避雲霧而巖藏③。

一、注釋

①仙鼠：蝙蝠的別稱。伺暗：待暗。伺：ㄙˋ。均靈舛化：都是生靈而稟性各異。舛：ㄔㄨㄢˇ，不齊，相違背。詭欲齊生：一樣是有生命之物，但欲望卻不同。詭：不同。

②各會性以憑方：根據各自的天性，而採取生存方式。凌燋煙之浮景：在燃燒的浮光上凌飛。凌：飛。燋煙：炬火的煙。燋：ㄐㄧㄠ，炬火。浮景：浮動的光亮。赴熙焰之明光：飛向火焰的光芒。熙焰：光明閃亮的火焰。拔身幽草下：由暗草叢的地方飛出。畢命在此堂：在堂上被燒死。

③邀得：求功，求德。糜爛：身軀糜爛而死。山南之文豹，避雲霧而巖藏：《列女傳・賢明・陶答子妻傳》：「南山有文豹，霧雨七日，而不下食者，何也？欲以澤其毛而成文章也。」言文豹為避害而躲巖下雲霧中，藏起來。

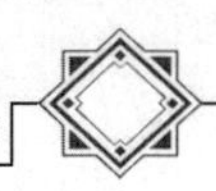

二、作者

鮑照（西元四二一年左右～四六五年左右），字明遠，東海人。約生於宋武帝永初中，約卒於宋明帝泰始初，享年四十餘歲。與謝靈運、顏延之齊名。文辭贍逸。善樂府，臨川王劉義慶在荊州江陵，招為文學，文章美，引為佐史國臣。元嘉中，河、濟兩水俱清，照作〈河清頌〉。出為臨海王子頊參軍，掌書記之任，子頊敗，照為亂兵所殺。

三、主題和題材

「飛蛾撲火」這句成語是大家所熟悉的。它暗寓不自量力的概念，故晉、支曇諦〈赴火蛾〉說：「愚人貧身，如蛾投火……紛紛群飛，翩翩來翔。赴飛焰而體焦，投煎膏而身亡。」但唐．張祐〈贈內人〉云：「斜拔玉釵燈影畔，剔開紅焰救飛蛾。」寫宮娥救飛蛾，就是同情飛蛾了。

鮑照這篇賦，主題與上述的作品迥異，它褒揚飛蛾而賦予嶄新的涵義。它歌頌飛蛾不畏熱火，奮勇向前，讚美飛蛾那種為了獲得光明而糜爛身軀，也在所不惜的精神。以飛蛾為題材，表現不畏的精神，是這篇賦的匠心所在。

四、結構

這篇賦感情細膩真切，富有藝術魅力。賦的結構是散象型。

㈠自「仙鼠伺暗」至「詭欲齊生」。總描飛蛾「候明」的心性。賦借蝙蝠作對照，概括出飛蛾的基本品性。

㈡自「觀齊生而欲詭」至「畢命在此堂」。勾畫飛蛾「候明」的具體行動。「凌」、「赴」，寫得飛蛾如勇士，為求光明，不畏死亡，氣勢甚健。「拔身幽草下」，身世低微之感，隱然而生，「畢命在此堂」，壯士悲劇的生命寫照，映發著捨生取義，殺身成仁的無畏精神。

㈢自「本輕死以邀得」至「避雲霧而巖藏」。以熱烈的感情，借歌頌以描寫飛蛾的犧牲精神。

賦分三截，第一截寫飛蛾的本質，由是衍生出飛蛾的「為光明而輕死」的行為悲劇；然後對其行為作評價。很明顯的，它是一種先總後分的架構，合乎散象型描寫文的模式。茲將其結構綱領，表示於下：

〈飛蛾賦〉
（散象型描寫文例2）

- (一)總描——「候明」的本性。
- (二)分描
  - 1.「凌燋煙之浮景，赴熙焰之明光。」的具體行為。
  - 2.「輕死邀得」勝過「南山豹」的評價。

五、技巧

(一)**選材的技巧**：鮑照在寫這篇賦時，首先立定主意，要歌頌飛蛾為了追求光明，不畏死亡，奮勇向前的精神，「飛蛾」是賦中的主角，是必選之材；然後，又選「仙鼠」為配角，作為「飛蛾」的對照面，讓一正一反的形象在賦中激盪，注入自己的愛憎，映現主題所在。這是賦中兩個核心題材和陪襯的副題材，然後圍繞兩個主副意象，其周邊的需要題材，比方環境、比擬的對象也應需選取。這樣賦所需的題材就決定了。

(二)**謀篇的技巧**：題材選好之後，接著考慮的是布局問題。考慮布局，也就是考慮如何安排前面所說的選好的題材，考慮如何安排題材，就是考慮題材的先後位置。這就牽涉到主題，鮑照既已立定要歌頌飛蛾為追求光明而犧牲，於是如何展現主題乃成為構思的要點。他採用的是先總後分的程序，用的是散象型的格局。當然，鮑照的時代還不知道文章結構學，無所謂文章型態的思量，但他的謀篇方式，恰好和今日的散象型相吻合。他決定先總描飛蛾的本性；然後分描飛蛾由本性發出的行為實踐和犧牲的結局，最後才運用歌頌的方法，寫牠死後的積極精神——不畏死、不躲避，遠勝過那些避害隱居的高士。

(三)**修辭的技巧**：這篇才七十五字，是篇短賦。可是麻雀雖小，五臟俱全。有起、承、轉、合，有開端、發展、高潮、結局。文字簡潔。句中整齊中有變化。有對偶，賦中偶句占多數，應是一篇短小的駢賦；又有用典，「學山南之文豹，避雲霧而巖藏。」用的是《列女傳》〈陶答子妻〉故事。然而賦中用的最多的技巧是對照法。

如以「仙鼠」和「飛蛾」對照，一則見陰險窺探，蛇虺居心；一則見翹首企盼，坦蕩胸懷，劃出了善與惡的心志界限，更加強了「候明」的飛蛾高尚磊落的品性；結尾又以身披錦繡的龐然大物「文豹」與「拔身幽草下」的細蟲「飛蛾」比較，一正一反，一小一大，成了內涵極為豐富的強烈的對照，借「豈學」二字，蘊涵對飛蛾行為的肯定；又對逃避現實，潔身自好的隱士，表示不屑的感情。

鮑照在這首短小的駢賦中，傾注了滿腔憤世嫉俗，抑塞磊落的不平之氣，讀來彌覺得新鮮警動，後人有以飛蛾精神自勵的，正顯示文學作品強盛的生命力。

〈冬草賦〉①

有閑居之蔓草，獨幽隱而羅生；對披離之苦節，反蕤葳而有情②。

若夫火山滅焰，湯泉沸瀉；日悠陽而少色，天陰霖而四下③。于時直木先摧，曲蓬多隕；眾芳摧而萎絕，百卉颯以徂盡④。未若茲草凌霜自保，挺秀色于冰涂，厲貞心于寒道⑤。

已矣哉！徒撫心其何益？但使萬物之後凋，夫何獨知于松柏⑥？

一、注釋

①冬草：植物名，冬天猶生，不枯。

②閑居之蔓草：幽靜住屋的蔓生草。閑居：靜居，幽靜的屋室。蔓草：野草，蔓延的草。幽隱：幽靜隱密。羅生：叢生。披離之苦節：令草木凋謝的淒苦季節。披離：凋謝散落。苦節：淒苦的寒冬季節。蕤葳：繁茂。有情：有生命。

③火山滅焰：冰冷連火山的火都熄了。滅焰：熄火。湯泉沸瀉：疑當作「湯泉弗瀉」，意謂溫泉的水因冰冷都不沸了。日悠陽而少色：太陽因寒冷悠微而少光。潘岳〈秋興賦〉：「天晃朗以彌高兮，日悠陽而浸微。」悠陽：日入貌，日寒而微。少色：少光。陰霖：陰雨成霖。陰：雲密布。霖：長久下雨。四下：冷雨四面八方下降。

④直木先摧：直樹先摧折。曲蓬多隕：繞曲的蓬草多枯落。隕：落。百卉：百草百花。颯：狂風拉物掉落。徂盡：全部凋落。徂：往。

⑤凌霜：凌越霜氣不怕冷。挺：呈。冰涂：冰雪覆蓋的道路。涂：通「塗」。厲：激揚，振奮。貞心：堅貞不屈的節操。

⑥撫心：想。萬物之後凋：萬物經冬不衰。何獨知于松柏：不能讓松柏獨享後凋的讚譽。

二、作者

蕭子暉，字景光，蘭陵（江蘇武進縣西）人。蕭子雲之弟，約西元五一九年前後在世，時值梁武帝天監時。性恬靜，寡嗜好，年輕時讀書史，亦有文才。起家員外散騎侍郎，遷南中郎北室，出為臨安令，嘗參與重雲殿聽制，講〈三慧經〉，事後寫成〈講賦〉，獻給天子，得到稱賞。遷安西武陵王諮議，轉儀同從事，中騎長史，卒。有文集傳世。

三、主題和題材

這篇短賦，寫的是經冬不謝的冬草。作者蕭子暉，本是南朝齊高帝蕭道成的孩子。但自己的皇族統治地位卻被他人所取代，入梁向蕭衍稱臣，俯首階下，不免有人世滄桑之感。他在這篇賦中，以冬草為創作題材，強調它歷冬不凋的精神，表示不輸給松柏的情操。突現雖卑微，但不衰的貞操是不會輸人的思想。

四、結構

蕭子暉創作這首賦時，他的構思方向，運思的脈絡，和散象型描寫文是符合的：

㈠自「有閑居之蔓草」至「反蕤葳而有情」。總描冬草的堅貞，面對「披離之苦節」，「反蕤葳而有情」。一、二句寫草，三、四句入冬，擒住題目，奠定全篇的綱領。

㈡自「若夫火山滅焰」至「天陰霖而四下」。這四句承冬而來，光用火山熄滅了烈焰，湯泉消失了熱能作為寒天的具象，再用日光微暗，四野陰沈，霖雨久注，描寫冬天冷酷的環境氣氛。

㈢自「于時直木先摧」至「百卉颯以徂盡」。承上染筆「直木」的「先摧」；「曲蓬」的「多隕」、「眾芳萎絕」、「百卉徂盡」，作為「冬草」的後墊。

㈣自「未若茲草凌霜自保」至「厲貞心于寒道」。由此轉入「冬草」，寫其「凌霜」而能「自保」；「挺秀」於「冰涂」；「厲貞心」於「寒道」。

㈤自「已矣哉」至「夫何獨知于松柏」。描寫冬草的精神，承上而來，又推進一層，言人所獨知松柏後凋，而不知冬草可與松柏媲美，如果「萬物」都能抵禦嚴寒，保住秀色，那麼惡劣的氣候也就沒有什麼可怕的了。

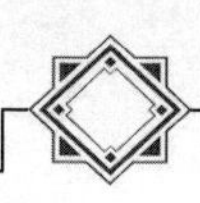

這樣的思路所形成的結構，可概括如下面的圖式：

〈冬草賦〉
（散象型描寫文例3）

- ㈠總描——冬草在冬仍蕤葳。
- ㈡分描——寒天中的火山、湯泉、太陽、霖雨。
- ㈢分描——摧木、隕蓬、萎芳、徂卉。
- ㈣分描——冬草凌霜、挺秀、厲貞心。
- ㈤分描——冬草的後凋精神不輸於松柏。

這個結構是由主題和作者的思路決定的。下面對此結構的形成再作詳細的論析。

五、技巧

㈠**選材的技巧**：作者蕭子暉在這篇作品中要表現的是在寒冬而不枯萎的冬草，借冬草象徵一個堅韌不屈的人格。他在主題和思路的指導下，選的題材是：

*1.*冬草：具「閑居之蔓草」、「幽隱而羅生」、「蕤葳而有情」、「凌霜自保」、「挺秀色于冰涂，厲貞心于寒道」等品性的冬草。

*2.*木蓬芳卉：「直而先摧」、「曲而多隕」、「眾而摧萎」、「颯以徂盡」等陪襯的角色題材所具有的品質。

*3.*松柏：比擬的角色題材。

*4.*冬日背景：「披離之苦節」、「滅焰之苦節」、「少色而悠陽之日」、「四下之陰霖」、「霜」、「冰涂」、「寒道」等背景題材。

以上題材可以事先選定。

㈡**謀篇的技巧**：題材選好之後，作者考慮的是如何安排那些事先準備好的題材，去展現主題。在這裡，蕭子暉採用的是先總後分的格局。所以，起四句總寫冬草及其品性；下面四句寫寒冬；再下四句寫眾芳卉、直木、曲蓬遇寒摧隕、萎絕；又下四句寫冬草在冬能「自保」、「挺秀色」、「厲貞心」，結尾四句寫冬草耐寒之操不亞松柏。

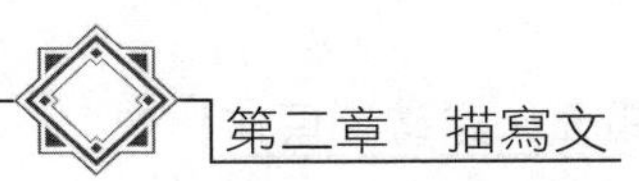

由此可知，他的布局一總四分，五段落成篇。總分關係的採用，是由冬草與一般植物的關係，自然形成的秩序所決定的。

㈢修辭的技巧：在這篇短賦中，我們看到的修辭形式有：

1. 對偶法：如「若夫火山滅焰，湯泉沸濤；日悠陽而少色，天陰霖而四下。」、「直木先摧，曲蓬多隕」、「眾芳摧而萎絕，百卉颯以徂盡。」、「挺秀色于冰涂，厲貞心于寒道。」等，偶句之多，已占半邊篇幅，這篇賦是駢賦，那是毫無疑問的。

2. 對照法：如篇寫「直木」、「曲蓬」、「眾芳」、「百卉」等，是運用對照法，以常木反襯冬草，以眾芳百卉的萎落飄零，突顯出冬草堅韌不屈的品性；又如結尾「松柏」，用以比擬冬草，使冬草不衰的精神，更推進一層。

總之，這首賦以人喻草，以草擬人，人草合為一體，是寓言式的賦。其托物抒情，風骨矯健，是六朝短賦中的精品。

〈醉翁亭記〉

環滁皆山也。其西南諸峰，林壑尤美。望之蔚然而深秀者，琅琊也①。山行六七里，漸聞水聲潺潺而瀉出于兩峰之間者，釀泉也。峰回路轉，有亭翼然臨于泉上者，醉翁亭也②。作亭者誰？山之僧智仙也。名之者誰？太守自謂也。太守與客來飲於此，飲少輒醉，而年又最高，故自號曰醉翁也③。醉翁之意不在酒，在乎山水之間也。山水之樂，得之心而寓之酒也④。

若夫日出而林霏開，雲歸而巖穴暝，晦明變化者，山間之朝暮也⑤。野芳發而幽香，佳木秀而繁陰，風霜高潔，水落而石出者，山間之四時也⑥。朝而往，暮而歸，四時之景不同，而樂亦無窮也。

至於負者歌于塗，行者休于樹，前者呼，後者應，傴僂提攜，往來而不絕者，滁人游也⑦。臨溪而漁，溪深而魚肥。釀泉為酒，泉香而酒洌；山肴野蔌，雜然而前陳者，太守宴也⑧。宴酣之樂，非絲非竹；射者中，弈者勝，觥籌交錯，坐起而喧嘩者，眾賓歡也⑨。蒼顏白髮，頹然乎其間者，太守醉也⑩。

已而，夕陽在山，人影散亂，太守歸而賓客從也。樹林陰翳，鳴聲上下，游人去而禽鳥樂也⑪。然而，禽鳥知山林之樂，而不知人之樂；人知從太守游而樂，而不知太守之樂其樂也。醉能同其樂，醒能述以文者，太守也。太守謂誰？廬陵歐陽修也⑫。

一、注釋

①滁：ㄔㄨˊ，滁州，即今安徽省滁縣。林壑：森林山谷。蔚然而深秀者：樹木茂盛，山谷幽深秀麗。蔚然：草木茂盛的樣子。深：谷深。秀：山景秀麗。琅琊：ㄌㄤˊ ㄧㄝˊ，山名，在安徽省滁縣西南十里。相傳東晉元帝為琅琊王時，曾渡江駐滁州。所以，滁州的溪、山都有琅琊名。

②潺潺：ㄔㄢˊ ㄔㄢˊ，水流聲。釀泉：又名醴泉，在琅琊山中，琅琊溪的源頭之一。因水清可以釀酒得名。峰回路轉：謂山勢回轉，路也彎曲。翼然：鳥展兩翅欲飛的樣子。形容亭左右擴張。

③太守：郡長官，此歐陽修自稱，宋有州無郡，歐陽修是知州，卻仍襲用郡長官的頭銜。

④得之心：得於心。寓之酒：寄託於酒。這裡，「之」是「於」的意思。

⑤林霏：指林間的雲氣。霏：ㄈㄟ，煙雲。雲歸：雲霧傍晚聚集在山間。暝：昏暗。晦明：暗與亮。

⑥芳：花。《說文》：「芳，香草也。」繁陰：葉茂盛。陰：通「蔭」，指樹葉。

⑦負者：挑擔或背物的人。傴僂：ㄩˇ ㄌㄡˊ，駝背的人，指老年人。提攜：攙扶牽引，此指攙扶牽引的人，即孩子。

⑧洌：ㄌㄝˋ，清澈。野蔌：野菜。蔌：ㄙㄨˋ，野菜的總名。《爾雅‧釋器》：「菜謂之蔌。」注：「蔌者，菜茹之總名。」

⑨絲：弦樂器。竹：指管樂器。射：指投壺。古代飲宴時，雜有遊戲，把箭投向壺裡，按投中的次數多少決定勝負，負者罰酒。弈：下圍棋。觥籌交錯：酒杯和竹籤交雜在一起。觥：ㄍㄨㄥ，古代用犀牛角做的酒器，此指酒杯。籌：籌碼，行酒令時，用以計數的竹籤。喧嘩：大聲吵鬧。

⑩蒼顏白髮：衰老的顏色，斑白的頭髮。頹然：頭低垂，身傾斜的樣子，形容醉態。

⑪陰翳：昏暗不明。或作蔭翳，茂密。

⑫廬陵：郡名，即今江西吉安市。歐陽修常稱自己是廬陵人。

二、作者

歐陽修（西元一〇〇七年～一〇七二年），字永叔，自號醉翁，晚號六一居士。宋、廬陵人。生於宋真宗景德四年，四歲而孤，由母親自教育。家貧，以荻畫地學書，敏悟過人，讀書成誦。仁宗天聖八年舉進士甲科，調西京推官，與尹洙交游，和梅堯臣歌詩相倡和。慶曆初（西元一〇四一年）召知諫院，改右正言，知制誥。時杜衍、韓琦、范仲淹、富弼相繼罷去，修上疏極諫，出知滁州。徙揚州、潁州，還為翰林學生。嘉祐五年（西元一〇六〇年）拜樞密副使，六年，參知政事。熙寧初（西元一〇六八年），因和王安石不合，以太子少師致仕。修博極群書，苦心探索，文章冠天下，自號醉翁，晚號六一居士。神宗熙寧五年卒。謚文忠，享年六十六歲。有《文忠集》一百五十三卷。其他著作很多，也寫詞，詞情致豪放，多寫私情之作。

三、主題和題材

慶曆五年（西元一〇四五年），范仲淹新政失敗，歐陽修因被當作范仲淹同黨，貶為滁州知州。在滁州任上，僧智仙為修搭建這座醉翁亭（歐陽修以自己的號名亭）。在滁州任上的歐陽修，由於遠離朝廷的角逐，一掃往日的挫折感和困惱，為政寬簡，留心吏事。公務之暇，常率眾出遊，到山水中尋求精神慰藉。慶曆六年，於遊醉翁亭之後，寫成這篇〈記〉。在〈記〉中，作者以醉翁亭為核心題材，通過對它優美的自然環境和社會風習的描寫，含蓄委婉地表現了貶官後「以順處逆」的心境，並由側面反映了自己在滁州的治績，抒發了與民同樂的政治理想。

四、結構

描寫文，無論古今中外都是客觀存在的反映。我們前三例分析了市街、動、植（昆蟲、小草）的描寫文，那是人們所熟知的。這篇是景觀的描寫文，其題材與〈洛陽大市〉一樣都屬於地理類。辯證法講「一分為二」；所以思維形式分邏輯思維（抽象思維）和形象思維：即在議論文和敘述文的「一分為二」之後，還有邏輯思維的「一分為二」，即議論文和說明文的「一分為二」；還有形象思維的「一分為二」，即敘述文和描寫文的「一分為二」。在實際的文學作品中，描寫文比較少，但是古往今來優秀的描寫文仍是不乏其例。就分類學上講，文章的結構形式和規律，不能

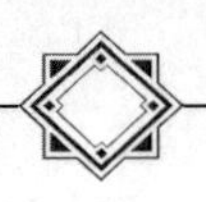

不講描寫文，因為不講描寫文，便不能掌握所有文章的結構形式和規律，對於學習文章布局的形式，便不圓滿，無法鑑識文章的整體，更無法進行真正的科學分類。這篇〈醉翁亭記〉屬於描寫文的散象型，它的結構如下：

㈠自「環滁皆山也」至「得之心而寓之酒也」。描寫醉翁亭全貌。作者眼光（觀察焦點）由遠及近，全面掃描全局。一開始突兀地用五個字勾勒出滁州四周的山勢；然後由遠而近，由全景到特寫，大處著眼，曲折寫來；層層推進，逐步集中，極力烘托渲染出周圍景色的優美，最後醉翁亭才現身出來。接著筆鋒一轉，由寫景折入敘事，由敘醉翁亭得名的由來，引出了作品的主人翁，並以議論的手法，推出「醉翁之意不在酒，在乎山水之間也。山水之樂，得之心而寓之酒也。」的題旨。其中敘事與議論所以寫景物的時間性和抽象性，是描寫的補筆，是以敘述和議論為描寫之事。這樣一幅靜態的山水畫就構造成了。而畫中有景有情，寓情於景，觸景生情，水乳交融，天衣無縫。

㈡自「若夫日出而林霏開」至「而樂亦無窮也」。由時間劃分朝暮、四時，逐自分局部時節描寫，寫的是朝暮、四時的動態之景。作者先染筆朝暮的山景，再塗抹四時的草木、風、霜、水、石，並以自己的朝往暮歸，寫出景色中不同的特徵。層遞有序，安排井然，作者借朝暮、四時等六種景觀的並列和映襯，構造了生動鮮明的動態畫面，又把自己置身其中，增添了不少生趣。

㈢自「至於負者歌于塗」至「太守醉也」。寫山水之樂。樂是抽象的感情，無法作具體的描寫，但可由具體的活動情景透現出來。一開始，作者用「至於」一轉，先描寫滁人遊山之景，由景見情，樂在景中；再描寫太守與賓客宴遊之景，也由景見情，樂在景中，憑藉兩種遊樂景觀的聯繫，把上一段表現的醉翁山水之樂的自然美景內容，推進到了與民同樂的境界。

㈣自「已而，夕陽在山」至「廬陵歐陽修也」。描寫遊歸之景，其中並點染「與民同樂」的主題思想。在這一段，作者先寫傍晚興盡賦歸之景，再由人歸而禽鳥飛翔的景，寫禽鳥之樂，並由是引出一段議論，借議論含蓄地點明醉翁山水之樂，不僅在乎山水景色的優美，而且在乎與賓客同樂、與民同樂上面。

以上的結構，如用提綱表示，便如下面圖式：

〈醉翁亭記〉（散象型描寫文例4）

- (一)總描——寫醉翁亭全貌。
- (二)分描
  - 1.寫四時景色。
  - 2.寫遊宴的盛況。
  - 3.寫歸途的情景。

這篇是古代散文中寫景言志的描寫文。寫景是寫醉翁亭的景色；言志，是通過醉翁亭的描寫，抒發樂於治滁的深情。所謂「醉翁之意不在酒，在乎山水之間也。」

文章的第一部分，從整體寫到部分，從面寫到點，寫出醉翁亭的全貌。第二部分以後都是寫該亭的部分景色與遊宴之類，所以其中的邏輯關係是具體的總分關係，即具體的分析綜合關係。按形象思維來說，這是聚象與散象的關係，不同於敘述文的歷時性關係，即正反因果關係。雖然其中似有時間的連續關係，但也只是局部如此，不至於改變全文的「總描＋分描」的結構間架。所以，我說它是一篇散象型的描寫文，是寫景言志的抒情性散文。

再就各章的內部結構來講，敘述文一定以情節為中心，而且必然有其連貫性、歷時性；描寫文是客觀事物空間形象的反映，因而可以看到任何事物都有其縱橫、大小、裡外等關係，〈醉翁亭記〉就是典型的例子。

五、技巧

(一)**選材的技巧**：歐陽修在這篇散文中，要寫的是醉翁亭，因此，題材的選擇，便得以它為中心，再放射向時空網絡，依放射網所罩，取其範圍內的題材。因此，他所選取的題材便可分由下面幾種說明之：

1.空間輻射所見的背景題材：以醉翁亭為中心，它的背景是「滁州」，以滁州為主，周圍的山是「琅琊山」；琅琊山中，作者選取的是與醉翁亭有關的「釀泉」，及泉上的「醉翁亭」。由焦點醉翁亭，再及造亭者和為亭取名的「山僧智仙」和「作者」自己。這是空間俯視的重點題材四景點。

2.時間綿延所見的背景景觀變化的題材：首先是「山間之朝暮」的景色：「日出而林霏開，雲歸而巖穴暝」的變化景觀；其次是「山間之四時」的景觀：「野芳發而幽香」、「佳木秀而繁陰」、「風霜高潔」、「水落而石出」。

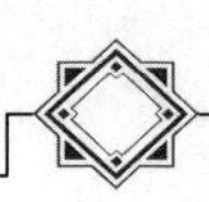

3.人文活動景觀：作者採取的是醉翁亭提供遊覽場所所引發的人文活動，官民共樂的景觀。如「滁人遊山」的景觀：「負者歌于塗，行者休于樹，前者呼，後者應，傴僂提攜，往來而不絕」；又如「太守宴客」的景觀：「臨溪而漁，溪深而魚肥。釀泉為酒，泉香而酒洌；山肴野蔌，雜然前陳」；再如「眾賓歡」的情景：「宴酣之樂，非絲非竹；射者中，弈者勝，觥籌交錯，坐起而喧嘩」；又如「太守醉」的情景：「蒼顏白髮，頹然乎其間」等。作者在這一部分選取的是表現人民樂於享受滁治成果景觀的題材，和表現太守與民同樂的「太守宴」題材，以及「眾賓歡」和「太守醉」的題材。

4.人文與自然交媾的題材：作者在這部分選取的是「太守歸而賓客從」的官民同樂的人文題材，如「夕陽在山，人影散亂」和「遊人去而禽鳥樂」的自然題材，如「樹林陰翳，鳴聲上下」如此，人文與自然交織，而以短文議論抒發自己與民同樂的政治理念作結。

(二)**謀篇的技巧**：題材選齊後，接著作者要考慮的是謀篇布局。由於作者對於全文架構採用的是從整體到局部，從面到點的觀察視點，自然就形成散象形的格局。而在散象型格局中，作者的題材安排又有題材排列的脈絡可言，大略言之，作者依描寫景物的邏輯，把題材分為自然與人文兩類，作者可能受傳統天人合一思想的影響，先寫天後寫人，最後天人融合，合為自然與人文。因此，對於各部分的題材配置，又可作如下的說明：

從總描章來看，描寫文在多種的情況下，都不急於點題，而有點遠兜遠轉。第一句「環滁皆山也」，這是從遠處著眼，寫環繞滁州的眾多山巒，這是遠距投視下的觀點；第二句才把範圍縮小了一點，把視線引向西南諸峰。第三、四兩句再把範圍縮小，指向琅琊山和釀泉，第五句才點明醉翁亭的所在。這裡安章之道是由遠及近，由面求點，用以襯托中心。到這裡才寫出作亭的和尚和取名的太守，以及取名的本意，即醉翁之意不在酒，而在山水之樂。這一章從景物寫到人，是景中之人，人是景中的一件物，是點景人物。因此，這一章安排的是空間自然景物題材，安排的方式是由遠及近，由背景到中心。

分描章之一，由於作者要表現「樂在山水」，樂非一語可盡，所以必須寫出朝暮四時景色不同，而樂也不同。這是寫出水之景在時間上的變化，是由時間視點寫山水風景。這是承總描部分的自然景觀靜態描寫而來，為自然景觀的動態再作一次描寫，極寫山水之美，兼點示醉翁樂在山水的人文含蘊。

分描章之二，先寫人民遊山之景；再寫太守之宴；接寫眾賓之歡、太守之醉。是人文題材應用在自然景觀的描寫上，由遊宴之景透現遊人之樂和太守之樂，從而透露與民同樂的深情：樂在此山此水；樂在民歌此起彼應；樂在魚肥泉香；樂在山中宴客。其中，「坐起而喧嘩」，極寫興高采烈的神態，從而突出醉翁之醉，照應上文以醉名亭。這是人文題材安排下的表現效果。

分描章之三，寫到黃昏、歸途、樹林、鳴鳥，這是醉翁亭的夕景。人去鳥鳴，人文與自然交替。「夕陽在山」，才登上歸途，正表示「醉」意深，流連忘返——人醉之深，也就是景物之極。「人去鳥樂」，人文消失自然升起，是禽樂獨占黃昏之樂，醉翁之深意鮮為人知。樂在山水由是再度透出。

總之，本文結構間架只有「總描」和「分描」兩大部分。總描是醉翁亭聚象的反映，各個分描是各個部分散象的反映。內部具有分析綜合的關係。是描寫文散象型的結構模式，作者的布局是依總分架式，再依先自然後人文的布局秩序，分空間和時間兩局部布置自然景觀題材；然後再安排人文題材；結尾以自然與人文交替，結束了全文。這是作者的謀篇大略。

㈢**修辭的技巧**：這篇散文篇幅不長，但卻有相當不錯的藝術技巧。

首先作者寫山水，把人物活動和山水景觀放在一起。既寫山水之美，更寫山水之美引起的人心快樂，也就是說更深一層地寫山水之美映寫在人的心靈上，再由人心靈的快樂，反射山水之美。這不但是寓情於景，情景交融，更進一層地在情中透現景。

其次，作者運用照應法，使文章結構嚴密，整體渾然。作者寫這篇記，表層寫景，深層暗蘊情，與景同時，如影隨形，一條深層的中心線索——醉翁之樂，游移字裡行間，文章前後，緊密呼應，都離不開這條線索。如後面三分描寫太守四時遊山之樂、醉中之樂、與民同樂等，都是照應總描段「山水之樂，得之心而寓之酒也」；寫太守的頹然醉態也與前面「飲少輒醉」呼應；寫夕陽在山，太守率眾歸去，和前面的「暮而歸」相呼應；末尾「廬陵歐陽修也」，也和前面「名之者誰」相照應。使文章針腳細密，渾然一體。

又次，語言的運用，精鍊準確，狀物具體，寫景形象化，別有特徵。如「環滁皆山也」，語精而概括；寫西南諸峰，用「林壑優美」；寫琅琊山用「蔚然深秀」；寫醉翁亭周圍的四季變化之景，把握住富有特點的景物：春用「芳

發」、夏用「繁陰」、秋用「風霜」、冬用「水落」，形象具體能夠抓住特徵。作者善於運用精鍊的形象語言，表現出了高度的視覺美來。

再次，在句法上，作者吸取了駢文講究對仗，注重聲律的長處，再加以變化，讓眾多的駢句在散句推動下運行，顯示出自然的節奏和音韻美。又有意地改變陳述句為判斷句，連用二十一個「也」字作句尾，又用二十四個「而」字，作為句子之間或句中成分之間的連接，形成文章特有的抒情氣氛和風格。韻味十足，加強了藝術效果。

此文一出，流傳甚廣，後世選集，多加收錄，足見它的魅力。

〈筠芝亭〉

筠芝亭，渾樸一亭耳，然而亭之事盡；筠芝亭一山之事亦盡①。吾家後此亭而亭者，不及筠芝亭。後此亭而樓者、閣者、齋者，亦不及②。總之，多一樓，亭中多一樓之礙；多一牆，亭中多一牆之礙。太僕公造此亭成，亭之外更不增一椽一瓦；亭之內亦不設一檻一扉，此其意有在也③。

亭前後，太僕公手植樹皆合抱，清樾輕嵐，滃滃翳翳，如在秋水④。亭前石臺，躐取亭中之景物而先得之，升高眺遠，眼界光明。敬亭諸山，箕踞麓下，溪壑瀠迴，水出松葉之上⑤。

臺下右旋曲磴三折，老松僂背而立，頂垂一幹，倒下如小幢，小枝盤郁，曲出輔之，旋蓋如曲柄葆羽⑥。癸丑以前，不桓不臺，松意猶暢⑦。

一、注釋

①筠芝亭：亭名。筠：ㄩㄣˊ，竹。芝：蓋，以竹作頂蓋的亭。渾樸：錯雜整齊樸素。《淮南子・精神訓》：「契大渾之樸。」注：「渾，不散之貌也。」　②後此亭而亭：在此筠芝亭蓋成之後建築的亭。前一「亭」

字，名詞；後一「亭」字，動名詞，有蓋亭之意。樓者、閣者、齋者：建樓、建閣、建齋。「樓」、「閣」、「齋」等，都是動名詞。

③礙：阻礙。太僕公：作者張岱的先人，官太僕。太僕：周時屬夏官，九卿之一。椽：ㄔㄨㄢˊ，屋樑。楹：ㄧㄥˊ，柱。扉：門戶。

④合抱：兩手抱在一起的大。清樾輕嵐：清蔭薄雲氣。樾：ㄩㄝˋ，樹陰。《玉篇》：「樾，兩樹交陰之下。」《集韻》：「樾，樹陰也。」嵐：ㄌㄢˊ，山氣。滃滃：ㄨㄥˇ ㄨㄥˇ，雲氣盛貌。翳翳：ㄧ ㄧ，暗貌。秋水：秋日清澈的水。

⑤躐：ㄌㄧㄝˋ，踐。敬亭諸山：在安徽宣城縣北，別名昭亭山、查山，山上有敬亭。箕踞：兩足伸直而坐，狀似箕。麓下：山麓。言山麓有敬亭諸山成箕形綿延於下。溪壑瀠迴：山谷溪水縈繞而流。水出松葉之上：溪水由松樹穎端流出。

⑥右旋：向石臺右方回旋而流。曲磴：彎曲的石級石階。僂背：曲背。僂：ㄌㄡˊ，屈曲。幢：旗幢。盤郁：曲折繁茂。旋蓋：回旋履蓋。葆羽：垂鳥羽的車蓋。

⑦桓：亭郵表。不桓：不立亭表。不臺：不建臺。松意：松樹長青之意。癸丑：癸丑年。

二、作者

張岱（西元一五九七年～一六八九年），字宗子，又字石公，號陶庵。山陰（今浙江紹興市）人。居杭州。自曾祖父以來，都是顯官。岱前半生為豪華公子，明亡之後，隱居剡溪，蔬食不繼。所為詩文，多故國之思，身世之悲，著有《陶庵夢憶》、《西湖夢尋》、《琅環文集》等。

三、主題和題材

〈筠芝亭〉是張岱的散文作品，收在《陶庵夢憶》一書中。文章的主題寫筠芝亭的景觀，由是提出建築設計要在有限的範圍之內，進行卓然有效的選擇，而選擇的最高境界，就是既要惜墨如金，又要樸素凝練。「渾樸」的筠芝亭就是典型選擇最高境界的建築，能使遍山松樹所形成的情趣意態完全顯現出來。建築要守這個原則；創作亦然，其他藝術營造也不例外，這是本文深層主題意謂所在。全文以筠芝亭及相關的題材，組織成主題世界。

四、結構

這篇文章可分下列諸部分：

㈠自「筠芝亭」至「筠芝亭一山之事亦盡」。全面地寫筠芝亭的總形象，點出它「渾樸而事盡」的最高境界。

㈡自「吾家後此亭而亭者」至「此其意有在也」。藉後來建築的亭、樓、閣、齋等與筠芝亭比較，更深層地烘托出筠芝亭建築風格的「渾樸事盡」，以見其形象境界之高。

㈢自「亭前後」至「如在秋水」。描寫亭前後視線所及樹木。

㈣自「亭前石臺」至「水出松葉之上」。寫石臺視線所及的景觀。

㈤自「臺下右旋曲磴三折」至「旋蓋如曲柄葆羽」。寫臺下右邊的松樹。

㈥自「癸丑以前」至「松意猶暢」。寫癸丑以前的筠芝亭。

文章的結構也是由總而分，由面而點的格局。這種格局以筠芝亭為中心，分向「亭前後」、「亭前石臺」、「臺下曲磴」、「癸丑以前的松意」等立體性局部延展。

這種結構，如提綱表示，其圖式如下：

〈筠芝亭〉
（散象型描寫文例5）

- ㈠總描——總體地描寫筠芝亭的建築風格——渾樸事盡。
- ㈡分描筠芝亭
  - 1. 後此亭的建築——亭、樓、閣、齋。
  - 2. 亭前後的樹木。
  - 3. 亭前石臺。
  - 4. 臺下曲磴。
  - 5. 癸丑前的松意。

五、技巧

㈠選材的技巧：這篇文章的主題是寫筠芝亭的所在格局，突現「渾樸事盡」的風格理念。

作者選材的優先考慮是筠芝亭，筠芝亭的中心題材，然後才是後建的亭、樓、閣、齋、亭前後的樹、亭前石臺、臺下曲磴、癸丑以前「松意」。這些次要題材，作為筠芝亭的陪襯物、烘托物，而被選取。

㈡**謀篇的技巧**：作者在準備好一切需要題材後，他採取先總後分，先面後點的布局程序。先總描筠芝亭的整體輪廓；後分描其局部。局部分五部分寫：*1.*後建的建築物；*2.*亭前後；*3.*亭前石臺；*4.*臺下曲磴、老松；*5.*癸丑前松意。如此格局，以亭為中心，依視線的移動所及，分寫局部，章節的型態就構造起來了。

㈢**修辭的技巧**：這篇文章的思考形式以描寫為主。其中，有比較法，如「吾家後此亭而亭者，不及筠芝亭。後此亭而樓者、閣者、齋者，亦不及。」、「癸丑以前，不桓不臺，松意猶暢。」是也。又細節描寫，如「樹皆合抱，清樾輕嵐，滃滃翳翳，如在秋水。」、「敬亭諸山，箕踞麓下，溪壑瀠迴，水出松葉之上。」、「老松僂背而立，頂垂一幹，倒下如小幢，小枝盤郁，曲出輔之，旋蓋如曲柄葆羽。」描寫細膩，甚是有情趣。

練　習

㈠請為下列諸文標點、分段，並作結構分析。

*1.*曹植〈芙蓉賦〉。
*2.*楊衒之〈瑤光寺〉。
*3.*韓愈〈畫記〉。
*4.*柳宗元〈石澗記〉。
*5.*鍾惺〈浣花溪記〉。
*6.*劉侗〈溫泉〉。

㈡請以散象型格局寫下列諸文。

*1.*國家公園記。
*2.*北投溫泉記。
*3.*校園松樹。
*4.*校園櫻樹。
*5.*校園梅花。
*6.*肖像。

㈢選四篇描寫散文鑑賞範作，命學生每週學習一篇。

第二節　聚象型描寫文

形象思維可以分為因果形象思維與分合形象思維。描寫文的結構，決定於分合形象思維的形式。因為所謂描寫文，它主要是描寫客觀事物占有空間的整體形象。由於任何事物都占有一定的空間，任何事物都以其部分與整體的對立統一關係存在著，又因為人們把整體分解為部分叫做分析，把部分組合為整體叫做綜合，而分析綜合是辯證邏輯的基本形式，所以描寫文是描繪事物空間性形象的文章，同時也是分合形象思維的反映。

描寫文的散象型是由總而分的分解過程，在邏輯上很像分析型；聚象恰好和它相反，在邏輯上很像綜合型。它的模式先分而總，由若干散象的結合或綜合，而成一總體。所以聚象型必須以散象為基礎。它的基本間架是「分描＋結描」，分描是寫事物的部分散象；結描是寫事物的整體聚象，而以聚象為主。其中的分描至少也要有兩個部分，但也可能是三部分以上，因為事物是無限可分的。

聚象型結構類型的規律是前分後合，先分象後合象。分描的部分最少是兩部分，這是合理的常數，三部分以上就是變數。常數以阿拉伯數字去表示，變數用任意自然數「n」去代表它，聚象型可以概括為下面的綱領。

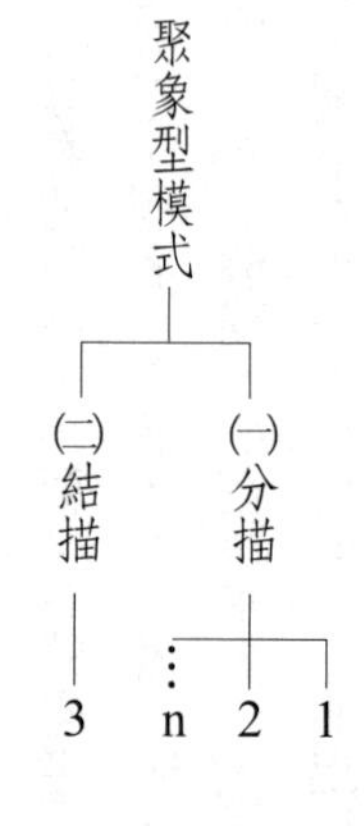

下面舉實際作品論證之：

〈鈷鉧潭記〉

鈷鉧潭在西山西：其始蓋冉水自南奔注，抵山石，屈折東流①。其顛委勢峻，蕩擊益暴，齧其涯，故旁

廣而中深，畢至石乃止②。流沫成輪，然後徐行。其清而平者且十畝餘，有樹環焉，有泉懸焉③。

其上有居者，以予之亟游也，一旦款門來告曰：「不勝官租私券之委積，既芟山而更居，願以潭上田貿財以緩禍④！」予樂而如其言。則崇其臺，延其檻⑤。行其泉於高者而墜之潭，有聲潨然，尤與中秋觀月為宜。於以見天之高，氣之迥⑥。

孰使予樂居夷而忘故土者，非茲潭也歟⑦？

一、注釋

①鈷鉧潭：潭名，在今湖南零陵縣西。冉水：一名染溪，柳宗元改其名為愚溪，是瀟水的支流。

②顛委勢峻：上游和下游水勢峻急。顛委：首尾，指水的上游和下游。勢峻：水勢峻急。齧：咬，侵蝕。

③流沫成輪：溪流激起的泡沫，形成如車輪般的漩渦。

④其上有居者：鈷鉧潭的岸上有居住的人。亟游：屢游。一旦：有一天早上。款門：扣門。不勝官租私券之委積：言不能負荷積累過多的官稅、私債。委積：堆積。官租：指公家的稅。私券：私人債券、借據。芟：除草。芟山：開墾山地。更居：遷居。潭上田：潭岸上的田地。貿財：貿換錢財。緩禍：緩解逼債的災禍。

⑤如：按照。崇：加高。延：加長。臺：築土堅高以望四方。檻：欄杆。

⑥行其泉於高者而墜之潭：引導上面的泉水到高處，再讓它流注墜入潭中。潨：ㄓㄨㄥ，小水注入大水聲。迥：遼遠。

⑦居夷：居住在蠻夷之地。古稱荊、楚之地為夷區，故稱居荊、楚為居夷。夷：此指永州。

二、作者

柳宗元，字子厚，唐、河東解縣（今山西解縣）人，生於代宗大曆八年（西元七七三年），卒於憲宗元和十四年（西元八一九年），享年四十七歲。少精敏過人，為文卓偉俊朗，為時人所推仰。德宗貞元九年進士，授藍田尉，遷監察御史。順宗時，王叔文當政，引為親信；及叔文敗，被貶為永州司馬。元和十年，又徙柳州刺史，卒於任所。宗元自遭貶謫，身居蠻瘴之鄉，積其憂鬱之情，發為文辭，更加生動感人。在永州，所寫山水風景，雋永清秀。韓愈讚

美他的文章「雄深雅健」，似司馬子長。文與韓愈並稱，世號韓柳。為唐宋古文八大家之一。有《柳河東集》傳世。

三、主題和題材

鈷鉧潭，由潭狀如鈷鉧，得名。鈷鉧就是俗稱的熨斗。這篇散文，作者以鈷鉧潭為題材，運用生動的筆法描寫鈷鉧潭。勾畫潭的地理位置，以及其附近的優美風光。點出自己對自然美景的鍾愛，主題在突現潭水之美，以及自己心性所鍾。

四、結構

這篇散文是永州八記中的第二篇，作者營造的文局，與描寫文聚象型相吻合。茲論析於下：

㈠自「鈷鉧潭在西山西」至「有泉懸焉」。描寫鈷鉧潭的景觀。又可分下列幾個部分：

*1.*首句「鈷鉧潭在西山西」。以西山為準星，總寫鈷鉧潭。

*2.*自「其始蓋冉水自南奔注」至「畢至石乃止」。寫潭水的上游以至下游，到山石之處。

*3.*自「流沫成輪」至「有泉懸焉」。描寫潭面及岸上下注的泉水。

這一部分由一總描和三分描構成。

㈡自「其上有居者」至「氣之迴」。描寫潭岸上的景觀，分潭上田、瞭望臺、懸泉源流。由一總描二分描構成。

㈢結尾「孰使予樂居夷而忘故土者，非茲潭也歟」。以自己「樂居夷」，映寫潭的總體美。

根據上面的分析，這篇散文的大結構屬聚象型，由二分描和一結尾組合而成，而二分描的內部，各自由散象型的文體組構成章。其結構模式可以下面圖表表示：

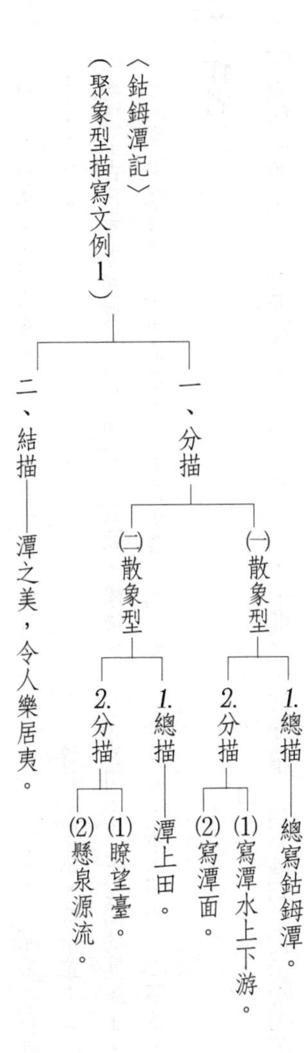

五、技巧

(一)**選材的技巧**：柳宗元是位作家，善於風景描寫。鈷鉧潭是現實中的潭水，潭景在山水中，材料是在自然界可看到的。問題是鈷鉧潭附近的自然景物甚多，作者該如何從眾多的材料中，擇精選粹，隨需應宜而用呢？作者在這篇散文中，選擇中心景點鈷鉧潭。然後以「鈷鉧潭」為中心，又選了「冉水」、「懸泉」、「潭上田」、「瞭望臺」、「臺檻」、「中秋月夜」、「潭之美」等。題材的選擇，是由於寫潭的需要決定。也是自然景觀現實存在所提供的。

(二)**謀篇的技巧**：這篇散文的格局是由「潭」、「懸泉」、「整體美」等三要點，以聚象的脈絡呈現出來。因此可知，作者構思時的思路，是先分後總，先點後面。而前面「潭」、「泉」兩個分描，又各自成章，章的布局，採用的是散象方式，先總後分，先面後點的形式進行構圖。

文脈的構畫，作者一依自然環境提供的客觀形勢，目光所及，先潭後泉，結尾運用自己的美感，抽象地描摹了潭的總體美。

就兩分描而言，作者也是依空間的自然順序，分描(一)，先總描潭，接著由上游向下游，再寫潭面；然後由潭面過渡到懸泉，進入分描(二)。

分描(二)，借對話購買潭上田，推及潭上田的背景景觀；再由田接寫臺，由臺接寫檻，而潭之背景備。

由是，結以「孰使予樂居夷而忘故土者，非茲潭也歟？」借自己的美感心理，為潭的全景塗抹上神奇而抽象的一

筆，使鈷鉧潭的神韻悠然走出。

(三)修辭的技巧：這篇散文，全用素描手法，不施粉黛，自然天成。然寫景而景點集中，冉水和懸泉陪襯潭水，風光幽美；潭上臺，增築欄杆，擴大畫面，使潭景為之開闊；購地修屋，聽居民之愬訴，顯民生之疾苦，與自己心境相映；讚潭景之美，足以使自己樂而忘故鄉，深意所在，悠然可聞。借山水抒塊壘，字裡行間，不見謫居自傷的痕跡，而謫居自傷，隱約山水風景間，含蓄不露，運筆之巧，用詞之妙，令人擊掌。讀者應細細體味。

〈博士家風〉①

有學博者，宰雞一隻，伴以蘿蔔制饌，邀青衿二十輩餐之②。雞魂赴冥司告曰：「殺雞供客，此是常事，但不合一雞供二十餘客③。」冥司曰：「恐無此理。」雞曰：「蘿蔔作證。」及拘蘿蔔審問，答曰：「雞你欺心④！那日供客，只見我，何曾見你？」

博士家風，類如此。

一、注釋

①博士：原為官名，此指私塾先生，即文中的「學博」。《漢書・百官表》：「博士，秦官，掌通古今……。」

②學博：古代官學教授。《稱謂錄・教職・學博》：「《文獻通考》：『唐府郡置經學博士各一人，掌以五經授學生，多寒門鄙儒為之。』案，今稱教官為學博，由此。」蘿蔔：菜名。制饌：製作料理。饌：ㄓㄨㄢˋ，食物。青衿：學生。二十輩：二十人。

③冥司：主宰陰間的閻羅王。

④欺心：騙人的心，心不誠，存心騙人。

二、作者

江盈科（西元一五五五年～一六〇五年），字進之，號淥蘿，明、桃源（今屬湖南）人。萬曆進士，授長洲令，

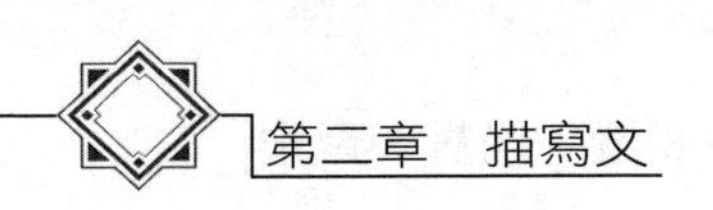

官至四川按察司僉事。與三袁交友，視宏道如同胞兄弟，為公安派中堅之一。他的文章「超逸爽朗，言切而旨遠。」又善寓言，通俗詼諧，切中時弊。有《雪濤閣集》十四卷。

三、主題和題材

嘲笑、諷刺人們的慳吝，幾乎是笑話、喜劇的永恆主題。這篇散文立意就在諷刺吝嗇。文章看似敘述文。其實本質是描寫「博士家風」，「家風」不是具體的事物，描寫不能刻畫其形象，於是運用敘事的方法，借人的風格之表現於外在的行為，刻畫內在的心理世界，寫其行事以雕塑抽象的心理，以見其風格。故選用的題材都是博士的行為事件。

四、結構

文章可分為三部分：

㈠自「有學博者」至「邀青衿二十輩餐之」。敘述學博殺一隻雞，伴用蘿蔔作食物，招待二十位學生。就這一部分而言，是一請客事件。但這一事件在這篇文章中已成了表現「家風」的風景。所以就其表現主題而言，它是作為描寫抽象家風的一圖景而存在的，它應是分描一。

㈡自「雞魂赴冥司告曰」至「何曾見你」。敘述雞魂到陰司告狀，告訴「學博」吝嗇的家風，蘿蔔的證言，表面上看，是指責雞魂「欺心」，深層的含意是證實「學博」之吝嗇甚於雞魂所告。這一部分也是事件，即雞魂告狀。但在文中，它作為描寫「博士」吝嗇家風的具體事件，是表現抽象「家風」的具體風景，所以就其表現主題而言，它也是作為描寫抽象家風的一圖景而存在。它在文中應是分描二。

㈢「博士家風，類如此」。語氣也似敘述，更似說明。可是作為「博士家風」的點睛之景，它又是全文的核心圖景。點示「家風」乃「吝嗇」之風。所以，它是全文的結描。

由上面的分析，這篇文章是聚象型描寫文，其結構綱領如下：

〈博士家風〉

（聚象型描寫文例2）

- (一)分描
  - 1. 殺一隻雞伴蘿蔔作饌，邀二十輩。
  - 2. 蘿蔔連雞都未看到。
- (二)結描——這就是「博士家風」。

五、技巧

(一)選材的技巧：這篇文章短小精悍，題材簡單，作者選的題材只有「博士」、「學博」、「雞魂」、「冥司」等四個寓言式的題材。作者是依表現的需要而作此選擇，題材決定於主題和作者布局計畫的需要。

(二)謀篇的技巧：選材之後，接著要談的是謀篇。謀篇受主題和題材的制約。諷刺的要素是被諷刺的對象行為不合常情，引起矛盾的感受所發生的心理反應。作者選好「學博請客」這個故事作為呈現他家風的題材，首先作者安排「學博」殺一隻雞伴蘿蔔製饌，邀二十位學生宴食，借「學博」宴客準備的料理，映現他的吝嗇可笑，那是由菜食的量與客人數成反比，食物與客人巨大的距離醞釀了可笑的意象。

然後，作者又安排雞魂向冥司控告，加強諷刺的具體感；再由蘿蔔作證，把吝嗇的可笑推進一層。最後作者點題，完成嘲諷的表現。

(三)修辭的技巧：作者諷刺吝嗇，角度十分新穎。他並沒有正面描寫吝嗇者如何對待錢物，而寫其請客，寫被宰殺的雞魂赴陰司告狀，並通過牠的口諷刺私塾先生請二十餘人吃飯，只宰殺一隻雞。閻王不信，於是產生了一個「反轉」，似乎要推翻「雞魂」的控訴。「雞魂」引「蘿蔔」為證。按照正常的預想，蘿蔔指責「雞魂」「欺心」，並說「那日供客，只見我，何曾見你？」它不是證明當時雞的多少，而是根本不承認有雞。說明雞完全淹沒在蘿蔔之中，這更增加了幽默效果。結尾一筆更是辛辣，把「博士」挖苦得夠。

〈菊海〉

兗州張氏期余看菊，去城五里。余至其園，盡其所為園者而折旋之，又盡其所不盡為園者而周旋之，絕不見一菊，異之①。

移時，主人導至一蒼莽空地，有葦廠三間，肅余入，遍觀之，不敢與菊言，真菊海也②。

廠三面砌壇三層，以菊之高下高下之。花大如瓷甌，無不球，棄不甲，無不金銀荷花瓣，色鮮豔，異凡本，而翠葉層層，無一葉早脫者，此是天道，是土力，是人工，缺一不可焉③。

兗州縉紳家風氣襲王府，賞菊之日，其桌、其炕、其燈、其爐、其盤、其盒、其盆盎、其餚器、其杯盤大觥、其壺、其幃、其褥、其酒、其麵食、其衣服花樣，無不菊者④。

夜燒燭照之，蒸蒸烘染，較月色更浮出數層。席散，撤葦帘以受繁露⑤。

一、注釋

①兗州：兗州府，其地屬山東省。期：約。折旋：曲折回旋以觀。周旋：周遍旋轉。

②蒼莽：草木青蒼茂盛貌。葦廠：以葦為屏圍起的花廠。肅：請。不敢與菊言：不敢與言菊，言菊種之多。

③砌壇：堆砌花壇。瓷甌：ㄘˊㄡ，瓷器小盆。無不球：沒有不成球狀的。棄不甲：沒有不帶孚甲的。草木穀種皮殼曰甲。甲：孚甲。凡本：普通的草本。天道：自然之道，上天的作為。

④縉紳家：高貴人家。風氣襲王府：其生活風習與王府相擬。

⑤蒸蒸：盛貌。烘染：烘托浸染，照烘暈染。浮出：勝過。撤：撤去。葦帘：葦草編的屏帘。帘：ㄌㄢˊ，幕。

二、作者

張岱（西元一五九七年～一六八九年），字宗子、石公，號陶庵、蝶庵、天孫，明、山陰（今浙江紹興）人。諸生，明亡，避跡山居，窮困以終。所著《陶庵夢憶》八卷、《西湖夢尋》五卷，均為小品文。為文簡練，而刻畫入微，鐵絲銀鉤，萬物皆活。有《琅嬛文集》六卷。

三、主題和題材

這篇散文寫菊海，見其雕琢、堆砌、豪華、「異凡本」。作者選取菊花花園為題材，表現其虛實相映的異趣。

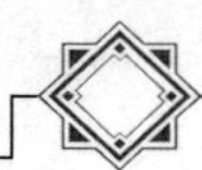

四、結構

這篇文章描寫菊海，其脈絡如下：

㈠自「兗州張氏期余看菊」至「異之」。描寫無菊的菊園。
㈡自「移時」至「真菊海也」。描寫看菊海的第一印象。
㈢自「廠三面砌壇三層」至「缺一不可焉」。描寫葦廠中的眾菊異本。
㈣自「兗州縉紳家風襲王府」至「無不菊者」。描寫賞菊盛會，與「菊海」相應。
㈤自「夜燒燭照之」至「撤葦帘以受繁露」。描寫夜裡菊海總體景觀。

這種結構屬於聚象型。其綱領如下：

〈菊海〉
（聚象型描寫文例3）
- ㈠分描
  - 1. 寫無菊的菊園。
  - 2. 寫葦廠中的菊海的初次印象。
  - 3. 寫菊海中眾菊異本。
  - 4. 寫賞菊的盛況。
- ㈡結描——總寫燭照下的夜菊之海。

五、技巧

㈠選材的技巧：這篇文章的主題是在寫「菊海」。「菊海」應是實有其地、實有其事。菊園、葦廠、菊花、賞菊之事、養菊等題材，均是作者親眼目睹之事物，作者借這些題材寫世俗種菊競勝的風氣。題材是現成的。

㈡謀篇的技巧：有了題材，作者的布局應是順著看菊的活動節目，安排相應的題材。先入菊園，因不見菊而心中怪異；再入葦廠，見「真菊海」而「不敢與菊言」；然後細節描寫菊花；再進一步描寫賞菊的豪爽；最後以夜菊「蒸蒸烘染」作結。

格局是依時間自然順序安排，卻是由表入裡，由淺入深地刻畫菊花，是事物內部結構逐步深化的章節安排。

㈢修辭的技巧：這篇小品散文雖然短小，卻是含蘊深刻。為文簡練，刻畫入微，寫得菊海活靈活現。文中，作者運用懸疑，先「絕不見一菊」，然後「遍觀之，不敢與菊言，真菊海也。」懸宕奇妙。至寫菊，採用細節描寫，寫菊壇、寫菊花。讚美其「天道、土力、人工」，再誇張賞菊場面，回應菊海，「其衣服花樣、無不菊者」。最後結以「夜燒燭照之，蒸蒸烘染，較月色更浮出數層」，菊海的神韻盡出矣。

〈回波嶼〉

煙波深處，有蜃結焉。一似峰隨潮涌，岸接天回。客乍見者，驚謂海上三神山乃為魚龍移至此耶①。懼不可褰裳以涉，則曲橋是其一葦矣②。自橋而亭，得石梁，策杖過之，微徑欲絕，從亂磊中蜂綴猿引，遂穿石門以上，回清弄影，便欲頡頏吾寓，幾于夜郎王不知有漢大者③。

昔異僧披金山，根下雲莖漸孤細，如菌仰托，此嶼似之④。當腹罅趾拆水穿入，其下石踞之若浮焉，環回相抱，曳帶煙雲，謝康樂「孤嶼媚中川」，便是此中粉本矣⑤。

其或怒而鬥，水嚙石如追蠡，石不欲北，則出其雄桀者與敵⑥。訇訇鏜答，如三萬浴鐵，馬上作鼓吹聲⑦。

王季重〈評潤州兩點〉謂金宜游，焦宜隱，金宜月，焦宜雨，配此嶼而為三，試問當置何語⑧？

一、注釋

①回波嶼：波浪回旋激盪中蜃氣結成的島嶼。此是島嶼名。嶼：ㄩˇ，小山。蜃：ㄕㄣˋ，大蛤，此指蜃氣。有蜃結焉：有蜃氣凝結成的幻象。《爾雅翼•釋蜃》：「蜃雖無可觀，然其吐氣，象樓臺海中；春夏間，依約島嶼，常有此氣。」岸接天回：岸相接如天迴旋。海上三神山：傳說中渤海中的蓬萊、方丈、瀛洲三山，神仙所居。為魚龍移至此：被魚龍搬遷到這地方。

②褰裳：用手提起衣襟。褰：ㄑㄢ。一葦：一隻葦舟。

③石梁：石橋。策杖：持手杖。微徑：小路。亂磊：亂石堆。蜂綴猿引：形容登山的動作，如蜂成群前後連綴，如猿牽引。以上：以登。回清弄影：回旋而清澈，水中有島嶼的影子幌動。頡頏：ㄐㄧㄝˊ ㄏㄤˊ，形勢一上一下，不分甲乙。吾寓：吾的寓山，山名。祁彪佳《寓山注》云：「予家旁小

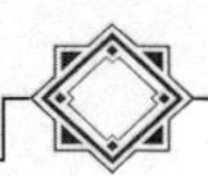

山，若有夙緣者，其名若寓。」夜郎王不知有漢大：漢時，夜郎侯問漢使「漢孰與我大。」蓋「不知漢廣大。」此言回波嶼「回清弄影」，想自己高大，而不知寓山之大。

④異僧：不平凡的僧人，或來自異域的僧人，此指裴頭陀。披：開。金山：山名，在江蘇省鎮江縣西北，本在江中，今土砂堆積，與南岸相接，與焦山對峙，世稱金焦，江南勝地。《九域志》：「唐時裴頭陀於江際獲金數鎰，李綺鎮潤州，表聞賜名。古名氐父山，一曰獲苻。」《元和志》：「晉破苻堅，獲氐俘置此山下，因名，又名伏牛山。」周必大《雜志》：「此山，大江環繞，每風四起，勢欲飛動，故南朝謂之浮玉。」《讀史方輿紀要・江南・鎮江府・丹徒縣》：「金山，府西北七里，大江中，風濤環繞，勢欲飛動，一名浮玉山，一名氐父山……」根下：山腳下。雲莖：高莖，山腰高聳入雲，以其孤細如莖，故云。如菌仰托：如菌頂之狀向上托於莖上。

⑤腹罅：山腹的空洞。罅：ㄒㄧㄚˋ，孔罅。趾拆：山趾的裂孔。下：山的下部。石踞之若浮：大石踞立，如浮在水面。環回相抱：環繞回旋互相擁抱。曳帶煙雲：煙雲拖曳如帶。謝康樂「孤嶼媚中川」：劉宋時代謝靈運，襲封康樂公，世稱謝康樂。他的〈登江中孤嶼〉詩中有「孤嶼媚中川」句。粉本：畫稿。清・方薰〈山靜居畫論〉：「畫稿為粉本者，古人于墨稿上，加描粉筆，用時撲入縑素，依粉痕落墨，故名之也。」

⑥怒而鬥：動而相擊。追蠡：水沖刷石頭，石頭被激穿，如蟲嚙鐘紐。鐘紐如蟲嚙而欲絕，即被蟲嚙而欲絕的鐘紐。追：鐘紐。蠡：蠹木蟲。石不欲北：石不認輸。北：背，敗。出其雄桀者與敵：出現大石與水相敵。雄桀：人之傑出豪雄者，指大石。

⑦訇訇：ㄏㄨㄥ ㄏㄨㄥ，象聲詞，水石相擊聲大貌。鏜答：ㄊㄤ ㄉㄚ，怒濤聲。浴鐵：被鐵甲的戰士。蓋被甲如浴於鐵中，故云。鼓吹聲：軍樂聲。

⑧王季重：人名，即王思任（西元一五七四年～一六四六年），字季重，號遂東，明、山陰（今浙江紹興）人。潤州：江蘇鎮江縣。〈評潤州兩點〉，當是王季重著作。金宜游：金山適合遊覽。焦：焦山，一名浮玉山，又作譙山，樵山。山巔曰焦山嶺。嶺上有砲臺，與南岸的象山砲臺相對。在江蘇省丹徒縣東，孤峙於大江之中。《輿地紀勝》：「焦山，以後漢處士焦先隱此而名，一名浮玉山，今巖石有題刻『孚玉山』字。焦宜隱：焦山是隱居的好地方。金宜月：金山宜在月夜遊覽。焦宜雨：焦山宜在雨中看。配此嶼而為三：配合回波嶼為三浮玉山。

二、作者

祁彪佳，明人。承㸁之子，字弘吉，諡忠敏。天啟進士。官右僉都御史，巡撫河南。生平見《明史》卷二百七十五等。

三、主題和題材

這篇散文以回波嶼為題材，寫其形勢和風景。突出縹緲神奇，孤立自傲的形勢。

四、結構

這篇散文描寫回波嶼，它的結構如下：

㈠自「煙波深處」至「乃為魚龍移至此耶」。描寫自回波嶼看「煙波深處」的蜃氣山峰。

㈡自「懼不可褰裳以涉」至「幾于夜郎王不知有漢大者」。描寫往回波嶼路經的「曲橋」、「亭」、「石梁」、「微徑」、「亂磊」、「石門」等景點。

㈢自「昔異僧披金山」至「便是此中粉本矣」。描寫金山以比擬回波嶼形狀。

㈣自「其或怒而鬥」至「馬上作鼓吹聲」。描寫回波嶼山腰、山趾如「追蠡」，與浪擊石嶼的「訇訇鏜答」鼓吹聲。

㈤自「王季重〈評潤州兩點〉」至「試問當置何語？」。以人對金山、焦山的印象，比擬回波嶼，見回波嶼的總印象，以描寫回波嶼的總形象，呈現作者對回波嶼的總意象。

文章的結構是虛實交用，由遠及近，由聯想而喻體，以至結描。脈絡分明，其綱領概括如下：

〈回波嶼〉
（聚象型描寫文例4）

- ㈠分描
  - 1.寫「煙波深處」的蜃氣幻象。
  - 2.寫往回波嶼路上景點。「曲橋」、「亭」、「石梁」、「微徑」、「亂磊」、「石門」等。
  - 3.寫回波嶼形狀：如金山、上澗、中細、下水。
  - 4.寫回波嶼的浪石相擊聲。
- ㈡結描——結寫回波嶼的總體印象。

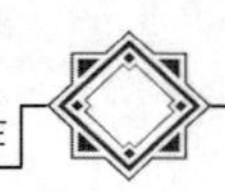

這種結構類型決定於客觀物體景象的空間形勢，以描寫文的聚象型呈現主題是合乎邏輯規律的。

五、技巧

這篇散文，技巧巧妙，下面分三方面說之：

㈠**選材的技巧**：決定這篇散文的選材機制是描寫對象——物體的客觀形象和空間位置，以及作者的主觀表現方式：作者要寫的是「回波嶼」，所以「回波嶼」遠觀的「蜃」，近點的「曲橋」、「亭」、「石梁」、「亂磊」、「石門」等景點、回波嶼浪濤聲、「鼓吹」，成了必然的題材，被選擇備用。

其次，作者打算用擬比的手法寫回波嶼，而「金山」與之近似，故選「金山」以為擬比之用；作者想用印象描寫以刻畫回波嶼的總體意象，所以選了王季重的〈評潤州兩點〉，以為擬寫之資。這就是作者選這篇論文的題材時，所根據的選材原理。

㈡**謀篇的技巧**：這篇散文的謀篇布局，也是受客觀景點形象、空間位置及作者的主觀表現意識所制約。就全篇的大綱而言，作者採用「遊覽時序展現法」安排章節，所以，由視點的遠景而中心景點，由沿途景點向中心景點推進，寫其狀、其聲。

就個別章節而言，其寫「金山」以擬比，也是採用自然的空間次序進行。這樣全文的構局整然有序，其景點的呈現秩序，也合乎自然物體本身的邏輯秩序。

㈢**修辭的技巧**：這篇作品開端寫遠處景觀，即巧布懸念，設迷幻，以淋漓奇氣擅場。「結蜃」是虛，「回波嶼」是實，「虛實相間」的寫法，使景觀迷離奇詭，全篇靈活起來。其次寫嶼的手法也甚奇特，回波嶼其形若蘑菇狀，莖細冠闊，與金山相似，金山為人們所熟知，作者就運用「擬比法」，寫金山以映現回波嶼。又次，作者寫自橋而亭而……石門，十分細膩真切，微徑之曲轉，絕處攀爬「蜂綴猿引」，用「比喻手法」，寫路上艱辛，直到穿石門，才到達島嶼之上。寫石縫吸水，亂磊浮水面，石上水氣氤氳，「環回相抱」，細流回環，於是再「用典故」，以謝靈運〈登江中孤嶼〉「孤嶼媚中川」比喻形容，刻畫回波嶼孤聳水波上的形象，意象豐富，筆致真切。寫水石相激，運用「擬人法」，「嚙」、「不欲北」、「其雄桀者與敵」，寫活了回波嶼的年輪，刻畫形狀，活靈活現，狀如「追蠡」；聲

「如三萬浴鐵，馬上作鼓吹聲。」「比喻」之中，寫得「石」、「水」，生命豐沛。結描借王季重評「金、焦」，映寫回波嶼的總體意象，「配此嶼而為三」，與首段「蜃結」、「三神山」遙應，加強全篇的統一性。

〈妙賞亭〉

寓山之勝，不能以寓山收，蓋緣身在山中也。子瞻于匡廬道之矣①。此亭不暱于山，故能盡有山，幾疊樓臺，嵌入蒼崖翠壁②。

時有雲氣往來縹緲，掖層霄而上。仰面貪看，恍然置身天際。若並不知有亭也③。

倏然回目，乃在一水中激石穿林，泠泠傳響，非但可以樂飢，且滌十年塵土腸胃④。

夫置嶼于池，置亭于嶼，如大海一漚然。而眾妙都焉，安得不動高人之欣賞乎⑤！

一、注釋

①寓山：見〈回波嶼〉註③。蓋緣身在山中也。子瞻于匡廬道之矣：蘇子瞻〈題西林壁〉：「不識廬山真面目，只緣身在此山中。」

②暱：藏。一云，同「昵」，親近之義，這裡指接近。幾疊樓臺：幾間樓臺，幾層相疊的樓臺。疊：房屋數量名。蒼崖翠壁：青綠色的山崖峭壁。

③縹緲：遠而微貌。掖：挾持。層霄：高空。

④倏然：忽然。回目：回眼。激石：衝擊岩石。泠泠：水聲。樂飢：療飢，療肌。樂：ㄌㄠˊ，《詩・陳風・衡門》：「泌之洋洋，可以樂飢。」箋：「泌水之流洋洋然，飢者見之，可飲以療飢。」十年塵土腸胃：十年為塵土所積的腸胃。

⑤漚：ㄡ，水泡。都：總集。

二、作者

祁彪佳，見前〈回波嶼〉作者欄。

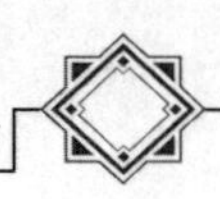

三、主題和題材

這篇散文取園林題材，描寫作者家庭園林——寓山上的妙賞亭。旨意在寫其妙賞。

四、結構

作者祁彪佳有私家園林，曰寓山。妙賞亭即在寓山上。

㈠自「寓山之勝」至「嵌入蒼崖翠壁」。描寫妙賞亭的位置、地點。

㈡自「時有雲氣往來縹緲」至「若並不知有亭也」。描寫縹緲雲氣籠罩下的妙賞亭景觀。

㈢自「倏然回目」至「且滌十年塵土腸胃」。描寫妙賞亭附近的水流。

㈣自「夫置嶼于池」至「安得不動高人之欣賞乎」。結寫妙賞亭在寓山中的地位，以及其都集有「眾妙」的佳處。

這種結構，決定於描寫對象——妙賞亭的客觀自然形勢，以及作者構思時的思維進程。開頭寫其地點，其次寫雲氣中的亭景，再次寫附近流水，結尾總寫其嶼中地位，以及值得高人欣賞的眾妙所都。

由是，我們可以說，這篇散文是聚象型描寫文，它的結構脈絡，可概括如下圖：

〈妙賞亭〉（聚象型描寫文例5）
- ㈠分描
  - 1.寫妙賞亭在寓山的地點。
  - 2.寫妙賞亭在雲氣縹緲中的景象。
  - 3.寫妙賞亭附近的一條水流。
- ㈡結描——總寫妙賞亭的眾妙，值得欣賞之處。

五、技巧

這篇散文的技巧可分三方面來說：

㈠選材的技巧：文章寫「妙賞亭」，因此，作者選的題材是「妙賞亭」，相關材料尚有「寓山」、「雲氣」、「一水」等。文章短小，題材簡單。

㈡謀篇的技巧：文章的題材安排，一依客觀存在的自然順序和描寫對象的自然形勢。作者先染筆亭的地點，再上寫雲氣，次及流水，結尾「眾妙」，文短意賅，麻雀雖小，五臟俱全。脈絡分明，架局齊備。

㈢修辭的技巧：妙賞亭，居亭必可賞心悅目，得見妙景。亭不傍山，正為觀山色；亭依蒼崖翠壁之上，則可四面來風，八方憑眺，更可置身於煙雲繚繞之中，無異於仙山瓊閣。倘若於亭中仰首，人如遨遊天宇，乘霧馭風，幾不覺身在亭間矣。驀然回首，又見飛瀑湍流，濕氣襲人，不但可忘飢渴，且可滌蕩俗腸塵埃，使人氣格變得高潔。作者以素描為主，其間也有「用典」，如散用東坡詩句；又用《詩‧陳風‧衡門》，泉水可「樂飢」的典故，表現妙賞的意趣。結尾，池、嶼、亭的比較，見亭在嶼中的渺小，而「眾妙都焉」，透露出一股莊子的精神意趣。

〈芙蓉渡〉①

自草閣達瓶隱，有曲廊。俯檻臨流，見奇石兀起。石畔篔簹寒玉，瑟瑟秋聲。小沼澄碧照人，如翠鳥穿弄枝葉上②。

吾園長于曠，短于幽③。得此地，一嘯一詠，便可終日。

廊及半，東面有小徑，自此而臺，而橋，而嶼。紅英浮漾，綠水斜通，都不是主人會心處④。唯是冷香數朵，想象秋江寂寞時，與遠峰寒潭，共作知己，遂以芙蓉字吾渡⑤。

一、注釋

①芙蓉渡：寓山園林中的渡口名。

②草閣、瓶隱：寓山園林的景點。兀起：突起。篔簹：ㄩㄣˊ ㄉㄤ，大竹子。寒玉：竹子，玉質清涼之竹。瑟瑟：風吹竹聲。小沼：小池。

③長于曠：以空闊為長。短于幽：以幽靜為短。

④紅英：紅花。浮漾：飄浮蕩漾。

⑤冷香：指芙蓉。

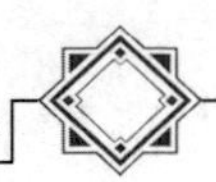

二、作者

祁彪佳，見前〈回波嶼〉作者欄。

三、主題和題材

藝術家眼裡，「自然」雖無知覺，卻是自己的知己，「花草樹木」好像朋友那樣和他對談。這種感覺是藝術家對無限豐富多采之自然界的一種深情摯愛，一種神會意領。

這篇散文見祁彪佳《寓山注》。《寓山注》，由「注」字，可知其在於講明寓山各個景點何以命名的緣由、依據。本文〈芙蓉渡〉，即取芙蓉渡為題材，由景觀描寫，呈現其命名的緣由。文章的意旨在映發自己的「會心處」，深情吐屬自己與「冷香數朵」、「秋江寂寞」、「遠峰寒潭」之相知相契，以及自己對大自然的深情、摯愛。

四、結構

本文的結構可分下列幾個部分：

㈠自「自草閣達瓶隱」至「如翠鳥穿弄枝葉上」。寫「草閣」至「瓶隱」之間的「曲廊」、「奇石」、「篔簹寒玉」、「瑟瑟秋聲」。

㈡自「吾園長于曠」至「便可終日」。寫園中的曠，自己在其中的嘯詠。

㈢自「廊及半」至「都不是主人會心處」。寫廊東「小徑」、「臺」、「橋」、「嶼」、「紅英」、「綠水」等景點。

㈣自「唯是冷香數朵」至「遂以芙蓉字吾渡」。寫自己會心處，在於與「冷香數朵」、「秋江寂寞」、「遠峰寒潭」，共作知己。全面勾畫芙蓉渡與整個遠方背景的統一圖面。

全文，由局部走向全體；由點向面，是一篇典型的聚象型描寫文，如將上面的分析，用綱領圖表表現出來，便如下：

〈芙蓉渡〉

（聚象型描寫文例6）

- ㈠分描
  - 1.分寫草閣至瓶隱間的景點。
  - 2.分寫園中的曠和自己的嘯詠生活。
  - 3.分寫廊東的「小徑」、「臺」、「橋」、「嶼」、「紅英」、「綠水」等。
- ㈡總描——與自己的會心處，以與「冷香數朵」、「秋江寂寞」、「遠峰寒潭」共作知己，寫出芙蓉渡的廣大背景圖。

文章的脈絡由「草閣」這一景點切入，沿著自然空間的秩序，直線延伸，由線而面，最後托出全景，成聚象型圖景。脈絡分明，構造合乎物的邏輯關係。

五、技巧

㈠**選材的技巧**：作者選材，依據的是自然環境現實世界中的材料，按景點取材，隨視點所及取用。如「草閣」、「瓶隱」、「奇石」、「篔簹寒玉」、「小沼」、「小徑」、「臺」、「橋」、「嶼」、「紅英」、「綠水」、「遠峰寒潭」等，均是現實風景中之物。作者以自己的審美觀點加以取用。

㈡**謀篇的技巧**：本文文章的布局，是隨自然空間的形勢發展而展開的。文章由「草閣」切入，由點向線延伸，再由線擴張為面，最後構畫成芙蓉渡為中心的全面圖。文章的脈絡分明，作者的旨意和精神，隨著表現的語言貫注其中，透露出人物合一的物化思想。

㈢**修辭的技巧**：本文以素描為主，文章簡短，布置井然，結尾以物化手法，寫自然與生命合一的物化情趣，有韻味。文中「會心處」，實乃一個畫面，一種藝術境界，反映出作者審美觀點中的獨特取向，表現他一種清冷寒峭，幽韻靈動之美，襯托出一個孤高品格。

小小篇章，曲折婉轉，筆力雄厚，具有詩人情趣。

練　習

㈠試為下列諸文標點、分段，並作結構分析。

1.蕭綱〈鴛鴦賦〉。　2.陳子龍〈李氏之鳩〉。

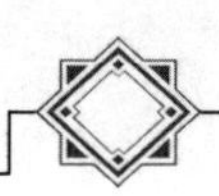

3. 祁彪佳〈讓鷗池〉。
4. 祁彪佳〈遠閣〉。
5. 祁彪佳〈柳陌〉。

(二)試以聚象型描寫文寫下列諸文。
1. 陽明山。
2. 曉園。
3. 杏園。
4. 百花池。
5. 華岡遠眺。

(三)取四篇散文鑑賞範作，命學生學習。

第三節　聚散型描寫文

描寫文在中國古代多稱「記」，這種文章描寫人和物的形狀和性質，有點像繪畫，其結構屬於靜態形象思維的範圍。就邏輯關係講，它是空間分合關係的具體表現。

聚散型描寫文的結構章法是總描章和分描章的排列組合、分描章必然地作為總描和結尾的共同組構分子。由於文章是由總描章和分描章及結描章組合起來的。從總描章和中間分描章的關係看，是散象型；從中間的分描章和末尾的結描章看，是聚象型。因而一篇文章之中，兼有散象和聚象兩個類型的特點，屬於聚散結合型，簡稱聚散型。

這種聚與散的邏輯關係，作為形象思維來說，就是具體的分析、綜合關係。因此，每個分描章對總描章來說，就是具體的分析，而總描章對每個分描章來說，就是具體的綜合。這是描寫文結構的本質特徵。聚散型是描寫文兩種本質特徵結合而形成的文章型態。下面舉實際的作品論析之，一方面論析其創作方法，一方面借論析的過程，提示鑑賞參照、閱讀啟示，而每篇結構分析，就是聚散型結構的實際。

〈送橘啟〉①

南中橙甘，青鳥所食②。

始霜之旦，采之，風味照坐；劈之，香霧噀人③。皮薄而味珍，脈不沾膚，食不留滓。甘逾萍實，冷亞冰壺④。可以熏神，可以芼鮮，可以漬蜜⑤。毡鄉之果，寧有此耶⑥？

一、注釋

①橘：果名，出江南。啟：上奏文。啟是開的意思，由用途得名，與思維形式無關。

②南中：泛指長江以南地區。橙：柚。古人常將「橘」、「柚」並稱，以為同一種水果，大者為柚；小者為橘。青鳥：傳說中的神鳥，為西王母所養，代王母傳書的使者。這裡以橘為神鳥所食，誇示橘的珍貴美味。

③始霜之旦：開始下霜的早旦。即指採摘橘的季節。風味照坐：意謂這富有地方色彩的果品，置之室中，使滿堂生輝。照：光照。坐：通「座」。噀人：噴人。噀：ㄒㄩㄣˋ，噴水。

④脈：橘絡。膚：橘瓣的表皮。寫食橘的方便，以見橘脈、橘皮。滓：渣滓。萍實：苹果。冰壺：盛冰的玉壺，形容橘味甘甜清涼，沁人心脾。

⑤熏神：指橘的清香令人神清氣爽，心曠神怡。芼鮮：雜燴鮮肉。芼：ㄇㄠˋ，雜。漬蜜：用蜜漬橘。

⑥毡鄉：北狄之地，指中國北方少數民族的地方。毡：即氈，指毡制篷帳。

二、作者

劉峻（西元四六二年～五二一年），字孝標，平原（山東鄒平縣）人。生於宋孝武帝大明六年。好學安貧，耕讀不輟，齊永明中，奔江南，每聞有異書，必往借，號「書淫」。天監初，典校祕書，安成王秀引為戶曹參軍，使編《類苑》，未成，因疾離去，遊東陽、紫巖山，築室而居，吳會人從學者多，寫〈山栖志〉，文甚美，武帝引見，因占對失旨，不被重用，遂作〈辨命論〉，抒發自己懷抱，普通二年卒。享年六十歲。諡玄靜先生。峻有《世說新語注》、《類苑》及《文集》。

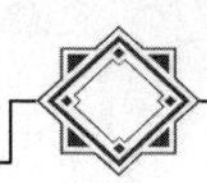

三、主題和題材

屈原〈橘頌〉，以充溢其中弘毅浩大的大丈夫氣概而成為千古傳頌的傑作，托物寓意，堂皇正大，劉峻這篇〈送橘啟〉，滿紙流溢著的是輕鬆愉快的生活氣韻，寫日常細物，活潑歡快，俗中取雅。

劉文主題寫橘，寫其為口腹之樂的對象，著眼點新穎，在橘之為人類品嘗美味，貢獻其身的描繪中，透現出那種樂天的生命情調。文中，橘以潤澤人生的生命歡樂，顯現其具體形象和奉獻之精神風貌。

四、結構

劉孝標這篇散文沿橘之為珍味可食的水果切入，視點新穎，結構條理，茲分段論析於下：

㈠「南中橙甘，青鳥所食」。描寫橘的食品形象，一開端就點明它可食的用途。

㈡自「始霜之旦」至「香霧噀人」。描寫橘的風味、香氣。

㈢自「皮薄而味珍」至「冷亞冰壺」。描寫橘的皮、絡、味、氣。

㈣自「可以熏神」至「可以漬蜜」。描寫橘之用途。

㈤「毡鄉之果，寧有此耶？」。以北方果為陪襯，寫橘的總體價值。由橘之為水果食物切入，自然地沿「采」、「劈」的線路，移動其視點。由「劈」而見「皮」、「脈」；由「皮」、「脈」，而進入「滓」、「甘味」；然後「熏神」、「芼鮮」、「漬蜜」，由鮮食到漬蜜，也是自然的步驟；最後以與「毡鄉之果」比較，總寫其用，以加強其總的精神力。因此，我們可以把它的結構列圖於下：

〈送橘啟〉（聚散型描寫文例1）
- ㈠總描——寫橘的食之總體。
- ㈡分描
  - 1. 由寫採橘、劈橘、食橘、橘味，透現橘的內質和外狀。
  - 2. 由寫橘的餘用，透現橘的形象延線。
- ㈢結描——寫毡鄉之果以反映橘的總體。

〈送橘啟〉的這種結構形式：其㈠總描＋㈡分描，組合成散象型；其㈡分描＋㈢結描，組合成聚象型；散象和聚象結合，乃成為聚散型描寫文。

五、技巧

㈠**選材的技巧**：作者寫這篇文章，是送橘子給人，向他告白橘的美味。自然，橘是他選的核心題材。又為了誇張橘的美味，又取西王母使者青鳥以為副題材；然後，「采」、「劈」、「皮」、「脈」、「鮮」、「蜜」，都因圍繞橘的美味而被選上；又選「萍實」、「冰壺」、「毡鄉之果」等，作為比較，烘托之用。

㈡**謀篇的技巧**：作者寫這篇文章，既是為了以橘送人吃，自然要由「吃」這一觀點切入，所以先總寫「橘」之為神鳥所喜食；接著安排的，乃由「采橘」寫起，接以「劈橘」、「食橘」，依序而「皮」、「脈」、「膚」、「滓」、「味」之「甘」、之「冷」，然後其餘用，「熏神」、「芼鮮」、「漬蜜」，最後結寫其總價值。

這由食文化描寫水果，其布局，由「食」起；而食所感之「味」，而總價值，自然成了聚散型的形式。

㈢**修辭的技巧**：這篇散文篇幅短，其表現技巧以描寫為主，在素描之外，有用典：如「南中橙甘，青鳥所食」，又用比較手法，如「甘逾萍實，冷亞冰壺。」、「毡鄉之果，寧有此耶？」。

文章顯示出了清純本色的自然人生中那恬適愜意的一面，令人感覺親切自在。

〈核舟記〉

明有奇巧人，曰王叔遠。能以徑寸之木，為宮室、器皿、人物，以至鳥獸、木石，罔不因勢象形，各具情態。嘗貽余核舟一，蓋大蘇泛赤壁云①。

舟首尾長約八分有奇，高可二黍許。中軒敞者為艙，箬篷覆之②。旁開小窗，左右各四，共八扇。啟窗而觀，雕欄相望焉。閉之，則右刻「山高月小，水落石出。」左刻「清風徐來，水波不興。」石青糝之③。

船頭坐三人，中峨冠而多髯者為東坡，佛印居右，魯直居左④。蘇黃共閱一手卷。東坡右手執卷端，左手撫魯直背。魯直左手執卷末，右手指卷，如有所語。東坡現右足，魯直現左足，各微側，其兩膝相比者，

各隱卷底衣褶中。佛印絕類彌勒，袒胸露乳，矯首昂視，神情與蘇黃不屬。臥右膝，詘右臂支船，而豎其左膝，左臂挂念珠倚之，珠可歷歷數也⑤。

舟尾橫臥一楫。楫左右，舟子各一人。居右者椎髻仰面，左手倚一橫木，右手攀右趾，若嘯呼狀。居左者右手執蒲葵扇，左手撫爐，爐上有壺，其人視端容寂，若聽茶聲然⑥。

其船背稍夷，則題名其上，文曰：「天啟壬戌秋日，虞山王毅叔遠甫刻。」細若蚊足，鉤畫了了，其色墨。又用篆章一，文曰：「初平山人」，其色丹⑦。

通計一舟，為人五；為窗八；為箬篷，為楫，為爐，為壺，為手卷，為念珠，各一；對聯、題名並篆文，為字共三十有四。而計其長，曾不盈寸。蓋簡桃核修狹者為之⑧。

（魏子詳矚既畢，詫曰：嘻！技亦靈怪矣哉！《莊》、《列》所載，稱驚猶鬼神者良多，然誰有游削于不寸之質，而須麋了然者？假有人焉，舉我言以復于我，我必疑其誑。今乃親睹之。由斯以觀，棘刺之端，未必不可為母猴也。嘻！技亦靈怪矣哉⑨！）

一、注釋

①奇巧人：技藝出色的人。徑寸之木：直徑一寸的木頭。因勢象形：順著材料原來的形狀態勢，構思所創作的形象。貽：贈。大蘇：蘇東坡。泛赤壁：在赤壁泛舟。此指〈赤壁賦〉所寫，浮舟赤壁。

②奇：餘。可：大約。黍：一分，古代計量長度，用一百黍粒縱排為一尺。二黍，等於二分。軒敞：寬敞。箬篷：ㄖㄨㄛˋ ㄆㄥˊ，竹皮編成的蓆子，用以覆蓋舟車。《廣韻》：「篷，編竹夾箬覆舟也。」

③雕欄：雕刻著花紋的欄杆。「山高」句：出〈後赤壁賦〉。「清風」句：出〈前赤壁賦〉。石青：一種礦物質製成的顏料。糝：ㄙㄢˇ，雜，塗。

④峨冠：高冠。佛印：宋代金山寺和尚，字了元。魯直：黃庭堅的字。蘇門四學士之一。二人都是東坡好友。

⑤手卷：橫幅的書畫卷子。相比：互相靠近。絕類：極象。彌勒：彌勒佛，佛教菩薩之一。矯首：舉頭。不屬：不連貫，不相稱。詘：ㄑㄩ，屈。念珠：念佛的人，一面口中念佛，一面手裡數珠鍊的成串珠子，成串的珠鍊，稱念珠。歷歷：清楚貌。

⑥椎髻：椎形髮髻。視端容寂：目光正視，表情平靜。
⑦船背：船的底部。夷：平。天啟：明熹宗年號（西元一六二一年～一六二七年）。天啟壬戌：指天啟二年，西元一六二二年。虞山：今江蘇常熟縣。王毅叔遠甫刻：即王毅字叔遠所刻。甫：字。了了：清楚。初平山人：王毅的別號。
⑧簡：選。修狹：長而狹。
⑨魏子：作者自稱。詳矚：細看。《莊》、《列》：《莊子》、《列子》。驚猶鬼神：猶如鬼斧神工般，令人驚異。游削：游刃，用刀，運刀。《周禮・考工記》：「築式為削，長尺博寸，合六而成規。」注：「削，今之書刀。」疏：「以削刻字，至漢仍有書刀。」不寸之質：不到一寸的物體。質：體。須麋：鬚眉。鬍鬚和眉毛。須即「鬚」的本字。麋：ㄇㄟˊ，《說文通訓定聲》：「麋，假借為眉。」《荀子・非相》：「伊尹之狀，而無須麋。」注：「麋與眉同。」假：若。復：答，告訴。誑：詐。棘刺之端：酸棗樹枝條的尖刺末梢。母猴：《韓非子・外儲說》左上載，有宋人說燕王「以棘刺之端為母猴。」要燕王三月齋戒後才看，王以三乘養宋人，右御冶工折穿宋人的謊言，燕王殺宋人。

二、作者

魏學洢（西元一五九六年左右～一六二五年），字子敬，嘉善（今浙江嘉善縣）人。魏大中之子。約生於明神宗萬曆二十四年左右，為諸生，好學工文。

大中因彈劾魏忠賢被逮，學洢微服入都探起居，稱貸以完父贓，贓未繳完，而大中卒。學洢扶櫬歸鄉。因痛父奇冤，晨夕號泣，不久悲憤而死。崇禎初，詔旌為孝子，有《茅檐集》八卷行於世。

三、主題和題材

核舟是在果核上刻蘇軾泛舟赤壁。王叔遠雕刻的核舟是我國古代微雕藝術的精品，它取材於宋代「大蘇泛赤壁」的故事。在這顆微雕藝術精品上，蘇軾的文學名篇前後〈赤壁賦〉，通過神奇的雕刀化為一件立體的造型藝術品。這件藝術品表現了王叔遠的雕刻技藝和獨特的才華，提高了我國古代民間藝人的藝術成就。

這篇文章，魏學洢又以「核舟」為題材，把王叔遠的這件藝術精品，透過語言藝術的再創造，再現在讀者面前，在再現之餘，也呈現了王叔遠精湛的雕刻技藝和識見。

四、結構

這篇寫微雕工藝品的散文，筆墨乾淨利落，結構清晰分明：

(一)自「明有奇巧人，曰王叔遠」至「蓋大蘇泛赤壁云」。總寫核舟。

(二)自「舟首尾長約八分有奇」至「石青糝之」。分寫船身、艙、窗、欄等。

(三)自「船頭坐三人」至「珠可歷歷數也」。分寫船上乘客——東坡、佛印、魯直的神情姿態。

(四)自「舟尾橫臥一楫」至「若聽茶聲然」。分寫舟子的姿態和爐、壺。

(五)自「其船背稍夷」至「其色丹」。分寫船背題署。

(六)自「通計一舟」至「蓋簡桃核修狹者為之」。結描寫船的總造作。

(七)自「魏子詳矚既畢」至「嘻！技亦靈怪矣哉」。以作者感嘆，為核舟的總體美揮灑一筆。

由上可知，這篇文章，首尾為總描章，中間四段為分描章，明顯地分寫船身、船頭、船尾、船背。人物都在首尾。讀來似是官船在望，人物栩栩如生，所以是寫得非常好的聚散型描寫文。

末尾一段，當附文固是，并入結尾也無不可，蓋作者借總評，映描全核舟的藝術成就，透現了核舟的藝術精神。

下面概括全文的綱領，表示之：

〈核舟記〉（聚散型描寫文例2）

- (一)總描——描寫核舟的總輪廓——「大蘇泛赤壁」。
- (二)分描
  - 1.船身、艙、窗、雕欄。
  - 2.船頭、乘客——東坡、佛印、魯直。
  - 3.船尾、舟子、爐、壺、茶。
  - 4.船背、題署。
- (三)結描——總寫全船。
- 附——整體評價。

五、技巧

㈠**選材的技巧**：這篇文章選一顆果核來寫，題材是一件微雕的藝術精品，材料都在那件藝術品上。桃核上刻的是宋‧蘇東坡泛流赤壁的扁舟，舟上有人、物、字等。作者的創作意旨是借刻畫這顆藝術品，映現藝術品上精湛的雕刻技藝和識見。因此，題材的世界都在桃核上，是現成的，不需特別費功夫選擇。

㈡**謀篇的技巧**：題材是現成的，但由何處切入，如何布局，那就要費一番思量了。

作者首先抓住微雕藝術納須彌於芥子的典型格局特色，映現王叔遠的雕刻絕技，在「詳瞻」藝術品之後，把它絲毫不漏，有條不紊地再現出來。

文章一開始，先介紹王叔遠，概括地綜寫他的「奇巧」，接著以「嘗貽余核舟一」，並點明是「大蘇泛赤壁」之舟，以過渡到下文。於是作者集中筆墨，工筆細描地描繪「核舟」。

描繪「核舟」分「船身」、「船頭」、「船尾」、「船背」、「通計」等五個層次，第一層次分為「核舟」的規模；第二層次分寫船頭人物；第三層次移筆舟尾船夫；第四層次描寫船底題署；第五層次綜描舟上的物事。結尾附作者的評價見「核舟」的技藝。

這樣謀篇如大海之納支流，先總後分，最後總收。由大局的映現，入四層細流，最後眾流匯注大海，以作者的驚嘆作結，成一總點收，特以「技亦靈怪」畫龍點睛，指示主題。

㈢**修辭的技巧**：作者在行文的過程上，筆墨經濟簡練，層次分明，比喻出奇，用典精切，如「棘刺之端，未必不可為母猴也。」用《韓非子》典，而反其意，巧極。而全篇素描，然用筆細膩，描繪具體，對照鮮明，呼應嚴密，如東坡、佛印、魯直三人形象互相配合，卻又成對照；船夫二人，互相呼應、對照成畫面，作者想像豐富，作品意境深邃。尤其人物的安排與文字的描述，映射出雕刻家王叔遠不但熟讀前後〈赤壁賦〉，且對蘇東坡生平甚稔，將賦中「客」的身分具象化，安置了佛印、魯直，表現了他高明的識見。

總之，作者寫「核舟」，布局巧妙，描摹傳神，筆觸細膩，想像靈活豐富，文章的成就不亞於王叔遠的「核舟」雕藝，令人讀了，愛不忍釋。

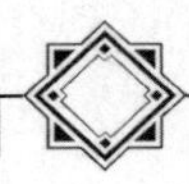

〈香山寺〉①

自玉泉山初日霧露之餘②。穿柳市花弄，田疇畛畦之間③，見峰巒回曲縈抱，萬樹濃黛，點綴山腰，飛閣危樓，騰紅酣綠者，香山也④。

此山門徑幽遐，青松夾道，里許，流泉淙淙，下注⑤。朱欄千級，依岩為剎，高傑整麗。憩左側來青軒，盡得峰勢。右如舒臂，左乃曲抱。林木繡錯，伽藍棋布⑥。下見麥疇稻畦，潦壑柳路，村莊疏，數點，黛設色⑦。

夫雄踞上勢，擷其勝會，華榱金鋪，切雲耀月。肖竹林于王居，失穢都之瓦礫，茲剎庶幾有博大恢弘之風⑧。

至于良辰佳節，都人士女。連珮接軫，綺羅從風，香汗飄雨。繁華巨麗，亦一名勝⑨。獨作者騁象馬之雄圖，無丘壑之妙思。角其人工，不合自然⑩。未免令山澤之癯，息心望岫⑪。然要以數十年後，金碧蝕于蛛絲，階砌隱于苔蘚。游人漸少，樹木漸老。則恐茲山之勝，倍當刮目于今日也⑫。

一、注釋

①香山寺：寺在北京西北香山上。（香山，清乾隆時，於此建靜園。李景〈香山記〉：「西北重岡疊翠，中有道場曰香山。則香山似以寺得名。又有碧雲、臥佛、洪光諸剎。」《帝京景物略》：「香山多名蹟，有葛稚川丹井、金章宗祭星臺、護駕松、感夢泉；又有棋盤、蟾蜍、香爐諸名。」）時袁中道以國子監生在京。

②玉泉山：山名。河北宛平縣西北。清聖祖於山麓建靜明園。玉泉自山下湧出。《讀史方輿紀要・直隸・順天府・宛平縣》：「西山……稍北曰玉泉山，金章宗璟嘗避暑於此，行宮故址在焉。」西山為北京右臂，連接潭柘山、翠微山、盧師山、覓山、香山、玉泉山等，多佛寺，以碧雲寺、香山寺等最有名。

③穿柳市花弄，田疇畛畦之間：穿過柳樹的市街、繁花的街道、田疇、阡陌的地方。畛：ㄓㄣˇ，田間路。畦：ㄒㄧ，區界。

④回曲縈抱：回環曲折，縈繞擁抱。濃黛：濃綠色。飛閣危

樓：高閣高樓。騰紅酣綠：飛閃著紅色，泛漾著綠色。

⑤幽遐：深遠。淙淙：流水聲。下注：泉水下流。

⑥剎：寺。高傑整麗：高大壯偉，整齊莊麗。來青軒：房室名。舒臂：伸張手臂。曲抱：曲折環抱。繡錯：如刺繡交錯。伽藍：寺。棋布：如棋子布列。

⑦麥疇：麥田。稻畦：稻區。潦壑：水潦積成的溪谷。柳路：柳樹夾旁的路。黛設色：施黛綠色。

⑧雄踞上勢：香山寺聳踞於香山巔上。撮其勝會：聚合香山的美勝中心。撮：ㄘㄛˋ，取，聚。華榱：華麗的屋椽。榱：ㄘㄨㄟ，屋椽。金鋪：金色的門戶鋪首。切雲：高入雲端。耀月：在月光下閃耀。肖竹林于王居：在竹林中建築，有像王者宮殿。肖：像。王居：王者樓殿。失穢都之瓦礫：沒有榛蕪地方的瓦礫。穢都：荒蕪之地。博大：廣大。恢弘：寬闊。

⑨良辰佳節：美好的節日。連珮：帶珮的都人士女，連接而行。接軫：都人士女的車連接而來。綺羅從風：士女所穿的綺麗羅裙，擺動而刮起風來。香汗飄雨：士女流汗，揮下以致空中如飄飛著大雨。連珮以下至此，皆誇張其多。繁華巨麗：地區繁華，建築巨偉壯麗。

⑩獨：只是。作者：建築寺廟的人。騁象馬之雄圖：表現建築匠師的大圖謀。無丘壑之妙思：缺乏山谷的神妙構思。角其人工：競用人工巧匠。角：競。《漢書・谷永傳》：「角無用之虛文。」

⑪山澤之癯：隱居遊覽山澤的癯儒。癯：ㄑㄩˊ，瘦。息心望岫：心止息於華麗的寺廟建築，專注於身上的山壑中。息心：心止息。沈約〈鍾山詩應西陽王教〉：「多值息心侶，結架山之足。」李善注引《大灌頂經》：「息心達本源，號為沙門。」

⑫金碧：指建築物的輝煌顏色。茲山之勝：此山的優美。刮目：驚異而視。

二、作者

袁中道（西元一五七〇年～一六二三年），字小修，號鳧隱居士。明、公安（今湖北江陵縣南）人。宏道之弟。十餘歲作〈黃山〉、〈雪〉二賦，凡五千餘言。長大後，更加豪邁，隨兄宦遊京師，多交四方名士，足跡半天下。萬歷三十一年（西元一六〇三年）鄉試及格，四十五年（西元一六一七年）為進士。由徽州教授，歷國子博士，南京禮部主事。天啟四年（西元一六二四年），進南京吏部郎中，卒於官，享年五十五歲。有《珂雪齋》二十五卷（上海古籍出版社印行）。性好遊，集中遊記特多。為文盡情發抒，必至言盡而後快，至於「爽塏之氣，飄逸之韻，新穎之思，尖利之舌。」略與其仲兄宏道相彷彿（陸雲龍〈袁小修小品弁言〉），當時稱袁氏三兄弟（宗道、宏道、中道）詩文為「公安

體」。

三、主題和題材

這篇散文寫香山寺，作者以遊記的形式寫它，然文中寺隱而山顯。所謂看山看水不看寺，看寺只為看山水。袁小修在這篇散文中，表現了他超然於凡庸之上的胸中遊山玩水的意趣。名是遊寺，實是看山，故寺只略寫，山則詳描。他愛的「丘壑之妙」，對「騁象馬之雄圖」的匠意，不感興趣；因為它「角其人工，不合自然。」所以，只好「息心望岫」了。

在這篇短短的小品文中，袁小修的主題是寫香山、香山寺，而見自己的遊覽意趣和藝術精神。

四、結構

這篇散文寫香山寺，透視作者的超然遊山觀，文章分下列各部分：

㈠自「自玉泉山初日霧露之餘」至「香山也」。總體地描寫香山。

㈡自「此山門徑幽遐」至「數點，黛設色」。分局部，由下而上，寫沿途所見「門徑」、「流泉」、「剎」、「軒」、「林木」、「伽藍」等。又由上視下，寫所見景物——「麥疇」、「稻畦」、「潦壑」、「柳路」、「村莊」。

㈢自「夫雄踞上勢」至「茲剎庶幾有博大恢弘之風」。描寫香山寺雄踞香山的形勢，寶剎雄壯高聳的殿堂門棟，整個建築的「博大恢弘之風」。

㈣自「至于良辰佳節」至「亦一名勝」。描寫良辰佳節，都人士女遊寺的「繁華巨麗」。

㈤自「獨作者騁象馬之雄圖」至「倍當刮目于今日也」。結尾寫香山寺，「角其人工，不合自然」的匠氣，想像數十年後，香山寺歸於「丘壑之妙」，合「自然」妙趣。

文章的結構隨登山者視點移動，由下而上，再由上視下，隨著眼光的移動，山景一一展現，寺貌逐自浮出，以至於移思遊山之盛，想像時移景遷，繁華落盡後，山寺自然之容，心中不禁「真」趣盎然了。這種結構概括之便如下面綱領所示：

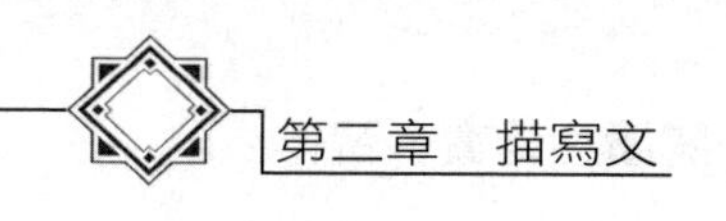

〈香山寺〉

（聚散型描寫文例3）

- (一)總描——寫目下望香山的總面貌。
- (二)分描
  - 1.寫上山沿途所見山景。
  - 2.寫山巔勝會之處的香山寺。
  - 3.寫良辰佳節繁華巨麗之寺景。
- (三)結描——結寫香山寺的金碧，想像繁華落盡後的「茲山之勝」。

五、技巧

這篇文章的創作技巧，也可分三方面來談。

(一)**選材的技巧**：這篇文章題名〈香山寺〉，主題寫香山，寫香山寺。然而作者用意在呈現自己的遊山意趣，故略寫寺而詳寫山，揭自然而抑人工。因此，選材時：香山的峰巒、萬樹、飛閣危樓，盡入選中，騰紅酣綠之入眼者，是為入選之材料。於是沿途山景：如「門徑」、「道樹」、「流泉」、「朱欄」、「岩剎」皆隨視點入籠；由山上「伽藍」而下視之景：「麥疇」、「稻畦」、「潦壑」、「柳路」、「村莊」；眼前山上寺殿之景：「華榱」、「金舖」等，皆入題材。至如良辰佳節之都人士女，也添山寺之人文景觀。最後想像繁華之後的「蛛絲」、「苔蘚」，出現於「金碧」蝕後，然後「茲山之勝」——合乎作者的境界，隱隱呈現。這些題材都是隨視覺的轉移，心識的連接，浮現作者的意識而被選中的。

(二)**謀篇的技巧**：這篇文章的布局正如分析選材時所言，它是沿著遊山的視線由下而上，由上視下，心識由眼前「博大恢弘」的寺觀，聯想良辰佳節的盛況，以至數十年後的「茲山之勝」，聯綴成一完整的網絡，組成文局，織成結構。所以，作者的謀篇錯落有致，視下鏡頭由大而小，由小而大，詳略交替，抑揚分明。

(三)**修辭的技巧**：作者在文中，以素描為主，也有比喻，如「石如舒臂」、「林木繡錯」、「伽藍棋布」是也；又有誇張，如「華榱金舖，切雲耀月。肖竹林于王居，失穢都之瓦礫。」、「連珮接軫，綺羅從風，香汗飄雨。」風景錯落，筆調也錯落。又文中運用賓主對照之法，以山為主以寺為賓，令主者飛動生色，賓者隱身陪襯，有曲折，有舒展；有時把景放大，有時又縮小；又於人工和自然，意存揚抑，於人文和自然分虛實，筆調多變，而變化中見整齊。

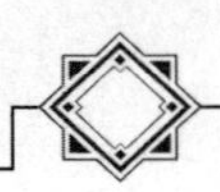

修辭技巧是相當高明的。

〈高梁橋〉①

水從玉泉來，三十里至橋下。荇尾靡波，魚頭接流。夾岸高柳，絲絲到水②。綠樹紺宇，酒旗亭臺，廣畝小池，蔭爽交匝。歲清明，桃李當候，岸草遍矣③。

都人踏青高梁橋，輿者則褰，騎者則馳。蹇驅徒步，既有挈攜④。至則棚席幕青，毡地藉草，驕妓勤優，和劇爭巧⑤。厥有扒竿、觔斗、咽喇、筒子、馬彈解數、煙火水嬉。

扒竿者，立竿三丈，裸而緣其頂，舒臂接竿，通體空立移時也⑥。受竿以腹，而項手足張，輪轉移時也。銜竿身平橫空，如地之伏，手不握，足無垂也⑦。背竿，踝夾之，則合其掌，拜起于空者數也⑧。蓋倒身忽下，如飛鳥墮⑨。觔斗者，拳據地，俯而翻，反據，仰翻，翻一再折，至三折也⑩。置圈地上，可指而仆爾，翻則穿一以至乎三，身僅容而圈不動也⑪。疊按焉，去于地七尺，無所據而空翻，從一至三，若旋風之離于地，已則手兩圈而舞于空，比卓于地，項膝互挂之，以示其翻空時，身手足尚餘閑也⑫。咽喇者，掐拔數唱，諧雜以諢焉，嗚京如訴也⑬。筒子者，三筒在案，諸物械藏，示以空空，發藏滿案，有鴿飛，有猴躍焉。已復藏于空，捷耳，非幻也⑭。解數者，馬之解二十有四，彈之解二十有四。馬之解，人馬並而馳，方馳，忽躍而上，立焉，倒卓焉，鬣懸，躍而左右焉，擲鞭忽下，拾而登焉，鐙而腹藏焉，鞦而尾贅焉：觀者岌岌，愁將落而踐也⑮。彈之解，凡空二三，及其墮而隨彈之，疊碎也。置丸童頂，彈之碎矣，童不知也⑯。踵丸，反身彈之，移踵則碎，人見其碎，不見其移也⑰。兩人相彈，丸適中，過而碎，非遇，是具傷也。煙火者，魚，鱉、鳧、鷺形焉，燃而沒，且出于溪，屢出則爆，中乃其兒雛。眾散，亦沒且出，煙焰滿溪也⑱。

是日，游人以萬計，簇地三、四里。浴佛、重午游也，亦如之⑲。

一、注釋

①高梁橋：玉泉下流的橋。

②玉泉：源出河北省宛平縣西北的玉泉山，其流水為玉河，匯而入昆明湖，至東水關注入大通河。一名御河。《讀史方輿紀要・直隸・順天府・宛平縣・沙河》：「玉河在府西，源出玉泉山，流注西湖，經大內，出都城東，南入大通河，亦稱御河。」荇尾靡波：荇菜的莖尾隨波而飄流。荇：ㄒㄥˋ，水草。靡波：隨波順流。靡：順。魚頭接流：游魚頭逆流而游。

③紺宇：貴人邸宅，其軒色紺。紺：ㄍㄢˋ，深青含赤的間色。酒旗：酒店。酒店的旗。亭臺：亭榭。蔭爽交匝：陰地與爽朗之地交互繞匝。清明：清明節，四月五日或六日。

④都人：居於王都的士女。踏青：士女相與嬉戲郊外。輿者則褰：坐車的人撩起衣襟斜跨轎車車轅。褰：撩起（衣襟），形容乘客斜跨轎車車轅時，撩起衣襟，既防衣襟被車輪所污，兼示乘車風度儀態。蹇驅：策蹇驢而趕路。蹇：蹇驢，此指驢。

⑤棚席幕青：棚下布席，幕中以青草為坐。毡地藉草：在地上設毡帳，坐在草上。驕妓勤優：嬌美的歌妓，勤勞的優人。驕：嬌。和劇：和諧激烈。又調劇，表演。

⑥扒竿：爬竿。緣其頂：攀緣至竿頂。舒臂：伸臂。通體：全身。空立：懸空而站立。

⑦受竿以腹：以竿拄腹。項手足張：頭、手、腳伸張。銜竿：以口銜竿。身平橫空：平身橫臥空中。

⑧背竿：以背抵竿。踝夾之：腳踝夾竿。數：屢次。

⑨倒身忽下：由竿上倒臥，忽然下墜。如飛鳥墮：身輕如飛鳥，下落於地。

⑩觔斗：筋斗，跟頭，跟頭戲，倒頭為跟。拳據地：以拳據立於地。

⑪指而仆：以指按地仆倒其身。穿：身穿過圈。

⑫疊按：疊按於地。手兩圈：拿兩個圈。比卓于地：並桌於地。項膝互挂之：頸項膝蓋互相挂圈。

⑬唎喇：今作叨嘮。掐：輕按。拔：挑動。演奏弦樂器的動作。唱：唱歌。掐拔數唱：手彈弦樂器，口唱歌。諧雜以譁：詼諧雜續打諢。

⑭筒子：魔術筒。筒：竹管。諸物械藏：變魔術所需的東西，設機械匿起來。發藏滿案：打開械藏的東西，滿桌皆是。案：桌。

⑮解數：解術，表演技巧。倒卓：倒立。鬣懸：握馬鬣而身懸空。鬣：ㄌㄝˋ。鐙而腹藏：腳據馬鐙，藏身馬腹。鞦而尾贅：握馬屁股後的皮帶，身子懸在馬尾上。鞦：拴在馬屁

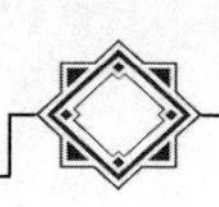

股周圍的皮帶，動詞，握馬屁股後的皮帶。贅：多餘之物。岌岌：危險貌。踐：為馬所踐踏。
⑯二三：二、三彈。童頂：童子頭上。
⑰踵丸：置丸於腳踵。
⑱魚、鱉、梟、鷺：煙火之形。中乃其兒雛：煙火中，有魚鱉之兒，梟鷺之雛。
⑲簇地：集聚的地方。浴佛：灌佛，陰曆四月八日，釋迦誕生日，是浴佛節，浴佛日，該日以香湯洗佛，共作龍華會，以為彌勒下生之微。重午：五月五日，端午節，午即五，重五。

二、作者

劉侗（約西元一五九四年～一六三七年），字同人，號格庵。明，麻城（今湖北黃陂縣東北）人。崇禎進士，赴吳縣任，卒於舟中。有《帝京景物略》（與于奕正合編，八卷，北京出版社印行）。此書記北京名勝風俗，寫景幽美冷豔，語言尖新奇活。

三、主題和題材

這篇文章選自《帝京景物略》。《帝京景物略》是明末劉侗、于奕正合著的一本考實性作品，記載了北京山川、人物、園林、風俗。是一部優美的小品文集。

〈高梁橋〉一文描寫清明佳節，都人傾城出遊的風俗。集良辰、美景、賞心、樂事等題材於咫幅。

四、結構

這篇文章寫高梁橋及附近清明節、浴佛節、端午節等都人士女的嬉戲——百戲。它的結構如下：

㈠自「水從玉泉來」至「岸草遍矣」。總寫高梁橋的風景，分橋下：水、荇、魚；橋上：岸柳、綠樹、紺宇、酒旗亭臺、廣畝小池；清明桃李；岸草。採用散分型式描寫這一段。

㈡自「都人踏青高梁橋」至「煙焰滿溪也」。寫清明節，都人到高梁橋踏青。這部分結構又可分為下列諸支節：

1. 自「都人踏青高梁橋」至「煙火水嬉」。總寫清明踏青嬉遊和百戲雜伎。
2. 自「扒竿者」至「煙焰滿溪也」。分寫六種百戲表演：

(1)扒竿；(2)觔斗；(3)倒喇；(4)筒子；(5)解數；(6)煙火。

(三)自「是日」至「亦如之」。結合全局，總描高梁橋清明節踏青的人數，表演場地綿延三、四里。並點示浴佛、重午也如是。

文章看來相當長，仔細分析，脈絡相當清楚。全文可分三大截，即(一)總描高梁橋和清明節在那地方的遊人和表演。這一截先寫橋下，再寫橋上，用散分型描寫，橋下、橋上是平行的邏輯關係。(二)分描：分寫遊人「百戲」。這一部分採用的是散象型描寫模式。先總寫遊人和百戲，再分寫雜伎百戲。(三)結描：總描踏青人數、表演場地。類比簡描浴佛節、重午節之景。

這樣結構如把它的模式概括表示，便如下列綱領：

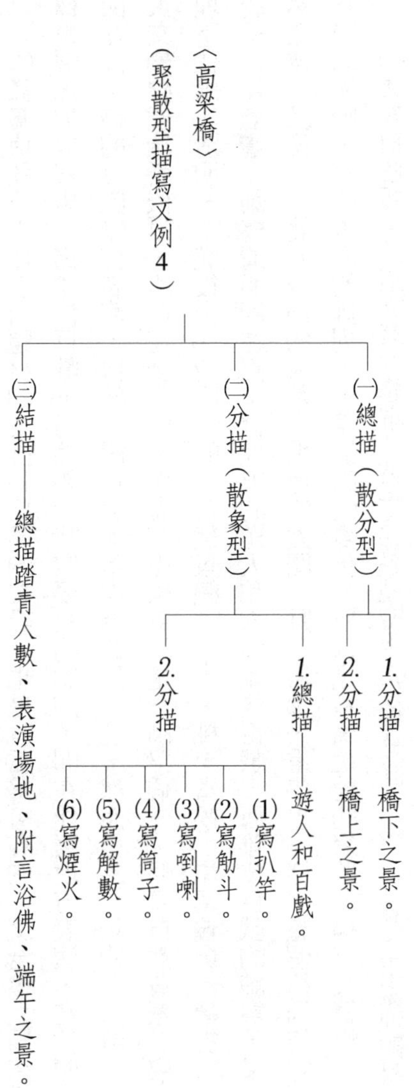

五、技巧

我們仍按往例來談這篇散文的技巧：

(一)**選材的技巧**：作者的寫作主旨是描寫高梁橋的自然和人文景觀，略寫自然景觀，詳寫人文表演。因此，選材時，

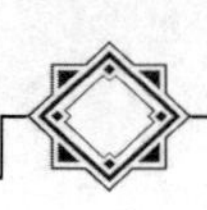

在自然景觀方面：選了橋下的「水」、「荇」、「魚」；橋上的「岸柳」、「綠樹」、「紺宇」、「酒旗亭臺」、「田畝池塘」、「清明桃李、岸草」。

在人文景觀方面，作者選了「遊人」和「雜伎百戲」。略寫遊人，詳寫「雜伎百戲」。「雜伎百戲」又選了「扒竿」、「觔斗」、「剄喇」、「筒子」、「解數」、「煙火」等六種。

這樣的選材是基於創作主旨，人文為主、自然為賓的邏輯要求而定的。

㈡**謀篇的技巧**：作者對題材的安排和格局的布設，也是有脈絡可尋的。就全篇大局來看，作者採用總分和分合的邏輯關係加以安排。寫雜伎百戲，必然要受時空要素的制約，即在什麼地方表演，在什麼時候表演。作者選的是清明節在高梁橋的百戲雜伎表演，自然景觀在這裡是作為背景出現，然而作為背景的自然風景，又必然地要先出現，否則人文景觀便無所依附，所以在全文中。作者首先染筆的是「高梁橋」，略寫自然背景，要進入人文景觀，作者巧妙地埋下伏線「清明」，然後由「清明」的「自然景觀」——「桃李當候，岸草遍矣」轉折入「清明」的「人文景觀」，於是洋洋灑灑，鋪寫清明節在高梁橋地方的遊人和六種雜伎百戲，而雜伎百戲的鋪寫，又是按其場地的次序進行。鋪寫雜伎百戲後，又簡寫全局的人數、場地的廣闊，點示浴佛、重午也一樣。整個格局按空間的同時性出現、其中不見時間的流動，有些畫面的排列，不見情節的變化。所以是道道地地的聚散型描寫文篇幅。

㈢**修辭的技巧**：這篇文章的修辭，首先注意到的是，作者分詳、略，分賓、主處理題材時，簡筆寫賓，繁筆寫主。其次是篇章起承之間的「埋伏」和「照應」，大局中總描章的「清明」是伏線，下面整個分描之支部都呼應這「伏線」而來，這是「照應法」，而結描與總描、分描成照應關係，呼應前面全局，如此照應對文章的結構，產生了嚴密、結實的作用。

就句法而言，全文以素描為主，又有比喻，如「輪轉」、「如地之伏」、「如飛鳥墮」、「若旋風之離于地」、「嗚哀如訴」等均是。又有誇張，如「游人以萬計，簇地三、四里。」

〈高梁橋〉是一篇記習俗的小品文，作者認為閭里習俗，今昔殊異，記載下來，可供采風者深思。作者以幽美冷豔之筆；尖新奇活的語言；平易而有變化的修辭；縝密而多花樣的布局，寫清明節高梁橋的風景，達到了相當高的水準，其布局可為聚散型描寫文的範例。

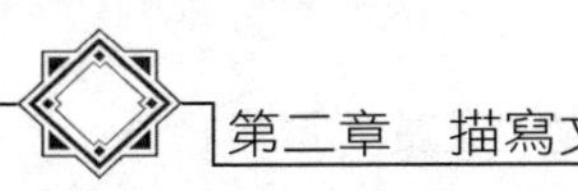

〈核工記〉①

季弟獲桃墜一枚，長五分許，橫廣四分②。

全核向背皆山。山坳插一城雉，歷歷可數③。城巔且層樓，樓門洞敞，中有人，類司更卒，執桴鼓，若寒凍不勝者④。

枕山麓一寺，老松隱蔽三章。松下鑿雙戶，可開闔。戶內一僧，側首傾聽；戶虛掩，如應門；洞開如延納狀，左右度之無不宜。松下東來一衲，負卷帙踉蹌行，若為佛事夜歸者。對林一小陀，似聞足音仆仆前⑤。

核側出浮屠七級，距灘半黍。近灘維一小舟，蓬窗短舷間，有客憑几假寐，形若漸寤然。舟尾一小童，擁爐噓火，蓋供客茗飲也。艤舟處當寺陰，高阜鐘閣踞然。叩鐘者貌爽爽自得，睡足徐興乃爾⑥。

山頂月晦半規，雜疏星數點。下則波紋漲起，作潮來候。取詩「姑蘇城外寒山寺，夜半鐘聲到客船。」⑦之句。

計人凡七：僧四，客一，童一，卒一。宮室器具凡九：城一，樓一，招提一，浮屠一，舟一，閣一，爐灶一，鐘鼓各一。景凡七：山、水、林木、灘石四；星、月，燈火三。而人事如傳更，報曉，候門，夜歸，隱几，煎茶，統為六，各殊致殊意，且並其愁苦、寒懼、疑思諸態。俱一一肖之⑧。語云：「納須彌于芥子。」殆謂是歟⑨！

一、注釋

①核工記：桃核工藝記實。

②季弟：三弟，么弟。桃墜：桃核墜子。

③向背：指桃墜的前後兩面。山坳：山凹所。坳：ㄠˋ，窊下地。城雉：城牆。雉：ㄓˋ，牆垣。歷歷：清楚貌。

④層樓：高樓。洞敞：洞開。類：像。司更卒：負責報更點的役人。桴：ㄈㄨˊ，鼓槌。

⑤枕：橫踞。三章：三棵大老松。章：大木材。延納狀：邀客入內的狀態。一衲：一和尚。衲：僧徒的衣服，此代稱和尚。負卷帙：背著佛經。卷帙：指佛經經卷書帙。踉蹌：

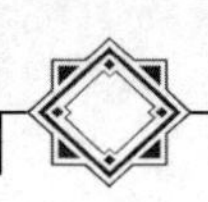

行不穩貌。佛事：法事。小陀：小頭陀。仆仆：僕僕，煩猥貌，奔走貌。

⑥浮屠：佛寺。半黍：形容接近。黍：一顆黍的距離。維：繫。蓬窗：蓬草編成窗。舷：船邊。假寐：打瞌睡。漸寤：漸醒。噓：吹。茗飲：茶飲。艤舟：停舟。艤：ㄧˇ，整舟向岸。寺陰：寺背。高阜：高山。爽爽：心愉快貌。徐興：慢起床。

⑦晦：暗。半規：半圓。詩句取自唐・張繼〈楓橋夜泊〉。

⑧招提：佛教寺院。浮屠：塔。傳更：傳報更點。報曉：報天亮。肖：描繪尚似。

⑨納須彌于芥子：把巨大的須彌山，納入微細的芥子中，喻不可思議之事。須彌：佛經中所說的一座印度高山。芥子：芥末。芥：小草。《維摩經・不可思議品》：「須彌山，至大至高；芥子至微至小。言至小中，可以容納至大也。」

殆：差不多，大概。歟：嘆詞。

二、作者

宋起鳳（約西元一六五三年左右在世），字不詳，號紫庭，滄州（今河北滄縣東南）人。生卒年及生平均不詳，約清世祖順治中前後在世，工文。有《大茂山房合稿》傳世。

三、主題和題材

本文見張潮編《虞初新志》。內容描寫一顆微雕工藝品。微雕工藝品乃一枚桃墜。這一枚核雕上刻的是唐詩人張繼〈楓橋夜泊〉詩：「姑蘇城外寒山寺，夜半鐘聲到客船。」雕工將這兩句詩意，在桃墜上雕出來。文章借語言文字，將桃墜上的詩境，再現出來。與魏學洢的〈核舟記〉有異曲同工之妙。

四、結構

〈核工記〉的結構成聚散型描寫文型態，茲分述於下：

㈠自「季弟獲桃墜一枚」至「橫廣四分」。總體描寫桃墜。

㈡自「全核向背皆山」至「『夜半鐘聲到客船。』之句」。分數局部，析寫桃墜。又可分為下列諸支部：

*1.*自「全核向背皆山」至「若寒凍不勝者」。分局部描寫姑蘇城。又分寒山、城、城樓、樓門、更卒等景點寫之。

2.自「枕山麓一寺」至「似聞足音仆仆前」。分寫桃墜局部，描繪雕刻寒山寺的部分。又分山麓、寺、老松、戶、僧、衲、小陀等景點。

3.自「核側出浮屠七級」至「蓋供客茗飲也」。分寫桃墜的另一部分，描繪江中客船，又分七級浮屠、小舟、客、小童等景點。

4.自「艤舟處當寺陰」至「『夜半鐘聲到客船。』之句」。分寫桃墜的另一局部，描繪寺陰鐘閣。又分鐘閣、叩鐘者、月、星、波、潮、詩句等景點。

如此，這一部分，分成四個局部景觀，分別加以描寫，完成分寫部分。

㈢自「計人凡七」至「殆謂是歟」。分項統計，刻畫所有在桃墜上的東西數目。

這種結構是將桃墜上的人物、景物、動物、器物等融合在一起，按照桃墜上一定的順序，一點一滴地描摹下來，最終出現鮮明、完整的圖像。又運用分類分項的統計桃墜上雕刻東西的數目，完成總的描寫，所以是合乎邏輯條理的。

下面將它的結構概括成綱領圖示之：

〈核工記〉
（聚散型描寫文例5）

- ㈠總描——總寫桃墜的立體形象。
- ㈡分描
  - 1.寫桃墜上雕「姑蘇城」的局部，城以山為背景。又有城樓、樓門、更卒等。
  - 2.寫桃墜上雕「寒山寺」的局部，寺以山麓為背景。又有松、戶、僧、衲、小陀等。
  - 3.寫桃墜上雕「江中客船」的局部。又有浮屠、灘、舟、客、童等。
  - 4.寫桃墜上雕「寺陰鐘閣」的局部。又有高阜為背景，叩鐘者、月、星、波、潮、詩句等。
- ㈢結描——總統計景點的數目。

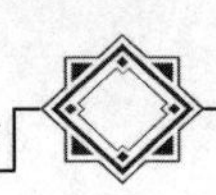

五、技巧

談技巧還是從選材、謀篇、修辭等三個角度來看：

㈠**選材的技巧**：這篇文章的題材是受微雕的客觀存在所限制。作者選的就是一顆桃墜以及桃墜上的雕像，可分為下列數部分：

1.姑蘇城：城背的山、城樓、樓門、更卒等。

2.寒山寺：山麓、寺、老松三章、戶、僧、納、小陀等。

3.江中客船：浮屠、灘、舟、客、童等。

4.寺陰鐘閣：高阜、鐘閣、叩鐘者、月、星、波、潮、詩句。

㈡**謀篇的技巧**：文章的布局也取決於核工，只是切入點為作者所考慮。作者由全核大景點入手，先描寫背景的「山」；由山順勢，移筆寫「城」，再由城入「寺」，由寺向「舟」，由舟向「鐘閣」。整個格局和脈絡受張繼詩句引導：「姑蘇城外寒山寺」、客船之人聞鐘聲在夜半。這就是雕刻者雕刀移動的次序，也是行文者布局的脈絡。

㈢**修辭的技巧**：這篇〈核工記〉記的是一枚核雕，文也很短。核雕上刻的是唐詩人張繼〈楓橋夜泊〉：「姑蘇城外寒山寺，夜半鐘聲到客船」的詩意。

作者依雕刻家的匠意，以少見多，將山坳裡的城雉、層樓、樓門、更卒，描繪出來，還以更卒不勝其寒的樣子，表出夜半時分，在高處的神韻；寒山寺刻在山麓，自然是「姑蘇城外」了；又僧人活動，雕刻特別細膩，正表現雕者意在突現「寒山寺」；又寫近灘的客船上有客憑几假寐，漸漸醒來，意味著被寒山寺夜半鐘聲驚醒。為了突出鐘聲的作用，雕刻特意將寺陰的鐘閣刻出，並將叩鐘人刻得精神飽滿，似是剛睡足了覺醒過來的樣子，每個景觀有各自主體景物和人物活動，相互之間聯繫緊密，原詩的詩意也就在這些景物與人物中生動而鮮明地浮現出來。

作者在這篇文章中，全以素描描寫，只在文尾用了「納須彌于芥子」一句佛家語為比喻，卻能在字裡行間，景物與人物的互相作用間，將雕刻物的神韻再現出來，技巧是相當高明的。桃墜的雕家再現張繼詩意於桃核上，此文作者又捕捉了桃核上的意蘊，雖染匠氣，也是難能可貴的。

練　習

(一)試閱讀下列諸文並為其作結構分析。

1. 羊勝〈屏風賦〉。
2. 阮瑀〈箏賦〉。
3. 明・鍾惺〈秦淮燈船賦序〉。
4. 明・江盈科〈智過君子〉。
5. 劉侗〈雀兒庵〉。
6. 張岱〈揚州清風〉、〈湖心亭看雪〉。
7. 清・王昶〈游珍珠泉記〉。
8. 清・李漁〈芙蕖〉。

(二)試以聚散型模式寫下列諸文。

1. 碧潭記。
2. 臺北火車站記。
3. 曉園。
4. 遊紗帽山記。
5. 植物園記。
6. 荷。

(三)試選四篇散文鑑賞範作，讓學生學習。

第四節　散分型描寫文

所謂描寫是對一切靜物和一切行動的狀態而說的。在描寫文中，有一種類型著重幾個場面或景觀描寫，各個場面各個景觀的描寫，各自成章，而又連成一片，既無開頭，也無結尾，全篇的關係只是由於各章分別隸屬於主題。這是一種只有兩個或兩個以上並列的散象而無聚象的結構類型。它正像說明文的分說，議論文的分論，是具體的人或物的形象陳列。其模式如下：

散分型描寫文模式
- (一)分描（X型）——1
- (二)分描（X型）——2
- (三)……（X型）——n

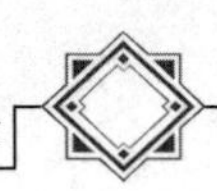

下面舉數篇作品，論析其閱讀、鑑賞、創作方法，而在鑑賞過程上，由其結構的論析，證實散分型描寫文的結構模式。

〈孟門山〉①

河水南逕北屈縣故城西，西四十里有風山，風山西四十里，河南孟門山，與龍門山相對②。《山海經》曰：「孟門之山，其上多金玉，其下多黃堊涅石③。」《淮南子》曰：「龍門未闢，呂梁未鑿。河出孟門之上，大溢逆流。無有丘陵，名曰洪水。大禹疏通，謂之孟門④。」故《穆天子傳》曰：「北登孟門九河之隥⑤。」孟門，即龍門之上口也。實為河之巨阸，兼孟門津之名矣⑥。

此石經始禹鑿，河中漱廣，夾岸崇深，傾崖返捍，巨石臨危，若墜復倚⑦。古之人有言：「水非石鑿，而能入石。」信哉！其中，水流交沖，素氣雲浮。往來遙觀者，常若霧露沾人。窺深魄悸⑧。其水尚奔浪萬尋，懸流千丈，渾洪贔怒，鼓若山騰，濬波頹疊，迄于下口⑨。方知慎子：「下龍門，流浮竹，非駟馬之追也⑩。」

一、注釋

①孟門山：山名，在今山西省吉縣西，陝西省宜川縣東北，跨黃河兩岸。

②北屈縣：在今山西省吉縣北。風山：在今山西省吉縣西北。龍門山：在今山西省河津縣北。

③《山海經》：古地理書名。黃堊：黃色石灰質的土壤，可作塗料。堊：ㄜˋ，白土。涅石：一種黑色石。涅：ㄋㄝˋ，黑。

④《淮南子》：雜家書名，漢‧淮南王劉安聚門下學者著。闢：開。呂梁：呂梁山。在今山西省西部地區，南與龍門山相接。鑿：挖。河：黃河。大溢：河水溢出兩岸。逆流：逆向，向上流。大禹：夏禹。

⑤《穆天子傳》：野史、小說之類，記周穆王遊天下事，相傳為戰國時代作品。隥：同「磴」，險峻的山坡。

⑥阸：ㄜˋ，阻阸，阻塞的地勢。孟門津：在今陝西省宜川縣東南。

⑦此石：即巨阸。經始：開始。河中漱廣：被沖擊洗漱而廣

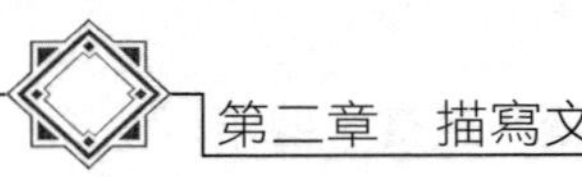

闊。崇深：高又深。傾崖：傾斜的山崖。返：回沖。捍：搖動。若墜復倚：巨石形勢像要墜落，可仍倚靠不下。

⑧素氣：白氣。窺深魄悸：看河水深處心生害怕。窺：看。深：深處。魄：心魂。悸：驚動。

⑨尋：古代八尺為一尋。渾洪：水勢浩大。贔怒：發怒。贔：ㄅㄧˋ。怒，通「恚」。鼓：鼓蕩。山騰：如山騰起。浚波：深大的波濤。頹壘：水勢平緩。

⑩慎子：慎到，戰國時人，著有《慎子》一書。「下龍門，流浮竹，非駟馬之追也。」：語出《慎子》。

二、作者

酈道元（？～西元五二七年），北魏地理學家、文學家，字善長。范陽涿（河北涿州）人。生長東齊，父酈范於北魏孝文帝太和年間出守海岱，道元亦同往。初襲爵永寧侯，後例降為伯。起家尚書主客郎。御史中尉李彪引為治書侍御史。李彪失勢，道元也被黜。北魏宣武帝景明年間，復為冀州鎮東府長史。延昌中，為輔國將軍、東荊州刺史。北魏孝明帝孝昌三年（西元五二七年），在陰盤驛亭內，被雍州刺史蕭寶夤所殺。道元深思好學，博覽群籍，撰有《水經注》四十卷、《本志》十三篇及〈七聘〉等文。今存《水經注》。本文即選自其書。

三、主題和題材

《水經注》是一部帶有文學性質的地理書，寫揚子江、黃河以下四十餘經流，以及其支流，詳繪其間地理、水道。本文即其中一小篇。文章取孟門山和黃河為題材，主題在於描寫孟門山和流過孟門津的黃河流水，呈現其險峻湍急的山水氣勢。在《水經注》中，算是精彩的片段。是山水散文的傑作。

四、結構

全文的架構如下：

㈠自「河水南逕北屈縣故城西」至「兼孟門津之名矣」。就山的部分加以描寫。先寫孟門山的位置和整體形象；然後分三小段，分寫孟門山的地質，金玉、黃堊、涅石；寫孟門津。

㈡自「此石經始禹鑿」至「非駟馬之追也」。寫水的部分。先寫夾岸巨石；次寫河水上的霧氣；最後寫黃河過孟

門，波濤洶湧的壯美景象：分流水氣勢、水流聲響、河水形體等三方面刻畫。

作者構思時，對於要描寫的對象——孟門山，分部分層，剪裁組織，舖排成篇。全文分寫山和寫水兩大部分，山水均與孟門相交結，所以雖是分描各自獨立，卻依中心意象孟門山而結合成篇，兩分描皆指向孟門山的表現需求，連成一氣。文章乃成一散分型描寫文結構。文章分兩大截已如上說。前一截先總描後分描，是散象型的架式；後一截三小節平行分立，是散分型的模式。因此，我們可將全文概括，以圖表表示其綱領，以便讀者參照。

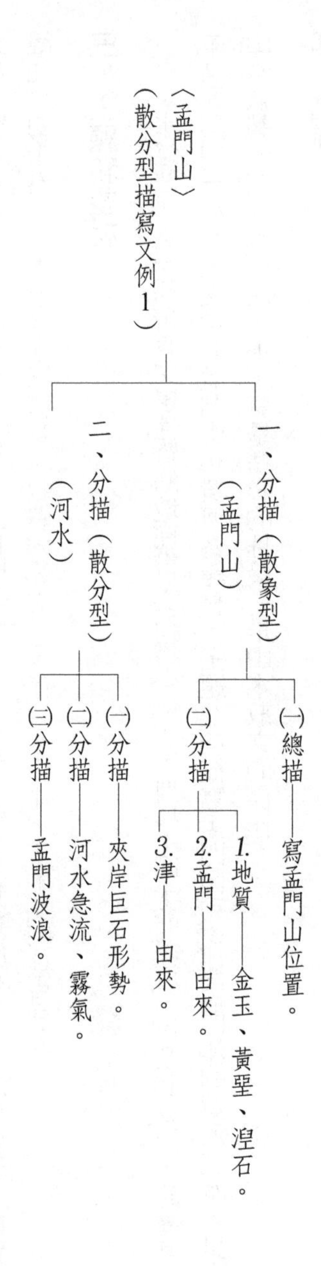

五、技巧

談技巧，仍按往例分三方面進行。

(一)**選材的技巧**：這篇文章的題材是孟門山的現實自然環境提供的。作者要寫孟門山的地理形勢，那是客觀的景點，不能憑想像去揣摩，而要實地觀察、科學地調查、客觀地記錄，才能得到真實的材料。

全文的題材，「北屈縣」、「風山」、「孟門山」、「龍門山」等都是大自然的實景；「金玉」、「黃堊」、「湼石」都見《山海經》的記載；「洪水」和「禹鑿」的歷史景觀，則見《淮南子》，「九河之隥」見《穆天子傳》，「孟門」、「龍門」，又是現實之地理景觀，皆是調查所得。

至於「河中」形勢，「巨石」、「素氣」、「水」之萬尋，「懸流」等皆自然環境中的河水景觀和形勢，是觀察所見，調查所得的材料。慎子之言，得自《慎子》一書。《慎子》云：「河之下龍門，其流駛，如竹箭，駟馬追，弗

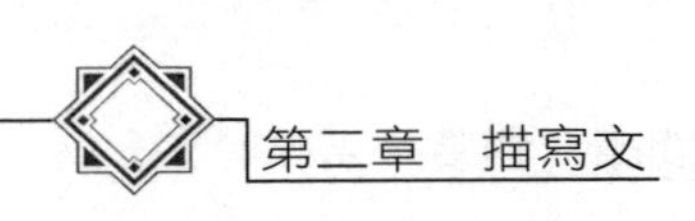

能及。」皆實有其物。

由調查取材，是文學創作蓄材的重要方法之一。

㈡**謀篇的技巧**：本文的布局受主題所限制，主題在於寫孟門山的自然環境、地理形勢。作者對文章的布局必然受自然形勢制約。自然形勢，先見山後臨水。所以文章的脈絡，先布置孟門山的形勢題材；後布置流過孟門津的河水題材。

就寫山而言，作者先寫其位置，寫位置以相近的山為準星，然後由大局入細部，寫其礦產，兼表地質，再由今向古寫史，以明其名的來由，採取的是由總而分的散象型脈絡；再看第二分描的布局：文章承上而來，先著眼於孟津以下的河流形勢，再寫其水文、奔浪、懸流、濤聲、至下口的流水。順著河水的流勢而下，分河形、流勢、流聲、平行布置，分別描寫，自然形成散分型脈絡。

結合一散象、一散分，自然形成一散分型描寫文章。

㈢**修辭的技巧**：這篇文章，前一部分，作者先兩用「頂真」手法，準確而又清晰地描繪了孟門山的地理位置；接著「三引古籍」描述了孟門山的地質和孟門山的來歷。寫「龍門之上口」、「河之巨阸」，為下文大寫河水作「鋪墊」，有先聲奪人之勢。

後一部分分三個層次寫，作者由夾岸山勢的描寫起頭，引用古人「水非石鑿，而能入石。」的名言，由夾岸山石的奇特形狀，反映時間隧道上黃河流水的沖擊澎湃。作者落筆於山，而意歸於水。然後描寫遠望黃河急流撞擊濺起的白色霧氣，像浮雲一樣浮動，揭示了黃河河面的美景；最後正面描寫黃河波濤洶湧流過孟門的壯美景象。寫水流的速度和氣勢；水流的聲響和形體。結尾引《慎子》，由慎子的驚嘆，加強河水湍急的氣勢，寫出了一幅驚心動魄的圖畫。文章一層跟著一層，承轉自如；一層推向一層，層層翻進，最後推出最精彩的景象。把黃河最光彩照人的形象，深深地印在讀者腦海裡，取得了最佳的藝術效果。

作者在這篇短文中，以素描為之，只有一些地方用頂真、鋪墊、照應、遞進、比喻、比較等修辭技法。作者具有很高的文學修養，又曾親到黃河流域考察，因此，描寫真切，形象妥帖，文中語言，富有節奏感。前一部分句式參差，節奏舒緩；後一部分以四言為主，句式整齊，節奏加快，音調鏗鏘，語氣急迫，最後以一個判斷長句，穩穩地將全文

收住，可謂水到渠成，五引古籍增加文章的真實性和可信性。酈道元在這篇文章中啟示人們如何表現自然美，使之成為藝術美。

〈三峽〉①

自三峽七百里中，兩岸連山，略無闕處；重岩疊嶂，隱天蔽日，自非亭午夜分，不見曦月②。至于夏水襄陵，沿溯阻絕③。或王命急宣，有時朝發白帝，暮到江陵，其間千二百里，雖乘奔御風不以疾也④。春冬之時，則素湍綠潭，回清倒影。絕巘多生怪柏，懸泉瀑布，飛漱其間⑤。清榮峻茂，良多趣味。每至晴初霜旦，林寒澗肅，常有高猿長嘯，屬引淒異，空谷傳響，哀轉久絕⑥。故漁者歌曰：「巴東三峽巫峽長，猿鳴三聲淚沾裳⑦。」

一、注釋

①三峽：在四川、湖北省境，揚子江上流的三個峽口。即瞿唐峽、巫峽、西陵峽。

②自三峽七百里中：盈滿在三峽七百里的。自：這裡有「在」的意思；通「詯」，盈。《方言》十二：「自，盈也。」闕：缺。重岩：重疊的山巖。疊嶂：重疊的高山。嶂：像屏障一樣的高山。自：如果，自然是。亭午：正午。夜分：半夜。曦：ㄒㄧ，陽光，此指太陽。

③襄陵：上岡陵。襄：上。陵：山陵。沿溯：船順流而下或逆流而上。沿：順下。溯：逆上。阻絕：交通阻隔，斷絕通行。

④或：有時。王命：皇帝的命令。宣：傳達告知。白帝：城名，今四川奉節縣東邊的山上。江陵：今湖北江陵縣。乘奔：乘飛奔的馬。御風：駕御如風迅疾的車。不以：不如。疾：快。

⑤素湍：白色的急流。素：白色。湍：ㄊㄨㄢ，急流的水。回清：回旋的清水。指山坳的回流水。絕巘：高峰。巘：ㄧㄢˇ，山峰。懸泉：從山崖上流下來，好像懸掛著的水。大的叫瀑布。漱：沖蕩。

⑥清榮峻茂：水清，樹榮，山高，樹茂。良：真，實在。晴初：初晴。霜旦：霜晨。澗肅：山洞寂靜。長嘯：放聲長鳴。屬引：連接不斷地鳴叫。淒異：異常淒涼。空谷：空

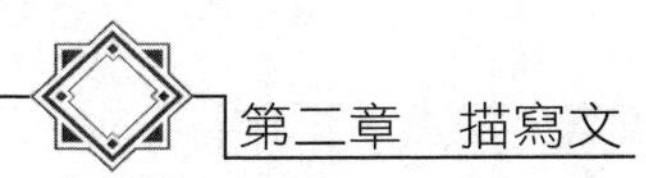

蕩的山谷。響：回聲。哀轉：悲哀的調子。轉：通「囀」，調子。《廣韻》：「囀，韻也。」久絕：經久方斷。⑦巴東：郡名。今四川東部雲陽縣、奉節縣、巫山縣一帶。巫峽長：巫峽最長。三聲：多聲。沾：沾濕。裳：衣裳。

二、作者

酈道元，見前〈孟門山〉作者欄。

三、主題和題材

漢人桑欽作《水經》，酈道元為之作注，是為《水經注》。本文選自《水經注》。取三峽為題材，寫其間山水形勢，聲色俱全。其寫景，曲折描繪，頗為精彩。

四、結構

這一篇的結構大局上和〈孟門山〉一樣，茲將其結構分析如下：

㈠自「自三峽七百里中」至「不見曦月」。寫三峽的山，又分兩部分描寫，一為「兩岸連山」；一為「重岩疊嶂」。

㈡自「至于夏水襄陵」至「猿鳴三聲淚沾裳」。寫三峽的水，又分春、夏、秋、冬四季的水文描寫。

*1.*夏水暴漲：寫「襄陵」、「沿溯阻絕」、水流「疾」等景點。

*2.*春冬美景：寫「素湍綠潭」、「回清倒影」、「絕巘怪柏」、「懸泉瀑布」、「清榮峻茂」等景點。

*3.*寒秋肅殺：寫「晴初霜旦」的「林寒澗肅」、「高猿長嘯」等景點。

這篇文章只一百五十五個字，卻寫出了七百里的萬千氣象。山川草木、峽谷深澗、懸泉瀑布、急流綠潭、高猿怪石、古柏寒林、漁歌民謠……應有盡有，萬象森羅，春、夏、秋、冬，各具風姿。字數少，容量大，處理不易，作者卻從容不迫，布置安排，舒卷自如。

文章分山、水兩部分，平行並列。寫山又分兩支部，一寫兩岸橫面的連山；一寫岸上縱深的「重岩疊嶂」，縱橫交叉，由空間呈現山的全面景觀。寫水又分夏、春冬、秋三支部，由時間呈現水的季節景觀變化。夏水著重其動的一面，寫水的「疾」；春、冬之水著重其動靜變化，先寫其靜「回清倒影」，再寫其動「懸泉瀑布」；秋水分「形」和「聲」兩方面寫，由「形」寫靜景「寒林、肅澗」，由「聲」寫動景「高猿長嘯」。如此結構，麻雀雖小而五臟俱全，把三峽全景概括盡了。這樣的脈絡成了散分型描寫文。其綱領如下：

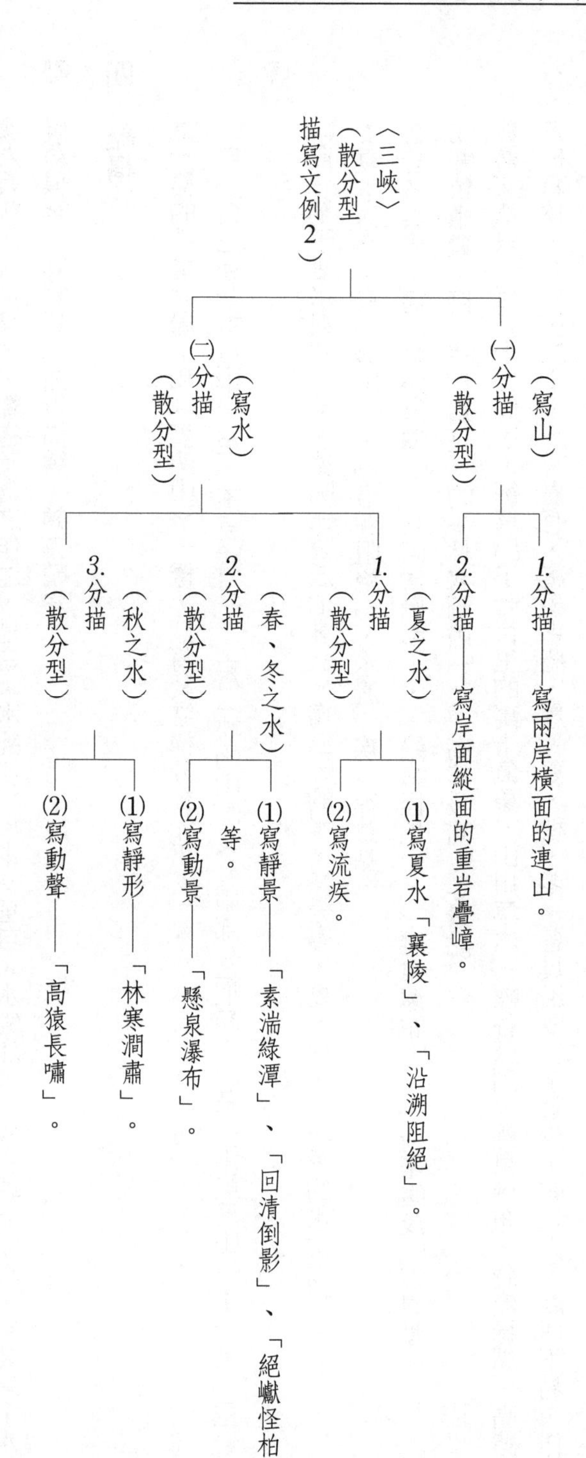

五、技巧

這篇寫景散文，文章雖短，結構卻繁複多層次，在取材、謀篇、修辭上，也有獨特的技巧。

㈠**選材的技巧**：文章寫的是三峽的地理形勢，題材是客觀的自然環境，是現成的。由於三峽的風景奇異，題材豐富，作者選材的方法，分山和水，取三峽的山、三峽的水。山取其縱橫景觀，「連山」、「重岩」、「疊嶂」，這是空間性的景；水取其四時之景，「漲水」、「素湍」、「綠潭」、「絕巘」、「怪柏」、「懸泉」、「瀑布」、「寒林」、「肅澗」、「猿聲」，把三峽最具典型的題材都掌握了。

㈡**謀篇的技巧**：文章的布局合情合理。百餘字的短文要窮三峽風光，盡四時景物，自然要花一番謀篇的思考。作者先寫七百里山勢，再寫四季水文，寫水又分夏水暴漲、春冬美景、寒秋肅殺，這當中具有嚴密的邏輯關係。作者劈頭落筆於山，山先入為主，極為自然，然而，這篇是《水經》「江水又東」後面的一段注，主要的是要注水，所以略筆寫山，輕輕帶過；詳筆寫水，所以大記其水。寫水分四季，先寫夏水，三峽的水由於山多、連山、高峰、峽間狹、夏天江水盛，比其他河流急，更為壯觀，所以先寫最著特色的夏水，順理成章；接著合寫春冬之水，那是春冬水文相似，江水由夏漲，至冬落，春在冬後，與冬相連，春水至冬落而未漲之時，同是風平浪靜的型態，故春冬合寫，以免景觀重複；而秋天，水枯谷空，林寒澗肅，高猿哀鳴，有其特色，故分寫秋水。作者依水文性質而記，匠心獨運，為江水作注，以江水為脈，水成了串連全文的一根線索，順流寫來，入情入理。

㈢**修辭的技巧**：文章全文是素描，可是作者在布局上巧妙安排，章節的過渡和語句的照應上，精心謀畫，所以文章或明或暗，前呼後應，細針密線，結構形散神聚，渾然一體，脈絡順暢，意圖明晰。

作者寫七百里山勢，文氣平靜舒緩，是靜態描寫；然後，突接江水，文氣劇變，夏水暴漲，寫江水的動勢，這一動，異峰突起，襄陵、阻絕，筆致欲揚先抑，先弛後張，前後節奏，反差強烈，令人驚心動魄。旋即，文氣由緊張急轉直下，變得輕鬆曉暢，展現眼前的是平靜中帶有微動的山水畫卷，「素湍」、「綠潭」、「回清倒影」、「絕巘怪柏」、「懸泉瀑布」，五光十色，真是「清榮峻茂，良多趣味」了。接著波瀾又起，「寒林肅澗」，「高猿長鳴」，文章節奏和氣氛，轉為沈重、弛緩、淒清、悲涼，結尾一曲漁歌，情真意切，迴腸蕩氣。全文節奏，一起一伏，曲盡其妙，一張一弛，扣人心弦。波瀾跌宕，節奏感強烈而富變化。

短短文章，寫四個層次，作者運用五個關聯詞，把全文天衣無縫地連接在一起。用「至于」二字，由山過渡到水；用「則」字，於轉折中暗示對比，使「夏水」巧妙地「流」至冬春；又用「每至」，推拓開去，自「多趣味」之時，暗引出肅殺之秋。五個字用於三個不同的場合，成為層次間的紐帶，極為簡練精當。

文章的言辭照應也有可觀，以寫山為例，文章先寫山後寫水，寫水又各有側重，先寫水勢，次寫色彩，再寫音響。但寫水處處有山，與篇首遙相呼應；言「夏水襄陵」，「陵」見山影；言「絕巘」，「巘」應首段之山；「峻」是對三峽山勢直接的、簡括的描寫；「高猿」之「高」，含蓄又傳神地回應了「重岩疊嶂，隱天蔽日」和「絕巘」。而「空

谷傳響，哀轉久絕」，更源於「兩岸連山，略無闕處」。「澗肅」、「巫峽長」，也與篇首一脈相承，珠聯璧合。前有鋪墊，後必照應；後用重筆，必先埋伏。照顧得全文結構嚴密緊湊，無隙可擊。

〈觀潮〉①

浙江之潮，天下之偉觀也②。自既望至十八日為最盛。方其遠出海門，僅如銀線；既而漸近，則玉城雪嶺際天而來，大聲如雷霆，震撼激射，吞天沃日，勢極雄豪。楊誠齋詩云：「海涌銀為廓，江橫玉繫腰③。」者是也。

每歲，京尹出浙江亭教閱水軍④。艨艟數百分列兩岸，既而，盡奔騰，分合五陣之勢，並有乘騎、弄旗、標槍、舞刀于水面者，如履平地⑤。倏而，黃煙四起，人物略不相睹，水爆轟震，聲如崩山；煙消波靜，則一舸無跡，僅有敵船為火所焚，隨波而逝⑥。

吳兒善泅者數百，皆披髮文身，手持十幅大彩旗，爭先鼓勇，溯逆而上，出沒于鯨波萬仞中，騰身百變，市旗尾略不沾濕，以此夸能⑦。

江干上下十餘里間，珠翠羅綺溢目，車馬塞途。飲食百物皆倍窮常時，而僦賃看幕，雖席地不容閑也⑧。

一、注釋

①觀潮：觀浙江潮的自然奇景和人文景觀。浙江潮，即錢塘江海嘯時的海潮。浙江下游入舊錢塘縣境，是為錢塘江，注杭州灣。錢塘江當海水滿潮時，與上流而來的江水衝突，產生海嘯現象，即所謂浙江潮，中秋節後三天為潮生日，是時，觀潮者雲集，蔚為奇觀。

②浙江：古漸水，河道曲折，故稱；又因曲折成「之」字形，又稱之江，或曲江。有新安江、東陽江、信安江三源。流至舊錢塘縣稱錢塘江，注入杭州灣。偉觀：景象盛大。

③既望：陰曆十六日，此指八月十六日，中秋節後一日。海門：鎮名，在今浙江省臨海縣東南。吳自牧《夢粱錄》卷二十〈浙江〉：「海門在江之東北，有山曰赭山，與龕山對峙，潮水出其間也。」銀線：一線水銀色。玉城：白玉砌的城牆，潮水翻捲高而成排如城牆。雪嶺：潮高如峰，

色白如蓋滿雪的山嶺。際天：天邊與水交接處。沃：澆、浴。楊誠齋：南宋詩人楊萬里。其詩云：「海湧銀為廓，江橫玉繫腰。吳儂只言黠，到老也看潮。」（見《誠齋集・江湖集》）廓：外城牆叫廓，這裡泛指城。

④京尹：京兆尹。國都所在地的地方長官，這裡指臨安知府。南宋以臨安為「行在所」（臨時首都），故稱府官為京尹。浙江亭：在臨安城南，錢塘江北岸。教閱：訓練閱巡。

⑤艨艟：ㄇㄥˊ ㄊㄨㄥˊ，一種形體狹長的戰船。五陣：指戰船按前後左右中編列成隊，形成攻擊勢態。《武林舊事》卷七：「管軍官于江面分布五陣。」標槍：舉槍操演。

⑥倏而：突然，一下子。略：幾乎。睹：看見。舸：ㄍㄜˇ，大船。

⑦吳兒：吳地少年。浙江省部分地區春秋時屬於吳國。泅：游水。披髮文身：不冠不簪，散開頭髮，身上刺青成紋。文：紋。係吳地古時風俗。十幅大彩旗：用十幅絲綢（或布）縫綴而成的各色旗子。溯逆而上：逆流迎面而上。鯨波：大波濤，洶湧的波濤；鯨魚所游，波大。萬仞：八萬尺深。夸能：誇能。

⑧江干：江岸。珠翠：真珠翡翠的珍貴首飾。羅綺：絲綢綺麗的服飾，此指穿羅綺戴珠翠的美女。溢目：滿眼，言其多。塞途：途上堵塞，言車馬多。倍窮常時：有常時飲食百物的一倍高價。僦賃：ㄐㄧㄡˋ ㄌㄧㄣˋ，租借。看幕：指臨時用帳幕搭成的看臺。

二、作者

周密（西元一二三二年～一三〇八年後不久），字公謹，號草窗，本濟南（今山東省歷縣）人，流寓吳興（今浙江省吳興縣）。生於宋理宗紹定五年，卒於元武宗至大元年後不久，享年七十七歲以上。幼年隨父親宦游閩衢等地。淳祐末（西元一二五二年）為義烏令。景定初（西元一二六〇年）為浙西帥司幕官。不久，奉檄至宜興，不久去官。遊杭，退居湖州。成淳中，監杭豐儲倉。宋亡，遷居杭州，以歌詠著述自娛。與宋遺民唐珏等相唱和。嘗居弁山，自號弁陽嘯翁，又號蕭齋、又號泗水潛夫。工詞，吳文英拿他和張先相比，有《蘋州漁笛譜》二卷，亦名《草窗詞》；又能詩，有《草窗韻語》，亦名《蠟屐集》；又有《齊東野語》、《癸辛雜志》、《志雅堂雜抄》、《浩然齋視聽抄》、《弁陽客談》、《武林舊事》、《澄懷錄》、《雲煙過眼錄》等；又選南宋詞為《絕妙好詞》。

三、主題和題材

這篇文章選自《武林舊事》。《武林舊事》是作者在宋亡之後，追憶南宋都城臨安（杭州）往事的作品。書的內容詳備生動，寄託著作者的故國之思。

〈觀潮〉這篇散文取錢塘江海潮的景象和觀潮的盛況為題材。寫遊人觀覽所見。錢塘江是浙江的下流，於浙江各流中為最大。全長四百多公里，流經臨安（杭州），在杭州灣入海。由於江道狹窄，水勢受阻，加上海潮倒灌，便形成了「錢塘潮」，「觀潮」遂為古今盛事。

四、結構

這篇文章寫的是中秋節後，八月十六日，觀浙江潮，作者把題材分成三個局部：

㈠自「浙江之潮」至「『江橫玉繫腰』者是也」。寫江潮壯觀，分總描江潮；分描遠景，僅如銀線，近景「玉城雪嶺際天而來」（又分形、聲、勢三部分），再引楊誠齋詩作結描，形成聚散型描寫型態。

㈡自「每歲，京尹出浙江亭教閱水軍」至「隨波而逝」。寫八月十六日京尹在浙江教閱水軍。先總寫教閱水軍，次分寫艦艇演習；又次分寫攻敵的演習。形成散象型描寫型態。

㈢自「吳兒善泅者數百」至「以此夸能」。寫民俗弄潮。

㈣自「江干上下十餘里間」至「雖席地不容閑也」。寫觀潮盛況。分別人車、飲食、看幕等三個局部寫之。為一散分型描寫型態，如將上面結構提綱圖式，便如下圖：

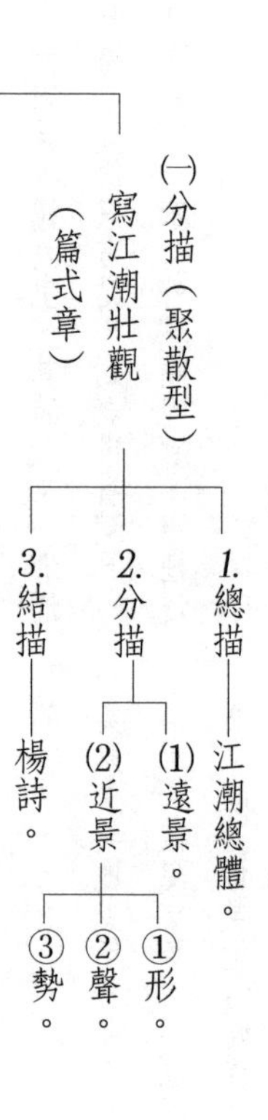

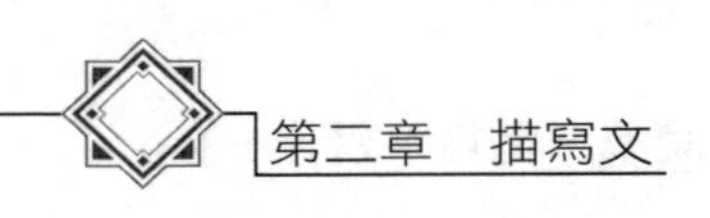

〈觀潮〉

（散分型描寫文例3）

- (二)分描（散象型）寫水軍演習（篇式章）
  - 1.總描——總寫教閱水軍。
  - 2.分描
    - (1)船列隊、演技。
    - (2)攻敵艦、殲敵。
- (三)分描（獨句章）——寫民俗弄潮。
- (四)分描（散分型）（聯合章）
  - 1.人車。
  - 2.飲食。
  - 3.看幕。

這篇文章由四個段落組成，各段落自成一個單元，獨立並列於文中。作者針對四個形象，分別先後加以描寫，形成散分型描寫文。

這種結構和一般的敘述文不同，它不是寫首尾連貫的動人情節；而是著重幾個場面的描寫。這幾個場面，各自成章，比方第一個場面，寫江潮偉觀，自成聚散型；第二個場面，寫水軍演習，自成散象型；第三個場面，寫民俗泅水技能表演，獨句成章；第四個場面，寫觀潮盛況，自己也是散分型，四個形象，既無開頭，也無結尾，只由主題觀潮，伏線一條，將潮和觀聯成一氣，成了單篇。是描寫文的一種特殊類型。

五、技巧

本文的技巧也可分三方面來談。

(一)**選材的技巧**：作者寫〈觀潮〉，主題在於寫八月十六日至十八日，三日間浙江潮和表演，以及觀潮的景象。因此他選材以景觀為主。潮盛期間，最具代表性的典型題材，可有自然景象和人文題材兩大類：

1.自然景象：作者當然依主題選「浙江潮」。又分遠景和近景，潮狀和潮聲等，選取題材。

2.人文題材：指的是出現在浙江潮盛時的人文景象。這方面的題材，作者選取的有三方面：

(1)教閱水軍場面的題材：有「京尹」、「水軍」、「艨艟」、「敵船」、「乘騎」、「弄旗」、「舞刀」、「弄槍」等。

(2)民俗競技場面的題材：「吳兒善泅者」、「大旗」、「鯨波」。

(3)觀潮者場面的題材：穿戴「珠翠羅綺」的人、「車馬」、「飲食」、「看幕」等。

(二)**謀篇的技巧**：題材選好後，作者要進一步考慮布局，那些題材要如何安排，方合情合理，才不違背事物的邏輯關係。

首先作者的主旨在於寫〈觀潮〉，觀潮的自然邏輯，是先有潮，後才產生觀的人文活動。故自然景象排在最前面。寫潮又由遠至近，遠處只見潮狀如「銀線」，不聞潮聲，近處不但潮狀「玉城雪嶺際天而來」清楚可見；連潮聲「如雷霆」，潮勢「震撼激射，吞天沃日。」明晰可聞，咄咄逼人。這還不算，再以楊誠齋詩句作見證，以證吾言不差，加強美感效果。

其次安排人文景象，不管水軍操演或風俗競技，都是趁中秋節遊客雲集的時刻，表演給人看的，先有表演方有觀眾，所以表演安排在先，觀眾安排在後。又人文表演，軍事演習比民俗競技重要。所以，布局時又以軍事演習排在前面。

軍事演習要有領兵官，所以先由京尹出現；再安排他所帶領的水軍，水軍以艨艟為代表，又以乘騎、弄旗、標槍、舞刀等暗寫英勇的士兵。先寫其列隊操演；再寫攻敵船；殲敵後的場面。操演和習戰，先後描繪，井然有序。

民俗競技的場面，寫吳兒善泅者的裝束和泳技以及水上表演，也是前後有序。

到觀潮的場面，先列人車馬，再寫飲食百物，最後寫看幕，也是依自然次序行文。

全文四個場面平行排列，由「觀潮」連成完整的篇章。

(三)**修辭的技巧**：本文的修辭以素描為主：全文總共不過三、四百字，卻藝術地再現了錢塘江海潮雄宏壯闊的景象和人文畫面。作者以生動的形象、清晰的層次，精鍊而準確的語言，描寫了潮來之狀，演兵之形，弄潮之勢，觀潮之盛。

除了核心手法素描之外，文中尚有比喻手法，如「銀線」喻遠潮；「玉城雪嶺」喻近潮；「如履平地」喻水兵健兒的高超本領；「大聲如雷霆」喻潮水澎湃之聲；「聲如崩山」喻「水爆」等。又用誇張手法，「吞天沃日」誇張形容潮勢之高；「出沒于鯨波萬仞之中」誇張潮水之廣闊深沈，形容弄潮兒的勇武氣概；「珠翠羅綺溢目，車馬塞途」誇張形容觀潮者之盛。又用映襯手法，如白浪掀天映襯水軍操練之嫻熟；波濤翻滾映襯吳兒水技之超絕；觀潮之盛映襯江潮之壯觀。

綜觀全篇，儘管篇幅不長，而場面熱鬧，內容豐富，所表現的意境壯闊，氣勢雄渾，剪裁得當，繁簡合宜，構思精巧，謀篇縝密，筆捲驚濤，騰挪多姿，語言簡鍊，描繪細致，有「尺幅之中展千里」之勢。

〈西湖七月半〉①

西湖七月半，一無可看，只可看看七月半之人。看七月半之人，以五類看之。其一：樓船簫鼓，峨冠盛筵，燈火優傒，聲光相雜，名為看月而實不見月者，看之②；其一：亦船亦樓，名娃閨秀，攜及童孌，笑啼雜之，還坐露臺，左右盼望，身在月下而實不看月者，看之③；其一：亦船亦聲歌，名妓閑僧，淺斟低唱，弱管輕絲，竹肉相發，亦在月下，亦看月而欲人看其看月者，看之④；其一：不舟不車，不衫不幘，酒飽飯飽，呼群三五，躋入人叢，昭慶斷橋，嘄呼嘈雜，裝假醉，唱無腔曲，月亦看，看月者亦看，不看月者亦看，而實無一看者，看之⑤；其一：小船輕幌，淨几煖爐，茶鐺旋煮，素瓷靜遞，好友佳人，邀月同坐，或匿影樹下，或逃囂裡湖，看月而人不看其看月之態，亦不作意看者，看之⑥。

杭人游湖，巳出酉歸，避月如仇。是夕好名，逐隊爭出，多犒門軍酒錢，轎夫擎燎，列俟岸上。一入舟，速舟子急放斷橋，趕入勝會。以故，二鼓以前，人聲鼓吹，如沸如撼。如魘如囈，如聾如啞，大船小船一齊湊岸，一無所見，止見篙擊篙，舟觸舟，肩摩肩，面看面而已。少刻興盡，官府席散，皂隸喝道去。轎夫叫，船上人怖以關門，燈籠火把如列星，一一簇擁而去。岸上人亦逐隊趕門，漸稀漸薄，頃刻散盡矣⑦。吾輩始艤舟近岸。斷橋石磴始涼，席其上，呼客縱飲。此時，月如鏡新磨，山復整妝，湖復頮面。向之淺斟低唱者出，匿影樹下者亦出。吾輩往通聲氣，拉與同坐。韻友來，名妓至，杯箸安，竹肉發⑧。月色蒼涼，東方將白，客方散去。吾輩縱舟，酣睡于十里荷花之中，香氣拍人，清夢甚愜。

一、注釋

①西湖：在浙江杭州市城西。以其在城西，故稱。因其風光明媚，故乃名勝之地。西湖有十景，平湖秋月、蘇堤春曉、斷橋殘雪、雪峰落照、南屏晚鐘、麴院風荷、花港觀魚、柳浪聞鶯、三潭印月、兩峰插雲等。七月半：中元。

②樓船簫鼓：配有管樂革樂等音樂演奏的雙層遊船。樓：雙層房室。簫：管樂器。鼓：革樂器。峨冠：高冠，此指戴高冠的人。優傒：優伶和僕人。優：伶。傒：ㄒㄧ，通「奚」，僮僕。

③名娃：名媛。娃：ㄨㄚˊ，美女，此指歌妓。童孌：即孌童，俊美的男童。孌：ㄌㄨㄢˊ。露臺：指樓船上的陽臺。

④名妓：有名的藝妓。《西湖志餘》：「蘇小小者，錢塘名妓也。」閑僧：野僧。淺斟：慢慢地飲酒。低唱：低回宛轉地唱。弱管：聲音輕細的簫笛。弱：輕柔。管：管樂器。輕絲：輕聲的琴瑟。絲：指彈撥樂器，弦樂器。竹肉：簫管和歌喉。竹：管樂器的材料，此指代管樂器。肉：喉。

⑤幘：ㄗㄜˊ，古代男子包頭髮的頭巾。昭慶：寺名，又名菩提院，在西湖東北岸，後晉天福元年（西元九三六年），吳越王修建。斷橋：原名寶祐橋，唐人稱為斷橋，在西湖白堤東端，靠近昭慶寺。嘄呼：高聲亂叫。嘄：ㄒㄧㄠ。無腔曲：不成調的曲子。

⑥輕幌：輕細的帳幔。幌：ㄏㄨㄤˇ，帷幔。茶鐺：燒茶的小鍋。鐺：ㄔㄥ，釜屬。素瓷：白淨的瓷杯。逃囂裡湖：到裡湖避吵鬧。裡湖：西湖裡的湖面。

⑦巳出酉歸：古人以十二地支記時，從夜半零時開始，每兩個小時為一時辰。巳時為上午九時至十一時。酉時為下午五時至七時。好名：好名好事的人。犒：賞賜。門軍：守城門的兵士。擎燎：舉著火把。速：召，促。急放：急開。勝會：熱鬧的集會。二鼓：二更天，古時把一夜分成五更，二更約為晚上九時至十一時。鼓吹：鼓和簫笛，指音樂聲。魘：ㄧㄢˇ，夢驚。囈：夢語。皂隸：衙役。喝道：官員外出，衙役在前面開路，喝令行人閃開，叫喝道。

⑧艤：ㄧˇ，整舟準備靠岸。《集韻》：「南方人謂整船向岸曰艤。」石磴：石階。頮：ㄏㄨㄟˋ，洗面。往通聲氣：過去打招呼。韻友：風雅的朋友。

二、作者

張岱（西元一五九七年～一六八六年），字宗子。見前〈筠芝亭〉作者欄。

三、主題和題材

這篇文章以七月十五日遊西湖的人物勝景為題材。文章選自《陶庵夢境》卷七。作者在文中別開生面，脫開窠臼，不涉墨於景，只著色於人，寫出看月的人物情態。

四、結構

這篇文章的結構分兩個部分，分別描寫兩個畫面：

㈠自「西湖七月半」至「亦不作意看者，看之」。描寫遊西湖時所看到的人物情態。作者先寫七月半可看的遊人，總其型態寫之，後分五景寫各種情態之人：

其一是「名為看月而實不見月者」，他們「樓船簫鼓，峨冠盛筵，燈火優傒，聲光相雜。」是來湊熱鬧，露貌相的。

其二是「身在月下而實不看月者」，他們坐樓船，攜名娃閨秀童孌，笑啼盼望，出來露相又看人的。

其三是「亦在月下，亦看月而欲人看其看月者」。他們坐船聲歌，帶名妓友閑僧，喝酒唱歌，弦管相發，是出來看月給人看的。

其四是「月亦看，看月者亦看，不看月者亦看，而實無一看者」。他們不坐舟車，不衫不幘，酒飽飯飽，裝醉嘈鬧，是游手好閒，耗時耍鬧的。

其五是「看月而人不看其看月之態，亦不作意看者」。他們小船輕幌，淨几煖爐，茶鐺素瓷，賞月喝茶，匿影樹下，逃囂裡湖，好友佳人，邀月同坐。

㈡自「杭人游湖」至「清夢甚愜」。寫七月半西湖遊湖景象。又分兩支部：

1. 自「杭人游湖」至「一一簇擁而去」。寫杭人白天遊湖。分逐隊趕會和興盡散去兩時段描寫。

2. 自「岸上人亦逐隊趕門」至「清夢甚愜」。寫吾輩遊湖在「斷橋石磴始涼」時始，呼韻友名妓同賞明月，飲宴聽歌，東方將白，客方散去，吾輩縱舟，酣睡十里荷花中，清夢甚愜，不知次日已臨。

全文結構成散分型，前一部分是散象型；後一部分是散分型。特為之提綱於下：

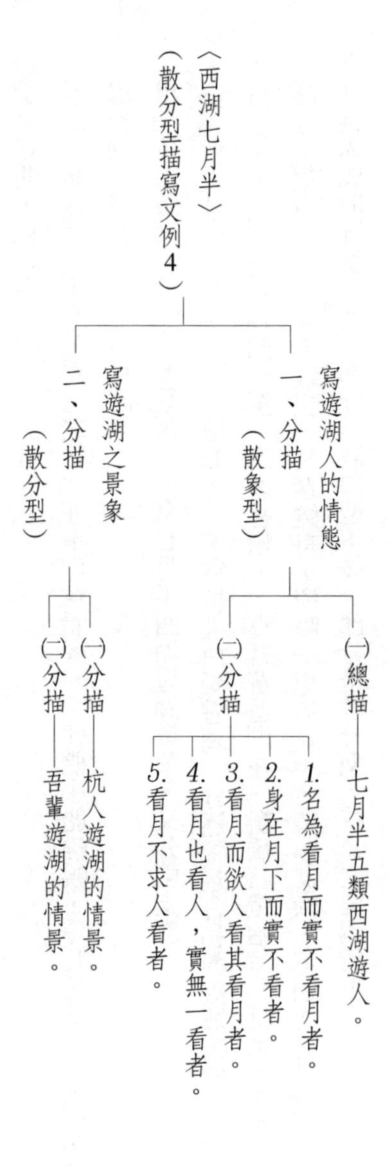

散分型結構在本文中，表現得相當靈活。第一部分，作者由於構思時的思維形式，是先總後分，所以形成散象型形式；第二部分，由於內容上，作者將自己的遊湖與世俗杭人的遊湖分開，其思維形式分兩層推進，於是描寫便形成兩小章進行，這就形成散分型結構形式了。由於人類具有共同的思維形式，能了解這種多樣化的公共信息網絡，所以我們能完美無缺地理解這篇文章的結構。

五、技巧

㈠**選材的技巧**：作者寫這篇〈西湖七月半〉時，他選的核心題材不是西湖的自然景觀，而是人。這種選材的方向，當然受作者的創作主題所牽引。

由於作者創作時不願因襲傳統的遊記寫法，而別開生面，脫開舊窠臼，所以其主旨不以涉墨於景為能事，而立志於人物情態的著色。因此，題材便以五種遊人情態為主；而寫遊湖，其題材也集中於杭州世俗人和己輩雅人的情態，所以西湖十景反而以陪襯題材的身分，只有昭慶斷橋的身影出現。這種選材取向，是很特別的。

㈡**謀篇的技巧**：文章既是以寫遊人的情態為主題，首先作者便以意外之筆，劈頭告訴人「西湖七月半，一無可看。」等讀者驚疑時，作者馬上接說「只可看看七月半之人」。這句話中，已暗示文章的主題在「人」了。寫遊湖的人，分五類，逐類加以分描，這就註定布局要用散象型格局了。遊人的情態寫好了；作者才寫遊湖，把七月半遊湖的熱鬧場面展現出來。寫遊湖依時間分，「巳時」遊湖和「酉時」以後遊湖，又把遊人分類與時間交配；「巳時」出遊，寫的是杭州世俗之人遊湖；「酉時」以後，俗人之遊結束，吾輩雅人遊湖賞月才開始，一直到東方既白。其間又分動靜，「巳時」之遊寫熱鬧的俗景，「酉時」以後，寫幽靜的賞月之景。

這樣布局，便成一散象型、一分象型，共組成一大分象型，脈絡是分明的，結構是緊密的。

㈢**修辭的技巧**：文章以素描為主要手法，其素描遊湖五類人物，手法細膩，筆墨各異，色彩亦不同；描寫遊湖，運用動詞的變換，刻畫遊客急切的動態，又以急管繁弦的節奏譜出了遊船繁雜的情景，筆調生動。這是素描功力深，運筆巧妙的結果；又文中除素描之外，有多處用比喻，如「如沸如撼」、「如魘如囈」、「如聾如啞」喻狀「人聲鼓吹」，「如列星」喻狀「燈籠火把」，「如鏡新磨」喻狀月，都很貼切；又「山復整妝，湖復頮面」，用擬人法，生動可愛。對照法在文中也發揮了作用，比方前一大截寫遊人五類是靜態描寫；後一大截寫遊湖是動態描寫，前後動靜相對。再說，第一大截五類中，又有看月與不看月；假看月與真看月的對照；第二大截則有俗人遊湖和雅士遊湖相對照。

綜合言之，這篇文章主題鮮明，取材特殊，布局富匠心，技巧高趣，素描運用得當，比喻準切，擬人生動，文詞優美，形象具體，格調清新，是一篇有魅力的散文。

〈小斜川〉[1]

當鑿池時，畚鍤才興，石趾已稜然欲起。及深入丈許，峭崿怒出，有若渴驥奔泉，俊鶻決雲者[2]。水入罅齒間，微風激之，噌吰響答，似坡老所記石鐘山狀，淵明春日之游，摩詰輞川所築，將無是耶[3]。舟泛讓鷗池，由此及岸，有別徑可達太古亭[4]。川上多種老梅，素女淡妝，臨波自照，從讀易居相望，不止聽隔壁落釵聲矣[5]。

一、注釋

①小斜川：祁氏家庭園林寓山中的小川。

②畚鍤：ㄅㄣˇ ㄔㄚˊ，畚是用草繩或竹篾編成；或用木材、金屬製成的盛物器具，類似大筐。鍤：即鍬。石趾已稜然欲起：石山趾呈稜角形如欲冒出。石趾：石基，山石趾。稜然：有角貌。崽崿：ㄓㄞˇ ㄗㄨㄛˋ，山石高而險峻的樣子。怒出：躍出。渴驥奔泉：口渴的駿馬奔向泉水，喻水勢甚急。《唐書‧徐浩傳》：「嘗書四十三幅屏，八體皆備，如怒猊抉石，渴驥奔泉。」袁桷〈凝雪石詩〉：「癡蟇端食月，渴驥欲奔泉。」俊鶻決雲：雄猛的鶻鳥衝上雲端。以上二句皆形容石距形貌。

③罅齒：岩石有縫隙，犬牙交錯。罅：ㄒㄧㄚˋ，裂縫，漏洞。噌吰：ㄔㄥ ㄏㄨㄥˊ，亦作噌呟，象聲詞。響答：回響。坡老所記石鐘山狀：蘇東坡〈石鐘山記〉：「大聲發于水上，噌吰如鐘鼓，不絕。」淵明春日之游：陶淵明〈游斜川詩并序〉「開歲倏五日……迴譚敬游目。」序云：「辛丑正月五日……同遊斜川。臨長流，望曾城。」開歲：春日。春日游：春天游斜川。摩詰輞川所築：王維在輞川所築勝景。摩詰：王維字。輞川：王維別莊所在。

④讓鷗池：寓山祁氏私家園林中的一景。祁彪佳《寓山注》〈讓鷗池〉：「終不若輕鷗容與，得以飽挹波光，任是雪練澄泓，雲濤飛漱，在鷗不作兩觀。翻覺濠濮之想，猶有機心未淨。主人故不敢自有其池，而以讓之鷗。但恐鷗亦見猜，避而不受身。」太古亭：寓山園林中的亭子。

⑤素女淡妝：古神女穿著樸素的服裝。讀易居：應是寓山園林中的書齋。

二、作者

祁彪佳，見前〈回波嶼〉作者欄。

三、主題和題材

本文以小斜川為題材。小斜川是一條小小川流，作者寫其氣象，寫其壯觀。文章雖短，所寫的氣象卻是萬千。

四、結構

這篇文章才一百多字，結構也簡單：

(一)自「當鑿池時」至「俊鶻決雲者」。描寫石趾下，石林怪石聳立，型態各異：有的形同駿馬奔向泉水；有的狀如雄鷹擊於長空。

(二)自「水入罅齒間」至「將無是耶」。描寫石林中的水。水流湍急，穿於石縫之間，由於石有空洞，微風穿過，發出如鐘磬鳴聲。猶如蘇軾〈石鐘山記〉所記，這是陶淵明所遊斜川以及王維輞川山莊所無。

(三)自「舟泛讓鷗池」至「有別徑可達太古亭」。描寫小斜川通讓鷗池，上岸有徑通太古亭。

(四)自「川上多種老梅」至「不止聽隔壁落釵聲矣」。描寫川上老梅。

這樣，作者將小斜川分石林、流水、別徑、川上梅等四個局部描寫，四個景點並立，於是文章便成散分型的描寫文。

〈小斜川〉
（散分型描寫文例5）

- (一)分描——寫石趾下石林。
- (二)分描——寫小斜川的流水。
- (三)分描——寫小斜川的水路和岸上別徑。
- (四)分描——寫川上老梅。

五、技巧

(一)**選材的技巧**：這篇文章的題材是現成的。作者以它營構小斜川的景點。文章的題材，就在小斜川的自然環境中。是現實的存在。作者只要依現實取材，照客觀描寫，就水到渠成。

於是石趾下的「石林」、川中的「水流」、「舟」、「讓鷗池」、「別徑」、「太古亭」、「老梅」等，是自然環境中典型題材，為小斜川獨有，而為作者所選取。

(二)**謀篇的技巧**：祁彪佳構園，每每依自然條件而略飾點綴，在小小天地之中，塑出大氣象來，這是和他的審美感受息息相關的。他自己說：「大抵虛者實之，實者虛之；聚者散之，散者聚之；險者夷之，夷者險之。……如名手作畫，不使一筆不靈；如名流作文，不使一語不韻。此開園之營構也。」（《寓山注》引）。

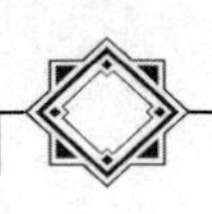

小斜川雖小，氣象卻目不暇接。它原是鑿池時的偶然發見，尋石趾開鑿下去，怪石聳立，型態各異；而石林之外，小斜川水流湍急，穿於石縫之間，發出噌吰之聲；順水流坐舟到讓鷗池，上岸取別徑就到太古亭。川上種很多老梅如素女淡妝，臨波自照，可與讀易居相望。整組景致營構頗富匠心。

文章也是就依此營構寫下來，謀篇布局也如景點區劃，布置了散分型形式。

(三)**修辭的技巧**：文章的修辭在素描中，運用了比喻，如「有若渴驥奔泉，俊鶻決雲者。」、「素女淡妝，臨波自照。」一比石勢，一比梅姿，巧極。又有比較對照，如「微風激之，噌吰響答，似坡老所記石鐘山狀」、「淵明春日之游，摩詰輞川所築，將無是耶。」以「石鐘山」、「斜川」、「輞川」和小斜川比較對照，以寫其水聲，流狀。

練　習

(一)試閱讀下列諸文並為其標點、分段，作結構分析。

1. 王微〈黃連贊〉。
2. 顏延之〈碧芙蓉賦〉、〈蜀癸贊〉。
3. 蕭繹〈采蓮賦〉。
4. 李商隱〈虱賦〉。
5. 白居易〈荔枝園序〉。
6. 劉元卿〈猱〉。
7. 張岱〈虎丘中秋夜〉。

(二)試以散分型描寫下列諸文。

1. 猿。
2. 虎。
3. 象。
4. 梅花鹿。
5. 杜鵑。
6. 七星山記。

(三)試選四篇散文鑑賞範作，讓學生課外學習。

第三章 議論文

思維形式和文章結構具有相對應關係，是學界所公認的。議論文的結構在本質上，屬於邏輯思維。我國古代稱為「議」或「論」，如《周易》和《尚書》的時代都稱為「議」；《論語》以後才稱「論」。其後，「議」和「論」並稱，直到宋朝，真德秀在他的《文章正宗》中，才合「議論」而稱之。議論文就是議論以說理，表達見解，以理智明辨是非曲直的文章。它以議論為主要表達手段，通過概念、判斷、推理等邏輯方式，直接闡明人們對整個世界的認識。

劉勰《文心雕龍・論說》云：「原夫論之為體，所以辨正然否；窮于有數，追于無形；跡堅求通，鉤深取極；乃百慮之筌蹄，萬事之權衡也。」可見議論文這種文體，是用來辨明是非的；要對現象作徹底的探索，追究到超越形象的理論；攻破困難而求得貫通，要深入探索，取得最後的結論；它是求得各種理論的手段，是評價各種事物的天秤。就創作的目的來說，有立論和駁論之分。立論，在闡明事物的道理，建立自己的主張；駁論在反駁別人的言論。

無論是立論或駁論，一篇議論文中，一般都有三個要素，即論點、論據、論證。論點，是提出觀點；論據，是提供依據；論證，是予以證明，以資完成理的闡發。三者關係密切。論點，不管形諸作者頭腦中，還是見諸文章中，都可視為一個先提出的初步結論。這個初步結論是否正確、是否科學、能否成立，還有待於證明和論證，於是它需要向外延伸。延伸是論點求得證明和深化的需要，也是文章說理的需要。論點的延伸首先遇到的是論據。論據給論點提供事實，提供理論，讓它站在堅實的基礎上。這樣不僅使論點有了支撐，而且文章也具有了豐富的材料。僅僅提供了論據還不足以證明論點，因為論點和論據間的必然邏輯聯繫還沒有被發掘出來，還是各自獨立的。結論需要延伸，需要對論據分析、發掘、透視、綜合，將論據中蘊涵的理和論點聯繫起來，相互結合。這樣，論點不再是蒼白的、抽象的、無力的，而是變得有血有肉，生機勃勃，強健有力。這個過程就是論證。所以，論證在於證明論點和論據之間的關係，

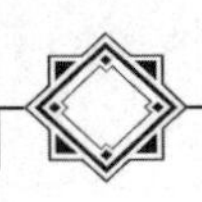

論證的完成，標誌著一篇議論文的結束，至此，論點被確立，道理也講清了。

論點和論據在議論文中的位置，是由論證的方式決定的。論證的方式須遵循議論文最基本的程序，亦即提出問題——分析問題——解決問題的思維性邏輯過程。而這個思維的邏輯過程，在議論文中往往由歸納邏輯思維和演繹邏輯思維來主導。因此，歸納和演繹的邏輯思維，其出現的先後次序以及相互作用，決定了論證的方式，安排了論證的脈絡；從而安置了論點和論據的位置。而論點和論據在議論文中的位置，也就是論證程序在議論文中形成的脈絡，決定了議論文的結構規律。

因此，議論文的結構規律和邏輯思維形成相對應的關係。由現代科學證明，人類的基本思維方式，有邏輯思維和形象思維等。我們第一章所論的敘述文和第二章所論的描寫文，它們的結構模式都由構思時的形象思維決定；而本章討論的議論文和下章要討論的說明文，其結構模式卻由邏輯思維決定。議論文的結構規律由形式邏輯之歸納和演繹的推理方法制定；說明文的結構規律決定於辯證邏輯之分析和綜合的推理方法，兩者同中有異，異中有同。形式邏輯的歸納和演繹是議論文論證過程中，兩種必然的基本推理方法，這兩種基本方法的運用決定了論證的脈絡，安置了論點和論據的位置，形成議論文的各種模式。

議論文的結構和邏輯思維都是客觀事物的反映，它絕不可能僅僅服從於形式邏輯，更不可能遠遠離開辯證法，而辯證法是放之四海而皆準的，形式邏輯和辯證邏輯互相區別又互相滲透。作家寫作議論文，運用邏輯思維構思，進行論證，在形式邏輯和辯證邏輯互相滲透，彼此作用下，論證力量因反覆申說的歸納或演繹而加強，也因歸納證明和演繹證明的分別運用，互相合作，而牽動論證的脈絡，移動論點和論據的位置，由是形成四種基本議論類型。這四種類型，即歸納型；演繹型；演歸型；分論型。下面對這四種類型，分別論述，並各舉五篇古人論作加以印證說明。

第一節　歸納型議論文

就思維形式看，議論文中的歸納類型是歸納推理法則居於主要地位的結構類型。正如歸納推理一樣，歸納型議論文的論證過程仍離不開「從材料到觀點」的邏輯法則。它的論證過程仍然採用歸納推理的方式；不同的地方僅僅在於

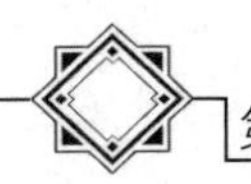

它是反覆論證的過程，在反覆論證的過程上，每個前提就是一個具有相對獨立性的分論單位，而且其中的關係比較複雜，是由二個以上的分論單元，推出結論之理的論證過程。分論，從剖析事理，陳列論據入手。《文心雕龍・論說》云：「是以論如析薪，貴能破理。斤利者，越理而橫斷；辭辯者，反義而取通。」析理無論是縱向，是橫向，是順向，是逆向，大抵先誘人入佳境。從剖析問題的某方向論起，然後逐層深入，步步推進；從問題的某方面引導出另一方面，進入第二分論，再由第二方面推向第三方面，或平行推進、或環環相扣、或逆轉突進，以期從不同角度推進，將問題剖析透徹，然後綜合各分論，由各分論的剖析中引出結論，提出觀點。由於這種議論建構的模式，是由論據到論點的過程，兩者的關係比較複雜，在事理已剖析清楚之後，才提出觀點，結論因而水到渠成，較易為人信服和接受。由於論證過程總是先擺出材料，提出理論；然後作出結論，提示論點，明確觀點，因此它的文章脈絡總是先列分論；後作結論。所以，我們可為它所形成的形式，作出一個規律性的模式，以概括式的綱領表現它：

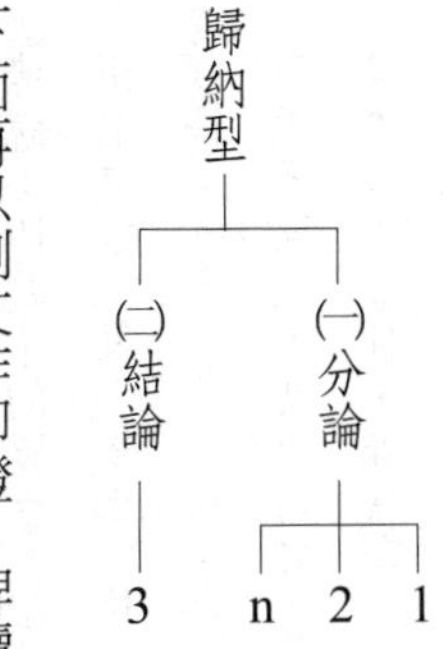

下面再以例文作印證，俾讀者熟練其論證規律，領悟其推理論證的寫作方法，並由例文的閱讀、鑑賞過程中，學得這類文章的閱讀、鑑賞和創作方法。

〈生于憂患，死于安樂〉

舜發于畎畝之中①；傅說舉于版築之間②；膠鬲舉于魚鹽之中③；管夷吾舉于士④；孫叔敖舉于海⑤；百里奚舉于市⑥。

故天將降大任于斯人也，必先苦其心志，勞其筋骨，餓其體膚，空乏其身，行拂亂其所為，所以動心忍性，曾益其所不能⑦。

人恆過，然後能改；困于心，衡于慮，而後作；徵于色，發于聲，而後喻⑧。入則無法家拂士，出則無敵國外患者，國恆亡⑨。

然後，知生于憂患而死于安樂也⑩。

一、注釋

①舜：上古虞代的國君。發：起。畎畝：泛指田野。畎：ㄑㄩㄢˇ，田間的水溝。畝：田隴。

②傅說：殷武丁的賢臣。版築：築城工人。版：築土牆用的夾板。築：築土之杵。

③膠鬲：ㄐㄧㄠ ㄍㄜˊ，人名，殷人，遭紂王之亂，隱遯為魚鹽販賣商人，文王得之，舉以為臣。

④管夷吾：管仲，春秋齊桓公相。士：獄官，此指囚禁管仲的獄官。管仲先助公子糾，與齊桓公爭立，公子糾死，管仲受囚，其友鮑叔牙力薦於桓公，桓公用為相。

⑤孫叔敖：春秋楚人。蔿賈之子。蔿賈被殺，敖與母隱於海濱。後為楚莊王相，三月而楚大治，助莊王成霸業。海：海濱。

⑥百里奚：春秋虞人，字井伯。虞亡，為晉所俘，晉獻公嫁伯姬於秦，奚為秦穆姬夫人媵，至秦。奚恥而去秦，為楚郢人所得。秦穆公聞其賢，以五羖羊皮贖之於郢都市肆。用為相，七年而霸，世稱奚為五羖大夫。市：市場，指買賣奴隸的市場。

⑦空乏其身：使他身受貧窮之苦。任：責任。空乏：資財缺乏。行拂亂其所為：違背擾亂他的作為，令他飽受挫折。拂：違背。亂：擾。動心忍性：使他們心裡常保持警惕，性格變得堅強柔韌。動心：使心驚動。忍：堅，通肕。《集韻》：「肕，堅柔也，亦作忍。」曾益其所不能：對他們本來不能做的事有所參加，也就是增加了他們的能力。曾：增。

⑧恆：常。過：犯錯誤。困：苦，指苦苦思索。衡：同「橫」，梗塞，指不順利。作：奮起，指有所作為。徵：察驗。色：容色，臉色。喻：了解。

⑨入：指在國內。法家：有法度的世臣。拂士：能直諫匡過的臣。拂：ㄅㄧˋ，同「弼」，匡正。出：指在國外。敵國：相匹敵抗衡的國家。外患：外國的災害。

⑩生于憂患：憂患能激勵人勤奮，因而得生。死于安樂：安樂使人怠惰乃至亡身。

二、作者

孟軻（西元前三七二年～前二八九年），字子輿，一字子車。戰國鄒（今山東鄒縣東南）人。生於周烈王四年，卒於赧王二十六年。享年八十四歲。早喪父，母三遷方定居於學宮旁，嬉習俎豆之事，受業子思門人。學成，歷遊梁、齊、宋、魯、滕諸國。那時，天下正盛行合縱、連橫的思想，諸侯以攻伐為賢，而孟子以孔子道統的繼承人自居，向所歷國君述唐、虞三代之事，王道的政治理念，所以所至不合，於是歸國，與門人萬章等著書至終。有《孟子》一書傳世，傳為其弟子萬章、公孫丑等所纂輯，內容皆孟軻言論及其與時人和門人的問答之語。

孟子的學說承孔子仁、義、禮之統，又提出性善說作為補充；主張仁政，要求恢復井田和世卿制，倡「民為貴，君為輕」的民本主張。

三、主題和題材

這篇文章摘錄自《孟子．告子下》。作者在這篇短篇議論文中，運用所選的題材，試圖通過歷史人物事蹟和事理推論的方法，闡明「生于憂患，死于安樂」的人生道理。激發人奮發圖強，在卑賤而不氣餒的心理；告誡人耽於安樂足以亡身，以期行健自強，恆久不息，俾社會和國家日趨強盛清明。

四、結構

這篇文章的論證過程，是先列舉古代聖賢在困難憂患中崛起的事例；接著推論先苦後甘，先困後成，可以增益人能力的道理；然後，由學習心理著眼，論憂患足以磨練心智，使人領悟道理，所以，無憂患足以亡國；最後才提出結論。全文結構如下：

㈠自「舜發于畎畝之中」至「百里奚舉于市」。一連列舉了六位古代聖賢，都由困厄中崛起，而達成功之境的事例，為論據。

㈡自「故天將降大任于斯人也」至「曾益其所不能」。藉「天命」論述苦勞、餓乏、挫折，可以「動心忍性」、「曾益其所不能」的學習道理，以見「生于憂患」的原理。

㈢自「人恆過」至「國恆亡」。由嘗試錯誤，不斷改進以成就的學習原理，論無督促之友，對抗之敵，過而不知，心無警惕，終將亡滅，以闡明「死于安樂」的道理。

㈣「然後，知生于憂患而死于安樂也」。提出自己觀點，總作結論。

由上面的分析，可知這篇議論文的論證過程，是先分論，後總論；也就是先亮論據，後提論點，屬歸納型議論文。其結構可提綱如下：

〈生于憂患，死于安樂〉
（歸納型議論文例1）

- ㈠分論
  - 1.古代聖賢很多起於困乏，然後成功。
  - 2.憂患可動心忍性，曾益其所不能。
  - 3.過而能改，不斷改進方能明瞭道理；無輔弼，無敵國，恆亡。
- ㈡結論——生于憂患，死于安樂。

五、技巧

和敘述文、描寫文一樣；議論文的寫作技巧，也可分選材、謀篇、修辭的技巧等三方面來討論。

㈠**選材的技巧**：由這篇議論文的內容來看，作者在寫作之前，先已選擇了六位歷史人物作為論據。這六個歷史人物，都是在困難憂患中崛起的聖賢，他們都在憂患中磨練自己的身心，最後得到成功；是在憂患中求生、生長起來的典型。*1.*舜在田野中受困於父母、惡弟，然終能克服，受堯舉為天子；*2.*傅說困於傅巖，終能得武丁的舉用，成為名相；*3.*膠鬲受辱於殷紂，隱居魚鹽之肆，終能得周文王舉用，佐武王得天下；*4.*管夷吾佐公子糾失敗，受困囚車，得齊桓公重用為相，糾合諸侯，一匡天下；*5.*孫叔敖因父親蔿賈被殺，隱居海濱，得楚莊王舉為相，佐莊王霸諸侯；*6.*百里奚受困於虞、晉，得秦穆公舉用為相，佐穆公霸西戎。六個賢人都是出於憂患的實例。然後，又選「動心忍性」的論點以及「無法家拂士」、「無敵國外患」必亡的理論，以為論述「生于憂患，死于安樂」的理論推演題材。

㈡**謀篇的技巧**：題材選好後，作者在構思時也已擬定好論證的程序，即先論述歷史事例，陳列論據，證明歷史上有這麼多生於憂患的典型人物；其次，由這些人物的經歷，申論其所以能生於憂患的理由，乃是他們能體天意，以「憂患」為「動心忍性，曾益不能」之資，接著再由反面論「死于安樂」。論「死于安樂」，先承上申論「過能改」、「受困而後作」、「徵……而後喻」，再轉折入反面，「無法家拂士」、「無敵國外患」的人，不知過，無慮心，不曉喻，只知安樂過日，「國恆亡」。最後才結出觀點——「生于憂患，死于安樂」。全篇的脈絡就是如此安排、如此發展的。這就是作者謀篇的功夫，謀篇功夫決定了議論文的類型。

㈢**修辭的技巧**：這篇文章既是議論文，其主要的表達方式當然是「議論」，「議論」就表達手段而言，它是擺事實、講道理的手法。即通過擺事實、講道理來明辨是非，作出判斷，提出見解，發表言論，以表明作者的立場、觀點和方法。文章的首段擺出的是六個事實，二段和三段就是承首段由正面和反面講道理；最後一段提見解。

在首段，作者運用六個相同的句式，對於同一論題，進行多角度、多層次的說明，有如千流萬壑，一時俱下，形成不可阻擋的氣勢。六位聖賢的成功事蹟，從數量上給讀者以深刻印象，使讀者覺得「生于憂患」確是一種普遍存在的社會現象，而在句法上又用排比句，氣勢宏偉；接著又極力舖排艱難環境給人們帶來的磨難，反襯了聖賢成功的不易，然後再歷述聖賢面對艱難憂患的正確態度與處理方法。很有說服力。

文中遣詞用字，儘量擴充每一詞語，尤其是動詞的容量，如首段共六句話，六個動詞，包括一個「發」，六個「舉」，既表現了人物由微賤向顯達的運動過程，又暗示了人物身分。舜是君，是聖人，他的成功，固然因為堯的賞識，但主要靠的是自身的才能和努力，故曰：「發」；傅說等是臣，是賢人，他們的成功，固然因為自身的才能和努力，但主要靠的是明主的知遇，故曰：「舉」。

再者文中「生于憂患」和「死于安樂」的論證，一正一反的論說，互相映襯，互為補充，是映襯法的修辭手法。而論「生于憂患」由聖賢而到一般性道理，由個別到一般，層層推論，又是層遞法修辭技巧的運用，邏輯嚴密，說服力強。

〈非法先王〉①

上古之世，人民少而禽獸眾，人民不勝禽獸蟲蛇。有聖人作，構木為巢，以避群害，而民悅之，使王天下，號之曰有巢氏②。民食果蓏蚌蛤，腥臊惡臭而傷害腸胃，民多疾病。有聖人作，鑽燧取火，以化腥臊，

而民說之，使王天下，號之曰燧人氏③。中古之世，天下大水，而鯀、禹決瀆。近古之世，桀紂暴亂，而湯、武征伐④。

今有構木鑽燧于夏后氏之世者，必為鯀、禹笑矣。有決瀆于殷、周之世者，必為湯、武笑矣⑤。然則今有美堯、舜、鯀、禹、湯、武之道于當今之世者，必為新聖笑矣⑥。

是以聖人不期修古，不法常可，論世之事，因為之備⑦。宋人有耕者，田中有株，兔走觸株，折頸而死。因釋其耒而守株，冀復得兔。兔不可復得，而身為宋國笑。今欲以先王之政治當世之民，皆守株之類也⑧。

一、注釋

①非法先王：效法先王是錯的。先王：古聖王，指堯、舜、禹、湯、武。

②上古之世：相當於原始社會的原始群時期。不勝：不能制止。聖人：智德卓越，神明不可測知的人。作：出現。構木：架木。王天下：為天下王。王：ㄨㄤˋ，治。有巢氏：傳說是發明巢居的人。

③果蓏：古代木本植物的果實，叫果；草本植物的果實，叫蓏。蓏：ㄌㄨㄛˇ，此指野生瓜類。蚌蛤：ㄅㄤˋ ㄍㄜˊ，貝殼類，蟹和蛤蜊。腥臊：ㄒㄧㄥ ㄙㄠ，臭惡。臭：氣味。鑽燧取火：鑽木燧取火種。鑽：用鑽子鑽燧以磨擦燧而生熱。燧：ㄙㄨㄟˋ，古取火具。有由日光取火的鏡叫金燧；以木取火曰木燧；以石取火曰燧石。說：通「悅」。燧人氏：傳說發明鑽木取火的人。

④中古之世：相當於氏族公社時期。鯀：ㄍㄨㄣˇ，夏禹之父。禹：夏禹。決：疏導。瀆：水道。桀、紂：夏桀、商紂，都是末代亡國的昏君。湯、武：商湯、周武。分別為商、周建國之君。

⑤今：如果。夏后氏之世：指夏朝。殷：即商朝。商至盤庚曾遷都於殷（今河南安陽市西），故稱商為殷，或殷商。

⑥美：讚美。堯：唐帝。道：政策。新聖：新時代的聖人。

⑦期：期望，羨慕。修古：遠古。修：長遠以前。常可：永遠合適的制度，指傳統慣例。論：研討。世之事：當代的事件。備：準備，措施。

⑧宋：春秋宋。株：露在地面的樹根。走：跑。釋：放下。耒：翻土農具。冀：希望。身：自己，指宋人。政：政治理念。當世之民：當代的人民。類：輩。

二、作者

韓非（西元前二八〇年？～前二三四年）。戰國時韓國公子。卒於秦始皇十三年。喜刑名法術之學，歸本於黃、老，為人口吃不能道說，而善著書。與李斯同受業於荀卿。當時韓國削弱，韓非發憤著書，批評時政。書傳到秦國，得到秦始皇激賞。因攻韓逼非入秦。非入秦後，受李斯妒害，下獄，被逼服毒自殺。死後，始皇後悔莫及。韓非是法家的集大成者。他把法家的前驅——商鞅的「法」治（以法律治民）、申不害的「術」治（以權術治民）、慎到的「勢」治（以威勢治民）綜合起來，創造了以「法」為核心的法家學說體系。他的文章喜以寓言為論據，在議論文中創造了經、說合體的文學體裁，文辭犀利，富於論辯色彩。著有《韓非子》。

三、主題和題材

這篇短論，選自《韓非子・五蠹》，文章論時代各有其當務之急，各有其社會問題，治理當今之世，應「論世之事，因為之備。」不可因循傳統政治，不求新政。全文以「非法先王」為主旨。提出各時代各有政治方式的歷史題材，作為論據，藉以進行推論。

四、結構

這篇短篇議論文在主題的制約下，作者先以歷史傳說作為大前提，再申說道理，最後作結論。它的結構如下：

㈠自「上古之世」至「而湯、武征伐」。分上古、中古、近古三世，論各世聖人治世方法均不同。是列舉三個論據以為大前提，以便啟下申論。

㈡自「今有構木鑽燧于夏后氏之世者」至「必為新聖笑矣」。承上申論，今有美三世之道者，必為新聖笑。如小前提。

㈢自「是以聖人不期修古」至「皆守株之類也」。據上面的論證得出結論——聖人非法先王。

論文的結構提綱如下：

〈非法先王〉

（歸納型議論文例2）

- (一)分論
  - 1.上古、中古、近古三世不同法。
  - 2.今有美三世之道者，必為新聖笑。
- (二)結論——聖人非法先王。

議論文是人們按照客觀事物的因果體系進行反覆論證的文章。這個因果體系，從邏輯上看就是歸納演繹的去體系化這個論證，辯證地看來就是從基於量變引起質變的客觀規律，而由推理變為論證，從而增強了邏輯力量。這兩個特點是議論文區別於說明文的關鍵所在。說明文也基於因果關係進行說明，但不採取反覆論證的方式；議論文中的論點、論題與分論之間也具總分關係，但是議論文不是決定於總分關係，而是決定於反覆論證的因果關係。

正由於這個緣故，所以一切議論文（包括立論和駁論），都要求能夠充分說理。其中的道理就是因果聯繫，就是歸納、演繹的邏輯聯繫。韓非的這篇〈非法先王〉，其論證過程，採取了先分論後結論的形式，它的結構屬於歸納型。文中，首先列舉上古、中古、近古的事實作為論據，證明中古與上古不同法，近古與中古不同法。這是第一層的反覆論證。接著又從反面進行論證，反覆證明襲用古法必為新聖所笑，進一步加強論證的邏輯力量。在這一部分，先講上古聖人固然憑構木為巢和鑽燧取火而得到人民擁護為君，但是中古再有人襲用這種古法來治水，那就必然為新聖所笑；又講中古聖人固然由於決瀆治水而獲得人民擁護為君，但是近古再有人要用這種方法來對付桀、紂的暴亂，那也是藥不對症的蠢事。這部分是二層的反覆論證。因此，本文有很強的邏輯性。是由歸納的論證關係，反覆推論出來的。下面把前後兩個層次的邏輯關係，作個說明：

(一)有巢氏以構木為巢獲得人民擁護。

燧人氏以鑽燧取火獲得人民擁護。

禹王以決瀆治水獲得人民擁護。

（這三個歷史事實，提示的道理是「中古與上古不同法，近古與中古不同法。」）

所以上古、中古、近古三世不同法。

(二)在夏禹時構巢、鑽燧必為鯀、禹所笑。

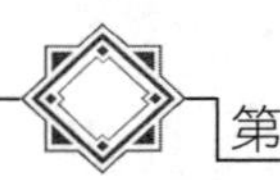

在殷、周時決瀆必為湯、武所笑。

（這個推論，提示「禹王、武王都不效法先王。」）

所以今世有美三世之道者必為新聖所笑。

上述兩個層次的論證形式都決定於歸納關係，即其邏輯關係是從具體事例推出一般原則——聖人非法先王。這是根據長期的歷史事實，按照歸納法則，講明因果關係，從而作出結論。

〈非法先王〉的基本間架只有分論和結論兩大部分。它之所以要先分論而後結論，這除了決定於一種邏輯因素之外，還決定於一定的心理因素。也就是說，歸納型之所以要從具體事實說起，這是為了首先給人以生動具體的感受和暫時隱蔽自己的觀點。先講得生動具體些，是為了便於理解，容易給讀者強烈的印象，避免抽象理論枯燥無味。暫時隱蔽自己的觀點，是為了避免針鋒相對的嚴重局面，以免一開頭就引起人們的反感，拒人於千里之外。就邏輯順序來說，先從論據說起，從具體的事實說起，最後亮出論點，這是所謂「君子善假於物」，借重事實本身的邏輯，避免任何主觀因素，真可謂「水到渠成」，非常雄辯，無懈可擊。

文章的結論還用「守株待免」的寓言以為類比論證的依據，加強文章的邏輯性和形象性，可說是古代議論文的特有手法。具有反覆申述論點的功效，今人較少應用。

五、技巧

這篇議論文的技巧分三部分來談：

㈠**選材的技巧**：〈非法先王〉一文的選材由主題決定，作者在這篇文章中要表現的主題是因襲傳統的制度是不對的，先王解決問題的方法不值得效法，因為它不適合解決當代問題的需求。基於這個主題，作者為要證明古代聖賢各因自己時代的問題需要作出解決的辦法，所以選了「上古之世」、「中古之世」、「近古之世」等三個時代，以各時代的問題「人民不勝禽獸蟲蛇」、「民食果蓏蚌蛤，腥臊惡臭而傷害腸胃」、「天下大水」、「桀紂暴亂」等；以及解決問題的聖人和方法「有巢氏構木築巢」、「燧人氏鑽燧取火」、「鯀、禹決瀆」、「湯、武征伐」等題材作為論據，以證明古代聖人治世不相襲的論點。

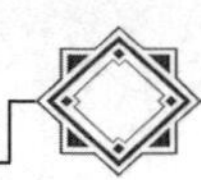

其次又選了推論所需，比喻論證所用的寓言「守株待兔」故事。

㈡**謀篇的技巧**：題材選好，作者下面要作的是設計論文綱要。正如前面論結構時所言，作者的謀篇：

首先提出證據，從具體事實說起，給人以生動具體的感受，作者暫時隱藏自己的觀點，先講古代三世的社會問題，各世聖人解決問題的方法，讓讀者理解，得到強烈的印象。

然後作者才根據上述的論據，由反面推論，以論證如違反依問題提出解決辦法這個理則，必為新聖所笑。

最後，水到渠成，亮出論點，令人信服。文中又講「守株待兔」的寓言，以作為不知變通的愚昧形象，喻比因襲先王法的不當。

這樣安排文章脈絡，自然就成歸納型議論文了。

㈢**修辭的技巧**：這篇議論文，作者首先用排比法，排比三世的史事，又於推論和結論兩部分，繼續排比，文章的氣勢強，節奏鏗鏘有力。

分論和分論之間，分論和結論之間，相承、相應，照映周密。結尾以寓言喻比，有餘味。

再者，結尾以寓言喻比，是比喻法之運用。

明・孫礦說：「勁而多波，肆而藏骨，議論奇辯雄透，是韓子之雋。」

社會是不斷發展的，治理當今之世，必須採取新的措施。「以先王之政，治當世之民。」乃不識時變，是可笑的作為。所說切近事實。全文古樸，不露鋒芒，結尾「立片言以據要」，回視前文，無不緣此設論，歸納法得到淋漓盡致的發揮。巧絕，巧絕。

〈諫獵書〉①

臣聞：「物有同類而殊能者，故力稱烏獲；捷言慶忌；勇期賁育②。」臣之愚，竊以為：「人誠有之，獸亦宜然。」今陛下好陵阻險，射猛獸。卒然遇逸材之獸，駭不存之地，犯屬車之清塵③。輿不及還轅，人不暇施巧。雖有烏獲、逢蒙之技不得用。枯木朽株盡為難矣！是胡越起於轂下，而羌夷接軫也④。豈不殆哉！雖萬全而無患，然本非天子之所宜近也⑤。

且夫清道而後行，中路而馳，猶時有銜橜之變⑥，況乎涉豐草，騁邱虛。前有利獸之樂，而內無存變之意。其為害也不難矣⑦。

夫輕萬乘之重，不以為安；樂出萬有一危之塗，以為娛，臣竊為陛下不取⑧。蓋明者遠見於未萌，而知者避危於無形。禍固多藏於隱微，而發於人之所忽者也⑨。故鄙諺曰：「家纍千金，坐不垂堂。」此言雖小，可以諭大。臣願陛下留意幸察⑩。

一、注釋

①諫天子狩獵。《史記・司馬相如傳》：「（相如）常從上至長楊獵。是時，天子方好自擊熊彘，馳逐野獸，相如上疏諫之。」是「書」即「疏」。本傳錄此文，文後云：「上善之。」

②物：萬物，此指人獸在內的物類。故下云：「人誠有之，獸亦宜然。」同類而殊能：同種類而有特殊的才能。烏獲：秦力士。《史記・秦本紀》：「武王有力，好戲，力士任鄙、烏獲、孟說，皆至大官。」慶忌：吳王僚之子，以勇捷稱。《呂氏春秋・忠廉》：「吳王遣要離刺慶忌，曰：『吾嘗以六馬逐之江上矣，而不能及；射之矢，左右滿把，而不能中。』」賁育：孟賁和夏育二位古勇士。《孟子・公孫丑》疏引《帝王世紀》：「孟賁生拔牛角，是之為勇士也。」《史記・袁盎列傳》索隱引《尸子》：「孟賁水行不避蛟龍，陸行不避兕虎。」《戰國策・秦策三》：「烏獲之力而死，賁、育之勇焉而死。」

③宜然：應有如此殊能的獸。好：喜愛。陵：迫近，超越，登。阻險：險阻，峻險山阻。卒然：猝然，突然。逸材：出眾之材。逸材之獸：猛獸。駭不存之地：在不明危險的地方受驚駭。存：察。不存：意外。屬車：天子侍從的車乘。清塵：謂車行所揚起的沙塵。

④輿不及還轅：車不及旋轉車轅，車不及掉轉車頭。輿：車。轅：車前掛馬身上的直木。人不暇施巧：箭手不及施展射術。不暇：不及。巧：射箭之術。烏獲，應「輿」字，指御車的力士；逢蒙，應「人」字，指古之善射者。《孟子・離婁下》：「逢蒙學射於羿，盡羿之道，思天下惟羿為愈己，於是殺羿。」枯木朽株盡為難矣：在不測的變化下，枯木朽株，盡足以致覆車傷人之害。胡越起於轂下：獵車遇變，逸材之獸反噬以撲向聖體，猶胡越敵兵埋伏於車輪所過的獵場，突然竄起。胡：匈奴。越：南越。轂下：車

輪經過的地方。羌夷接軫：西羌西南夷的敵兵，緊接於天子乘輿，近身刺駕。言如匈奴、南越埋伏在天子車駕之後，欲傷害天子。

⑤殆：危險。萬全而無患：一切安全，不用擔心。《韓非子・解老》：「事必萬全，而舉無不當，則謂之寶矣。」近：接近。《詩・大雅・民勞》：「敬慎威儀，以近有德。」

⑥清道：天子出，必先清掃道路，警戒以禁止行人往來。中路：天子馳道的正中。天子出，御車居中，兩側侍衛緊隨，以保萬全。銜橜之變：指銜橜脫落，馬失控而危及乘輿之人的變難。銜橜：馬嚼子銜於馬之口中，兩端以繩相繫而執於御者之手，以制馬之行止。銜：馬嚼子。橜：亦為馬嚼子。

⑦涉豐草：跋豐草。踐踏茂密的草原，指車在叢草密林中奔馳。騁邱虛：在邱崗上奔馳。前有利獸之樂：前面有貪獵野獸的歡心。利：貪得。《禮記・坊記》：「先財而後禮，則民利。」注：「利，猶貪也。」內無存變之意：內心無應變的準備。內：心。存變：察變，應變。意：警戒心。其為害也不難矣：不難為害，易造成禍害。

⑧萬乘：天子。重：尊貴。不以為安：不以天子之尊而作安全之計。樂出：喜歡到。萬有一危之塗：萬全之中，藏有一危險機率的地方。以為娛：以為娛樂。竊為：私下認為。不取：不值得。

⑨萌：發生。《商君書・更法》：「愚者暗於成事，智者見於未萌。」無形：無跡象。《文選注》引《太公金匱》：「明者見兆於未萌，智者避免於無形。」隱微：隱蔽細微，不易見。忽：忽略，不經意。

⑩鄙諺：坊間流傳的話語。家纍千金：富厚的家。《史記・呂不韋傳》：「（不韋）往來販賤賣貴，家纍千金。」纍：積累。坐不垂堂：謂不坐在屋簷下，以防簷瓦墜落傷人。《史記・袁盎列傳》：「盎答文帝曰：『臣聞千金之子坐不垂堂，百金之子不騎衡，聖主不乘危而徼幸。』」垂堂：堂屋的邊緣，指堂屋簷下。諭：說明。幸察：希望明察。

二、作者

司馬相如（西元前一七九年～前一一七年），漢代辭賦家。字長卿。蜀郡成都（今屬四川省）人。年少時喜好讀書、擊劍。先事景帝任武騎常侍，梁王上朝，隨從鄒陽、枚乘、莊忌等與相如投合，因到梁為客卿。梁孝王死後，相如回成都。與友人往臨邛富豪卓王孫家作客，以琴音挑逗卓文君，與文君私奔成都。漢武帝讀〈子虛賦〉，甚賞識，狗監楊得意告知為相如在梁時所作，武帝召見，因獻〈上林賦〉，任為郎官。後又為朝廷檄喻巴蜀，通西南夷，兩使巴蜀，任中郎將。因謗失官，幾年後，方復任侍從。後因病卒於家。

相如為武帝侍從，隨天子出獵，見行獵之險，因上疏諫之。

三、主題和題材

這篇文章的主題在於勸諫武帝不可涉險行獵，要珍惜天子身分的尊貴，不要「輕萬乘之重，不以為安；樂出萬有一死之塗，以為娛」。題材多為狩獵之險和天子之尊的現實生活素材和事理之律，作者掌握其間的關係，進行論證。

四、結構

作者以歸納的論證形式，寫這篇疏，全文除了前後「臣聞」、「臣願陛下留意幸察」等應用文套語外，可以說是典型的歸納型議論文結構，其脈絡如下：

㈠自「臣聞」至「然本非天子之所宜近也」。論逸材之獸易傷人，阻險之地易生變故，防不勝防，即有萬全之計，身為天子亦不宜涉蹋。這段本身也是一個歸納型議論模式。

1.自「臣聞」至「獸亦宜然」。論「物有同類而殊能者」，獸而殊能者，猛逸足為害。

2.自「今陛下好陵阻險」至「豈不殆哉」。論逸材之獸受驚嚇而為害，雖有勇士之御、神箭之士不能制，猶胡越羌夷之兇敵發難轂軫之下，危險至極。

3.「雖萬全而無患」至「非天子之所宜近也」。結論天子不宜出獵。

㈡自「且夫清道而後行」至「臣竊為陛下不取」。論清道而行尚有御馬不聽駕馭之變，何況狩獵時，一意驅獸，心不知防變，易生禍難；更何況輕天子之尊，冒萬有一危之險以行樂，是為不當。這一部分，也是用歸納法進行討論。

1.自「且夫清道而後行」至「猶時有銜橜之變」。論清道之警，猶有意外。

2.自「況乎涉豐草」至「其為害也不難矣」。論狩獵驅馳險地，更易為患害。

3.自「夫輕萬乘之重」至「臣竊為陛下不取」。論天子不應輕忽己身，涉萬有一危之塗，以為娛。

㈢自「蓋明者遠見於未萌」至「臣願陛下留意幸察」。論禍由輕忽生，明者防患未然，天子不應涉險出獵。這一部分也用歸納法。

1. 自「蓋明者遠見於未萌」至「而知者避危於無形」。論知者防患未然。
2. 自「禍因多藏於隱微」至「而發於人之所忽者也」。論隱微之禍，易為人所忽。
3. 自「故鄙諺曰」至「臣願陛下留意幸察」。論天子不當涉險出獵。

由上面的結構論析，我們可以把這篇論文的綱領，圖示如下：

〈諫獵書〉（歸納型議論文例3）

- (一)分論——逸獸傷人阻險生變，不宜輕涉。
  - 1. 分論——論猛獸足為害。
  - 2. 分論——論狩獵至為危險。
  - 3. 結論——天子不宜涉危。
- (二)分論——論清道尚有變，何況狩獵之險不可輕涉。
  - 1. 分論——論清道猶有變。
  - 2. 分論——論狩獵更易生難。
  - 3. 結論——不可輕忽出獵。
- (三)結論——知者防未萌，天子不當輕忽出獵。
  - 1. 分論——論知者防未萌。
  - 2. 分論——隱微之禍易為人所忽。
  - 3. 結論——天子不當涉險狩獵。

按照客觀事物的因果關係進行論證，基於量變引起質變的客觀規律，司馬相如這篇〈諫獵書〉，首先提出物有同類而殊能者，正如人有殊能，獸亦有猛逸的事實，推論陵阻險、射猛獸，是危險之事，天子不宜近；其次，以上面論述為依據，進一步推論，又以清道尚有變為舖墊，推向馳騁獵場的危險之必然，以證天子出萬有一危之塗的不當；最後，在上面兩層論證的基礎上，推出明者防未然，知者避危於無形的理則，推出希望天子不可輕忽隱微之禍的觀點。如此分三層推論，加強論證的邏輯力量。下面請看前面三層的邏輯關係：

(一)物有同類而殊能者：

人有殊能，獸亦有逸材。

陛下陵阻險、射猛獸，是危殆之事。
（獵場是險地，易生禍難。）
所以，天子不可近。
㈡清道而後行，中路而馳，時有銜橛之變。
涉豐草，騁邱虛，為害不難
（獵場是險地，易生禍難。）
所以，天子如出萬有一危之塗，不贊成。
㈢明者遠見於未萌，知者避危於無形。
禍多藏於隱微，發於人之所忽。
（狩獵隱藏為人所忽的禍難。）
所以，天子應深思，不可涉險。
全文分由三個雛型的歸納模式結合成一個完整的歸納型文體。

五、技巧

這篇議論文的技巧，我們還是依選材、謀篇、修辭三方面來談。

㈠**選材的技巧**：這篇文章的主題是勸皇帝不要涉險出獵，要諫正皇帝狩獵，一個最好的理由是狩獵有危險。本文作者為了要論狩獵有危險，他先選作為舖墊的題材：烏獲、慶忌、賁、育，作為「物有同類而殊能者」的證據，以類比「逸材之獸」，「逸材之獸」、「不存之地」是論證狩獵之險的核心題材。其次為論證之需又選了「屬車」、「逢蒙」、「胡越」、「羌夷」、「鄙諺」等輔助題材。

㈡**謀篇的技巧**：作者謀篇，是依歸納型的論證過程進行。他先論逸材之獸易為難，獵場是險境，天子不宜近。論這個道理，也是用歸納法。先以殊能的人類比以見野獸之逸材；次論陵阻險、射猛獸，危殆至極，天子不可接近。其次，由清道而後行，中路而馳，也會有銜橛之變，推論涉豐草，騁邱虛，危險更大，以證輕萬乘，出萬有一危之塗的

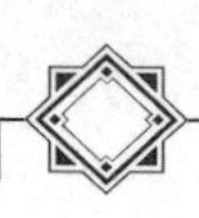

不當。最後，再由明者遠見於未萌，知者避危於無形，論天子當留意隱微之禍，不可輕忽。

前面兩分論，後面結論，都以論證的方式進行。形成雙層歸納，一母孵三子的形式。

㈢修辭的技巧：這篇文章的修辭，甚有特色：

1.比喻的運用：如以人之殊能類比獸之逸材；以逸材之獸犯車駕比喻「胡越起於轂下，而羌夷接軫」，以鄙諺：「家累千金，坐不垂堂」論比天子不當出獵。可以說是善比喻。

2.層遞法的運用，作者又善用層遞手法，以加強論說的力量。如首段論狩獵之險，由「陵阻險，射猛獸」，而「駭不存之地，犯屬車之清塵」，而「輿不及還轅，人不暇施巧」。將危險的程度層層提高；到「雖有烏獲、逢蒙之技不得用。枯木朽株盡為難矣！是胡越起於轂下，而羌夷接軫也。」真是危殆到了極點。再如由「時有銜橜之變」而至「涉豐草，騁邱虛」，說禍難的發生，也是層遞而增，加強了危險氣氛。而結尾引鄙諺作論，是引例論證的應用。

總之，這篇文章除了歸納論證法外，又用比喻論證、引例論證等手法，進行推理。而前後照映嚴密，結構嚴謹，論事條理，層次分明，事理與人情兼顧。事之險與人之尊是作者論證時，貫穿全文的主要線索。以此兩條線索為核心，安排題材，推進理論，以諫正天子狩獵，難怪武帝覽奏，為之首肯（《史記・司馬相如傳》云：「上善之。」）。

〈國馬說〉

有乘國馬者與乘駿馬者並道而行。駿馬嚙國馬之髮，血流於地。國馬行步自若也，精神自若也，不為之顧，如不知也[1]。既，駿馬歸，芻不食，水不飲，慄而立者二日。駿馬之人以告國馬之人曰：「彼蓋其所羞也。吾以馬往而喻之，斯可矣。」乃如之。於是國馬見駿馬而鼻之，遂與之同櫪而芻，不終時而駿馬之病自已[2]。

夫四足而芻者，馬之類也；二足而言者，人之類也。如國馬者，四足而芻，則馬也；耳目鼻口，亦馬也；四支百骸亦馬也；不能言而聲，亦馬也；觀其所以為心者，則人也。故犯而不校，國馬也；過而能改，駿馬也[3]。有人焉，恣其氣以乘人，人容之而不知者多矣[4]。觀其二足而言，則人也；耳目口鼻，亦人也；四支百骸，亦人也。求其所以為人者而弗得也⑤。

彼人者以形骸為人，國馬者以形骸為馬。以彼人乘國馬，人皆以為人乘馬。吾未始不謂之馬乘人。悲夫⑥！

一、注釋

①國馬：國用的馬匹。《周禮・考工記・輈人》：「國馬之輈。」注：「國馬，謂種馬、戎馬、齊馬、道馬。」駿馬：名馬。《韓非子・十過》：「屈產之乘，寡人之駿馬也。」嚙：咬。自若：自在。

②既：事後。芻不食：不食草。慄：戰慄。其所羞：羞其所為。喻：曉喻，安慰。鼻之：以鼻相聞親。櫪：槽。芻：食草，動名詞。不終時：不到一個時辰。自已：自己痊癒。

③四支：四肢。百骸：全身。言：說話。聲：發鳴聲，鳴叫。所以為心者：心情。犯而不校：被侵犯而不計較。

④恣其氣：放肆，任心而為。乘人：陵人，欺負人。《小爾雅・廣言》：「勝，凌也。」容之：容忍他，寬容他。

⑤二足而言：有兩條腿而能說話。所以為人者：所以成為人而別的動物未具者。

⑥形骸：形體。乘國馬：騎國馬。人乘馬：人騎馬。馬乘人：馬騎人，馬勝過人。乘：勝。

二、作者

李翺（西元七七二年～八四一年），字習之。隴西成紀（甘肅成安）人。唐代散文家。貞元十四年（西元七九八年）登進士第，授校書郎，三遷至京兆府司錄參軍，元和初年，任國子博士，史館修撰。少年時勤學，博雅好古，為文尚氣質。因正直敢言，無所避諱，雖有才學，久不得升。元和十五年（西元八二〇年），升考功員外郎、禮部郎中，嘗面責宰相李逢吉之過，出為廬州刺史。大和三年（西元八二九年）拜中書舍人，因事左授少府少監。大和七年，改任潭州刺史、湖南觀察使。大和八年，召為刑部侍郎，官終山南東道節度使。會昌元年（西元八四一年）卒，謚文，世稱李文公。

李翺曾從韓愈學習古文，辭致渾厚，為當時所重，風格平易，少作詩歌，有文集十卷。

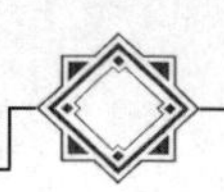

三、主題和題材

李翺個性峭鯁，仕宦不甚顯達，佛鬱不快。這篇文章似是有為而發。內容以國馬和駿馬等題材為依據，論說國馬，讚美牠「犯而不校」，其實是借題發揮，言國馬所以為心是人，駿馬也「過而能改」，然而人有「忞氣乘人，人容之而不知」則是連馬都不如了。主題是罵人不如馬。暗寓嘲諷之意。

四、結構

這篇議論國馬能犯而不校，其心勝忞氣以乘人的人。

㈠自「有乘國馬者」至「不終時而駿馬之病自已」。假設一寓言，謂國馬為駿馬嚙髮，血流於地，而自若不顧；駿馬事後，不食不飲，慄立不安；人以國馬往喻駿馬，駿馬病乃已。作者於此先提出論據，以為下面推論之資。

㈡自「夫四足而芻者」至「求其所以為人者而弗得也」。承上以人與馬相較，先推論國馬具人性，犯而不校；駿馬過而能改；然後論人之「忞其氣以乘人，人容之而不知」、無「所以為人者」之性。

㈢自「彼人者以形骸為人」至「悲夫」。結論提出觀點，人而「忞氣乘人」，則不如馬矣。

全文論證形式決定於歸納關係，其邏輯關係正是從具體事例推出一般原則——忞氣乘人，不如馬（獸類）。作者根據設定的寓言，以為論據，說明獸有人性；然後拿人和馬比較，以見「犯而不校」、「過而能改」的馬有人性；反過來，人如「忞氣乘人」、「不知人之容己」，則無人性；最後依人性之有無定勝負，結出人不如馬的論點。其邏輯關係如下：

㈠國馬被嚙髮至流血而神態自若。

駿馬嚙國馬而不安，得國馬原諒而已病。

（國馬能諒恕，駿馬知己過。）

所以馬有人性。

㈡國馬犯而不校。

駿馬知改過。

人恣氣乘人，不知人之容己。

（馬有人性。）

人無人性。

㈢人不如馬。

作者先講一個故事，首先給人以生動具體的感受和暫時隱藏自己的用意。由於故事生動具體，便於理解，給人印象強烈。而其邏輯順序是先從論據說起，假物以說事，雖是假設，卻有證據的性質；然後推論出馬有人性，而人若乘人而不知，便是無人性，最後水到渠成，亮出觀點，有人性的馬勝過無人性的人。如將結構概括成綱領便如下：

〈國馬說〉

（歸納型議論文例4）

㈠分論——國馬犯而不校，駿馬知過。

㈡分論——不校和知過之馬有人性；人若乘人而不知，是無人性。

㈢結論——無人性的人不如有人性的馬。

五、技巧

㈠**選材的技巧**：這篇議論文選材單純，依主題的需要，作者選的是受囓髮而意氣自若，「犯而不校」的國馬，與「過而能改」的駿馬，以營構一個虛而有趣的寓言。然後，選一恣氣乘人而不知人之容己的無人性之人。再以人性為衡量標準，以作比較，進行論證。

㈡**謀篇的技巧**：作者採用歸納法的論證形式，先擺論據，敘述寓言故事。其次，批兩馬表現許以具人性，然後以與無人性的人作比較，由是結出人不如馬。

㈢**修辭的技巧**：這篇雖為議論文，卻以敘述為輔助手法。分論㈠，作者擺出前提，設定論據，使文章生動奇聳，增加說服力，以資論證和說理。

其次，作者也運用比較法。分論㈠，「國馬行步自若也，精神自若也，不為之顧，如不知也。」、「駿馬歸，芻不食，水不飲，慄而立者二日。」是兩馬的比較；分論㈡，「夫四足而芻者，馬之類也；二足而言者，人之類也。」是拿人與馬作比較，而且下面的推論又在比較法下進行，比較對照是這篇議論文的主要手法。

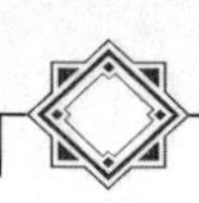

全文有散有偶，節奏自然；就形骸與所以為心者、反覆比對論較，邏輯性強，富有說服力。雖然作為論據的是寓言，推論的因素是主見，但過程有情理，近事實。先秦諸子的論證形式得到很好的發揮。

〈上韓昌黎書〉①

古之胥教誨，舉動言語，無非相示以義，非苟相諛悅而已②。執事不以籍愚暗，時稱發其善，教所不及，施誠相與，不間塞於他人之說，是近於古人之道。籍今不復以義，是執竿而拒歡來者，烏所謂承人以古人之道歟③？

頃承論於執事，嘗以為：「世俗陵靡，不及古昔，蓋聖人之道廢弛之所為也。宣尼沒後，楊朱、墨翟恢詭異說，干惑人聽，孟軻作書而正之，聖人之道復存於世④。秦氏滅學，漢重以黃老之術教人，使人寢惑，揚雄作《法言》而辯之，聖人之道猶明⑤。及漢衰末，西域浮屠之法入於中國，中國之人世世譯而廣之。黃老之術相沿而熾。天下之言善者，惟二者而已矣⑥。昔者聖人以天下生生之道曠，乃物其金木水火土穀藥之用以厚之；因人資善，乃明乎仁義之德以教之，俾人有常；故治生相存而不殊⑦。今天下資於生者，咸備聖人之器用；至於人情則溺乎異學而不由乎聖人之道，使君臣父子夫婦朋友之義沈於世而邦家繼亂。」固仁人之所痛也⑧。

自揚子雲作《法言》，至今近千載，莫有言聖人之道者；言之者惟執事焉耳。習俗者聞之，多怪而不信，徒相為訾，終無裨於教也。執事聰明文章與孟軻、揚雄相若，盍為一書以興存聖人之道，使時之人、後之人知其去絕異學之所為乎？曷可俯仰於俗，囂囂為多言之徒哉⑨？

然欲舉聖人之道者，其身亦宜由之也。比見執事多尚駁雜無實之說，使人陳之於前以為歡。此有以累於令德；又商論之際或不容人之短，如任私和尚勝者，亦有所累也⑩。先王存六藝自有常矣；有德者不為猶以為損，況為博塞之戲與人競財乎？君子固不為也，今執事為之，以廢棄時日。竊實不識其然⑪。

且執事言論文章不謬於古人；今所為或有不出於世之守常者，竊未為得也。願執事絕博塞之好，棄無實之談，弘廣以接天下士，嗣孟軻、揚雄之作，辯楊墨老釋之說，使聖人之道復見於唐，豈不尚哉⑫？籍誠知之，以材識頑鈍，不敢竊居作者之位，所以咨於執事而為之爾。若執事守章句之學，因循于時，置不朽之盛事，與夫不知言者亦無以異矣。籍再拜⑬。

一、注釋

①上：下對上之詞。韓昌黎：韓愈。愈自稱昌黎人。昌黎，今河北盧龍縣東南。

②胥教誨：互相教導。胥：相。諛悅：阿諛討好。

③執事：職掌事務的人，敬稱詞。間塞：間隔阻塞。復：回報。執竿而拒歡來者：如莊周手執釣竿，拒絕高高興興地來聘請他的楚使一樣，回絕您的好意。《莊子・秋水》謂莊子釣於濮水，楚王欲以為相，使二大夫往請，莊子持竿不顧。烏：何。承人以古人之道：以古人的交友之道回答友人。承：受，應。

④承論：受教。陵靡：頹敗靡壞。聖人之道廢弛之所為：聖人的教理廢絕弛鬆造成的。宣尼：孔子。《漢書・平帝紀》：「孔子後孔均為褒成侯，奉其祀，追謚孔子為褒成宣尼公。」楊朱：戰國思想家，倡為我。墨翟：戰國思想家，倡兼愛。恢詭異說：非常怪異的主張。恢：大。詭：異，不同。干惑：干犯迷惑。孟軻作書：此指《孟子》一書。

⑤秦氏滅學：指秦始皇焚書坑儒。漢重以黃老之術教人：漢廷又拿黃老的政治理念施政。寖：ㄐㄧㄣˋ，漸。揚雄：字子雲，漢、成都（今四川成都）人。博學深思，以文章名世。名賦家。《法言》：雄著作，仿《論語》之作。

⑥衰末：季年。浮屠：梵語，又作浮圖、佛圖，即佛。世世：代代。熾：ㄔˋ，興旺。二者：佛與黃老。

⑦生生之道：生存之道。曠：缺。物其金木水火土轂藥：占視各種物產。物：通「昒」。厚：益多。因人資善：因人天資善良。治生相存：治人與養人之道並存互用。

⑧備：具有。溺：陷。異學：異端的教訓。由：遵。沈：沒。

⑨訾：ㄗˇ，罵，非議。裨：益。盍：何不。曷：何。俯仰：隨從。囂囂：喧嘩的樣子。

⑩比：最近。駁雜無實之說：龐雜不純且不實在的言論。指〈毛穎傳〉一類的文章。駁：ㄅㄛˊ，不純粹。累於令德：損害美名。累：ㄌㄟˋ，害。令：美。商論：討論。不容人之短：不能包容別人的缺點。任私尚勝：依私心行事，以勝人為上。

⑪六藝：六經。有常：有道。損：錯失。博塞：簿簺，棋局之戲。

⑫謬：差。得：善。弘廣：寬弘大量。嗣：繼。

⑬咨：問，請求。章句之學：不通大義，拘守一章一句的學問。因循于時：與時俗相從。

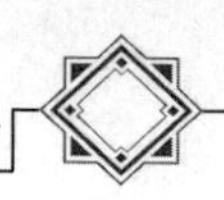

二、作者

張籍（西元七六六年～約八三〇年），唐代名詩人。字文昌，吳郡（江蘇蘇州）人，後移家和州烏江（安徽和縣）。生於唐代宗大曆元年（西元七六六年），早年即有文名，曾在汴州結識韓愈，貞元十五年（西元七九九年）進士及第。元和元年（西元八〇六年），為太常寺太祝，元和十一年（西元八一六年）為國子助教，元和十五年遷祕書郎。長慶元年（西元八二一年）韓愈薦為國子博士。翌年，遷水部員外郎，世稱張水部。長慶四年（西元八二四年）升任主客郎中。唐文宗大和二年（西元八二八年），遷國子司業，卒於任上，世稱張司業。

張籍以樂府知名，與王建、賈島、于鵠、白居易、韓愈、孟郊等人為詩友，時常贈答唱和，以韓愈為師，有《張司業集》傳世。

三、主題和題材

這篇文章，是張籍寄韓愈的信，信中論人當致意不朽盛事，勸韓愈著書立說，闡揚聖賢之道；放棄喜博塞、為駁雜之說；要寬厚接人，不可一味好勝人。

籍與愈，情誼在師友之間，信中說之以理，動之以情，情性兼備，人易接受。題材涉及事理兩方面。

四、結構

張籍在創作這封信時，是採用先分後總的歸納推理形式進行的。其過程和脈絡如下：

㈠自「古之胥教誨」至「烏所謂承人以古人之道歟」。論對人應「相示以義」，我這次相勸是投桃報李，以義回應。這部分的論述形式又如下：

1. 自「古之胥教誨」至「非苟相諛悅而已」。論古之待人相示以義，提出交友的觀點。
2. 自「執事不以籍愚暗」至「是近於古人之道」。論愈待己以古人之道。
3. 自「籍今不復以義」至「烏所謂承人以古人之道歟」。我亦回報以古人之道要勸您。

這是演繹型議論形式。

㈡自「頃承論於執事」至「固仁人之所痛也」。論今日世俗陵靡，是聖人之道廢弛所致。這部分的論述形式又如下：

1.自「頃承論於執事」至「蓋聖人之道廢弛之所為也」。論聖人之道廢弛，故世俗陵靡，提出觀點。

2.自「宣尼沒後」至「聖人之道復存於世」。論孔子沒後，楊、墨亂道，有孟軻正之。故聖人之道復存。

3.自「秦氏滅學」至「聖人之道猶明」。論秦之滅學，漢之重黃老，有揚雄辯之，故聖人之道猶明。

4.自「及漢衰末」至「固仁人之所痛也」。論漢末佛教傳入後，人情不由聖人之道，五常汍淪，邦家繼亂，無人過問。

這也是演繹型推論形式。

㈢自「自揚子雲作《法言》」至「囂囂為多言之徒哉」。論韓愈當著書衛道，興存聖人之道，其過程又如下：

1.自「自揚子雲作《法言》」至「言之者惟執事焉耳」。論揚雄之後，無人言聖人之道，唯執事言之。

2.自「習俗者聞之」至「終無裨於教也」。論習俗者只訾毀您，您回報以訾罵，無益於教。

3.自「執事聰明文章與孟軻、揚雄相若」至「囂囂為多言之徒哉」。論韓愈當著書衛道，不應與世俗者吵架。

這是歸納型推論形式。

㈣自「然欲舉聖人之道者」至「竊實不識其然」。論欲興聖道，應重實踐，愈作「駁雜無實之說」、「商論任私尚勝」、「博塞競財」，殊不然。又可分下列諸步驟：

1.自「然欲舉聖人之道者」至「其身亦宜由之也」。論要衛聖，當身體力行。

2.自「比見執事多尚駁雜無實之說」至「亦有所累也」。論「尚駁雜無實之說」、「商論任私尚勝」，累令德。

3.自「先王存六藝自有常矣」至「竊實不識其然」。論不為六藝已是不對，為博塞競財，君子不為。

這也是採取演繹形式進行推論。

㈤自「且執事言論文章不謬於古人」至「籍再拜」。論愈當出而衛道，使聖道復見於唐，不可守章句之學，因循於時，置不朽之盛事不管。也可分下列過程言之：

1.自「且執事言論文章不謬於古人」至「竊未為得也」。論愈言論文章不比孟子、揚雄差，而所為「不出於世之守常者」，是不對。

2.自「願執事絕博塞之好」至「豈不尚哉」。論愈當「絕博塞之好」、「棄無實之談」；「弘廣以接天下士」、「辯楊墨老釋之說」，使聖人之道復見於唐。

3.自「籍誠知之」至「籍再拜」。論愈不可「守章句之學，因循于時，置不朽之盛事。」

這是歸納型推論形式。

以上，論析〈上韓昌黎書〉的結構。這篇議論文依主題要求，按照聖道興衰的客觀因果關係，進行反覆論證。論證是基於量變引起質變的客觀規律，由情理增強邏輯力量。文中的論點放在最後，先擺出論據。首先論人應以義相示，其次論說道衰無人辯正；再次論愈適當其任；又次論愈不當捨聖道耽俗事；最後指出主題，要求愈「絕博塞之好，棄無實之談，弘廣以接天下士，嗣孟軻、揚雄之作，辯楊墨老釋之說，使聖人之道復見於唐。」先列四分論，結論殿後，情理十足。而各分論和結論，又自成獨立的議論體。下面將其各層次的邏輯關係加以綱領式表示。

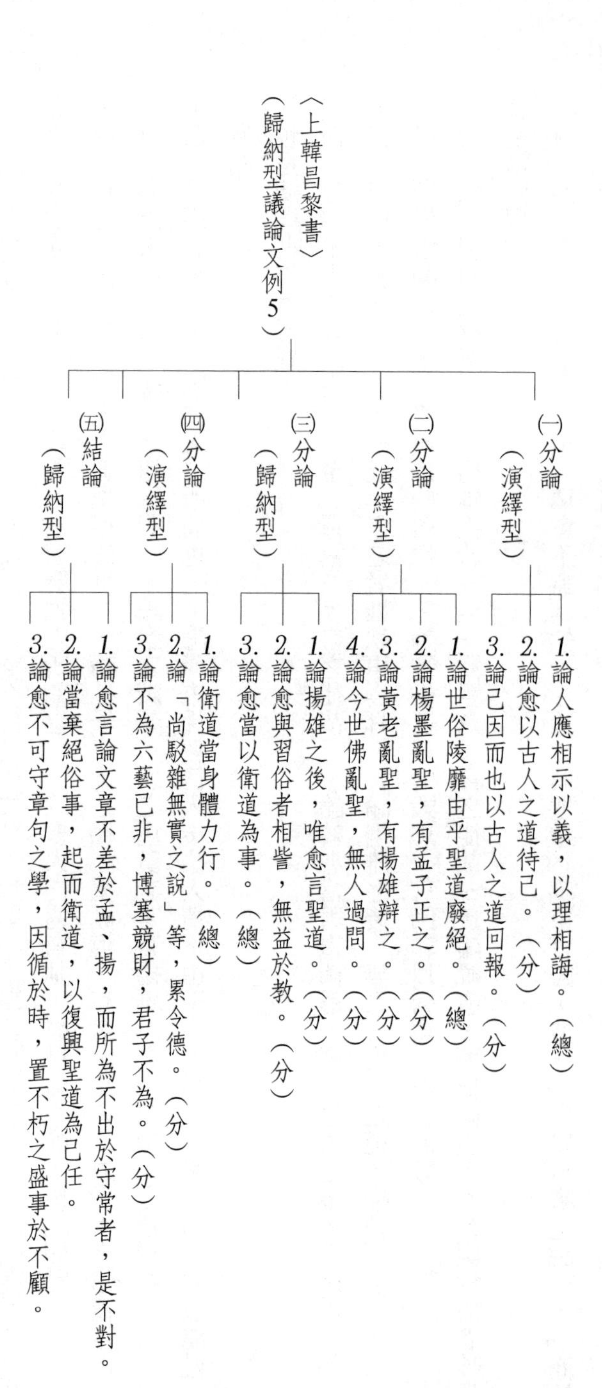

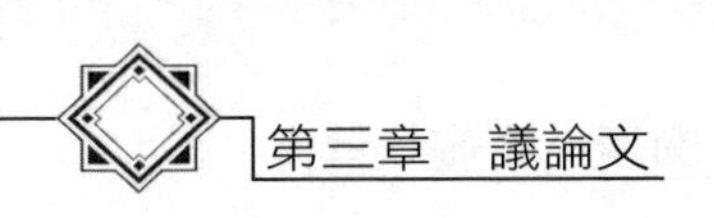

這種結構層次，包在書信形式中，其演論過程，決定於議論的邏輯因素；又依受信人的心理安排，作者先從二人的關係論起，為勸說建立堅實的感情基礎；然後進入世事與聖道，世事與聖道均是韓愈關心所在；世靡由聖衰，也是韓愈的看法；又以孟軻、揚雄比擬韓愈，更是韓愈所喜；如此揚其意識，抑其行為，要求韓愈改過以全令德；奮起以保聖道，正是韓愈心懷所鍾，自然聽來生動可感，印象深刻，樂於接受了。文中處處透露敬意和友誼，反覆申論，自然雄辯周到，水到渠成。

五、技巧

㈠**選材的技巧**：張籍在這封信中要和韓愈談論的是韓愈應該捨棄俗事、專心衛道，於是文中需要的題材便有下列各方面：

1.「聖人之道」，這個道曾歷三次劫（廢弛），一次是「宣尼沒後」；二次是「秦氏、漢初」；三次是「漢衰末」以後，這是有關儒家思想史的題材。

2.破壞聖道的「恢詭異說」：一次是「楊朱、墨翟」；二次是「秦暴政，漢黃老」；三次是「西域浮屠」。他們令聖道廢弛，世俗陵靡。

3.衛道的儒士：一次是孟軻；二次是揚雄；這次期待韓愈。

4.有關韓愈事蹟題材：言聖人之道，聰明文章與孟、揚比；卻與習俗者相為訾、尚駁雜無實之說，不容人之短，任私尚勝，好博塞之戲。

張籍要說的觀點是佛說恢詭、聖道廢弛，需人出來衛道，而您韓愈是適當人選，卻耽迷於世俗；所以，如真以衛道自許，應身體力行，改過自新，弘道興聖。

議論寫在信中，所以，又得用書信形式題材：如「籍再拜」之類。

㈡**謀篇的技巧**：題材選妥後，張籍依歸納式的行文次序安排題材，由交友之道論起，接以聖道衰需人扶；然後進入韓愈言聖人之道，當著書興存之；再深一層論欲扶聖道，應身體力行，不應務世俗以壞令德；最後四個分論，如眾河入海，提出「願執事絕博塞之好……弘廣以接天下士，嗣孟軻、揚雄之作，辯楊墨老釋之說，使聖人之道復見於唐」

的主題。文章形成四分歸一總的歸納結構，滔滔河流，東歸入海。

㈢**修辭的技巧**：這篇文章基本上是以議論手法進行組構的，中間偶用說明和敘述以為輔助手法。其修辭有下列諸端可言：

1. 散體中偶用對句，自然中見整齊，如第二分論，本以散句為主，卻依口氣之便「以天下生生之道曠，乃物其金木水火土穀藥之用以厚之；因人資善，乃明乎仁義之德以教之」。又云：「資於生者，咸備聖人之器用；至於人情則溺乎異學而不由乎聖人之道」。句式雖不甚整齊，意蘊乃成對。自然舒適，不著形跡。
2. 用典：如第一分論中，「執竿而拒歡來者」，用《莊子・秋水》莊周釣濮拒聘故事，以表現投桃不報李的意象。
3. 比較法：如第三分論：「執事聰明文章與孟軻、揚雄相若。」拿三人作比較，以為下面推論的前提，使提出的「盍為一書，以興存聖人之道，……」更為有力，容易為對方接受。

作者行文承接有體，照映嚴密，回環轉接也非常自然，是一篇難得的議論文。置書信外套在文中似乎不甚醒目。

練習

㈠試為下列諸文標點、分段，並加賞析。

1. 董仲舒〈論限民田〉。
2. 陳元〈諫督察三公疏〉。
3. 朱浮〈請廣太學博士書〉。
4. 蘇洵〈明〉。
5. 蘇轍〈上劉長安書〉。

㈡試以歸納型形式論下列諸題。

1. 誠詐論。
2. 真偽論。
3. 忠奸論。
4. 勤惰論。
5. 好惡論。

㈢試選四篇鑑賞範作，供學生課外練習。

第二節　演繹型議論文

形象思維決定敘述文和描寫文的形式；邏輯思維決定議論文和說明文的形式。議論文的基本思維模式是歸納和演繹。歸納式思維決定歸納型議論文的形式。至於演繹型議論文則是以演繹思維法則居於主要地位的結構類型。它作為一種論證形式，主要是遵循「由觀點到材料」的邏輯法則，即對所論述問題先有個綜合的看法（觀點），給人以完整的總體印象，直接推出論點。所謂論點，劉熙載《藝概》中，稱之為「主腦」，劉氏說：「凡作一篇文，其用意俱要可以一言蔽之，擴之則為千萬言，所謂主腦者是也。」這一言能統括全篇，起總論的作用。由這主腦式的總論向後發展，就是材料的印證，展現不同層次的分論，或縱向楔進，或橫向切入。其論證的進程和歸納型議論文相反。歸納型先分論後總論；演繹型先總論後分論。就邏輯形式說，歸納型的總論相當於歸納推理的結論；演繹型的總論相當於演繹推理的總論。

但論證形式要比推論形式複雜得多：這是由於㈠從事實上說，只有反覆論證才能表明論點的真實性、普遍性和規律性，以加強說服力；㈡從原理上說，論證是由推理的量變引起質變的結果。所以，演繹型議論文的分論也要兩個以上，以加強其證明效果。下面以實例證明這種文體的論證形式：

〈論六家要旨〉

《易大傳》：「天下一致而百慮，同歸而殊途。」夫陰陽、儒、墨、名、法、道德，此務為治者也；直所從言之異路，有省不省耳[1]。

嘗竊觀：陰陽之術大祥而眾忌諱，使人拘而多所畏；然其序四時之大順，不可失也[2]。儒者博而寡要，勞而少功，是以其事難盡從；然而序君臣、父子之禮，列夫婦、長幼之別，不可易也[3]。墨者儉而難遵，是以其事不可徧循；然其彊本節用，不可廢也[4]。法家嚴而少恩；然其正君臣、上下之分，不可改矣[5]。名家使人儉而善，失真；然其正名實，不可不察也[6]。道家使人精神專一，動合無形，贍足萬物。其為術也，因陰

陽之大順，采儒、墨之善，撮名、法之要，與時遷移，應物變化。立俗施事，無所不宜。指約而易操，事少而功多。儒者則不然，以為：「人主天下之儀表也。主倡而臣和，主先而臣隨。」如此則主勞而臣逸。至於「大道之要，去健羨，絀聰明，釋此而任術。」夫神大用則竭，形大勞則敝。形神騷動，欲與天地長久，非所聞也⑦。

夫陰陽，四時、八位、十二度、二十四節，各有禁忌，各有教令，順之者昌，逆之者亡，未必然也。故曰：「使人拘而多畏。」夫春生，夏長，秋收，冬藏，此天道之大經也，弗順則無以為天下綱紀。故曰：「四時之大順，不可失也⑧。」夫儒者以六藝為法，六藝經傳以千萬數，累世不能通其學，當年不能究其禮，故曰：「博而寡要，勞而少功。」若夫列君臣父子之禮，序夫婦長幼之別，雖百家弗能易也⑨。墨者亦尚堯、舜道，言其德行曰：「堂高三尺，土階三等，茅茨不翦，采椽不刮，食土簋，啜土刑，糲粱之食，藜藿之羹，夏日葛衣，冬日鹿裘。其送死，桐棺三寸，舉音不哀。」教喪禮，必以此為萬物之率，使天下法。若比，則尊卑無別也。夫世異時移，事業不必同，故曰：「儉而難遵。」要曰：「彊本節用。」則人給家足之道也，此墨子之所長，雖百家弗能廢也⑩。法家不別親疏，不殊貴賤，一斷於法，則親親尊尊之恩絕矣。可以行一時之計而不可長用也。故曰：「嚴而少恩。」若尊主卑臣，明分職，不得相踰越，雖百家弗能改也⑪。名家苛察繳繞，使人不得反其意，專決於名，而失人情，故曰：「使人儉而善，失真。」若夫控名責實，參伍不失，此「不可不察」也⑫。道家「無為」，又曰：「無不為。」其實易行，其辭難知。其術以虛無為本，以因循為用，無成勢，無常形，故能究萬物之情。不為物先，不為物後，故能為萬物主。有法無法，因時為業；有度無度，因物與舍，故曰：「聖人不巧，時變是守⑬。」虛者，道之常也；因者，君之綱也。群臣並至，使各自明也。其實中其聲者謂之端，實不中其聲者謂之窾。窾言不聽，姦乃不生，賢不肖自分，白黑乃形。在所欲用耳，何事不成？乃合大道，混混冥冥，光耀天下，復反無名⑭。凡人所生者，神也；所託者，形也。神大用則竭，形大勞則敝，形神離則死。死者不可復生，離者不可復反，故聖人重之。由是觀之，神者生之本也，形者生之具也。不先定其神形，而曰：「我有以治天下。」何由哉⑮？

一、注釋

①《易大傳》：即《周易・繫辭傳》。一致而百慮：謂終極的真理只有一個，而思想解釋真理的方法很多。致：終極之理。百：眾多。同歸而殊途：謂追求真理的終極目標相同，而追求所走的路徑不同。歸：歸趨的地方，追求的趨向所在。殊：不同。途：路徑。務為治：專心從事治人治國之術。直：但。所從言：所以從事「為治」的言論（主張）。省：察，明。有省不省：有他看到的一面，有他沒有看到的一面，有精明的一面，有不明的一面。

②陰陽之術：陰陽家的治術。術：解決問題的路徑、手法。大祥：過於誇張吉凶的兆頭。大：太。祥：徵應、前兆。《中庸》：「必有禎祥。」疏：「以吉凶先見者，皆曰祥。」《左傳・昭公十八年》：「將有大祥。」注：「祥，變異之氣。」眾忌諱：大多顧忌避諱。眾：太多。忌諱：避忌凶兆。拘而多所畏：使人拘束於吉凶而多畏懼，不敢放心去做。序四時之大順：排定四季循環的大規律。大順：大理，大規則。不可失：不可錯失，不可違背。

③儒者：儒家。博而寡要：言儒家的治術，廣博而缺少綱要，令人無法抓到重心。勞而少功：治術勤勉煩罷而少效果。事難盡從：所主張的事務人們難於全部辦到。序君臣、父子之禮：排定人際的禮儀。列夫婦、長幼之別：排列夫婦、長幼的分際。易：改變。

④墨者：墨家。儉而難遵：「尚儉」的主張，人所難遵守。偏循：全部照做。彊本節用：重視農業生產，節約用度。彊：強調。本：農業。節用：節制消費。

⑤嚴而少恩：嚴格執行而少人情。分：名分，界限。

⑥儉而善：儉巧，利口而巧佞。儉：ㄒㄢ，通「憸」。《書・冏命》：「無昵於憸人。」傳：「憸，利口也。」善：巧。《淮南子・說林訓》：「雖善者勿能為工。」注：「善，或作巧。」失真：失去真性、真理。正名實：辨正名和實的關係。名：符號。實：實體。察：明。

⑦精神專一：心靜神一。動合無形：謂舉動合乎自然。無形：無象，道。《莊子・知北遊》：「視之無形，聽之無聲。」《淮南子・原道訓》：「無形者，物之大祖也。」《淮南子・精神訓》：「休息於無委曲之隅，無形之埒野，冥冥無形象之貌也。」贍足：給足，富足。撮：摘取。應物變化：應合事情而變化。物：事。立俗施事：立於俗世以處事。指約而易操：意旨簡單而易於掌握。儀表：表率。大道之要：道家治術的大要。去健羨：去除剛健的作風和羨他之心。健羨：食，逞欲。道家知雄守雌，是去健；不見可欲，使心不亂，是去羨。絀聰明：貶斥聰明的作為。絀：

通「黜」，貶去。釋此：放棄儒家為「天下儀表」的想法。任術：用治術、道術。神：精神。大用：太耗費。竭：盡。形：體。大勞：太勞動。敝：破損。騷動：騷亂勞動。

⑧四時：春、夏、秋、冬。八位：八方位，東、西、南、北、東南、西南、東北、西北。十二度：十二星次，十二辰，十二星躔。二十四節：依曆法，一年十二月，每月有一節一氣，一年分二十四節氣。教令：教示禁令。昌：盛，各遂其生。亡：不能生長而死。未必然：言陰陽家的禁忌未必那樣合事實。大經：大道理，大理。天下綱紀：天下的大法細則，天下秩序。

⑨六藝：六經，《詩》、《書》、《禮》、《易》、《春秋》、《樂》。經傳：經書和注書。累世：數代。通其學：通識六經的知識。當年：丁年，丁壯之年。禮：禮儀。

⑩尚堯舜道：尊崇堯、舜的治術。德行：措施，作為。德：亦行。土階：以泥土為階，表示儉。茅茨不翦：屋蓋曰茨，以茅覆屋曰茅茨。翦：剪之使齊，言不剪斷屋簷草端以使之齊。采椽不刮：言以未刮削的小木為屋樑。采：似櫟之粗賤小木。椽：ㄔㄨㄢˊ，屋樑。食土簋：以土製的飯器盛飯。簋：ㄎㄨㄟˇ，盛黍稷的祭器，外圓內方。啜土刑：以土製的鼎器盛飲湯。啜：飲，飲的湯。刑：同「鉶」，盛羹的鼎器。糲粢之食：粗食。糲：粗米。粢：稻餅。藜藿之羹：賤菜的羹湯。藜：草名。藿：豆葉。葛衣：粗葛製的布衣。桐棺三寸：以三寸厚的桐木為棺。舉音：出聲哭。盡其哀：太哀傷。率：表率，標準。事業不必同：指建築（住）、生產（食）、紡織（衣）等事業，不一定和墨子所主張堯、舜時代相同。

⑪一斷於法：全依法裁斷。行一時之計：一時的處理方法可行。明分職：辨分身分職位。踰越：超越。

⑫苛察：嚴苛察辨。繳繞：纏繞，不通大體。指辨名實，論辨回曲繞圈。反其意：恢復本意，思考還原其論辨的意旨。反：思考，類推。《論語‧述而》：「不以三隅反。」鄭注：「思其類。」集注：「反者，還以相證之義。」專決於名：一以名是否符實上面來判斷的一切。控名責實：引名求實。參伍不失：參錯交互，以相證明，而不錯失。即多方證明以求不錯失。

⑬無為：道家主張人「不要有作為」，即不要自作主張。無不為：無所不作為，言人君無為（自己不作為）而任臣分工去作，則無不作為者。其實易行：內容容易實行。實：內容，所主張的事。其辭難知：其理論言辭難明。術：治術。虛無：空虛無為。因循為用：因襲遵循自然為運用的原則。成勢：刻板的形勢。常形：恆常不變的型態。不為物先，不為物後：不脫離客觀事物，隨物而動。物先：在萬物之先。物後：在萬物之後。萬物主：萬物的核心、中

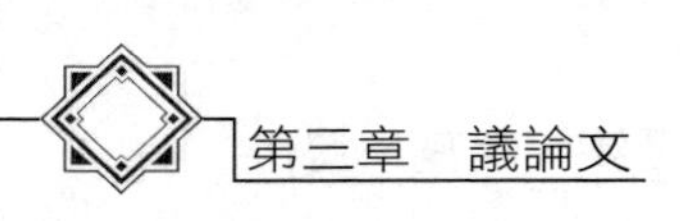

心。有法無法，因時為業：有法則卻無固定的法則可言，蓋隨時而變通其業務。有度無度，因物與舍：有法度卻不是固定的法度，其法度隨著客觀的事物而決定參與或不參與，不以己之私意雜乎其間。聖人不巧：聖人不施自己的技巧。時變是守：遵守隨時應變的原則。

⑭虛者，道之常：空虛是道本體的常態。因者，君之綱：因襲假借，順應客觀之自然，是君主處事的原則。群臣並至，使各自明：群臣都到來，君主只要命他們明白告訴自己的職位、工作的情況。其實中其聲者謂之端：其工作實績（內容）合乎他的報告（聲明）叫做端正。實：內容。聲：聲言，即名。端：名與實相當、正確，謂之端。窾言不聽：君主不聽空言。窾：ㄎㄨㄢˇ，空，缺，空言。在所欲用耳，何事不成：治術在於如何駕馭所要任用的人，能聽言審實，有什麼政事辦不成的？乃合大道，混混冥冥：君主能虛無因循，就符合「虛者道之常」的大道理，與大道的元氣混合為一。大道：指「虛者，道之常」，君主自己無為虛心，故「合大道」。混混冥冥：混同冥合，如宇宙元氣混然不可分。混混：是元氣神者之貌。光耀天下，復反無名：君主昭明全天下，卻又回到不能指稱的太初無名的境界。復反無名：恢復返回到無可名狀的道的境界。無名：指道。

⑮所生者，神：所以生存的憑藉是精神。所託者，形：生命所寄託在肉體（形）。離者不可復反：神離形則不能再返回形。生之本：生命的根本。生之具：生命的器具。定其神形：安定、固定君主的精神於肉體。

二、作者

司馬談，西漢左馮翊夏陽（今陝西韓城縣南）人。司馬遷的父親。漢武帝時，仕為大史丞，轉太史令。元封元年（西元前一一〇年）武帝封泰山，談因病留滯周南（洛陽）不得從，以既掌天官，不能參與封禪典禮，憂憤而卒。

三、主題和題材

這篇文章見司馬遷《史記・自序》引。司馬遷在〈自序〉中，轉述父親司馬談〈論六家要旨〉。六家指陰陽、儒、墨、名、法、道。他們的創始人都是春秋戰國時的思想家。六個宗派都對政治提出他們的見解，題材取自六家的思想。

這篇議論文，作者指出六家的共同要義，比較論述各家思想主張上的優劣長短，以見其異同，從中透露作者的評價。

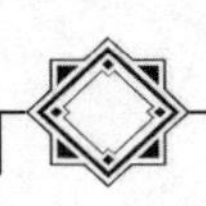

四、結構

作者是以演繹的推理形式進行反覆論證：

㈠自「《易大傳》」至「有省不省耳」。文章一開頭就提出全文的總論點——「天下一致而百慮，同歸而殊途。」六家均「務為治」，只是「直所從言之異路，有省不省耳。」作者一開始就提出論點，既合乎一定的邏輯；也符合人們的認識順序之一，古人云：「立片言而居要，乃一篇之警策。」這一部分，作者採用的論證形式也是演繹法。

1.提出《易大傳》：「天下一致而百慮，同歸而殊途」的論點，然後圍繞著這個論點申論。（總論）

2.論陰陽、儒、墨、名、法、道德等六家皆「務為治」，以證明「一致」、「同歸」。（分論）

3.論「直所從言之異路，有省不省耳」以證明「百慮」、「殊途」。（分論）。

兩個分論既是由論點引申出來，又作為申明《易大傳》的話「言出有據」。這兩個分論既是總論中的申論，是遞進式的申論；又是下面文章的論點，帶出新的申論來。

㈡自「嘗竊觀」至「非所聞也」。緊承上面的總論，申論六家的優劣長短、省不省。這是由總論衍生的分論。前面講了總論，後面必有分論，這是議論文的一條客觀規律。這篇文章的分論，主要是從「六家所從言之異路，有省不省」這個角度來說的。因此，分論由「各家言之異路、省不省」，論證其「百慮」、「殊途」。

1.論陰陽家的缺點和優點：

(1)缺點：「大祥而眾忌諱，使人拘而多所畏」。

(2)優點：「序四時之大順」、「不可失」。

2.論儒家的缺點和優點：

(1)缺點：「博而寡要，勞而少功」、「事難盡從」。

(2)優點：「序君臣、父子之禮，列夫婦、長幼之別」、「不可易」。

3.論墨家的缺點和優點：

(1)缺點：「儉而難遵，其事不可偏循」。

(2)優點：「彊本節用，不可廢」。

4.論法家的缺點和優點：

(1)缺點：「嚴而少恩」。

(2)優點：「正君臣、上下之分，不可改」。

5.論名家的缺點和優點：

(1)缺點：「使人儉而善，失真」。

(2)優點：「正名實，不可不察」。

6.論道家：

(1)優點：「使人精神專一，動合無形，贍足萬物」。

(2)與其他各家比較：「其為術也，因陰陽之大順，采儒、墨之善，撮名、法之要」、「與時遷移，應物變化。立俗施事，無所不宜。指約而易操，事少而功多」。

(3)與儒家比較：①儒者則不然，以為：「人主天下之儀表也。主倡而臣和，主先而臣隨」——「主勞而臣逸」。②至於「大道之要，去健羨，絀聰明，釋此而任術」。③「夫神大用則竭，形大勞則敝。形神騷動，欲與天地長久，非所聞也」。

這是以各家實際的優劣、異同為論據，推究總論提出的「百慮」、「殊途」、「異路而有省不省」。反覆分析，具體地論證。分六分論，逐次證明總論點的正確性。六個論據共同推論一個論點，由量變引起質變，由推理變成論證，具有強大的邏輯力量。各論據平行具獨立性，屬分論型議論文態式。

㈢自「夫陰陽」至「何由哉」。承第一分論，更進一層地論析六家的優劣之所以然，也分六個論據進行推論：

1.自「夫陰陽」至「故曰四時之大順，不可失也。』」。論析陰陽家優劣之所以然。

(1)所以「使人拘而多畏」：「夫陰陽，四時、八位、十二度、二十四節，各有禁忌，各有教令，順之者昌，逆之者亡，未必然也」。

(2)所以謂「四時之大順，不可失也」：「夫春生，夏長，秋收，冬藏，此天道之大經也，弗順則無以為天下綱

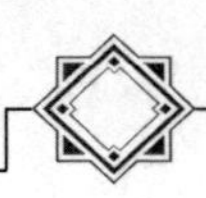

紀」。

2.自「夫儒者以六藝為法」至「雖百家弗能易也」。論析儒家優劣之所以然。

(1)論所以說「博而寡要，勞而少功」：「以六藝為法，六藝經傳以千萬數，累世不能通其學，當年不能究其禮」。

(2)論所以「雖百家弗能易」：「若夫列君臣父子之禮，序夫婦長幼之別」。

3.自「墨者亦尚堯、舜道」至「雖百家弗能廢也」。論析墨家優劣之所以然。

(1)論析以謂「儉而難遵」：「尚堯、舜道，言其德行曰：『堂高三尺，土階三等，茅茨不翦，采椽不刮，食土簋，啜土刑，糲粢之食，藜藿之羹，夏日葛衣，冬日鹿裘。其送死，桐棺三寸，舉音不哀。』教喪禮，必以此為萬物之率，使天下法。若此，則尊卑無別也。夫世異時移，事業不必同」。

(2)論所以「百家弗能廢」：「『彊本節用。』則人給家足之道也，此墨子之所長」。

4.自「法家不別親疏」至「雖百家弗能改也」。論析法家優劣之所以然。

(1)所以謂「嚴而少恩」：「不別親疏，不殊貴賤，一斷於法，則親親尊尊之恩絕矣。可以行一時之計而不可長用也」。

(2)所以謂「雖百家弗能改也」：「若尊主卑臣，明分職，不得相踰越」。

5.自「名家苛察繳繞」至「此『不可不察也』」。論析名家優劣之所以然。

(1)論所以謂「使人儉而善，失真」：「苛察繳繞，使人不得反其意，專決於名，而失人情」。

(2)論所以謂「不可不察」：「控名責實，參伍不失」。

6.自「道家『無為』」至「何由哉」。論析道家所以優，他家所以劣。

(1)論道家所以「能究萬物之情」：「『無為』，又曰：『無不為。』其實易行，其辭難知。其術以虛無為本，以因循為用，無成勢，無常形」。

(2)論所以謂「能為萬物主」：「不為物先，不為物後」。

(3)論所以謂「聖人不巧，時變是守」：「有法無法，因時為業；有度無度，因物與舍」。

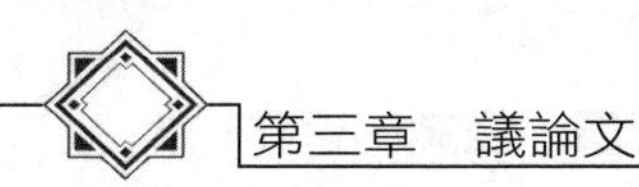

(4)論道家治術所以優：「虛者，道之常也；因者，君之綱也。群臣並至，使各自明也。其實中其聲者謂之端，實不中其聲者謂之窾。窾言不聽，姦乃不生，賢不肖自分，白黑乃形。在所欲用耳，何事不成？乃合大道，混混冥冥。光耀天下，復反無名」。

(5)論儒家治術所以劣：「凡人所生者，神也；所託者，形也。神大用則竭，形大勞則敝，形神離則死。死者不可復生，離者不可復反，故聖人重之。由是觀之，神者生之本也，形者生之具也。不先定其神形，而曰：『我有以治天下。』何由哉？」。

分論二申論分論一所提出的六家「所從言之異路」的所在，以及各家之「有省不省」。對分論一的分論點直接證明，間接證明總論的論點。

這樣，由分論一進入分論二，逐層分析各家的「省與不省」以及其所以然，用以證明總論點的正確性。而分論一和分論二之下，都再經過六個分論論據的證明，六個分論型論據下，每個論據又有正反兩面的論析。這樣，全文由一個四層架構的塔式分析論證結構，由上而下，層層都有兩個以上的推理，共同推論一個論點。全文總共由三十三個分析論證推理，以推論總論點，這樣龐大的量變造成一個質變，由眾多的個別具體現象，共同概括出一個抽象的道理，於是推理變成論證，其邏輯力量強大，具有普遍性，充滿說服力，無可懷疑，無可反駁。

六家思想之為「一致」、「同歸」，又有「百慮」、「殊途」、「省不省」的個別現象，這個論點確然可以成立。司馬談的言論也就成了中國諸子思想現象的真理了。這篇議論文如加以綱領式的表現，便如下圖：

（天下一致百慮）
㈠總論
（演繹型）
- 1.天下思想一致而百慮同歸而殊途。（總）
- 2.六家都務為治。（一致——分論）
- 3.六家異路有省有不省。（百慮——分論）

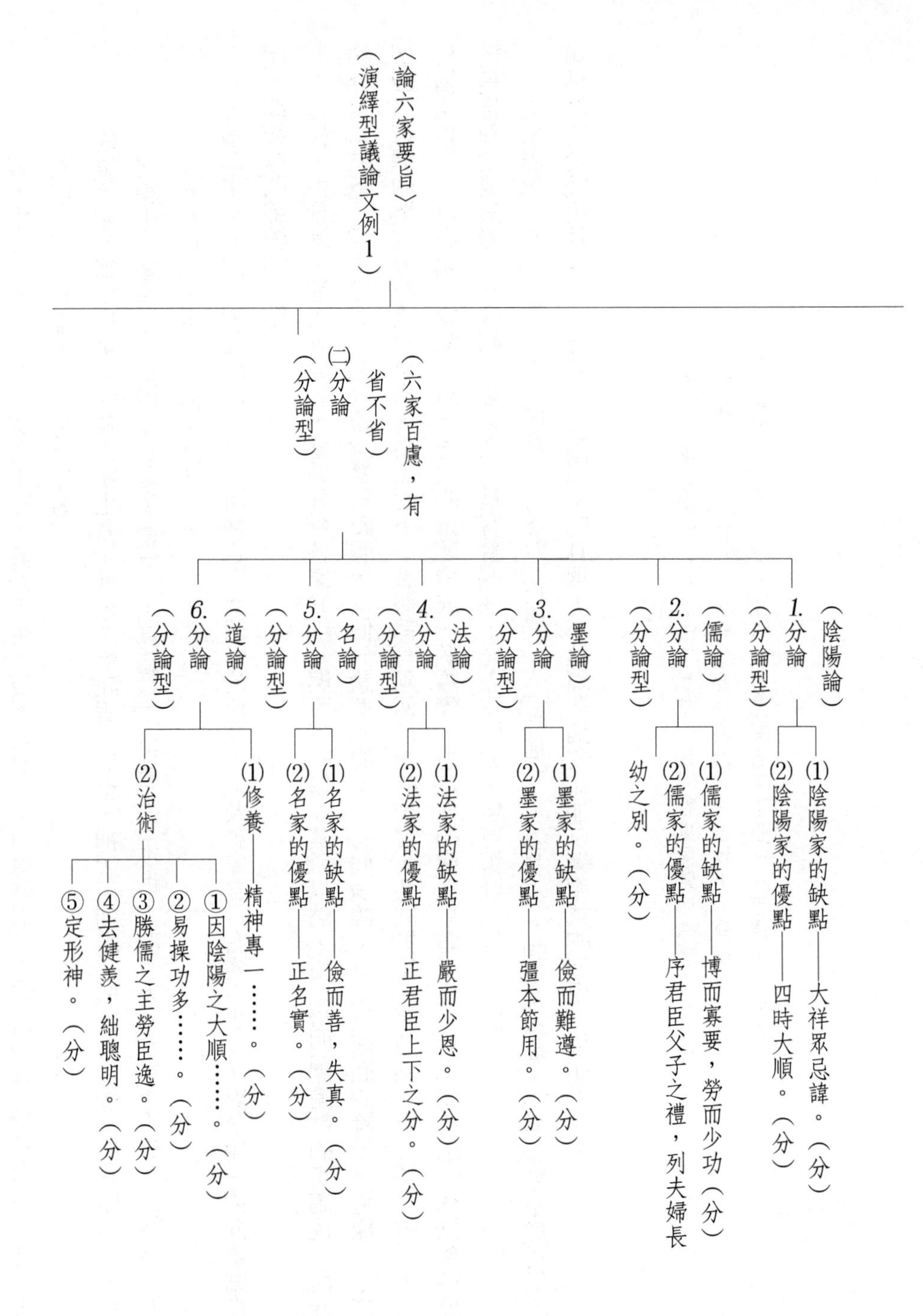
〈論六家要旨〉
（演繹型議論文例1）
（六家百慮，有省不省）
(二)分論
（分論型）
（陰陽論）
1.分論
（分論型）
(1)陰陽家的缺點——大祥眾忌諱。（分）
(2)陰陽家的優點——四時大順。（分）
（儒論）
2.分論
（分論型）
(1)儒家的缺點——博而寡要，勞而少功（分）
(2)儒家的優點——序君臣父子之禮，列夫婦長幼之別。（分）
（墨論）
3.分論
（分論型）
(1)墨家的缺點——儉而難遵。（分）
(2)墨家的優點——彊本節用。（分）
（法論）
4.分論
（分論型）
(1)法家的缺點——嚴而少恩。（分）
(2)法家的優點——正君臣上下之分。（分）
（名論）
5.分論
（分論型）
(1)名家的缺點——儉而善，失真。（分）
(2)名家的優點——正名實。（分）
（道論）
6.分論
（分論型）
(1)修養——精神專一……。（分）
(2)治術
①因陰陽之大順……。（分）
②易操功多……。（分）
③勝儒之主勞臣逸。（分）
④去健羨，絀聰明。（分）
⑤定形神。（分）

- （六家所以有省不省）
- ㈡分論（分論型）
  - 1.分論（分論型）（陰陽所以省不省）
    - (1)陰陽家所以使人拘而多畏。（分）
    - (2)陰陽家四時大順所以不可失。（分）
  - 2.分論（分論型）（儒家所以寡要又不可易）
    - (1)儒家所以寡要少功。（分）
    - (2)儒家所以不能易。（分）
  - 3.分論（分論型）（墨家所以難遵又不能廢）
    - (1)墨家所以儉而難遵。（分）
    - (2)墨家所以不能廢。（分）
  - 4.分論（分論型）（法家所以少恩又不能改）
    - (1)法家所以嚴而少恩。（分）
    - (2)法家所以不能改。（分）
  - 5.分論（分論型）（名家所以失真又不可不察）
    - (1)名家所以儉而善，失真。（分）
    - (2)名家所以不可不察。（分）
  - 6.分論（分論型）（道家所以優）
    - (1)道家所以能究萬物之情。（分）
    - (2)道家所以能為萬物主。（分）
    - (3)道家治術所以無事不成。（分）
    - (4)道家不耗形神。（分）

五、技巧

㈠選材的技巧：文章的選材決定於主題。這篇議論文的作者司馬談在決定寫這篇文章時，已先擬定文章的主題是論六家的共同點和各家的優劣，即「務為治」以及「所從言之異路，有省不省」。於是針對這個主題，他先選《易大

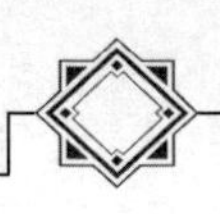

傳》：「天下一致而百慮，同歸而殊途。」這句積累長期在思想史上觀察所得而概括出來的原理，作為總論的核心論點。接著他為了證明該論點的正確，以六經和六經思想實踐所得的實際經驗，分省不省、缺點和優點，選擇各家相關兩方面的題材。如：

1. 陰陽家：

(1)缺點題材：「大祥而眾忌諱」。

(2)優點題材：「序四時之大順」。

2. 儒家：

(1)缺點題材：「博而寡要，勞而少功」。

(2)優點題材：「序君臣父子之禮，列夫婦長幼之別」。

3. 墨家：

(1)缺點題材：「儉而難遵」。

(2)優點題材：「彊本節用」。

4. 法家：

(1)缺點題材：「嚴而少恩」。

(2)優點題材：「正君臣、上下之分」。

5. 名家：

(1)缺點題材：「儉而善，失真」。

(2)優點題材：「正名實」。

6. 道家：

(1)修身：「精神專一，動合無形，贍足萬物」。

(2)治術：「因陰陽之大順，采儒、墨之善，撮名、法之要，與時遷移，應物變化。立俗施事，無所不宜」。

(3)功用：「指約而易操，事少而功多」。

(4)比較：「儒者則不然，以為：『人主天下之儀表也。主倡而臣和，主先而臣隨。』如此則主勞而臣逸。至於『大道之要，去健羨，絀聰明，釋此而任術。』夫神大用則竭，形大勞則敝。形神騷動，欲與天地長久，非所聞也」。

以上是六家優劣判斷之使用題材，但這些論據尚不足以服人，所以，作者又選了足以證明這些判斷的六家具體主張，以為深入論證的題材：

1. 陰陽：

(1)所以謂「使人拘而多所畏」的題材：「四時、八位、十二度、二十四節，各有禁忌，各有教令，順之者昌，逆之者亡，未必然也」。

(2)所以謂「四時之大順，不可失」的題材：「夫春生，夏長，秋收，冬藏，此天道之大經也，弗順則無以為天下綱紀」。

2. 儒：

(1)所以謂「博而寡要，勞而少功」的題材：「以六藝為法，六藝經傳以千萬數，累世不能通其學，當年不能究其禮」。

(2)所以謂「弗能易」的題材：「列君臣父子之禮，序夫婦長幼之別，雖百家弗能易也」。

3. 墨：

(1)所以謂「儉而難遵」的題材：「尚堯、舜道，言其德行曰：『堂高三尺，土階三等，茅茨不翦、采椽不刮，食土簋，啜土刑，糲粢之食，藜藿之羹，夏日葛衣，冬日鹿裘。其送死，桐棺三寸，舉音不盡哀。』教喪禮，必以此為萬物之率，使天下法。若此，則尊卑無別也。夫世異時移，事業不必同」。

(2)所以謂「弗能廢」的題材：「要曰：『彊本節用。』則人給家足之道也，此墨子之所長」。

4. 法：

(1)所以謂「嚴而少恩」的題材：「不別親疏，不殊貴賤，一斷於法，則親親尊尊之恩絕矣。可以行一時之計而不可長用也」。

(2)所以謂「弗能改」的題材：「若尊主卑臣，明分職，不得相踰越」。

5.名：

(1)所以謂「使人儉而善，失真」的題材：「苛察繳繞，使人不得反其意，專決於名，而失人情」。

(2)所以謂「不可不察」的題材：「若夫控名責實，參伍不失」。

6.道：

(1)所以謂「能究萬物之情」的題材：「『無為』，又曰：『無不為。』其實易行，其辭難知。其術以虛無為本，以因循為用，無成勢，無常形」。

(2)所以謂「能為萬物主」的題材：「不為物先，不為物後」、「有法無法，因時為業；有度無度，因物與舍，故曰：『聖人不巧，時變是守。』」。

(3)所以謂「何事不成」的題材：「虛者，道之常也；因者，君之綱也。群臣並至，使各自明也。其實中其聲者謂之端，實不中其聲者謂之窾。窾言不聽，姦乃不生，賢不肖自分，白黑乃形。在所欲用耳，何事不成？乃合大道，混混冥冥，光耀天下，復反無名」。

(4)所以謂「要定其神形」的題材：「凡人所生者，神也；所託者，形也。神大用則竭，形大勞則敝，形神離則死。死者不可復生，離者不可復反，故聖人重之。由是觀之，神者生之本也，形者生之具也。不先定其神形，而曰：『我有以治天下。』何由哉？」。

以上題材，分總原理用的題材、判斷優劣用的題材、證明判斷概念的題材等三級，作者選好題材，就可依主題和論證的需要安排題材了。

(二)**謀篇的技巧**：題材選好，接著是考慮文章布局的問題了，由上面的結構分析，我們已知作者對題材的安排，是採用演繹形式，只是推論分四個層次進行，成塔式建築的布局，其脈絡如下：

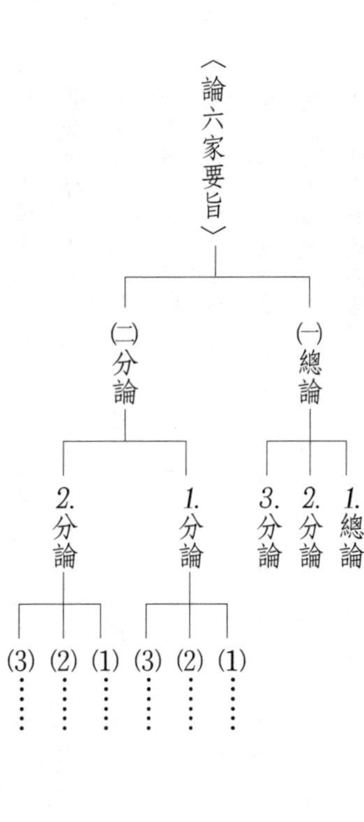

依上圖的格架，把相應的題材安置，按論旨推展的需要，進行創作，就水到渠成了。

(三)修辭的技巧：這篇議論文的表達手段，主要的是議論，議論是擺事實、講道理的手法。作者提出「六家是務為治者也；直所從言之異路，有省不省耳」的觀點，然後一一擺出六家「省不省」的概括批判和相應事實，運用概念、判斷、推理等邏輯思維方式進行評論，令人信服。

其次當作者擺六家「省不省」事實時，他用說明作為輔助手段，指明六家「省不省」的本來面目，解釋具體情形，將六家要旨說清楚。

除了議論和說明外，作者在進行推論時，也運用層遞法，由總論點而各家抽象批判概念發展，再深入具體的事實。這樣前後推論形成照映，又用了照映法；而在說明六家要旨時，又用比較法以進行比較，讓各家的「省不省」觀念更加清楚。脈絡更加明晰，組織更加嚴密。

而引《易大傳》的言論，是引用法的運用；在論墨家「尚堯、舜道」時，用了排比法，如「堂高三尺，土階三等。」、「茅茨不翦，采椽不刮。」、「食土簋，啜土刑。」、「糲粱之食，藜藿之羹。」、「夏日葛衣，冬日鹿裘。」。論道家時，也時在散句中穿插偶句，如「道家無為，又曰無不為。」是散句，接著「其實易行，其辭難知。」是偶句；「其術，以虛無為本，以因循為用。無成勢，無常形。」、「故能究萬物之情」，句法散中有整，散整交用，自然又多采。可謂修辭技巧不弱。

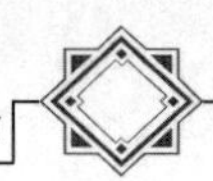

總之，全文論點醒豁，議論精核，剝析切至，層次分明，結構謹嚴，是一篇好範文，作者為我們提供了演繹型議論文的好典範。

〈對江都王論三仁〉①

王問曰：「粵王勾踐與大夫泄庸、種、蠡謀伐吳，遂滅之。孔子稱殷有三仁。寡人亦以為粵有三仁②。」

仲舒對曰：「臣聞：『昔者，魯君問柳下惠：「吾欲伐齊，何如？」柳下惠曰：「不可」。歸而有憂色。曰：「吾聞伐國，不問仁人，此言何為至於我哉③？」』徒見問耳，且猶羞之，況設詐以伐吳乎？由此言之，粵本無一仁④。」

「夫仁人者，正其誼，不謀其利；明其道，不計其功⑤。是以仲尼之門五尺童子羞稱五伯，為其先詐力而後仁誼也。苟為詐而已，故不足稱於大君子之門也⑥。」「五伯比於它諸侯為賢，其比三王，猶碔砆之與美玉也⑦。」王曰：「善。」

一、注釋

①對：回答。江都王：景帝子，名非，立為汝南王，平吳、楚之亂有功，封江都王。好氣力，招四方豪傑，驕奢至極。謚易，史稱江都易王。生平見《史記》卷五十九。三仁：此指春秋越王勾踐三臣泄庸、文種、范蠡等三人，江都王比此三人為仁人。

②粵：越，春秋末諸侯國。勾踐：越王，為春秋末霸者。泄庸、種、蠡：即大夫泄庸、文種、范蠡。謀伐吳：計畫滅吳。吳：春秋末國名，與越相鄰，世世相伐，吳王夫差為報父仇，伐越，至會稽山，越求和，夫差答應，越王勾踐十年生聚十年教訓，與三大夫謀伐吳以報會稽之辱，終滅吳。孔子稱殷有三仁：《論語・微子》：「微子去之，箕子為之奴，比干諫而死。孔子曰：『殷有三仁焉。』」孔子以微子等三位為有仁德的人。寡人：江都王自稱。

③仲舒：作者。魯君：春秋時魯莊公。柳下惠：魯賢臣展禽。齊：春秋時諸侯國，姜太公封地。

④徒見問：被詢問。設詐以伐吳：言越三大夫設詐計助勾踐伐吳。

⑤正其誼，不謀其利：行事只為有正當的理由，不計較利益。明其道，不計其功：行事只要明白道理當否就去做，不計較成效。

⑥仲尼之門五尺重子：孔子講學所在的童子。五伯：五霸，五位以霸道治國的君主。苟：只是。大君子：有大德的君子。《荀子‧仲尼》：「彼固曷足稱乎大君子之門哉？」

⑦三王：夏禹、商湯、周文武，三代的聖王仁君。碔砆：ㄨˇ ㄈㄨ，似玉之石。

二、作者

董仲舒（西元前一七九年～前一〇四年），漢代經學家。廣川（河北棗強）人。少年時治《春秋》。漢景帝時任博士，授徒講經。武帝即位，選舉賢良文學之士，董仲舒應詔對策，得到武帝信任，為江都相。因說陰陽靈異之變觸怒武帝而下獄。為人廉潔鯁直，公孫弘治《春秋》不如仲舒，因妒，遷仲舒佐膠西王，膠西王驕恣放縱，多次殺害臣屬，雖然膠西王頗禮待仲舒，仲舒懼禍，以疾辭歸。

仲舒倡天人感應之說。著有《春秋繁露》十七卷及〈舉賢良對策〉三篇。今傳有《董膠西集》。史載：仲舒為江都國相，事易王，王問越有三仁。仲舒答問，力言泄庸、文種、范蠡三人，不合稱仁人。

三、主題和題材

由論題的性質看，議論文有立論文和駁論文。司馬談〈論六家要旨〉是立論文；這篇是駁論文。駁論文是對某一個論題持否定態度，認為它錯誤，給予駁斥，破解它，使其論點失去依據，不能成立。

漢武帝時，董仲舒為江都國相，江都易王提越三大夫泄庸、文種、范蠡等三人佐勾踐滅吳，可與孔子所稱「殷三仁」比較，稱為三仁。董仲舒在這篇文章中，針對江都易王這個論點，提出駁論，破解「泄庸、文種、范蠡」為三仁的論點。江都王的論點和仁人觀念是本文的核心題材。

四、結構

這是一篇駁論文，它的行文脈絡如下：

說之：

㈠自「王問曰」至「寡人亦以為粵有三仁」。提出論點：「粵大夫泄庸、文種、范蠡，非三仁。」可分下列諸段

1.自「王問曰」至「遂滅之」。論泄庸、文種、范蠡有滅吳之功。

2.「孔子稱殷有三仁」。孔子曾稱殷微子、箕子、比干為三仁。

3.「寡人亦以為粵有三仁」。

江都王以類比論證提出泄庸、文種、范蠡為三仁，問董仲舒，在此，產生了總論，粵三大夫是否可稱「三仁」的問題，董仲舒的回答是否定的，因此，董仲舒對此已暗伏有「粵三大夫非仁人」的論點，以為下文的總論。

㈡自「仲舒對曰」至「粵本無一仁」。承上申論粵無仁人。

1.自「仲舒對曰」至「不可」。論仁人柳下惠不贊成伐國。

2.自「歸而有憂色」至「此言何為至於我哉」。論仁者柳下惠以「聞伐國」為憂，見仁者不以伐國為仁。

3.自「徒見問耳」至「粵本無一仁」。仁者見聞伐國猶羞，三大夫「設詐伐吳」，何能算是仁人？故云：「粵本無一仁」。

㈢自「夫仁人者」至「王曰：『善。』」。論仁人非霸佐可比。

1.自「夫仁人者」至「不計其功」。論仁人的行誼，「正誼」、「明道」；「不謀利，不計功」。

2.自「是以仲尼之門五尺童子羞稱五伯」至「故不足稱於大君子之門也」。行仁道之人的門下，羞稱五伯，因伯者「先詐力而後仁誼」。

3.自「五伯比於它諸侯為賢」至「猶碔砆之與美玉也」。論伯者不如聖王，伯佐不可稱仁人。

綜觀全文，其結構：㈠總論：以歸納形式推論；㈡分論：以歸納形式推論；㈢分論：以演繹形式推論。

這篇駁論，其邏輯關係如下：

㈠三大夫有伐國之功。

孔子稱殷有三仁。

寡人以殷三仁比三大夫，可否？（「不可」）

㈡仁人不贊成伐國。

柳下惠羞聞伐國。

粵三大夫設詐伐吳（伐國），三大夫不可謂仁（非仁人），「粵本無一仁」。

㈢仁人正誼明道，不謀利不計功。

伯者先詐力後仁誼——孔門羞稱。

伯者不如王者——伯佐謀利計功不能稱仁。

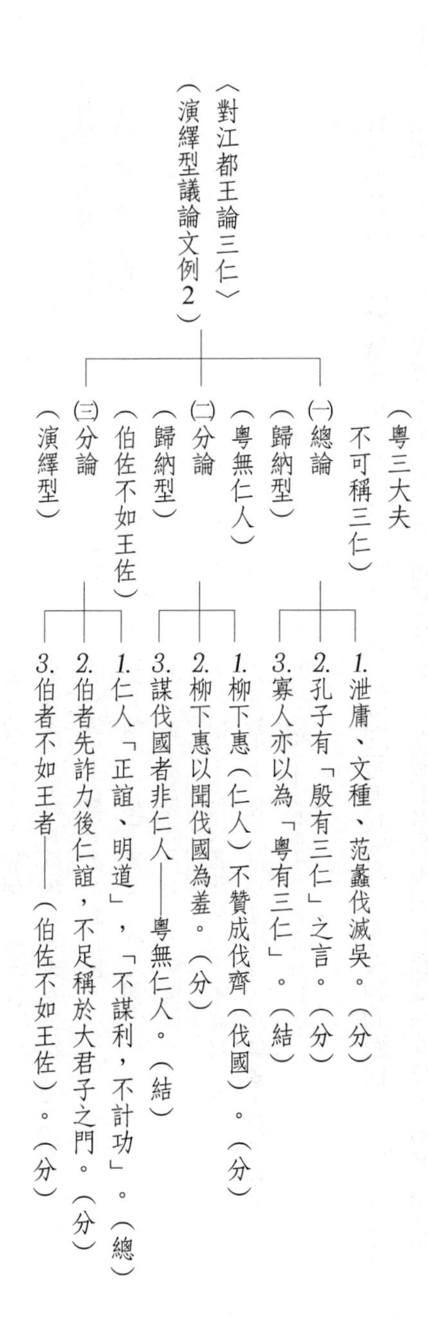

五、技巧

㈠**選材的技巧**：這篇文章是一篇駁論，駁論的主題決定於問者（反駁對象的論題），在文中，江都王問的是越三大夫泄庸、文種、范蠡等配稱三仁否，於是駁者董仲舒便只有圍繞這個問題討論，由於董仲舒持的是反對意見，所以他先選柳下惠對魯莊公伐齊作喻比，其次又選取仁人的處事態度「正其誼，不謀其利；明其道，不計其功」以為衡量標準，以仲尼之門對王霸的態度為參照，將王伯作一番比較，含蓄地表達了自己的反對意見。題材的選擇是受所駁對象的論題和駁者自己的認知態度所制約的。

(二)**謀篇的技巧**：作者的謀篇受制於江都王的論題，由江都王以越三大夫可否稱三仁相問；董仲舒的回答自然以柳下惠答魯莊公伐齊的典故作比喻論證，表達自己的否定意見；接著又以仁人「正其誼，不謀其利；明其道，不計其功。」孔子對王伯的態度回應，於是整個布局，便形成先總論，後接兩分論。只是董仲舒的總論暗伏於江都王論題的背面，文中沒有出現總論的語句，而分論又有兩部分，所以就構成演繹推論的形式，而總論和兩個分論中，又分別以歸納型、歸納型、演繹型組合而成。文章雖短，脈絡卻相當複雜，如以綱領表現其模式，便如下圖：

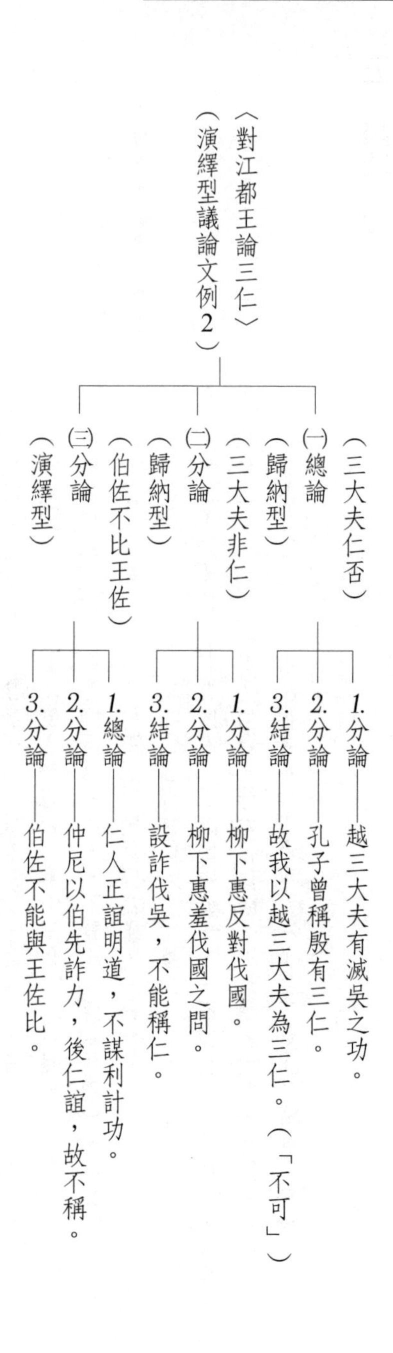

(三)**修辭的技巧**：反駁議論是本文的基本手法，而且以問答方式進行。在推論的過程上，作者反覆採用喻比論證的手法，以柳下惠答魯莊公伐齊，喻比自己的回答於言外，以柳下惠對伐國的態度為論據，喻論伐國非仁，設詐伐國，也非仁。又以仲尼門下不稱五伯，喻比自己對霸者的態度，再以王伯作比較，喻證伯佐不能稱仁人。此外，以「碔砆之與美玉」喻比伯之與王，全篇都是以喻比的形式進行論證的。

以喻比進行論證，含蓄而意涵豐富，意旨多端，可收到避鋒銳，藏機鋒，讓對方易於接受的效果。

〈訂鬼〉①

凡天地之間有鬼，非人死精神為之也，皆人思念存想之所致也②。致之何由？由于疾病。人病則憂懼，憂懼見鬼出。凡人不病則不畏懼。故得病寢衽，畏懼鬼至；畏懼則存想，存想則目虛見③。

何以驗之？傳曰：「伯樂學相馬，顧玩所見無非馬者。宋之庖丁學解牛，三年不見生牛，所見皆死牛也。」二者用精至矣。思念存想，自見異物也。人病見鬼，猶伯樂之見馬，庖丁之見牛也④。伯樂、庖丁所見非馬與牛，則亦知夫病者所見非鬼也⑤。病者困劇身痛，則謂鬼持棰杖毆擊之，若見鬼把椎鎖繩纆立守其旁，病痛恐懼，妄見之也⑥。初疾畏驚，見鬼之來；疾困恐死，見鬼之怒；身自疾痛，見鬼之擊；皆存想虛致，未必有其實也⑦。

夫思念存想，或泄于目，或泄于口，或泄于耳。泄于目，目見其形；世于耳，耳聞其聲；泄于口，口言其事⑧。晝覺則鬼見，暮臥則夢聞。獨臥空室之中，若有所畏懼，則夢見夫人據案其身哭矣。覺見臥聞，俱用精神，畏懼存想，同一實也⑨。

一、注釋

①訂鬼：評議鬼，論鬼。訂：評議。

②為：變成。思念存想：思索想像。存：思念。《禮・祭義》：「致愛則存。」注：「存，謂其思念也。」致：招致。

③致之：招來鬼。寢衽：睡在床上。寢：臥。衽：席子，牀席。目虛見：眼睛幻覺，在虛空中看見（鬼）。

④驗：證明。傳：古書記載，即指記古事的書。《孟子・梁惠王下》：「於傳有之。」注：「於傳文有之。」此指《呂氏春秋・精通》，其文曰：「伯樂學相馬，所見無非馬者，誠乎馬也；宋之庖丁好解牛，所見無非死牛者，三年而不見生牛。用刀十九年，刃若新磨研，順其理，誠乎牛也。」王充下文即用〈精通〉語。伯樂學相馬，顧玩所見無非馬者：言伯樂學習觀察識別馬的好壞，他專心在看馬，所以

習慣於把別的東西也當成馬想像識認。伯樂：傳說中，古代一位善鑑識馬的人。顧玩無非馬：把不是馬的其他動物，都當馬去察辨琢磨其骨格體相。顧玩：仔細端詳。顧：察看。玩：尋思，玩味，琢磨。宋之庖丁學解牛，三年不見生牛，所見皆死牛：春秋宋國的一個廚師學習宰牛，三年內眼中沒有出現過活牛，所看到的全是分解了的死牛，活牛在他眼中也幻成解剖枱上的死牛。宋：春秋時諸侯國。庖丁：廚工。解：剖。生牛：活牛。二者：二人，指伯樂、庖丁。用精至：用心至極，太專精。自見異物：自然把什麼都幻覺成馬，把活牛都幻覺成屠宰枱上的牛屍去想像揣摩。

⑤所見非馬與牛：伯樂、庖丁用精至極，達非馬都幻見成馬去揣摩，活牛都幻見成屠宰枱上的死牛去想像下刀的位置，可見他們幻見時，所見非馬非牛。

⑥困劇：被病折磨得非常厲害。謂：以為，想像幻見。棰：一作箠，鞭子。杖：棍棒。毆擊：毆打。若：或。把：拿。椎：槌。鎖：鎖鏈。繩纆：繩索。纆：ㄇㄛˋ。妄見：幻見。

⑦虛致：幻覺而招致，無中生有。

⑧思念：一作精念，精心思索。泄：發泄，表現，透露。泄于目：幻覺。泄于口：囈言。泄于耳：幻聲。

⑨晝：白天。覺：醒。見：現。暮：晚上。臥：睡。夢聞：夢中聽到鬼叫。夫人據案其身：有人壓在自己身上。哭：指病者哭。用：由。同一實：出於同樣的情況。

二、作者

王充（西元二七年～九七年？），漢代哲學家、文學理論家。字仲任。會稽上虞（今浙江）人。生於東漢光武帝建武三年，少孤，鄉里稱孝，因祖父是商人受輕視。游洛陽太學，曾師從班彪。家貧無書，常到洛陽書肆閱讀所賣書，一見即能記誦，於是博通百家之言。後歸鄉里教授，歷任縣掾功曹、州從事，轉治中。章和二年（西元八八年）罷官家居，專意著述。戶牖牆壁，各置刀筆，至老不倦。同郡謝夷吾上書薦王充才學，認為：「雖前世孟軻、孫卿、近漢揚雄、劉向、司馬遷不能過也。」漢章帝特詔以公車徵，王充稱病不行。漢和帝永元中，病逝於家中。今存有《論衡》八十四篇。所論發前人所未發。反對以「天人感應」為中心的讖緯神學，認為世界是由物質性的「氣」所組成，自然界的靈異是「氣」變化的結果，與人事無關。又認為有生必有死，人「死而精氣滅」，靈魂不能脫離肉體而存在。

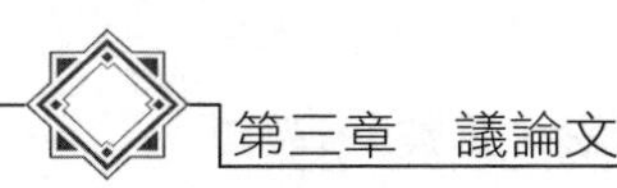

三、主題和題材

這篇議論文節錄自《論衡・訂鬼》。訂鬼，即議論鬼。王充既主張形神離，形消神滅，自然就科學地認為世界上無鬼的存在。文中，提出「凡天地間有鬼」，不是「人死」後，死人的「精神」變成的，而都是「人思念存想所致」的幻覺所見的幻象，以此等題材為論據，作者分五方面反覆論證，證明世上無鬼。

四、結構

王充破鬼說是演繹形式，先總後分地進行推論。

㈠自「凡天地之間有鬼」至「皆人思念存想之所致也」。一開頭就提出「鬼不是人死後的陰魂，而是人們思想存想的產物」。也就是說，作者認為世上根本沒有鬼，「鬼是病人思念存想」，所產生的「幻影」。在東漢那封建迷信時代，提出反神鬼的論點，是了不起的論戰態度。

㈡自「致之何由」至「存想則目虛見」。論點提出後，要加以證明，才能令人信服，確立無疑。於是，接著作者提出「病人畏懼存想則見鬼」這個分論點，主要是人們生病就產生畏懼心理，不病則無所畏懼，也不會見鬼，從而證明「鬼是病人思念存想所產生的幻覺」。這個論證是基於病態心理的作用而得到證明的。

㈢自「何以驗之」至「庖丁之見牛也」。由病態心理論證後，接著作者由歷史選出兩個專精學習，精神貫注，而產生感覺轉化的現象，來與病人幻覺類比，借以證明幻覺或感覺的轉化在健康人身上也會產生。所以，正如伯樂相馬、庖丁解牛，精念所至，所視皆馬，所見皆死牛屍體。這種幻轉與病人幻覺毫無二致。由是依伯樂、庖丁有時所見非真，證明病人有時會見幻象。這種以典故作類比，典故為人所熟知，證明增強形象性和現實性，言論顯得有證有據。

㈣自「伯樂、庖丁所見非馬與牛」至「未必有其實也」。經過二層推論證明後，作者再回到病態心理的分論點上，進一步分析，提出「病人身痛則見鬼擊鬼怒」。這也是可以從病人身上得到印證的論據。病人生病既會產生幻覺，那麼，進一步推論病人見「鬼擊鬼怒」，是由「身病」所引起的聯想所產生的幻覺，也就不是無據的言論了。

㈤自「夫思念存想」至「同一實也」。緊接著病態心理的分析，指出「病人見鬼正如做夢一般」。作者進一步論「思念存想」會產生幻象、幻聲、幻語。白天見鬼，夜睡夢聞，比方獨睡空室，心中畏懼，會夢見「人據案其身」而

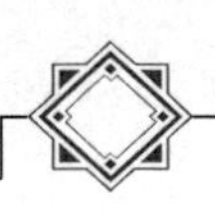

哭。見鬼和夢人同是由於心中畏懼存想而產生的。夢中所聞非真，則白日見鬼更是幻假的了，由是可證無鬼。

這樣在提出論點之後，匠心獨運地分四個方面進行論證，而且虛實結合，交替推進，使論證富有多樣性，邏輯性強。如將上面結構加以提綱，便如下圖：

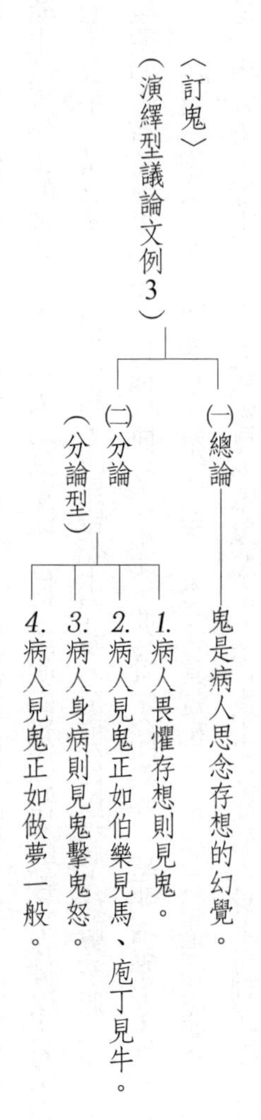

這樣從各方面進行反覆論證，是論證不同於一般推理的顯著特點。正因為進行反覆論證，所以有較強的邏輯力和說服力。其中的邏輯關係如下：

1.（任何人的思念存想都能產生幻覺）
病人畏懼存想所產生的幻想就是鬼。
所以鬼是病人思念存想所產生的幻覺。

2.（任何人的思念存想都能產生幻覺）
病人思念存想所產生的幻覺（鬼），正像伯樂、庖丁的幻覺。
所以鬼是病人思念存想所產生的幻覺。

3.（任何人的思念存想都能產生幻覺）
病人身痛而見鬼擊鬼怒也是思念存想的幻覺。
所以鬼是病人思念存想的幻覺。

4.（任何人的思念存想都能產生幻覺）
病人思念存想所產生的幻覺（鬼），正像做夢一般。

所以，鬼是病人思念存想所產生的幻覺。

總之，本文通過演繹的論證形式，反覆證明鬼是沒有的，因為鬼只是病人思念存想的幻覺。四個分論都是反覆證明這樣一個論點。由於論證鮮明，所以，最後無須再作結論。這是人們選用演繹論證的重要條件。

五、技巧

㈠**選材的技巧**：作者在文中要論證無鬼。首先作者要證明鬼是一種幻覺。所以選擇病態心理現象中的幻覺作用為題材、充論據，如「思念存想」、「疾病」、「憂懼」、「虛見」等生理和心理作用為題材。為了類比，又選「伯樂看馬、庖丁看牛」兩典故為題材。為了進一步深入論證，又以「身痛」等病理，「泄于目」、「泄于口」、「泄于耳」等幻覺與「鬼持棰杖毆擊」、「鬼把椎鎖繩纆立守其旁」、「目見其形」、「耳聞其聲」、「口言其事」等幻象，以及晝鬼見、夜夢聞等題材，互相對應印證，以見鬼之無。

㈡**謀篇的技巧**：作者對於論證過程的安排是依演繹論證的形式推進的。文章一開始作者就提出論點——「思念存想產生幻覺——鬼」，接著分四方面證明他的見解。作者以「致之何由」的問句引出分論，先由病理入手證明，以「疾病」——「畏懼」——「思念存想」——「幻覺——鬼」的生理——心理——幻覺的相關秩序進行推理；接著引伯樂看馬、庖丁看牛兩個家喻戶曉的歷史典故，作為心理作用的類比論據，以證明人之有幻覺乃一種普遍心理現象，足可相信；然後由典故類比論證，回頭深入病理與心理的對應比證，由深度的幻覺、幻象、幻聲、幻語與心理現象「泄于目」、「泄于耳」、「泄于口」的比證，說明幻覺的產生確有其事，而且如夢聞一般，病人在白天會見鬼。這樣，論證層層深入，成層遞的狀態。這樣，全文的布局，由總而分，在四個分論中，依生理——心理——幻覺的病態心理發生次序，推動他的論理，進行他的論證，先理論分析，接以典故類比，再深入病理印證，最後又以幻和夢類比證明作結。脈絡清晰可見。

㈢**修辭的技巧**：作者針對「人死為鬼」的唯心見解，寫了〈訂鬼〉一文，專門討論鬼神問題。成為一篇優秀散文。在這一段文字裡，作者圍繞鬼的由來和其實質這一線索，反覆論證「人病則憂懼，憂懼見鬼出」的道理。其論證既科學又有邏輯性。

作者在文中，運用因果推理以及生理（疾病）——心理（畏懼）——幻覺（見鬼）的思維程式進行分析，邏輯性強，不空洞，不失真。作者論證由整體出發，體察前後，依據人的感覺器官，把生理——心理——幻覺三者變動轉化，闡述得十分清楚，把「鬼」的由來，作了提綱挈領的分析，這一分析是對客觀事物的理性認識，是以事實作論證的前導。接著引用流傳甚廣，大家熟悉的伯樂看馬、庖丁看牛的故事，類比病人憂懼見鬼，把一種虛幻的現象解釋得十分通俗和具體，以揭示「病者所見非鬼也」，是幻象（目虛見），類比自然有力，使讀者完全能理解和接受。

緊接著作者又具體敘述了常人因病見鬼的情況，對病中常見的那些幻象，由病理解釋得十分貼切入理。而且進一步拓展，分「初疾」、「疾困」、「疾痛」，隨著由輕變重的過程產生了「畏驚」、「恐死」、「鬼之擊」幾種不同狀況，層遞地指出這類精神病態，「皆存想虛致，未必其實也。」這既是道理之所在，又照映了文章的開頭部分，可謂層遞深入，前呼後應。

最後又從生理上的各種現象進行分析，指出主觀幻覺有時「泄于目」，有時「泄于耳」，有時「泄于口」，因而就相應產生「見形」、「聞聲」、「言事」等生理反應，而且「思念存想」還會令病人「晝覺則鬼見，暮臥則夢聞。」畏懼，則「夢見夫人據案其身」。而結果卻是由於精神作用。這些又是對應手法的運用。

又如「致之何由？」、「何以驗之？」等設問句的運用，不僅把上下文連貫起來，也增添了文采和生動性；再如「初疾畏驚，見鬼之來；疾困恐死，見鬼之怒；身自疾痛，見鬼之擊」排比文詞，環環相扣，逐次遞進，前呼後擁，把病人因病情發展而幻覺變化的景象，如電影般映現出來，具體形象，從而有力證明「鬼」確是病人「存想虛致」而絕非實有。又如「或泄于目，或泄于口，或泄于耳」、「泄于目，目見其形；泄于耳，耳聞其聲；泄于口，口言其事」的排比，是作者根據時間、地點、環境不同而幻覺不同的特徵，比次排列，證明「見、聞、言」鬼均屬子虛烏有。排比修辭在語氣上一氣呵成；語言上又言簡意賅，十分清晰地表達了作者觀點。

總之，這篇文章既有理論分析，又有事實論據，更採用多樣的修辭手法，由正面論證，側面譬說，反覆圍繞著總論點，構造他情真的美學思考。文章顯得真實確鑿，令人信服。

〈桐葉封弟辨〉①

古之傳者有言：「成王以桐葉與小弱弟，戲曰：『以封汝②。』周公入賀。王曰：『戲也。』周公曰：『天子不可戲。』乃封小弱弟於唐。」吾意不然③。

王之弟當封耶？周公宜以時言於王，不待其戲而賀以成之也；不當封耶？周公乃成其不中之戲，以地以人與小弱者，為之主，其得為聖乎④？

且周公以王之言不可苟焉而已，必從而成之耶？設有不幸，王以桐葉戲婦寺，亦將舉而從之乎⑤？凡王者之德，在行之何若。設未得其當，雖十易之不為病；要於其當，不可使易也，而況以其戲乎？若戲而必行之，是周公教王遂過也⑥。

吾意周公輔成王，宜以道，從容優樂，要歸之大中而已，必不逢其失而為之辭；又不當束縛之，馳驟之，使若牛馬然⑦。急則敗矣！且家人父子尚不能以此自克，況號為君臣者耶⑧？是直小丈夫缺缺者之事，非周公所宜有，故不可信⑨。

或曰：「封唐叔，史佚成之⑩。」

二、注釋

①桐葉封弟辨：辨傳載周成王以桐葉封其弟唐叔事。辨是古代一種文體名，唐・韓愈、柳宗元始作這種文章，就文體源流看，應以《孟子》、《莊子》為前驅。《文體明辯》云：「蓋非本乎至當不易之理而以反覆曲折之詞發之，未有能工者也。」其實就是議論文。

②傳者：古書。此指《呂覽・重言》。其文云：「成王與唐叔虞燕居，援桐葉以為珪而授唐叔虞曰：『余以此封女。』叔虞喜，以告周公，周公以請曰：『天子其封虞耶？』成王曰：『余一人與虞戲也。』周公對曰：『臣聞之：「天子無戲言。」天子言，則史書之，工誦之，士稱之。』於是遂封叔虞於晉。」此外，《史記・晉世家》、《說苑・君道》亦記此事。成王：姬誦，武王之子，十三歲繼位。與：給。小弱弟：幼弟。指武王幼子叔虞，後封

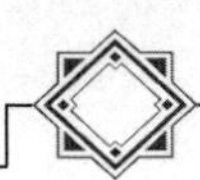

於唐，亦稱唐叔。女：汝、你。

③周公：姬旦，文王之子，武王之弟，成王之叔。時成王年幼，周公為輔政大臣。唐：古國名，堯後，為周所滅，地在今山西翼城縣西，叔虞封於唐，傳子燮父，燮父遷至晉河邊，因改國名為晉。《史記・晉世家》：「唐在河、洛之東，方百里，故曰唐叔虞，唐叔子燮為晉侯。」

④成其不中之戲：促成成王一句不適當的戲言。中：適當。以地以人：拿土地和人民。首「以」字是「把」，次「以」字同「與」。主：國君。聖：聖人，智德超常的人。

⑤苟：苟且，隨便。設：假設連詞，如果。婦寺：婦人或宦官。《說文通訓定聲》：「寺，假借為侍。」《詩・大雅・瞻仰》：「時維婦寺。」傳：「寺，近也。」陳奐傳疏：「寺，古人侍，《傳》云：『近』者，言暱近也。」舉：提拔。

⑥德：威望，德能。易：更改。病：錯誤，害。遂過：順而完成錯誤，堅持錯誤到底。賈誼〈過秦論〉：「遂過而不變。」

⑦道：指中道。意謂辦事不偏不倚，恰如其分，即中正之道。從容優樂：寬裕和諧快樂。大中：中正之道，切合時勢的政策。逢其失而為之辭：迎合他的錯誤而替他製造說辭，為他辯解。逢：迎合。失：錯誤。辭：說辭，藉口。束縛之：約束他，牽制他，如同捆綁他的手足，使不能自由行動。馳驟之：鞭策他，令他奔馳驟跑，驅使他。若牛馬然：如駕馭牛馬一般。

⑧急則敗矣：管束得太嚴太緊就會壞事，如車之翻覆。急：嚴。敗：壞，覆。克：制約，箝制。自克：自制。

⑨小丈夫：小人物，平庸的人。缺缺：ㄑㄩㄝ ㄑㄩㄝ，小聰明，小智貌。《老子》五十八：「其民缺缺。」

⑩或曰：某古書說。史佚：周太史，亦稱尹佚。《史記・晉世家》：「史佚因請擇日立叔虞。成王曰：『吾與之戲耳。』史佚曰：『天子無戲言，言則史書之，禮成之，樂歌之。』於是遂封虞於唐。」

二、作者

柳宗元（西元七七三年～八一九年），唐代散文家、詩人。字子厚。河東（山西永濟）人。世稱柳河東。少年時聰穎能文，有美名。貞元九年（西元七九三年）進士及弟。貞元十二年登博學宏辭科，貞元十五年為集賢殿書院正字。貞元十七年出為藍田尉，貞元十九年回長安任監察御史裡行。順宗即位，為禮部員外郎。積極參與王叔文領導的「永貞革新」。革新失敗，被貶為邵州刺史，再貶永州司馬。元和十年（西元八一五年）奉召還京，不久貶為柳州刺史。

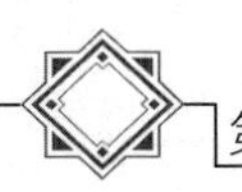

世稱「柳柳州」，在柳州寬刑愛民，政績卓著，元和十四年卒，享年四十七歲。柳宗元具有進步的政治思想和科學精神。好疑古，有《柳河東集》四十五卷傳世。

三、主題和題材

這篇議論文是柳宗元讀《呂覽・重言》，由於疑古，對所載「周公請成王封唐叔，以實踐其桐葉封弟的戲言」一事為議論的題材，提出辨正。以為周公聖人不當有是事，其事不可信。

柳宗元與韓愈在中唐一道倡導古文運動，有「韓柳」之稱。其散文題材廣泛：有議論文、傳記文、寓言、山水遊記等。這篇屬議論文，文中藉辨正古事，透露政治主張。文云：「周公輔成王，宜以道。」、「不當束縛之，馳驟之。」蓋主張輔佐大臣當大中之正佐天子，不當擁君自擅，以君為傀儡。

四、結構

這篇文章是一篇演繹型議論文。全文分四段：

㈠自「古之傳者有言」至「吾意不然」。論周公諫成王實踐「桐葉封弟」的故事不可信。

㈡自「王之弟當封耶」至「其得為聖乎」。論傳言周公以成王戲言，賀之以成其過，非聖人所當為，周公如果真那樣做，便不得為聖人。

㈢自「且周公以王之言不可苟焉而已」至「是周公教王遂過也」。論周公如真「以王之言不可苟」，就促成戲言的封賜，是等於教成王將錯就錯，那麼戲言如有不當，將如何呢？那豈不是不合王之德嗎？

㈣自「吾意周公輔成王」至「故不可信」。論周公是聖人，輔成王宜以道，從容優樂，歸之大中，絕不會逢其失而為之辭，束縛、馳驟成王，故傳說不可信。

㈤「或曰：『封唐叔，史佚成之。』」。論有人說促成封唐叔是史佚，所以《呂覽》的話不可信。

據上面的論析，可以看出：㈠以「吾意不然」，表示周公諫成王之事不可信，首先亮出自己的觀點，是總論。接著提出理由作為論據，以進行推論；㈡的理由就是假設傳說屬實，那就不是聖人應有的行為，言外之意是周公如是聖人，就不可能那樣做，這是分論；㈢的理由就是周公如因「王言不可苟」，就從而成之，那如戲言有不當，難道也要

教他去做嗎？如教他去做，是周公教王遂過。言外之意，周公既是聖人，不會教王遂過，所以那事不可信；㈣的理由是聖人輔成王應以道從容優樂，歸之大中，所以「逢失為之辭，束縛馳驟」，不是周公應有的行為，所以不可信；㈤有人說封唐叔是史佚成之，足證說是周公的傳說不可信。

作者提出四個論據，通過演繹法則，反覆論證周公諫成王之事不可信，構成四個分論。因此這篇議論文的結構可提綱表示如下：

〈桐葉封弟辨〉
（演繹型議論文例4）

- ㈠總論——周公諫成王桐葉封弟之言不可信。
- ㈡分論
  - *1.* 周公以成王戲言賀以成之，恐非聖人當為。
  - *2.* 周公諫成王無戲言，實為教成王遂過。
  - *3.* 周公輔成王不歸之大中，亦非聖人之德。
  - *4.* 有人說諫成王封弟是史佚，不是周公。

由綱領可以看出這是由總論到分論的論證過程，是先作邏輯結論而後進行論證的過程，雖然順序和演繹推理相反，但演繹的關係並不變，所以這種議論文的結構稱為演繹型。其中的邏輯關係如下：

㈠（大聖人周公絕非無德小人）
周公以成王戲言賀以成之恐非聖人之德。
周公諫成王桐葉封弟之事不可信。

㈡（大聖人周公絕非無德小人）
周公諫成王無戲言實為教王遂過。
周公諫成王桐葉封弟之事不可信。

㈢（大聖人周公絕非無德小人）
周公輔成王不歸之大中亦非聖人之德。
周公諫成王桐葉封弟之事不可信。

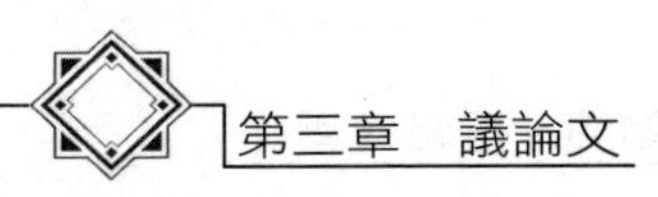

㈣（大聖人周公絕非無德小人）

有人說諫成王桐葉封弟之事是史佚。

周公諫成王桐葉封弟之事不可信。

演繹型的邏輯關係恰恰和歸納型相反。歸納型先提論據後作結論；演繹型則先作出結論，然後進行論證。但是兩者都必須反覆論證，而且都比任何推理形式複雜得多。

演繹型議論文所以要先總論後分論，是由於客觀上需要先亮出觀點，以便聳人聽聞，有利於圍繞中心，進行反覆論證。從布局上看，這個總論放在前面也起了「立片言而居要，乃一篇之警策」的作用。因此，合乎邏輯，也合乎社會心理。其中的總分關係也合乎辯證邏輯。由這個結構，還可以看出一條重要的規律，即演繹型的議論文沒有相應的結尾而有相應的開頭；這跟歸納型的議論文沒有相應的開頭而有相應的結尾，情況恰恰相反。

五、技巧

㈠**選材的技巧**：這篇演繹型議論文，就論題的性質上看，它和董仲舒〈對江都王論三仁〉一樣，屬於駁論文。它的主題是「周公諫成王桐葉封弟之事」不可信，作者藉對於這個傳言的反駁，提出「聖人輔君要歸之大中，從容優樂；不當逢其失而為之辭，束縛馳驟之」的政治主張。因此選材時要選一個駁的對象。作者選了《呂覽．重言》那篇〈桐葉封弟〉的故事。

反駁時，作者又選擇「周公是聖人不是無德的小人」這個大前提，反覆論證，運用傳說與聖人行為的矛盾推理、判斷，分論周公如為聖人就不會做出那樣無德的事；那樣無德的事不是周公大聖人會做的。最後又推出《史記．晉世家》的記載，證明不是周公做的。

㈡**謀篇的技巧**：這篇文章既是駁論，為了反駁，必然的要把被駁的觀點先陳列出來，然後亮出自己的反對觀點，以求聳人聽聞，利於下面圍繞這個論點反覆駁難。

總論列出後，作者首先提出的理由是賀成桐葉封弟之事不是聖人的行為；接著提出的理由是諫成王無戲言，是教王遂過；輔成王不歸之大中，不是聖人做的；最後指出另有古書以為諫成王桐葉封弟是史佚。這樣反覆論證，諫非周

公是再明白不過了。

㈢**修辭的技巧**：這篇文章，它的創作動機在乎批駁所謂「周公諫成王桐葉封弟」的謬說，而作者深層的意旨則在於闡明人臣輔君當以中道為準，不可迎合君失，設辭遂過。在這裡作者揭示了一則生活真理，所謂「聖明天子」也會犯錯，犯了錯就要加以糾正，人臣輔君不可遂過飾非，束縛馳驟。

文章開端先立案，簡單地敘述古傳者之言：次段承上「吾意不然」揭開駁論的序幕，轉入正文，於設問中提問，就當封不當封二意夾擊，痛加駁斥；然後再深入追擊，以一句「以桐葉戲婦寺，亦將舉而從之乎？」擊中要害，辭鋒銳利，氣勢迫人；分論2.（三段）承上而下，進一步辯駁，又在破綻處發出正理。即使君王所行「未得其當」，不妨多次更改，而成王戲言卻非要他實行不可，豈非教君王遂過嗎？層波疊浪，翻捲不已；分論3.（四段），先言「臣輔君之道」，當從容開導，不當逢失遂過，亦不當束縛馳驟，立意翻進一層；再以退為進，言父子之間也不能以戲言相約束，何況君臣？所以，斷定「桐葉封弟」故事乃庸人所為，不可信。末尾「或曰」云云，宕開一筆，推波助瀾，點出史佚，以見其說無定準。

這篇駁論文甚短，卻破例結合，前呼後應，結構謹嚴。前半部多用設問句，層層推理，令人信服；後半部立論堅實，有弛有張，合情合理，故其筆刃所至，無堅不摧，傳言之偽，無可遁形。

〈辨私〉①

儒者好稱說孔子之道，非大言也，非私於其師之道也②。孔子之道，治人之道也。一日無之，天下必亂。如粟米不可一日少，少則人饑；如布帛不可一日乏，乏則人凍死③。

孔子之道，君臣也，父子也，夫婦也，朋友也，長幼也。天下不可一日無君臣；不可一日無父子；不可一日無夫婦；不可一日無朋友；不可一日無長幼。萬世可以常行，一日不可廢者，孔子之道也④。

離孔子之道而言之：其道雖美，不致於遠；其言雖切，無補於用。猶錦繡不可以待寒，珠玉不可以療饑。故儒者稱說不及焉，非遺之也⑤。

一、注釋

①辨私：辨明儒者好稱說孔子之道不是偏私儒教。

②儒者：服膺孔子學說的讀書人。孔子之道：孔子的思想主張、解決問題的學說和方法。大言：誇大的言論。其師之道：他的老師的思想學說。

③治人之道：管理人的方法。粟米：泛指食物。布帛：泛指衣著。

④孔子之道：君臣、父子、夫婦、朋友、長幼等，即儒家所倡說的五種人際關係，五倫是儒家的根本思想。

⑤不致於遠：不能到達遠方。切：深刻確當。遺：漏。

二、作者

王安石（西元一〇二一年～一〇八六年），宋代政治家、文學家。字介甫，號半山。撫州臨川（今屬江西）人。慶曆二年（西元一〇四二年）登進士第，簽書淮南判官，慶曆七年調知鄞縣。嘉祐元年（西元一〇五二年）為群牧判官。歷常州知州提點江東刑獄、三司度支判官等。宋神宗即位，召為翰林學士兼侍講。熙寧二年（西元一〇六九年）任參知政事，次年拜相。在神宗支持下推行新法，因遭到反對派猛烈攻擊，熙寧七年罷相。次年復拜相，至熙寧九年辭去相位，退居江寧。元豐元年（西元一〇七八年）封舒國公，元豐三年改封荊國公。元祐元年（西元一〇八六年）司馬光執政，盡廢新法，王安石憂憤病死，謚文。

王安石為唐宋八大散文家之一。散文創作以議論文成就最為突出，多名篇。記敘文數量較多。他的散文主要師法孟子和韓愈，兼取韓非的峭厲、荀子的富麗和揚雄的簡古，融會貫通，形成峭刻幽遠，雄健剛直，簡麗自然的獨特風格。詩也可觀，尤其絕句成就非凡，今傳《王文公集》一百卷。

三、主題和題材

王安石的議論文，政論多而且多佳作。這篇〈辨私〉，不到三百字，卻文短意長，論儒者稱說孔子之道，非關偏私於其師道。蓋孔子之道，日常所需，切實用，可以致遠，「萬世可以常行，一日不可廢」。文章的題材以孔子之道為主，是論據所在。

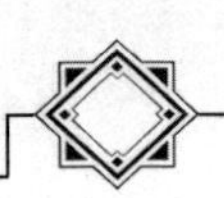

四、結構

王安石這篇〈辨私〉是一篇演繹型議論文。

㈠自「儒者好稱說孔子之道」至「非私於其師之道也」。提出論點「儒者好稱說孔子之道，非私於其師之道」。

㈡自「孔子之道」至「乏則人凍死」。論孔子之道在於「治人」，不可一日無。

㈢自「孔子之道，君臣也」至「孔子之道也」。論孔子五倫之道，萬世可以常行，一日不可廢。

㈣自「離孔子之道而言之」至「非遺之也」。論孔子之道以外，他道美而不致遠，切而無補於用，故儒者稱說不及。

第一段以「儒者……非私於其師之道」，表示自己的觀點，是總論，首先亮出論點。接著從三方面提出理由作為論據，即二段（分論*1.*），論孔子之道不可一日無；三段（分論*2.*）論五倫萬世可以常行，一日不可廢；四段（分論*3.*）論儒者不稱其他諸家，原因在於「其道雖美，不致於遠；其言雖切，無補於用」。如此通過演繹法則，反覆論證孔子之道的可常行、不能一日無，是分論。

文章由總論到分論，其論證過程是先作邏輯結論而後進行論證，是演繹型議論文，其中的邏輯關係如下：

㈠孔子之道是人生不可少的治人之道。
　如粟米之於人食，布帛之於人衣，不可一日無。
（故儒者稱說孔子之道非私於其師之道）

㈡孔子之道是人生不可少的五倫治人之道。
　萬世可以常行，一日不可無。
（故儒者稱說孔子之道非私於其師之道）

㈢孔子之道是人生不可少的治人之道。
　離孔子之道的道雖美不致遠，雖切無補於用。
（故儒者稱說不及孔子之道以外的道）

這篇議論如將其結構加以提綱，便如下圖：

〈辨私〉
（演繹型議論文例5）

- (一)總論——儒者稱說孔子之道非私。
- (二)分論
  - 1.孔子之道不可一日無。
  - 2.孔子之道是五倫，可以萬世常行，不可一日廢。
  - 3.其他的道不能致遠無補於用，故儒者稱說不及。

五、技巧

(一)**選材的技巧**：王安石寫這篇文章，目的在論儒者稱說孔子之道不是私。所以他選材首先是「儒者」，其次是「孔子之道」。要論這個主題，首先要以「不可無」的「需要」為大前提，因此，下面的論據分別選擇了「治人之道」、「君臣、父子、夫婦、朋友、長幼」、其他的道。再次，作者為作喻比論證，又選了「粟米」、「布帛」、「錦繡」、「珠玉」等。

(二)**謀篇的技巧**：作者選好題材後，決定依演繹法則進行論證。所以先提出論點；其次指出孔子之道是治人之道，從食、衣兩方面類比，藉粟米、布帛喻比孔子之道，論證它為萬民所需，儒者稱說孔子之道正是為此；再次，由孔子之道的內容五倫，一一論其不可少，以推出孔子之道萬世可以常行，一日不可廢，以證儒者稱說孔子之道非私於其師之道；最後，論外道雖美不能致遠，雖切無補於用，猶錦繡不可以待寒，珠玉不可以療飢，故儒者稱說孔子之道非私於其師之道，不稱說外道非遺之。

(三)**修辭的技巧**：這篇文章基本上用的是議論法，而以說明為輔佐手法，而文中最醒目的則是比喻論證的運用，分論1.「如粟米不可一日少，少則人饑；如布帛不可一日乏，乏則人凍死。」、分論3.「猶錦繡不可以待寒，珠玉不可以療飢。」以粟米、布帛比喻孔子之道，以錦繡、珠玉比喻外道，進行論證，前後呼應，互相比較，孔子之道可稱說，昭然若揭，儒者之稱說非私，已確定不可移。

練習

㈠請為下列諸文標點、分段。

1.左丘明〈臧僖伯諫觀魚〉。

2.左丘明〈臧哀伯諫納郜鼎〉。

3.孫子〈謀攻〉。

4.孟子〈天時不如地利，地利不如人和〉。

5.李斯〈諫逐客書〉。

6.歐陽修〈朋黨論〉。

㈡請以演繹型寫下列諸題。

1.論人不可貌相。

2.論有志竟成。

3.論先苦後甘。

4.論青出於藍。

5.論滿招損。

6.論謙受益。

㈢試選四篇散文鑑賞範作，供學生課外學習。

第三節　演歸型議論文

演歸型議論文是議論思維系統常見的建構形式，它是演繹型和歸納型互相結合的一種結構類型。演繹和歸納兩種思維形式相反相成，矛盾統一，這是邏輯內部的必然規律。這種類型的存在，正說明形式邏輯本身也合乎辯證法，它就是兩種邏輯證明相反相成的具體表現。演歸型的基本間架不僅有總論和分論，而且還有分論和結論。是前面總論，中間分論，後面結論結合的結構模式。結論其實也就是總論，他們共用一組分論，總論一前一後，首尾呼應，但不是簡單的重複。

這種建構模式，前面的總論，總是先略述問題，或概述論點，或點明中心觀點，有如全文的帽子。中間的分論，作為前面總論的分論，它必須圍繞中心論點，從不同的角度逐層剖析論證，分條析剖，論證手法多變，文貴生花，理貴透徹，分論對前一總論是析解闡發，然後對後一總論是匯集灌注。後一總論，也就是結論，它由分論匯聚而來，是分論放射線凝聚的焦點，是分論過濾後的結晶。它對分論作科學的抽象和綜合的概括。它不是開頭總論的簡單重複，而是更深層的擴展。一般說來，結論要比總論更為清晰化、明朗化。是分論的聚光點，光輝閃爍，「卒章見志」。因此，這是「總論」——「分論」——「結論」三者的聯結、有機組合，是議論思維建構中的第三種整體藝術。其模式如下：

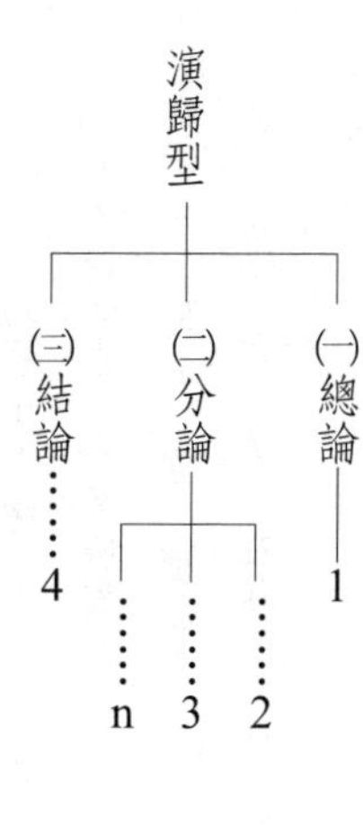

下面拿作品作印證，並作閱讀和鑑賞的範示和創作法的講解。

〈里革論君之過〉①

晉人殺厲公，邊人以告，成公在朝。公曰：「臣殺其君，誰之過也？」大夫莫對，里革曰：「君之過也②。」

「夫人君者其威大矣。失威而至于殺，其過多矣③。」

「且夫君也者將牧民而正其邪者也，若君縱私回而棄民事，民旁有慝，無由省之，益邪多矣④。」

「若以邪臨民，陷而不振。用善不肯專，則不能使。至于殄滅而莫之恤也，將安用之⑤？」

「桀奔南巢；紂踣于京；厲流于彘，幽滅于戲，皆是術也⑥。」

「夫君也者民之川澤也。行而從之，美惡皆君之由，民何能為焉⑦？」

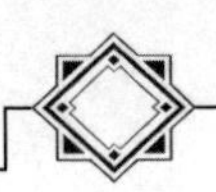

一、注釋

①里革：魯國太史。論君之過：議論晉君厲公被弒是國君自己的過錯。

②晉人殺厲公：春秋晉國的卿大夫欒書、中行偃等指使程滑弒殺了晉厲公。厲公：晉君，西元前五八〇年～前五七三年在位。邊人：魯國邊疆官吏，疆埸之司。成公：魯國國君。西元前五九〇年～前五七三年在位。朝：國君與群臣論政的朝堂。

③威：權勢。《廣雅・釋詁二》：「威，力也。」《韓非子・詭使》：「威者，所以行令也。」殺：被殺。過多：罪多，過失多。

④牧民而正其邪：統治人民而糾正人民的邪惡。牧：治。邪：不正。縱私回：肆意做不公而邪惡的事。私：不公。回：邪。旁有慝：偏頗妄亂邪惡。旁：通「趽」。《荀子・議兵》：「旁辟曲私之徒。」注：「旁，偏頗也。」又假借為妄。《禮・少儀》：「不旁狎。」疏：「旁，猶妄也。」有慝：又慝。慝：ㄊㄜˋ，邪惡。省：察。益邪多：增加更多的邪惡。

⑤臨民：治民。陷而不振：陷入邪惡，不能改正。振：正，起。用善不肯專，則不能使：若用賢人而不能專一，則不能指揮賢人，賢人不為其用。至于殄滅而莫之恤：民到了死亡絕滅的境地，君不加憂恤同情。將安用之：則民要君何用呢？善：賢人。使：指揮。殄滅：亡滅。恤：救。安：何。

⑥桀：夏桀。南巢：地名，在今安徽省巢縣東北五里，夏桀無道，被商湯放逐南巢。紂：商紂，商末君。踣：倒，死。京：朝歌，商首都。商紂無道，周武王率諸侯兵攻入首都朝歌，紂自焚死。厲：西周國君。彘：ㄓˋ，地名，在今山西省霍縣東北，周厲王無道，被國人放逐於彘。幽：周幽王。戲：地名，在今陝西省臨潼縣東北。幽王無道寵褒姒，被犬戎殺於戲。是術：這種行為，指「以邪臨民」。

⑦川澤：水所趨。行而從之：民聽君令而行，如水沿川澤而流。美惡：水流向平順川澤或陰惡川澤，喻民向美向惡。美：善。

二、作者

左丘明，孔子學生，魯太史，著有《國語》、《春秋左氏傳》等。

三、主題和題材

左丘明有民本思想，他在《國語》和《左傳》中，對這種思想都有所透露。這篇文章以「晉人殺厲公」的事件為討論題材，作者藉里革的言論，指出國君被弒，其過在君。這是文章主題所在。因此，重民思想又是里革言論題材所運載的政治理念。

四、結構

這篇文章中，里革先提出觀點，然後論證他的觀點由來。結構如下：

㈠自「晉人殺厲公」至「君之過也」。里革對晉人殺厲公一事，斷定「君之過」，這是提出他的觀點，接著他遵循下列的理由提出論據，加以論證。

㈡自「夫人君者其威大矣」至「其過多矣」。論人君有那麼大的權力，所以被殺當是由於「失威」，其所以「失威」是因為「過多」。

㈢自「且夫君也者將牧民而正其邪者也」至「益邪多矣」。論君所以治民正邪，若「縱私回而棄民事」，當「民偏頗又邪惡」時，就無法去察治，更增其邪惡了。

㈣自「若以邪臨民」至「將安用之」。論君「以邪臨民」、「用善不專」、賢人將不為使，不恤國亡，有賢不能用。

㈤自「桀奔南巢」至「皆是術也」。由上面論君有大權而被殺，必是惡多失權；君邪多，則無由牧民；君以邪臨民，則賢人不為用等三方面的理由，進而列舉歷史上的桀、紂、厲、幽等四君均為民所殺者，與上面推論印證，斷言四君之亡皆因「以邪臨民」。

㈥自「夫君也者民之川澤也」至「民何能為焉」。論民如水，君如川澤，水隨川澤而流，民依君而行，美惡皆由君。

上面分段，㈠是總論提出觀點，在此里革只簡單地提出觀點；㈡至㈤是分論，分論有四，分論*1.*承中心議題（總論），推論有大威的君如不是「過多」，何至於被殺？分論*2.*論君所以治民正邪，若自己「縱私回而棄民事」、「民

旁有慝，無由省」，則君邪益多，承分論(一)深一層論君惡之多所以被殺；分論3.又承上，論君以邪治民；用善不專，則善不為用；民至殄滅而君不恤，則民無所用於君，導之殺君；分論4.列舉桀等四暴君，論其皆「以邪臨民」，故遭放殺為證，證明君被放殺皆因「過多」。經過四次反覆論證，觀點已得到多方面的印證。最後(六)將分論作科學的抽象和綜合的概括，過濾出結晶，以水喻民，以川澤喻君，水隨川澤，民順君，兩者類比，證明民殺君為君自取。(六)是結論。

這篇文章是議論文，由「總論」——「分論」——「結論」，三者互為聯結，成了有機組合。在文中包括兩種邏輯形式：從總論和分論看，是結論先行的演繹型；從分論和總論看，是很明顯的歸納型。兩者並非各自獨立，而是前後總論共用中間的分論，互相結合為矛盾統一的辯證整體，所以這篇文章為結構符合演繹型形式之議論文。其結構綱領可以下圖表示：

〈里革論君之過〉
（演歸型議論文例1）

- (一)總論——晉厲公被殺是厲公之過。
- (二)分論——
  - 1.君有大威，被殺是因過多。
  - 2.君所以牧民正邪，如縱私回棄民事，則不能省民慝，邪益多。
  - 3.君以邪臨民，不能用賢，為民所棄。
  - 4.桀、紂、厲、幽就因以邪臨民被放殺。
- (三)結論——民如水，君如川澤，美惡由君不由民。

這個圖上的各項邏輯關係可以表述如下：

(一)**演繹關係**：（君有大威，民順君而行，民殺君，是君之過）

君失威而被殺，是其過多。君縱私回棄民事，不能省民慝，益邪多。君以邪臨民，善不為用，民不敬君。桀、紂、厲、幽被放殺，是以邪臨民的結果。

(二)**歸納關係**：（君過多是失威被殺的原因）

君失威而被殺，是其過多。君縱私回棄民事，不能省民慝，益邪多。君以邪臨民，善不為用，民不敬君。桀、紂、厲、幽被放殺，是以邪臨民的結果。君被殺，君之過也。

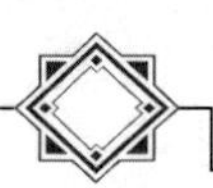

可見這篇議論文兼有演繹型和歸納型的特點，是議論文中比較理想的類型。也就是說：由於先有總論，所以可以開門見山地把觀點擺出來，使人能抓住中心重點；由於有結論，所以能突出地肯定什麼，否定什麼，從而加強論斷的明確性、邏輯性和嚴密性。能將中間的分論放射出來，得到觀點的照射；又將分論收束概括起來，凝聚成結晶，以與前面的總論互映，檢驗分論的豐富性和準確性。這裡總論相當於通常說的「開頭」，結論相當於通常所說的「結尾」，又更能表現它們是邏輯論證的一部分，而且是整個體系中的一部分，兩者都不能離開中間的分論而存在。這種結構形式容易理解，也合乎邏輯規律。

五、技巧

㈠**選材的技巧**：這篇文章的選材，先提出「晉人殺厲公」之事、魯成公之問、里革之答「君之過也」等。然後選論據；論據有「君威大」、「過多」、「縱私回棄民事」、「以邪臨民」、「桀、紂、厲、幽」之事、（水之於）「川澤」等。

㈡**謀篇的技巧**：論據（題材）選好之後，接著作者考慮如何推論。作者思考的方式是先亮出觀點，要亮觀點就得先提問題，所以最先提「晉厲公被殺」之事，再藉成公之問、里革之答，提出論點。

論點提出後，接著安排論據，作者先就論點分析理由，是理論的應用；接著深一層析論「過多」的緣由，也是理論推演，深層挖掘；再進一層推論民殺君的深層因素——君逼民反；至此理論推演經三層深進，已相當周延，於是提出歷史事實，以事據印證推論，邏輯性更強，說服力更富有。最後以比喻論證，水到渠成地作出結論。

㈢**修辭的技巧**：這篇文章的修辭以議論手法為主，也運用了敘述和說明為輔助手法。首段「晉人殺厲公」是敘述法，二段是說明法，將兩法聯合起來，由前向後推演是議論法。

此外，首段成公和里革的話是問答式敘述。五段陳列四暴君是排偶手法。結論又以比喻論證，證明民之美惡皆君之由，回應首段「君之過也」。

總之，這篇文章主題鮮明，結構嚴密，修辭手法巧妙多變。里革在眾人緘口無言，不知如何作答之時，挺身發言，一句「君之過也」，語驚四座，蓋人人擔心非成公所樂聽。然而里革侃侃而談，將「君之過」的理由闡述得條條入理，

使人不能不心悅誠服，其無私無畏、直言敢諫的個性，得到了進一步的表現；而其鞭辟入裡的推論，無瑕可擊。里革的個性如此鮮明突出，詞鋒如此銳利有力，就是因為作者左丘明在巧妙的鋪墊後，繼之以酣暢的揮寫，如河流塞而後通，波濤翻滾，瀾流迴曲造成的。

〈得道多助、失道寡助〉①

天時不如地利，地利不如人和②。

三里之城，七里之郭，環而攻之而不勝。夫環而攻之，必有得天時者矣，然而不勝者，是天時不如地利也③。

城非不高也，池非不深也，兵革非不堅利也，米粟非不多也，委而去之，是地利不如人和也④。

故曰：「域民不以封疆之界；固國不以山溪之險；威天下不以兵革之利。得道者多助，失道者寡助。寡助之至，親戚畔之；多助之至，天下順之。以天下之所順，攻親戚之所畔，故君子有不戰，戰必勝矣⑤。」

一、注釋

①道：仁義等民心所歸的理則，仁民愛民的政治理則。

②天時：指時機。地利：指險阻。人和：指人心所向。

③三里、七里：極言城郭之小。城：內城。郭：外城。環而攻之：圍攻。

④池：城壕。兵革：攻擊兵器和防衛之器。堅利：兵利革堅。兵：刀戟。革：盾。米粟：指糧食。委而去之：委棄而逃走。

⑤域民：限制人民，劃定人民的居域。以：憑藉。封疆之界：邊城疆界。固國：堅固國土。山溪之險：高山深溪的峻險之地。威：畏。兵革之利：武器的鋒利，軍隊的強大。至：極端。親戚：指父母親和戚屬。畔：叛。以天下之所順，攻親戚之所畔：以天下民心所順的人，攻打連親戚都背叛的人。有不戰：除非不戰。有：除非，要麼。

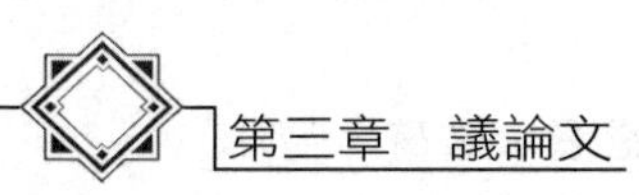

二、作者

孟軻，見前〈生於憂患，死于安樂〉作者欄。

三、主題和題材

戰國時期，七雄爭霸，戰亂頻繁，生靈塗炭。面對當時的社會現實，孟子從維護統治階級的利益出發，積極主張施行仁民愛物的「仁政」，通過爭取民心來贏得天下。

這篇短文以天時、地利、人和等三方面的思想題材作比較，加以論證，反映了孟子的這種政治主張。文章分析了決定戰爭勝負的因素，中肯地提出「人和」是取得戰爭勝利的關鍵，並進而推出了「得道多助，失道寡助」的論斷，闡明了施行「仁政」的重要性，指出「得人和」是戰爭勝負最關鍵的因素。

四、結構

文章共分四個段落：

㈠「天時不如地利，地利不如人和」。作者開門見山提出中心論點，把「人和」列於戰爭勝敗三大決定因素之首。強調「人和」是戰爭勝利的最高決定性因素。

㈡自「三里之城」至「是天時不如地利也」。緊接著論證天時不如地利。文中，作者設舉一座小城被「環而攻之」，層層包圍，攻勢凶猛，敵軍占有天時，但卻久攻不下。小城受到強敵圍攻，岌岌可危，最後轉危為安，憑的是「地利」，由此可見「地利」比「天時」重要。

㈢自「城非不高也」至「是地利不如人和也」。論證「地利」不如「人和」。作者又設舉了一個戰例。被攻的一方設防條件較好，城高池深，地利優越，而且裝備精良，糧草充裕。禦敵於城門之外，按理說很有把握。結果由於民心渙散，缺少「人和」，守城者卻棄城而逃，將城池拱手送給敵人。「地利」這樣好的城池，居然守不住，就是缺「人和」。可見光有「地利」還不夠，「人和」比「地利」更為重要。

㈣自「故曰」至「戰必勝矣」。經上面兩次申論，中心論點已經確立。但怎樣才能得人和呢？得人和的結果怎樣

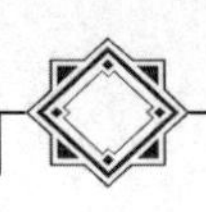

呢?作者筆鋒一轉，用「故曰」引出了更深一層的論說。開頭先用三個否定的排比句，進一步排除了「人和」以外的因素，從側面再次突出了「人和」的重要性。然後以此為出發點，提出了「得道」，即行「仁政」，才能得「人和」，得「人和」就能戰無不勝；反之，則眾叛親離，必敗無疑。使中心論點「得人和」，得到了發揮和深化，為全文作了結論。

由上面的分析，可見㈠是總論；㈡和㈢是分論；㈣是結論。這樣的行文過程落實了這篇文章是演歸型議論文，其結構綱領如下：

〈得道多助、失道寡助〉
（演歸型議論文例2）

- ㈠總論——天時不如地利，地利不如人和。
- ㈡分論
  - 1. 論天時不如地利。
  - 2. 論地利不如人和。
- ㈢結論——疆界、地險、兵革等不足以決定國家的大小強弱。得道多助，失道寡助。多助人和，寡助民叛，人和最重要。

圖上各項的邏輯關係，可以表述如下：

㈠演繹關係：（人和是得道的最重要因素）

天時不如地利。地利不如人和。有天時不能勝地險小國；有地險卻拱手讓人。

㈡歸納關係：（得人和才能用天時、據地利）

天時不如地利。地利不如人和。得道多助，自然得人和；失道則不然。

可見這篇議論文兼有演繹型和歸納型特點。總論所以開門見山亮出觀點，令人容易抓住中心；結論突出觀點的特色，發揮觀點的作用。分論散發總論的光輝，又收束成結晶，灌入結論。三者結合，完成演歸型的架構。

五、技巧

㈠選材的技巧：作者孟子在寫這篇文章時，基於主題的需要，他選了戰爭勝負的決定因素，即「天時」、「地利」、「人和」。然後，為了比較三者的優劣，他又設計戰爭的敵我情況，天時與地利的優劣，地利與人和的優劣，以為比較題材。然後又提出「封疆」、「山溪」、「兵革」等戰爭的條件，以與「得道」比較。題材的選擇皆應主題和推論需要而定。

(二)**謀篇的技巧**：作者的謀篇是依演歸型的推論過程安排。文章一開始就拿「天時」、「地利」、「人和」作比較，在互比中，提出「人和」的優越性；接著論天時不如地利；然後論地利不如人和。在比較遞映中，顯現「人和」在三者中的最高層次性。最後藉論「得人和」的方法和結果，推出主題「得道多助」、「失道寡助」，以「多助」攻「寡助」，戰無不勝。所以，「得道」是「得人和」、贏得戰爭的最重要方法。布局順序井然有序。

(三)**修辭的技巧**：這篇議論文，其表現的思維形式，以議論為主，說明為副。議論時又採用比較方法進行：如一開頭提出「人和」的重要，拿「人和」和「地利」、「天時」比較。比較時又採用層遞句式，由輕到重，使文章的重心一下子自然地傾向「人和」這個論點。論證時，作者又分別拿占天時者和占地利者；據地利者和得人和者的不同條件、不同結果作鮮明的比較，由此得出的結論雄辯有力，令人不能不信服。從方式看，占天時者與據地利者比；據地利者與得人和者比，分別是平行式的比較，而這兩個平列式的比較，又緊密銜接，構成一個層遞式的推進，和文章開頭的兩句話相照映，層次分明，邏輯性強。最後一段，「得道者多助，失道者寡助。」、「寡助之至，親戚畔之；多助之至，天下順之。」一正一反，一是一非，從兩個極端進行對比，催人警省，同時，也使得人和者，「戰必勝矣」的論斷有了邏輯的必然性。

文章多次用偶句、排句，氣勢雄渾，議論有力，聲勢奪人。

〈六國論〉①

六國破滅，非兵不利，戰不善，弊在賂秦。賂秦而力虧，破滅之道也②。或曰：「六國互喪，率賂秦耶？」曰：「不賂者以賂者喪，蓋失強援不能獨完。」故曰：「弊在賄秦也③。」

秦以攻取之外，小則獲邑，大則得城④。較秦之所得與戰勝而得者，其實百倍；諸侯之所亡與戰敗而亡者，其實亦百倍。則秦之所大欲，諸侯之所大患，固不在戰矣。思厥先祖父暴霜露，斬荊刺，以有尺寸之地。子孫視之不甚惜，舉以予人，如棄草芥⑤。今日割五城，明日割十城，然後得一夕安寢。起視四境，而

秦兵又至矣。然則諸侯之地有限，暴秦之欲無厭，奉之彌繁，侵之愈急。故不戰而強弱勝負已判矣，至于顛覆，理固宜然⑥。古人云：「以地事秦，猶抱薪救火，薪不盡，火不滅。」此言得之⑦。

齊人未嘗賂秦，終繼五國遷滅，何哉？與嬴而不助五國也。五國既喪，齊亦不免矣。燕、趙之君始有遠略，能守其土，義不賂秦。是故燕雖小國而後亡，斯用兵之效也。至丹，以荊軻為計，始速禍焉⑧。趙嘗五戰于秦，二敗而三勝。後秦擊趙者再，李牧連卻之。洎牧以讒誅，邯鄲為郡，惜其用武而不終也⑨。且燕、趙處秦革滅殆盡之際，可謂智力孤危，戰敗而亡，誠不得已。向使三國各愛其地，齊人勿附於秦，刺客不行，良將猶在，則勝負之數，存亡之理，當與秦相較，或未易量⑩。

嗚呼！以賂秦之地封天下之謀臣，以事秦之心禮天下之奇才，并力西向，則吾恐秦人食不得下咽也。悲夫！有如此之勢，而為秦人積威之所劫。日削月割，以趨于亡。為國者無使為積威所劫⑪。

夫六國與秦皆諸侯，其勢弱于秦，猶有可以不賂而勝之之勢。苟以天下之大，而從六國破滅之故事，是又在六國之下矣⑫。

一、注釋

①六國：楚、齊、燕、韓、趙、魏。論：傳統文體名，即議論文。

②六國破滅：秦始皇十七年滅韓，十九年滅趙（後，趙公子嘉立為代王，始皇二十五年滅）、二十二年滅魏、二十四年滅楚、二十五年滅燕（二十一年秦破薊，燕王喜逃亡遼東）、二十六年滅齊。蓋六國破滅在西元前二三〇年～前二二一年之間。兵：兵器。戰：戰略。弊在賂秦：錯在賄賂秦國。弊：缺失。六國中，魏、韓賂秦最早最多。秦孝公二十二年，商鞅大破魏軍，魏遷都大梁，獻地求和。秦惠文王六年，魏獻陰晉（今陝西華陰縣）；八年魏獻黃河西岸土地；十年，魏獻上郡十五郡。韓在秦昭王十四年獻地求和。楚在頃襄王三十九年割上庸（今湖北房縣、均縣等地）給秦。賈誼〈過秦論〉：「于是從散約敗，爭割地而賂秦。」是也。虧：損失。《戰國策•魏策》：「蘇子為趙合縱說魏王曰：『……夫事秦必割地效質，故兵未用而國已虧矣。』」

③互喪：先後滅亡。互：交替、先後。

④邑：小城鎮。《呂覽•貴田》：「舜一徙成邑，再徙成都，

三徙成國。」邑比都、國小。《左傳·莊公二十八年》：「邑曰築，都曰城。」都大於邑，有城牆，邑無城牆。城：此指都或國。

⑤大欲：大野心。大患：大禍害。暴霜露：在霜露中暴露身體，冒著霜露。暴：露身。斬荊刺：墾荒拓地，斬除荒野中的荊樹，以成田野。草芥：喻輕賤、微小的東西。《方言》：「芥，草也。自關而西或曰草或曰芥。」

⑥四境：四方邊境。諸侯之地有限，暴秦之欲無厭：諸侯的領地有限，侵略者暴秦的欲望沒有滿足的時候。《史記·蘇秦傳》：「秦說韓宣惠王曰：『大王之地有盡，而秦之求無已。』以有盡之地而逆無已之求，此所謂市怨結禍者也。不戰，地已削矣。」厭：饜，滿足。繁：多。判：清楚，分明。

⑦古人云：「以地事秦，猶抱薪救火，薪不盡，火不滅」：喻言割地奉秦，地不完，秦的侵略不止。古人：指孫臣、蘇代。《戰國策·魏策》：「孫臣謂魏王曰：『以地事秦，譬猶抱薪而救火也，薪不盡則火不止。』」《史記·魏世家》：「蘇夜謂魏王曰：『且夫以地事秦，譬猶抱薪救火，薪不盡，火不止。』」

⑧與嬴：親秦。與：黨與，親附。嬴：秦姓，此指秦。五國既喪，齊亦不免：《史記·田敬仲世家》：「后勝相齊，多受秦間金，多使賓客入秦。秦又多予金，客皆為反間，勸王去兵從秦，不修攻戰之備，不助五國攻秦。五國既亡，秦兵卒入臨淄，民莫敢格者，王建遂降，遷於共。」義：堅持正義的原則。燕雖小國而後亡：秦始皇二十五年燕國始亡，後於韓、趙、魏、楚。至丹，以荊軻為計，始速禍焉：到了燕太子丹用派刺客荊軻謀刺秦王的辦法，才召來亡國的災禍。《史記·燕世家》：「燕見秦且滅六國，兵臨易水，禍且至燕。燕太子丹陰養壯士二十人，使荊軻獻督亢地圖於秦，且襲刺秦王。秦王覺，殺軻，使將軍王翦擊燕，燕王亡，徙居遼東。秦遂拔遼東，虜燕王喜，卒滅燕。」丹：燕太子丹。荊軻：刺客。秦始皇二十年丹派荊軻刺秦王。秦於是派王翦伐燕，燕王喜退守遼東，始皇二十五年又派王賁攻遼東，虜燕王喜，燕亡。速：召。

⑨二敗而三勝：《戰國策·燕策》記蘇秦說燕文侯云：「秦、趙五戰，秦再勝而趙三勝。」李牧連卻之：《史記·趙世家》：「趙王遷三年（西元前二三三年），秦攻赤麗（不詳）、宜安（今河北藁城縣西南），李牧率師與戰肥下（不詳），卻之。四年，秦攻番吾（今河北平山縣南），李牧與戰，卻之。」《史記·李牧傳》：「趙王遷七年，秦使王翦攻趙，趙使李牧、司馬尚禦之。秦多與趙王寵臣郭開金，為反間，言李牧、司馬尚欲反。趙王乃使趙蔥及齊將顏聚代李牧，李牧不受命。趙使人微捕，得李牧，斬之。廢司馬尚。後三月，王翦因急攻趙，大破，殺趙蔥，虜趙

王遷及其將顏聚，遂滅趙。」李牧：趙將。卻：擊退。再：二次。指趙王遷三年及四年，秦攻趙，李牧兩次擊退秦兵。洎：及。讒誅：因讒言被誅殺。讒：指趙宦者郭開受秦金，誣李牧、司馬尚欲造反。邯鄲：趙國都，趙敬侯始由晉陽遷此，地在今河北成安縣西北。秦始皇十九年（西元前二二八年），秦破趙都，設邯鄲郡。包括今河南省北部、河北省西南部之地。

⑩革滅殆盡之際：秦消滅六國將近完盡的時候。其時，燕、趙亡，唯齊在。又一年，齊亦亡。革滅：消滅。殆盡：差不多完盡。智力孤危：智謀和戰力都臨孤立危險的境地。向使：假使。勝負之數：勝負的比率。當：若，嘗。未易量：不容易見分曉，量清楚。

⑪下咽：吞下喉嚨。積威：久積的威勢。為國者：治國的人。

⑫故事：前事，舊例。

二、作者

蘇洵（西元一〇〇九年～一〇六六年），宋代散文家。字明允，眉州眉山（今四川眉山縣）人。宋真宗大中祥符二年出生。小時不好學，二十七歲才發憤讀書，歲餘參加進士考試，又參加茂才考試，都未上榜，乃盡燒為應試而學的文章，閉門苦讀六經百家之書，潛心研習先秦兩漢和韓愈古文，並留心時局，探究古代政治、經濟、軍事以及用人等方面的得失，五、六年後再下筆為文，頃刻千言。寫出〈機策〉、〈權書〉、〈衡論〉等。

宋仁宗嘉祐元年攜子軾、轍入京，受到歐陽修、韓琦的賞識，歐陽修譽其文為賈誼、劉向不過如此，並向天子呈上〈權書〉、〈衡論〉等二十二篇，士大夫爭相傳誦，文名大盛，傳遍天下。嘉祐五年（西元一〇六〇年）由於韓琦推薦任祕書省校書郎、霸州文安縣主簿、陳州項城（今河南沈丘縣西）令。和姚闢同修建隆（太祖趙匡胤年號，西元九六〇年～九六三年）以來禮書，成《太常因革禮》一百卷，書成而卒。享年五十八歲，時英宗治平三年。後追贈為光祿寺丞。有《嘉祐集》二十卷、《謚法》三卷傳世。洵家老人泉，梅堯臣曾經為泉作詩，洵因自號老泉。與子軾、轍父子三人俱享文名，合稱「三蘇」，世分稱「老蘇」、「大蘇」、「小蘇」。後世父子三人並列唐宋八大家。

三、主題和題材

北宋建國，太祖趙匡胤杯酒釋兵權，限制武將權力，採用文人政治，大大減弱了國防力量，造成外族入侵的威脅，而朝廷對此，以賄賂緩和危機。真宗景德元年（西元一〇〇四年），宋與契丹締結「澶淵之盟」，每年向契丹納銀十

萬兩、絹二十萬匹。慶曆二年（西元一〇四二年），契丹派蕭兵、劉六符到宋索取關南十縣地。富弼再出使契丹，雙方訂盟，宋每年增加納銀十萬兩、絹十萬匹。對西夏也是如此，真宗咸平六年（西元一〇〇三年），宋割河西銀夏五州之地給西夏。慶曆三年，元昊上書請和，又賞賜他每年銀、絹各十萬、茶葉三萬斤，次年又增加。宋的妥協政策並未緩和外患。契丹、西夏入侵日亟。

作者平時留心時局，有感宋朝廷的外交和國防政策有削弱國家的危機潛在因素，因寫這篇政論性的議論文，借古喻今，暗諷朝廷。作者以歷史上六國形勢為題材，分析六國時代的情勢，推究其滅亡的原因——「賂秦」，以為宋朝廷國防和外交政策的借鑑。

四、結構

這篇文章雖然不長，其結構成分卻是多樣的：

㈠自「六國破滅」至「故曰：『弊在賂秦也』」。論六國破滅之弊在賂秦。作者判斷「六國破滅，非兵不利，戰不善，弊在賂秦」。原因是「賂秦力虧則速亡；不賂者亦以賂秦失援而亡」。作者在這部分，用一句話提出論點：「六國破滅之弊在于賂秦」。論點之後，又加上兩個論因，使論點的涵蓋力更為周延，更有說服力。

㈡自「秦以攻取之外」至「此言得之」。論賂秦力虧則速亡。蓋割地給秦國，實際上比戰敗更厲害。所謂「不戰而強弱勝負已判矣，至于顛覆，理固宜然。」充分論證了賂秦力虧，理屈勢窮，確是「破滅之道」。

㈢自「齊人未嘗賂秦」至「或未易量」。論不賂秦者亦以賂秦失援而亡。理由是賂秦者目光短淺，不賂秦者見危不助；而陷於勢孤力薄，終於戰而無法取勝，甚至只能坐以待斃。燕、趙屬於前者，齊屬於後者。因為齊國曾經討好秦國，最後也由於失援而亡。

㈣自「嗚呼」至「為國者無使為積威所劫」。論六國破滅皆為秦人積威所劫。這主要是根據上述的論證，進行合理的歸納，從而由所以會「賂秦」找出根本原因，作出深一層的論斷——六國破滅皆為秦人積威之所劫。意思是：諸侯由於懼怕強秦而賂秦，賂秦而贈敵財物，割地求和，經濟虧損而國土削弱；不賂秦者也由於懼怕強秦而不敢救助弱國之受秦侵略，弱國被吞併，不賂秦者漸漸孤危，終也走上滅亡之途。古人說：「攻心為上，攻城次之。」蘇洵在文

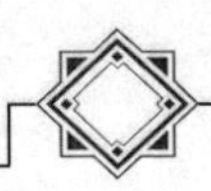

中，也透視了戰國時秦人的心理威壓以及諸侯心防的薄弱。

附論：自「夫六國與秦皆諸侯」至「是又在六國之下矣」。論以天下之大而行六國行賄的策略，其政策又在六國之下。暗比大宋賄契丹、西夏之不當。

從上述的分析看，這篇議論的布局分㈠總論——㈡分論（分論1.、分論2.）——㈢結論。在這種布局上，總論與分論之間有演繹關係；而分論和結論之間則形成歸納關係。因此，它是由演繹和歸納結合而成的演歸型議論文，其結構綱領，可以下圖表示之：

〈六國論〉（演歸型議論文例3）
- ㈠總論——六國破滅，弊在賂秦。
- ㈡分論
  - 1.賂秦力虧則速亡。
  - 2.不賂秦者亦以賂秦失援而亡。
- ㈢結論——六國破滅皆為秦積威之所劫。

由上面的圖表，可再論析其邏輯關係如下：

㈠演繹關係：

1.一切導致國力衰竭的勾當都是滅亡之道：賂秦者導致國力衰竭而速亡。所以六國破滅，弊在賂秦。

2.一切導致失援的原因都是滅亡之道：不賂秦者也因別國賂秦導致失援而滅亡。所以六國破滅之弊在於賂秦。

㈡歸納關係：

1.賂秦力虧則速亡：賂秦者皆為秦積威之所劫。

2.不賂秦者亦因別國賂秦失援而亡：不賂秦者皆為秦積威所劫。

（六國中賂秦而亡者三，不賂秦失援而亡者三。）

所以六國破滅皆為秦積威之所劫。

由此可見，本文結構是一個有機的體系，是演繹關係和歸納關係密切結合的辯證關係。古人所謂：「首尾圓合」，這只是邏輯關係的一個方面，即僅指總分體系的方面。除此之外，還有因果體系的另一方面，即指歸納和演繹的方面。

值得注意的是歸納所得的結論，有時不止一個。本文最後一段就是如此，但是也不是毫無主次可言。我們可把最後一段看作申論，就合乎邏輯了。

五、技巧

㈠**選材的技巧**：本文的作者要以古喻今，藉六國敗亡的前車以為大宋之鑑，作者認為大宋割地贈物以緩和契丹和西夏的威脅，就如六國賂秦那樣，危亡可見。所以寫這篇政論警醒朝廷決策者，創作動機如此，而作者在文中提出的是「六國破滅，弊在賂秦。」

因此，作者在創作時，事先對於題材（也就是論據）要選擇好。由文章可知作者選的題材是：

六國滅亡的歷史事實；其次是六國在外交上與秦的關係，以及六國之間的關係。

六國的滅亡，依次序是韓、魏、楚、趙、燕、齊。

六國與秦的關係是——賂秦：韓、魏、楚；不賂秦：燕、趙、齊。

六國之間的關係：不知合力抗秦。

這些史料，作者不管是平常的知識積累；或創作時的蒐集，都應在創作時準備。

㈡**謀篇的技巧**：我們在論這篇文章結構時，已知作者的思維過程是演歸式的進展。所以，其謀篇是先提出總論，也就是先亮出總論點：「六國破滅，弊在賂秦。」在這部分，作者先排除其他因素「兵不利」、「戰不善」，以一個「非」字將他們否決掉，接著指出理由：其一是「賂秦而力虧，破滅之道。」其二是「不賂者以賂者喪，蓋失強援不能獨完，故曰弊在賂秦。」

總論點提出後，接著是提出論據，論證第一個分論點，論證賂秦削地，力虧而速亡。強調諸侯外交割地有戰敗失地的百倍，可是秦人無厭，終不得長久的安全。

第二分論由總論「不賂者以賂者喪」而來，論證齊、燕、趙不賂也亡，理由是齊不助五國，終陷孤危；趙中反間計殺良將；燕用刺客。

最後結論，指出不賂秦而用謀臣禮奇才，不為秦人積威所劫，則勝負未可量。

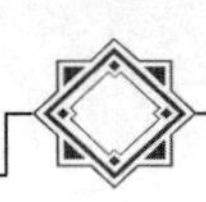

末尾申論，言以全天下之大，不應效六國諸侯之賂敵。全文的脈絡：概括便成「總論」——「分論」——「分論」——「結論」的模式。作者就是依這樣的布局程式進行推論，完成全文的。

(三)**修辭的技巧**：宋的積弱畏外，媚敵求和，賂敵苟安，造成了當時知識份子的危機感，有識之士洞悉時代的痼弊，基於忠君，出於愛國，言古諷今，提出高瞻遠矚的真知灼見，希望能救時弊，挽狂瀾。蘇明允這篇〈六國論〉，就是在當時的現實政治危機意識下寫出來的政論性散文。

作者開門見山指出「六國破滅，弊在賂秦。」、「賂秦而力虧，破滅之道也。」出語警策，振聾發聵，突兀醒目。作者為了使論點穩固嚴密，乃假設有人發問，提出不賂秦的國家為何也跟著滅亡的問題，回答了這問題就把論點扣到不賂的這一端，「不賂者以賂者喪」、「失強援，不能獨完。」諸侯各自為政、不團結，是造成「賂秦」和「不賂」也「喪」的關鍵因素。有了後面這一補充，論點已周合完固，於是就依這段所建立的前提出擊。先論述「賂秦」的國家何以會亡？作者抓住侵略者永不知足的心理因素，和諸侯賂秦而逐被蠶食的歷史事實相結合，正面論證賂秦之害。論證緊扣一「賂」字展開，圍繞一「虧」字挖掘，終於引出「顛覆」的必然結論。所以「賂秦」就如「抱薪救火」，「薪不盡，火不滅」這個比喻把論證的理論形象化，既冷峻又富感覺色彩，加上中間插入「得一夕安寢，起視四境，而秦兵又至矣」的生動描寫，「賂秦」所得「苟安」的短暫，也被描繪誇張得極端生動。到此，「賂秦」之害已痛切明白了，「賂秦而力虧，破敗之道」的準確性也得到徹底的印證了。

然後作者揮管向沒有賂秦的國家何以滅亡的具體原因，圍繞首段「不賂者以賂者喪，蓋失強援不能獨完」這一分論點，展開論證。作者先批判齊國附秦之非，其亡在乎自私短視，不與五國合作抗秦，而只想「與嬴」、獨完，結果陷於孤危；然後，肯定燕、趙用兵之效，至其所以亡，非防禦戰之罪，而是用刺客、殺良將造成的。這段分別就不賂三國條分縷析，析明三國之亡，不是因不賂秦而求戰，乃是執行政策錯誤導致的。推論既有客觀的評判，又有主觀的設想。其亡不是因為「不賂」，也交代得情理具足。既然「賂秦」是「破滅」之道，那六國該如何方可免於滅亡呢？作者在下面提出他的意見。那就是重用智謀之士，團結起來，「并力西向」，不要為秦的積威所劫。論證至此，古事之議已盡，於是作者一語雙關「為國者無使為積威所劫！」既言古又諭今。然後，劇力千鈞地揮筆轉向，「苟以天下之大，而從六國破滅之故事，是又在六國之下矣。」話看似含蓄，卻又火辣辣地批評宋朝廷的外交政策，點出深層的意旨，為國者應該記取歷史教訓，不可一味以賄賂和緩外敵的入侵，而應該封謀臣、禮奇才，團結一致，用武防敵，才能挽救國家於危亡。

這是作者源於憂國情懷所抒寫的救國之論，是植根於歷史的再認識，對傳統史論作出新發展的傑作。立論縝密，結構嚴謹，論理透徹，雄辯滔滔，而文筆曲舒優美，氣勢縱橫奔放，後人常常拿它和賈誼〈過秦論〉相媲美。

〈乞不用贓吏疏〉①

臣聞廉者民之表也；貪者民之賊也。今天下郡縣至廣，官吏至眾，而贓污摘發，無日無之。洎具案來上，或橫貸以全其生，或推恩以除其釁。雖有重律，僅同空文，貪猥之徒殊無忌憚②。

昔兩漢以贓私致罪者，皆禁錮子孫，矧自犯之乎③？

太宗朝嘗有臣僚數人犯罪，并配少府監隸役。及該赦宥，謂近臣曰：「此輩既犯贓濫，只可放令遂便，不可復以官爵。」其責貪殘，慎名器如此，皆先朝令典，因可遵行④。

欲乞今後應臣僚犯贓抵罪，不從輕貸，并依條施行，縱遇大赦，更不錄用。或所犯若輕者，只得受副使上佐。如此，則廉吏知所勸，貪夫知所懼矣⑤。

一、注釋

①乞：求。贓吏：貪污枉法的官吏。疏：上奏書，古公文之一。

②廉：清廉。表：表率，榜樣。賊：害，敵。贓污摘發：摘發贓污。摘發：揭露。摘，同「擿」。贓污：貪贓污職。洎：及，等到。具案：備案。具：備。案：案件。來上：送到。橫貸：遮掩寬免。橫：遮掩。貸：寬免。推恩：給恩赦，指帝王對臣屬施恩。除其釁：免其罪。釁：ㄒㄣˋ，罪。重律：嚴格的律法。空文：無用的法律條文。貪猥：貪鄙。猥：鄙俗。忌憚：顧忌害怕。

③贓私：賄賂。致罪：獲罪。禁錮：禁止限制，勒令不許做官。矧：ㄕㄣˇ，況，況且。

④太宗朝：宋太宗在位期間。配：發配，交。少府監：宋代六監之一，主管製造門戟、神衣、旌節之物。隸役：服差

役。赦宥：赦免。贓濫：貪污受賄瀆濫。放令遂便：免官令其自便。責貪殘：責罰貪官酷吏。慎名器：慎重官爵服器的頒賜。名：職。器：車服之器。令典：美好制度。

⑤應：一應，凡是。犯贓：犯貪污法令。抵罪：服罪。輕貸：輕處寬免。依條：依法令條文。大赦：指朝廷赦天下罪人。更：再。錄用：錄取任用。副使：節度副使，無實際職掌的散官，常以犯有過失的官員充任。上佐：上佐官，指宋朝各州府的長史、司馬、別駕等職，無實際職掌，有時以特恩赦士人，有時以犯有過失的官員充任。勸：獎勵。懼：畏懼法令。

二、作者

包拯（西元九九九年～一〇六二年），字希仁，廬州合肥（今安徽合肥）人。宋仁宗天聖五年（西元一〇二七年）中進士，出任知縣，不久辭官返家，侍奉雙親，孝名遠揚，十年後雙親棄世，重入仕，歷任知縣、知州、知府、轉運使，又轉戶部、刑部、兵部，入諫臺，多次為諫官。仁宗嘉祐七年卒，時任樞密副使。後追贈禮部尚書，諡孝肅。

包拯秉性忠正廉直，剛而不愎，為政嚴峻，為官清廉，執法公允，斷訟明敏，深惡貪官污吏，人稱鐵面包公，或稱包青天。有《孝肅包公奏議》十卷傳世。

三、主題和題材

這篇疏，選自《孝肅包公奏議》，包拯任職監察御史，時宋仁宗慶曆三年（西元一〇四三年）至慶曆六年（西元一〇四六年）間，因見歷來貪官污吏之多，而宋朝集權中央，守內虛外，重文輕武，因而官繁吏冗，情況嚴重，加上政府又未採取有效措施懲處貪官污吏，官界貪污受賄，層出不窮，乃上疏仁宗，引用先朝令典，兩漢美制，請求嚴懲貪官污吏，一旦官吏犯贓，必繩之以法，即使逢特赦，也不能再讓他們恢復官職。只有這樣明獎懲、分清濁，才能獎勸廉吏，警示貪官。文章選取宋吏治為題材，論說治貪官、澄吏治之法。

四、結構

包拯向宋仁宗提出這一封疏，疏文的理路如下：

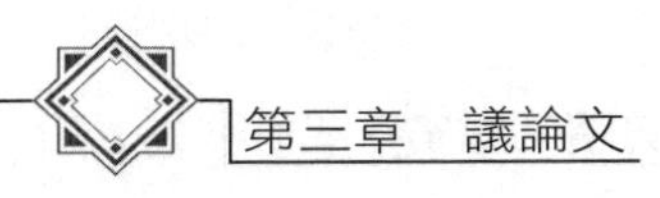

㈠自「臣聞廉者民之表也」至「貪猥之徒殊無忌憚」。論「廉者民之表，貪者民之賊。」朝廷應勸廉懲貪，今朝廷橫貸、推恩，令貪猥之徒無忌憚。在此，作者提出問題，「贓吏無忌憚」政治現象的發生，是由於朝廷的「橫貸」、「推恩」，作者在這裡提出的，就邏輯學來看，是總觀點。

㈡自「昔兩漢以贓私致罪者」至「矧自犯之乎」。這由「貪者民之賊也」的申論，提出兩漢對應的辦法：「皆禁錮子孫」，因推論「自犯之者」，不應「橫貸」、「推恩」以「全其生」、「除其衅」。

㈢自「太宗朝嘗有臣僚數人犯罪」至「因可遵行」。亦承首段「貪者民之賊也」，提出先朝太宗帝處理之道「此輩既犯贓濫，只可放令遂便，不可復以官爵。」論朝廷應如先朝「責貪殘，慎名器」不可「橫貸以全其生」、「推恩以除其衅」。而應遵先朝令典，嚴懲其罪，永不錄用。

㈣自「欲乞今後應臣僚犯贓抵罪」至「貪夫知所懼矣」。基於上面的論證，要求今後朝廷對犯贓的臣僚，依法抵罪，不輕貸，即遇大赦，也不再錄用；即輕犯要復職也只能任散官，以資警示「貪夫」，鼓勵「廉吏」。

上面分析，可知㈠提出問題，屬總論；㈡推論解決問題的方法，以兩漢的辦法為參照，指出「橫貸」、「推恩」的不當，屬分論；㈢推論解決問題的方法，以先朝太宗皇帝的案例為參照，指出「橫貸」、「推恩」的不當，也屬分論；㈣上面兩次申論，論證適當的處理方法，以兩漢、先朝兩例為參照，以見問題解決的途徑，經此反覆論證，「橫貸」、「推恩」之不當已確定，最後提出自己的辦法，屬於結論。

經過上面的分析論述，這篇疏可以概括為下列結構綱領：

〈乞不用贓吏疏〉
（演歸型議論文例4）

- ㈠總論——廉者民之表，貪者民之賊，對貪者橫貸、推恩是不當的。
- ㈡分論
  - 1. 兩漢對貪者禁錮及子孫，今對「貪者」橫貸、推恩不當。
  - 2. 先朝永不錄用貪者，今對貪者橫貸、推恩，不當。
- ㈢結論——嚴懲貪者，不用贓吏。

這個結構的邏輯關係可以做如下說明：

㈠演繹關係：

1.信賞必罰是政治理則，贓吏是民之賊，不應橫貸、推恩。

2.兩漢禁錮贓私者子孫，不對贓吏橫貸、推恩。

3.先朝對贓濫放令遂便，不復官爵，也不對贓吏橫貸、推恩。

㈡歸納關係：

1.兩漢禁錮贓私者子孫。（合乎政治理則）

2.先朝放令贓濫遂便，不復官爵。（合乎政治理則）

3.今後應贓犯抵罪不輕貸，欲任職應限散官。

可知這篇疏，採用議論文的形式，由演繹關係和歸納關係結合而成。

五、技巧

㈠**選材的技巧**：這篇疏文的題材有下列數種：

1.「今天下郡縣至廣，官吏至眾，而贓污擿發，無日無之。」、「洎具案來上，或橫貸以全其生，或推恩以除其衅。」令「重律，僅同空文，貪猥之徒殊無忌憚。」這是發生問題的相關題材，也就是論據，簡言之：即贓吏多，橫貸、推恩助長其勢。

2.「兩漢禁錮贓私致罪者子孫」、「先朝不復犯贓濫者官爵」等解決問題的參照案例。

3.自己的解決辦法：「犯贓抵罪，不輕貸，欲任其職亦限以散官——副使、上佐之屬」。

這是作者選擇的論據，也就是題材。

㈡**謀篇的技巧**：作者選好論據，準備好題材。首先提出「贓吏是民賊，橫貸、推恩是不當」的論點；其次為了證明「推恩、橫貸」是不當的措施，他先以兩漢的禁錮贓私者子孫，推論出今朝「橫貸、推恩」的不當；再以先朝對「贓濫求役，不復官爵」，推論今之「橫貸、推恩」之不當；最後提出自己的論點「犯贓抵罪，不寬貸」，任官亦只能限於散官。

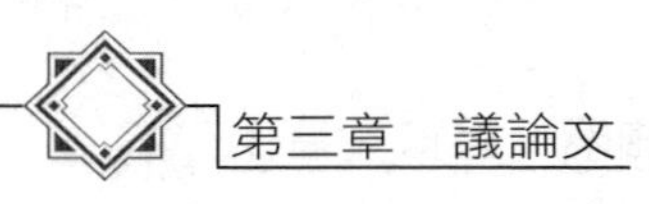

這樣很明白的看出，作者的布局是依「總論」——「分論」——「總論」的格局進行，也就是，正如結構分析所得，他是按演歸型思維過程去安排他事先準備好的題材。

㈢**修辭的技巧**：議論文以議論的思維形式為主，這是不爭的規律，然有時也需要說明來輔佐，如文中引兩漢和先朝處理贓吏的案例，就是以說明的表現方式進行。這是本文的主要修辭技巧。

此外，比較法也是文中重要的手法，第一段先以廉者和貪者作比較；而「或橫貸，或推恩」又和二段「兩漢的禁錮子孫」以及三段的「先朝的隸役贓濫，不復官爵」比較，結尾再以「廉吏」和「貪夫」作比較，遠映開端「民之表」、「民之賊」，比較法貫徹全文。

再者對偶的應用也很頻繁：如「廉者民之表也；貪者民之賊也」、「或橫貸以全其生，或推恩以除其衅」、「責貪殘，慎名器」、「廉吏知所勸，貪夫知所懼」。

比較法和對偶法的應用，不但令意象分明，且文氣盛，文勢強，加強理氣，使邏輯關係在心理上更加嚴密，增加說服力。

〈忠義辨〉①

明季諸生，布衣殉國者，咸謂宜列忠節；余以為宜目為義士，入孝義門②。

夫忠與義相似而有辨。盡心於所事之謂忠，死其職守之謂忠，忠也者，人臣之軌則也。諸生布衣，未出事君，無所職守。祇以名義所在，不可苟安，激於羞惡之本心，以死遂志，其行若過當，其事若可已。縱令不死，亦不為大無義也。然且必死而不悔，則義莫甚焉③。

若夫忠與不忠，對者也。如此則忠，不如此則不忠。彼諸生布衣之殉國，詎曰：「不如此，遂不忠者乎？」忠之名，嚴而切，專致於君上之辭也；義之名，大而緩，自守其分誼之辭也④。孤竹子扣馬而諫，太公曰：「義士。」不曰：「忠臣。」孔子亦不與三仁並稱，可知其區以別矣⑤。

蓋未仕而殉國，與未嫁而殉夫同。婦稱節；女不可稱節，貞為宜。臣稱忠；士不可稱忠，義為宜⑥。

二、注釋

①忠義辨：辨別忠義的所當行。

②明季諸生，布衣殉國：《明史》卷二百八十九〈列傳〉一百七十七〈忠義〉：「從古忠臣義士為國捐生，節炳一時，名垂百世，歷代以來備極表彰尚已。」又《明史》卷二百九十一〈列傳〉二百九十一〈張焜芳〉：「會稽人。崇禎元年進士，歷南京戶科給事中。十六年正月，焜芳北上，抵臨清，遇大清兵，與諸生馬之騆、之駉俱被執，死之。」同卷二百九十五〈列傳〉一百八十三〈金毓峒傳〉：「崇禎十六年，……而賊入關，……舉人張爾翬、孫從範不屈死；舉人高經負母避難，遇賊，求釋母，母獲釋而經被執，乘間赴水死。貢生郭鳴世寢疾，聞城陷，整衣端坐，賊至，執棒奮擊而死。諸生王之珽，先城陷一日，置酒會家人，飲達旦，城破，偕妻及三子二女入井死。諸生韓楓、何一中、杜日芳、王法等二十九人，布衣劉宗向、田仰名、劉自重等二十人，或自經，或溺，或受刃，皆不屈死。」布衣：士未仕者之稱，古時貴賤衣服有別，賤者穿粗布衣，故以布衣稱。出仕則脫下布衣穿上官服，因稱出仕曰釋褐。褐就是布衣。殉國：為國犧牲，即《明史》所謂：「義士為國捐生。」忠節：為君盡忠的節義。《漢書．元后傳》：「數諫正，有忠節。」《呂覽．自知》：「忠臣畢其忠，而不敢遠其死。」義士：有節義的士人，守義的人。《左傳．桓公二年》：「武王克商，遷九鼎于洛邑，義士猶或非之。」注：「蓋伯夷之屬。」疏：「《史記．伯夷列傳》曰：『……太公曰：「此義人也。」』」孝義門：孝行節義之門。《明史》有〈孝義傳〉。《清會典．事例．禮部．群祀》：「直省府州縣，立忠義孝弟祠。祠內設本鄉忠臣、義士、孝子、愷弟各牌位。」

③辨：分別。軌則：規則。諸生：在學的士人，謂學官弟子。《史記．曹相國世家》：「盡召長老諸生，問所安集百姓，如齊故俗。」韓愈〈進學解〉：「晨入大學，召諸生立館下。」羞惡之本心：羞己之不善，惡人之不善。羞：恥。惡：憎。《孟子．公孫丑上》：「無羞惡之心，非人也。」集注：「羞，恥己之不善也；惡，憎人之不等也。」本心：天生的心地。《孟子．公孫丑上》：「孟子曰：人皆有不忍人之心。先王有不忍人之心，斯有不忍人之政矣。以不忍人之心行不忍人之政，治天下可運之掌上。所以謂人皆有不忍人之心者。今人乍見孺子將入於井，皆有怵惕惻隱之心，非所以內交於孺子之父母也；非所以要譽於鄉黨朋友也；非惡其聲而然也。由是觀之，無惻隱之心非人也；無羞惡之心非人也；無辭讓之心非人也；無是非之心非人

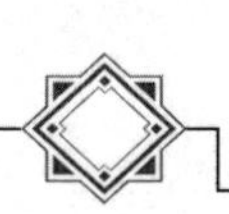

也。惻隱之心，仁之端也；羞惡之心，義之端也；辭讓之心，禮之端也；是非之心，智之端也。人之有四端、猶有四體也。」文中「激於羞惡之本心」一語，暗用《孟子》：「羞惡之心，義之端也。」與義士身分甚切。可已：可以止而不行。

④對者：相對相反的兩件事。詎：ㄐㄩˋ，哪裡，何。名：指稱，如今云概念。嚴而切：嚴格而狹隘。《廣韻》：「切，近也，迫也。」大而緩：寬大而綽裕。分誼：名分所當。分：名分。誼：義。

⑤孤竹子：伯夷、叔齊。扣馬而諫：在武王馬前扣求諫止武王伐紂。太公：姜子牙。義士：守分誼的人。《史記》卷六十一〈伯夷列傳〉：「伯夷、叔齊，孤竹君之二子也。父欲立叔齊，及父卒，叔齊立伯夷，伯夷曰：『父命也。』遂逃去。叔齊亦不肯立而逃之。國人立其中子。於是伯夷、叔齊聞西伯昌善養老，盍往歸焉？及至，西伯卒。武王載木主號為文王伐紂。伯夷、叔齊叩馬而諫曰：『父死不葬，爰及干戈，可謂孝乎？以臣弒君，可謂仁乎？』左右欲兵之，太公曰：『此義人也。』扶而去之。」孔子亦不與三仁並稱：《論語・微子》：「微子去之，箕子為之奴，比干諫而死。孔子曰：『殷有三仁焉。』」是孔子稱微子、箕子、比干為三仁。《史記》卷三十八〈宋微子世家〉：「微子開者，殷帝乙之首子，而紂之庶兄也。紂既立，不明，淫亂於政。微子數諫紂，紂不聽，遂亡。箕子者，紂親戚也……紂為淫佚……乃被髮佯狂而為奴……比干者，亦紂之親戚也，見箕子諫不聽為奴……乃直言諫紂，紂怒……乃殺王子比干，刳視其心。」亦見《史記・殷本紀・紂紀末》。

⑥殉夫：為未婚夫犧牲。婦稱節：已嫁的婦人為已死的丈夫盡心稱節婦。貞：未嫁的女人為未婚夫盡心稱貞女。貞：正。

二、作者

陳祖范（西元一六七五年～一七五四年），清代學者、詩人。字亦韓，號見復，江蘇常熟（今江蘇常熟縣）人。生於清聖祖康熙十五年，雍正元年（西元一七二三年）進士及第，以不肯依附權貴、托言病足，未參加殿試即歸家，遂閉戶讀書數年，會詔天下設書院，大吏爭延為講師，曾主講徐州雲龍書院，以著述為事。乾隆十六年，薦舉經明行修第一，授國子監司業，以年老不任職。後三年，領銜卒於家。

祖范以為學務求心得，以研究經學有名於時，人尊為「海內經師」。論禮主不以古制違人情。作詩嚴守傳統詩教，反對為文造情。著有《陳司業集》十一卷、《見復詩草》、《經咫》一卷、《掌錄》一卷。

三、主題和題材

忠本為中心之義，《論語・學而》：「為人謀而不忠乎？」皇疏：「忠，中心也。」後轉為臣事君之道。《書・伊訓》：「為下克忠。」傳：「忠，事上竭誠也。」《左氏・僖九》：「公家之利，知無不為，忠也。」《左氏・昭元》：「臨患不忘國，忠也。」《論語・八佾》：「君使臣以禮，臣事君以忠。」《管子・形勢解》：「忠者臣之高行也。」如是，忠乃專屬臣對君之道德行為表現。至於義乃個人行為之得當，初與君臣關係不相屬。故《說文》云：「義，己之威儀也。」《釋名・釋言語》：「義，宜也。裁制事物使合宜也。」

作者在文中，比較義的本義與忠之倫理義，藉以判斷明季諸生布衣殉國之為忠為義。蓋當時有將殉國諸生列於忠節者，作者反對其說，力主應入孝義門。文章反覆辯說忠義之別，以繩諸生之身分，文簡義明，亦孔門正名之意。明季殉國諸生與忠義概念之別是本文核心題材，文章論據所依。

四、結構

陳祖范這篇議論文共分下列各部分：

㈠自「明季諸生」至「入孝義門」。作者對將「明季諸生布衣殉國」列忠節的主張，提出不同的看法，認為宜目為「義士」、「入孝義門」。這是提出論點。

㈡自「夫忠與義氣相似而有辨」至「則義莫甚焉」。承上論忠與義的分別。忠是人臣之軌則，盡心所事，死其職守，是有契約關係者的美德；義是羞惡本心之宜者，未事君無職守者行其名義之所當行。

㈢自「若夫忠與不忠」至「可知其區以別矣」。比較忠的正反兩面關係與義的正反兩面關係，分別其「名」「嚴而切」和「大而緩」的不同，又以太公、孔子對孤竹子行為的評價和稱號，辨別忠義。

㈣自「蓋未仕而殉國」至「義為宜」。以節婦和貞女類比忠臣和義士，以結出「明季諸生布衣殉國」，「宜目為義士」，「入孝義門」。

根據上面的分析：㈠是總論，作者提出論點；㈡是分論，論忠和義的不同；㈢也是分論，論忠臣和義士之異；㈣是結論，指出明季為國犧牲的諸生是布衣，宜稱為義士。

這篇議論文的結構，可以下列綱領概括表示：

〈忠義辨〉（演歸型議論文例5）

- ㈠總論——論布衣殉國的明季諸生宜目為義士，入孝義門，不當列忠節。
- ㈡分論——
  - 1.論忠和義之別，忠臣與義士身分的不同。
  - 2.論忠和義的名，有「嚴而切」和「大而緩」之異。古人對義士只稱義士不稱忠臣，也不稱仁人。
- ㈢結論——對布衣殉國的明季諸生，不可稱忠，稱義為宜。

由上圖，我們知道其邏輯關係如下：

㈠演繹關係：

1.明季的諸生是布衣，其殉國宜稱義士。

2.忠與義有分別，有主屬關係的人方稱忠；自守分誼的只能稱義。

3.忠之名「嚴而切」，義之名「大而緩」，兩者概念不同，有分別。

（不能以忠節屬布衣諸生）

㈡歸納關係：

1.忠與義有分別，臣事君為忠，自守分誼為義。

2.忠之名「嚴而切」；義之名「大而緩」，不能隨便稱呼。

3.明季諸生布衣殉國只能稱義，不能稱為忠。

（忠義區別，不可混淆）

所以這篇議論文是演繹關係和歸納關係結合組成的。

五、技巧

㈠**選材的技巧**：作者陳祖范儒家思想很濃，他寫這篇文章是依儒家名實思想，辨正當時一件有關名分問題的事件。因此，他的選材首先是當時事件的經緯：「明季諸生，布衣殉國者，咸謂宜列忠節」；其次是為了證明自己見解正確

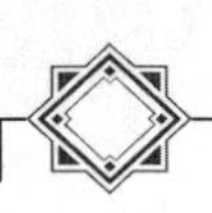

的論據：其一是忠義雙方的概念和義界及範疇；其二是引證所需的歷史人物言論，如姜太公之稱伯夷、叔齊，孔子之稱三仁；其三是用以類比節婦和貞女的概念區分。

這些題材準備好了，就可論證自如。

㈡**謀篇的技巧**：題材選好，作者先說明問題所在。提出自己的見解亮出論點，作者把總論擺在文章的開端，就是文章的帽子；論點提出後，作者接著就提出論據，說明理由，分析概念和義界，推論忠和義範疇的不同；然後深進一層，論忠義兩者的正反兩面，對人要求不同；因此，聖人對義士的評價也不許以忠臣或仁人；最後，在上面反覆論證下，忠和義的概念和範疇已分明，自己的論點已證實為正確，所以斷定明季諸生為國犧牲，不宜列忠節，宜為義士。文章布局明顯是遵循「總論」——「分論」——「結論」的模式安排，全文是演歸型思維過程的體現。

㈢**修辭的技巧**：這篇文章所謂「忠義辨」，乃忠臣義士辨之簡稱。忠臣與義士往往連稱；然分之，則界限分明。蓋有官守，有俸祿，而盡其心以事上者，忠臣也。臣乃對君而言，君臣關係乃倫理關係。臣之於君，能保持此種完整的倫理則曰忠臣。義士乃人物，而以義為名者，至行過人曰義。明季諸生未受明帝室的官職，不享受明帝室俸祿，及明亡，而殉國，是為至行過人者，就如周初之伯夷、叔齊。

然《明史．忠義列傳》謂「從古忠臣義士為國捐生。」合忠臣義士而稱之，且以諸生殉國者入〈忠義傳〉中，蓋以為非有義之士不足以為忠臣，所以義士與忠臣相提並論。

此文論忠臣、義士不可混為一談，乃是由名分以析其異。就表現技巧而言，作者透過議論思維，以說明思維為輔，析解忠和義的分別。在論證的過程，忽忠忽義，而論點不離「明季諸生」，論述富變化，推理有條不紊，看似隨意，實有章法。行文求變化所以救板滯，然不離核心，總握綱領而不散亂。

又善照映，結構嚴密：如二段開端釋忠，先和首段「咸謂宜列忠節」句相應；再提「諸生布衣……則義莫甚焉。」回應首段「諸生布衣，宜目為義士。」然後說「忠」、「不忠」、「諸生殉國……詎曰：『不如此遂不忠者乎？』」又應「忠」字。全段忠義並列，更是兩兩回應首段。真是前呼後擁，照映多方。

又用對照以晰明概念，文中忠義並提，兩兩對照，明辨兩者之異：一者嚴切，專致於君上；一者大而緩，自守其分誼，回應上二段，使意義更深一層。

再者，文中有二次比喻論證手法的應用，一是以孤竹子事比喻諸生事，藉古聖賢之辨義士和三仁，喻比推論自己以義士稱明季殉國諸生之不誣；又結尾以婦和女殉夫，分稱節和貞，喻比臣和士之分稱忠與義，喻比自己稱諸生為義士之當，順理成章地證明自己的論點，確立結論。

總之，作者精於選材，善於布置，技巧多樣，事理本末反覆論證，忠義互出，臣士相映，語吞吐而不盡，意明晰而具象，字句散偶交錯，繁簡適中，音節自然酣暢，是一篇短篇議論佳作。

練　習

㈠試為下列諸文標點、分段，並作鑑賞。

1.左丘明〈公父文伯之母論勞逸〉。

2.左丘明〈季梁諫追楚師〉。

3.李鍔〈論文體疏〉。

4.魏徵〈十漸不克終疏〉。

5.柳宗元〈封建論〉。

6.蘇軾〈賈誼論〉。

7.海瑞〈治安疏〉。

㈡試以演歸型議論模式寫下列諸題。

1.論善惡。

2.論貴賤。

3.論貧富。

4.論勞逸。

5.論真假。

6.論愛惡。

㈢選四篇散文鑑賞範作，讓學生課外學習。

第四節　分論型議論文

議論文中，把題目分為兩個以上的論題，以便分別進行論證，這種結構類型稱為分論文。

在這個類型中，每個論題之間的關係總是並列的或承接的，不是緊密不可分的因果關係。但是對於每個分論論題的論證，其類型卻是複雜的。

這就是說，每個分論部分都可能屬於不同的結構類型，或者是歸納型、演繹型；或者是演歸型、分論型。或所有分論單位都是同一類型，也可能是由兩種、三種，甚至n種類型結合而成的。因此，分論型的議論文除了特別短小的以外，一般都有明顯的序次和小標題。每個分論內部都有獨立且內容不同的結構形式，而且決定於不同的邏輯思維，具有分論型的特點。因此，我們可由理論為分論型議論文概括出如下的結構模式：

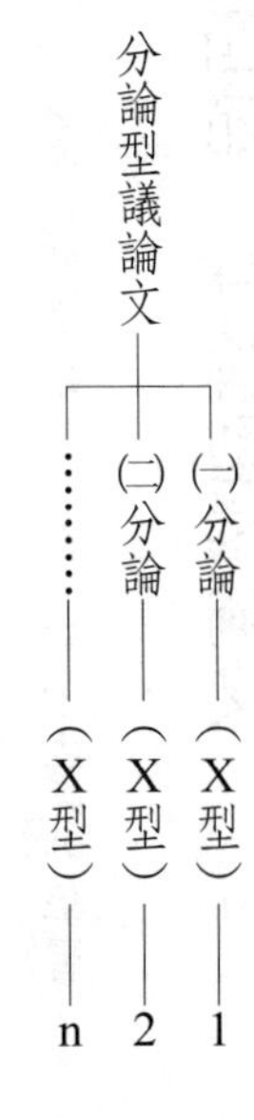

從這個模式可以看出，分論型的議論文是由兩個以上的分論構成的。只有這樣，才符合反覆論證的精神。至於分論的多少，顯然決定於客觀事實和實際需要。這同樣是合乎辯證邏輯的。

從這個模式還可以看出，一切分論型議論文，也像分敘型敘述文、分描型描寫文一樣，都沒有相應的開頭和結尾。這一點恰恰和演歸型相反。也就是說，歷來所謂「開頭」和「結尾」的說法，是無法用作文章結構學術語的；只能作為標示起訖的比喻詞。

下面就以古人的創作為例，再作論析，以使讀者熟練其模式，學會其閱讀、鑑賞、創作等方法。

〈胥臣論教誨之力〉①

文公問于胥臣曰：「吾欲使陽處父傅讙也，而教誨之，其能善之乎②？」對曰：「是在讙也。籧篨不可使俯；戚施不可使仰，僬僥不可使舉；侏儒不可使援；矇瞍不可使視；嚚瘖不可使言；聾聵不可使聽；童昏不可使謀③。質將善而賢良贊之，則濟可俟。若有違質，教將不入，其何善之為④？」

「臣聞大任娠文王不變，少溲于豕牢而得文王，不加疾焉。文王在母不憂；在傅弗勤；處師弗煩；事王不怒；孝友二虢；而惠慈二蔡；刑于大姒；比于諸弟。《詩》云：『刑于寡妻，至于兄弟，以御于家邦。』于是乎用四方之賢良⑤。及其即位也，詢于『八虞』；而咨于『二虢』；度于閎夭而謀于南宮；諏于蔡、原而訪于辛、尹，重之以周、召、畢、榮。億寧百神，而柔和萬民。故《詩》云：『惠于宗公，神罔時恫。』若是則文王非專教誨之力也⑥。」

公曰：「然則，教無益乎？」對曰：「胡為文益其質？故人生而學，非學不入。」公曰：「奈夫八疾何⑦？」對曰：「官師之所材也，戚施直鎛；籧篨蒙璆；侏儒扶盧；矇瞍修聲；聾聵司火⑧。童昏、嚚瘖、僬僥，官師之所不材也，以實裔土。夫教者因體能質而利之者也。若川然有原，以御浦，而後大⑨。」

一、注釋

①胥臣：春秋晉國大夫，即臼季，臼是采地，以采地為姓，名胥臣，字季子，又稱司空季子，從文公出奔。後來任政，過冀野，見冀缺妻送餐食夫，夫婦相待如賓，向晉襄公薦冀缺為下軍大夫。教誨之力：教育的功效。

②文公：即晉文公，名重耳，獻公之子。陽處父：晉國大夫。傅：師傅。讙：晉文公兒子姬讙，後來的襄公。善：教好。

③籧篨：ㄑㄩˊ ㄔㄨˊ，胸部凸出，有殘疾，身體僵直不能彎下身的人。戚施：蛤蟆，喻有殘疾——駝背，身體不能伸直仰視的醜人。俯：彎身。仰：伸直身體仰視。《詩‧邶風‧新臺》：「燕婉之求，籧篨不鮮。」「燕婉之求，得此戚施。」僬僥：ㄐㄧㄠ ㄧㄠˊ，國名，短人之國，人長一尺五寸。此指身材矮小的人。舉：高抬，長高。《韻會》：「舉，揚也。」侏儒：身材短小的人。援：拉長。矇瞍：眼瞎的人。嚚瘖：ㄧㄣˊ ㄧㄣ，啞巴，不能言的疾病。聾聵：耳聾的疾病、不能聽的人。童昏：智力低下的人，童騃腦昏愚的人，愚賤的人。

④質：本質，本性。將善：向善。贊：助。濟：成功。俟：待。違質：邪惡的本質。

⑤大任：周文王姬昌的母親。娠：懷孕。不變：沒有變化，不施胎教。少溲：小便。溲：ㄙㄡ。《集韻》：「溲，便也。」不加疾：沒有令文母得嘔吐之類懷孕的疾病。在母不憂：在母親懷抱中，不令母憂。在傅弗勤：老師教誨他時，師傅不用辛苦。勤：勞。處師弗煩：老師教他，不令老師麻煩。事王不怒：事奉父親王季，不使王季生氣。王：指文王父親王季。孝友二虢：友愛虢仲、虢叔。二虢：文王兩個弟弟，後封於虢，稱虢仲、虢叔。惠慈二蔡：慈愛管叔、蔡叔兩個兒子。二蔡：文王二子，蔡叔度、管叔鮮。刑：示範。大姒：文王的妻子。比：親和。諸弟：堂弟。《詩》：

《詩・大雅・思齊》。寡妻：自己的妻子。御：治。

⑥詢：問。八虞：周代的八位虞官。虞：掌管山澤的官。即八士在虞官之職者。《論語・微子》：「周有八士：伯達、伯适、仲突、仲忽、叔夜、叔夏、季隨、季騧。」《逸周書・和寤解》：「王乃厲翼于尹氏八士，唯固允讓。」咨：問。度：商量。閎夭：周人，事文王、武王，亂臣十人之一。紂囚文王於羑里，閎夭求有莘氏美女、驪戎文馬、有熊九駟等獻紂，以救文王，後助武王滅紂。南宮：南宮适（括）：周人，事文王、武王，武王伐紂，定天下，命南宮括散鹿臺之財、鉅橋之粟以救貧民。諏、訪：皆下問之意。蔡、原：蔡公、原公。辛、尹：辛甲和伊佚。四人皆周時太史。周、召、畢、榮：周文公、召康公、畢公、榮公，四人都是周代的公卿。億寧：安寧。億：安。《詩》：即《詩・大雅・思齊》。宗公：大臣。恫：ㄊㄨㄥˋ，痛。神罔時恫：神無恐懼恫嚇之時。

⑦胡為文益其質：什麼叫文采可以增美本質呢？胡：何。文：文采，指文教。質：本質，指人的本性。非學不入：如不學習文教，就無法入身。奈夫八疾何：教育對八疾有什麼作用呢？八疾：指上面籧篨、戚施、僬僥、侏儒、矇瞍、嚚瘖、聾聵、童昏。

⑧官師：官吏師傅。材：通「裁」，裁制，教育。直鎛：掌管大鐘。直：掌管。鎛：ㄅㄛˊ，鐘。蒙璆：戴玉磬。蒙：戴。璆：ㄑㄡˊ，巨磬。扶盧：緣矛戟以戲耍。扶：緣。盧：矛戟的柄。緣之以為戲曰扶盧。修聲：治音樂。司火：管理火。

⑨實裔土：移居荒遠的地方。實：置，移置。裔土：邊遠的土地。體能：體質。川：河流。原：平原。御：迎，匯合。浦：支流注入江海的地方。《玉篇》：「浦，水源枝注江海邊。」《風土記》：「大水有小口，別通曰浦。」大：壯大。

二、作者

左丘明，見前〈里革論君之過〉作者欄。

三、主題和題材

這篇文章論教育的功效。胥臣回答晉文公，認為教育只能使本質好的人獲道義，改進他的性質；卻不能使本質不好的人好起來。先天的本質是根本性的因素，教育的功能是「因體能，質而利之者。」只能利質，不能改變本質。文章以教育觀點為題材，據以論證。

四、結構

作者的這篇文章，是藉由晉文公問司空季子教育自己兒子的問題，司空季子回答晉文公之問而展開的，全文可分為下列幾個部分：

㈠自「文公問于胥臣曰」至「其何善之為？」」。論教育的功效要看受教對象的本質，本質不好，如籧篨、戚施、僬僥、侏儒、矇瞍、嚚瘖、聾聵、童昏等八疾——邪質，是不能輸灌，無效果可言的。這是由下愚這個方面來論教育的作用，但人類在智能上，不只有下愚這方面的人。於是，胥臣在下面接著論另一方面的人，受教的作用。

㈡自「臣聞大任娠文王不變」至「若是則文王非專教誨之力也」」。論像文王姬昌這樣上智的聖人，從在娘胎，以至襁褓、幼教、長大、即位，不令母疾憂，不令師傅勤煩，不令父弟怒爭；刑於寡妻，至於兄弟，以至於家邦。在位期間，諮詢賢臣，諏訪大夫，和柔萬民，安寧百神，就不專教誨之力，而是本質天生良好，無教也能成其聖。這是論教育對上智的功效，不是很大。

㈢自「公曰：『然則，教無益乎？』」至「若川然有原，以御浦，而後大。」胥臣在上面兩部分，論教育對下愚與上智，無多大的功效。文公不禁懷疑胥臣是認為教育無功效。於是胥臣再就此一問題，論說自己另一方面的觀點。首先他提出「文益其質」的觀點，文（教育）是不能改變質（本質），但文可以修飾質，教育可以修養人性，使人性得到改進。改進的方法就在於學習；那麼，教育如何改進下愚之人呢？那就是因材施教。教育無法令八疾恢復正常，與常人一樣；但可分別訓練他們管理大鐘（捶鐘）、負玉磬（敲磬）、演雜戲（耍戟柄）、學音樂（為樂師）、管理火（為火師）等，讓他們學習適任的技藝，以改進他們的劣質。這又是由另一角度論教育的作用。

可見作者是沿著教育與智能的關係這一線索，分三個方面：下愚、上智、一般等三方面，論教育的功效。三個論點都與教育的功效有關，卻都可獨立成單元。前面沒有總論，末尾也沒有結論。它的結構類型可以下面的綱領加以表示：

〈胥臣論教誨之力〉
（分論型議論文例1）
- ㈠分論——論教育不能改變下愚的本質。
- ㈡分論——論教育對上智（聖人）的本質，不能專其功效。
- ㈢分論——論教育可以益其本質，即因體能，質而利之。

這篇文章的結構，其三部分的邏輯關係如下：

㈠歸納式的反覆論證：（質是決定教育有無功效的因素）

八種屬下愚的殘疾之人，教育不能改變其質。教育對劣質的下愚無功效可言。

㈡歸納型的反覆論證：（質是決定教育有無功效的因素）

文王自胎時，歷經襁褓、幼少、長大、即位，都自然向善，不煩憂父母、師傅、臣佐。教育對上智的聖人無特別功效可言。

㈢歸納型的反覆論證：（質是決定教育有無功效的因素）

文可以益質，人能學習，可接受教育。八疾的人均可透過教育改進其本質。教育可因體能，質而利之。

三個部分都是運用先分後總的歸納思維形式，進行反覆論證。第一部分由八個分論，得出結論，其結論是由八次歸納論證得出的。文中八疾的每一疾都把大前提和小前提省略掉，如依完整的推理形式進行，當是：質決定教育功效。下愚之人，教育是起不了作用的。籧篨是下愚之人，所以教育不可使籧篨俯。

第二部分論文王也是由「投胎」、「襁褓」、「幼少」、「長大」、「即位」等階段的反覆論證，才得到結論的，而每階段的論證，都省掉了大前提和小前提。第三部分也可依此類推。所以三部分的論證過程都相當複雜，各自獨立。

五、技巧

㈠**選材的技巧**：這篇文章的題材是由歷史事實決定的。歷史事實就是文王要派陽處父為兒子讙的師傅，向胥臣請教。胥臣的回答，引據眾多的資料。運用資料，分不同角度論證，便成了文章的主要部分。因此，胥臣的論據便成了文章的題材。他分別選「八疾」，以為教育不能改變其本質的八種下愚論據；又選文王一生的受教題材，以為教育無所善益其本質的上智之人的論據；再就因材施教論八疾之學，並選「浦」所以增「川」的水勢作比。其選用的題材，簡言之，有文王問胥臣、八疾、文王、浦川等四方面。

㈡**謀篇的技巧**：作者選好題材，分配好論據，就不厭其煩分三方面，各列舉許多同類的例子作為論據，來論證自己的觀點。首先他以八個下愚的例子，一個個加以論證，都得出教育不能改變其本質判斷：「不可使俯」、「不可使

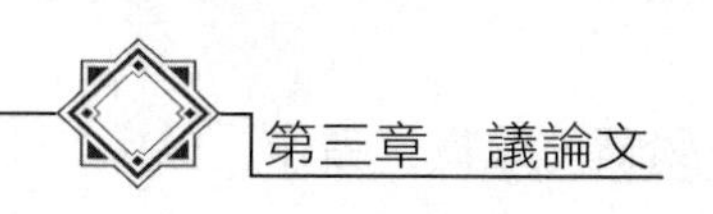

仰」、「不可使舉」、「不可使援」、「不可使視」、「不可使言」、「不可使聽」、「不可使謀」，八個判斷，代表八個論證得出的結論。又以此八個判斷為八個論據，得出「違質，教將不入，其何善之為？」的結論；然後，再就文王的題材，以文王一生的受教，分為即位前和即位的兩大階段，論其本質之善，得出「非專教誨之力」的結論；最後，提出「文可益質」，學可改進本質。於是以官師之材八疾為論據，結出「教者，因體能，質而利之。」也就是教育雖不能改變本質，卻有利於本質。作者是分三部分，每部分論教育對智能方面的功能，進行其議論，布置其文局的。

㈢修辭的技巧：全文在問答的形式下進行，而議論就在問與答的對應關係，和答者的議論思維形式下展開的。在論證推演的過程中，作者運用歸納思維，以引證論證和比喻論證的方法。如兩次引用《詩．大雅．思齊》的文句，來重複印證自己的觀點，是引證論證方法的運用；結尾，以浦之益川喻比教之益質，則比喻論證手法的體現。至如第一部分和第三部分，八疾並列；以及文王之論，均多方運用排句，文氣酣暢，語氣懇切，論據充分，論證富有感染力。這樣，不但邏輯性強，其說服力也加倍。

〈獄中上梁王書〉①

臣聞：「忠無不報，信不見疑。」臣常以為然，徒虛語耳②。昔荊軻慕燕丹之義，白虹貫日，太子畏之③。衛先生為秦劃長平之事，太白食昴，昭王疑之④。夫精交天地，而信不諭兩主，豈不哀哉⑤？今臣盡忠竭誠，畢議願知，左右不明，卒從吏訊，為世所疑，是使荊軻、衛先生復起，而燕、秦不寤也，願大王熟察之⑥。昔玉人獻寶，楚王誅之；李斯竭忠，胡亥極刑⑦。是以箕子陽狂，接輿避世，恐遭此患也，願大王察玉人、李斯之意，而後楚王、胡亥之聽，毋使臣為箕子、接輿所笑⑧。臣聞比干剖心，子胥鴟夷，臣始不信，乃今知之，願大王熟察，少加憐焉⑨。

語曰：「有白頭如新，傾蓋如故。」何則？知與不知也⑩。故樊于期逃秦之燕，藉荊軻首以奉丹事。王奢去齊之魏，臨城自剄，以卻齊而存魏。夫王奢、樊于期非新于齊、秦而故于燕、魏也，所以去二國死兩君者，行合于志，慕義無窮也⑪。是以蘇秦不信于天下，為燕尾生；白圭戰亡六城，為魏取中山，何則？誠有以相知也。蘇秦相燕，人惡之燕王，燕王按劍而怒，食以駃騠；白圭顯于中山，人惡之于魏文侯。文侯賜以

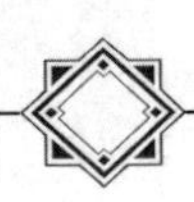

夜光之璧，何則？兩主二臣剖心析肝相信，豈移于浮辭哉[12]？

故女無美惡，入宮見妒；士無賢不肖，入朝見嫉。昔司馬喜臏腳于宋，卒相中山；范睢拉脅折齒于魏，卒為應侯。此二人者皆信必然之畫；捐朋黨之私；扶孤獨之交，故不能自免于嫉妒之人也[13]。是以申徒狄蹈雍之河，徐衍負石入海，不容于世，義不苟取比周于朝，以移主上之心[14]。故百里奚乞食于道路，繆公委之以政；寧戚飯牛車下，桓公任之以國。此二人者豈素宦于朝，借譽于左右，然後二主用之哉？感于心，合于行，堅如膠漆，昆弟不能離，豈惑于眾口哉[15]？故偏聽生奸，獨任成亂。昔魯聽季孫之說逐孔子，宋任子冉之計囚墨翟。夫以孔、墨之辯不能自免于讒諛，而二國以危。何則？眾口鑠金，積毀銷骨也[16]。秦用戎人由余而伯中國，齊用越人子臧而強威、宣。此二國豈拘于俗、牽于世，繫奇偏之浮辭哉？公聽并觀，垂明當世。故意合則吳、越為兄弟，由余、子臧是矣；不合，則骨肉為仇敵，朱、象、管、蔡是矣[17]。今人主誠能用齊、秦之明，後宋、魯之聽，則五伯不足侔，而三王易為也[18]。

是以聖王覺悟，捐子之之心，而不說田常之賢，封比干之後，修孕婦之墓，故功業覆於天下。何則？欲善無厭也[19]。夫晉文親其仇，強伯諸侯；齊桓用其仇，而一匡天下。何則？慈仁殷勤，試加于心，不可以虛辭借也[20]。至夫秦用商鞅之法，東弱韓、魏，立強天下，卒車裂之；越用大夫種之謀，禽勁吳而伯中國，遂誅其身[21]。是以孫叔敖三去相而不悔，於陵子仲辭三公，為人灌園[22]。今人主誠能去驕傲之心，懷可報之意，披心腹，見情素，墮肝膽，施德厚，終與之窮達，無愛于士，則桀之犬可使吠堯，跖之客可使刺由，何況因萬乘之權，假聖王之資乎？然則，軻沈七族，要離燔妻子，豈足為大王道哉[23]？

臣聞：「明月之珠、夜光之璧以暗投人于道，眾莫不按劍相眄者。何則？無因而至前也。蟠木根柢、輪囷離奇，而為萬乘器者，以左右先為之容也。」故無因而至前，雖出隨珠、和璧，祇怨結而不見德；有人先游，則枯木朽株樹功而不忘[24]。今夫天下布衣窮居之士，身在貧羸，雖蒙堯、舜之術；挾伊、管之辯；懷龍逢、比干之意，而素無根柢之容，雖極精神欲開忠于當世之君，則人主必襲按劍相眄之跡矣。是使布衣之士不得為枯木朽株之資也[25]。是以聖王制世御俗，獨化于陶鈞之上，而不牽乎卑亂之語，不奪乎眾多之口[26]。故秦皇帝任中庶子蒙嘉之言以信荊軻，而匕首竊發；周文王獵涇、渭，載呂尚歸，以王天下；秦信左右而亡，周用烏集而王。何則？以其能越拘攣之語，馳域外之議，獨觀乎昭曠之道也㉗。今人主沈于諂諛之辭，牽于帷牆之制，使不羈之士與牛驥同皁，此鮑焦所以憤于世，而不留富貴之樂也㉘。臣聞盛飾入朝者不以私汙義；砥礪名號者不以利傷行。故里名勝母，曾子不入；邑號朝歌，墨子回車㉙。今欲使天下寥廓之士誘于威重之權，脅于位勢之貴，回面汙行，以事諂諛之人，而求親近于左右，則士有伏死堀穴岩藪之中耳，安有盡忠信而趨闕下者哉㉚？

一、注釋

①獄中上梁王書：在牢獄中上書向梁孝王訴冤。

②臣：鄒陽向梁孝王自稱。以為然：認為是那樣的。徒：只是。虛語：空話。

③荊軻：戰國時衛人。燕丹：燕太子丹。丹曾入秦為人質，秦嬴政待之無禮，於是逃回，募刺客欲報秦，荊軻慕太子丹道義以任。白虹貫日：白色長虹穿日而過，言天象異常，有所警告，蓋精誠感天的反應。白虹是兵象，日象君。畏之：燕太子怕事不成，故云：「畏之。」《史記注》如淳引《列士傳》：「荊軻發後，太子自相氣，見虹貫日不徹，曰：『吾事不成矣。』後荊軻死，事不立，曰：『吾知其然也。』」畏之：畏懼荊軻不能達成任務，對荊軻懷疑。一云：怕荊軻不去。

④衛先生：秦國人。長平之事：秦昭襄王四十七年（西元前二六〇年），秦將白起率軍攻趙，在長平大破趙軍，坑殺趙卒四十萬人。長平在今山西高平縣西北。太白食昴：太白星吃了昴星，也就是說，太白星干犯昴宿，奪昴宿之光，使昴宿蝕而不見。地上有異變（長平之役），感於天而出現的兆象。昴：ㄇㄠˇ，星宿名，趙之分野。《爾雅・釋天》：「大梁，昴也。」《漢書注》引蘇林曰：「白起為秦伐趙，破長平軍，欲遂滅趙，遣衛先生說昭王益兵糧，為應侯所害，事用不成，其精誠上達於天，故太白為之食昴。昴，趙分也。將有兵，故太白食昴。食，干歷之也。」昭王疑之：秦昭襄王卻不信衛先生的精誠，懷疑他增糧滅趙之說，另有企圖。

⑤精交天地：言荊軻和衛先生精誠交通天神地祇。交：通。天地：天神地祇。信不諭兩主：荊軻和衛先生的信誠之話，不能曉知太子丹和秦昭襄王兩位君主。信：言，商討的計謀。諭：喻，使了解、喻曉。兩主：兩位君主（主人），指太子丹和秦昭襄王。

⑥盡忠竭誠：竭盡忠誠，盡心盡意。畢議願知：把事情的始末說盡了，希望大王知。畢議：議畢，說盡。卒從吏訊：終於下獄要接受獄吏的審訊。卒：終於。從：受。吏：獄吏。訊：審問。復起：再生。燕、秦：燕太子丹、秦昭襄王。不寤：不悟，不明。寤：悟。熟察：仔細察辨。

⑦玉人：卞和。獻寶：獻上玉璞之寶。楚王：楚厲王和文王。誅：刑，此指刖足。事見《韓非子・和氏》。楚人和氏得玉璞，獻之厲王，令玉人相之，以為石，厲王以為和誑詐，刖其左足；及武王即位，又獻之，令玉人相，以為石，武王又刖其右足；文王即位，和抱璞哭於楚山下，文王使玉人理其璞，乃知為寶，命名為和氏璧。李斯：楚人，入秦事始皇帝，位至卿相。盡忠誠而得罪趙高，趙高讒毀之於胡亥二世，卒被殺。胡亥：秦二世名。極刑：腰斬之刑，死刑。事見《史記・李斯傳》。

⑧箕子：殷紂王叔父，名胥余，封於箕，因諫被囚，佯狂以免遭害。陽狂：佯狂，裝瘋。陽：通「佯」。狂：瘋。接輿：春秋時楚國隱士。避世：隱居以逃避世俗。此患：被殺害的災禍。後：拋棄，放在後面。

⑨比干：殷紂王的親戚和賢臣，因強諫而受剖心之刑。子胥：春秋楚人，入吳事闔閭、夫差。夫差欲受越和，子胥強諫，不聽，及夫差欲伐齊，子胥又諫，夫差疑其通齊，殺之，用鴟夷盛子胥屍體，投於江中。鴟夷：皮製的袋子。憐：同情，惜。

⑩白頭如新：自幼至老的朋友卻不知心，猶如新交，不能信任。傾蓋如故：只是路上相遇，停車交談新認識的朋友，卻一見投緣，如同老友故交。蓋：車蓋。傾蓋：暫停車，傾斜車蓋以便交談。故：故交，老友。知與不知：知心和不知心的分別，知心則傾蓋如故；不知心則白頭如新。

⑪樊于期：秦將，因罪逃到燕國，荊軻刺秦王前，希望藉樊于期的頭和督亢地圖以獻始皇，取信於秦，于期慷慨自殺。于：ㄨ。之：往。藉荊軻首：把頭借給荊軻。以奉丹事：以提供燕太子丹完成報仇的事。奉：提供、獻。此言樊于期為知己者犧牲。王奢：齊臣，因罪逃到魏國。後來，齊伐魏，奢自殺以救魏。去：離。臨城：齊兵攻到魏城。自剄：自抹脖子。卻齊：退齊兵。非新：不是和……是新交。故：老友。二國：指秦、齊。死：效命，為之犧牲。兩君：燕太子丹和魏君。行合于志：其自殺的行為合於自己要報復秦王和齊王的心志。慕義無窮：敬慕燕太子丹和魏君救護自己的道義，心中有無窮無盡的感激之思。

⑫蘇秦：戰國時的縱橫家。倡合縱，合諸侯以抗秦。不信于天下：天下諸侯不信任蘇秦，故縱約沒有成功。為燕尾生：在燕，蘇秦得到信任，成為信士。尾生：人名，信士。相傳他和一女子約於橋下見面，女子不至，水漲，尾生守信不肯離開相約的地方，抱柱而淹死。白圭：戰國時中山國

將領，戰敗失六城，因罪逃到魏國，助魏滅中山。取：占領。中山：國名。誠有以相知：心誠，彼此了解。惡之燕王：在燕王面前說蘇秦壞話。駃騠：ㄐㄩㄝˊ ㄊㄧˊ，良馬名或地名。漢有騠茲，今山東益都縣。食以駃騠：燕王聽了人說蘇秦的壞話，不信其人而生氣，按劍怒視說壞話的人，以良馬賜蘇秦。食：祿，賜祿，用。顯于中山：白圭到魏以拔中山顯貴於魏。魏文侯：魏君。夜光之璧：夜光珠一般的寶玉製成的璧。兩主：燕王和魏王。二臣：蘇秦和白圭。剖心析肝：心肝光明開放。相信：互相信任。移于浮辭：因浮虛的假話而改變。移：改。浮辭：不實的謗言。

⑬美惡：美醜。司馬喜：宋國人。臏腳于宋：在宋國被割去膝蓋骨。卒相中山：終於做了中山國的宰相。范雎：戰國魏國人，字叔。游說諸侯，先事魏大夫須賈，隨賈使齊，齊襄王賜黃金、牛肉、酒，賈疑其出賣魏國祕密，回報魏相魏齊，魏齊令人笞擊雎，折斷其肋骨，打斷其牙齒。裝死，入秦，說昭襄王以遠交近攻之策，拜相。因功封應侯。拉脅：拉斷肋骨。折齒：打斷牙齒。應侯：雎受秦封的爵號。必然之畫：必可完成的謀略。畫：謀略。捐：棄。朋黨之私：朋比結黨的私心。挾：持。孤獨之交：特別獨到的交接方法。

⑭申徒狄：夏末人。湯以天下讓狄，狄恥之，投河而死。蹈雍之河：投身雍水。徐衍：周末人。惡亂世，負石自投海中而死。《論語讖》：「徐衍負石，伐子自貍，守分亡身，掘石失軀。」不容于世：即惡亂世，不願在亂世生活。義：正義之心。苟取：拿不該拿的東西。比周：結黨。移主上之心：改變君主的主意。

⑮百里奚：春秋虞亡，被俘到晉，隨秦穆姬為媵到秦，後由秦逃楚，為奴隸，被秦穆公以五張羊皮贖回，拜相，助穆公成霸業。乞食于道路：指淪為奴隸而言。繆公：秦穆公。繆：同「穆」。寧戚：春秋衛人。飯牛：飼牛。桓公：齊桓公。以國：以國政。素宦：早就為官。借譽于左右：借助國君左右的人說好話讚美。堅如膠漆：堅固如樹膠如漆的黏著不離。昆弟不能離：兄弟之親也不能離間他們君臣的感情。惑于眾口：為一般人的謗言所迷惑。

⑯偏聽生奸：只聽一方的話會產生奸邪。偏：偏於一方。獨任成亂：專任一人，會使那人因權大獨裁而想作亂。季孫：魯大夫。逐孔子：魯昭公時，季桓子亂政，逐孔子，孔子去魯。季孫：季桓子。子冉：戰國宋大夫，又訛作子罕。《韓非子・二柄》：「子罕謂宋君曰：『夫慶賞賜予者，民之所喜也，君自行之；殺戮刑罰者，民之所惡也，臣請行之。』于是宋君失刑而子罕用之，故宋君見劫。」計：指子冉用刑的計謀。墨翟：戰國魯人，一云宋人，倡兼愛、非攻。因：禁。辯：聽明辯舌。讒諛：阿諛者的謗言。或指讒諛之人，如季桓子和子冉。二國：魯國和宋國。季孫

後來逐魯昭公，子冉劫脅宋君。故云：「以危」。眾口鑠金：說壞話的人眾多，足可以熔化金屬。鑠：熔化。積毀銷骨：長久的毀謗足以銷熔骨頭。

⑰由余：春秋晉人，逃西戎，被秦穆公招致，成霸業。伯：霸。子臧：春秋越人，被齊國重用。強威、宣：齊威王、宣王強盛起來。二國指秦、齊。拘于俗、牽于世：被世俗所拘束。拘：束。牽：制。繫奇偏之浮辭：被奇特偏頗的一方言辭所牽引。公聽：公開聽言。并觀：多方面觀察。垂明當世：表現開明的態度於當代。吳、越為兄弟：像吳越世仇敵國成為兄弟之親。由余、子臧是矣：由余與秦穆公，子臧與齊威宣，就是由敵對關係變成伙伴關係的。朱、象、管、蔡：丹朱與舜，象與舜，管叔、蔡叔與周公，就都是因意志不合，兄弟反目的。舜為丹朱姐夫，象之兄。管、蔡是周公之兄。

⑱誠能：如能。用齊、秦之明：用齊威宣和秦穆公的開明公正的理政心態。後宋、魯之聽：棄宋君、魯昭公聽子冉、季孫的錯誤。五伯不足侔：五伯的事業不足以相比。三王易為：很容易施行三王的王道政治。

⑲捐：棄，不用。子之：戰國時燕王噲的宰相，心存篡位，以堯舜禪讓之賢說噲讓位給己，燕國大亂。說：悅。田常：田恆，春秋齊簡公相，弒簡公，篡姜齊，自立為田齊始君。封比干之後：武王滅紂，封比干之子。修孕婦之墓：武王滅紂修築被紂所殺孕婦的墳墓。《墨子・明鬼下》：「刳剔孕婦。」〈閒詁〉：「《帝王世紀》云：『紂剖比干妻，以視其胎。』」《淮南子・本經訓》：「紂刳諫者，剔孕婦。」覆：蓋。厭：饜。

⑳晉文親其仇：晉文公親信他的仇人。仇：指寺人披及管財的豎頭須。寺人披受獻公之命攻文公於蒲，惠公時又往狄欲殺文公。豎頭須：文公出奔時，竊財以逃。齊桓用其仇：齊桓公用仇人管仲。管仲輔公子糾與桓公爭繼位，幾乎箭殺桓公。匡：正。慈仁：慈愛仁心。殷勤：殷切勤勞地禮待仇人。借：假借，給予。

㉑秦用商鞅之法：秦孝公用商鞅的法制。卒：終於。車裂之：車裂之刑殺他。車裂：酷刑，用牛或馬分裂人體。之：他，指商鞅。越：越王勾踐。種：文種。禽：擒。勁吳：強大的吳國。誅其身：殺文種之身。

㉒孫叔敖：楚大夫蔿賈之子，為楚國令尹，三次解職又復職。去相：離相位。悔：恨。於陵子仲：即於陵子，戰國齊人，又稱陳仲子，名子終，隱居於於陵。楚王聞其賢，遣使以厚禮聘他為相，妻諫其辭聘，遂逃，為人灌園以自給。見《列女傳・賢明・楚於陵妻傳》、《孟子・滕文公下》。三公：秦漢時，以丞相、太尉、御史大夫為三公。此指丞相。

㉓披心腹：公開心胸。情素：情愫，情志。墮肝膽：披肝瀝膽，此指吐露心中所思。墮：ㄏㄨㄟ，隳。施德厚：賜予厚

恩。終與之窮達：無論逆境或順境始終同享共苦。窮：逆境。達：順境。無愛于士：對士人慷慨不吝惜。愛：吝惜。桀之犬可使吠堯：可以令桀飼養的狗見聖君堯而吠叫。跖之客可使刺由：可使盜跖的食客刺殺高士許由。二句言士人感恩必聽命行事，不管所做對與不對。因為他們已如桀犬、跖客，成為利用的工具。桀：夏暴君。跖：盜跖。由：許由。萬乘之權：天子的權力。假：憑藉。沈：湛、滅。七族：曾祖、祖、父、己、子、孫、曾孫。一說父族、姑之子、姐妹、女子、母族、從子、妻父母。要離：春秋時吳人，為吳王闔閭刺慶忌，勸王殺其妻子以取信于慶忌。燔：燒殺。此以荊軻、要離之事證士為知己者死。

㉔以暗投人于道：在途中暗中投給人。投人：投向人。道：道路。相眄：相瞪視。眄：ㄇㄢˋ，顧盼。無因而至前也：寶物無來由出現。蟠木：屈曲的樹木。蟠：屈曲。木：樹木。根柢：樹根。輪囷：盤曲。離奇：奇異的型態。萬乘器：天子的珍器。容：化粧，雕飾。隨珠：隨侯之珠。春秋時隨侯救蛇所得之珠。和璧：和氏璧。祇：只。怨結而不見德：結怨而不感恩。先游：先為游說。樹功而不忘：建立功勞而不可忘。

㉕布衣窮居之士：普通百姓貧窮的士人。貧羸：貧窮羸弱。蒙堯、舜之術：懷抱堯、舜王道的治術。蒙：抱。挾伊、管之辯：持有伊尹、管仲的辯智。伊：伊尹。管：管仲。均為賢臣。挾：持。辯：才辯。懷龍逢、比干之意：懷抱龍逢、比干的忠心。龍逢：關龍逢，夏桀時賢臣，因諫被殺。意：心，忠心。無根柢之容：沒有雕飾根柢一般的推薦之人；沒有如蟠木根柢一般的雕飾的人。極精神：盡心意。襲：學，仿。跡：行。資：材料。

㉖制世：治世。御俗：治國。獨化于陶鈞之上：在政治機構的運轉中心運作。獨：獨自。化：教化。陶鈞：製造陶器的圓輪。此以君喻陶者，以制度喻陶鈞。以君主運作制度教化人民，比喻陶者運轉陶鈞製造陶器。不牽乎卑亂之語：不為那些卑下亂政的謗言所牽引。不奪乎眾多之口：不為眾多的讒言之嘴所改變。奪：改。

㉗秦皇帝：始皇帝。中庶子：太子的屬官，職如侍中。蒙嘉：秦始皇寵臣。獵涇渭：文王到涇渭行獵。涇渭：二水名，在今陝西省。呂尚：姜子牙。姓姜，因封于呂，又稱呂尚，輔佐文王、武王成王業。王：統治。左右：左右近臣，指蒙嘉、趙高。烏集：偶然遇合的臣子，指呂尚等。超拘攣之語：不聽身邊一再進獻的語言。拘攣：沾滯，固執，牽制掣肘。城外之議：廣大的謀議。昭曠之道：光明廣大的道理。

㉘帷牆之制：帷幕牆壁的範圍。帷牆：指近臣活動的範圍。不羈之士：大才不受拘束的士人。牛驥：一般牛馬。阜：槽。鮑焦：春秋時人。隱居飾行非世，守廉潔，不臣天子，子貢所譏。《莊子・盜跖》：「鮑焦飾行非世，抱木而

死。」《風俗通・愆禮》：「鮑焦耕田而食，穿井而飲，非妻所織不衣，餓于山中，食棗，或問：『此棗，子所種耶？』遂嘔吐，立枯而死。」憤于世：怨世。不留富貴之樂：不望富貴以享樂。留：挽，求。

㉙盛飾入朝：盛自飾行以入朝廷。即以高行自飾，入仕為官。不以私污義：不因私心污染正當的人格。砥礪名號：修養名聲的人。砥、礪：磨刀石。此作動詞，磨練。名號：名聲。里名勝母：邑里地名勝母。曾子：曾參，孔子弟子，以孝稱。邑號朝歌：邑名朝歌。墨子：墨翟，倡「非樂」，聞朝歌之邑，回轉車轅不入其地。《淮南子・說山訓》：「曾子立孝，不過勝母之閭；墨子非樂，不入期歌之邑。」

㉚寥廓之士：心志遠大的人。寥廓：廣闊。回面：改變面容。污行：污下自己的行為。諂諛之人：阿諛諂媚的近臣。伏死堀穴岩藪之中：藏身隱伏在山洞、林藪的地方。安：何。盡忠信：要盡忠信的心。趨闕下：來到宮闕地方。

二、作者

鄒陽（約西元前二〇六年～前一二九年間在世），漢代文學家，齊（今山東東部）人。活動於漢高祖初年至武帝元光末年。高后時，吳王濞招致四方遊士，陽與莊忌、枚乘等仕吳。以文辯著稱。吳王因兒子被太子所殺，稱疾不朝，圖謀不軌，鄒陽曾上書勸諫，吳王不聽。那時，景帝少弟梁孝王正貴盛，也好賢待士，於是和莊、枚離吳到梁。由於鄒陽為人有智略，慷慨不苟合，為羊勝、公孫詭等疾恨，羊和公孫勸梁王求為漢嗣王，陽力爭以為不可，兩人趁機在梁王面前詆毀他。梁孝王大怒，將鄒陽下獄審訊，將處死刑。鄒陽從獄中上書梁王，梁王看了，立刻釋放他，待以上客之禮。後來，孝王求立失敗，勝、詭被誅，孝王恐己亦不免，就派人齎千金，求計於鄒陽，陽把事情告訴老友齊人王先生，承王先生介紹，往長安見王長君，懇長君乘間進說，朝廷果然不治梁王。《漢書・藝文志》著錄有《鄒陽》七篇，今存〈上吳王書〉及此文。這留存的兩篇文章，辭氣磊落，有縱橫家餘風。

三、主題和題材

鄒陽在梁孝王府，因立嗣事，與羊勝、公孫詭不合，勝、詭乘間詆毀他，孝王聽信讒言，一時大怒，將他囚禁牢獄審訊，要問死罪。陽在獄中上書給孝王，申說自己無辜，說自己受人嫉妒，不容於梁王左右的人，才被誣成罪，其實忠心可表，要求梁王不要懷疑自己的忠信。文章廣引前事，婉轉陳辭，博辯多識，說理透徹，論事多方，故令梁孝王讀了相信其言，釋解心中之疑，立刻釋放了他，待為上客。鄒陽的議論以忠而被疑為核心，搬用了歷史上正反兩方面的人事為題材，論證自己被疑之不當。

四、結構

這是一篇寄議論於書信的文章，全篇貫串「忠」、「信」二字，並以臣忠君信為之說。就用途言，它是書信，就思維形式言，它是議論文。因為在信中，作者是通過議論，借重邏輯論證的力量，才表白了自己的冤屈。全文的段落如下：

㈠自「臣聞：『忠無不報」至「少加憐焉」。論「忠無不報，信不見疑。」這句話實為虛語。又可分為下列諸支：

1. 自「臣聞：『忠無不報」至「徒虛語耳」。提出論點，指出忠信往往見疑。

2. 自「昔荊軻慕燕丹之義」至「願大王熟察之」。論荊軻、衛先生之忠，燕丹、秦昭尚且相疑；並以自己受冤類比，求梁王熟察。

3. 自「昔玉人獻寶」至「少加憐焉」。論卞和、李斯、比干、子胥之忠，卻遭刑戮；以古類今，請梁王察憐自己。

以上，先總論，後申論，一總二分，是以演繹型進行論證。

㈡自「語曰」至「豈移于浮辭哉」。論「白頭如新，傾蓋如故。」實出於知心與否。也可分下列支段論之：

1. 自「語曰」至「知與不知也」。提出知心，則「傾蓋如故」；不知心，則「白頭如新」的論點。

2. 自「故樊于期逃秦之燕」至「慕義無窮也」。論樊于期、王奢在秦和齊，由於不知心，故「白頭如新」，忠而不信；到燕、魏，由於知心慕義，故「傾蓋如故」，可為燕、魏犧牲，交出性命。

3. 自「是以蘇秦不信于天下」至「豈移于浮辭哉」。論蘇秦、白圭對天下和中山，因不知心，故「白頭如新」，無可取信；及用於燕、魏，由於知心，故「傾蓋如故」，立功、顯達。

以上，也是先總論，提出論點；再以兩個論據，論證論點，也是演繹型的推論形式。

㈢自「故女無美惡」至「而三王易為也」。論自古以來，「士無賢不肖，入朝見嫉。」人主能見讒者心理，可行王道。也可分下列諸支段論述之：

1.自「故女無美惡」至「入朝見嫉」。提出賢智易招妒忌的論點。

2.自「昔司馬喜臏腳于宋」至「故不能自免于嫉妒之人也」。論司馬喜、范雎之才，也不能自免於嫉妒之人。

3.自「是以申徒狄蹈雍之河」至「以移主上之心」。論申徒狄、徐衍不和善嫉之人苟合比周才自殺。

4.自「故百里奚乞食于道路」至「豈惑于眾口哉」。論百里奚、寧戚，由於心感行合得到秦穆公和齊桓公的信任，免於嫉妒者之毀謗。

5.自「故偏聽生奸」至「而三王易為也」。論孔子、墨子之賢也難免於嫉妒而受逐，君主如能明察，不為嫉人迷惑，才能行其理想政治。

以上，先總論，提出論點，後以四個分論，分由四個角度提出論據，證明論點的正確。也是演繹型的推論方式。

㈣自「是以聖王覺悟」至「豈足為大王道哉」。論自古功業成敗皆由於是否欲善先厭。又分下列支段：

1.自「是以聖王覺悟」至「欲善無厭也」。提出自古功業成敗，皆由於是否欲善無厭的論點。

2.自「夫晉文親其仇」至「不可以虛辭借也」。論晉文、齊桓欲善無厭，至於用仇人，故功蓋天下。

3.自「至夫秦用商鞅之法」至「遂誅其身」。論秦和越不能欲善無厭，故商鞅被殺，文種身亡。

4.自「是以孫叔敖三去相而不悔」至「為人灌園」。論孫叔敖、於陵子仲，深知人主難以欲善無厭，故不戀棧、不慕位。

5.自「今人主誠能去驕傲之心」至「豈足為大王道哉」。論荊軻、要離就因人主能欲善無厭，才捨身滅族，為君犧牲。

以上，先提出論點，再以四個論據，分別推論論點，證明論點的正確。也是演繹型的思維形式。

㈤自「臣聞：『明月之珠」至「安有盡忠信而趨闕下者哉」。論自古功業成敗亦由於是否唯左右是信。又可分下列諸支段：

1.自「臣聞：『明月之珠」至「則枯木朽株樹功而不忘」。提出自古功業成敗亦由於是否唯左右是信的論點。

2.自「今夫天下布衣窮居之士」至「不奪乎眾多之口」。論懷才之士因無人先游就不得進仕。

3.自「故秦皇帝任中庶子蒙嘉之言以信荊軻」至「獨觀乎昭曠之道也」。論唯左右是信，則秦王幾乎為荊軻所刺；

文王納呂尚於郊野，卻能王天下。左右是信之不足取。

4.自「今人主沈于諂諛之辭」至「而不留富貴之樂也」。論鮑焦因俗世受左右近臣牽制而怨憤不仕。

5.自「臣聞盛飾入朝者不以私污義」至「安有盡忠信而趨闕下者哉」。論士如曾子、墨翟皆盛飾、厲名者，世主如唯左右是信，要他們去求左右之人，則士伏死於岩穴，無忠信趨闕了。

以上，先提出論點，再以四個論據，證明論點，是演繹論證的思維形式。

綜合上面的論析，我們可將這篇文章的綱領概括如下：

〈獄中上梁王書〉（分論型議論文例5）

- 論讒言不可信（忠信不一定被信任）
  - ㈠分論（演繹型）
    - 1.總論——「忠無不報，信不見疑。」實為虛語。
    - 2.分論
      - (1)荊軻、衛先生之忠，燕丹、秦昭尚且不信。
      - (2)卞和、李斯、比干、子胥之忠，尚遭殺害。
- （知心則傾蓋如故，不知心則白頭如新）
  - ㈡分論（演繹型）
    - 1.總論——「白頭如新，傾蓋如故。」由於知心與否。
    - 2.分論
      - (1)樊于期、王奢在秦、齊，由於不知心，故「白頭如新」，忠而不信；及至燕、魏，由於知心而「傾蓋如故」，盡忠而死。
      - (2)蘇秦、白圭對天下和中山，因不知心，「白頭如新」，忠而不信；至燕、魏，由於知心，「傾蓋如故」，立功、顯達。

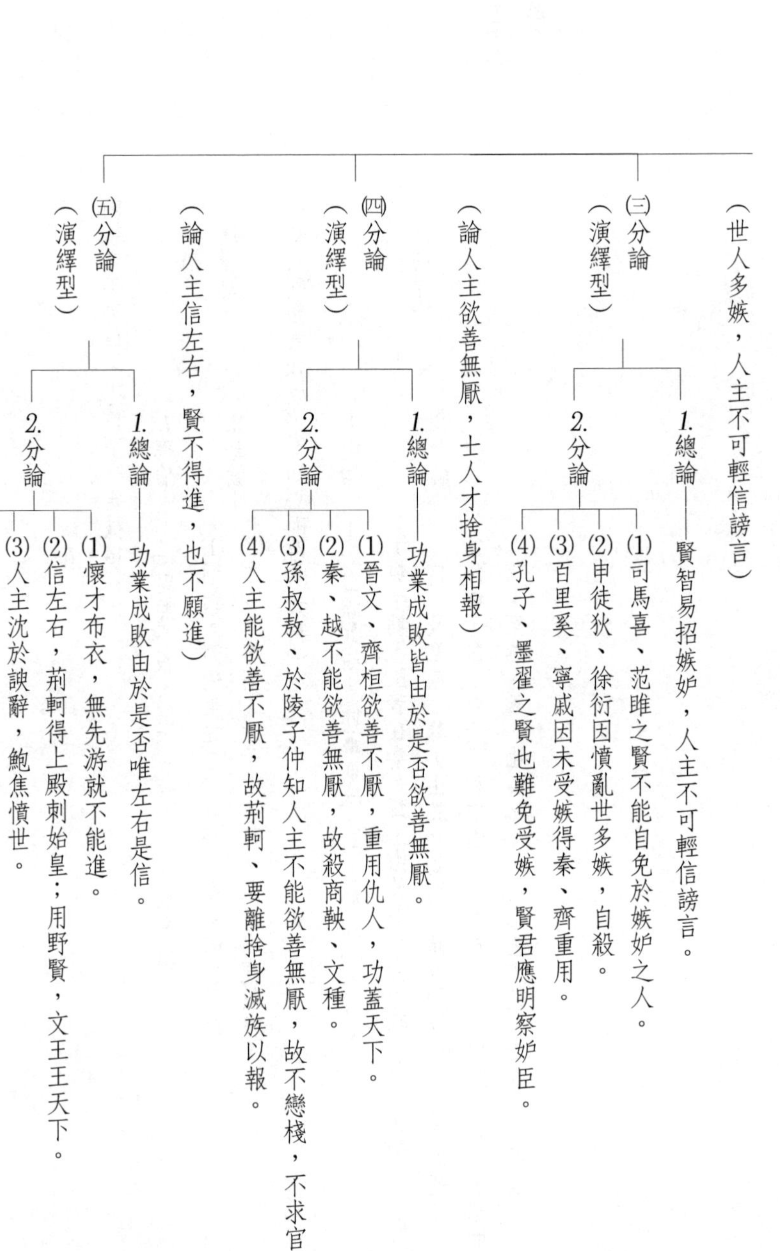

從全文看，可以發現五個演繹型分論文並列，沒有總論，也沒有結論，所以是屬於分論型。這種結構類型適用於幾個分論點，不必進行歸納總結，或者不能進行歸納總結的場合。五個分論就是五個篇式章，而且都選用演繹型結構，先提出分論點，而後列舉歷史事實為論據。進行推論時，作者借為古人鳴冤，證明自己的盡忠竭誠，無辜被讒。其中全用事實說話，毫無空泛說理之感。所謂擺事實，講道理，這是議論文的主要特點，也是寫好議論文的基本條件。

分論型有明分式和暗分式兩種。這篇文章各個分論都沒有標明序次，所以是暗分式的分論型。這種暗分式乍看起來，似乎沒有什麼必然的道理，但是實際上是前後聯繫的，也是逐層推進的，其中有不說自明的道理。原來，五個分論雖自成體系，可還是一個嚴密的複合整體，各個分論的次序是不能顛倒的。例如第一個分論所講的「忠信」只能排在第一；第二個分論所講的「知心與否」只能排在第二，因為它有承前啟後的作用，不知心則雖忠而不信；知心則因讒受賞。這裡講到「讒」，要問個究竟，就不能不提出第三個分論，「讒」由「嫉」起，「士無賢不肖，入朝見嫉。」這是「自古如此」，帶有必然性，可見這個分論只能排在第三；既然滿朝文武都有忠奸之分，嫉妒到處都有，那就要看掌權者「是否欲善無厭」，即是否喜歡忠貞的好人，這也是順理成章的。由此可見，這一個分論也只能排在第四。進一步再問如何才能做到「欲善無厭」，那就要看「是否唯左右是信」，這就指明了分辨忠奸的要害、最後照應到「忠信」這個主題，完滿地為自己蒙冤受屈作了辯解。

五、技巧

㈠**選材的技巧**：這篇文章的選材可分為五方面：

1.忠信而受疑的題材：荊軻慕義，白虹貫日，燕丹畏之；衛先生畫長平，太白食昴，秦昭生疑；玉人獻寶，楚王誅之；李斯竭忠，胡亥極刑；箕子陽狂，接輿避世；比干剖心，子胥鴟夷。

2.白頭如新，傾蓋如故的題材：樊于期逃秦之燕；王奢去齊之魏；蘇秦於天下而為燕尾生；白圭去中山之魏。

3.士無賢不肖，入朝見嫉的題材：司馬喜臏於宋，卒相中山；范雎逃魏相秦；申徒狄蹈河；徐衍入海；百里奚為秦穆相；寧戚為齊桓大夫；季孫逐孔子；子冉囚墨翟；秦用由余而霸；齊用子臧而威宣強。

4.人主欲善無厭而成功的題材：晉文親其仇；齊桓相其敵；秦孝用商鞅；勾踐任文種；孫叔敖三去相；於陵子仲去灌園；荊軻沈七族；要離燔妻子。

5.信左右的題材：明月之珠，夜光之璧，蟠木根柢輪囷離奇；蒙堯舜之術、挾伊管之辯、懷龍逢比干之意的布衣；中庶子蒙嘉；周文王載呂尚；鮑焦憤世。這些先秦史實，被作者熟練地選擇，備為論據使用。

㈡**謀篇的技巧**：這篇文章雖是採分論型的論證方式進行，但其全文格式，各段的脈絡是明晰可見，布局的方法也

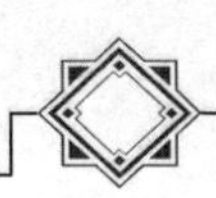

是顯著的。

就全文的綱領而言，由於作者寫這封信的目的是在向梁孝王訴冤，冤的所在是忠信被誣，所以一開始就提出「忠信見疑」的問題，以類比自己的忠誠而被謗；其次，作者是受羊勝、公孫詭之謗，羊勝、公孫詭是梁孝王老臣，與自己相較，自己是新屬，因此，他接著論忠信不忠信出於知心與否，不在新舊，所以，接著承上，論「白頭如新，傾蓋如故。」全由於知心與否。是論如何才能忠信，這暗示自己雖是新屬，卻忠信；羊勝、公孫詭雖為舊臣，可能「如新」；至此自己之忠，讒人不一定忠論完了。於是接著論自己忠而受謗，所以提出「士無賢不肖，入朝受嫉。」論嫉妒令人起謗，諭己受謗，由於謗人的嫉妒，那麼既然朝中嫉妒之多，人君如何處理才不會上當呢？於是接論人主當「欲善無厭」，不要輕信謗言，懷疑忠良；但如何才能做到「欲善無厭」呢？最後，他提出不要唯左右之言是聽，論唯聽左右之不當，對新臣也該信任。這樣大綱領就分五個部分，以「忠信」不可疑，暗中連串起來。

至於五個分論，作者都採用演繹論證法，每一個分論都先提出論點，然後擺論據，予以證明。論據少的兩個；多的四個。每分論都經反覆論證，證明論點的正確，並關係上自己忠信受冤的立場。布局是嚴密而井然有序的。

㈢**修辭的技巧**：議論文是提觀點，擺論據，進行論證活動的文章。但如何展開論證，卻是因作者而有不同的技巧。如鄒陽這篇文章，最大的特色，是類比論證和比喻論證的運用。

我們讀完這篇文章，覺得它寫得淋漓盡致，之所以如此，就在於作者選用眾多的歷史事實為題材，運用分論型的結構形式，分五個單元依次進行五次演繹式的論證，證明忠信分明則為天下大幸，反覆推論，五次論證相承應，相迴照，顯得義正詞嚴，處處在理，一氣呵成。尤其五個分論，每個分論所用的歷史事實題材，正反相映、主賓合作，形成史實與己事的類比，在類比論證中映現自己的申訴冤憤，委婉蘊藉，尖銳而不兇厲。其次，作者在文中也屢用類比法：如「女無美惡，入宮見妒」與「士無賢不肖，入朝見嫉」類比。類比加深意象，增進說服力，且具含蓄的表現作用。再者，作者又善於運用比喻論證，如「堅如膠漆」喻君臣相合；「眾口鑠金，積毀銷骨」喻讒口之亂真害實；「捐子之之心，而不說田常之賢。」以「子之之心」喻陰謀者之心，「田常之賢」喻偽善者之賢；「桀之犬可使吠堯，跖之客可使刺由」，喻施恩於士，可令聽己之用；「明月之珠，夜光之璧」喻賢才；「蟠木根柢，輪困離奇」喻無用之人；「與牛驥同皁」以獸喻人，可見比喻之多。再說，五個分論中，各分論的論據，往往以正反兩面的含蘊提出，以

形成對照，如分論(一)，荊軻之忠，在天則感而「白虹貫日」，在人則「太子畏之」；衛先生之忠，在天則感而「太白食昴」，在人則「昭王疑之」。又如「白頭如新」和「傾蓋如故」，也是新和故、知心與不知心的對照；樊于期和王奢之於燕、魏與之於秦、齊；蘇秦和白圭之於天下和中山與之於燕和魏；司馬喜之於宋和中山；范雎之於魏和秦；「明月之珠，夜光之璧」和「蟠木根柢」等，都是正反兩兩對照的提法。

由於類比法、比喻法、對照法的嫻熟運用，加上句式整齊，多用對句，以「臣聞」、「是以」、「何則」、「至夫」，連接轉接，使這篇文章寫得有條不紊、層次井然、情文並茂。《文心雕龍・論說》云：「喻巧而理至。」《古文辭類纂》引吳至父云：「隸事至多，而以後氣舉之。」又云：「迫切之情，出以微婉，嗚咽之響，流為激亮，此言情之善者也。」《史記》太史公說：「鄒陽辭雖不遜，然其比物連類，有足悲者，亦可謂抗直不撓矣。」對它都有相當的評價。作者史實知識之博，布局之精，那是有目共睹的，難怪梁孝王讀了受感動，而這篇文章也成了千古名文。

〈隆中對〉①

自董卓以來，豪傑并起，跨州連郡者，不可勝數②。曹操比于袁紹，則名微而眾寡。然操遂能克紹，以弱為強者，非惟天時，抑亦人謀也。今操已擁有百萬之眾，挾天子以令諸侯，此誠不可與爭鋒③。

孫權據有江東，已歷三世，國險而民附，賢能為之用，此可與為援，而不可圖也④。

荊州北據漢、沔，利盡南海，東連吳會，西通巴蜀，比用武之國，而其主不能守，此殆天所以資將軍，將軍豈有意乎⑤？

益州險塞，沃野千里，天府之土，高祖因之以成帝業。劉璋闇弱，張魯在北，民殷國富不不知存恤。智能之士思得明君⑥。

將軍既帝室之胄，信義著于四海，總攬英雄，思賢如渴。若跨有荊、益，保其岩阻，西和諸戎，南撫夷越，外結好孫權，內修政理，天下有變，則命一上將將荊州之軍以向宛、洛，將軍身率益州之眾出于秦川，百姓孰敢不簞食壺漿以迎將軍者乎？誠如是，則霸業可成，漢室可興也⑦。

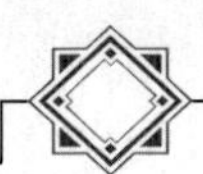

一、注釋

①隆中：山名，湖北襄陽縣西。諸葛亮隱居於山畔草廬。對：回答。此指答論天下形勢而言。

②董卓：字仲穎，東漢末涼州刺史。何進召其入京，欲誅宦官。宦官殺何進，袁紹誅宦官，董卓趁機率兵入京，廢少帝，立獻帝，專斷朝政。袁紹與曹操逃出京，起兵反卓，卓挾獻帝西遷長安，自為太師，殘暴專橫，縱火焚洛陽周圍數百里。後為王允、呂布所殺。豪傑：英雄，地方軍師。跨州連郡：占據幾個州、多個郡的領地。

③曹操：字孟德，小名阿瞞。譙（今安徽亳縣）人。東漢末政治家、軍事家、詩人。他起兵反卓，鎮壓黃巾賊，逐漸擴大其軍事力量，後占據兗州，收降青州黃巾軍，編為青州兵。建安元年（西元一九六年）迎獻帝至許昌，受封為大將軍、丞相。於是以天子名義發號施令，先後削平呂布等割據勢力，逐步統一了中國北方。後封為魏王，子曹丕受禪，追尊為武帝。袁紹：字本初，袁術之兄，東漢末，割據冀、青、幽、并四州，為當時最大的軍閥。西元二〇〇年、建安五年，官渡一戰，被曹操打敗，節節敗退，終為曹操所滅。名微而眾寡：名小而軍隊少。抑亦：或且也是。不可與爭鋒：不能和他爭勝。

④孫權：字仲謀，繼父親孫堅、兄孫策的遺業，割據有長江下游一帶六郡的土地。後建吳國，西元二二二年稱帝。江東：江左，揚子江下游南岸地方。歷三世：孫堅建業，歷孫策，至孫權，凡三代。國險：國土有長江的天險可恃。民附：百姓歸心。賢能為之用：當時有周瑜、魯肅、陸遜等賢輔佐。與為援：和他相與援。圖：謀取。

⑤荊州：包括今湖南、湖北一帶地方，治所在襄陽縣。漢：水名，源出陝西省西南，下源稱漾水，至沔縣稱沔水，合褒水後始稱漢水。漢水古代通稱沔水。此處漢沔指漢水中下游一帶。沔：ㄇㄢˇ。利盡南海：可擁有到南海之地的地利；南面一直到南海地區的物資都可取得。利：地利。南海：泛指南方近海地區。吳會：吳郡和會稽郡，相當於今蘇州、紹興一帶。會：ㄎㄨㄞˋ。巴蜀：巴郡和蜀郡，即以今重慶、成都為中心的四川地區。用武之國：用武之地，可以用兵爭奪的地方。其主不能守：指荊州牧劉表昏庸無能，不能守住荊州基業。殆：差不多。資：贈送。將軍：稱劉備。

⑥益州：包括今四川省大部分、雲南省東部、陝西省南部等地區。險塞：險要阻塞之地，指四周有險可守。沃野：肥沃的原野。天府之土：上天所賜穀物庫府之地。漢水盆地與川中盆地土肥物豐，自古以來號稱「天府之地」或「天

府之國」。高祖：漢高祖劉邦。諸侯入關滅秦後，劉邦被項羽封為漢王，占據巴、蜀、漢中。劉璋：字季玉。當時的益州牧。闇弱：昏庸無能。闇：ㄢˋ。張魯：字公祺，「五斗米教」的領袖，當時占據益州北部的漢中郡。與劉璋對峙，後被曹操攻破。民殷國富：民繁盛國富足。存恤：愛惜。

⑦帝室之胄：劉備是漢景帝兒子中山靖王劉勝的後代。胄：後嗣。總攬：統領。岩阻：險阻，指荊、益兩州的險要之地。戎：泛指我國西方的少數民族。夷越：泛指我國西南少數民族。宛、洛：今河南南陽和洛陽一帶，泛指中原一帶。秦川：秦嶺以北的關中之地。孰：誰。簞食壺漿：用筐盛著乾飯，用壺盛著酒漿。簞：ㄉㄢ，古代盛飯的竹器。壺：古代盛酒之器，此皆作動名詞。漿：指酒。《孟子・梁惠王下》：「以萬乘之國伐萬乘之國，簞食壺漿以迎王師，豈有他哉？」此用《孟子》語，有以劉備之兵為王師之意。誠如是：果真如此。是：代詞，這。霸業：稱霸之大業，此指與諸侯爭勝，統一中國的事業。

二、作者

陳壽（西元二三三年～二九七年），字承祚，巴西安漢（今四川南充縣）人。年輕時跟同郡人譙周學史學，在蜀漢時，曾任觀閣令史，因不肯趨附宦官黃皓，屢遭貶謫。蜀亡入晉，為著作郎、治書侍御史等官。著有《三國志》六十五卷，又撰《古國史》、《益都耆舊傳》，並編集《蜀相諸葛亮集》，時人說他有良史之才。

三、主題和題材

〈隆中對〉，選自《三國志・諸葛亮傳》，也稱〈草廬對〉。劉備在軍事上連遭挫折後，由於司馬徽、徐庶的推薦，到隆中「三顧茅廬」，求教於諸葛亮。諸葛亮為他籌劃了極有遠見的戰略對策。

諸葛亮（西元一八一年～二三四年），字孔明，琅邪陽都（今山東沂水縣南）人。早年避難荊州，後隱居隆中。西元二〇七年，應劉備請託而出，佐劉備建蜀漢，成三國鼎立之局。備死後，輔後主，出兵伐魏，病卒軍中。

這篇選文以三國形勢為題材，寫諸葛亮綜觀天下，暢論宇內，向劉備論析爭勝之地。指出曹操所據北方中原不可爭；江東孫權之地不可圖；荊州其主不能守，可措意；益州牧闇弱，可取；將軍有人和，可成事。論證透徹。

四、結構

這篇對策，寫諸葛亮論天下形勢，析何地可取，何地不可爭，共分五段：

㈠自「自董卓以來」至「此誠不可與爭鋒」。論曹操以少勝眾，擊敗袁紹，有天時，有人謀，有強大軍隊，挾天子令諸侯，不可與爭鋒。由三個分論性的論據，歸納出結論，是歸納式的推論。

㈡自「孫權據有江東」至「而不可圖也」。論江東孫權，歷三世（根基已固）；國險而民和，賢為用（地利、人和），可引以為援，不可圖。此由基固、地利、人和三分論，得出不可圖的結論，也是歸納型推論。

㈢自「荊州北據漢、沔」至「將軍豈有意乎」。論荊州有地利，其主不能守，是用武之國。此由「地利」、「庸主」二分論，結出「用武之國，可措意。」也是歸納型推論方式。

㈣自「益州險塞」至「智能之士思得明君」。論益州形勢，由天府之地、主闇弱，張魯不恤民，失人和等三個分論，結出可為其君，也是歸納型推論方式。

㈤自「將軍既帝室之冑」至「漢室可興也」。論劉備有「帝室之冑」、「信義」、「英雄」、「思賢」等人和條件，如能跨荊、益，則可成霸業，可興漢室。由五個分論性的論據，結出劉備能成霸業，可興漢室的結論，也是歸納型推論方式。

以上分析，可知這篇文章，是由五個歸納型分論組合成的。全文的結構綱領，可以下圖表示：

- 中原（不可爭鋒之地）㈠分論（歸納型）
  - 1.分論
    - (1)曹操得天時。
    - (2)曹操有人謀。
    - (3)曹操有百萬之眾。
    - (4)曹操挾天子令諸侯。
  - 2.結論——中原不可爭鋒。

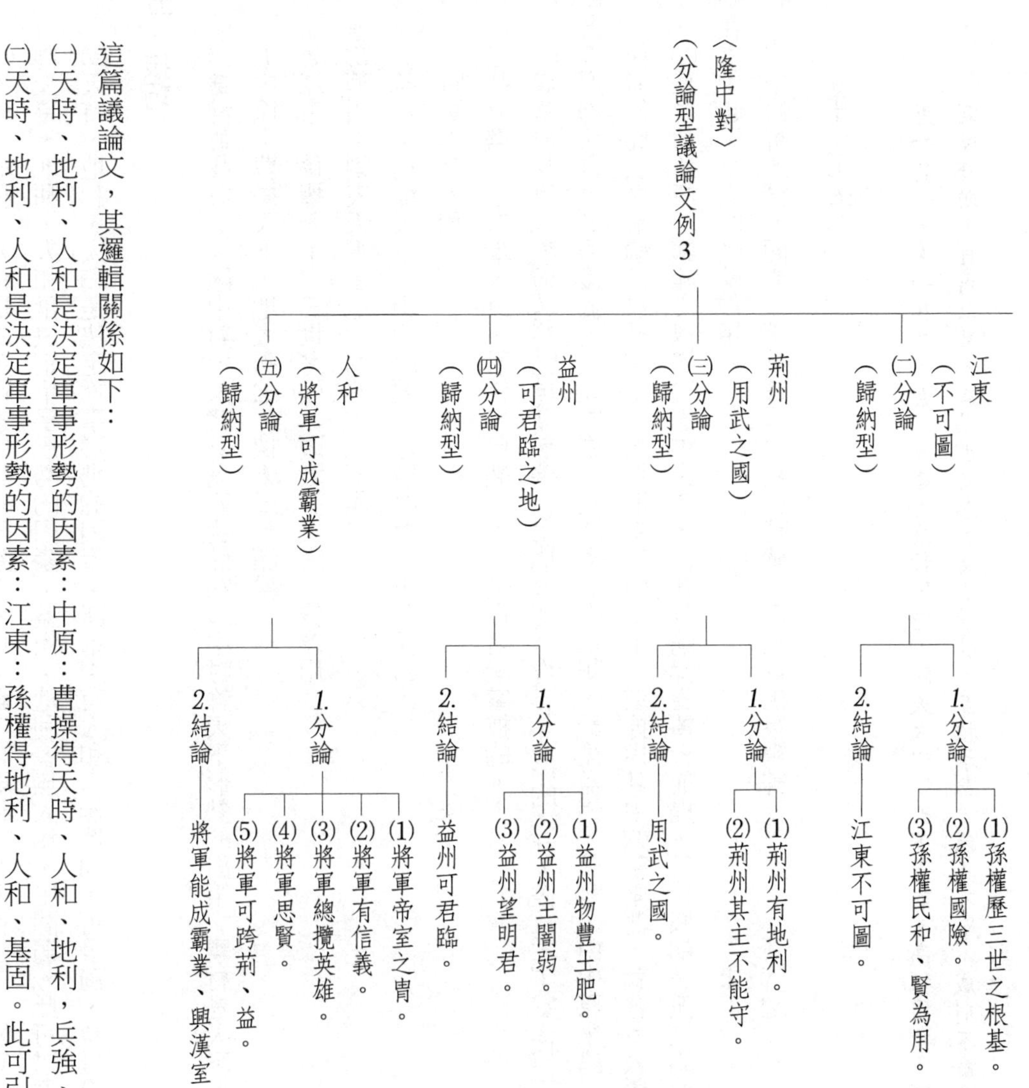

這篇議論文，其邏輯關係如下：

(一)天時、地利、人和是決定軍事形勢的因素：中原：曹操得天時、人和、地利，兵強、勢盛，此不可與爭鋒。

(二)天時、地利、人和是決定軍事形勢的因素：江東：孫權得地利、人和、基固。此可引以為援，不可圖。

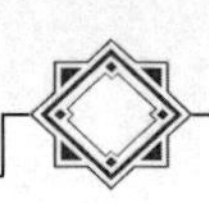

㈢天時、地利、人和是決定軍事形勢的因素：荊州：劉表有地利、無人和，主不能守。此用武之國。
㈣天時、地利、人和是決定軍事形勢的因素：益州：地利、無人和，主闇弱。此可以君臨。
㈤天時、地利、人和是決定軍事形勢的因素：將軍：有人和、無地利。可爭荊、益以成霸業，興漢室。

五、技巧

㈠**選材的技巧**：〈隆中對〉是諸葛亮與劉備在隆中討論天下形勢的對策。題材是天下形勢：

1.中原：曹操天下，地大勢強，挾天子令諸侯。
2.江東：孫權天下，三世之固，國險、民附、賢為用。
3.荊州：劉表天下，地大物博，主不能守。
4.益州：劉璋天下，山川險要，地廣物豐，主昏民盼。
5.將軍：有人和。

這些形勢，各方軍、政、財經、自然、人文是作者所掌握的。

㈡**謀篇的技巧**：這篇文章雖是分論型，但作者謀篇仍是有次序的，其次序是先人、後己，所論四方之勢，再及備；就各方形勢而言，先強後弱，故先中原，次江東，次荊州，最後益州，其實，由中原來講，這也是先近後遠的次序。作者依此次序論議，自然和諧，如果把次序顛倒了，或掉換其中的某兩個，就會令人覺得不自然。

㈢**修辭的技巧**：議論文以議論思維為主，但各分論都省掉大前提，又論據都是孤立的形勢，議論的跡象不顯。說明在文中起了很大的輔助作用。

文中修辭淳樸、簡素、不華麗，但表現精確、富現實主義精神。

〈答法正書〉①

君知其一，未知其二。秦以無道，政苛民怨，匹夫大呼，天下土崩。高祖因之，可以弘濟②。劉璋暗弱，自焉以來，有累世之恩，文法羈縻，互相承奉，德政不舉，威刑不肅③。蜀土人士，專權自

恣，君臣之道，漸以陵替。寵之以位，位極則賤；順之以恩，恩竭則慢。所以致弊，實由于此④。

吾今威之以法。法行則知恩；限之以爵，爵加則知榮。恩榮并濟，上下有節。為治之要，于斯而著⑤。

一、注釋

①法正：字孝直，右扶風郿縣（今陝西眉縣）人。初依附劉璋，奉命邀劉備入蜀拒張魯。他獻策劉備，勸其乘機取蜀。劉備占據益州，任命他為蜀郡大守，並用其策，攻殺曹操大將夏侯淵，奪取漢中。後任蜀尚書令、護軍將軍。

②君：對別人的專稱，這裡指法正。秦：指荒淫無道的秦二世。當時趙高專權，禍國殃民。無道：失正道。苛：酷。匹夫大呼：指陳勝、吳廣以農民起義。土崩：如土崩潰。高祖：劉邦。因之：利用其無道。因：依靠。之：代詞，指「秦以無道，政苛民怨。」弘濟：大成。指劉邦初入關時採用「約法三章」的寬政而取得成功的事。弘：大，寬大。濟：成事。

③劉璋：字季玉，益州牧。焉：劉焉，劉璋的父親，西元一八八年領益州牧。累世：數代，指焉、璋已兩代任州牧。恩：施恩。文法羈縻：以法令牽制彼此關係。文法：文書、法令。羈縻：牽制。指表面上的從屬關係。羈：馬籠頭。縻：牛鼻繩。互相承奉：互相承接迎奉，互相對待。德政不舉：不施德政。威刑不肅：不整頓刑法威服人民。

④自恣：為所欲為。陵替：衰落。寵之以位：以官位去籠絡他們。寵：愛，籠絡。位極則賤：官位高到極點，反而不值錢。賤：卑俗，輕視。順之以恩：以恩惠令他們歸服。順：服，愛。恩竭則慢：恩惠給盡了，就變得輕慢無禮。致弊：致至弊害。

⑤威：畏。限之以爵：在加官進爵上加以限制，即制定封爵的制度。限：制。爵：爵位，官位。加：增。上下：升降。有節：有秩序，有制度。要：要領。于斯：在這政制上。著：顯明。

二、作者

諸葛亮（西元一八一年～二三四年），三國時政治家、軍事家、散文家。字孔明，琅邪陽都（今山東沂水縣南）人。出身世代官宦家庭。東漢末，天下紛亂，戰爭頻仍，隱居於南陽隆中（今湖北襄陽縣西）。素有大志，關心天下

大事，世稱臥龍。建安十二年（西元二〇七年），劉備三顧草廬，邀為謀士。輔備聯吳，敗曹於赤壁；又助備取荊、益二州，建立蜀漢政權，奠定三國鼎立局勢。備稱帝，拜丞相。劉禪繼位，封武鄉侯，政事無論大小，都由他決定。又多次率兵攻魏，未能成功，最後病逝軍中。謚忠武侯。

他的散文多敘事析理，不以文學創作為務，卻有強烈的文學色彩。文章，敘事簡明，說理透闢，氣勢充沛，感情強烈，語言平白曉暢、樸素無華，具有鮮明特色。

三、主題和題材

這是諸葛亮給法正的一封信。先是法正不滿諸葛亮治蜀的措施，以漢高祖劉邦初入關時，拿「約法三章」的歷史事實，勸諸葛亮在西蜀緩和刑法，放寬禁令。諸葛亮寫這封信回報他。

信的題材內容論西蜀今非昔比。由於以前益州牧劉璋暗弱，威利不肅，造成蜀人專權自恣，君臣之道蕩然，弊端層出。所以，他說自己實行嚴格法制，確立賞罰制度，俾恩榮並濟，上下有節。

四、結構

諸葛亮在這封信中，對於法正意見的反駁，共分下列幾個部分：

㈠自「君知其一」至「可以弘濟」。論秦政苛民怨，而高祖「約法三章」，因苛而行弛，所以成功。

㈡自「劉璋暗弱」至「實由于此」。論今日西蜀，自劉焉、劉璋以來，德政不舉，威刑不肅；蜀人自恣、君臣陵替，恩賞不足以救弊。

㈢自「吾今威之以法」至「于斯而著」。論吾施刑法，所以令蜀民知恩榮，建立上下制度，殺西蜀積世之弊。

全文就事論事，分三個小論題，依次進行論證。乍看三者平等並列，一論西漢初之治蜀；二論東漢末劉焉、劉璋之治蜀；三論自己之治蜀，以成——敗——救的順序排列，先就對方見解申論；次承上論時易景遷，客觀事實已變，高祖之法已不適用；最後論自己的刑法正所以因時救弊，二承一而來，三承二而生，不可掉易。因此，我們可以下列綱領，表示這篇文章的結構形式：

〈答法正書〉
（分論型議論文例4）

- ㈠分論——政苛民怨，故高祖之「約法三章」的寬政得到成功。
- ㈡分論——政刑不肅、君臣陵替，恩賞的寬政不足以治。
- ㈢分論——刑法所以救恣慢，立制度。

文章先同意對方的看法，分析其所以然；再論時世不同，未可守株待免，執舊治新；最後論己法的用意，隨新求適，易方以治。

五、技巧

㈠選材的技巧：這篇文章對於題材的選擇，是基於駁論主題的需要而定的。首先，高祖之話，乃對方提出之論據，欲駁其論，其論據乃必選之材料；其次，論自己之政，當先論己所治之對象，益州（漢中），在己之前已歷劉氏父子二代之政，故劉氏父子治益，乃必選之材，因為，那是當前所治之對象；最後，自己當前之政，刑法之所以施以及施行之利，又為論己政之必當言。因此，西漢初之政；劉氏父子之政；今日之治，乃作者文中所選三大題材。

㈡謀篇的技巧：這篇駁論的布局比較單純；先論對方觀點；次論時易境遷，問題已生變化；最後論自己之治所以隨機應變，適時施政。

㈢修辭的技巧：文章的技巧簡單，就事論事，無奇巧，平鋪直述，舉證推論，自然成章。

〈論馬〉

驥不稱其力，稱其德也①。臣有二馬，故常奇之。日噉豆至數斗，飲泉一斛，然非精潔，寧餓死不受②。介冑而馳，其初若不甚疾，比行百餘里，始振鬣長鳴，奮迅示駿，自午至酉，猶可二百里；褫鞍甲而不息、不汗，若無事然③。此其為馬，受大而不苟取，力裕而不求逞，致遠之材也④。

值復襄陽，平楊么，不幸相繼以死⑤。今所乘者不然。日所受不過數升，而秣不擇粟，飲不擇泉。攬轡未安，踊躍疾驅，甫百里，力竭汗喘，殆欲斃然⑥。此其為馬，寡取易盈，好逞易窮，駑鈍之材也⑦。

一、注釋

①驥：良馬曰驥。不稱其力：不是以牠的氣力為稱美的依據。稱其德：稱美的是牠的品德。語見《論語・憲問》。

②奇之：奇異牠，以牠為不尋常。奇：不尋常。啗：ㄉㄢˋ，啖，吃。至：達。泉：水。斛：ㄏㄨˊ，量器名。古時以十斗為一斛。南宋時，改五斗為一斛。精潔：精細的飼料，乾淨的飲水。不受：不接受，此指不吃不喝。

③介冑而馳：穿上戰甲，戴頭盔而奔跑。指給馬披掛，讓牠奔馳。若不甚疾：似乎跑得不太快。比：等。振鬣：豎起馬鬣。鬣：ㄌㄧㄝˋ，馬脖子上的長毛。長鳴：大聲長叫。奮迅示駿：振奮起來快速奔跑，顯示出駿馬的雄姿。自午至酉：自午時到酉時，即自中午到傍晚。午：白天的十一點到下午一點。酉：下午五點到七點。猶：尚，還。褫鞍甲：解下馬鞍、馬戰甲。褫：ㄔˇ，卸下，解除。不息：不喘粗氣。不汗：不流汗。若無事然：像沒跑長路的一樣。

④此其為馬：這樣的馬。受大：所接受的多。指吃的飼料和飲的泉水，要求多且精。不苟取：不隨便取用。力裕而不求逞：力量充沛卻不逞能。裕：豐富，充沛。致遠之材：能行長途的良馬。

⑤值復襄陽：適逢收復襄陽的戰役。值：正當，適逢。復：收復。襄陽：今湖北省襄陽市。據《宋史紀事本末》卷六十六記載，岳飛於西元一一三四年，宋高宗紹興四年，收復襄陽等六郡。平楊么：平定楊么叛亂。宋高宗初年，楊么在洞庭湖一帶起義，岳飛率軍前往征討，紹興五年，西元一一三五年，楊么被俘，亂平。

⑥秣：餵馬的飼料。此作動詞，吃。不擇粟：不選飼料。攬轡未安：騎者手拉住轡繩尚未坐好。攬：持。安：穩。轡：馬轡繩。踴躍疾驅：跳躍疾快地奔馳。甫：剛剛。力竭汗喘：力氣用盡，流汗，喘氣。殆欲斃然：差不多要死的樣子。殆：差不多。斃：死。

⑦寡取易盈：需求不多，容易滿足。好逞易窮：喜歡表現，容易耗盡力氣。駑鈍之材：低下不快的材料，指劣馬。駑：馬低劣。鈍：刀不利。

二、作者

岳飛（西元一一〇四年～一一四一年），字鵬舉，相州湯陰（今河南湯陰縣）人。生長民間，從小喜讀《左傳》和《孫子》、《吳子》等。善兵書，喜謀略，後應募從軍，身經百戰，屢建奇功，是南宋著名的抗金將領。官至河南

北諸路招討使、樞密副使。因堅決抗金，反對屈辱投降，被奸相秦檜等以「莫須有」的罪名陷害犧牲。

岳飛一生短暫，又忙於征戰，留下的作品不多，但影響卻很大。所作詩文，大都充滿抗金復國的堅強決心和激烈昂揚的感情。他的作品大都散見於其孫岳珂所編《金陀粹編》中。

三、主題和題材

這篇短小精悍的文章，選自《金陀粹編》，原文的開頭和結尾都不是岳飛的話，似是編者的語氣。故刪去。文章分論駿馬和良馬。題材是馬，所以文章表層是論馬，然深層卻暗映將領。那「受大而不苟取，力裕而不求逞」語帶雙關，顯指駿馬；暗指本領高強，抱負遠大，能擔當重任的賢才。而「寡取易盈，好逞易窮」顯指劣馬，暗指急躁冒進，輕舉妄動，目光短淺的庸才。

岳飛生當南宋抗金救國最激烈的時代，文中的議論具有針對性。文中駿馬的形象透現著抗金勇士的英明氣質；劣馬的表現暗合妥協投降的嘴臉。

雖然一開頭引用《論語》的話似是帽子；好像文章是在論「驥不稱其力，稱其德也。」在「力」和「德」的對立上著論，其實不然，作者論的是駿馬與劣馬的形象，開頭二句只是首段的引子，不是全文總論。

四、結構

這篇文章共分兩個部分：

㈠自「驥不稱其力」至「不幸相繼以死」。論致遠之材。又分下列幾支部：

1. 自「驥不稱其力」至「故常奇之」。論自己的二匹駿馬，牠們稱德不稱力。
2. 自「日啖豆至數斗」至「寧餓死不受」。論二馬飲食量大，「日啖豆至數斗，飲泉一斛」是「受大」；「然非精潔，寧餓死不受」是「不苟取」。此論其德。
3. 自「介胄而馳」至「若無事然」。論二馬「善馳騁遠致」。「介胄而馳，其初若不甚疾，比行百餘里，始振鬣長鳴，奮迅示駿，自午至酉，猶可二百里；褫鞍甲而不息、不汗，若無事然。」
4. 自「此其為馬」至「不幸相繼以死」。結論二馬「受大而不苟取，力裕而不求逞，致遠之材也。」

㈡自「今所乘者不然」至「駑鈍之材也」。論劣馬、駑鈍之材。又可分為下列幾個支部：

1.「今所乘者不然」。論現在騎乘的馬既不稱力，也不稱德。

2.自「日所受不過數升」至「飲不擇泉」。論現在所乘騎的馬不僅吃得少，且「秣不擇粟，飲不擇泉。」食量小，貪吃無厭，苟且就食。

3.自「攬轡未安」至「殆欲斃然」。論劣馬急躁、逞能，然未遠而力竭、汗喘。

4.自「此其為馬」至「駑鈍之材也」。承上論現在的馬如此表現，「寡取易盈，好逞易窮」是「駑鈍之材」。

通過上面的論析，我們可以用下面的綱領概括出這篇文章的結構：

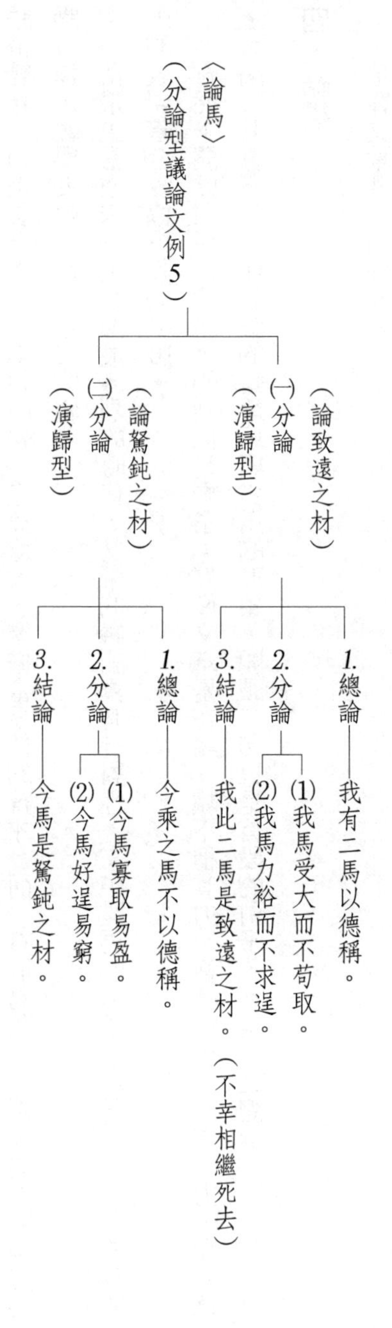

綜合上面，分論㈠、㈡均由「總論」——「分論」——「結論」組合而成，所以是兩個演歸型議論段，組合成這篇分論型議論文。

五、技巧

㈠**選材的技巧**：這篇文章，作者選了「致遠之材」和「駑鈍之材」兩種馬作為論證的論據，以《論語》之語作引子，把日常生活中現實馬匹的實際原型作為題材，具有現實性。文中兩種馬的形象皆取自實際，成了題材。

㈡**謀篇的技巧**：作者的布局一方面依時間順序，另一方面按優劣等級，進行論證。而兩個分論的安排，也都是按先總而分、再終結的邏輯次序進行。

所以全文脈絡在兩大系統下，各有四個支派，形式是顯而易見的。

㈢**修辭的技巧**：這篇文章主要的思維方式是議論，然在分論時，論馬德，卻借用敘述法，所以，又是以敘述為輔助手法。

文中，最大的特點是運用了對比的表現法。內容將駿馬和劣馬從飲食、奔跑到奔跑之後的狀態，一一作了對比，突出了駿馬的優點和劣馬的弱點，從而有力地論證了駿馬和劣馬在力和德上面的分別。兩個分論成了平行的對比段。

首句引用《論語》，是引證法的體現；「非精潔，寧餓死不受」、「受大而不苟取，力裕而不求逞」、「寡取易盈」、「好逞易窮」等，語帶雙關，隱約之中將馬擬人化。是雙關和擬人修辭法的運用。

文章在論證時，是以作者親自使役過的戰馬來作為論據，更增強了說服力。

總之，這是一篇短小精悍的好議論文。

練習

㈠試閱讀下列諸文，並為之標點、分段，分析結構。

1. 左丘明〈重耳婚媾懷嬴〉。
2. 管仲〈牧民〉。
3. 陳蕃〈極諫黨事疏〉。
4. 沈約〈思倖傳論〉。
5. 譚嗣同〈仁學〉。

㈡試以分論型形式，寫下列諸題。

1. 論勇怯。
2. 論智、仁、勇。
3. 論貧富。
4. 論暴之源。
5. 論愛之類。

㈢試選四篇散文的鑑賞範作，讓學生課外學習。

第四章　說明文

說明文是以說明為主要表達方式，通過介紹事物、解釋事理，向讀者傳授有關知識的文章。介紹事物，是對客觀事物的性質、狀態、特點、功能等作介紹。被介紹的事物，既可以是具體的，又可以是抽象的。

就思維形式言：說明文和前面說過的議論文一樣，都屬於邏輯思維，但「議論文是為了辨明是非，使人相信；說明文是為了說明事理，使人有所知。」它們同中有異。議論文的邏輯思維，主要的是演繹和歸納；說明文的邏輯思維主要的是分析和綜合。

文章的結構決定於思維形式，而思維形式是客觀事物的反映。因此，有怎樣的思維形式就有怎樣的結構類型。分析和綜合是人們認識客觀事物強有力的手段，是科學的邏輯思維方法。所謂分析，就是在思維中，把認識對象的整體分解為兩個以上的各個部分，通過認識各個部分來認識事物的本質。客觀事物是多樣性的統一體，組成這個統一體的各部分是互相聯繫的。為了認識整體的本質，就要把整體分解為若干簡單的要素，對各要素進行剖析，然後抽象出一般的、本質的、必然的東西，把握各要素的本質規律，從而把握整體本質。綜合是在分析的基礎上，把認識對象的各個部分聯結成整體的思維方法。這種聯結，不是各個部分的機械相加，而是有機的統一。它把各部分聯結於一，靠的是各部分的內在聯繫，用各部分的主要本質聯結而成整體本質。分析是解剖術，把整體分解為若干要素去認識；綜合是整合術，把分解的要素綜合起來。光有分析而無綜合，認識是零碎的，易導致認識的片面；過分的強調綜合而不注意分析，易導致認識膚淺。因此，在認識外物時，要應對象的情況，或分用或二者結合，互為前提和條件，才能獲得正確的認識。

說明文的結構既然主要決定於分析和綜合的思維形式，說明文的結構體系，就是分析和綜合的體系。分析和綜合

是一種總分關係的調動活動，不同於議論文的因果關係，所以說明文的結構類型和模式，不單是分析和綜合兩種形式，而是由於實際上運作時，兩種形式的互相聯繫和互相轉化，必然構成矛盾統一的四種形式。那就是分析型、綜合型、分合型和分說型。下面依序，對於這四種類型的模式作闡述，並各舉實際作品五篇為例解，以資證明，再於課後作類型分析練習和寫作實踐，以期讀者對此文體類型熟練，運用自如。

第一節　分析型說明文

在辯證邏輯中，分析是對綜合而說的，且必須以綜合為對象。但是在任何情況下，分析是主要的，沒有分析就沒有綜合，而且無法說明問題。要說明問題，就要分析，就要從事物的內部聯繫，或不同側面，或發展的不同層次，分析其矛盾，分清其中的條理、主次。

分析有它的方法和規律。分析的基本規律就是由整體和全局分解為一定的部類、屬性與本質之類。分析的方法是根據事物本身的總分關係，有時把事物內部各種屬性的聯繫和制約分解透徹，藉以發現其發展變化的內動力，掌握其本質屬性；有時將同一事物分解為幾個不同的側面，看清每一個側面所表現事物的那面屬性，把同一事物中互相聯繫的幾個屬性都分析透了，以明白該事物總的屬性；有時按事物的發展變化分清其不同層次的狀態，針對不同層次的特點作分析，逐步揭示事物的內在規律。

當我們進行說明時，不外有兩個狀況，一是對整體和全局的說明，這叫做總說，這是在人們思維中經過綜合的成果；另一是對於部分和局部的說明，這叫做分說，這是人們在思維過程中經過分析的成果。而先總說然後分說，就是分析型說明文的基本間架。這種由總說到分說的邏輯關係，是分析居於主導地位，所以這種說明文的結構屬於分析型。這種結構模式，可以以下圖表示：

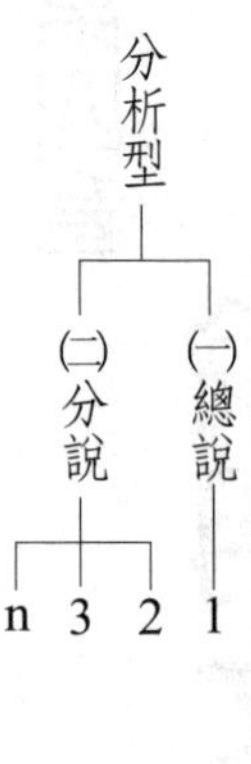

這個結構模式，總說只能有一個，但分說一定要兩個以上，這是辯證法則「一分為二」的基本要求。分說所以要兩個以上，是由於客觀事物具有無限的可分性和一定的主觀性以及隨意性。在這個模式中，只有總說和分說；也就是只有「開頭」和「發展」，沒有「結尾」，「結尾」在這裡不合模式的邏輯需要。這個分析型的模式，所以需要「總說」和「分說」兩大部分，是因為說明時，首先需要確定全局、整體，點明主題；然後條分縷析，逐層進行說明。這是客觀辯證法的要求，也是人們認識過程，從抽象上升到具體的必然規律。就說明的過程而言，是對事物的整體屬性先作抽象和概括的說明；然後就其局部，一一作具體說明的方式。下面舉例來作印證：

〈將彊〉①

將有五彊八惡。

高節可以厲俗；孝弟可以揚名②；信義可以交友；沈慮可以容眾③；力行可以建功，此將之五彊也④。謀不能料是非；禮不能任賢能⑤；政不能正刑法；富不能濟窮阨⑥；智不能備未形；慮不能防微密⑦；達不能舉所知；敗不能無怨謗，此謂之八惡也⑧。

一、注釋

①將彊：統帥的優點。將：統帥。彊：強，勝優。

②高節可以厲俗：節操高潔，可以激勵世俗。節：操守。厲：勵，磨。孝弟可以揚名：孝順父母愛護兄弟，足以傳揚德名。弟：同「悌」。

③信義可以交友：講信行義，為朋友所敬佩，樂與交往。沈慮可以容眾：心胸廣大，思慮深沈，足以包容眾人。

④力行可以建功：身體力行，足以建立功名。

⑤謀不能料是非：智謀不能判斷是非。料：計，判斷。禮不能任賢能：不能禮賢使能。禮：指待人之道。

⑥政不能正刑法：治事行政，不能行刑執法。富不能濟窮阨：富有財貨而不能救濟窮困災厄。阨：厄，困厄。

⑦智不能備未形：智慧不足以防備事件於未然。慮不能防微密：思慮不足以防範細微不顯露的災害。

⑧達不能舉所知：顯達時不能推舉所認識的賢人。敗不能無怨謗：失敗了不能認錯，不怨恨別人，謗毀別人。

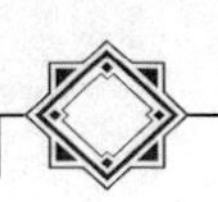

二、作者

諸葛亮，見前〈答法正書〉作者欄。

三、主題和題材

諸葛亮善用兵，諳謀略，尤其熟識將領的心性，用其長，避其弱。

〈將彊〉的題目，取自首句第一、第四字，其題材內容是以將領的優越條件，說明將領的五種品格優點和八種劣弱惡性。

四、結構

作者寫這篇文章時，他的思維是由總概念的詮釋，向分概念的分類說明進行的。它的結構如下：

㈠「將有五彊八惡」。總說將領有五種優性，八種劣性。

㈡自「高節可以厲俗」至「此將之五彊也」。分類說明將領的五種優質。先分類說五種優質的個別部分，然後結說「五彊」。是由分說到總說，屬綜合說明法。

㈢自「謀不能料是非」至「此謂之八惡也」。說明將領的八種劣性。先分類說明「八惡」的個別惡性，然後綜合說「八惡」，也是綜合式的說明。

由上面的論述，這篇文章的結構可用下面的綱領表示：

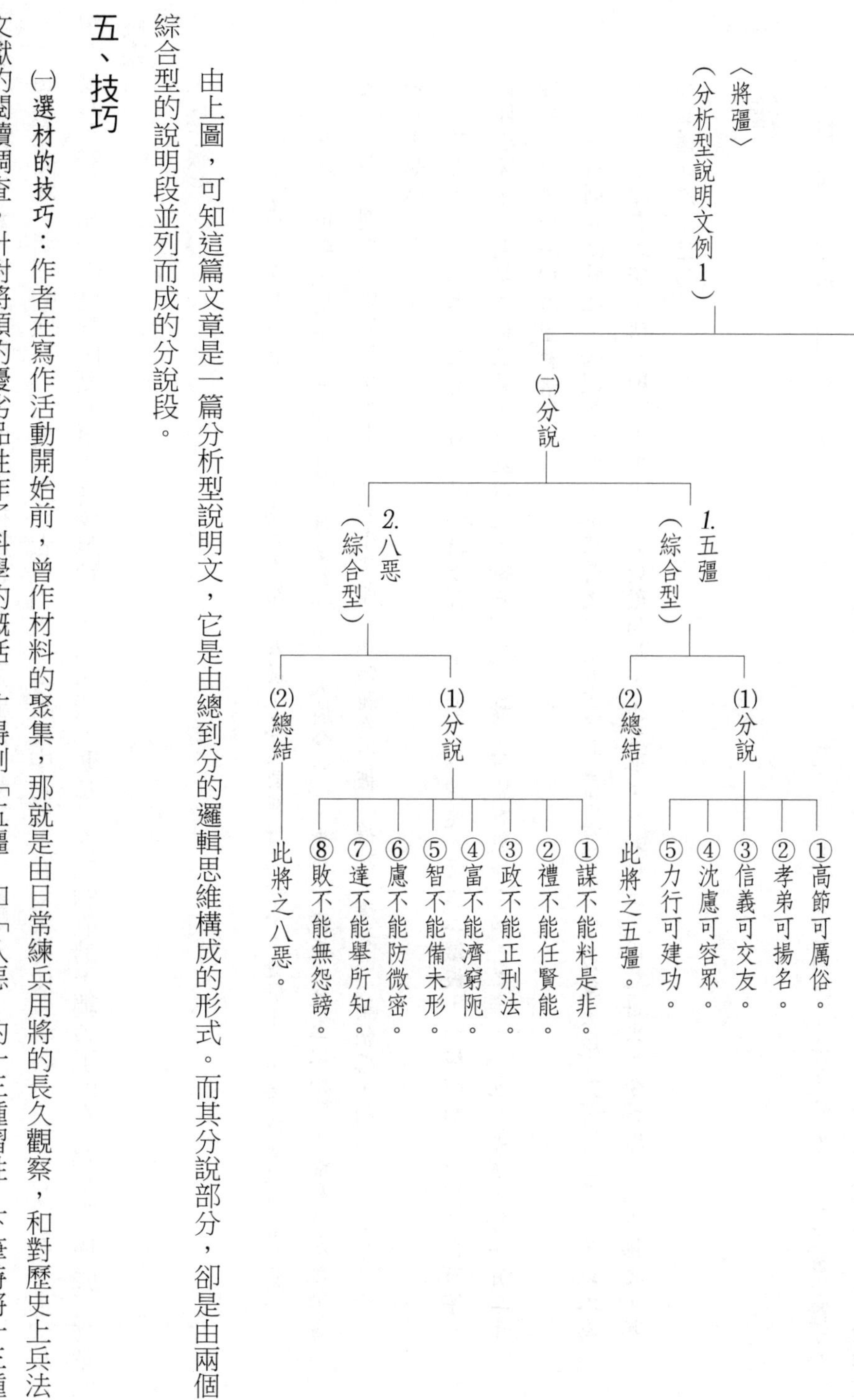

由上圖，可知這篇文章是一篇分析型說明文，它是由總到分的邏輯思維構成的形式。而其分說部分，卻是由兩個綜合型的說明段並列而成的分說段。

五、技巧

㈠**選材的技巧**：作者在寫作活動開始前，曾作材料的聚集，那就是由日常練兵用將的長久觀察，和對歷史上兵法文獻的閱讀調查，針對將領的優劣品性作了科學的概括，才得到「五彊」和「八惡」的十三種習性，下筆時將十三種習性分為優劣兩類加以運用。

㈡**謀篇的技巧**：作者在題材選好後，依主題的需要，按總分的邏輯關係，大綱分總說和分說；而分說部分又分優

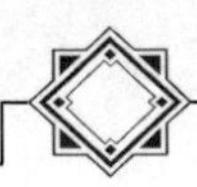

劣兩段，各段按分總的邏輯關係，先優後劣地分配次序，進行說明。於是構造了分析中有綜合的雙層間架。

(三)**修辭的技巧**：全文修辭以說明為主，採詮釋的表現法以揭示將領優劣的內涵，深入地介紹將領心性的優劣。文中多以詮釋（優五、惡八）逐步將優劣的特徵和作用揭示出來，給讀者完整的印象。諸葛亮簡潔、明晰的風格，在這裡充分表現出來。再者文中句法：在兩大排比中，各分五和八排比句，而大局由單而雙的布置，和局部雙雙由雙而單，這樣整齊有致的句法，助長了文章的氣勢，調整了節奏的和諧，增強了文章的感染力。

〈活板〉①

板印書籍，唐人尚未盛為之。自馮瀛王始印五經，已後典籍皆為板本。慶曆中，有布衣畢昇又為活板②。其法：用膠泥刻字，薄如錢唇，每字為一印，火燒令堅③；先設一鐵板，其上以松脂、蠟和紙灰之類冒之；欲印，則以一鐵範置鐵板上，乃密布字印，滿鐵範為一板，持就火煬之④；藥稍熔，則以一平板按其面，則字平如砥⑤。

若止印三、二本，未為簡易；若印數十百千本，則極為神速。常作二鐵板，一板印刷，一板已自布字，此印者才畢，則第二板已具，更互用之，瞬息可就。每一字皆有數印：如「之」、「也」等字，每字有二十餘印，以備一板內有重複者⑥。

不用則以紙貼之，每韻為一帖，木格貯之⑦。有奇字素無備者旋刻之，以草火燒，瞬息可成⑧。不以木為之者，木理有疏密，沾水則高下不平，兼與藥相粘，不可取；不若燔土，用訖再火，令藥熔，以手拂之，其印自落，殊不沾污⑨。

一、注釋

①活板：活字版。板：同「版」。

②板印：指雕版印刷。盛為：多印。馮瀛王：馮道（西元八八二年～九五四年），五代景威人。字可道，諡文懿。少純厚好學，善屬文。負米奉親，不恥惡衣惡食。歷事四

姓十君，為唐、晉、漢、周四朝宰相，在相位凡二十餘年。自號長樂老。死後追封為瀛王。五經：《易》、《書》、《詩》、《禮》、《春 秋》。板本：雕版印刷的書籍。慶曆：宋仁宗趙禎的年號（西元一〇四一年～一〇四八年），畢昇（？～約西元一〇五一年），北宋人，活字印刷術的發明者。

③膠泥：粘土，陶土。錢唇：銅錢的邊緣。印：字模。

④松脂：松樹脂。冒：塗抹，覆蓋。鐵範：鐵框。煬：ㄧㄤˋ，烤，烘。

⑤砥：磨刀石，喻平。

⑥布字：排字。瞬息：迅速；一眨眼間，一呼一吸間。數印：幾顆字模。一板內有重複者：一版要印的文字中有重複的。

⑦每韻為一帖：按韻放字模，同韻的字放在一起成一帖。帖：檢，字署。一帖：一部的字署、標題。木格：木製的格子，放置字模所用。

⑧奇字：生僻的字。素：常。旋：馬上。以草火燒：用草火烘烤。

⑨木：木料。木理有疏密：木紋有大有小。不可取：不容易拿出來。燔土：燒粘土，指火燒過的膠泥字。訖：完。拂：抹。

二、作者

沈括（西元一〇三一年～一〇九五年），北宋著名的科學家、文學家。字存中，錢塘（今浙江杭州）人。宋仁宗嘉佑八年（西元一〇六三年）進士，歷任翰林學士、權三司使、鄜延路經略使等職。政治上積極支持和參加了王安石的變法運動，曾出使遼國，參與對西夏的防禦戰爭，在外交和國防方面有過貢獻。沈括博學多才，對天文、曆法、地理、方志、卜算、考古、音樂、醫藥等有精深的研究。晚年謫居潤州（今江蘇鎮江）夢溪園，潛心著述。其文內容廣博豐富，形式活潑多樣；記事細密精詳；文筆簡潔明快，用語形象簡練；結構嚴謹完整。顯示了作者的博識卓見。著有《夢溪筆談》三十卷。又有《長興集》、《良方》等。

三、主題和題材

《夢溪筆談》的內容分故事、辨證、樂律、象數、人事、官政、權智、藝文、書畫、技藝、器用、神奇、異事、謬誤、譏謔、雜志、藥議等十七類，共六百零九條。涉及當時自然科學和人文科學的各個方面，是我國科學史上一部重要的學術論著。

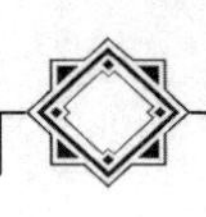

這篇〈活板〉是屬於自然科學方面的文章，是關於中國重要科技發明的題材紀錄。主題在於介紹活字版的發明、機器的製造和操作、功效以及相關的技術措施。

四、結構

文章的結構可分為下列幾個部分：

㈠自「板印書籍」至「有布衣畢昇又為活板」。總的提出活字版，確立活字版在印刷史上的地位，說明它的先驅。

㈡自「其法」至「則字平如砥」。分從製版的方法和操作技法，說明活字版本身的形狀、性質、材料、印刷法。

㈢自「若止印三、二本」至「以備一版內有重複者」。說明活字版的效能和活及快的特點。從活字版和雕板的區別之處作說明，以突現其「快速」的效能。

㈣自「不用則以紙貼之」至「殊不沾污」。說明機器的保管和措施。末有附語。

由上面的分析，這篇文章的結構模式，可以下面的綱領表示：

〈活板〉（分析型說明文例2）
- ㈠總說——總說活字版的來源、發明者、名稱。
- ㈡分說
  - 1. 分說製版和操作的方法。
  - 2. 分說活字版快速、靈活的效能。
  - 3. 分說活字版的保管和其他措施。

這篇結構模式由一個總說和三個分說構成，先總後分，是分析型思維形式的體現。

五、技巧

㈠**選材的技巧**：這篇文章的主題是活字版，題材也是活字版。活字版是一種機器，作者所選的題材是機器源泉、發明者、製造方法和材料、機器的操作法、機器的效能。

這些題材是可以事先透過實物觀察、文獻的閱讀調查，準備好的。

㈡**謀篇的技巧**：作者在構思這篇文章時，是先想到活字版的機器，由機器的總概念，聯想到它的先驅機器、發明人。然後透視機器的內部和動力，於是機器的製造，印刷的操作，就分別在總說後出現了，然後聯想到它的效能，在和雕版的比較下，作者介紹了它的「快」和「活」；最後說明它的保管和其他。

作者的布局顯而易見的，是由總說邏輯關係形成的，先總後分，這是分析型的行文脈絡。把總概念和發明者放在總說，再深入分說它的內部構造和外在操作，以及機器效能，一總三分的局勢就這樣形成。

㈢修辭的技巧：這篇文章的表現法，也是以詮釋法為主，分各個方面詮釋活字版，呈現活字版的本質。說明詳盡，重點突出，完整有序，具體明白，語言精確簡潔，寫活字版而處處暗裡與雕版作比較，這種暗用比較法於說明中，是這篇文章修辭的一大特色。

〈車〉

凡車行利平地。古者秦、晉、燕、齊之交，列國爭必用車，故千乘、萬乘之號起自戰國。楚、漢血爭而後日辟①。南方則水戰用舟，陵戰用步馬，北膺胡虜，交使鐵騎，戰車雖無所用之。但今服馬駕車以運重載，則今日騾車即同彼時戰車之義也②。

凡騾車之制有四輪者，有雙輪者，其上承載支架，皆從軸上穿斗而起。四輪者前後各橫軸一根，軸上短柱起架直梁，梁上載箱③。馬止，脫駕之時其上平整，如居屋安穩之眾。若兩輪者，駕馬行時，馬曳其前，則箱地平正。脫馬之時則以短木從地支撐而住，不然則欹卸也④。

凡車輪一曰輮，其大車中轂長一尺五寸，所謂外受輻，中貫軸者。輻計三十片，其內插轂，其外接輔，車輪之中內集輻外接輞，圓轉一圈者是曰輔也。輞際盡頭，則曰輪轅也。凡大車脫時，則諸物星散收藏。駕則先上兩軸，然後以次間架。凡軾、衡、軫、軛，皆從軸上受基也⑤。

凡四輪大車，量可載五十石，騾馬多者或十二挂或十挂，少亦八挂。執鞭掌御者居箱之中，立足高處。前馬分為兩班。糾黃麻為長索分繫馬項，後套總結收入衡內兩旁。掌御者手執長鞭，鞭以麻為繩，長七尺許，竿身亦相等。察視不力者鞭及其身⑥。箱內用二人踹繩，須識馬性與索性者為之。馬行太緊則急起踹繩，否則翻車之禍從此起也。凡車行時，遇前途行人應避者則掌御者急以聲呼，則群馬皆止。凡馬索總繫透衡入

箱處，皆以牛皮束縛，《詩經》所謂「脇驅」是也⑦。

凡大車飼馬不入肆舍，車上載有柳盤，解索而野食之。乘車人上下皆緣小梯。凡過橋梁中高邊下者，則十馬之中擇一最強力者繫於車後。當其下坡，則九馬從前緩曳，一馬從後竭力抓住，以殺其馳趨之勢，不然則險道也⑧。凡大車行程，遇河亦止，遇山亦止，遇曲徑小道亦止。徐、兗、汴梁之交或達三百里者，無水之國，所以濟舟楫之窮也⑨。

凡車質惟先擇長者為軸，短者為轂。其木以槐、棗、檀、榆為止。檀質太久勞則燒，有慎用者合抱棗、槐甚至美也⑩。其餘軫、衡、箱、軛，則諸木可為耳。此外，牛車以載芻糧，最盛晉地。路逢隘道則牛頸繫巨鈴，名曰報君知，猶之騾車群馬盡繫鈴聲也。

又北方獨輪轅車，人推其後，驢曳其前，行人不耐騎坐者則雇覓之。鞠席其上以蔽風日。人必兩旁對坐，否則欹倒⑪。此車北上長安、濟寧，徑達帝京。不載人者載貨約重四、五石而止。其駕牛為轎車者，獨盛中州。兩旁雙輪，中穿一軸，其分寸平如水。橫架短衡列轎其上，人可安坐，脫駕不欹⑫。其南方獨輪推車則一人之力是視。容載兩石，遇坎即止。最遠者止達百里而已。其餘難以枚舉。但生於南方者不見大車，老於北方者不見巨艦，故粗載之⑬。

一、注釋

①秦：陝西。晉：山西。燕：河北。齊：山東。又國名。交：際。千乘、萬乘：千輛、萬輛戰車，此用以代諸侯國。楚漢：項羽和劉邦。西楚霸王和漢中王。辟：消失。

②北膺胡虜：此指北匈奴東胡敵人，今北方少數民族。交使鐵騎：雙方使用騎兵。交使：互用。服馬駕車：馴馬拉車。服：駕。重載：重貨。騾車：騾馬拉的車。騾：ㄌㄛˊ，驢馬與馬的混血種，強健好體格。

③制：形制，體裁。支架：指車箱的架子。穿斗：軸上承負車箱的如斗之器。直梁：承車上與斗相接的梁柱。箱：車箱。

④脫駕：馬卸下軛。欹卸：傾斜。

⑤轅：此處指輪，俗名車陀。轂：ㄍㄨˇ，在車輪中心，所以集輻，輻貫其中，俗名車腦。外受輻：轂的外部所以承受輻。

中貫軸：軸貫過轂中心。輻：輪轑，所以支轂和牙的木材。其內插轂：輻的內面插在轂上。其外接輔：輻的外部接輔。輔：助車輻的木材，在車輪的中央，內集輻，外接輞，圓轉一圈者曰輔。輞：ㄨㄤˇ，牙圍，罔羅車輪之外，即輪圈。輪轅：輞際盡頭。軾：車上前橫木供人憑依者。衡：扼，橫馬頸上的橫木。軫：車輿下基之材。軛：馬頸上扼制之曲木。

⑥石：量名。挂：挂軛的馬，是一挂一匹。糾：結。

⑦踹：踏。《詩經》所謂「脇驅」：《詩・秦風・小戎》：「游環脇驅。」意思是用活動皮圈套在馬背上，再以兩根皮條縛在車杠前後，攔住馬的脇骨。

⑧肆舍：馬廄。柳盤：柳條編成之盤。野食：野飼，就地餵馬。殺：減少。

⑨徐：今江蘇徐州。兗：兗州，今山東兗州。汴梁：今河南開封市。國：地方。濟舟楫之窮：助船不能走的地方的交通。

⑩車質：車材。槐、棗、檀、榆：均是木材名。太久勞則燒：使用時間長，因摩擦而發熱。

⑪芻糧：牲口吃的草。鞠席：曲斂草席；穹席；蓋席。

⑫長安：陝西西安。濟寧：山東滋陽縣西南。帝京：北京。中州：今河南省。

⑬獨輪推車：只有一隻輪子，人力推的車。坎：水。

二、作者

宋應星，字長庚，明、江西省南昌府奉新縣北鄉人。幼時學詩文，後又學經史子書，稍大學習《十三經傳》。通「關、閩、濂、洛」四學派學說。萬曆四十年（西元一六一五年）中舉人。數次會試落第，乃游歷以廣見聞。崇禎七年（西元一六三四年）任本省袁州府分宜縣儒學教諭。崇禎十六年（西元一六四三年）任亳州（安徽）知州，不久辭官回鄉。約卒於康熙五年（西元一六六六年），享年八十左右。著有《天工開物》、《野議》等。

三、主題和題材

〈車〉一文選自《天工開物》第九卷，說明陸上交通工具車。內容介紹各種車的構造、部件和性能，尤其著重北方用騾馬的四輪大車。有關車的知識是核心題材：說明車的形制、機能和用途，是本文的主旨。

四、結構

這篇文章分為下列幾個部分：

㈠自「凡車行利平地」至「則今日騾車即同彼時戰車之義也」。總括地說明車，由古代戰車說到北方騾車，提出車的概念。

㈡自「凡騾車之制有四輪者」至「不然則欹卸也」。分說騾車，分四輪和兩輪兩部分說之。

㈢自「凡車輪一曰轅」至「皆從軸上受基也」。由車輪至車身，說明車的構造。

㈣自「凡四輪大車」至「《詩經》所謂『脇驅』是也」。說明四輪大車的性能、駕駛方法。

㈤自「凡大車飼馬不入肆舍」至「所以濟舟楫之窮也」。說明大車上高下險和行程。

㈥自「凡車質惟先擇長者為軸」至「猶之騾車群馬盡繫鈴聲也」。說明造車的木材質料。

㈦自「又北方獨輪轅車」至「故粗載之」。說明獨輪轅車。先總說，後分北方和南方兩部分說之。

綜合上面，本文結構綱領如下：

〈車〉（分析型說明文例3）
- ㈠總說——車，由戰車到騾車。
- ㈡分說
  - 1.騾車的形制，分四輪和兩輪。
  - 2.由車輪而車架，說明車的構造。
  - 3.車的性能和駕御法。
  - 4.車程的高下、里途。
  - 5.造車的木材。
  - 6.獨輪轅車。

總說部分又是分析型，總說車，再分戰車和騾車說之；分說1.也是分析型，先總說騾車，再分四輪和兩輪說之；分說2.，則又是分說型，以三「凡」字帶頭起領，分說車輪、車身拆合、車體各部分；分說3.，也是分說型，也以三「凡」字帶領，分說駕御的三種情況；分說4.也以三「凡」字帶領，分說飼馬、上坡下坡、行程；分說5.，以兩分說成段，分說車質和牛車；分說6.也以兩分說成段，說北方獨輪轅車和南方獨輪轅車。

五、技巧

(一)選材的技巧：這篇文章的主題是說車，在文中重要的題材是騾車，其他涉及的有戰車、牛車、獨輪轅車等。騾車是中心題材，有關它的部件、構造、性能、駕御都一一敘述，部件中尤其車輪，說得最詳細。這些題材要從平常的觀察、調查中取得。

(二)謀篇的技巧：這篇文章的布局大致依先總後分的原則進行，文章的篇制是先總說車的概念，引出騾車，然後詮釋介紹騾車，按形制、構造——輪子及其他部件到性能、駕法、里途等排列順序。沒有嚴格的秩序，卻有自然的先後。

(三)修辭的技巧：這篇文章以說明思維為主，採用詮釋法、介紹法、比較法等進行說法，手法單純，文字簡潔。

〈焦山題名記〉①

來焦山有四快事。

觀返照吸江亭，青山落日，煙水蒼茫中，居然米家父子筆意②。

晚望月孝然祠外，太虛一碧，長江萬里，無復微雲點綴，聽晚梵聲出松杪，悠然有遺世之想③。

曉起觀海門日出，始從遠林微露紅暈，倏忽躍起數千丈，映射江水，悉成明霞，演漾不定④。

〈瘞鶴銘〉在雷轟石下，驚濤駭浪，朝夕噴激。予來游，以冬月江水方落，乃得踏危石於潮汐汩沒之中，披剔盡致，實無不幸也⑤。

一、注釋

①焦山：在今鎮江東北的滔滔長江之中，山高七十餘米，如中流砥柱巍然聳立於滾滾白浪之中，氣勢雄偉，因東漢末年焦先隱居山中而得名。題名記：記登覽。

②吸江亭：在焦山之巔。清同治年間改亭為樓，四面軒窗臨風，樓宇古樸典雅。煙水蒼茫：雲煙和江水一片蒼青冥茫。米家父子筆意：宋代米芾及其子友仁，以畫名家。其畫天

真發露，不求工細，多用水墨點染，生意無窮。米氏自謂其畫：「信筆作之，多以煙雲掩映樹石，意似便已。」意境開闊高遠，水墨酣暢淋漓。

③孝然祠：焦先廟。焦先，東漢河東人，字孝然。中平末避白波賊東渡揚州作客，隱焦山。皇甫謐稱羲皇以來第一人。卒年八十八。一作焦光。焦山上有其廟。太虛一碧：天空一片綠色。太虛：空際。碧：綠。梵聲：晨鐘暮鼓，誦經打禪之聲。松杪：松巔。遺世之想：超世的心思。

④曉：晨。海門：靠近陸地，海面狹隘的地方。紅暈：紅色光芒。倏忽：突然。演漾：漂蕩滉漾。

⑤瘞鶴銘：六朝摩崖正書石刻，上皇山樵書，刻於焦山。銘石高八石，筆勢開張，點畫飛動，著名碑石之一。曾數度墜入江中，現僅存五殘石，合砌於焦山壁間。雷轟石：為雷所轟擊過的巨石，在江中。驚濤駭浪：令人驚駭的大波浪。噴激：噴射沖擊。危石：高大聳立的石。潮汐：海濤早曰潮，海水夕曰汐。汩沒：浮沈。汩：ㄍㄨˇ。披剔：披水草剔石刻，披發剔閱。

二、作者

王士禎（西元一六三四年～一七一一年），清代詩文作家。字貽上，號阮亭，別號漁洋山人。新城（山東桓臺）人。清順治十五年（西元一六五八年）進士。初授揚州推官，繼國子監祭酒、翰林院侍講學士等職，卒官至刑部尚書。著有《帶經堂集》，後人編有《王漁洋遺書》。

三、主題和題材

這篇文章選自《漁洋山人文錄》。是王士禎在揚州任推官時，公餘南渡揚子時所作。以寥寥百餘字，從聲、色、圖、像諸方面寫焦山朝夕變幻的山水景致，筆墨簡約雋永，透發著作者躊躇滿志、瀟灑豪邁的襟懷，浮漾著愉悅快意的情緒。作者以描寫的思維形式作說明的表達，描寫四種景致，作為說明遊焦山的四快事。把描寫和說明巧妙的融合在一起，既描寫又說明地展現了主題。

四、結構

這篇文章的內容可分下列幾個部分：

㈠「來焦山有四快事」。一句說出文章的總概念。

㈡自「觀返照吸江亭」至「居然米家父子筆意」。說在吸江亭觀夕照的快事。寫冬日黃昏暝色初起，其時信步登樓遠眺，但見一輪夕陽在淡淡升起的暮靄中，徐徐墜入遠樹青山，浩蕩的江面上煙雲蒼茫，渾然如同一幅米家父子的潑墨山水圖卷。

㈢自「晚望月孝然祠外」至「悠然有遺世之想」。說孝然祠外，望月的快事。日落月升，雲氣四散，步出孝然亭外，仰視蒼穹深邃清澄，遠望江面浩闊開遠，一彎冷月高懸中天，水波銀光，太虛一碧，此時悄然佇立江畔，頓覺神清氣爽，心胸一闊，寂闃之中，忽聞喁喁梵聲隱約從松林間飄然而來，晨鐘暮鼓，誦經打禪，有遺世獨立之想。

㈣自「曉起觀海門日出」至「演漾不定」。說觀海門日出的快事。一夜眠覺，披衣坐起，獨趨江邊東觀海門日出，晨風微拂，雲蒸霞蔚，倏忽間一輪旭日從天際躍出，冉冉升騰，東天一片燦爛霞光，大江一片粼粼波光。

㈤自「〈瘞鶴銘〉在雷轟石下」至「實無不幸也」。說披剔石碑的快事。〈瘞鶴銘〉在江中雷轟石下，踏危石，起落於潮汐汩沒之中，披剔閱覽，風神瀟灑之氣漾然。

這篇文章，由一總說四分說組合成，結構形式如下：

〈焦山題名記〉
（分析型說明文例4）
- ㈠總說——焦山四快事。
- ㈡分說
  - 1.黃昏遊吸江亭之快。
  - 2.晚於孝然祠外望月之快。
  - 3.曉起觀海門日出之快。
  - 4.踏危石於潮汐汩沒中披剔〈瘞鶴銘〉之快。

五、技巧

㈠**選材的技巧**：這篇文章寫作者遊覽焦山四快事。作者選的是四個景點：一是吸江亭；二是孝然祠；三是海門；四是〈瘞鶴銘〉。四個景點分別作為遊覽快事的題材據點，快事分別是觀黃昏返照、望夜月、曉觀日出、覽文物。由是說明四快事。

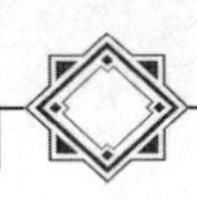

(二)謀篇的技巧：作者的布局是採用先總後分的次序。分說的安排，由黃昏而夜晚而隔晨而文物，原則上是依時間順序布局。這樣的謀篇簡單而容易掌握。

(三)修辭的技巧：這篇文章的表現法以說明為主，描寫為輔。大量的運用描寫是這篇說明文的特色。文中還用比喻，如「居然米家父子筆意」，以畫境比喻自然景觀。

這篇散文古澹閑遠而又沈著痛快。有一脈秀逸清遠之氣。

〈古文十弊〉①

余論古文辭義例，自與知好諸君書凡數十通；筆為論著，又有〈文德〉、〈文理〉、〈質性〉、〈黠陋〉、〈俗嫌〉、〈俗忌〉諸篇，亦詳哉其言之矣②。然多論古人，鮮及近世。茲見近日作者所有言論，與其撰者，頗有不安於心，因取最淺近者條為十通，思與同志諸君相為講明③。若他篇所已及者不復述，覽者可互見焉。此不足以盡文之隱，然一隅三反，亦庶幾其近之矣④。

一曰：「凡為古文辭者必先識古人大體，而文辭工拙又其次焉。不知大體則胸中是非不可以憑，其所論次未必俱當事理；而事理本無病者，彼反見為不然而補救之，則率天下之人而禍仁義矣⑤。有名士投其母氏〈行述〉，請大興朱先生作誌⑥。敘其母之節孝則謂：乃祖衰年，病廢臥床，溲便無時；家無次丁，乃母不避穢褻，躬親薰濯。其事既已美矣⑦。又述乃祖於時蹙然不安，乃母肅然對曰：『婦年五十，今事八十老翁，何嫌何疑⑧？』嗚呼！母行可喜而子文不肖甚矣。本無芥蒂，何以嫌疑？節母既明大義，定知無是言也。此公無故自生嫌疑，特添注以斡旋其事，方自以為得體，而不知適如冰雪肌膚剜成瘡痏，不免愈濯愈痕瘢矣⑨。人苟不解文辭，如遇此等，但須據事直書，不可無故妄加雕飾。妄加雕飾謂之『剜肉為瘡』。此文人之通弊也⑩。」

二曰：「《春秋》書內不諱小惡。歲寒知松柏之後凋，然則欲表松柏之貞必明霜雪之厲，理勢之必然也。自世多嫌忌，將表松柏而又恐霜雪懷慚，則觸手皆荊棘矣。但大惡諱，小惡不諱，《春秋》之書內事自有其權衡也⑪。江南舊家輯有宗譜，有群從先世為子聘某氏女，後以道遠家貧力不能婚。恐失婚時，偽報子

殤，俾女別聘，其女遂不食死，不知其子故在[12]。是於守貞殉烈，兩無所處；而女之行事實不愧於貞烈，不忍泯也[13]。據事直書，於翁誠不能無歉然矣。第《周官．媒氏》禁嫁殤，是女本無死法也。〈曾子問〉：『娶女有日而其父母死，使人致問，聽婦告官別嫁。』是律有遠絕離昏之條也[14]。是則某翁詭託子殤，比例原情，尚不足為大惡而必須諱也。而其族人動色相戒必不容於直書。則匿其辭曰：『書報幼子之殤，而女家誤聞以為婿也。』夫千萬里外無故報幼子殤，而又不道及男女昏期，明者知其無是理也，則文章病矣。人非聖人安能無失？古人敘一人之行事，尚不嫌於得失互見也。今敘一人之事而欲顧其上下左右前後之人皆無小疵，難矣。是之謂：『八面求圓』，又文人之通弊也[15]。」

三曰：「文欲如其事，未聞事欲如其人者也。嘗見名士為人撰〈誌〉，其人蓋有朋友氣誼，〈誌〉文乃倣韓昌黎之誌柳州也；一步一趨，惟恐其或失也[16]。中間感歎世情反復，已覺無病費呻吟矣。末敘喪費出於貴人及內親竭勞其事。詢之其家則貴人贈賻稍厚，非能任喪費；而內親則僅一臨穴而已，亦並未任其事也[17]。且其子俱長成，非若柳州之幼子孤露必待人為經理者也[18]。詰其何為失實至此？則曰：『倣韓誌柳墓，終篇有云：「歸葬費出觀察使裴君行立。」又「舅弟盧遵既葬子厚，又將經紀其家。」附紀二人文情深厚，今誌欲似之耳[19]。』余嘗舉以語人，人多笑之。不知臨文摹古，遷就重輕，又往往似之矣。是之謂『削足適履』，又文人之通弊也[20]。」

四曰：「仁智為聖，夫子不敢自居；瑚璉名器，子貢安能自定。稱人之善尚恐不得其實；自作品題豈宜誇耀成風耶[21]？嘗見名士為人作傳，自云：『吾鄉學者鮮知根本，惟余與某甲為功於經術耳。』所謂某甲固有時名，亦未見必長經術也。作者乃欲援附為名，高自標榜，恧矣[22]！又有江湖遊士以詩著名，實亦未足副也。然有名實遠出其人下者為人作詩集序，述人請序之言曰：『君與某甲齊名，某甲既已弁言，君烏得無題品？』夫齊名本無其說，則請者必無是言；而自詡齊名，藉人炫己，顏頰不復知心忸怩矣！且經援服鄭；詩攀李杜，猶曰『高山景仰』，若某甲之經，某甲之詩，本非可恃，而猶藉為名，是之謂『私署頭銜』，又文人之通弊也[23]。」

五曰：「物以少為貴，人亦宜然也。天下皆聖賢，孔孟亦弗尊尚矣。清言自可破俗，然在典午則滔滔皆

是也㉔。前人譏《晉書》〈列傳〉同於小說，正以採綴清言，多而少擇也㉕。立朝風節，強項敢言，前史侈為美談㉖。明中葉後門戶朋黨聲氣相激。誰非敢言之士？觀人於此，君子必有辨矣㉗。不得因其強項申威便標風烈，理固然也㉘。我憲皇帝吏治，裁革陋規，整飭官方，懲治貪墨，實為千載一時。彼時居官，大法小廉，殆成風俗；貪冒之徒莫不望風革面。時勢然也㉙。今觀傳誌碑狀之文敘雍正年府州縣官，盛稱杜絕饋遺，搜除積弊，清苦自守，革除例外供支。其文洵不愧於〈循吏傳〉矣。不知彼時逼於功令不得不然；千萬人之所同，不足以為盛節，豈可見奄寺而面頌其不好色哉？山居而貴薪木，涉水而寶魚蝦，人知無是理也；而稱人者乃獨不然。是之謂『不達時勢』，又文人之通弊也㉚。」

六曰：「史既成家，文存互見。有如〈管晏列傳〉而勳詳於〈齊世家〉；張耳分題而事總於〈陳餘傳〉。非惟命意有殊，抑亦詳略之體所宜然也㉛。若夫文集之中單行傳記，凡遇牽聯所及，更無互著之篇，勢非加詳，亦其理也。但必權其事理足以副乎其人，乃不病其繁重耳。如唐平淮西，韓〈碑〉歸功裴度，可謂當矣；後中讒毀，改命於段文昌，千古為之歎惜：但文昌猶於李愬，愬功本不可沒，其失猶未甚也。假令當日無名偏裨不關得失之人，身後表阡，侈陳淮西功績，則無是理矣㉜。朱先生嘗為故編修蔣君撰誌，中敘國家前後平定準回要略。則以蔣君總修《方略》，獨力勤勞，書成身死，而不得敘功故也。然誌文雅健，學者慕之㉝。後見某中書舍人死，有為作家傳者，全襲〈蔣誌〉原文。蓋其人嘗任分纂數月，於例得列銜名者耳，其實於書未寓目也。是與無名偏裨居淮西功，又何以異？而文人喜於摭事，幾等軍吏攘功，何可訓也？是之謂『同里銘旌』㉞；昔有夸夫終身未膺一命，好襲頭銜，將死，遍召所知，籌計銘旌題字。或狥其意，假藉例封，待贈、修職、登仕諸階彼皆掉頭不悅。最後有善諧者取其鄉之貴顯，大書勳階師保殿閣部院、某國某封某公同里某人之柩，人傳為笑。故凡無端而影附者謂之『同里銘旌』，不謂文人亦效之也，是又文人之通弊也㉟。」

七曰：「陳平佐漢，志存社肉；李斯亡秦，兆端廁鼠㊱。推微知著，固智士之玄機；搜間傳神，亦文家之妙用也。但必得其神志所在，則如圖畫名家頰上妙於增毫。苟徒慕前人文辭之佳，強尋猥瑣以求其似，則如見桃花而有悟，遂取桃花作飯，其中豈復有神妙哉㊲？又近來學者喜求徵實，每見殘碑斷石、餘文剩字不

關於正義者，往往藉以考古制度、補史缺遺。斯固善矣。因是行文，貪多務得，明知贅餘非要，卻為有益後世，推求不憚辭費。是不特文無體要，抑思居今世而欲備後世考徵；正如董澤矢材可勝既乎[38]？夫傳人者文如其人，述事者文如其事足矣。其或有關考徵，要必本質所具；即或閒情逸出，正為阿堵傳神。不此之務，但知市菜求增，是之謂『畫蛇添足』，又文人之通弊也[39]。」

八曰：「文人固能文矣，文人所書之人不必盡能文也。敘事之文作者之言也；為文為質，惟其所欲，期如其事而已矣。記言之文則非作者之言也；為文為質，期於適如其人之言，非作者所能自主也[40]。貞烈婦女明《詩》習《禮》，固有之矣。其有未嘗學問，或出鄉曲委巷，甚至傭嫗鬻婢，貞節孝義皆出天性之優。是其質雖不愧古人，文則難期於儒雅也。每見此等傳記述其言辭，原本《論語》、《孝經》、出入《毛詩》、〈內則〉，劉向之《傳》、曹昭之〈誡〉，不啻自其口出，可謂文矣[41]。抑思善相夫者何必盡識鹿車鴻案[42]；善教子者豈皆熟記畫荻、丸熊[43]？自文人胸有成竹，遂致閨修皆如板印。與其文而失實，何如質以傳真也[44]？由是推之，名將起於卒伍，義俠或奮閭閻，言辭不必經生，記述貴於宛肖。而世有作者於斯多不致思，是之謂『優伶演劇』；蓋優伶歌曲，雖耕氓役隸矢口皆叶宮商，是以謂之戲也。而記傳之筆從而效之，又文人之通弊也[45]。」

九曰：「古人文成法立，未嘗有定格也。傳人適如其人，述事適如其事，無定之中有一定焉。知其意者旦暮遇之；不知其意襲其形貌，神弗肖也[46]。往余撰和州故給事成性志傳，性以建言著稱，故采錄其奏議。然性少遭亂離，全家被害，追悼先世，每見文辭，而〈猛省〉之篇尤沈痛可以教孝，故於終篇全錄其文。其鄉有知名士，賞余文曰：『前載如許奏章，若無〈猛省〉之篇，譬如行船，鷁首重而舵樓輕矣。今此婪尾，可謂善謀篇矣。』余戲詰云：『設成君本無此篇，此船終不行耶[47]？』蓋塾師講授《四書》文義，謂之時文，必有法度以合程式。而法度難以空言，則往往取譬以示蒙學，擬於房室則有所謂間架結構；擬於身體則有所謂眉目筋節；擬於繪畫則有所謂點睛添毫；擬於形家則有所謂來龍結穴。隨時取譬，習陋成風。然為初學示法，亦自不得不然，無庸責也[48]。惟時文結習深錮腸腑，進窺一切古書古文皆此時文見解，動操塾師啟蒙議論。則如用象棋枰布圍棋子，必不合矣。是之謂『井底天文』，又文人之通弊也[49]。」

十曰：「時文可以評選，古人經世之業不可以評選也。前人業評選之，則亦就文論文可耳。但評選之人多非深知古文之人。夫古人之書今不盡傳，其文見於史傳。評選之家多從史傳采錄；而史傳之例往往刪節原文以就隱括，故於文體所具不盡全也。評選之家不察其故，誤謂原文如是，又從而為之辭焉。於引端不具而截中徑起者，詡謂發軔之離奇；於刊削餘文而遽入正傳者詫為篇終之嶄峭。於是好奇而寡識者轉相歎賞，刻意追摹，殆如《左氏》所云：『非子之求而蒲之愛矣[50]。』有明中葉以來一種不情不理自命為古文者，起不知所自來，收不知所自往，專以此等出人思議，誇為奇特，於是坦蕩之塗生荊棘矣。夫文章變化侔於鬼神，斗然而來，戛然而止，何嘗無此景象？何嘗不為奇特？但如山之岩峭、水之波瀾，氣積勢盛，發於自然；必欲作而致之，無是理矣。文人好奇，易於受惑，是之謂『誤學邯鄲』，又文人之通弊也[51]。」

一、注釋

①古文：與時文相對的文體，古代散文。十弊：十種毛病。

②義例：書籍的凡例，書籍的主義體例。與知好諸君書：和各位好友寫的信。書：信。〈文德〉等六篇是論文章的作品，分見《文史通義》卷三內篇三、卷四內篇四，〈俗忌〉即〈砭俗〉。

③鮮：少。條：分條記錄。十通：十篇。同志：志同道合的人，同是有心古文的人。《後漢書．劉陶傳》：「所與交友，必也同志。」

④互見：二處交互出現，或見於此，或見於彼。文之隱：文章的隱祕。隱：鮮為人知的祕密。一隅三反：由一件而聯想其他。《論語．述而》：「舉一隅不以三隅反。」庶幾：差不多。

⑤大體：大局，心。工拙：善不善，好不好。胸中是非不可以憑：心中對是非的判斷不可靠。是非：判斷。憑：恃。論次：論定次第。《史記．五帝本紀贊》：「餘並論次，擇其言尤雅者。」反見為不然：反而認為不對。率天下之人而禍仁義：帶領全人類為害仁義。《孟子．告子上》：「率天下之人而禍仁義者，必予之言夫！」

⑥行述：亦稱行狀。《古文辭類纂序》：「傳狀雖原於史氏，而義不同。劉先生（海峰）云：『古之為名人達官傳者，史官職之。其人既稍貴顯即不當為之傳，為之行狀，上史氏而已。』」大興朱先生：大興（今陝西長安）人朱筠，章實齋老師，故稱朱先生不稱名。實齋〈朱先生別傳〉云：

「先生諱鎔，字美叔，一字竹君，學者稱為笥河先生……提督安徽學政，以興起斯文為己任，搜羅逸獻遺文……登乾隆甲戌科進士，終翰林編修。」著有《笥河文集》。誌：墓誌。《古文辭類纂序》：「誌者，識也。或立石墓上，或埋之壙中，古人皆曰誌。為之銘者所以識之之辭也。然恐人觀之不祥，故又為序。」

⑦乃祖：他的祖父。衰年：老年，晚年。溲便無時：謂小便無定時。溲：ㄙㄡ，小便。《後漢書．張湛傳》：「遺矢溲便。」家無次丁：家中除了祖父外，沒有第二位男子。丁：壯年的男子。穢褻：不潔清。褻：穢。薰濯：薰染衣服，清洗身軀。

⑧蹙然不安：侷促不安。蹙然：不自安貌。肅然：莊重貌。老翁：公公，媳婦稱丈夫之父。

⑨芥蒂：小鯁塞，小阻塞。《漢書．賈誼傳》：「細故芥蒂，何足以疑？」斡旋：調解轉動令合，指挽回事勢，彌縫缺失。《朱子全書．論語》：「今也哀痛之深，固有所斡旋改移於不動聲氣之中者。」冰雪肌膚：冰清玉潔的身體。《莊子．逍遙遊》：「肌膚若冰雪。」瘡痏：ㄔㄨㄤ ㄨㄟˇ，瘢痕，瘡痍傷痕。痕瘢：傷痕。

⑩雕飾：修改增飾。剜肉：挖肉。為瘡：製造瘡疤。剜肉為瘡：指應急而採取的措施，剜這邊的肉以治療另一邊的瘡，結果這邊反成瘡了。聶夷中〈傷田家詩〉：「醫得眼前瘡，剜卻心頭肉。」

⑪《春秋》書內不諱小惡：《春秋經》記自己國內事，不避小缺失。《春秋》：孔子所修經書名。書內：記國內事。諱：避。惡：缺失。《公羊傳．隱公十年》：「《春秋》錄內而略外。於外大惡書，小惡不書。於內，大惡諱，小惡書。」歲寒知松柏之後凋：天時寒冷乃知松柏耐寒，不凋謝。後凋：不凋。《論語．子罕》：「歲寒，然後知松柏之後凋也。」貞：堅正。厲：嚴酷。嫌忌：疑慮忌諱。觸手皆荊棘：棘手，不好辦了。權衡：稱量物體輕重的器具。此指稱量標準。

⑫宗譜：族譜。群從：謂諸從兄弟。從：同宗。聘：下聘禮。《晉書．阮咸傳》：「群從昆弟莫不以放達為行。」《禮記．內則》：「聘則為妻，奔則為妾。」婚時：婚嫁的年齡。《周禮．地官．媒氏》：「令男三十而娶，女二十而嫁。」殤：夭折。《儀禮．喪服》注：「殤，男女未冠笄而死，可哀傷者。」俾：以便。

⑬守貞：守操，守節。抱節守志，不失其貞。殉烈：殉節，為節義而死。兩無所處：兩無著落，兩無依據。貞烈：貞正節烈。泯：滅。

⑭歉然：心中有所抱歉貌，歉疚貌。第：只是。《周官．媒氏》：即《周禮．地官．媒氏》。《周官》，《周禮》之別稱。禁嫁殤：禁止嫁夭折的男人。《周禮．地官．媒氏》

云：「禁遷葬者與嫁殤者。」鄭注：「殤，十九以下未嫁而死者，生不以禮相接，是而合之，是亦亂人倫者也。」賈疏：「不言殤娶者，舉女而男可知也。」無死法：無死以殉已死之未婚夫之禮。〈曾子問〉：「娶女有日而其父母死，使人致問，聽婦告官別嫁。」《禮記．曾子問》：「曾子問曰：『昏禮，既納幣，有吉日，女之父母死，則如之何？』孔子曰：『壻使人弔；如壻之父母死，則女之家亦使人弔，父喪稱父，母喪稱母，父母不在，則稱伯父世母。』壻已葬，壻之伯父致命女氏曰：『某之子有父母之喪，不得嗣為兄弟，使某致命。女氏許諾而弗敢嫁，禮也。壻免喪，女之父母使人請，壻弗取，而后嫁之，禮也。女之父母死，壻亦如之。』」鄭注：「必致命者，不敢以累年之喪，使人失嘉會之時。」致問：往弔問。聽：任憑。告官別嫁：訴請官府解除婚約另嫁。律：禮規。遠絕離昏：解除婚約，斷絕婚聘。條：條文。《大清律例》：「期約已過五年，無過不娶，及夫逃亡，三年不還者，並聽經官告給執照，別行改嫁。」

⑮詭託：假託。比例原情：比照律例，察明用心。動色相戒：嚴肅戒絕。不容於直書：不許直記其事。小疵：小毛病。八面求圓：八面要求玲瓏，面面都照顧得圓通無礙。

⑯氣誼：意氣情誼。韓昌黎之誌柳州：韓愈有〈柳子厚墓誌銘〉。柳宗元，字子厚，嘗為柳州刺史，世稱柳柳州。一步一趨：形客模仿他人，步趨跟隨，不敢違拗。

⑰世情反復：人情反覆無常。無病費呻吟：記敘不實，無病呻吟。辛棄疾〈臨江仙〉：「無病也呻吟。」內親：妻方親戚，姻戚。贈賻：為助喪而贈送的錢帛。《儀禮．士喪禮》：「知死者贈，知生者賻。」注：「各主於所知。」疏：「以其贈是玩好，施於死者，故知死者行之；賻是補主人不足，施於生者，故知生者行之，是各施於所知也。」《晉書．王渾傳》：「為刺史卒，故吏贈賻數百萬。」喪禮，與死者相知而送禮曰贈；與死者的家人相知而送禮曰賻。任喪費：負擔全部喪葬費。

⑱孤露：孤獨無庇護。〈柳子厚墓誌銘〉：「子厚有子男二人，長曰周六，始四歲；季曰周七，子厚卒乃生。女子二人，皆幼。」嵇康〈與山巨源絕交書〉：「少加孤露，母兄見驕。」幼而喪父曰孤，無所庇廕曰露。經理：經營料理。

⑲詰：問。裴君行立：裴行立，絳州稷山人，時為桂林觀察使。舅弟：妻弟。盧遵：〈柳子厚墓誌銘〉：「遵，涿人，性謹慎，學問不厭，自子厚之斥，遵徙而家焉。逮其死不去，既往葬子厚，又將經紀其家，庶幾有始終者。」附記二人文情深厚：言〈柳子厚墓誌銘〉因附記裴行立和盧遵二人而文情深厚。

⑳臨文摹古：寫文章摹仿古人。遷就重輕：遷就古人的輕重。削足適履：勉強遷就，不知變通。

㉑仁智為聖，夫子不敢自居：《孟子．公孫丑上》：「昔者，子貢問於孔子曰：『夫子聖矣乎？』孔子曰：『聖，則吾不能，我學不厭而教不倦也。』子貢曰：『學不厭，智也；教不倦，仁也。仁且智，夫子既聖矣。』夫聖，孔子不居。」瑚璉名器，子貢安能自定：《論語．公冶長》：「子貢問曰：『賜也何如？』子曰：『女器也。』曰：『何器？』曰：『瑚璉也。』」集解引包氏曰：「瑚璉，黍稷之器。夏曰瑚，殷曰璉。周曰簠簋，宗廟之器貴者。」品題：品評，品類題目。《後漢書．許劭傳》：「每月輒更其品題。」

㉒鮮知根本：少知根本學問。功於經術：工於經術。援附為名：引人家以自附以炫名。高自標榜：標榜以自高尚。恧：ㄋㄩˋ，慚愧。

㉓弁言：寫序於書籍弁首。烏：何。題品：題辭品評。詡：誇。忸怩：慙。《書．五子之歌》：「顏厚有忸怩。」服鄭：服虔、鄭玄，經學家。李杜：李白、杜甫。高山景仰：崇仰高山，形容尊敬。《詩．小雅．車舝》：「高山仰止，景行行止。」鄭箋：「景，明也。古人有高德者，則仰慕之；有明行者，則而行之。」私署頭銜：自己賜自己官銜。封演《閉見記》卷五：「官銜亦曰頭銜。所以名為銜者，如人口銜物，取其連續之意。」

㉔清言自可破俗，然在典午則滔滔皆是：清談本來可破除俗累，但到了晉代，盛極一時，到處都是清談。《廿二史劄記》卷八：「清談起於魏正始中，何晏、王弼祖述老莊，謂天地萬物皆以無為本者也。是時，阮籍亦素有高名，口談虛無，不遵禮法。其後王衍、樂廣慕之，俱宅心事外，名重於時。天下言風流者以王、樂稱首，後進莫不競為浮誕，遂成風俗。」清言：清談，以清虛之理為言談講論之資。《三國志．蜀志．譙周傳》：「（譙）周書板示（文）立曰：『典午忽兮，月酉沒兮。』典午者，謂司馬也。月酉者，謂八月也。」典：司。午：十二地支對十二生肖為馬。典午是司馬。《論語．微子》：「滔滔者，天下皆是也。」滔滔：周流之貌，水盛貌。

㉕前人譏《晉書》〈列傳〉同於小說，正以採綴清言，多而少擇也：《史通．採撰》：「晉世雜書諒非一族，若《語林》、《世說》、《幽明錄》、《搜神記》之徒，其所載或恢諧小辯，或神鬼怪物。其事非聖，揚雄所不觀；其言亂神，仲尼所不語。皇朝新撰《晉史》多採以為書。夫以干（寶）鄧（粲）之所糞除：王（隱）、虞（預）之所糠粃，持為逸史，用補前傳，此何異魏朝之撰《皇覽》，梁世之修《徧略》，務多為美，聚博為功，雖取說於小人，終見嗤於君子矣。」採綴：採拾編綴。

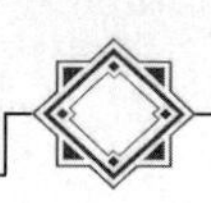

㉖立朝風節，強項敢言，前史侈為美談：《後漢書·酷吏傳》：「董宣為洛陽令，湖陽公主蒼頭白日殺人，宣格殺之。主訴帝，帝使宣叩頭謝主。宣不從，強使頓之。宣兩手據地，終不肯俯。主曰：『文叔為白衣時，藏亡匿死，吏不敢至門。今為天子，威不能行一令乎？』帝笑曰：『天子不與白衣同。』因勑強項令出，賜錢三十萬。宣悉以頒諸吏。由是博擊彊豪，莫不震慄，京師號為臥虎。」立朝風節：為朝廷做事有風格節操。強項敢言：作風堅硬不低頭，敢諫言。強項：頭硬，不隨便低頭。前史指《後漢書》。侈：多，過度。

㉗中葉：中世。門戶朋黨：門派黨與。聲氣相激：言論相激厲。《四庫總目提要·欽定明臣奏議》：「有明一代惟太祖以大略雄才混一海內。一再傳後，風氣漸移，朝廷所趨，大致乃與南宋等。故二百餘年之中，士大夫所敷陳者，君子置國政而論君心，一劄動至千萬言，有如策論之體。小人舍公事而爭私黨，一事或至數十疏，全為訐訟之詞。迨其末流彌增詭薄，非惟小人牟利，即君子亦不過爭名。臺諫鬨於朝，道學譁於野。人知其兵防史治之日壞，不知其所以壞者，由閣臣奄豎為之奧援。人知閣臣奄豎之日訌，不知其所以訌者，由門戶朋黨為之煽搆。」

㉘申威：伸威，展威風。標風烈：標示風格節烈。

㉙憲皇帝：清世宗，名胤禛，在位十三年。年號雍正。裁革陋規：裁除改革壞陋的法規。整飭官方：整頓飭治官吏。貪墨：貪污。墨：污，不潔。大法小廉：《禮記·禮運》：「大臣法，小臣廉。官職相序，君臣相正，國之肥也。」貪冒：貪瀆。革面：改過，變面以順上。大清雍正皇帝整頓吏治，革除陋規，風紀為之一新。事見《四庫總目提要·世宗憲皇帝聖訓》。

㉚饋遺：贈送。例外：法外。洵：誠。功令：有關規定。盛節：大節操。奄寺：宦官。不達時勢：不了解時勢。

㉛〈管晏列傳〉、〈齊世家〉：《史記》篇名，《史記·管晏列傳贊》：「太史公曰：『吾讀管氏「牧民」……既見其著書，欲觀其行事，故次其傳。至其書世多有之，是以不論。論其軼事。』」春秋時，齊國政績推管晏，故其勳烈詳著於〈齊太公世家〉。〈陳餘傳〉：《史記·列傳》篇名。《史記·張耳陳餘列傳》中〈張耳傳〉僅敘其娶外黃富女事百餘言，以下即入〈陳餘傳〉，備述耳、餘起兵始末。其後，陳餘被殺，張耳降漢，立為趙王。耳薨，子敖嗣，尚魯元公主，被誣謀反，其客貫高為之辯雪諸端，亦敘之餘傳中，則以牽連所及，無事更端耳。殊：不同。

㉜副：合。病：嫌。唐平淮西，韓〈碑〉歸功裴度：唐淮西，蔡州地，自吳少誠割據，歷少陽及其子元濟，三十餘年。至憲宗元和十年，宰相裴度出督師，李愬雪夜襲蔡州，擒吳元濟，始討之。韓愈〈平淮西碑〉，其詞多敘裴度事。

姚範評其文曰：「自元和九年用兵淮、蔡，至十年而始平，其間命將出師，攻城降卒，俱非一時事，亦非盡命裴度後事也。而序皆類之若一時事者，蓋序所以聳唐憲奮武耆功，申命伐叛之威。裴度以宰相宣慰，君臣協謀，亦應特書；著度之威而主威亦隆，此〈江漢〉、〈常武〉之義也。於以見保大定功，綏馭震疊之謀。若詳著入蔡禽一叛臣，此於唐宗威德替矣。此公表所云：『《詩》、《書》之文，各有品章條貫。』者也。」韓〈碑〉：韓愈〈平淮西碑〉。裴度：平淮時，主其事的宰相。段文昌：重寫〈平淮西碑〉的人。狥：從，徇。李愬：攻蔡擒吳元濟的將領。偏裨：副將，偏將。表阡：立石墓道，作墓表。修陳：大陳。

㉝朱先生：朱筠。編修：官名。蔣君：蔣雍植。準回：準葛爾回亂。要略：作戰策略。方略：《平定準葛爾方略》。朱筠：〈編修蔣君墓誌銘〉：「君諱雍植，字秦樹，辛巳以二甲第一人賜進士，改庶吉士，充平定準葛爾方略館纂修官。總裁諸公皆倚重之，今總辦《方略》一書。君早起坐書室，夕燒膏以繼，書成而君之精殆銷亡於此矣。書既上，同修者皆得優敘而君名以卒不與。館中諸公議欲如故侍讀楊公述曾賜銜例為之請，已而未果。」（《笥河文集》卷十二）。敘功：頒賜功勳。

㉞中書舍人：官名，屬中書省，此指其人。家傳：宗譜中的傳記。〈蔣誌〉：〈編修蔣君墓誌銘〉。分纂：官名。寓目：過目。摭事：拾取他人之事。攘功：奪功。訓：順，效。同里銘旌：借同里名人頭銜題署旌表。銘旌：即銘旗，喪具之一，記死者姓名頭銜的旗。《周禮．春官．司常》：「大喪共銘旌。」《儀禮．士喪禮》：「為銘各以其物，亡，則以緇長半幅，經末長終幅，廣三寸，書銘於末，曰某氏某之柩。」注：「銘，明旌也。雜帛為物，大夫士之所建也。以死者為不可別，故以其旗識識之。半幅，一尺。終幅，二尺。在棺為柩，今文銘皆為名，末為旆也。」清．吳榮光《吾學銘》：「近代用絳帛粉書，借銜題寫，曰某官某公之柩。另紙書題者姓名，黏於旌下。大斂後，縣以竹杠，依靈右。葬時去杠及題姓名，以旌加於柩上。」

㉟夸夫：吹牛大師，好榮譽的人。未膺一命：未受一命之封。命：封賜。好襲頭銜：喜歡戴高帽，喜歡襲用頭銜。銘旌題字：銘旌上的題銜文字。例封：依規定封典。清制，賜爵本人謂授；予曾祖父母、祖父母、父母及妻之生者謂封；予死者曰贈；五品以上官以誥命授曰誥授、誥封、誥贈。六品以下以敕命授，謂敕授、敕封、敕贈。各有定例，因稱之為例授、例封、例贈。參考《大清會典》卷十二〈吏部〉。待贈：贈為官事死者頭銜。修職、登仕：順治初年，定覃恩及三年考滿，例統封贈，一品至五品皆授以誥命；六品至七品皆授以敕命，正八品修職郎，從八品修職佐郎，

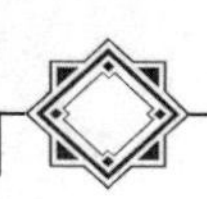

正九品登仕郎，從九品登仕佐郎。階：官階。善諧者：喜開玩笑的人。其鄉之貴顯：同鄉大官。勳階：勳爵官階。師保：太師、太保少師、少保等三公高爵。殿閣：如武英殿、文淵閣大學士。部院：如吏部、戶部之尚書、侍郎，翰林院、都察院之侍讀、御史。某國某封：如某國公某國侯，皆高官顯祿。吳喬《圍爐詩話》云：「令人作詩動稱盛唐。曾在蘇州，見一家舉殯，其銘旌曰：『皇明少師文淵閣大學士申公間壁豆腐店王阿奶之靈柩。』可移以贈諸公。」無端影附：無端緒依據，影射依附。

㊱陳平佐漢，志存社肉：《史記．陳相國世家》：「陳丞相平者陽武戶牖鄉人也。……里中社，平為宰，分肉食甚均。父老曰：『善！陳孺子之為宰。』平曰：『嗟乎！使平得宰天下，亦如是肉矣。』」李斯亡秦，兆端廁鼠：《史記．李斯列傳》：「李斯者，楚．上蔡人也。年少時，為郡少吏，見吏舍廁中鼠食不潔，近人犬，數驚恐之。斯入倉，觀倉鼠食積粟，居大廡之下，不見人犬之憂。於是李斯乃歎曰：『人之賢不肖譬如鼠矣！在所自處耳。』乃從荀卿學帝王之術。學已成，欲西入秦，辭於荀卿曰：『斯聞：「得時無怠。」今萬乘方爭時，游者主事。今秦王欲吞天下，稱帝而治，此布衣馳騖之時也。處卑賤之位而計不為者，此禽鹿視肉人面而能強行者耳。故詬莫大於卑賤，而悲莫甚於窮困。久處卑賤之位、困苦之地，非世而惡利，自托於無為，此非士之情也。故斯將西說秦王矣。』」

㊲推微知著：由微小跡象推知顯著之事。《三國志．魏志．臧洪傳》：「又不能原始見終，覩微知著。」玄機：神機，妙算。搜間傳神：搜求間隙以傳達神奇。《晉書．顧愷之傳》：「愷之每畫人，數年不點眼，人問之，答曰：『傳神寫照，正在阿堵中。』」圖畫名家頰上妙於增毫：《世說新語．巧藝》：「顧長康畫裴叔則，頰上益三毛。人問其故。顧曰：『裴楷儁朗有識具，正此是其識具，看畫者尋之，定覺益三毛如有神明，殊勝未安時。』」猥瑣：猥細，猥亂而細小。《亢倉子．訓道》：「謂叢襟之人為猥細。」見桃花而有悟，遂取桃花作飯；宋．釋普濟：《五燈會元》：「志勤禪師初在溈山，因見桃花悟道。有偈曰：『三十年來尋劍客，幾回落葉又抽枝。自從一見桃花後，直到如今更不疑。』」

㊳贅餘非要：多餘長出的肉不重要。辭費：浪費語辭。董澤矢材可勝既乎：董澤的製箭竹材用得完嗎？《左傳．宣公十二年》：「董澤之蒲可勝既乎？」蒲：蒲竹。既：盡。

㊴考徵：考證徵實。本質所具：天生本性所有。閒情逸出：閒散的心思旁溢而出。阿堵：這個。市菜求增：無意義的求增飾，如買菜求多給菜。皇甫謐《高士傳》：「司徒侯霸遺嚴子道奉書嚴光。子道求報書，光口授之，嫌少。光

曰：『買菜乎？求益也。』」畫蛇添足：《戰國策・齊策》：「楚有祠者，賜其舍人卮酒。舍人相謂曰：『數人飲之不足，一人飲之有餘，請畫地為蛇，先成者飲酒。』一人蛇先成，引酒且飲之，乃左手持卮，右手畫蛇，曰『吾能為之足。』一人之蛇成，奪其卮曰：『蛇固無足，子安能為之足？』遂飲其酒。」

㊵為文為質：是文采是質樸。記言之文：記人物語言的文章。適如其人之言：恰如人物身分個性的語言。

㊶明《詩》習《禮》：諳悉《詩》明瞭《禮》。鄉曲委巷：鄉村陋巷。傭嫗鬻婢：傭婦買來的婢女。天性之優：天生個性的優美。儒雅：儒文雅正。《論語》：孔子語錄。《孝經》：言孝道的經書。《毛詩》：毛萇注《詩經》。〈內則〉：《禮池》〈內則篇〉。劉向之《傳》：指劉向《列女傳》。曹昭之〈誡〉：曹大家班昭〈女誡〉。

㊷鹿車鴻案：鮑宣妻嫁夫隨夫，與夫推鹿車歸鄉；梁鴻妻事夫舉案齊眉。《後漢書・列女傳》：「勃海鮑宣妻者，桓氏女也，字少君。宣嘗就少君父學，父奇其清苦，故以女妻之，裝送甚盛，宣不悅。……妻乃悉歸侍御服飾，更著短布裳，與宣共挽鹿車歸鄉里。拜姑禮畢，提甕出汲，修行婦道，鄉邦稱之。」又《後漢書・逸民傳》：「梁鴻，字伯鸞，扶風平陵人也。同縣孟氏有女，狀肥醜而黑，力舉石臼，擇對不嫁。……女曰：『欲得賢如梁伯鸞者。』鴻聞而聘之。……及嫁始以裝飾入門。七日而鴻不答……乃更為椎髻，著布衣，操作而前。……字之曰德耀，名孟光。……（鴻）每歸，妻為具食，不敢於鴻前仰視，舉案齊眉……」

㊸畫荻、丸熊：宋・歐陽修幼孤，其母以荻畫地教修學書。見《宋史・歐陽修傳》。唐・柳仲郢，幼嗜學，母製熊膽，使夜咀嚥，以助仲郢勤讀。見《新唐書・柳仲郢傳》。

㊹胸有成竹：胸中早有成見。語出蘇軾〈畫竹記〉言：「畫竹必得成竹於胸中。」閨修：婦女之有道德修養的人。板印：印刷品。

㊺卒伍：此指軍隊。閭閻：村里。經生：飽讀經書的書生。宛肖：符合肖像。致思：深思。優伶演劇：演員演戲。歌曲：唱戲。耕氓：農民。役隸：奴才。矢口：出口，直言。叶宮商：協五音。宮商：此指音調。

㊻文成法立：文章的創作法，是由實際的文章創作概括出來的。定格：固定的格式。旦暮遇之：短時間內領會到了。《莊子・齊物論》：「萬世之後而一遇大聖；知其解者是旦暮遇之也。」

㊼成性：字我存，和州人。志傳：地方志中的傳記，傳中載有敘述鄭成功形勢等八疏。奏議：奏章議事。性少遭亂離，全家被害：明崇禎乙亥，流寇陷和州，性全家被害，見志傳。鷁首：畫有鷁鳥的船頭，此指船頭。舵樓：船舵所在的船室，在船尾。婁尾：最後。本言在酒宴結束時貪飲，

所謂酒巡匝為婪尾，引申為最後。食尾酒。

㊽《四書》：指《四書大全》，科考用。時文：科舉文章。法度：作法。程式：科考文章的格式。蒙學：初學。形家：地理家。《漢志．術數略．形法序》：「形法者大舉九州之勢，以立城郭室舍形人及六畜骨法之度數、器物之形容，以求其聲氣貴賤吉凶。」來龍結穴：山脈為龍，墓地為穴，形家術語。

㊾結習深錮腸腑：習染結集於心已深且錮。井底天文：在井底看天象。《群書治要》引《尸子．廣》：「自井中視星，所見不過數星，自丘上以望，則見其始出也，又見其入，非益明也，其勢然也。」

㊿經世之業：治世之業。史傳：史書列傳。隱括：正曲木之木。此謂模子。為之辭：為它說明理由。引端不具而截中徑起：引用原文開頭部分不具備（全）而由中段截節直接起引。詡：讚美。發軔之離奇：開端奇妙。刊削餘文而遽入正傳：刪節多餘的閒文部分突入正文。詫：驚異。篇終之嶄峭：結尾峭絕無餘響。《左氏》所云：「非子之求而蒲之愛」：不是要救陷敵的兒子而只愛惜蒲矢。《左傳．宣公十二年》載晉知罃被楚、熊負羈所俘，其父知莊子往救，每射，擇菆（好箭）放在廚武子的箭袋，武子生氣說：「非子之求而蒲之愛，董澤之蒲可勝既乎？」

51不情不理：不合情理。起：開端。收：結尾。出人思議：出人意外。坦蕩之塗生荊棘：本很平易的作文法，反而平白出現棘手的問題了。斗然：突然。戛然：突然。誤學邯鄲：錯學邯鄲步法。《莊子．秋水》：「子獨不聞乎壽陵餘子之學行於邯鄲與？未得國能，又失其故行矣。直匍匐而歸耳。」壽陵：燕邑。餘子：未成人之童子。學行：學步法。邯鄲：趙都。國能：趙都的步法。故行：舊步法。

二、作者

章學誠（西元一七三八年～一八〇一年），清代史學家、文學家。字實齋，號少岩。會稽（浙江紹興）人。乾隆四十三年（西元一七七八年）進士，官國子監典籍。早年依靠朱筠，晚年得到畢沅的幫助，生活不甚順遂。並先後主講於定州定武、保定蓮池、歸德文正等書院，並為南北方志館主修地方志。

在考據學盛行的乾嘉時期，章學誠獨自致力於史學研究。他的代表《文史通義》足與唐．劉知幾的《史通》比美，是史學理論名著。其中〈文德〉、〈文理〉、〈古文十弊〉等。都是論文的作品。他的文章長於議論，筆鋒犀利，暢達條理，鞭辟入裏。又有《校讎通義》等傳世。

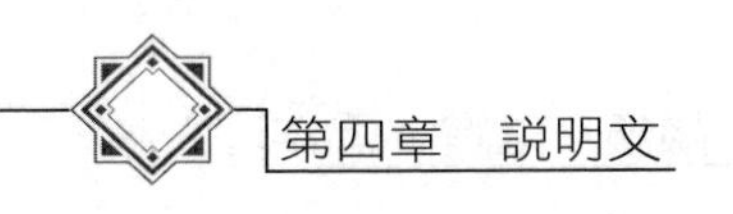

三、主題和題材

這篇說明文選自《文史通義》，內容說明文章的十種毛病。即無故妄加雕飾而產生的「剜肉為瘡」；敘事要面面照顧而產生的「八面求圓」；臨文摹古遷就重輕而產生的「削足適履」；藉人為名而產生的「私署頭銜」；不知時勢，以常為奇而產生的「不達時勢」；好牽連依附而造成的「同里銘旌」；辭費增飾，無端添筆而產生的「畫蛇添足」；文而失實，千篇同語而產生的「優伶演劇」；定格行文，徒襲形貌而產生的「井底天文」；死學古人，刻意追摹而產生的「誤學邯鄲」。十弊就是文中的十種題材事件。

文中對這些不良文風激烈抨擊，起到了鍼砭時弊的作用，至今仍有借鑑的價值。

四、結構

這篇文章共分十一部分。

㈠自「余論古文辭義例」至「亦庶幾其近之矣」。總說近日所見文弊十通。這部分又分兩小節（古文辭義例和近日所見頗有不安於心者十通），先說文弊有十。

㈡自「一曰」至「此文人之通弊也」。說「剜肉為瘡」，又分下列諸小節：

1. 自「一曰」至「則率天下之人而禍仁義矣」。說為文不明大體，無事生非，則反壞文。
2. 自「有名士投其母氏〈行述〉」至「不免愈濯愈痕瘢矣」。說此文弊之例。
3. 自「人苟不解文辭」至「此文人之通弊也」。總結「剜肉為瘡」之弊。

㈢自「二曰」至「又文人之通弊也」。說「八面求圓」，又分下列諸小節：

1. 自「二曰」至「《春秋》之書內事自有其權衡也」。說大惡諱小惡不諱的記事原理。
2. 自「江南舊家輯有宗譜」至「則文章病矣」。說江南舊家宗譜記事，為諱小惡而曲作偽辭，至文成矛盾之例。
3. 自「人非聖人安能無失」至「又文人之通弊也」。總結上面為「八面求圓」之弊。

㈣自「三曰」至「又文人之通弊也」。說「削足適履」之弊，又分下列諸小節：

1. 自「三曰」至「未聞事欲如其人者也」。說以事遷就人的記事違錯。

2.自「嘗見名士為人撰〈誌〉」至「今誌欲似之耳」。說某名士為人撰〈誌〉犯以事遷就人之錯。

3.自「余嘗舉以語人」至「又文人之通弊也」。總結「削足適履」的通弊。

㈤自「四曰」至「又文人之通弊也」。說明「私署頭銜」的文人通弊。又可分下列諸細節：

1.自「四曰」至「自作品題豈宜誇耀成風耶」。說文應得實，不可誇耀成風。

2.自「嘗見名士為人作傳」至「君烏得無題品」。說名士為人作傳，誇耀無實之例作。

3.自「夫齊名本無其說」至「又文人之通弊也」。總結「私署頭銜」的文人通弊。

㈥自「五曰」至「又文人之通弊也」。說「不達時勢」之通弊，又可分下列諸細節：

1.自「五曰」至「時勢然也」。說物以少為貴，時勢成風，其事非所當珍。

2.自「今觀傳誌碑狀之文敘雍正年府州縣官」至「豈可見奄寺而面頌其不好色哉」。說當時傳誌碑狀以時勢之常事為頌之例。

3.自「山居而貴薪木」至「又文人之通弊也」。總結「不達時勢」的文人通弊。

㈦自「六曰」至「是又文人之通弊也」。說「同里銘旌」的文人通弊，又可分下列諸小節：

1.自「六曰」至「乃不病其繁重耳」。說記事應詳略有體，避繁重。

2.自「如唐平淮西」至「則無是理矣」。說韓碑、段碑之當體不當體，及寫碑侈談之失。

3.自「朱先生嘗為故編修蔣君撰誌」至「其實於書未寓目也」。說為某中書舍人作家傳者襲朱筠〈蔣誌〉之病。

4.自「是與無名偏裨居淮西功」至「是又文人之通弊也」。總結「同里銘旌」的文人通弊。

㈧自「七曰」至「又文人之通弊也」。說「畫蛇添足」的文人通弊，又可分下列諸端：

1.自「七曰」至「其中豈復有神妙哉」。說文家搜間傳神固是妙用，但因慕前人文辭之佳，強尋猥瑣以求其似，則無神妙可言。

2.自「又近來學者喜求徵實」至「正如董澤矢材可勝既乎」。說近來學者行文貪多務得之例。

3.自「夫傳人者文如其人」至「又文人之通弊也」。總結「畫蛇添足」的文人通弊。

㈨自「八曰」至「又文人之通弊也」。說「優伶演劇」的文人通弊，又可分下列數端：

1.自「八曰」至「非作者所能自主也」。說作者寫人物語言，當按人物心性表現，不可自主而出以己言。

2.自「貞烈婦女明《詩》習《禮》」至「何如質以傳真也」。說所見貞烈婦女傳記文而失真之例。

3.自「由是推之」至「又文人之通弊也」。總結「優伶演劇」的文人通弊。

(十)自「九曰」至「又文人之通弊也」。說「井底天文」的文人通弊，又可分下列諸端：

1.自「九曰」至「神弗肖也」。說傳人述事貴得意肖像，不可襲形貌。

2.自「往余撰和州故給事成性志傳」至「此船終不行耶」。這段說和州知名士不知文意而亂評文。

3.自「蓋塾師講授《四書》文義」至「又文人之通弊也」。總結「井底天文」的文人通弊。

(十一)自「十曰」至「又文人之通弊也」。說「誤學邯鄲」的文人通弊，又可分下列諸端：

1.自「十曰」至「非子之求而蒲之愛矣」。說誤效史傳刪節之文以為神奇之失。

2.自「有明中葉以來一種不情不理自命為古文者」至「於是坦蕩之塗生荊棘矣」。說有明中葉不情不理的古文。

3.自「夫文章變化侔於鬼神」至「又文人之通弊也」。總結「誤學邯鄲」的文人通弊。

以上，可見本文共分十一部分。(一)是總說，提出十弊。(二)至(十一)是分說，每部分說一弊。而每部分又由三（或四）細節構成綜合型的說明模式。下面分兩圖表示它的結構綱領：

〈古文十弊〉
（分析型說明文例5）

- (一)總說——今就古文近作講十點意見。
- (二)分說
  - 1.剜肉為瘡。
  - 2.八面求圓。
  - 3.削足適履。
  - 4.私署頭銜。
  - 5.不達時勢。
  - 6.同里銘旌。
  - 7.畫蛇添足。
  - 8.優伶演劇。
  - 9.井底天文。
  - 10.誤學邯鄲。

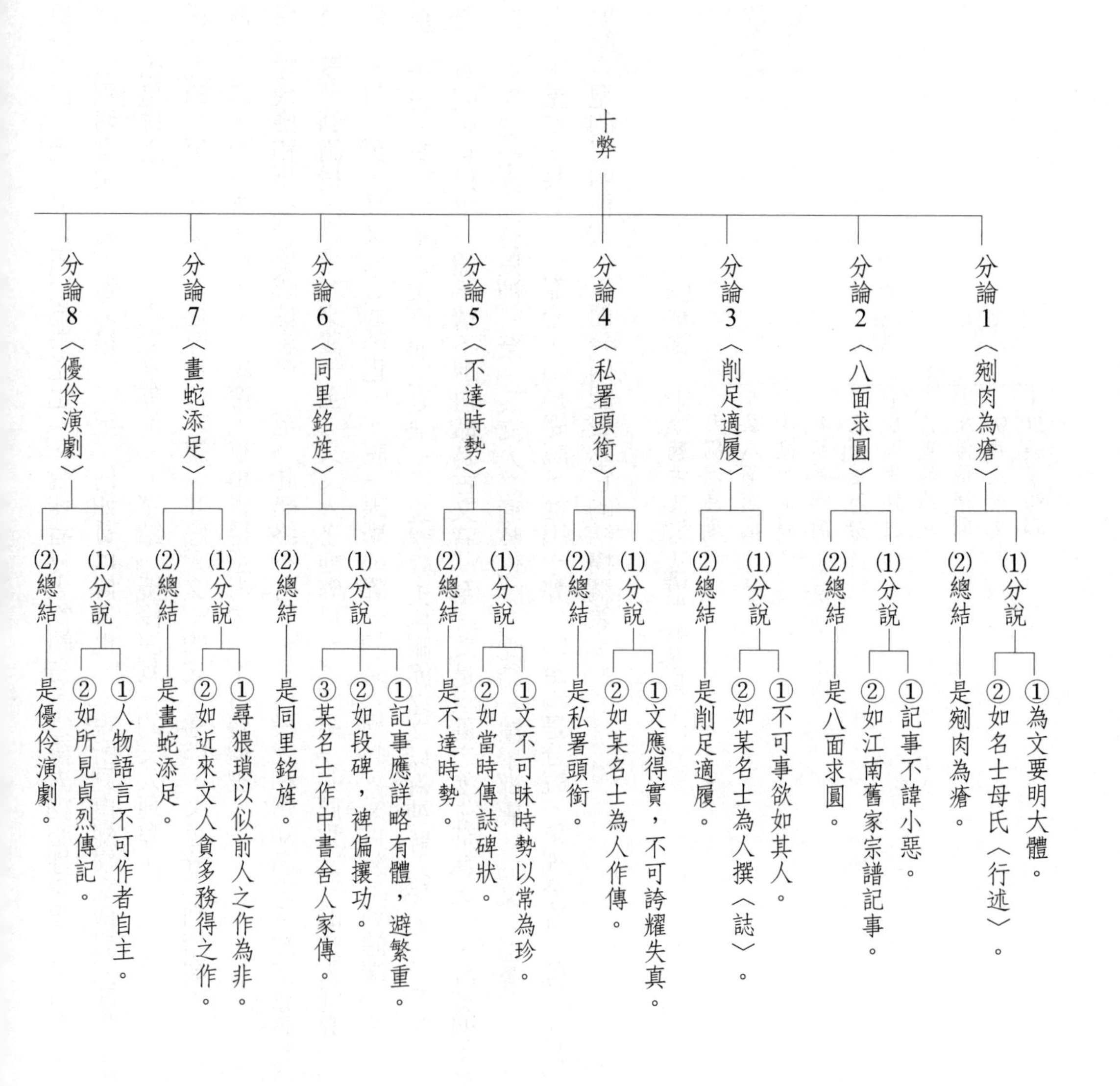

十弊
分論1〈剜肉為瘡〉
(1)分說
①為文要明大體。
②如名士母氏〈行述〉。
(2)總結
是剜肉為瘡。
分論2〈八面求圓〉
(1)分說
①記事不諱小惡。
②如江南舊家宗譜記事。
(2)總結
是八面求圓。
分論3〈削足適履〉
(1)分說
①不可事欲如其人。
②如某名士為人撰〈誌〉。
(2)總結
是削足適履。
分論4〈私署頭銜〉
(1)分說
①文應得實，不可誇耀失真。
②如某名士為人作傳。
(2)總結
是私署頭銜。
分論5〈不達時勢〉
(1)分說
①文不可昧時勢以常為珍。
②如當時傳誌碑狀。
(2)總結
是不達時勢。
分論6〈同里銘旌〉
(1)分說
①記事應詳略有體，避繁重。
②如段碑，裨偏攘功。
③某名士作中書舍人家傳。
(2)總結
是同里銘旌。
分論7〈畫蛇添足〉
(1)分說
①尋猥瑣以似前人之作為非。
②如近來文人貪多務得之作。
(2)總結
是畫蛇添足。
分論8〈優伶演劇〉
(1)分說
①人物語言不可作者自主。
②如所見貞烈傳記。
(2)總結
是優伶演劇。

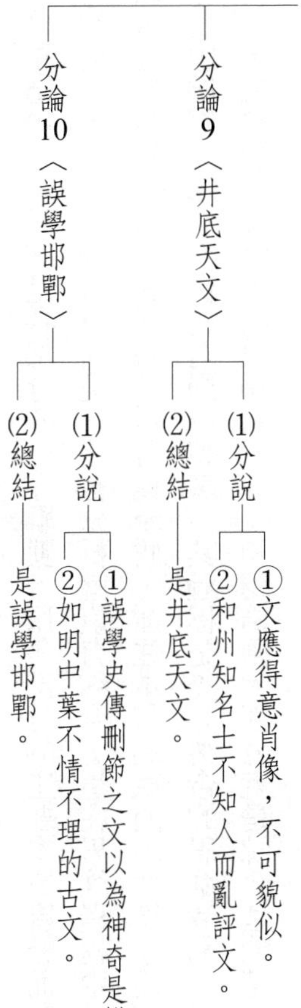

- 分論9〈井底天文〉
  - (1)分說
    - ①文應得意肖像，不可貌似。
    - ②和州知名士不知人而亂評文。
  - (2)總結——是井底天文。
- 分論10〈誤學邯鄲〉
  - (1)分說
    - ①誤學史傳刪節之文以為神奇是錯誤的。
    - ②如明中葉不情不理的古文。
  - (2)總結——是誤學邯鄲。

如上，十個分論，是十個綜合型的說明形式構成。

全文的總說是文章的重要部分，其中說明自己寫過多論古人的有關文章；指明本文要講的是近世十種文病；表明讀者要「一隅三反」等有聯繫的東西。這總說是分說各部分的頭，是分說各部分的綜合，而且是綜合的主要部分。沒有綜合的思維活動，就沒有總說這段文章，更沒有分析型這種結構形式。可知總說決定於綜合的思維活動。

說明文是人們按照客觀事物的總分體系進行說明的文章。所謂總分體系也就是分析綜合的體系，也就是客觀現實的反映。這個反映產生兩種形式：一是分析綜合的思維形式；二是有總有分的文章結構。也就是說，說明文的結構，雖然直接決定於分析綜合的思維形式，但是最後仍是客觀現實的總分體系的反映。

任何事物和人們思想都有其整體與部分的關係，也即有其全局與局部的關係，或說是主體與屬性的關係。這種關係都處於一定層次的或大或小的體系中，而且必然有總（綜合）有分（分析），所以稱為總分體系。它和議論文的因果體系不同。因此，總說之後必然有分說，本文的分說有十個，每個分說都是總分體系中的綜合思維構成的，是十個綜合小體系平列而成的分論。本文的結構就是一總十分的分析結構。

五、技巧

㈠**選材的技巧**：作者寫這篇文章時，首先要選的題材是近世十種文弊的文例，詳細可參考文本。其次是批評各種文弊時所要運用的行文理則。最後是每種文弊的適當指稱。

㈡**謀篇的技巧**：由於作者行文時採用的是先總後分的布局，所以自然形成分析型說明脈絡。然而分說部分只是十

病並列，分不清主次和部類，也不見系統性，更無法構成文章病學的體系。所以謀篇的技巧是相當隨意的。

㈢**修辭的技巧**：本文的修辭，應用了比喻說明法，巧妙而富藝術性。其次是對比說明法，全文十個分說都是應用這種方法，即先說正確的，然後說錯誤的。這樣進行正反對比，合乎邏輯推理，兼有論證的作用，說服力較強。再者，每病皆有實例進行說明，實例說明較具體，讀者比較容易掌握各分題所指的實際文病情況。

練習

㈠試為下列諸文標點、分段，並作結構分析。

1.李膺〈笮橋贊〉。
2.蔡邕〈上封事陳政七事〉。
3.沈括〈石油〉。
4.宋應星〈錢〉。
5.宋應星〈墨〉。

㈡試以分析型說明文習作下列諸題。

1.鹽。
2.蔗。
3.紙。
4.米。

㈢試選四篇鑑賞範例供學生學習。

第二節　綜合型說明文

綜合是在分析的基礎上，把認識對象的各個部分聯結成整體的思維方法。這種聯結不是各個部分的機械相加，而是有機的統一。它把各部分聯結於一，靠的是各部分的內在聯繫，用各部分的主要本質聯結而成整體本質。所以，綜合是和分析相對的，而且以分析為前提。沒有分析就沒有綜合，這在思維過程中是必然的。因此，當客觀上需要說明某種事物或事理的時候，首先就必須分析各種矛盾，抓住本質的東西，然後才能進行綜合或總結，以成整體本質。它的基本規律是由局部或部分綜合為全局或整體。其過程是先分後合的思維活動。從而，對於局部或部分的說明，叫做分說；對於全局或整體的說明，叫做總結。分說和總結兩大部分就是綜合型的基本間架。其活動順序是

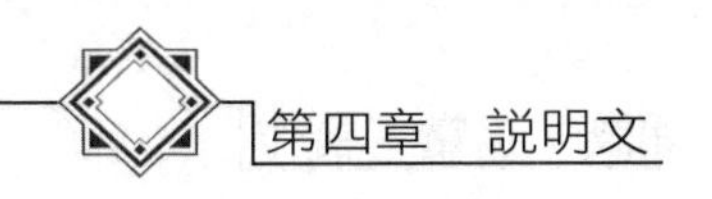

分說在前，總結在後。這種由分說到總結，即由分析到綜合的邏輯形式，顯然是綜合居於主要地位，所以這種結構類型屬於綜合型。我們可以用一個綱領式的結構模式把它表現出來。

綜合型模式
- (一)分說
  - 1……
  - 2……
  - n……
- (二)總結——3……

說明文中的綜合方法是多樣的。最常用的有一次性綜合和多次性綜合。一次性綜合是先對事物或事理作分析，最後綜合出一個總的說明。多次性綜合多用於較長的說明文中，對事物從不同方面、不同層次分析，每部分分析後先作這一部分的綜合，各部分個別的分析和小綜合完了，再作總的綜合。下面以古代的文言散文為實例，作具體的實際論證。

〈說難〉①

凡說之難非吾知之有以說之之難也；又非吾辯之能明吾意之難也；又非吾敢橫失而能盡之難也②。凡說之難在知所說之心可以吾說當之。所說出于為名高者也而說之以厚利，則見下節而遇卑賤，必棄遠矣。所說出于厚利者也而說之以名高，則見無心而遠事情，必不收矣。所說陰為厚利而顯為名高者也而說之以名高，則陽收其身而實疏之；說之以厚利則陰用其言顯棄其身矣。此不可不察也③。夫事以密成，語以泄敗。未必其身泄之也，而語其所匿之事，如此者身危；彼顯有所出事而乃以成他故，說者不徒知所出而已矣，又知其所以為，如此者身危；規異事而當，知者揣之外而得之，事泄於外必以為己也，如此者身危④；周澤未渥也而語極知，說行而有功則德忘，說不行而有敗則見疑，如此者身危；貴人有過端而說者明言禮義以挑其惡，如此者身危；貴人或得計而欲自以為功，說者與知焉，如此者身危；彊以其所不能為，止以其所不能已，如此者身危⑤。故與之論大人則以為間己矣；與之論細人則以為賣重；論其所愛則以為藉資；論其所憎則以為

嘗己也；徑省其說則以為不智而拙之；米鹽博辯則以為多而交之；略事陳意則曰怯懦而不盡；慮事廣肆則曰草野而倨侮。此說之難，不可不知也[6]。

凡說之務在知飾所說之所矜而滅其所恥。彼有私急也必以公義示而強之[7]；其意有下也然而不能已，說者因為之飾其美而少其不為也；其心有高也而實不能及，說者為之舉其過而見其惡而多其不行也[8]；有欲矜其智能，則為之舉異事之同類者，多為之地使之資說于我而佯不知也，以資其智；欲內相存之言，則必以美名明之，而微見其合于私利也；欲陳危害之事，則顯其毀誹而微見其合于私患也[9]；譽異人與同行者，規異事與同計者，有與同汙者則必以大飾其無傷也；有與同敗者則必明飾其無失也[10]；彼自多其力則毋以其難概之也；自勇其斷則毋以其謫怒之；自智其計則毋以其敗窮之[11]。大意無所拂悟，辭言無所係縻，然後極騁智辯焉。此道所得，親近不疑而得盡辭也[12]。伊尹為宰，百里奚為虜，皆所以干其上也。此二人者皆聖人也，然猶不能無役身以進，如此其汙也[13]。今以吾言為宰虜，而可以聽用而振世，此非能士之所恥也[14]。夫曠日彌久而周澤既渥，深計而不疑，引爭而不罪，則明割利害以致其功，直指是非以飾其身。以此相持，此說之成也[15]。

昔者鄭武公欲伐胡，故先以其女妻胡君以娛其意，因問于群臣：「吾欲用兵，誰可伐者？」大夫關其思對曰：「胡可伐。」武公怒而戮之，曰：「胡，兄弟之國也，子曰伐之，何也？」胡君聞之，以鄭為親己，遂不備鄭，鄭人襲胡，取之[16]。宋有富人，天雨牆壞，其子曰：「不築，必將有盜。」其鄰人之父亦云。暮而果大亡其財，其家甚智其子而疑鄰人之父。此二人說者皆當矣，厚者為戮，薄者見疑，則非知之難也，處之則難也。故繞朝之言當矣，其為聖人于晉而為戮于秦也，此不可不察[17]。

昔者彌子瑕有寵于衛君。衛國之法竊駕君車者罪刖。彌子瑕母病，人聞，有夜告彌子，彌子矯駕君車以出。君聞而賢之，曰：「孝哉！為母之故，忘其犯刖罪。」異日，與君游於果園，食桃而甘，不盡，以其半啗君。君曰：「愛我哉！忘其口味以啗寡人。」及彌子色衰愛弛，得罪于君，君曰：「是固嘗矯駕吾車，又嘗啗我以餘桃。」故彌子之行未變于初也，而以前所以見賢而後獲罪者，愛憎之變也[18]。故有愛于主，則智當而加親；有憎于主，則智不當，見罪而加疏。故諫說談論之士，不可不察愛憎之主而後說焉[19]。

夫龍之為蟲也，柔可狎而騎也；然其喉下有逆鱗徑尺，若人嬰之者則必殺人。人主者亦有逆鱗，說者能無嬰人主之逆鱗則幾矣⑳。

一、注釋

①說：ㄕㄨㄟˋ，游說，提出自己對國政的見解，向國君進行勸說。難：不易，不容易討好。

②非吾知之有以說之之難也：並不難在我有見識和有足以游說的本事。非……之難：即不難在……，困難不是在……。知之：懂得某種道理，有見識。有以說之：有用來游說的本領或方法。又非吾辯之能明吾意之難也：也不難在我有辯才，能說明自己的主張。辯：辯才、口才。意：主張，政見。橫失：縱橫反覆地談論。失：佚，放縱，無拘束。盡：盡意。

③所說之心：所要游說對象的心理。當之：迎合他。出于為名高者：心裡特別好高名。出：特別。見下節而遇卑賤：被視為下等，受輕視。見：被。下節：節操低下的人。遇：待。卑賤：卑下俗賤。無心而遠事情：沒有心智不了解事體。陽：表面。收：收納，任用。陰：暗中。顯：明。

④以：因為。語以泄敗：因為語言泄密而敗壞了事情。所匿之事：國君所隱匿的事。顯有所出事：國君明著做某件事。出事：做事。乃以成他故：可是實際上卻藉此完成別的事情。以：以之。故：事。不徒：不只。所出：所做。指被進說的君主表面上所做的那件事。所以為：那樣做的原因。規異事而當：規劃不同的事情而適合君主的心意。當：適合。揣：猜測。得之：猜中了。必以為己也：君主必定認為是進說者自己泄了密。

⑤周澤未渥：君主與游說的人相知還沒有達到深厚親密的程度。周澤：親密的恩澤。渥：ㄨㄛˋ，厚。語極知：指游說者盡其所知來講知心的話。極：盡。說行：游說者的意見被採納。說：意見。行：實行。有功：取得了功效。德忘：游說者的功德被遺忘了。見疑：被懷疑。貴人：被游說的君主。過端：錯事。挑其惡：挑明他的錯處。挑：挑明。惡：錯。或得計：有時計事恰當。與知：游說者參與並知其情。彊以其所不能為：硬拿國君做不到的事要他做。彊：勉強。止以其所不能已：阻止國君無法罷手的事。已：止。

⑥大人：指君主的大臣。細人：指君主左右親密的人。間己：離間自己和大人的感情。己：指君主自己。賣重：出賣君主的大權。《史記》作「鬻權。」司馬貞《史記索隱》曰：「謂荐彼細微之人，言堪大用，則疑其挾詐而賣我之權

也。」重：權力。藉資：因依。指把人主所寵愛的人作為自己的靠山。嘗己：試探自己。徑省其說：游說之人精簡自己的說辭。徑省：直捷簡省。拙之：認為他笨拙。米鹽博辯：瑣碎地作廣博的辯說。米鹽：比喻瑣碎。交之：當作「史之」，意思是嫌他話多。史：辭繁。略事陳意：省略事情，直陳己意。怯懦而不盡：害怕懦弱不能盡言。慮事廣肆：思慮事體，廣泛地放意談論。草野而倨侮：粗野而且傲慢。

⑦凡說之務：大凡游說人主的急務。務：事。知飾所說之所矜：知道怎樣粉飾人主所誇耀自豪的事。飾：著，治。矜：矜尚，誇耀。滅其所恥：消除人主恥辱的。私急：私人的急需。必以公義示而強之：說者要表示其私急也合乎公義的看法，加強他的意念。強之：勸勉他。

⑧其意有下也：君主的意圖有某種卑下的傾向。不能已：不能克服卑下的傾向。已：止。飾其美：著顯其卑下傾向的美善。少其不為：遺憾其不繼續朝卑下的傾向發展。少：不滿，遺憾。高：高尚的想法。而實不能及：可是實際上他做不到。舉其過而見其惡：列舉其所高尚之事的過錯，顯示其所高尚之事的缺點。多其不行：讚揚他的實行。多：讚美。

⑨多為之地：多替他找些依據。地：基地，根基，依據。資說于我：採取我的說法。資：取。佯：假裝。資其智：幫助他發揮智慧，幫助他，使他堅信自己智高。資：資助。欲內相存之言：想給君主獻納與人相安的話。內：納，獻納。相存：相安，相慰。微見：稍微流露出。顯其毀誹：透露批評詆毀的態度。私患：私害。

⑩譽異人與同行者：讚美另一個不同人物而其行為與君主相同的。規異事與同計者：規劃另一件和君主作同樣計畫的事。有與同汙者：如果其人有與國君同樣卑污的行為。汙：污，卑污。以大飾其無傷：用大力著顯其無妨。明飾其無失：明白顯示其無錯失。

⑪彼自多其力：君主自己誇張自己的力量。多：誇。毋以其難概之：不要用那些他難以做到的事去抑低他。概：抑下。自勇其斷：君主自己勇於決斷。毋以其謫怒之：不要用他的過失激怒他。謫：過。《玉篇》：「謫，咎也，罪也，過也。」窮：窘。

⑫大意無所拂悟：游說的主旨沒有違背君主心意。大意：游說的主旨。拂悟：拂悟，違背。悟：通「牾」，牴觸。係靡：當作「擊摩」，牴觸。極騁智辯：充分發揮自己的智慧和辯才。此道所得：這是同道同志所獲得的關係。盡辭：言盡其辭，暢意而言。

⑬伊尹為宰：伊尹為求得商湯的任用去做膳夫。伊尹：商湯的宰相。宰：膳夫。百里奚為虜：百里奚為求出路而為奴隸。百里奚：春秋秦大夫，字井伯，虞人，少時流落不偶，游齊、周皆不用，後任虞大夫，虞亡為晉俘，陪晉獻公女

穆姬為媵臣入秦，恥而逃楚，為楚人所執，為奴，秦穆公知其賢，以五張羊皮贖回，任以大夫，輔穆公霸西戎。干其上：干求他的國君。役身：役使己身。

⑭以吾言為宰虜：把我的話當作污身為宰虜以求進的策略。振世：救世。能士：有才能的人。

⑮曠日彌久：經過長久的時日。周澤既渥：君臣周旋的恩澤已經深厚。深計：為國君作深遠的計謀。引爭：引用事諫諍。明割利害：明白剖析利害。致其功：達到功效。直指是非以飾其身：直接指陳是非以修治國君之身。相持：相對待。

⑯鄭武公：東周初期鄭國國君。鄭桓公之子，名掘突，鄭莊公之父。胡：諸侯國名，位於今河南郾師縣西南。故：故意。妻胡君：嫁胡君為妻。娛：使……快樂。關其思：鄭大夫。戮：殺。兄弟之國：指有婚姻關係的國家。《爾雅・釋親》：「婦之黨為婚兄弟，婿之黨為姻兄弟。」郭璞注：「古者皆謂婚姻為兄弟。」

⑰宋：春秋宋國。亦云：也這樣說。智其子：認為他的兒子聰明。此二人：指關其思及鄰人之父二人。當：準確。厚者為戮：嚴重的被殺。薄者見疑：輕的被懷疑。處之難：由地位和關係去處理進說的困難。繞朝：春秋秦大夫，晉大夫士會奔秦，晉人恐秦用士會，用計騙秦釋放士會返晉，繞朝識破晉人計，勸秦康公不要放士會，但秦康公不聽。事見《左傳・文公十三年》。為戮於秦：被秦所殺。士會回晉，用反間計，揚言繞朝與他同謀，秦中計而殺繞朝。詳馬王堆三號漢墓出土古佚書。

⑱彌子瑕：人名，衛靈公的幸臣。衛君：指衛靈公。春秋衛國君主。刖：古時斷足之刑。矯駕君車：假稱君命駕衛君之座車。賢之：讚賞他的賢能。啗：給人吃。忘其口味：不顧自己的嗜食，忘了自己的口味留於半桃。色衰愛弛：顏色衰老，寵愛減少。見賢：被認為賢。愛憎之變：愛憎之情不同。

⑲智當：才智與君主的要求相符。加親：更加親幸。加疏：更為疏遠。察愛憎之主：察主之愛憎。

⑳龍之為蟲：龍這種蟲類。柔：馴服。狎而騎：親近騎牠。狎：親近，戲弄。逆鱗：倒生的鱗片。徑：直徑。嬰：觸。幾：接近，差不多。

二、作者

韓非（西元前二八〇年？～前二三三年），先秦散文家，法家思想集大成者。戰國末年韓國諸公子。口吃，不善言談，善著論。與李斯同學於荀卿。斯以為「不如非」。喜刑名法術之學。曾向韓王建議變法圖強，韓王不納，乃著書十餘萬言。秦始皇讀其書，大為嘆賞，逼韓王遣非入秦。入秦，未及重用，因與李斯、姚賈不合，受其嫉妒讒毀，

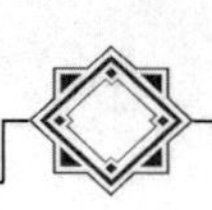

下吏治罪，被毒死獄中。著有《韓非子》。

三、主題和題材

本文選自《韓非子》，內容主要講述進說之難為，申說闡明不違忤人主意旨的重要性。文章一開始就提出：游說之難，不在見識與口才；難在知人主之心而用自己的言辭去迎合他。然後專從「難字」出發反覆分析說明；又從正面闡述游說之術，並列舉史實，雜以寓言，形象地說明游說的難處。最後總結必須不要觸怒人主，以免惹來殺身之禍。題材分說難的道理和證據兩方面。

四、結構

這篇文章可分下面幾個部分：

㈠自「凡說之難」至「不可不知也」。說明進說之難，在知所說之心，可以我說當之。又可分兩支部：

1. 自「凡說之難」至「此不可不察也」。說知其名利之欲，則可免禍。又分下列諸細目：
   (1)自「凡說之難」至「凡說之難在知所說之心可以吾說當之」。總說進說要知所說之心，可以吾說當之。
   (2)說對名高者不可說厚利。
   (3)說對厚利者不可說名高。
   (4)說對陰為厚利而顯為名高者的利害。
   (5)察上面三事可免禍。
2. 自「夫事以密成」至「不可不知也」。說進說之難。
   (1)自「夫事以密成」至「如此者身危」。先說七危。
   (2)自「故與之論大人則以為間已矣」至「慮事廣肆則曰草野而倨侮」。說八難。
   (3)說當察上七危、八難，方可免禍。

㈡自「凡說之務在知飾所說之所矜而滅其所恥」至「此說之成也」。說進說八戒、盡辭之說、明割利害、說成之境。

1.「凡說之務在知飾所說之所矜而滅其所恥」。總說說君主要知其所矜所恥，所矜飾之，所恥滅之。

2.自「彼有私急也必以公義示而強之」至「自智其計則毋以其敗窮之」。分說八種揣摩人主心態而迎合其意以說之法。

3.自「大意無所拂悟」至「此非能士之所恥也」。說極騁智辯，要不恥污身。

4.自「夫曠日彌久而周澤既渥」至「直指是非以飾其身」。說明割利害以致其功。

5.說知八戒、盡辭、明割，然後說可成。

㈢自「昔者鄭武公欲伐胡」至「此不可不察」。說知親疏之別，善處其間，則免禍，免見疑。

1.自「昔者鄭武公欲伐胡」至「取之」。說不知親疏而遭戮。

2.自「宋有富人」至「其家甚智其子而疑鄰人之父」。說不知親疏而被疑。

3.自「此二人說者皆當矣」至「此不可不察」。說察親疏之別，善處之，則可免禍。

㈣自「昔者彌子瑕有寵于衛君」至「不可不察愛憎之主而後說焉」。說察愛憎之變，則可免禍。

1.自「昔者彌子瑕有寵于衛君」至「忘其口味以啗寡人」。說彌子瑕受寵時，屢犯不究。

2.自「及彌子色衰愛弛」至「愛憎之變也」。說彌子色衰愛弛，而為君所惡。

3.自「故有愛于主，則智當而加親」至「不可不察愛憎之主而後說焉」。說察愛憎之變，則免禍。

㈤自「夫龍之為蟲也」至「說者能無嬰人主之逆鱗則幾矣」。說知此四者則可免禍。

綜合上面的分析，這篇的結構可提綱如下：

〈說難〉
（綜合型說明文例1）

- ㈠分說
  - 1.說之難在知其名利之欲（知則免禍）。
  - 2.說之難在知其榮辱之心（知則免禍）。
  - 3.說之難在知其親疏之別（知則免禍）。
  - 4.說之難在知其愛憎之變（知則免禍）。
- ㈡總結——知此四者則可免禍。

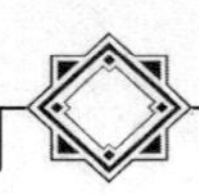

大綱如此，而每分說之下又可分細目，各表示於下：

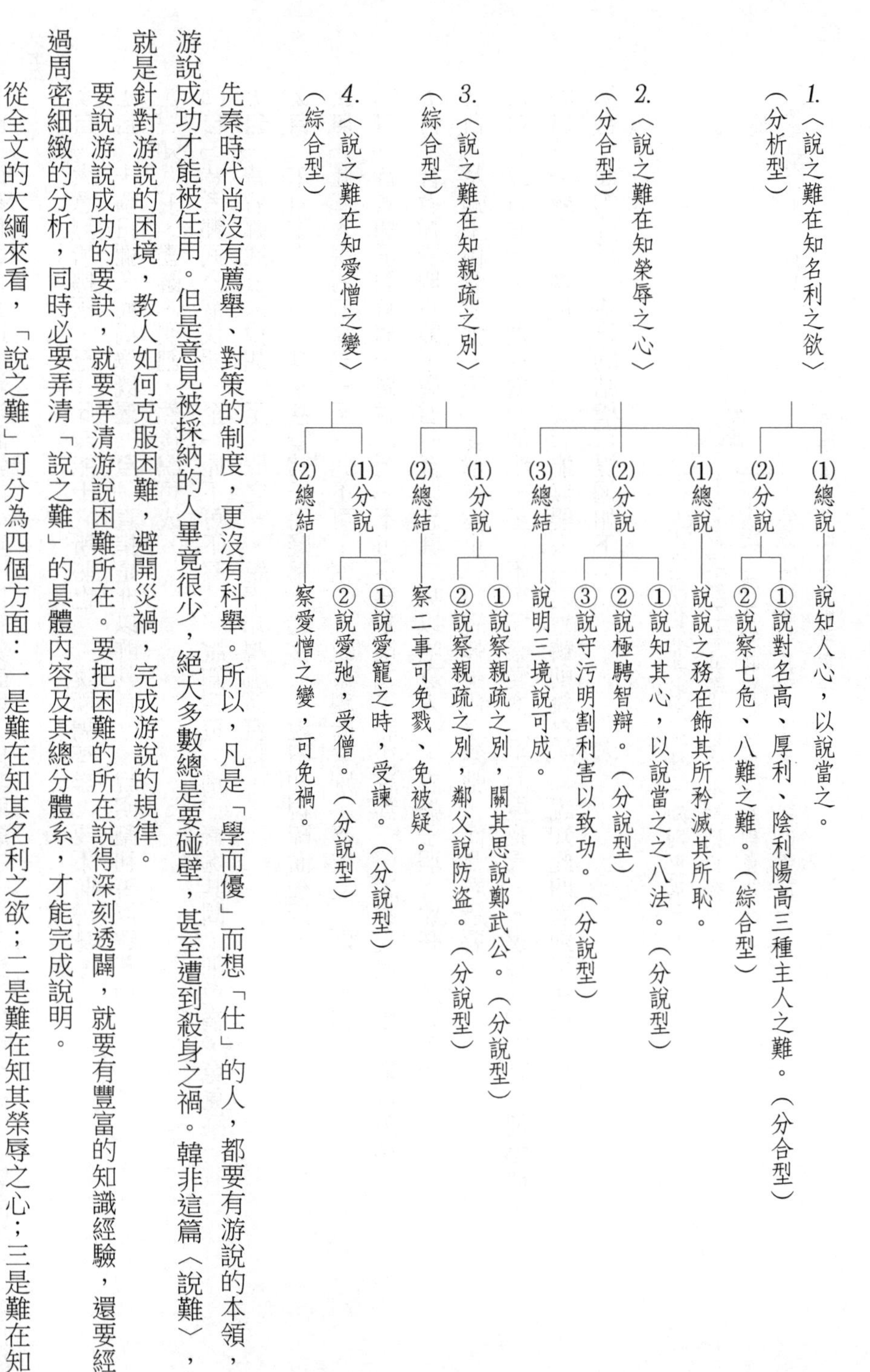

先秦時代尚沒有薦舉、對策的制度，更沒有科舉。所以，凡是「學而優」而想「仕」的人，都要有游說的本領，游說成功才能被任用。但是意見被採納的人畢竟很少，絕大多數總是要碰壁，甚至遭到殺身之禍。韓非這篇〈說難〉，就是針對游說的困境，教人如何克服困難，避開災禍，完成游說的規律。

要說游說成功的要訣，就要弄清游說困難所在。要把困難的所在說得深刻透闢，就要有豐富的知識經驗，還要經過周密細緻的分析，同時必要弄清「說之難」的具體內容及其總分體系，才能完成說明。

從全文的大綱來看，「說之難」可分為四個方面：一是難在知其名利之欲；二是難在知其榮辱之心；三是難在知其親疏之別；四是難在知其愛憎之變。從這四方面看來，結果都很難免禍。但是四難之後，作者在總結時並沒有從反面進行綜合；而是轉從正面進行綜合，所以說：「能無嬰人主之逆鱗則幾矣」。「能無嬰逆鱗」，就是不要陷進困難的危境，把上面所說的「說之難」總攬起來，告訴人要克服它，超越它，「則幾矣」，就是說差不多可以免禍了。由此可見，本文的大綱，其結構是先分析後綜合；即先分說後總結，是按照綜合型的總分體系進行說明的。

再從這個大綱體系下面的枝節看，各個分說的說明方法決定於各自的總分體系。也就是說，它應用在整個總分體系的某個層次，而為這個體系服務。所以，第一分說先說察人心以知其所當說，然後分兩次說點，分別說明知名利之欲以當之；察七危八難以避之，形成分析型段落結構。而在次說點的兩分說之下，又分別對名高、厚利、陰利陽名三種心理進行總分結的分合型說明；對七危、八難進行綜合型的說明。層次多元，結構複雜。這是由說點推及次說點；再由次說點進入細說點形成的層次型態。各級處在一定的地位，在同一體系的不同層次之中。這樣經過全面各層次的說明之後，最後再綜合起來，說「此說之難不可不知也。」第二分說則先說游說之務在知其心，然後分三次說點說明，次說點的說明分①知其心以當的八法；②極騁智辯；③明割利害以致功，然後總三分說明而結以說成。雖然全段沒有「難」字，但「在知飾所說之所矜而滅其所恥」，就是「在知榮辱之心」，分三層次說明，也就是說，這個分說的中心是「說之難在知其榮辱之心」。最後「以此相持，此說之成也」則是從正面來說，但從反面說，仍然有一個「難」字。由正面說是為求修辭變化。這個分說的結構是分合型說明。第三分說則先分兩個方面說親疏之別，先說關其思諫鄭武公伐胡而被戮，是因不明親疏真假之情，次說鄰家之父說防盜，是不明親疏而被疑，後又總結為「處之則難」，「此不可不察」。是綜合型的說明。第四分說亦先說愛、後說憎，由時間之變說明愛憎的變化，是具體地說明愛憎之變。雖然也沒有直接說出「難知」，但是「難」字隱藏其中，最後結以「士不可不察愛憎之主而後說」。「不可不察」即「難察」之意，所以可以說「說之難在知其愛憎之變。」這個分說也是以綜合型說明的。最後是大綱的總結，以比喻的說明進行。說明若要「無嬰人主之逆鱗」，就必須「知其名利之欲」、「知其榮辱之心」、「知其親疏之別」、「知其愛憎之變」。這就是說「知此三者則可免禍」。

經過上面的分析，我們了解這篇文章是由「分析型」、「分合型」、「綜合型」、「綜合型」等四個分說和一個總結組合起來的。全文的總分體系，即綜合型的總分體系，就一目了然了。而各分說之下又各有分說，各有總分體系，也可清楚地呈現了。

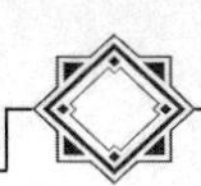

五、技巧

㈠**選材的技巧**：這篇文章的主題是「說之難」，說「說之難」的目的是游說者在了解「說之難」之後，有以克服之法，想去「說成」之道。對此，作者的選材，首先是就「所說之心」，提出「所說名利之欲」的三個心理現象，即「名高」、「厚利」、「陰利陽名」的三種心態；由此出發提出七危境、八難成。然後就「說之務」，提八當說、一騁辯、一明割利害。之後再以關其思說鄭武公，鄰人之父說防盜，繞朝說秦君等歷史題材，作為說察親疏之別之資；又以彌子瑕事衛君的歷史題材作為說察愛憎之變之資，最後以龍鱗為比喻題材，喻君心之喜怒無常。

可見作者是依說難、克服難題及察君心之變化三方向去選材的。

㈡**謀篇的技巧**：作者選材完備，然後考慮如何安排題材，展開說明的步驟。

首先他考慮大綱：即先說「說之難」；次說克服之道；再說進說要警覺明察。最後總結四者，說游說之功。這個大綱的安排符合今日邏輯學所說的總分體系，形成今日依思維形式所分的綜合型說明模式。

然而這篇文章的布局遠較上述的大綱要複雜得多；複雜在於四個分說：

第一分說由一總說二分說構成：總說的次主題是全文次級的說點，即「知所說之心以吾說當之」，兩個分說：①以分合型對名高、厚利、陰利陽名等心理作說明；②又以綜合型說七危、八難。所以這個分說是分析型中包含了一個分合型、一個綜合型的總分體系。

第二分說由一總論三分說一總結綜合成。總說的次主題就是全文次級說點，即「說之務在知飾所說之所矜而滅其所恥」。三個分說是：①以分說型說明「知其心以說當之」之八法；②以二分說說極騁智辯；③以二分說說污身以明割利害以致功。所以這個分說也是在分合型之中，包含有三個分說型。

第三分說由二分說一總結構成。兩個分說：①以分說型說關其思說鄭武公而被戮及鄭滅胡，以實例說明游說要察親疏之別；②以分說型說鄰人之父說修牆防盜而被疑，也以實例說親疏之別，總結是合上二分說，結出當察親疏之別。所以這個綜合型分說中，也包含兩個次級分說型，體現了說明文的總分體系。

第四個分說也由二個分說一個總結構成。兩個分說是：①由兩個次級的分說，說明被寵時的君愛；②由同樣的關係說明寵衰被憎。總結是合上面二分說，結出游說要察君主的愛憎。所以這個綜合型分說中，又包含兩個次級分說型。也體現了說明文的總分體系。

由上可知，這篇文章的布局是由三個層次的說明體系構成的，而次級體系由上級體系衍生，謀篇皆在上級說點衍生次級說點，再以總分體系說明次級說點；自然又衍生細級說點，而形成細級總分體系。看似複雜，其實只要能根據總分體系看問題，全文的脈絡也就不難看清楚了。

㈢**修辭的技巧**：這篇文章的表現法，如從思維形式看，它是以說明法為主，以敘述法為輔，而進行思維的。在說明法中，有對比說明法，如第一分說就有兩種對比說明：一種是和說點構成對比形式；另一種是和次說點構成對比形式。這裡說的說點是指「說之難在知其所當說」，它的反面是開頭說的：「凡說之難，非吾知之有以說之之難。」「又非吾辯之能明吾意之難」、「又非吾敢橫失而能盡之難」。古人叫這種方法為「反襯法」、「反起順承法」。總之是從反面說起，說到正面的說點上來，構成對比形式。此後，從說點再分開來，就成為次說點，即所謂「說」之當不當，還有各種情況。如「所說出于名高者也，而說之以厚利，則見下節而遇卑賤，必棄遠矣。」這就是次一級的對比。這種對比不能錯亂，因為兩者各處於一定的地位，即各在同一體系的不同層次中。其次是引例說明，如第三分說中的關其思說鄭武公、鄰人之父、繞朝，第四分說的彌子瑕，都是以具體的實例說明人心的變化。又用比喻說明法，如總結以龍喻君，使說難之理具體而形象化。這些是本文表現法的大端者。其次，在修辭上，散句與排句交錯，使文章的句法多變化，又具有壯偉的氣勢。前後分合彼此照應，使文章布局嚴密、而剖析深刻，結構中藏結構，作者精心經營之跡昭然可見。

〈責髯奴辭〉①

我觀人髯長而復黑，冉弱而調。離離若緣坡之竹，鬱鬱若春田之苗。因風披靡，隨風飄颻②。爾乃附以豐頤，表以蛾眉，發以素顏，呈以妍姿③。約之以紲線，潤之以芳脂。莘莘翼翼，靡靡綏綏。振之發曜，黝若玄珪之垂④。于是搖鬚奮髭，則論說唐虞；鼓髯動鬛，則研覈否臧。內育瓌形，外闡宮商。相如以之閑都，顒孫以之堂堂⑤。

豈若子髯既亂且赭。枯槁禿瘁，劬勞辛苦。汗垢流離，污穢泥土⑥。傖囁穰擩，與塵為侶。無素顏可依，無豐頤可怙。動則困于惣滅，靜則窘于囚虜⑦。薄命為髭，正著子頤。為身不能庇其四體，為智不能飾其形骸。癩鬚瘐面，常如死灰。曾不如犬羊之毛尾，狐狸之毫氂⑧。

為子之髯，不亦難乎！

一、注釋

①髯奴：指鬚髯多的奴僕。

②冉弱：柔弱。調：和，相得，相配。離離：繁茂貌。鬱鬱：茂盛貌。披靡：從風傾倒貌。飄飖：飄動貌。

③豐頤：豐滿的下巴。蛾眉：細美的眉毛如蛾觸鬚。素顏：白嫩的容顏。妍姿：美好的身姿。

④紲線：束縛的線、繩。紲：ㄒㄧㄝˋ，繫。芳脂：芬芳的脂粉。莘莘翼翼：眾盛貌。靡靡：柔美飄垂貌。振：動。發曜：發光。黝：黑而發亮。玄珪：黑色的珪璋。

⑤鬚：頤下毛。髭：ㄗ，口上鼻下毛。唐虞：上古朝代，堯及舜的朝代名。鬐：ㄑㄧˊ，豎髮或鬚。鬣：ㄌㄧㄝˋ，鬢上髮，又鬚。研覈：查驗。覈：ㄏㄜˊ，驗。否臧：批評。內育瓌形：內在的作用可裝飾美好的形體。內：內在資質。育：培育、裝飾。瓌形：美玉般形體。瓌：即瑰，美石。外闈宮商：對發於外的聲音，可加強其音韻之美。外：發於外的聲音。宮商：音樂般美妙的聲音。相如：司馬相如，漢時賦家。閑都：雅麗。顓孫：顓孫師，字子張，春秋陳人。孔子弟子，容貌出眾，資質寬沖。堂堂：容貌出眾貌。

⑥子髯：你的鬍鬚，指髯奴的鬍鬚。赭：ㄓㄜˇ，紫赤色。禿瘁：無鬚毛，瘁病不光亮。劬勞：勞瘁。汗垢：汗汁污垢。流離：淋漓，汗流貌。

⑦傖囁：粗陋。傖：ㄘㄤ，鄙賤。囁：ㄋㄧㄝˋ，口無飾。穰擩：ㄖㄤˇ ㄖㄨˊ，紛亂，沾染貌。怙：靠。惣：揔，ㄗㄨㄥˇ，困貌。惣滅：困迫失落。

⑧薄命：運氣不好。癩：瘡。瘐：ㄩˇ，病。氂：ㄇㄠˊ，長毛，強韌而卷曲之毛。

二、作者

黃香，漢代文章家，字文強。江夏安陸（湖北省安陸縣）人。九歲時即以篤孝聞名於鄉里。十二歲時被太守召見。黃香家境貧寒，刻苦攻讀，博覽群書，善文章，京師號稱：「天下無雙江夏黃童。」元和四年（西元八七年）奉詔入

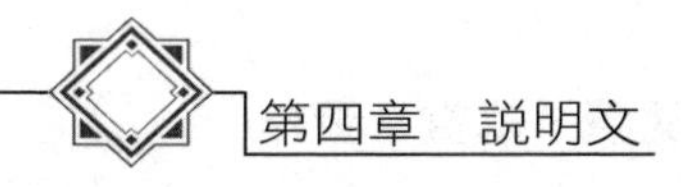

東觀，後拜尚書郎。永元四年（西元九二年）拜左丞。永元六年，累遷尚書令。延平六年（西元一〇六年）遷魏郡太守。因水災事免官，病卒。今存作品見嚴可均《全上古三代秦漢三國六朝文》中《全後漢文》。

三、主題和題材

這是一篇賦體的小品文。題目〈責髯奴辭〉，是髯責其所附的奴僕。責髯是賦與髯以生命，是擬人寫法。髯責自己主人不如他髯之主人那樣富貴閑雅，嘆自己薄命，所附非人。嬉笑調侃，幽默諧趣，表面揚富貴嘆貧賤，其實寄予貧賤以深沈的同情，嘆己命也者，為主人不平的反諷也。髯，是核心題材。

四、結構

這篇賦體小品文，可分三部分來說：

(一)自「我觀人髯長而復黑」至「顳孫以之堂堂」。說明富貴人的髯鬚「長而復黑，冉弱而調。」極力以描寫為說明的輔助手法。寫人髯的形狀，所附著的形體，髯與形體的配合。

(二)自「豈若子髯既亂且赭」至「狐狸之毫氂」。說奴髯，「既亂且赭」。寫其髒亂的模樣、所附的窘困惣因、不成配對。

(三)總結以「為子之髯，不亦難乎！」總說自己難得適當配合。

由上面的分析可見，第一部分是分說，說他人之髯；第二部分說奴髯；第三部分總結，說自己之難於為髯。全文的結構可以綱領表示如下：

〈責髯奴辭〉（綜合型說明文例2）
- (一)分說
  - 1. 說富貴人的鬚髯，美好雅觀。
  - 2. 說窮奴的鬚髯，亂且赭。
- (二)總結
  - 難以為子之髯。

這篇文章由兩個分說和一個總結構成，是綜合型的說明文。

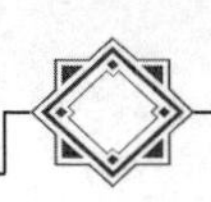

五、技巧

㈠**選材的技巧**：這篇文章的主題是藉鬚髯的告白，說明富貴與貧賤的人生境界，在感嘆之中，蘊涵無限的不平和同情。

作者選材乃藉平時對富貴之人和貧賤之人的鬚髯，作詳細的觀察。就兩者鬚髯的形狀、所依附人物的形象、髯與人的調配等，分別異同，而成題材儲蓄，以為創作之用。

㈡**謀篇的技巧**：作者在此的布局是比較簡單的，他先分富貴和貧賤兩類，去說明描寫他們的鬚髯。各類人的鬚髯又分髯狀——人形——髯人調配三方面描寫說明，然後總結。這就形成先分後總的布局形勢，自然成了綜合型脈絡了。

㈢**修辭的技巧**：這篇文章主要是用分類說明法。作者將人分為富貴和貧窮兩種概念，說明生長在這兩類人身上的髯的分別，又運用比較法，將兩者作出區別，以資抑揚。

而在各類說明時，作者採用描寫法作形象的說明，把兩類人物的髯狀、人體、配合作具體而生動的描述。而且又插用典故如「相如以之閑都，顓孫以之堂堂。」最後用比喻說明法，如「常如死灰」、「犬羊之毛尾，狐狸之毫氂。」以增加文章的滑稽生動性。

全文思致奇妙，寓意深切，行文詼諧，堪稱佳作。

〈擇材〉

夫師之行也，有好鬥樂戰，獨取彊敵者，聚為一徒，名曰報國之士①。

有氣蓋三軍，材力勇捷者，聚為一徒，名曰突陣之士②。

有輕足善步，走如奔馬者，聚為一徒，名曰搴旗之士③。

有騎射如飛，發無不中者，聚為一徒，名曰爭鋒之士④。

有射必中，中必死者，聚為一徒，名曰飛馳之士⑤。

有善發彊弩，遠而必中者，聚為一徒，名曰摧鋒之士⑥。

此六軍之善士，各因其能而用之也⑦。

一、注釋

①師：軍隊。行：性行，德性。意志表現為動作曰行。好鬥樂戰：喜好戰鬥。獨取彊敵：獨當強敵。彊：強。聚為一徒：集聚眾軍，令其同心合力，一心一德。徒：步卒。報國之士：報效國家的戰士。

②氣蓋三軍：氣勢冠三軍。在軍中氣勢最盛。材力勇捷：材性體力勇健敏捷。突陣之士：衝擊突攻的戰士。

③輕足善步：腳步輕快，善於步行。走如奔馬：快跑輕捷如奔馳的馬。搴旗：作戰時搶先上陣，搴舉敵人旗幟。搴：拔取。旗：敵人軍旗。《吳子・料敵》：「力輕扛鼎，足輕戎馬；搴旗取將，必有能者。」

④騎射如飛發無不中：騎馬發射如飛鳥敏捷，每射必中。爭鋒：爭奪鋒銳之敵。

⑤飛馳：飛快騁馳。

⑥弩：發矢機弩。摧鋒：摧毀鋒銳的敵人。

⑦六軍：軍隊。善士：善戰將士。能：作戰能力。

二、作者

諸葛亮，見前〈答法正書〉作者欄。

三、主題和題材

這篇文章題曰「擇材」，是選將的意思。選將要依材，材能賢優則選之，故曰「擇材」。作者將將士分為六類，以之為說明的題材，各說其能，最後指出用兵要各因其能。

四、結構

這篇文章的結構如下：

㈠自「夫師之行也」至「名曰報國之士」。說報國之類的將士。

㈡自「有氣蓋三軍」至「名曰突陣之士」。說突陣之類的戰士。

㈢自「有輕足善步」至「名曰搴旗之士」。說搴旗的戰士。
㈣自「有騎射如飛」至「名曰爭鋒之士」。說爭鋒的戰士。
㈤自「有射必中」至「名曰飛馳之士」。說飛馳的戰士。
㈥自「有善發彊弩」至「名曰摧鋒之士」。說摧鋒的戰士。
㈦「此六軍之善士，各因其能而用之也」。說善用士。

上面，由㈠到㈥都是分說，㈦是總結。其結構可概括成下列的綱領：

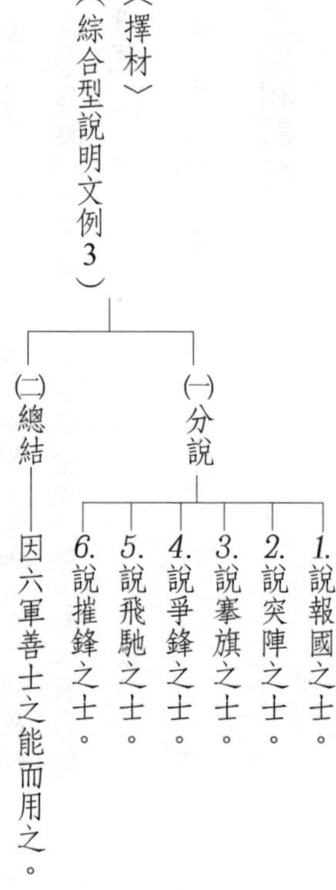

分說部分的思維形式是分析，總結部分的思維形式是綜合，古人所謂「畫龍點睛」，點明題意。所以，它是先分說然後總結的說明文。它沒有開頭，有結尾。之所以沒有開頭，蓋由於共性寓於個性之中，沒有個性就沒有共性。因為，作者鑑於這篇文章必須以分析為基礎，所以採用綜合法說明，自然就不必開頭，先分析再總結了。

五、技巧

㈠**選材的技巧**：這篇文章的材料，分六類，都是六軍之善士。因此，作者是透過文獻調查；平時訓練軍士的觀察；累積以前兵法家的經驗，對六軍各種善士作分析，提煉出各士的性能，而成為題材的。

㈡**謀篇的技巧**：全文的大綱是依綜合型的脈絡，先分後總地安排的。至於分說的各項次序，似是隨意而行，其實也有原則可見，即先大後細。報國的局面最大，故放在第一；突陣就全軍而言，次之；搴旗乃戰場上局部爭勝，又次

之；爭鋒亦戰場上局部之行，又次之；飛馳乃行軍之行，再次之；摧鋒更是接戰之一點，殿後。這樣安排次序是合乎邏輯思維次序的。

㈢修辭的技巧：全文用分類法和比較法作說明。六類成排比句法。說明的展現多直述式的詮釋，有時也用比喻法，如「走如奔馬」。文章簡潔明晰，有次序。

〈出師〉

古者國有危難，君簡賢能而任之。齊三日，入太廟，南面而立；將北面，太師進鉞於君。君持鉞柄以授將，曰：「從此至軍，將軍其裁之①。」

復命曰：「見其虛則進；見其實則退。勿以身貴而賤人；勿以獨見而違眾；勿恃功能而失忠信②。士未坐，勿坐；士未食，勿食。同寒暑；等勞逸；齊甘苦；均危患。如此，則士必盡死，敵必可亡③。」

將受詞，鑿凶門，引軍而出。君送之，跪而推轂曰：「進退惟時，軍中事，不由君命，皆由將出④。」若此，則無天於上；無地於下；無敵於前；無主於後。是以智者為之慮，勇者為之鬥。故能戰勝於外；功成於內；揚名於後世；福流於子孫矣⑤。

一、注釋

①簡賢能：選賢能。任：擔當。齊：齋。太廟：祖廟。南面：君坐北朝南站立。將：將軍，統帥。太師：官名，三公之一。鉞：斧鉞，天子命將軍出征時，授鉞以為授權指揮的符信。從此至軍，將軍其裁之：言閫外軍中之事，將軍可主裁。

②其虛：敵軍虛弱。其：指敵軍，代詞。實：敵軍充實、強大。勿以身貴而賤人：不要因為自己身為將軍，地位尊貴看不起士卒。獨見：自己孤立的看法。違眾：違背眾軍的意見。恃：靠。功能：功勳才能。失忠信：不盡忠不守信。

③等勞逸：與士兵共勞同逸。齊甘苦：同甘共苦。均危患：同赴危難，共擋災患。士必盡死：士兵必盡心死戰。

④受詞：受天子詔命之辭。鑿凶門：開出戰之門。鑿：開。《淮南子・兵略訓》：「將已受斧鉞，辭而行，乃剪指甲，

設明衣，鑿凶門而出。」注：「凶門，北出門也。將軍之出，以喪禮處之，以示必死也。」引軍：帶領軍隊。推轂：推帥車。惟時：思時機而定。軍中事，不由君命，皆由將出：即將在外君命有所不受的任命辭。

⑤無天於上；無地於下；無敵於前；無主於後：言將在軍可專斷，上下前後無所顧慮，自主裁奪。智者為之慮：明智的將軍可發揮其智慮以制敵，不受牽制。勇者為之鬥：勇猛戰士可發揮其勇以鬥敵，不受製肘。

二、作者

諸葛亮，見〈答法正書〉作者欄。

三、主題和題材

這篇文章題名〈出師〉，主旨在說明出師命將的儀式。文章的題材以拜將儀式為主，文中強調以君命授權統帥，專權任命，囑咐與軍士同甘苦共危難，軍中事皆由將出等要義。

四、結構

這篇文章的結構分為下列幾個部分：

㈠自「古者國有危難」至「將軍其裁之」。說君命帥，授權柄。

㈡自「復命曰」至「敵必可亡」。說授詞，是君戒帥之言，授戰略及御下之策。

㈢自「將受詞」至「皆由將出」。說將受命儀式，將以必死之心受命，君為推轂以重其柄，並專付其權。

㈣自「若此」至「福流於子孫矣」。總說統帥專征，戰無不勝，克敵立功。

由上可知，這篇文章由三個分說一個總結組成，其結構可由下面的綱領表示：

〈出師〉（綜合型說明文例4）
- ㈠分說
  - 1.君命帥，授權鉞。
  - 2.戒帥，授戰略、御下之術。
  - 3.將受詞、出師。
- ㈡總結——總說，結合上面三項，將可專斷作戰，克敵立功。

上面三分說的思維形式都是分析，總結部分的思維形式是綜合，在最後「畫龍點睛」，說明題旨。由於綜合必須以分析為基礎，所以綜合型都先列分說，最後才總結。這是綜合型說明文的共同規律。

五、技巧

㈠**選材的技巧**：這篇文章說明的是天子命帥出師的儀式和意義。儀式的題材：有授鉞、授詞、受詞、出師。因此它的題材有三方面，授鉞在太廟，除了天子和統帥外，尚有太師參與；授詞：包括戰略和御下之術；將受詞出師，有鑿凶門的儀式。這三方面的題材都是出師儀式的客觀需要而定，作者可依文獻調查，實際觀察以選之。

㈡**謀篇的技巧**：這篇文章的布局，基本上是依出師儀式的順序安排的，各部分的細節也都是按儀式進行所需而布設。所以它是在既有程序上布置的。

㈢**修辭的技巧**：全文以說明思維進行表現，其間穿插對話，以為說明之助。文章簡潔明白，也是一篇標準的綜合型說明文。

〈盧山公九錫文〉①

若乃三軍陸邁，糧運艱難，謀臣停算，武夫吟嘆②。爾乃長鳴上黨，慷慨應官，崎嶇千里，荷囊致餐，用捷大勛，歷世不刊，斯實爾之功者也③。

音隨時興，晨夜不默，仰契玄象，俯協漏刻，應更長鳴，毫分不忒；雖挈壺著稱，未足此德，斯復爾之智也④。

若乃六合昏晦，三辰幽冥，猶憶天時，用不廢聲，斯又爾之明也⑤。

青脊絳身，長頰廣額，修尾後垂，巨耳雙磔，斯又爾之相也⑥。

嘉麥既熟，實須精麪，負磨回衡，迅若轉雷，惠我眾庶，神祇獲荐，斯又爾之能也⑦。

爾有濟師旅之勳，而加之以眾能，是用遣中大夫閭丘騾，加爾使銜勒大鴻臚斑腳大將軍宮亭侯。以揚州之廬江、江州之廬陵、吳國之桐廬、合浦之朱廬，封爾為廬山公⑧。

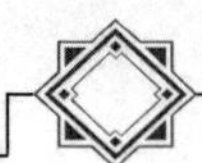

一、注釋

①九錫：古代帝王尊禮大臣所給的九種器物，有衣服、朱戶、納陛、輿馬、樂則、虎賁、斧鉞、弓矢、秬鬯等。

②三軍：軍隊。陸邁：陸上行軍。停算：無法謀算。

③爾乃：語詞。長鳴：指驢鳴。上黨：郡名，晉代治所在潞城（今屬山西）。春秋時為赤狄潞子國，其地極高，與天為黨。驢運糧過上黨，故云「長鳴上黨」。慷慨：意氣盛貌。應官：應官府徵召。荷囊：擔糧袋。致餐：送軍糧。用捷大勛：因得完成大功。歷世不刊：經歷數代而不磨滅。

④晨夜不默：早晚都會鳴叫。仰契玄象：上合天象。仰：向上。契：合。玄象：天象，日月星辰在天成象，故稱。俯協漏刻：下合鐘漏。漏刻：即漏壺。古代的一種計時儀器。忒：ㄊㄜˋ，差誤。挈壺：即挈壺氏，官名，主管挈壺水以漏，準確報時。見《周禮・夏官・挈壺》。

⑤六合：天地四方。昏晦：昏暗。三辰：指日、月、星。幽冥：暗。猶憶天時：尚記憶時間。

⑥青脊絳身：青色的脊背，紅色的身體。長頰廣額：頰長額廣闊。修尾後垂：長尾在尻部垂下。巨耳雙磔：長耳分開。《說文》：「驢似馬而長耳。」磔：ㄓㄜˊ，開。

⑦嘉麥：良麥。精麪：擣成麪，鑿舂成麪。精：舂。負磨回衡：驢拖磨在橫梔下旋轉。迅若轉雷：迅快如雷回轉。眾庶：百姓。神祇：神靈。祇：地祇。獲荐：得到祭祀薦享。

⑧濟師旅之勳：助軍隊運糧的功勞。眾能：各種才能，指運磨、報時等。中大夫：官名。閭丘：姓。騾：似馬。銜勒：口銜鐵，馬轡。大鴻臚：贊襄禮儀之官。大將軍：武官名。宮亭侯：封爵名。宮亭：建築物。《水經注》謂廬山下有神廟，號曰宮亭廟，故彭湖亦稱宮亭。揚州：古九州之一。《書・禹貢》：「淮、海惟揚州。」《爾雅・釋地》：「江南曰揚州。」廬江：郡名，治所在舒（今安徽廬江西南）。江州：西晉元康元年（西元二九一年）分荊、揚二州置江州，治所在豫章（今江西南昌）。廬陵：舊縣名，故城在今江西吉安縣境。吳國：今江蘇、浙江一帶地方，春秋時吳國之地。桐廬：縣名，在今浙江省。合浦：郡名，治所在今廣東合浦縣東北。朱廬：縣名，也作朱崖。故城在今廣東瓊山縣東南。

二、作者

袁淑（西元四〇八年～四五三年），南朝宋文學家，字陽源，陳郡陽夏（河南太康）人。少有風概，伯父袁湛稱「此非凡兒」。至十餘歲為姑夫王弘所賞識。初為彭城王義康的司徒祭酒。後臨川王劉義慶請為諮議參軍。遷司徒左西屬，出為宣城太守。入補中書侍郎，以母憂去職，服闋，為太子中庶子。元嘉二十六年（西元四四九年）遷尚書吏部郎，出為始興王征北長史、南東海太守。後遷御史中丞、太子左衛率。元嘉三十年劉劭之亂，被亂黨所殺。宋孝武帝即位，追諡忠憲。袁淑縱橫有才辯，不為章句之學，博涉多通，好屬文，辭彩遒豔。有《袁忠憲集》傳世。

三、主題和題材

這是一篇幽默滑稽的俳偕小品。藉寫封驢為廬山公、九錫之文，達到諷刺的目的。諷刺的產生是由於事實與所表現矛盾。矛盾呈現所寫對象的滑稽。本文以驢為題材，其表層意旨說驢有運糧、報時、勤職、賦相、磨麪等功能，故封其為廬山公。諷刺之意見於言外，目標指向無才而受封之輩。

四、結構

這篇文章可分六個部分：

㈠自「若乃三軍陸邁」至「斯實爾之功者也」。說驢運糧、濟師旅之功。
㈡自「音隨時興」至「斯復爾之智也」。說驢應有更長鳴的智慧。
㈢自「若乃六合昏晦」至「斯又爾之明也」。說驢有在幽冥晦昏之日，記得天時，準時嘶鳴的聰明。
㈣自「青脊絳身」至「斯又爾之相也」。說驢的實相。
㈤自「嘉麥既熟」至「斯又爾之能也」。說驢牽磨碾麥之能。
㈥自「爾有濟師旅之勳」至「封爾為廬山公」。綜合上面所說諸功與長相，封驢為廬山公。

根據上面的分析，這篇文章，以四個分說一個總結組合，寫成全文。作者反面文章正面作，巧翻驢案，為驢歌功

頌德，筆底波瀾，翻滾轉變，蔚為笑噱。其結構可由下面綱領表示之：

〈盧山公九錫文〉
（綜合型說明文例5）
- ㈠分說
  - *1.*說驢助運軍糧之功。
  - *2.*說驢有準時長鳴報時之智。
  - *3.*說驢有於陰晦之日，牢記天時嘶鳴之明。
  - *4.*說驢有驢相。
  - *5.*說驢牽磨碾麥之能。
- ㈡總結
  - 說合上面四功能一相貌，封驢為盧山公。

這篇文章先分說驢的功相，然後總結為封賜。是以先分析後綜合的思維方式，按照綜合型的總分體系進行說明的。所以，它也是綜合型說明文。

五、技巧

㈠**選材的技巧**：這篇文章是以九錫文的應用文形式寫作。九錫文是論功行賞。所以先說功，後說賞。作者在題材的準備上，凡分*1.*助運軍糧之功的題材；*2.*準時長鳴報時之智的題材；*3.*昏晦之日記時之明的題材；*4.*驢相的題材；*5.*牽磨碾麥的題材；*6.*封賞的題材。六方面的題材都是應九錫文封賞的說明需要而準備的。

㈡**謀篇的技巧**：本文的布局，大綱是由說明文的總分體系，先分後總的格局決定。至於五分說的先後，則是由功之高以及卑，先軍功後智明，再長相而及惠眾之能。這樣，其先後次序也是具有一定的邏輯關係。

㈢**修辭的技巧**：這篇文章的表現法，也是以說明式的思維為中心，用詮釋說明法和描寫輔助手法，進行說明。文中，除了分說*4.*用描寫法外，其餘都是詮釋說明。此外，作者也用比較法和比喻法，如分說*2.*「雖挈壺著稱，未足比德」，是比較法；分說*5.*「迅若轉雷」，是比喻法。至如五分說形成排偶句式；藉驢形龐大，驢性蠢笨，在大而蠢上，與某些大人物的共通點，形成表層映射深層的正反雙層結構，形成反諷的影像，更是作者匠心所在。另外，語言的運用，為求切合「驢」音與「驢」形，而選擇了「閭丘」、「大鴻臚」、「盧江」、「桐盧」、「朱盧」、「盧山」以應「驢」音，而「上黨」與「宮亭侯」也暗與「驢」音若即若離，一句「銜勒大鴻臚斑腳大將軍宮亭侯」的封號，更是與驢聲、驢相契合，妙趣橫生，含意新警，讀來令人啞然失笑。

練　習

㈠試閱讀下列諸文，為之標點、分段。

1. 劉或〈群司舉隱逸詔〉。
2. 李膺〈三輔黃圖序〉。
3. 沈括〈一舉而役濟〉。
4. 宋應星〈稻災〉。
5. 吳從先〈賞心樂事之二〉。

㈡試以綜合型模式寫下列諸題。

1. 說公車。
2. 說班規。
3. 說校規。
4. 說書。
5. 說筆。
6. 說勤惰。

㈢試選四篇散文的鑑賞範作，供學生課外學習。

第三節　分合型說明文

這也是按照說明對象所呈現出來的內在邏輯關係，安排行文秩序的布局形式。由對象的總體分向各組成局部觀察，再於局部觀察結束後，作一次總的概括。所以它是分析型和綜合型的複合形式；也是分析與綜合辯證關係的反映。因此，這種類型兼有分析型和綜合型的特點，前分析後綜合，前後共用一個分說部分，這個分說部分是複合形式的紐帶，隨而形成三大部分的基本間架，即總說、分說、總結。這種先總說、再分說、後總結的說明文，從思維形式看，就是分析思維和綜合思維互相結合的反映。在一切說明文中，這種結構類型比重最大。這種說明文的類型，我們可以把它的模式表現，作下面的綱領：

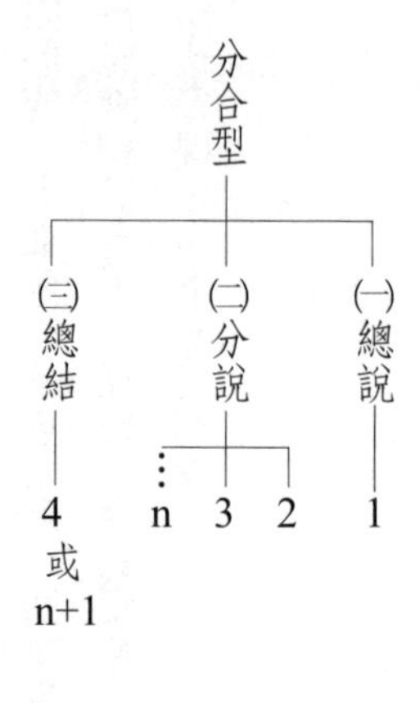

在這個模式中，㈠和㈡是分析式的邏輯關係，因為它的基本間架是先總說、後分說；㈡和㈢的邏輯關係是綜合，因為它的基本間架是先分說、後總結。㈡是㈠和㈢共用的部分，它先與㈠合作，然後再與㈢合作。當這前後兩種邏輯關係結合在一起時，也就由分析型和綜合型結合成另一個新的複合體。由此，我們可以看出一切分合型的說明文，都兼有分析型和綜合型的全部特點，既有相當於「開頭」的部分，又有相當於「結尾」的部分，中間的部分扮演了雙重角色，它既是前面分析型的尾，又是後面綜合型的頭。這種頭尾俱全，中間作為頭尾連合共同紐帶部分的結構模式，是分合型的主要特點。因此，它的適用範圍較廣。在「總說」中，可以「立片言而居要」，作為「一篇之警策」；在「分說」中，可以「條分縷析」，逐層深入；在「總結」中，可以回顧全文，進行抽象概括。所以，分合型的結構模式，可以說是客觀辯證法全面結合的反映。下面舉實際作品加以印證，並為讀者提供說明文分合型的閱讀、鑑賞和創作的參考。

〈與群下教〉①

夫參署者，集眾思，廣忠益也②。

若遠小嫌，難相違復，曠闕損矣。違復而得中，猶棄敝屩而獲珠玉③。

然人心苦不能盡，惟徐元直處茲不惑；又董幼宰參署七年，事有不至，至于十反，來相啟告④。

苟能慕元直之十一，幼宰之殷勤，有忠于國，則亮可少過矣⑤。

一、注釋

①與群下教：給眾屬官的教諭。群下：眾下屬。教：是一種文體。在封建社會，上級官員向下級部屬群僚發布指示，寫成書面文字，就稱為「教」，教是訓示的意思。

②參署：以種種意見為參考資料而寫出意見書等工作，此指在幕府裡參與討論政事。集眾思：集合眾人的智慧。廣忠益：擴大忠藎（ㄐㄣ）有善美的好處。

③遠小嫌：避開小嫌疑、嫌怨。違復：一作違覆。對事情的可疑地方詳加辯問，以求明白。違：不同的看法，辯問之意。復：反覆來相啟告，如覆奏。曠闕：空缺不求充分了解。損：失。得中：得到正確的方法。中：正。棄敝屩：丟破鞋。喻原來的小嫌、案子。獲珠玉：得到寶玉。喻「得中」的事。

④人心苦不能盡：人的心理最難盡心剖白。徐元直：徐庶，蜀漢、穎川人，初事劉備，尋因曹操捕其母相脅而歸操，母忿而自縊。庶官至御史中丞，終身不為操設謀。處茲不惑：在參署而不迷惑。董幼宰：董和，三國蜀、枝江人。劉備定蜀，與諸葛亮共事左將軍大司馬府。事有不至：事件有不明白、不徹底。十反：十次反覆辯問。啟告：悅問告語。

⑤殷勤：認真。少過：少錯誤。

二、作者

諸葛亮，見前〈答法正書〉作者欄。

三、主題和題材

這篇文章是一篇應用散文，是諸葛亮任蜀漢丞相時，給丞相府祕書、參謀之類的官員，提出的訓示，要求他們「集思廣益」，坦誠無隱地提出意見，共同討論政事。所說的題材是政事上的問題。

四、結構

這一篇文章一共只有九十四個字，就結構成分而言，卻可分為四個部分：

㈠自「夫參署者」至「廣忠益也」。說明參署的總原則，丞相府所以要任用祕書、參謀，就是為了集思廣益，也

只有「集眾思」，才能「廣忠益」。

㈡自「若遠小嫌」至「猶棄敝屩而獲珠玉」。說如果怕嫌疑惹身而不提不同的意見，必然會導致缺失；反之，如異議是正確的，將如棄破鞋而得珠玉，受益之大是明顯的。

㈢自「然人心苦不能盡」至「來相啟告」。說明人心往往不容易傾心相告，然徐庶那樣能參署而不避嫌疑；或董和那樣，力爭不倦，坦誠相告的才是好參署。

㈣自「苟能慕元直之十一」至「則亮可少過矣」。總結，說明參署要像徐庶之不惑、董和之殷勤，才有忠益可言。

綜上，這篇文章雖短，卻總說、分說、總結全備，其結構模式如下：

〈與群下教〉（分合型說明文例1）
- ㈠總說——參署要集眾思以廣忠益。
- ㈡分說
  - 1.不辯問，缺政多；辯問得善政。
  - 2.一般人苦不盡；徐庶、董和則能盡職不惑。
- ㈢總結——能如徐、董，則可忠益。

這篇文章的結構，顯然也應是總分體系邏輯關係的反映。㈠的部分是總說；㈡的部分是分說；㈢的部分是總結，是總、分、總的結構模式；其思維形式是先總說，次分析，後綜合。正是分合型的體制。

五、技巧

㈠**選材的技巧**：諸葛亮寫這篇〈與群下教〉，目的在於誠懇踏實地要求丞相府群僚，開誠布公地提出施政辯問，以促進政治的「得中」——合理。所以，文章的題材所需選擇的是：*1.*參署的原則：「集眾思，廣忠益。」；*2.*違復不違復的利害；*3.*參署的範例；*4.*坦誠參署的好處。這些題材的選擇，是應主題需要而呈現的。

㈡**謀篇的技巧**：全文的謀篇，脈絡明顯：首先作者提出原則，是總說的安排，其次分說，這是對於總說的意旨條分縷析，逐層深入；作者在分說這一部分分兩層次：第一層次從反面說，如果人們只從個人避嫌疑來考慮，不願提出不同的，甚至相反的意見，施政缺點就會加大，然後加上一個比喻，如果提出異議辯問，說中了施政要害，那就把舊措施丟了，而得到改進的新政策，這就像放棄了破鞋，找到珠玉一般，把「違復」的優點，說得十分形象，十分具體；然後第二層次再從反面加上一句「人心」的弱點「苦不能盡」，話說得雖然簡單，可是十分有分量，然後回到正面舉兩個例子，以為正確參署的範例說明；這兩個例子也有主次之分。徐庶與作者同輩，所以先說，強調他的「處茲不惑」，見他為參署而從容；董和是部下群僚之一，所以後說，說他「殷勤」，語氣輕重，前後不同。兩個層次分四級說，總結指出違復就是忠國，也使自己減少錯誤。這樣，合總說和總結，全文便分為六個層次說明了。

㈢**修辭的技巧**：這篇文章依說明式的邏輯關係，進行說明。說明方式有詮釋、有比喻、有引例。詮釋的文字，如開頭，語言簡練經濟，文章樸實，顯示作者詞章的修養深厚；比喻法，如「猶棄敝屩而獲珠玉」，不僅使道理形象化、具體化；並且進一步豐富了他所要講的內容，使道理深刻化。在措詞用字方面，作者不但費了一番壓縮提煉的工夫，而且用字精準，使文章更有分量。再者文章的承轉照應，自然嚴密。如㈡的兩部分承一而來，㈢的「忠于國」照應㈠的忠；「可少過」照應㈠的益。

〈進資治通鑑表〉①

臣光言：「先奉敕編集歷代君臣事跡，又奉聖旨賜名《資治通鑑》，今已了畢者②。

伏念臣性識愚魯，學術荒疏，凡百事為，皆出人下，獨於前史，粗嘗盡心，自幼至老，嗜之不厭③。每患遷、固以來，文字繁多，自布衣之士讀之不徧，況於人主日有萬機，何暇周覽④!?臣常不自揆，欲刪削冗長，舉撮機要，專取關國家興衰，繫生民休戚，善可為法，惡可為戒者，為編年一書，使先後有倫，精粗不雜。私家力薄，無由可成⑤。

伏遇英宗皇帝，資睿智之性，敷文明之治，思歷覽古事，用恢張大猷，爰詔下臣，俾之編集⑥。臣夙昔所願一朝獲伸，踴躍奉承，惟懼不稱。先帝仍命自選辟官屬，於崇文院置局，許借龍圖、天章閣、三館、祕閣書籍，賜以御府筆墨繒帛，及御前錢以供果餌，以內臣為承受，眷遇之榮近臣莫及。不幸書未進御，先帝違棄群臣⑦。

陛下紹膺大統，欽承先志，寵以冠序，錫之嘉名，每開經筵，常令進讀⑧。臣雖頑愚，荷兩朝知待如此

甚厚，隕身喪元未足報塞，苟智力所及，豈敢有遺⑨?!會差知永興軍，以衰疾不任治劇，乞就冗官。陛下俯從所欲，曲賜容養，差判西京留司御史臺及提舉嵩山崇福宮，前後六任，仍聽以書局自隨，給之祿秩，不責職業⑩。

臣既無他事，得以研精極慮，窮竭所有，日力不足，繼之以夜。編閱舊史，旁采小說，簡牘盈積，浩如煙海。抉擿幽隱，校計毫釐⑪。上起戰國，下終五代，凡一千三百六十二年，修成二百九十四卷；又略舉事目，年經國緯，以備檢尋，為《目錄》三十卷；又參考群書，評其同異，俾歸一塗，為《考異》三十卷；合三百五十四卷。自治平開局迨今始成，歲月淹久，其間牴牾，不敢自保，罪負之重固無所逃⑫。

重念臣違離闕庭十有五年，雖身處于外，區區之心朝夕寤寐何嘗不在陛下左右！顧以駑蹇，無施而可，是以專事鉛槧，用酬大恩，庶竭涓塵，少裨海嶽⑬。臣今筋骸癯瘁，目視昏近，齒牙無幾，神識衰耗，目前所為，旋踵遺忘，臣之精力盡於此書⑭。伏望陛下寬其妄作之誅，察其願忠之意，以清閒之燕時賜省覽，監前世之興衰，考當今之得失，嘉善矜惡，取是捨非，足以懋稽古之盛德，躋無前之至治，俾四海群生，咸蒙其福，則臣雖委骨九泉，志願永畢矣⑮。」

謹奉表陳進以聞。臣光誠惶誠懼。頓首頓首，謹言。

一、注釋

①進：呈奉。《資治通鑑》：司馬光所編的編年史。表：奏章。

②臣：作者對皇帝自稱。先：昔日。奉敕：奉接皇帝的詔令。聖旨：天子的旨意。了畢：完成。

③伏念：作者謙稱自己的意見。性識：心性和見識。愚魯：愚蠢，遲鈍。學術荒疏：學問術藝粗陋疏闊。凡百事為：一切作為。出：在。

④患：憂。遷：《史記》作者司馬遷，西漢史學家。固：《漢書》作者班固，東漢歷史家。文字繁多：指漢以來歷史著作眾多。文字：指史書文字。讀之不偏：讀不完。日有萬機：每日理事萬端。周覽：遍讀。

⑤揆：度量。刪削冗長：刪節削簡多餘的文字。冗長：多餘而不適用的文字。舉撮機要：摘取那些最中心而重要的歷史事實。休戚：喜和憂。編年：按年代順序編集而成。有

倫：有條理秩序。精粗不雜：精英和粗雜的史料不混淆。私家力薄：私人力寡。

⑥伏遇：在下者稱得到在上者逢遇的謙詞。英宗皇帝：指宋英宗趙曙，西元一〇六四年～一〇六七年在位。資睿智之性：依仗通達、聰明的心性。敷文明之治：施行文明的政治。敷：布，行。文明：文采光明，人文發達而有光明。恢張：發揚光大。大猷：大計，大謀，大道。《書・周官》：「若昔大猷，制治于未亂，保邦于未危。」傳：「言當順古大道，制治安國。」爰：乃。俾：使。

⑦夙昔：長久以來。獲伸：得到實現。踴躍：高興而手舞足蹈貌。奉承：恭敬地接受。不稱：不符。先帝：已故皇帝，指神宗之父英宗。仍：乃。選辟官屬：選拔召集官屬。辟：召。官屬：屬下官僚。崇文院：北宋前期總領三館、祕閣的機構，掌經籍圖書等，元豐改官制後，廢崇文院，三館之職歸於祕書省。局：編纂處。置局：設立編纂處。《廣韻》：「局，曹局。」龍圖、天章閣：即龍圖閣、天章閣。宋代每個皇帝死後都建一個閣，以儲放其生前御書、御製文集等。龍圖閣是於宋真宗大中祥符年間（西元一〇〇八年～一〇一六年）為宋太宗趙光義所建的閣；天章閣是仁宗為真宗所建的閣，這是宋代最早、最重要的兩個閣。三館：指昭文館（後稱弘文館）、史館、集賢院，建於宋太宗太平興國三年（西元九七八年），三館設大學士、監修國史、學士、修撰等職，負責管理藏書、校勘、修撰等。元豐前，三館屬崇文院，元豐以後屬祕書省。祕閣：宋太宗端拱元年（西元九八八年）在崇文院建祕閣，把三館所藏的善本書籍和宮中的古畫墨跡收藏起來，設直祕閣、祕閣校理等官。御府筆墨：皇帝府內的筆墨。繒帛：泛指用以書寫的絲織品，這裡指紙張。御前錢：皇帝的錢。果餌：果品、糕餅。內臣：太監。承受：交接。眷遇：寵遇。眷：眷顧。遇：厚遇。近臣：皇帝左右的寵臣。進御：呈獻皇帝觀覽。違棄群臣：離棄眾臣，諱稱皇帝棄世。

⑧紹膺大統：繼承皇位。寵以冠序：指神宗寵愛自己，為自己所編的《資治通鑑》寫序，放在書的開頭。錫之嘉名：賜予書以《資治通鑑》這個美名。錫：賜。之：它，指書。嘉名：美名。經筵：宋代以來天子設御席，與侍講、侍讀等官講論經史，謂之經筵。

⑨荷：承受。兩朝知待：兩代皇帝的知遇。隕身喪元未足報塞：殺身砍頭也不足以報答。隕身：身命隕墜死亡。隕：同「殞」，死亡。喪元：喪失首級，也指死亡。報塞：報答。智力：智慧能力。遺：保留。

⑩差：使。知永興軍：為永興軍地區的長官。知：是宋代差遣的名稱，如知州、知縣等。意指負責全面工作、為長官。軍：是宋代設在軍事或交通要地，相當於下等州的行政區劃。永興軍：在今陝西西安。不任治劇：勝任不了繁重的

政務。冗官：此指不用擔當實務的閒官。俯從：下從，尊稱對方之語。曲賜容養：給以無微不至的關照和撫養。容：包容。判西京留司御史臺：差遣的職掌官名。宋代實行東、西二京之制，西京洛陽仍設有東京汴梁（開封）所有的各主要中央機構，謂之留司。御史臺：御史的官衙。提舉嵩山崇福宮：管理嵩山崇福宮。這提舉：管理，官名。嵩山崇福宮：建在嵩山的宮觀。個官，不任職事，但可照領俸祿，屬祠祿官。祿秩：俸祿。職業：職事工作。

⑪研精極慮：集中精神研究，盡心思慮。小說：泛指雜記、筆記以及考證事物等文字。簡牘盈積：書籍充斥。浩如煙海：廣大如煙海，形容書多。抉擿幽隱：摘取、揭示幽微隱藏不顯的歷史事蹟。校計毫釐：校正計算，不要有細微的錯誤。

⑫戰國：指東周後期的戰國時期，《資治通鑑》紀事起於周威烈王二十三年（西元前四〇三年）。五代：指後梁、後唐、後晉、後漢、後周。《資治通鑑》終於後周世宗顯德六年（西元九五九年）。年經國緯：以年為經，以國為緯。歸一塗：將不同記事統於一書。治平：宋英宗的年號，自西元一〇六四年～一〇六七年，共四年。淹久：長久。牴牾：矛盾。

⑬違離闕庭：離開朝廷。區區之心：誠心。顧：但。駑蹇：駑鈍蹇笨。專事鉛槧：專心從事著作。鉛：鉛模，用以印刷。槧：記事用的木版，或指書的刻本。庶竭涓塵，少裨海嶽：希望盡出些微如滴水粒塵的努力，以增益海水和山岳的深高。涓：水之微。塵：土之細。海：水之最大。嶽：山之最高。

⑭筋骸癯瘁：身體瘦病。筋：筋肉。骸：骨骼，代表身體。癯：瘦。瘁：憔悴。神識：精神意識。旋踵：迅快。

⑮伏望：希望。伏：表自己在下意。妄作之誅：亂作的罪罰。清閒之燕：清暇的燕餘。時賜省覽：時時惠予閱讀。嘉善矜惡：嘉美好的地方，矜憐不好的。取是捨非：吸取正確的，捨棄錯誤的。懋：盛大、光大。稽古之盛德：稽查古事以為借鑑的美德。躋：登。無前之至治：空前的美政。四海群生：天下萬民。委骨九泉：埋身地下。志願永畢：完成永恆的志願。

二、作者

司馬光（西元一〇一九年～一〇八六年），字君實，陝州夏縣（今屬山西）涑水鄉人。北宋政治家、歷史學家，世稱涑水先生。其家世代貴冑，遠祖是西晉皇族安平獻王司馬孚。少聰明，二十歲中進士甲科，改授奉禮郎、華州（今陝西華縣）判官之職，仁宗慶曆四年（西元一〇四四年），服父喪滿，授武成軍（治今河南滑縣東舊滑縣）簽書判官。

次年進京任大理評事補國子直講。後因龐籍的推薦，除館閣校勘同知禮院。仁宗末任天章閣待制兼侍講知諫院，英宗朝進龍圖閣直學士、吏部流內詮。神宗即位，遷翰林學士，除權御史中丞，復為翰林兼侍讀學士。熙寧四年（西元一〇七一年），因反王安石罷翰林學士職，以端明殿學士知永興軍。後自請回西京御史臺，從此退居洛陽十五年，一心著書立說。元豐八年（西元一〇八五年）哲宗即位，太皇太后高氏臨朝聽政，光以舊黨領袖拜門下侍郎，主持朝政，數月間，廢除新法，罷黜新黨領袖蔡確、章惇等。九月病卒。贈太師、溫國公賜謚文正。著有《資治通鑑》、《溫國文正公文集》、《傳家集》、《稽古錄》、《涑水紀聞》等。

三、主題和題材

本文選自《司馬文正公傳家集》、又見《資治通鑑》所附〈進書表〉，是司馬光於元豐七年（西元一〇八四年）十一月編成《資治通鑑》一書後，向宋神宗所上的進書表，其實為范祖禹所代撰。早在宋英宗治平三年（西元一〇六六年）司馬光便進了八卷《歷代君臣事蹟》，敘述的是戰國時期的歷史。英宗覽後，令按所進八卷繼續編集。治平四年十月，剛即位的宋神宗便將這部《歷代君臣事蹟》題名《資治通鑑》，並為寫序文，令他「候書成後寫入」。到元豐五年（西元一〇八二年），司馬光受敕提舉西京嵩山崇福宮。此後便在洛陽專心著述，於元豐七年完成。參與的人尚有劉恕、劉攽、范祖禹三人，光子司馬康負責檢閱文字。

這篇文章的題材是編《資治通鑑》的目的和經過之事。主題說明編《資治通鑑》的目的在於編集自古以來「國家盛衰」和「生民休戚」之事，作為最高統治者的借鑑。又歷說編書的緣起和經過，真實地反映了司馬光等人的工作情況。文中又說明除了本書二百九十四卷外，又編成《目錄》三十卷和《考異》三十卷。

四、結構

這篇文章可分下列幾個部分：

㈠自「臣光言」至「今已了畢者」。總說《資治通鑑》已編訖，故上表進獻。

㈡自「伏念臣性識愚魯」至「無由可成」。說明自己編書的目的和心願，「專取關國家興衰，繫生民休戚，善可為法，惡可為戒」的「編年一書」。

㈢自「伏遇英宗皇帝」至「先帝違棄群臣」。說明英宗對編輯事務的支持。「選辟官屬，於崇文院置局，許借龍圖、天章閣、三館、祕閣書籍，賜以御府筆墨繒帛，及御前錢以供果餌，以內臣為承受。」是說明英宗朝的編輯進程。

㈣自「陛下紹膺大統」至「校計毫釐」。說明神宗對編纂事務的支持。「寵以冠序，錫之嘉名，每開經筵，常令進讀。」、「提舉嵩山崇福宮，前後六任，仍聽以書局自隨，給之祿秩，不責職業。」是說明神宗朝的編輯經過。

㈤自「上起戰國」至「罪負之重固無所逃」。這部分說明全書年限、卷數、相關的文獻。

㈥自「重念臣違離闕庭十有五年」至「志願永畢矣」。說明自己「專事鉛槧，用酬大恩」。今「精力盡於此書」，希望神宗皇帝「時賜省覽」，俾「懋稽古之盛德，躋無前之至治」。

㈦自「謹奉表陳進以聞」至「謹言」。總結上表之事。

根據上面的分析，我們可以對這篇文章的結構綱領作如下表示：

〈進資治通鑑表〉（分合型說明文例2）

- ㈠總說——說明上表報告編書事訖。
- ㈡分說
  - 1. 說明自己編書的動機。
  - 2. 說明英宗的支持。
  - 3. 說明神宗的支持。
  - 4. 說明書的年限、卷數等。
  - 5. 說明自己報恩之心已盡。
- ㈢總結——說明上表報告事訖。

總說是說明上表報告編書事訖，屬概括性的說明；分說是進一步條分縷析，深入說明編書事宜。這一部分分五個層次，先說自己早先的編書願望；次說英宗皇帝的支持及那時段編書經緯；三說神宗皇帝的支持及那時編書的經過；四說書的年限、卷數，以及相關的著作；五說自己以書報德，書成心願已了。最後總結說上表陳進。可見這篇文章是由一總說、五分說、一總結等組合而成。是由總分體系的說明方式組成。由總說和分說的結合組成了分析型組織；又由分說和總結組成綜合型的結構，所以全文結構是由總分和分總兩部分套合成的。這樣的結構完全是按照文章主題的要求，在總分反覆作用下所產生的邏輯關係完成的。

五、技巧

㈠**選材的技巧**：這篇文章的題材如下：*1.*編書的動機：編一「關國家興衰，生民休戚」的史書。*2.*編書的經過：英宗期和神宗期。*3.*書的年限、卷數、相關文獻。*4.*盡心力、報恩德等。這些題材決定於上表的動機——報告編書已完成，以及臣下對皇帝說明編書的過程和需要。每種題材有其時間性和層次性。是作者在動筆前可事先準備的。

㈡**謀篇的技巧**：這篇文章的布局是在先總後分，由分入結的思維格局制約下形成的。總的部分只有一個概括，分的部分有五個支部，五支部的前後次序是依時間的先後、編纂工作的程序安排。編纂工作始於編者的著作意志，所以先說動機；其次動工開始是在英宗朝，所以接說英宗的支持；英宗之後，神宗繼位，承先帝志促成其事，所以續說神宗的支持，自己的努力；然後書完成，就說明書的大略，再說自己以書報德，期帝王有以資治。結以上表陳進。布局脈絡，明白清晰，一目了然。

㈢**修辭的技巧**：這篇文章以說明思維形式為表現的核心，其中，藉敘述以說明者居多，只有少數地方插用比喻法，「簡牘盈積，浩如煙海。」以「煙海」誇比簡牘之多；又如「庶竭涓塵，少裨海嶽。」以「涓塵」誇比自己貢獻的微小；以「海嶽」誇比天子恩澤之高深。「涓」呼「海」；「塵」呼「嶽」，兩相對應。

全文文字簡潔，用詞準確，切合身分事體分際。是一篇夠水準的表章。

〈自評文〉①

吾文如萬斛泉源，不擇地皆可出②。

在平地滔滔汩汩，雖一日千里無難③。

及其與山石曲折，隨物賦形而不可知也④。

所可知者，常行于所當行，常止于不可不止，如是而已⑤。其他雖吾亦不能知也⑥。

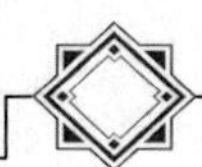

一、注釋

①自評文：東坡自己評自己的文章，又題〈文說〉，即說明自己寫文章的體會。

②吾文如萬斛泉源，不擇地皆可出：言我的文章都是在「胸中之言日益多」、「不能不為」，必求一吐為快的創作衝動下寫的，所以寫的時候，便像豐盛的泉源，泉湧而出，信筆抒意，千變萬化，姿態橫生，沒有固定的格式，隨思而行。斛：ㄏㄨˊ，古時候以十斗為一斛。萬斛：極言其多。

③在平地滔滔汩汩，雖一日千里無難：言寫到淋漓酣暢處，便如水之出於平地。滔滔汩汩：順流而下，有一日千里之勢。蓋思路開闊，氣勢磅礴，縱橫恣肆使然。滔滔：大水漫流。汩汩：水流的樣子。汩：ㄍㄨˇ。雖：即使。無難：不難。

④及其與山石曲折，隨物賦形而不可知也：言文章因觀察縝密，文筆細膩，狀景摩物，無不畢肖，如順勢奔騰的流水，忽遇山石阻擋，起伏進退，轉折回旋，波瀾疊生，然水隨物而成形，不可預先規劃。與山石曲折：在山石間曲折而流。賦：賦與，給予。隨物賦形：隨山石地形的變化而水流出現不同的型態。

⑤所可知者，常行于所當行，常止于不可不止，如是而已：言可以預先規劃的是創作原則，即行文自然流暢，有話則長，無話則短，有意而言，意盡言止，毫無勉強、斧鑿之痕。那是由於有豐富的思想、生活積累，下筆時，意到筆隨，該寫下去便寫下去，該煞住便煞住，所造成的。當：應當。如是而已：如此罷了。

⑥其他雖吾亦不能知也：其他方面，連我也無法弄清楚了。

二、作者

蘇軾（西元一〇三七年～一一〇一年），宋代詩文家和書畫家。字子瞻，一字和仲，號東坡居士。眉州眉山（今屬四川）人。蘇洵長子，轍之兄。聰明勤奮，博覽群書。宋仁宗嘉祐元年（西元一〇五六年）隨父、弟赴汴京，次年進士及第，名列前茅。因母親病故，回鄉服喪。嘉祐四年服闋，父子三人又出蜀，翌年春至京，軾授福昌縣主簿，未赴任。嘉祐六年，與弟轍同應賢良方正直言極諫科。軾授大理評事、簽書鳳翔府節度判官，然宦途坎坷，未見騰達。英宗治平二年（西元一〇六五年）在京任諫職和史官。不久，因岳父之喪，又回鄉。神宗熙寧二年（西元一〇六九年）返京，以殿中丞判官告院，供職尚書省。熙寧四年，遷開封府判案代理推官，時王安石為相，因與安石不合，求外放。

歷任杭州通判，密、徐、湖三州地方長官。元豐二年（西元一〇七一年），因烏臺詩案繫獄，後平反，授黃州（湖北黃岡）團練副使。哲宗繼位，歷登州知州、禮部郎中、起居舍人、中書舍人，官至翰林學士，又與舊黨司馬光等政見不合，出知杭、潁、揚三州。哲宗元祐八年（西元一〇九三年），新黨執政，遷定州、英州，再貶惠州（廣東惠州）。紹聖四年（西元一〇九七年），貶瓊州別駕，時六十一歲。至徽宗即位大赦天下，方得內徙，然至常州，即病逝其地，時建中靖國元年（西元一一〇一年）七月。

蘇軾多才多藝，富於創造性，在文學各領域都有高度的成就。有《蘇軾詩集》、《蘇軾文集》等傳世。

三、主題和題材

本文選自《蘇軾文集》，是蘇軾對自己文章的評論，也是對他文章風格特色的絕好概括。蘇軾為文，崇尚平易自然，強調自由表達，即所謂「不擇地而出」、「隨物賦形」、「常行于所當行，常止于不可不止。」他在〈答謝民師書〉中云：「如行雲流水，初無定質。」也是這個意思，都是他創作的經驗之談，也是他體會到的藝術規律。

四、結構

這篇文章雖短小，只有七十餘字，卻精悍而完備，其結構可分為下列幾個部分：

㈠自「吾文如萬斛泉源」至「不擇地皆可出」。總說自己文章的創作，都是在「不能不為」的靈感興會時寫的。

㈡自「在平地滔滔汩汩」至「雖一日千里無難」。說明有些文章縱橫恣肆，氣勢磅礡。

㈢自「及其與山石曲折」至「隨物賦形而不可知也」。說明另一些文章隨意賦形，遇物成態，自然而然，不可預測。

㈣自「所可知者」至「其他雖吾亦不能知也」。總結上面兩種創作情況和原則，所可知的是文章要求自然流暢，行其當行，止於當止，然尚有不可知的，就無法說知原則了。

根據上面的分析，可知這篇文章是先總說他自己文思醞釀和流露的總情況，然後分說「不擇地皆可出」。一是如水在平地流；一是遇山石的曲折之流。最後結說上面兩種行文情況、起結的原則。

〈自評文〉

（分合型說明文例3）

- (一)總說——文章出於「不能不為」，恣肆而出。
- (二)分說——
  - 1. 說思路開時，縱橫恣肆，氣勢雄盛。
  - 2. 說另些文章，隨物賦形，妙肖。
- (三)總結——總說「不擇地皆可出」的兩種情況起結原則：「行于所當行，止于不可不止」。

這篇文章開頭兩句說他所有文章的創作心理，是總說；其下寫三種情況，一是文思縱橫恣肆，一氣呵成；二是構思縝密，細筆曲寫，文思隨物而成文；行文過程起訖的原則，那就是自然流暢，意興而作，興盡而止，不勉強做作。兩種情況分說其「不擇地」；最後總結，說「出」的起和結的原則，所以，文章的結構也成總分關係的邏輯思維形式，總說和兩分說屬分析型說明思維；而兩分說又和總結組合成綜合型說明思維。如此，篇幅雖短，卻具備分合型說明文的模式。

五、技巧

(一)**選材的技巧**：這篇文章是說明自己的創作體驗，所以題材都是由作者的創作生活中提煉出來的。由於作者採用的是比喻說明法，所以，泉水湧流的形勢成了他的題材資料，分泉源、平地之流、遇山石之流，以及泉流的起訖等情況。而泉流之言只是題材的表層，這表層題材又運載著他自己的創作文思，所以，題材的意象是雙層的。這些題材是異乎一般單意象題材的。

(二)**謀篇的技巧**：由於作者行文採用了總分體系形式，文章的布局自然是由總而分，再由分入總。於是先總說文思的綜合型態，次說文思流行的「不擇地而出」，「不擇地」所以其「出」有兩種情況，這兩種情況都是構思（文思自然流動）的現象；所以，最後總結，說他文思運行流轉的規律，是「行于所當行，止于不可不止」。布局也是聽文思之自然而成形的。

(三)**修辭的技巧**：這篇文章的思維屬於總分體系的邏輯思維，作者採用的是比喻說明法。通篇用比，以水流喻文思，說明自己寫作文章的體會和對文藝不可多得的真知灼見。所以，全文就是作者創作實踐的絕好寫照，是他文藝思想的集中反映。文中只有開頭「如萬斛泉源」喻語籠罩全篇，貫注所有脈絡，短小精悍，筆力獨到，比喻巧妙、準確，化

抽象為具體，把難於言傳的見解和體會，深入淺出地道了出來，把自己對作文各個方面的看法形象地表現出來。篇幅不長，意象多層，涵義豐富，語言潔淨，生動明快，令人嘆賞。

〈智過君子〉①

語云：「賊是小人，智過君子②。」

余邑水府廟有鐘一口。巴陵人泊舟于河，欲盜此鐘鑄田器，乃協力移置地上，用土實其中，擊碎擔去。居民皆窅然無聞焉③。

又一賊白晝入人家盜磬一口，持出門，主人偶自外歸，賊問主人曰：「老爹，買磬否？」主人答曰：「我家有磬，不買。」賊徑持去。至晚覓磬乃知賣磬者即偷磬者也④。

又聞一人負釜而行，置地上，立而溺。適賊過其旁，乃取所置釜頂于頭上，亦立而溺。負釜者溺畢，覓釜不得。賊乃斥其人曰：「爾自不小心，譬如我頂釜在頭上，正防竊者；爾置釜地上，欲不為人竊者得乎⑤？」

此三事皆賊人臨時出計，所謂智過君子者也⑥。

一、注釋

①智過君子：言賊是小人，智慧超過君子。

②語：俗語。賊是小人，智過君子：即賊起飛智。小人、君子就道德修養而分。賊事偷盜，故為小人。君子指有德者。

③余邑：我鄉，指作者家鄉湖南省桃源縣。水府廟：水神廟。巴陵：縣名，今湖南岳州縣。鑄：鎔造。田器：農具。實：塞。以土實鐘中，不令出聲，以便擊碎而無人知。窅然：深遠，音聲不聞。窅：ㄧㄠˇ。

④磬：ㄑㄧㄥˋ，古代打擊樂器，形如曲尺，用玉或美石製成。

⑤釜：ㄈㄨˇ，炊具，圓形，略如今日之鍋。溺：ㄋㄧㄠˋ，小便。

⑥臨時出計：臨機應變，當下想出的計謀。

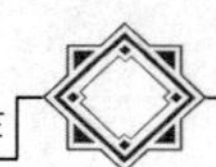

二、作者

江盈科（西元一五五六年～一六〇五年），明代詩文作家。字進之，號雪濤。桃源（今屬湖南）人。萬曆二十年（西元一五九二年）進士，除長洲知縣。時袁宏道為吳縣知縣，相距不遠，政事之暇一起遊山玩水，相互唱和，成為摯友。累官至按察司僉事，在四川主持學政。他的散文創作相當出色，袁中道〈江進之傳〉云：「文尤佳妙。」他自己在〈敝篋集序〉云：「夫性靈竅于心，寓于境。境所偶觸，心能攝之，心所欲吐，腕能運之。心能攝境，即螻蟻蜂蠆皆足寄興，不必睢鳩、騶虞矣；腕能運心，即諧詞謔語皆足觀感，不必法言莊什矣。以心攝境，以腕運心，則性靈無不必達，是之謂真詩，而何必唐，又何必初與盛之沾沾。」諧謔正是〈智過君子〉這篇文章的體現。江盈科也寫寓言、寫詩，詩過於淺率。著有《雪濤閣集》十四卷及《雪濤小說》等。

三、主題和題材

這篇文章選自《雪濤諧史》說明「賊智過君子」。作者用三個實例作說明的題材依據。三例都賊盜物，而賊所以得逞，都是由於失主沒有警惕心或智力低劣。文章表面說賊智高，深層則是譏失主麻木。失鐘之邑，人民無責任；失磬之家，主人無警戒心；失釜之人，無感覺到麻木已極。諧謔就在失主身上的顢頇、無知覺警戒心、智商低劣的表現上呈現出來。

四、結構

這篇文章的結構可分為下列幾個部分。

㈠「語云：『賊是小人，智過君子。』」。說總概念，賊智超過君子。

㈡自「余邑水府廟有鐘一口」至「居民皆窅然無聞焉」。說桃源鄉水府廟鐘被盜。賊智表現在「用土」實鐘，以防出聲。

㈢自「又一賊白晝入家盜磬一口」至「至晚覓磬乃知賣磬者即偷磬者也」。說賊偷磬，遇主人歸，憑應變能力，以「賣磬」身分騙過失主，失主缺警覺的形象，昭然。

(四)自「又聞一人負釜而行」至「欲不為人竊者得乎」。說賊途中偷負釜人的釜，負釜人的愚劣不覺，已到可笑的地步。

(五)自「此三事皆賊人臨時出計」至「所謂智過君子者也」。總結「賊智過君子」，在於「臨時出計」。

綜合上面的分析，這篇文章的結構可以下面綱領圖示出來。

〈智過君子〉
（分合型說明文例4）
- (一)總說——說「賊是小人，智過君子。」
- (二)分說——
  - 1. 說賊盜廟鐘。
  - 2. 說賊入人家盜磬。
  - 3. 說賊偷釜於途中。
- (三)總結——賊智能「臨時出計」。

這篇文章的結構明白清楚，它總分體系的顯現，先總後分再總，由一總說與三分說組合成分析型；三分說再與後面的總結組成綜合型，所以全文是由分析與綜合的兩種邏輯思維活動結合成的。這裡就不用再對其邏輯性作贅言了。

五、技巧

(一)**選材的技巧**：本文的題材有兩大部分：一是總概念：「賊是小人，智過君子。」二是賊智三事例：即*1.*以土實鐘以便擊碎時消聲；*2.*是臨機應變，變盜磬為賣磬，以騙主人；*3.*巧言騙失主，以人釜為己釜。三個盜智事例，都是引例說明「智過君子」的依據。

(二)**謀篇的技巧**：分合型說明文，前後都是總說，總說都是主題的所在，布置次序有定準。中間的分說，則是為條分縷析總概念而設，由於分說必在兩個以上，所以，分說中的分項次序，就須依一定的邏輯規律安排，方能自然吻合。作者處理本文的分說，是依案件的輕重而區處，偷廟鐘案件最大，又是集體行為，關涉全邑利益，故先說；其次入室竊磬，遇主人而巧辭瞞騙主人；最後是途中見機行騙施竊。這全文分說的布局，是依事件輕重安排的。

(三)**修辭的技巧**：本文的表現也是在說明式的邏輯思維形式下進行，用的是引例說明。先引俗語，再引事例。對事例的介紹，則是採用敘述方法進行。

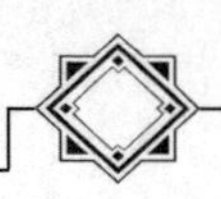

作者在文中，藉賊與失主的關係，形成意象的倒影，賊的智，反映了失主愚的形象。賊的巧妙機變，映現了失主的笨拙麻木。於是造成詼諧的效果。這應是反襯法的運用。而且相當的成功，體現了他自己的「諧謔」文學觀。

〈香茗〉①

香茗之用，其利最溥②。

物外高隱坐語道德，可以清心悅神③。

初陽薄暝，興味蕭騷，可以暢懷舒嘯④。

晴窗榻帖，揮麈閑吟。篝燈夜讀，可以遠辟睡魔⑤。

青衣紅袖，密語談私。可以助情熱意⑥。

坐雨閉窗，飯餘散步。可以遣寂除煩。

醉筵醒客，夜雨蓬窗。長嘯空樓，冰弦戛指，可以佐歡解渴⑦。

品之最優者以沈香岕茶為首。第烹煮有法，必貞夫韻士乃能究心耳⑧。（志香茗第十二）

一、注釋

①香茗：芳香的茗茶。《茶經》：「鮑照妹令暉著〈香茗賦〉。」茗：茶。

②利：好處。溥：廣。

③物外：世外。高隱：高人隱士。坐語道德：清談，坐談《道德經》之理。清心悅神：清除煩慮，令心澄靜，怡悅精神。

④初陽：初日。薄暝：尚微暗。興味蕭騷：興味蕭散。蕭騷：寂寞蕭條。暢懷：心情暢快。舒嘯：舒暢嘯叫。

⑤晴窗：開窗迎晴光。榻帖：在牀榻前的帳帷，牀帷。《釋名・釋牀帳》：「牀前帷曰帖。」揮麈閑吟：清談之士手持麈尾，揮動麈尾悠閒地吟誦。麈：鹿之類，此指麈尾。篝燈：以籠罩燈的裝置照明器。篝：ㄍㄡ，熏籠，燈籠。辟：避。

⑥青衣紅袖：著青衣或紅袖的女婢和美女。密語談私：談情說愛。助情：助長情意。熱意：燃起感情。

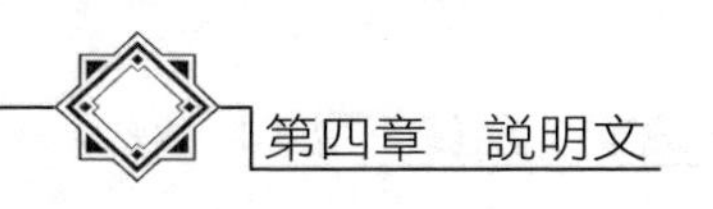

⑦醉筵：宴會酒醉。蓬窗：蓬草窗戶。長嘯：長聲鳴嘯。冰弦戛指：謂彈琵琶。冰弦：以冰蠶絲所作的弦，指琵琶。戛指：以指彈撥。戛：ㄐㄧㄚˊ，櫟，彈擊。佐歡解渴：助長歡情，解除乾渴。

⑧沈香：芳香味沈。岕茶：茶名。產於浙江省長興縣境。因在宜興、羅解兩山之間，故名。岕：兩山之間。第：但。貞夫：正貞之男人。韻士：雅士，風流之士，風韻之人。究心：徹底品味。體會茶事的精微愜心處。

二、作者

文震亨（西元一五八五年～一六四五年），明代詩人、散文家、畫家。字啟美，長洲（江蘇蘇州）人。文徵明曾孫。天啟元年（西元一六二一年）卒業於南京國子監。流寓白下。崇禎元年（西元一六二八年）官中書舍人、給事武英殿。崇禎十三年，與黃道周同下獄，不久獲釋。甲申國變後，避地陽澄湖，嘔血死。著有《金門集》、《一葉稿》、《長物志》、《清瑤外傳》等。

三、主題和題材

這篇文章選自《食物志》。是該書〈香茗〉類的開頭序文。文章說香茗之用。即說飲茶之利，其題材幾乎遍及文人生活的各方面。從高人隱士、雅士、騷人、墨客到才子佳人、酒徒醉客等，都與茶結下不解之緣，茶為他們提供「清心悅神」、「暢懷舒嘯」、「遠辟睡魔」、「助情熱意」、「佐歡解渴」等利。飲茶不僅需要清閒脫俗的氛圍，更要體現一種優雅從容的情調，「坐語道德」、「興味蕭騷」、「揮麈閑吟」、「密語談私」、「冰弦戛指」等無不具備文人雅致。它不僅有資生之利，更具養性之功。茶中真味要高標脫俗的有節之士，方能「究心」，體會精微之處。

四、結構

這篇文章的結構可分下列幾個部分：

㈠「香茗之用，其利最溥」。總說香茗之利。

㈡自「物外高隱坐語道德」至「可以清心悅神」。說茶可以清心悅神。

㈢自「初陽薄暝」至「可以暢懷舒嘯」。說茶可以暢懷舒嘯。

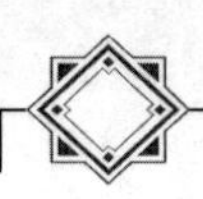

(四)自「晴窗榻帖」至「可以遠辟睡魔」。說茶可以遠辟睡魔。

(五)自「青衣紅袖」至「可以助情熱意」。說茶可以助情熱意。

(六)自「坐雨閉窗」至「可以遣寂除煩」。說茶可以遣寂除煩。

(七)自「醉筵醒客」至「可以佐歡解渴」。說茶可以佐歡解渴。

(八)自「品之最優者以沈香岕茶為首」至「必貞夫韻士乃能究心耳」。總結說貞夫韻士乃能究心。

根據上面的分析，這篇文章可以下面的綱領表示：

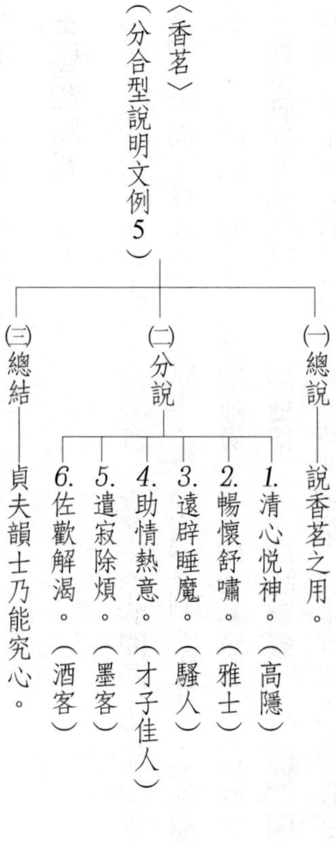

據上圖，這篇文章由一總說、六分說、一總結等三部分結合成。總說和六分說組成分析型；六分說再和總結組成綜合型。所以全文是分析型思維模式和綜合型思維模式的套合。中間六分說成為前面總說和後面總結的共同紐帶。這和說明文分合型結構模式相吻合，它是一篇分合型說明文。

五、技巧

(一)**選材的技巧**：這篇文章的題材以香茗為主，說明其利用，於是由人物與利用的對應，又有下列諸題材：1.高隱——清心悅神。2.雅士——暢懷舒嘯。3.騷人——遠辟睡魔。4.才子佳人——助情熱意。5.墨客——遣寂除煩。6.酒客——佐歡解渴。然後提出岕茶、貞夫韻士能究心。題材的選擇，是將茶事和人品聯繫起來。

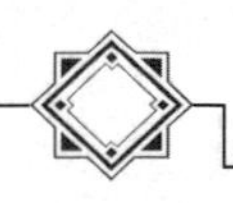

㈡**謀篇的技巧**：本文的謀篇，固是以總分體系的分合邏輯關係為標準，總說列先，總結殿後。然分說有六，六分說的先後次序，到底如何安排呢？依我之見，六分說乃是依人品列序，「物外高隱」最高；其次「興味」的雅士；其次「閑吟」的騷人；其次才人；其次墨客，其次酒客。總結以上六類之士為「貞夫韻士」，總評其「能究心」。這樣其布局也是有其心理依據的。

㈢**修辭的技巧**：全文以說明的總分體系的分合思維模式表現。採用詮釋的說明法，以六種功效詮釋香茗之利。文中，條分縷析，深入淺出，把香茗的功效說得周全深刻。六功效形成六個排比句，以六個「可以」跳躍其間，前呼後應，節奏優美，說辭鏗鏘，把香茗的功效敲響了。而在用字鑄詞方面簡潔豐富，「青衣紅袖」以部分代全體，憑衣著見女婢美女的形象；「密語談私」見情意之綿綿；「冰弦」指琵琶，戛指言彈奏，語言清新，意蘊涵蓄。道出了我國文人風雅茶事的基本特色。意境美，辭藻雅，文章就如一盞清醇沁人的佳茗，讀之令人逸興勃發，口舌生香，不愧是一篇文學情味的茶德頌。

練習

㈠請閱讀下列諸文，並為之標點、分段，說明其結構。

1. 呂不韋〈孟春〉。
2. 姚崇〈十事疏〉。
3. 王禹偁〈論軍國大政疏〉。
4. 張浚〈論內重外輕之害有八疏〉。
5. 宋應星〈針〉。
6. 王價〈聲色移人說〉。

㈡試以說明文分合型的模式寫下列諸題。

1. 說肉食之利。
2. 說素食之利。
3. 說煙害。
4. 說讀書。
5. 說運動之益。

㈢試選四篇散文的鑑賞範作，供學生課外學習。

第四節　分說型說明文

由於客觀事物是無限可分的，反映在說明文文類上，便有一種分項說明的特殊形式。它直接對題目進行分析，所以前面既沒有總說，後面也沒有總結。但它的形式仍是分析邏輯關係作用所決定的。一般都是按照說明對象某方面的種類依次安排結構，所以其分析關係比較簡單，但是每個分項內部還可能存在種屬關係，因此分項內部的結構也就可能是比較複雜的；而且由於這種關係，造成平行的分項，可能屬於各種不同的類型，既可能是分析型或綜合型；也可能是分合型或分說型。那是由於平行各分項的內容，其內部邏輯關係複雜所造成的。如果以模式表現，可以作如下的圖表：

分說型
- (一)分說（X型）——1
- (二)分說（X型）——2
- (三)……（X型）……n

可知，一切分說型的說明文，都是由幾個部分組成的，其組成部分最少要有兩個，才符合「一分為二」的精神。下面再以實際作品作印證，以證明文章中確有這種類型存在，並提供閱讀、鑑賞和創作參照。

〔〈學記〉三則〕①

雖有嘉肴，弗食，不知其旨也；雖有至道，弗學，不知其善也。是故，學然後知不足，教然後知困。知不足，然後能自反也；知困，然後能自強也。故曰：「教學相長也②。」

大學之法：禁于未發之謂豫；當其可之謂時；不陵節而施之謂孫；相觀而善之謂摩。此四者教之所由興也③。發然後禁，則捍格而不勝；時過然後學，則勤苦而難成；雜施而不孫，則壞亂而不修；獨學而無友，則孤陋而寡聞；燕朋，逆其師；燕辟，廢其學。此六者，教之所由廢也④。

學者有四失，教者必知之。人之學也，或失則多；或失則寡；或失則易；或失則止。此四者心之莫同也。知其心然後能救其失也。教也者，長善而救其失者也⑤。

一、注釋

①〈學記〉：《禮記》篇名。記人學教，記載說明學習和教學的道理。三則：三條。

②嘉肴：美魚、美肉的料理，佳肴。旨：味美。至道：最好的知識（道理）。善：奧祕、精妙之處。困：難點。自反：自己反省。自強：自求強大。教學相長：教和學互相助益。

③大學之法：大學教人修己治人的方法。禁于未發：在學生未發生問題前加以教育，以防止其發生。禁：防止。未發：未發生。豫：預防，指預防性教育。當其可：在學生的年齡和學習心理適當的時候。時：及時，指及時性的教育。不陵節而施之：不要超過學生的程度（接受能力）以進行施教。孫：遜，指循序漸進的教育。相觀而善之：互相觀看，彼此影響，以改善自己。摩：摩合，順合，指觀摩教育。教：教育。興：起。

④捍格：抗拒堅持而不受。堅不可入之貌，困難貌。不勝：教者不能馴服學者。勤苦：學習勤勞辛苦。難成：不易有成就。雜施：沒有次序，雜亂施教。不孫：不順，不循序漸進。壞亂而不修：教學教材混亂壞惡，學生不修習。獨學：自己一個人學習。無友：沒有同學互相觀摩。孤陋而寡聞：孤獨鄙陋，見聞寡少。燕朋，逆其師：燕褻朋友，不相尊敬的學生，會違逆老師的教導。燕：褻瀆。朋：同學、同輩。燕辟，廢其學：褻瀆老師教誨的學生，必荒廢他自己的學習。辟：譬，喻。廢：荒廢。

⑤四失：四種錯誤。或失則多：有的失其多。則：其，之。寡：少。易：太容易。止：沒進步。心之莫同：心理不同。長善而救其失：增進學生的優點，改進學生的缺點。

二、作者

戴聖，漢、梁人，戴德之從子，字次君。以博士論石渠閣。官九江太守。與德共受禮於后蒼。時人稱小戴。傳禮四十六篇，世稱之為《小戴記》，即《禮記》。

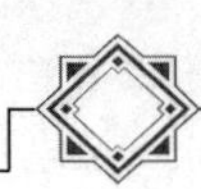

三、主題和題材

〈學記〉是我國先秦時期儒家學派總結出來的教育經驗和理論概括。這裡選的三則文字都是講教育、教學原則的。第一則講「教學相長」；第二則講「預防性」、「及時性」、「順應性」、「觀摩性」等教學；第三則講「長善救失」。三則都是平行地闡釋題目「學」。

「教學相長」原則包含兩層意思：㈠學習是一種實踐，學習使人虛心，虛心使人進步。㈡教的過程就是學習的過程，教與學之間是相互制約，相互滲透，並應相互提高的。教與學的結合，形成教學的全過程。

所謂預防性原則，即是教育在前，不要等待學生出了問題再來教育，出了問題再來教育就困難多了。所謂及時性原則，是指無論從學生的年齡而言，或是從學生的學習心理方面來說，進行教育必須及時。所謂順應性原則，就是教育不要超過學生的接受能力，而要循序漸進。所謂觀摩性原則，就是重視學習者之間的相互影響，藉由彼此切磋觀摩，增進教學效果。

教師要了解學生，才能針對其缺點，協助其改進；針對其優點，協助其發展。所以，教學要得法，就必須善於處理主次、快慢、緩急、詳略之間的關係，善於把消極的因素化為積極的因素。

四、結構

這篇文章由三則文字構成，三則文字都在闡釋「學」，即教學，而彼此雖相關卻平行，每則都自成單元，有獨立性，其本身又是一完整的構造，自成一類型。下面逐一加以說明：

㈠自「雖有嘉肴」至「教學相長也」。說教學相長的原則。其內容又自成一深層結構：

1. 自「雖有嘉肴」至「弗學，不知其善也」。說學習重實踐。
2. 自「是故」至「教然後知困」。說教和學使人發現問題，使人虛心。
3. 自「知不足」至「知困，然後能自強也」。說虛心、發現問題，使人進步。
4. 「故曰：『教學相長也。』」。總結上面三說，得出「教學相長」。

㈡自「大學之法」至「此六者，教之所由廢也」。說教學成功的四原則和失敗的六因素。其內容又自成一深層結構：

*1.*自「大學之法」至「此四者教之所由興也」。說教學成功的四原則。這部分自身的結構又如下：

(1)「大學之法」。總說大學（修己治人之學）的法則。

(2)說「豫」（即預防性原則）。

(3)說「時」（即及時性原則）。

(4)說「孫」（即順應性原則）。

(5)說「摩」（即觀摩性原則）。

(6)總結：四者是教學成功的原則。

*2.*自「發然後禁」至「此六者，教之所由廢也」。說教學失敗的六因素。這部分自身的結構又如下：

(1)自「發然後禁」至「則捍格而不勝」。說「不豫」之害學。

(2)自「時過然後學」至「則勤苦而難成」。說「不時」之害學。

(3)自「雜施而不孫」至「則壞亂而不修」。說「不孫」之害學。

(4)自「獨學而無友」至「則孤陋而寡聞」。說「無摩」之害學。

(5)「燕朋，逆其師」。說褻慢同學之害學。

(6)「燕辟，廢其學」。說褻慢教喻之害學。

(7)「此六者，教之所由廢也」。總結以上六因素為教學失敗緣由。

(三)自「學者有四失」至「教也者，長善而救其失者也」。說教在長善救失。這部分，其內容深層結構又如下：

*1.*自「學者有四失」至「教者必知之」。說教學應知四失。

*2.*自「人之學也」至「知其心然後能救其失也」。說學習上的四種錯誤。這部分也有自己的結構，即：

(1)「人之學也」。總說學習。

(2)「或失則多」。說太多之失。

(3)「或失則寡」。說太少之失。

(4)「或失則易」。說太淺易之失。

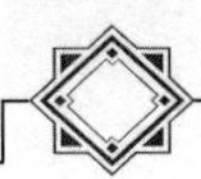

(5)「或失則止」。說不進步之失。

(6)自「此四者心之莫同也」至「知其心然後能救其失也」。說四失的心理因素各異，要了解其心理，然後才能改正其缺點。

3.「教也者，長善而救其失者也」。總結上面三分說，概括出教學是在於「長善救失」。

綜合上面的分析，我們可以下面的綱領表現這篇文章的結構：

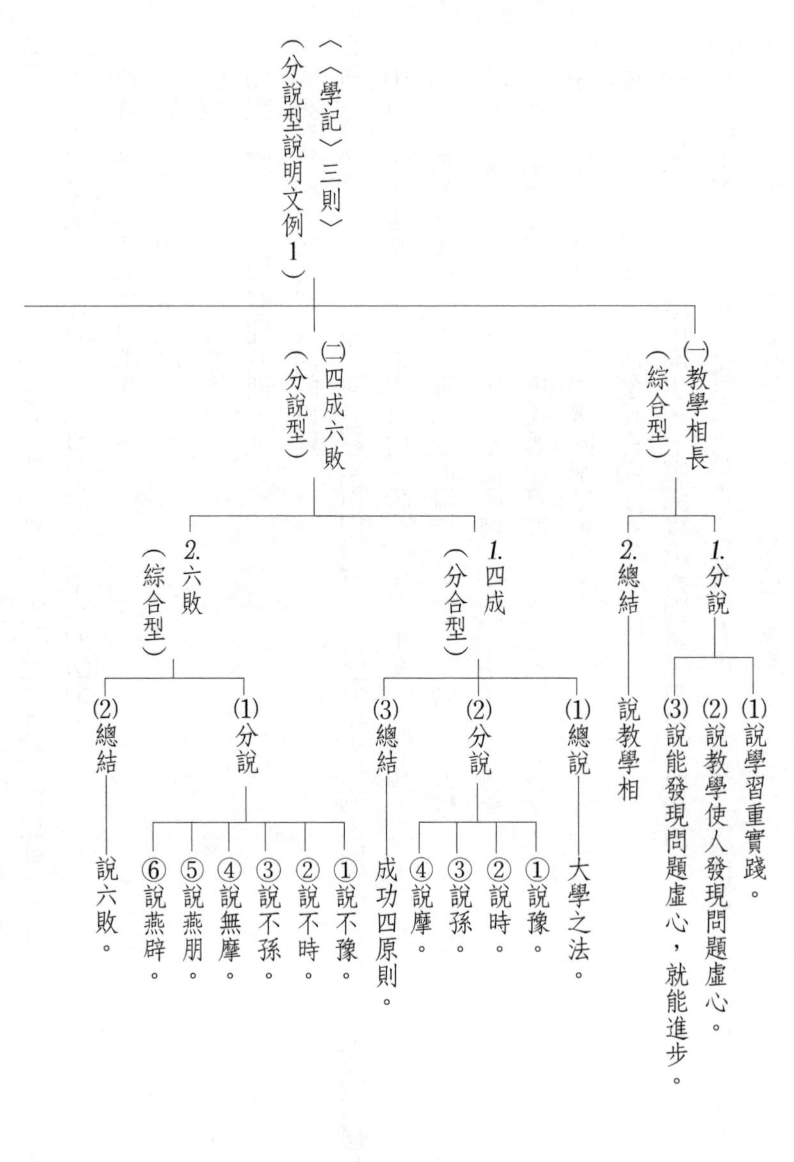

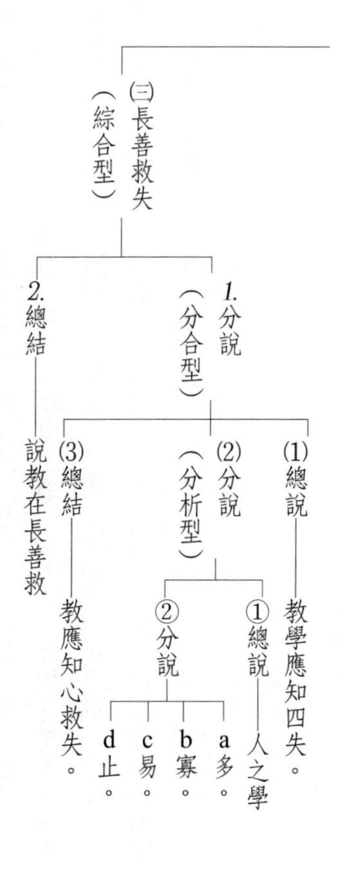

這篇文章的結構模式決定於分析綜合的思維形式。由於客觀上它是由三個方面說明教學的原則，所以三章成了三個說明章，平行而各自獨立，自然而然地成了三大部分進行分析說明。當然，每個分說仍然有一定的結構，如分說㈠是由三個分說項和一個總結組合而成綜合型。分說㈡則是採取「一分為二」的劃分法，成了兩支部組成的二級分說型，而這個二級分說型下的兩個分說，又各有自己的結構：*1.*是由一總說四分說加上一總結組合而成的三級分合型；*2.*則是由六分說和一總結組合而成的三級綜合型。分說㈢結構更為複雜，它的二級結構是由二分說和一總結組合成綜合型的說明文；而下面又有三級結構，乃是由一總說三分說和一總結組合起來的分合型；然後下面又有四級結構，這個最深層的結構，又是由一總說四分說組成的分析型。分說㈡的二級結構根據是由「正」到「反」的邏輯因素。分說㈠和㈢都是由分到總的邏輯因素。至於其三級和四級結構，也都在一定的邏輯因素制約下形成。

五、技巧

㈠**選材的技巧**：這篇文章的題材有三部分，即由教育經驗和理論概括出來的三個概念：「教學相長」、「教學興廢」、「長善救失」。這三方面又各要求其需要的次元題材，分別是：*1.*教學相長的由「反」到「正」的論理；*2.*四所由興的「豫、時、孫、摩」；六所由廢的「不豫」、「不時」、「不孫」、「無摩」、「燕朋」、「燕辟」，及其所造成的廢「不勝」、「難成」、「不修」、「寡聞」、「逆其師」、「廢其學」；*3.*學者四失的「多、寡、易、止」等。作者是應詮說三概念的需要，而選擇好這些題材的。

㈡**謀篇的技巧**：這篇文章的三個分說雖是平行，然而，作者布局時，是按照每則的教育理論層次性來安排的：第一則「教學相長」是原理性的概念，排在首位；第二則講的是教學上的四興六廢，是施教的執行原則，排在第二位；第三則講的是教學心理，是教學技巧上的調節，排在第三。這樣全文的大局就排定了。至於各分說的題材層次，則是依闡說時的需要，就概念所衍生的問題，加以分析闡析的。比方分說㈠先一個喻論推出學的需要；然由「反」到「正」，析說「教學」相關，歸結出「教學相長」的概念，就形成其二級性的層次結構形式。分說㈡先提大學之法，帶出四興，這是正說；再由反面說六廢，其布局是以兩個平行節組成的；而在其二級分說中，說四興用的是總分總的分合型形式；說六廢由綜合型的先分後總形式布置成的，這自然成了其三級層次的結構形式；分說㈢先說四失是分，後總結為「長善救失」，其二級結構採取的是綜合型的邏輯形式；而在說四失時，卻先說教者應知四失，然後接說四失，再結以應知心救失，所以它的三級層次結構，採用的是分合型的邏輯思維形式。然而，作者在說明四失時，又先說「人之學」，是出以總說，然後再說四失，這就挖深了文章的結構，在三級結構中再衍生一個分析型的思維結構，使分說㈢擁有四個層次的結構，成了四級的結構層次形式。

脈絡看似複雜，如依結構層次分析，就不難看清其謀篇的線索，掌握其結構的原理。

㈢**修辭的技巧**：這篇文章基本上用的是闡釋說明法。而三則說明中，其修辭技巧，可說者有下列數端：*1.*比喻法：如首句「雖有嘉肴，弗食不知其旨也。」這喻語以日常生活中的食文化，喻比學的實踐性體驗，既具體而形象，是以熟意象比生意象，可達促進認識的效果。*2.*正反對比法：如學與不學；興與廢；形成正反意象的對比，從而產生正確的認識，說明深刻化，意蘊豐富化。*3.*頂針法：如第一則「知不足」、「自反」和「自強」，隔句頂針，前後呼應。使文章增加節奏感。*4.*排比法：如「雖有嘉肴」句與「雖有至道」句，隔句成對而排比；「學然後知不足」與「教然後知困」對偶；「知不足」句和「知困」句對偶，又排比。又第二則四興四句成排，六廢六句成排；第三則四失成排句。排偶與散句交用，既有變化又加強文章氣勢，說來有力。*5.*層遞法：第一則說教學的實踐性，採用層遞法。

全文說理明晰，行文有序，用詞簡潔，是一篇佳作。

〈酒箴〉①

子猶瓶矣，觀瓶之居，居井之眉②。處高臨深，動常近危。酒醪不入口，藏水滿懷。不得左右，牽于纆徽③。一旦叀礙，為瓽所轠，身提黃泉，骨肉為泥④。自用如此，不如鴟夷⑤。

鴟夷滑稽，腹大如壺。盡日盛酒，人復借酤⑥。常為國器，托于屬車。出入兩宮，經營公家。由是言之，酒何過乎⑦？

一、注釋

①酒箴：箴是一種傳統文體。其用途在於警戒諷勸。徐師曾〈文體明辨序〉云：「有所諷刺而救其失者謂之箴。」其體式以四言為主，用韻，與四言詩體賦無異，實際上是賦的一種，或者說是尚未脫離母體的賦的派生物。這〈酒箴〉又名〈酒賦〉。屬於詠物小賦，揚雄中晚年以後，認為大賦「勸而不止」，「于是輟而不復為」，轉而制作直接反映社會矛盾、抒發胸中鬱積的抒情體物小賦。文章假設酒徒難法度士。說瓶不如鴟夷安全、有用、貴重。暗喻法度士不如酒徒，明抑法度士，暗諷酒徒之曲全避害。

②子猶瓶矣：你像汲水瓶。子：酒客對法度士的敬稱。猶：像。瓶：古代以繩繫的汲水器。即陶製瓦罐。《漢書．陳遵傳》：「先是，黃門郎揚雄作〈酒箴〉，以諷諫成帝，其文為酒客難法度士，譬之於物……」這裡，酒客指飲酒的人。法度士：指講求法度，主節酒的人。這裡是酒客以汲水瓶比法度士。居：住。眉：通「湄」，邊沿，指井邊。

③處高臨深：居高處，到深井底。近危：接近危險。醪：ㄌㄠˊ，有渣的酒。古用米釀酒，熟後濾去渣滓為酒，帶渣為醪。瓶不盛酒。故說「酒醪不入口」。藏：一作臧，貯藏。不得左右：不能自由隨意。《左傳．僖公二十六年》：「公以楚師伐齊，取穀。凡師，能左右之，曰以。」注：「左右，謂進退在己。」牽于纆徽：被井繩牽制。牽：牽制。纆：ㄇㄛˋ，索。徽：ㄏㄨㄟ，索。纆徽：三股繩。纆徽或用以捆綁犯人，所以牽于纆徽，有形容瓶如囚犯不得由己自由活動。

④叀礙：井繩被纏住。叀：ㄓㄨㄢ，古代撚線以重物繫於線端，其物名叀。故叀有懸義。撚線時，叀則邊轉邊搖，有似於

懸瓶打水。為甇所轠：被井壁所碰擊。甇：ㄉㄤ，古以磚甃井，井壁之磚名甇。轠：ㄌㄟˊ，碰擊。提：擲，《御覽》作「投」。黃泉：原意人死後深埋之地。這裡指井底。言瓶碎拋擲井底，如人死深埋地下，骨肉化為泥。

⑤自用如此：言瓶自己用世（打水之用）是這樣的下場。鴟夷：皮製的口袋，用以盛酒。不如：言打水瓶的用途下場如此，不如盛酒的皮口袋。

⑥滑稽：圓轉自如，傾注無害。滑稽本為古代一種流酒器，《史記・滑稽列傳》索隱云：「能轉注吐酒，終日不已。」這裡用如動詞，言鴟夷如滑稽之吐酒不絕，又雙關喻圓滑無害。腹大如壺：言袋腹大如酒壺。酤：買酒。

⑦國器：貴重的器具，指天子所用的器具。雙關尊高的才器人物。屬車：皇帝出行時隨從的車，如有祭祀等事，則載酒而行。故云：「托于屬車」。雙關人被重用。兩宮：指天子及皇后的宮。經營：往來。公家：公侯之家。由：一作「繇」。過：過錯。酒何過乎？言酒能使鴟夷貴重，而水常令瓶撞碎，故酒無過錯。

二、作者

揚雄（西元前五三年～西元一八年），西漢的學者、文學家。一作楊雄，字子雲。蜀郡成都（今屬四川）人。年少時好學，喜博覽而不事章句。口吃，不善言傳，而好深思。家貧，不慕榮利，淡泊居世。四十歲後，由蜀入長安。漢成帝陽朔年間，大司馬王音召為門下史，推薦待詔金馬門。後除給事黃門郎。歷事成、哀、平三朝，未升遷。王莽稱帝，雄校書天祿閣。受人牽累，捕令未至，跳閣自殺，未死，後召為大中大夫。揚雄學問淵博，擅經學、小學和辭章。著有《太玄》、《法言》（哲學）；《方言》（語言學）；並有《揚雄集》（文學）傳世。上海古籍出版社出有張霍澤校注。

三、主題和題材

這是一篇諷刺警戒的文章。托物寓志，以物喻人。它寫了兩種器物，一種汲水瓶，一種鴟夷。汲水瓶，即陶製井瓶，樸實勤苦，汲水出井，解人飢渴，卻隨時有粉身碎骨的危險，它象徵法度士；鴟夷用以盛酒，大小隨意，圓轉柔

順，出入宮廷，享盡榮華。它象徵酒徒。文章借酒徒難法度之士，分兩部分說明兩物的遭遇。歷來對它的主題有種種不同的理解。觀文章的題材內容以及〈陳遵傳〉的記載，當是酒徒對法度之士的言說。文章的表層是先說「瓶」的處世，身近危，性拘謹，粉身碎骨，悲劇人生，所以「不如鴟夷」；其次說鴟夷，用於盛酒，被尊為國器，托屬車，出入宮廷公家。似是抑瓶揚鴟夷。其實，由深層看，文章的言外之意是反諷鴟夷安全貴重；稱頌瓶勤苦冒險，雖粉身碎骨仍不後悔。全文在暗示社會的不公，朝政的不平，官場的腐敗，清正廉潔，剛正不阿的好人不得好報；鑽營諂媚，不勞而獲的人反而尊貴。所以，唐・柳宗元對它甚為讚美，又寫了一篇〈瓶賦〉，從正面推闡補足揚雄的意旨，先後映射，成為異曲同工的妙文。

四、結構

這篇〈酒箴〉的結構分為兩部分：

㈠自「子猶瓶矣」至「不如鴟夷」。說「瓶」，又可分析如下：

1.「子猶瓶矣」。總說「瓶」。

2.自「觀瓶之居」至「動常近危」。說「瓶」的地位、居處、臨動。

3.自「酒醪不入口」至「藏水滿懷」。說「瓶」用以藏水。

4.自「不得左右」至「牽于纆徽」。說「瓶」繫繩，不自由。

5.自「一旦叀礙」至「骨肉為泥」。說「瓶」的悲劇結局。

6.「自用如此，不如鴟夷」。總說瓶不如皮袋。

㈡自「鴟夷滑稽」至「酒何過乎」。說「鴟夷」。又可分析如下：

1.「鴟夷滑稽，腹大如壺」。說鴟夷形狀。

2.「盡日盛酒，人復借酤」。說鴟夷的用途——盛酒。

3.自「常為國器」至「經營公家」。說鴟夷地位尊貴，出入顯達。

4.「由是言之，酒何過乎」。總結鴟夷顯貴，酒使然也。

由上面的論析，這篇文章的結構可以綱領表示如下：

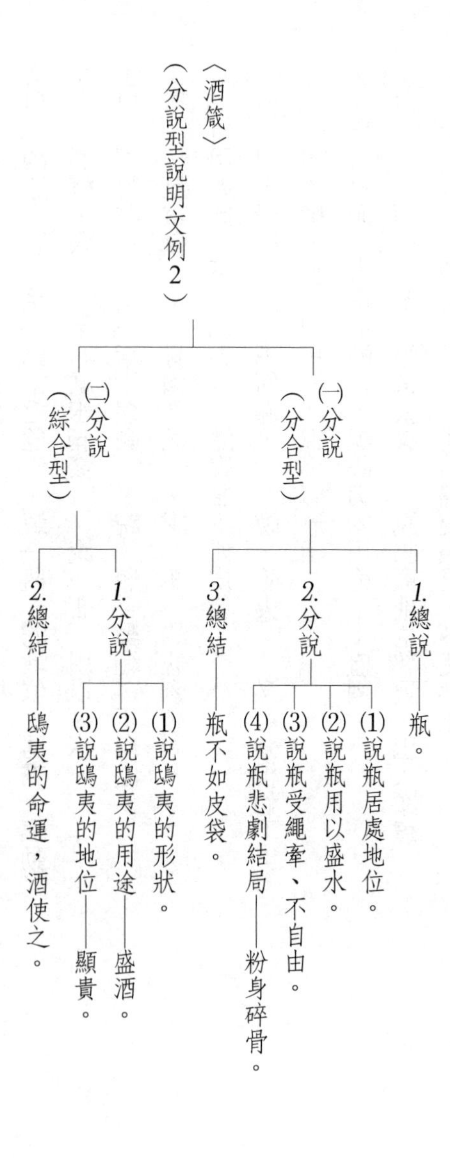

這篇〈酒箴〉由兩個分說部分構成，是在總分體系的邏輯思維運作下形成的，兩個分說獨立平行，所以是分說型說明文。而第一個分說，先總次分終結，自身又是一分合型說明形式，由一總說四分說一總結組合而成；第二個分說，先分後總，由三個分說一個總結組合而成。這樣，全文就是一個由分合型和綜合型的兩個結構部分，組合成了一個分說型說明文。

五、技巧

㈠**選材的技巧**：這篇文章的題材選擇，是由主題和表現方法決定的。作者寫酒，是用盛器襯托容物，又在比較的表現法上出主意的。文中的酒只是作者吸取題材的媒介，由酒的比對對象引出了井水，再由兩種液體引出了兩種容器，作者著意寫的是「瓶」和「鴟夷」，尤其是「瓶」。

所以，文中的核心題材是「瓶」，其次是「鴟夷」；「酒」和「井水」只是配合題材，然而題為「酒箴」，意味無窮。

㈡**謀篇的技巧：**題為「酒箴」，可是醉翁之意不在「酒」，也不在盛「酒」的「鴟夷」，而是在盛「酒」的鄰居「井水」的「瓶」。作者如此構思，巧妙至極點。

於是布局就直搗黃龍，說起「瓶」來，說瓶先總說「瓶」的概念；次說「瓶」的居處；次說「瓶」的用途心性；次說「瓶」的下場；最後說「瓶」的評價。他用分合型布置「說瓶」的題材。然後，在對比的用意下，先以「自用如此，不如鴟夷。」由瓶轉折，進入「鴟夷」，說起「鴟夷」。說「鴟夷」這一部分，先說形體；次說用途；次說顯貴的地位履歷，最終歸功「酒」。他用綜合型安排「說鴟夷」的題材。

本文的謀篇先「瓶」後「鴟夷」，先分合後綜合，並用一句「自用如此，不如鴟夷。」作過渡的橋樑，把前後兩個分說溝通起來。之所以先「瓶」後「鴟夷」，是先亮核心題材，引讀者注意，又表示其核心位置，「鴟夷」只是陪襯題材，留在後面乃理所當然。再者題為〈酒箴〉，以「鴟夷」為陪，酒的意象若隱若現，達到了賣弄玄虛的表現目的。

㈢**修辭的技巧：**說明文的表現方法都在總分體系的說明邏輯思維下進行，這已是一種共識，而且說明的機制是分析綜合的思維運轉，也是共知的規律。然而這篇〈酒箴〉在這些邏輯思維規律下，所運用的方法又是很特別的，首先「題目」與內容的關係，若隱若現，主題似乎是多層次的，就箴「酒」而言，作者是言外傳音，「酒」令人安全尊貴，不傷害人。然而，那又不是作者文章的核心所在，那只能說是作者的虛招，作者的巧思所在，是借「酒」引「水」，由「水」引「井水」，再由「井水」帶出「汲水瓶」，以「汲水瓶」象徵「清正廉潔，剛正不阿」的人生；說「瓶」，骨子裡就在說「廉正」的人物及人生下場；於是再以「酒」陪「井水」，以「鴟夷」陪「瓶」，以「鴟夷」象徵「滑稽」「鑽營」的人物，平安顯貴，沒有風險的人生，藉它陪襯「瓶」。全文最主要表現技巧，就在於比較法、陪襯法的巧妙運用，賓主位置的轉移互換。這些技巧形成了這篇文章修辭上的特色，值得叫絕。

所以，它可以說是一篇寓言式的詠物賦，賦的意象是多層次的，全文是個大比喻，文中詞句都含蘊著雙關意象，那是開頭一句「子猶瓶矣」一句喻語，把全文籠罩在它作用下，所造成的修辭魔法，所釀造的全局反應。

〈誡子篇〉①

夫君子之行，靜以脩身，儉以養德②。非澹泊無以明志，非寧靜無以致遠③。

夫學須靜也，才須學也。非學無以廣才，非志無以成學④。淫慢則不能勵精，險躁則不能治性⑤。年與時馳，意與日去，遂成枯落。多不接世，悲守窮廬，將復何及⑥？

一、注釋

①誡子：教子。《玉篇》：「誡，告也。」《荀子・彊國》：「發誠布令而敵退。」注：「誡，教也。」子：即諸葛瞻。

②行：修行，行為。靜：寧靜，心虛，不為外物而動，保持寧靜的狀態。脩身：修鍊身心。儉：節儉。養德：培養品德。

③澹泊：淡然無欲。澹：靜貌。泊：恬靜無為貌。明志：使心志明潔。持有正當的志意。寧靜：安寧平靜。致遠：極遠。堪任遠大。

④才：才能。廣才：發展才能。成學：完全學習。

⑤淫慢：淫亂怠慢，一作慆慢。勵精：激勵精神。一作研精。險躁：心不平靜躁動。治性：一作理性，即修性。

⑥年與時馳：年齡和時光一起奔馳消逝。意與日去：心意和時日消衰。枯落：枯乾掉落。多不接世：與社會世俗很少接觸。悲守窮廬：傷心地守著窮屋貧家。將復何及：如何趕得上呢？

二、作者

諸葛亮，見前〈答法正書〉作者欄。

三、主題和題材

這篇文章是一篇家訓。訓誡的對象是作者的兒子諸葛瞻。全文的題材均與家教有關，主旨是勸兒子勤學立志，叫兒子為學要從澹泊寧靜中下功夫，最忌荒唐險躁；說年歲隨著時光消逝而老邁枯衰，如不及時努力，如何來得及呢？

四、結構

這篇文章分三部分：

㈠自「夫君子之行」至「非寧靜無以致遠」。說修身養德當靜、儉，以澹泊明志，以寧靜致遠。

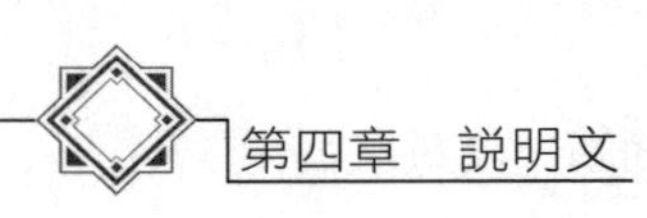

㈡自「夫學須靜也」至「險躁則不能治性」。說人要靜心以學，立志廣才致遠以成學，不可淫慢險躁，否則無法勵精治性。

㈢自「年與時馳」至「將復何及」。說當及時努力，以免老大徒傷悲。

依上面的分析，我們可以下面的綱領加以表示：

〈誡子書〉（分說型說明文例3）
- ㈠說修身養德。
- ㈡說成學。
- ㈢說少壯不努力，老大徒傷悲。

這三部分，一者說修身，二者說治學，三者說及時。三者獨立成段，平行成列，所以是分說型說明文。

五、技巧

㈠**選材的技巧**：本文所選的題材，分別是修德、治學、及時三方面，而皆以澹泊明志，寧靜致遠為原則，以及時為輔助，題材的選擇以主題的呈現為鵠的。

㈡**謀篇的技巧**：全文以德學為主軸，先說德，次說學，歸以及時。說德分澹泊明志與寧靜致遠。說學須靜心廣才以成學；及時在於戒時光之易逝。故以「何及」作結。

㈢**修辭的技巧**：本文以總分體系的說明方式表現，文中以詮釋法為主要修辭，行文駢散交錯，以單領偶，句法整齊而有變化，文字簡潔，表現準確。具諸葛亮文章風格的特色。

〈時化〉①

元子聞浪翁說化，化無窮極，因論諭曰：「翁亦未知時之化也多于此乎？」曰：「時焉何化？我未之記②。」元子曰：「于戲！時之化也：道德為嗜欲化為險薄；仁義為貪暴化為凶亂；禮樂為耽淫化為侈靡；政教為煩急化為苛酷。翁能記于此乎③？」

時之化也：夫婦為溺惑所化，化為犬豕；父子為惛欲所化，化為禽獸；兄弟為猜忌所化，化為讎敵；宗戚為財利所化，化為行路；朋友為世利所化，化為市兒。翁能記于此乎④？

時之化也：大臣為威權所恣，忠信化為奸謀；庶官為禁忌所拘，公正化為邪佞⑤；公族為猜忌所限，賢哲化為庸愚；人民為征賦所傷，州里化為禍邸；奸凶為恩幸所迫，廝皂化為將相。翁能記于此乎⑥？

時之化也：山澤化為阱陌，或曰盡于草木；原野化為狴犴，或曰殫于鳥獸⑦；江湖化為鼎鑊，或曰暴于魚鱉；祠廟化為宮寢，或曰數于祀禱。翁能記于此乎⑧？

時之化也：情性為風俗所化，無不作狙狡詐誑之心；聲呼為風俗所化，無不作諂媚僻淫之辭；顏容為風俗所化，無不作奸邪蹙促之色。翁能記于此乎⑨？

一、注釋

①時化：時之化，時間遷異，產生變化。末世時代的世俗變化、時間的變化、時勢的變化。《呂覽・決勝》：「智則知時化，知時化則知虛實盛衰之變。」

②元子：作者自稱。即元結。浪翁：作者〈浪翁觀化〉序云：「浪翁，山野之浪老也。」浪：浪漫，無拘無束貌。放縱流浪不拘形骸。此指無官職的流浪之士。元結假設的人物稱號。說化：談論事物的變化。即浪翁所講的「有無相化」、「有化無」、「無化有」和「化相化」等四說。化無窮極：變化沒有盡頭、沒有止境。因：於是。論諭：論列曉諭。

③于戲：嗚呼，嘆詞。道德：美行美品質。嗜欲：指耳目口鼻等方面的食欲。險薄：險惡而不厚道。仁義：仁愛和正直。貪暴：貪心暴虐。凶亂：兇惡混亂。禮樂：禮制樂教。耽淫：沈迷超越常度。耽：ㄉㄢ。侈靡：奢侈浪費。政教：政治教化。煩急：煩雜急迫。苛酷：苛刻殘酷。

④溺惑：沈溺疑惑。犬豕：狗豬。此指無別、雜亂的生活。《列子・仲尼》：「長幼群聚而為牢藉庖廚之物，奚異犬豕之類乎？」惛欲：惛昧貪欲。糊塗不明、貪欲。惛：ㄏㄨㄣ，癡。不憭。猜忌：猜疑嫉忌。讎：仇。宗戚：宗族親戚。行路：路人。陌生人。世利：勢利。市兒：商人，計較小利的人。

⑤威權：權力。恣：放縱，縱。奸謀：陰謀詭計的人。庶官：眾吏。禁忌：禁止忌諱。拘：拘束。邪佞：邪惡諂媚的人。佞：ㄋㄧㄥˋ。

⑥公族：與國君同族的貴族。限：拘限。賢哲：才能見識超越尋常的人。庸愚：平庸愚蠢的人。征賦：賦稅。州里：鄉里，古代二千五百家為州，二十五家為里。禍邸：災難寄居的地方。邸：ㄉㄧˇ。奸凶：奸人凶賊。恩幸：受天子恩寵、寵幸的臣子。廝皂：指服賤役的人。

⑦山澤：山峰谷澤。阱陌：ㄐㄧㄥˇ ㄇㄛˋ，陷阱阡陌。狴犴：ㄅㄧˋ ㄢˋ，傳說中的獸名，形狀像老虎，有力。獄門所豎雕像，此指牢獄。殫：ㄉㄢ，盡。

⑧鼎鑊：ㄉㄧㄥˇ ㄏㄨㄛˋ，古代烹煮器，有腳叫做鼎，無腳叫做鑊。暴：暴虐，糟蹋。魚鱉：魚和龜鱉。祠廟：供奉祖先神祇的祠堂廟宇。宮寢：供奉鬼神的寺院寢廟。數：屢。祀禱：祭祀禱告。《禮．祭義》：「祭不欲數，數則煩」。

⑨情性：性情，心。作：起。狙狡詐誑：狡猾欺騙。聲呼：說話稱呼。諂媚僻淫：逢迎邪避。奸邪蹙促：虛偽拘謹。蹙：ㄘㄨˋ。

二、作者

元結（西元七一九年～七七二年），字次山，號漫叟，唐、河南府（今河南洛陽市）人。天寶十二年（西元七五三年）進士。曾參加平定「安史之亂」，立有戰功，遷水部員外郎。後任道州刺史，頗著政績。他工善詩文，所作多反映民間疾苦，樸素簡淡，真摯動人，為杜甫所推崇。散文筆力雄健，意氣超拔，其雜文短小精悍，遊記幽眇芳潔，為韓、柳先驅。著有《元次山集》，又編選《篋中集》行世。

三、主題和題材

這篇文章寫時勢化人，歷說五種時化的題材。作者眼看天寶末年政治、社會腐化，世態人情澆偽，所以，從「救世勸俗」的動機出發，針對那禮崩樂壞、傷風敗俗的社會，以時化為眼線，對上自宮廷，下至州里的社會風俗，述說其由好變壞的因由，以資施政者警戒。充分體現了文以載道的精神。

四、結構

全文的結構可分下列各部分：

㈠自「元子聞浪翁說化」至「翁能記于此乎」。由元子與浪翁問答引入正題。說道德、仁義、禮樂、政教，因嗜

欲、貪暴、耽淫、煩急而化為險薄、凶亂、侈靡、苛酷。

㈡自「時之化也」至「翁能記于此乎」。說夫婦、父子、兄弟、宗戚、朋友，因溺惑、惛欲、猜忌、財利、世利，化為犬豕、禽獸、讎敵、行路、市兒。

㈢自「時之化也」至「翁能記于此乎」。說大臣、庶官、公族、人民、奸凶等，因威權所恣、禁忌所拘、猜忌所限、征賦所傷、恩幸所迫，以致化忠信為奸謀、公正為邪佞、賢哲為庸愚、州里為禍邸、廝皂為將相。

㈣自「時之化也」至「翁能記于此乎」。說山澤、原野、江湖、祠廟等，化為阱陌，盡于草木；狴犴，殫于鳥獸；鼎鑊，暴于魚鱉；宮寢，數于祀禱。

㈤自「時之化也」至「翁能記于此乎」。說情性、聲呼、顏容等，因風俗化為狙狡詐誑之心；化作諂媚僻淫之辭；化作奸邪蹙促之色。

全文說時化有五種，即道德、仁義、禮樂、政教之化；夫婦、父子、兄弟、宗戚、朋友之化；大臣、庶官、公族、人民、奸凶之化；山澤、原野、江湖、祠廟之化；情性、聲呼、顏容之化等。這五種時之化，分別以分合型進行說明，其結構綱領如下：

- ㈠分說（人性之化）（分合型）
  - 1.總說——時之化。
  - 2.分說
    - (1)道德之化。
    - (2)仁義之化。
    - (3)禮樂之化。
    - (4)政教之化。
  - 3.總結——翁能記乎？（化之多）
- ㈡分說（人際之化）（分合型）
  - 1.總說——時之化。
  - 2.分說
    - (1)夫婦之化。
    - (2)父子之化。
    - (3)兄弟之化。
    - (4)宗戚之化。
    - (5)朋友之化。
  - 3.總結——翁能記乎？（化之多）

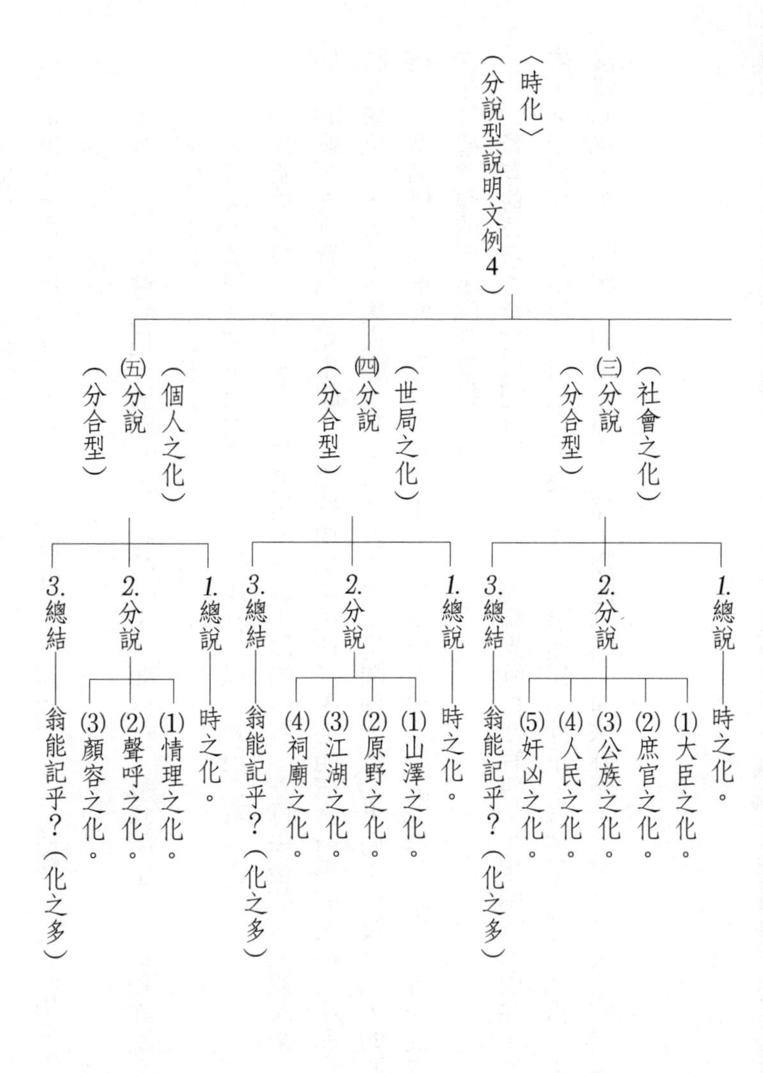

由上面的綱領，可知本文是由五個分合型次級說明文，組合成一個完整的分說型說明文。

五、技巧

(一)選材的技巧：本文的題材由於總主題「時化」的需要，分別選擇五個次級性的小主題，各個小主題分別選了其分題材。

*1.*人性之化：選的是「道德」、「仁義」、「禮樂」、「政教」等，及其相應所化，「險薄」、「凶亂」、「侈

靡」、「苛酷」；以及其化因，「嗜欲」、「貪暴」、「耽淫」、「煩急」等。

2.人際之化：選的是「夫婦」、「父子」、「兄弟」、「宗戚」、「朋友」；及其相應所化，「犬豕」、「禽獸」、「讎敵」、「行路」、「市兒」；以及其化因，「溺惑」、「惛欲」、「猜忌」、「財利」、「世利」。

3.社會之化：選的是「大臣」、「庶官」、「公族」、「人民」、「奸凶」；及其相應所化，「忠信化奸謀」、「公正化邪佞」、「賢哲化庸愚」、「州里化禍邸」、「廝皂化將相」；以及其化因，「威權」、「禁忌」、「猜忌」、「征賦」、「恩幸」。

4.世局之化：選的是「山澤」、「原野」、「江湖」、「祠廟」；及其相應所化，「阡陌」、「狴犴」、「鼎鑊」、「宮寢」。

5.個人之化：選的是「情理」、「聲呼」、「顏容」；及其所化，「狙狡詐誑之心」、「諂媚僻淫之辭」、「奸邪蹙促之色」；以及其化因，「風俗」。

五個支說，都隨其副主題選擇了適當的題材，以為表現之資。

㈡**謀篇的技巧**：題材選好，作者是依各副主題的內容，安排先後的，大體說來，作者依德、人際、社會、世局、個人的順序安排五個次元主題。安排的標準是根據各副主題概念所屬的範疇大小而定。德性的範疇最大、性質最高，故在首位，先人性，後人際；其次是社會；再次是關係一姓的世局；最後就個人的心性言行而說。至於五個分說，都按分合型結構模式推展。先總說時之化；次分說化之類；最後總結化之多。各分說中的分說則依主題需要，以及所說文化社會含蘊的已定順次安排，井然有序。

㈢**修辭的技巧**：全文以總分體系的說明邏輯思維推展說明。先用問答法引端，然後進入規律的分類詮釋。句法整齊，多用偶句。文中以「時之化」為綱領，「翁能記于此乎」為煞尾，迂迴曲折，畫龍點睛，既不失時效，也畫出了當時的眾生相，點題、切題，指斥時弊，鞭撻澆偽，痛快淋漓，可說是雜文中的佳作。

〈名二子說〉①

輪、輻、蓋、軫，皆有職乎車，而軾獨無所為者。雖然，去軾則吾未見其為完車也。軾乎！吾懼汝之不外飾也②。

天下之車莫不由轍，而言車之功者轍不與焉。雖然，車仆馬斃，而患不及轍，是轍者善處乎禍福之間也。轍乎！吾知免矣③。

一、注釋

①名二子：為兩個兒子取名。

②輪：車輪。輻：ㄈㄨˊ，車輪的輻條。輪中央，木之直指者。蓋：車篷蓋。軫：ㄓㄣˇ，車後橫木。一說在車箱底部四面的橫木。皆有職乎車：這四種部件皆對車子的構成，有重要作用。軾：車前的橫木，即扶手板。古人立乘車上，以手扶按車前橫木，表示至敬。無所為：對於車子沒有什麼大用。完車：完整的車。不外飾：外表不謹飭，不收斂約束。

③轍：ㄔㄜˋ，車跡。車輪軋地的痕跡。不與：不在內。車仆：車仆倒、翻覆。馬斃：馬死。患：災害。免：免禍。

二、作者

蘇洵，見前〈六國論〉作者欄。

三、主題和題材

這篇文章是作者對兩個兒子蘇軾、蘇轍命名而作的說解。長子名軾，取其「無所為于車」；次子名轍，取其不與車功。然而對長子又戒「外飾」，對次子期其「善處乎禍福之間」。全文以車喻人，蘊涵深刻，感情深摯。

四、結構

這篇文章分為兩部分：

(一)自「輪、輻、蓋、軫」至「吾懼汝之不外飾也」。說以軾命名長子的含意，取其「無所為」，而可「完車」。

(二)自「天下之車莫不由轍」至「吾知免矣」。說以轍命名次子的含意，取其「不與車功」、不及禍。

兩部分平行，其結構綱領如下：

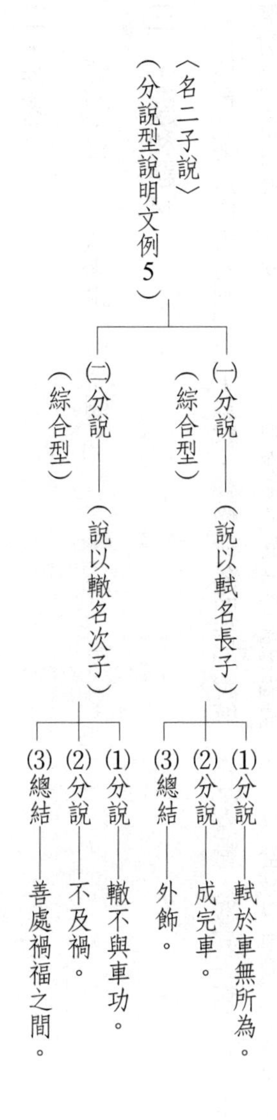

前後兩部分平列，各自獨立成文，所以是分說型說明文。

五、技巧

(一)**選材的技巧**：本文以車喻人，應主題需要，所選題材，凡車、軾、轍、輪、輻、蓋、軫、馬。這些題材皆應說「軾」、說「轍」的需要而選。

(二)**謀篇的技巧**：全文依分說型模式布局，先說軾，後說轍，蓋依兄弟排行次第而定。說軾，不直說「軾」，而藏鋒入筆，先由輪、輻、蓋、軫說起，說四部件對車的作用；然後由車的作用引出「軾」來。說「軾」似乎對車子沒有什麼大用；然後，「雖然」轉折，筆鋒一轉，抑後又揚，「去軾則吾未見其為完車也」，於是語重心長地歎道：「軾乎！吾懼汝之不外飾也。」這部分，四句話起承轉合，一脈貫通，又極盡收放之變，最後一句意味深長的感歎，縈耳不絕，給人印象深刻。是綜合型說明文架構成段的。

說轍，先由車帶起，由車及轍，說轍不與車功；又筆鋒一轉，說雖無功，也不及禍，於是期其「善處乎禍福之間」，結以慶幸其免禍，愛子之心躍然紙上。也是以綜合型說明文架構進行闡說的。

(三)**修辭的技巧**：這篇文章採用闡釋法說明。作者以車為喻，說明為二子命名的含蘊，文章僅八十餘字，語言精粹，

寓意深刻，頓挫抑揚，脈理自然，說歎之間，情溢於辭。明・楊慎說：「字數不多，而婉轉折旋，有無限思意。」是短篇散文佳品，又是標準的分說型說明文。

練習

㈠試閱讀下列諸文，並為之標點、分段。

1. 徐谿〈陳三事表〉。
2. 何妥〈諫文帝八事書〉。
3. 韓愈〈答李翊書〉。
4. 宋應星〈稻〉。
5. 張岱〈紹興琴派〉。
6. 金農〈題畫四則〉。

㈡試以分說型模式寫下列諸題。

1. 說米。
2. 說報紙。
3. 說車。
4. 說墨。
5. 上意見書。

㈢試選四篇散文的鑑賞範作，供學生課外學習。

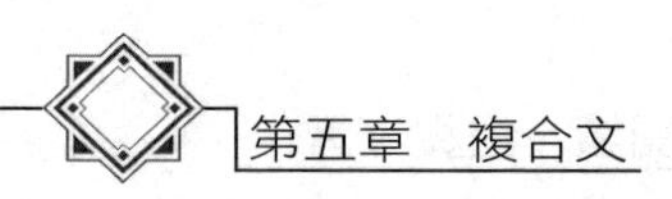

第五章　複合文

推理有複合推理，文章有先敘後議，描敘結合，先說後議；敘、說、議結合等現象。思維形式也有複合性，複合性是思維形式的綜合性高級形式。所以，文體的複合型態是思維形式複合性的顯現。文章中，龐大的複合文體系正是決定於思維形式的複合性。

複合文是文章中的一個大類，它是各種文章結構體系的複合體系。複合文的結構，決定於邏輯思維和形象思維兩種形式的互相結合。「一分為二」，邏輯思維有兩種，即普通邏輯和辯證邏輯；形象思維也有兩種，即歷時性形象思維和空間性形象思維。所以，說明文、議論文、敘述文、描寫文，都可以成為文章結構的一個複合單位，進入文章結構的最高層次。

由於複合型思維是兩種思維形式之間，在新的條件下形成新的不同關係，所以又可成為兩種不同的類型。一是聯合複合型；二是主從複合型。

第一節　聯合型複合文

聯合型複合文是兩種結構體系平等聯合的一種複合形式，即一部分是說明文，另一部分是議論文；或一部分是敘述文，另一部分是議論文；再不然是兩部分以上，由不同的思維形式的文類組合而成，各得其所。

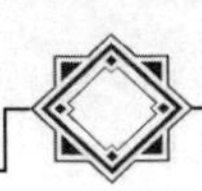

〈截冠雄雞志〉①

翱至零口北，有畜雞二十二者，七其雄，十五其雌，且飲且啄，而又狎乎人②。翱甚樂之，遂掬粟投于地而呼之。有一雄雞，人截其冠，貌若營群，望我而先來，見粟而長鳴。如命其眾雞③。眾雞聞而曹奔于粟。既來，而皆惡截冠雄雞而擊之，曳而逐出之，已而竟還啄其粟④。日之暮，又二十一其群栖于楹之梁。截冠雞又來，如慕侶，將登于梁且栖焉，而仰望焉，而旋望焉，而小鳴焉，而大鳴焉，而延頸喔咿，其聲甚悲焉，而遂去焉。去于庭中，直上有木三十餘尺，鼓翅哀鳴，飛而栖其樹顛⑤。

翱異之曰：「雞，禽于家者也，備五德者也。其一曰：『見食命侶，義也。』截冠雄雞是也⑥。彼眾雞得非幸其所呼而來耶？又奚為既來而共惡所呼者而迫之耶？豈不食其利，背其惠耶？豈不喪其見食命侶之一德耶？且何眾棲而不使偶其群耶⑦？」或告曰：「截冠雄雞，客雞也。予東里鄙夫曰陳氏之雞焉，死其雌，而陳氏寓之于我群焉⑧。勇且善鬪，家之六雄雞勿敢獨校焉，是以曹惡之而不與同其食及栖焉。夫雖善鬪且勇，亦不勝其眾而孤游焉；然見食未嘗先啄而不長鳴命侶焉。彼眾雞雖賴其召，既至反逐之，昔日亦由是焉。截冠雞雖不見答，然而其跡未曾變移焉⑨。」翱既聞之，惘然感而遂傷曰：「禽鳥，微物也，其中亦有獨稟精氣，義而介者焉⑩。客雞義勇超乎群，群皆妒而尚不與儔焉，況在朋友乎哉！況在親戚乎哉！況在鄉黨乎哉⑪！況在朝廷乎哉！由是觀天地間鬼神禽獸萬物，變動情狀，其可以逃乎？」

吾心既傷之，遂志之，將用警予，且可以作鑑于世之人⑫。

一、注釋

①截冠：切斷了雞冠。志：記。

②翱：李翱自稱。零口：陝西省臨潼縣東四十里，又名冷口。《寰宇記》：「唐于零口置鴻州。」七其雄：其雄七，雄雞七隻。狎：ㄒㄧㄚˊ，習，親近。

③掬：ㄐㄩˊ，雙手捧取。粟：小米。貌若營群：樣子好像在尋找雞群。貌：樣子。營：求。望我而先來：看著我，先走

過來。長鳴：大聲長叫。命：叫。

④曹奔于粟：成群地奔走到扔小米的地方。曹：群。既：已。恧：ㄋㄩˋ，慚愧，羞辱。曳：ㄧˋ，拉，拖。竟還：爭先恐後回轉來。

⑤栖：歇宿。楹：堂前的柱子。梁：橫木。慕侶：思念伴侶。旋望：向四周看。延頸：伸長脖子。喔咿：ㄨㄛ ㄧ，雞啼聲。鼓翅：拍擊翅膀。

⑥禽于家者：養於家的禽鳥。備：具備。五德：五種美德。《韓詩外傳》：「夫雞，首戴冠者，文也；足傅距者，武也；敵在前敢鬬者，勇也；得食相告，仁也；守夜不失時，信也。」見食命侶：看到食物，呼叫同伴。

⑦幸其所呼而來：慶幸牠呼叫才跑來。奚為：何為，為什麼。迫：迫脅，威脅逼迫。食其利，背其惠：吃牠的便宜，背叛牠的恩惠。利：便宜，佐食。豈不喪其見食命侶之一德：言眾雞那不是失其「見食命侶」的美德？豈不失義？偶：伴隨。

⑧或：有人。客雞：外來的雞。東里：東邊鄰里。鄙夫：粗俗的人，鄉野之人。曰陳氏之雞：叫陳先生那人的雞。寓：寄。我群：我家的雞群。

⑨獨校：單獨和牠較量。不勝其眾：勝不了眾雞。孤游：離開雞群孤獨生活。由是：猶是，也是像這樣。不見答：沒有得到回報。跡：行為。

⑩惘然：失意的樣子。微物：小東西。獨稟精氣：特別稟受精靈的元氣。獨：特別。稟：受。精氣：精靈的元氣。《易・繫辭上》：「精氣為物。」孔穎達疏：「云精氣為物者，謂陰陽精靈之氣，氤氳積聚而為萬物也。」義：宜。介：耿介，正直。

⑪不與儔：不和牠作伴。鄉黨：相傳周制以五百家為黨，一萬二千五百家為鄉。後以「鄉黨」，泛指鄉里。

⑫警：警戒。鑑：鏡子，鑑戒。

二、作者

李翱（西元七七二年～八四一年），字習之，隴西成紀（今甘肅天水縣）人。貞元進士，官至山南東道節度使。死後，諡文。世稱李文公。他是中唐時期的散文家、哲學家。曾從韓愈學古文，積極參加了古文運動。文風平正謹嚴，所作《南來錄》，為傳世最早的日記體文章。著有《李文公集》。

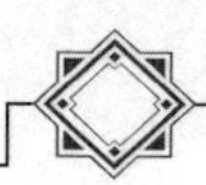

三、主題和題材

這是一篇寓言式的雜文，由截冠雄雞見食命侶、義勇超群卻不為眾雞所容的故事為題材，推而廣之，議論到朋友、親戚、鄉黨、朝廷之中人與人彼此傾軋的情況。

內容是寫獨稟精氣，耿介拔俗的截冠雄雞受雞群的排斥，並論人際關係的類似現象。在字裡行間，作者表現了對截冠雄雞的同情和敬慕；又對「食其利」、「背其惠」的群雞那種忘恩負義的行為，表示輕蔑。主題是多層的，既記其事，又寓褒貶，作者心中那份重義輕勢的意識隱然可見。

四、結構

這篇文章的結構是複雜的，它由多種文體結合成篇。

㈠自「翺至零口北」至「飛而栖其樹顛」。敘述截冠雄雞「見食命侶」、「群雞聞而來，逐截冠雄雞，竟啄其粟。」及「日暮」、「截冠雄雞慕侶欲共栖楹梁，不得，乃去，孤栖庭中樹顛。」這部分分：1.被排擠而不得共食；2.被排擠而不得共栖等二支節。

㈡自「翺異之曰」至「然而其跡未曾變移焉」。論截冠雄雞「義勇超群」。又可分下列諸支部：

1.自「翺異之曰」至「截冠雄雞是也」。總論截冠雄雞，具雞德「見食命侶」之「義」。

2.自「彼眾雞得非幸其所呼而來耶」至「且何眾棲而不使偶其群耶」。論眾雞忘恩負義。又可分兩小節：

(1)自「彼眾雞得非幸其所呼而來耶」至「豈不喪其見食命侶之一德耶」。論眾雞受惠而反迫施惠者，不與共食之不當，有失「義」德。

(2)「且何眾棲而不使偶其群耶」。論不與共棲之不當。

3.自「或告曰」至「然而其跡未曾變移焉」。結論截冠雄雞義勇超群，犯而不校，義心不移。又可分下列數小節：

(1)自「或告曰」至「而陳氏寓之于我群焉」。論截冠雄雞是客雞，故不為群雞所容。

(2)自「勇且善鬬」至「是以曹恧之而不與同其食及栖焉」。論截冠雄雞勇而不為群雞所容。

(3)自「夫雖善鬬且勇」至「然而其跡未曾變移焉」。論截冠雄雞雖勇，卻不敵群，然仍友善，「見食命侶」，義心不移。

㈢自「翱既聞之」至「其可以逃乎」。論人與人傾軋猶如雞。

*1.*自「翱既聞之」至「況在朝廷乎哉」。論客雞「獨稟精氣，義而介」，「義勇超群」，群妒而不與群；類比人際亦然，朋友、親戚、鄉黨、朝廷等，其人際無不妒勇嫉義，而排斥之。

*2.*自「由是觀天地間鬼神禽獸萬物」至「其可以逃乎」。論萬物均妒勇嫉義而排斥之。

㈣自「吾心既傷之」至「且可以作鑑于世之人」。說明創作動機。即「自警」、「鑑于世」。

據上面的論析，本文結構綱領，可圖示如下：

〈截冠雄雞志〉（聯合型複合文例1）

- （敘述文）㈠截冠雄雞受斥（順敘型）
  - *1.*開端——敘截冠雄雞「見食命侶」。
  - *2.*發展
    - (1)群雞不與共食。
    - (2)群雞不與共栖。
- （議論文）㈡裁冠雄雞義勇受妒斥（演歸型）
  - *1.*總論——截冠雄雞見食命侶之義。
  - *2.*分論
    - (1)群雞不與共食——忘恩負義。
    - (2)群雞不與共栖——妒而斥之。
  - *3.*結論——截冠雄雞義勇受妒斥。
- （議論文）㈢義勇超群受妒斥（分論型）
  - *1.*分論——截冠雄雞獨稟精氣、義勇超群受妒斥。
  - *2.*分論
    - (1)朋友之際妒斥義勇之人。
    - (2)親戚之際妒斥義勇之人。
    - (3)鄉黨之際妒斥義勇之人。
    - (4)朝廷之際妒斥義勇之人。
    - (5)萬物之際妒斥義勇之物。
- （說明文）㈣說寫志動機（分析型）
  - *1.*總說——說寫「志」的動機。
  - *2.*分說
    - (1)說自警。
    - (2)說為世鑑。

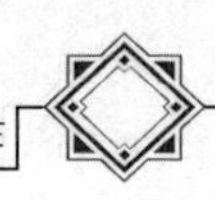

由上圖可見這篇文章是由四個複合因素結合的複合形式。㈠的部分是順敘型敘述文；㈡的部分是演歸型議論文；㈢的部分是分論型議論文；㈣的部分是分析型說明文。四個複合因素各自獨立，平行存在，所以它是具有邏輯關係的聯合型複合文。

五、技巧

㈠**選材的技巧**：這篇文章題材以截冠雄雞和牠所寓居的眾雞為主，再將截冠雄雞的「見食命侶」、「義勇超群」、「被逐孤棲」與眾雞的「食其利」、「背其惠」等事件加以選擇，並以截冠雄雞的來歷、雞和人的類比等加以思考，選材的工作大致完成。

㈡**謀篇的技巧**：題材齊備後，作者首先敘述截冠雄雞受排斥，不得與眾雞共食同栖的事件；其次就其事件評論，論截冠雄雞的「見食命侶」、「義勇受斥」；眾雞的「食其利」、「背其惠」，以及截冠雄雞的「跡未曾移」；然後以類比論證，申論「朋友」、「親戚」、「鄉黨」、「朝廷」等人際的妒斥關係；最後說明記錄其事的動機。這樣就形成多文體結合成複合型格局。

㈢**修辭的技巧**：本文修辭，以敘述、議論、說明等思維形式，綜合運用，交替進行。文中穿插有問答，有推類聯想，文字簡樸，行文暢快。文風平正謹嚴，具古文的特色。

〈蝜蝂傳〉[1]

蝜蝂者，善負小蟲也。行遇物，輒持取，卬其首負之。背愈重，雖困劇不止也[2]。其背甚澀，物積因不散，卒躓仆不能起[3]。人或憐之，為去其負。苟能行，又持取如故[4]。又好上高，極其力不已，至墜地死[5]。

今世之嗜取者，遇貨不避，以厚其室，不知為其累也，唯恐其不積[6]。及其怠而躓也，黜棄之，遷徙之，亦以病矣。苟能起，又不艾[7]。日思高其位，大其祿，而貪取滋甚，以近于危墜，觀前之死亡不知戒[8]。雖其形魁然大者也，其名人也，而智則小蟲也。亦足哀夫[9]！

一、注釋

①蝜蝂：ㄈㄨˋ ㄅㄢˇ，一種黑色小蟲，性貪婪，善負重。傳：記。

②善負：擅長背負。行遇物：爬行時遇到食物。輒：就。持取：拿過來。卬：昂，抬起。背愈重：負擔越來越重。困劇：因疲倦累到了極點。不止：不停地往背上加東西。

③澀：不光滑，沾滯。物積：堆積的物品。不散：不散落。卒：結果。躓仆：摔倒。躓：ㄓˋ。

④人或憐之：有的人憐憫它。為去其負：替牠拿掉牠背上的東西。負：負擔的東西。苟能行：如果牠能爬行了。又持取如故：又像以前一樣拿取。

⑤好：ㄏㄠˋ，喜愛。上高：爬上高地方。極其力：用盡自己的力氣。不已：不停止。墜地：掉到地上。

⑥嗜取者：貪得無厭的人。貨：財物。不避：不讓。以厚其室：以增加家中財物。厚：增。室：家產。《國語．楚語》：「施二帥而分其室。」注：「室，家資也。」累：累贅，累害，額外負擔。唯恐其不積：只害怕財富堆積不夠多。

⑦怠：疲乏。又通「殆」，危急。黜：ㄔㄨˋ，貶官。棄：罷免不用。遷徙：遷移流放。病：羞辱。《儀禮．士冠禮》：「某不敏，恐不能共事以病吾子。」注：「病，猶辱也。」艾：悔改。本為割草，借為乂（ㄧˋ），治理，改正。《孟子．萬章》：「大甲悔過，自怨自艾。」注：「艾，治也。治而改過。」

⑧日思高其位：天天想往上爬，升高官位。大其祿：增加自己的俸祿。大：多。滋甚：更加厲害。以：以至，順接連詞，表示後一行為為前一行為的結果。近于危墜：面臨從高處掉下來的危險。戒：鑑戒。

⑨形：形體，身體。魁然大者：高大魁梧的樣子。其名人也：他也稱為人。名：稱，叫做。智則小蟲：智慧只是蝜蝂的智慧。足哀：真夠悲哀的了。

二、作者

柳宗元（西元七七三年～八一九年），字子厚，唐代河東（今山西永濟縣）人。貞元九年（西元七九三年）進士。授集賢殿正字。參與王叔文等永貞革新，升任禮部員外郎。失敗後，貶為永州司馬。元和十年（西元八一五年）改任柳州刺史。唐代著名文學家、哲學家，韓愈古文運動的支持人。散文兼備各體，以雜文與遊記最有名。雜文短小精悍，筆鋒犀利，有《柳河東集》傳世。

三、主題和題材

本文選自《柳河東集》，文章不足二百字，短小警策，生動幽默。作者以蝜蝂為題材，通過敘述小爬蟲貪得無厭，好向上爬，以至墜死的事蹟。喻論貪官污吏，貪贓求厚，嗜高冒進，斷其智如蝜蝂。揭露人性的弱點——貪婪無知的可悲。

四、結構

這篇文章的結構有下列兩大部分：

㈠自「蝜蝂者」至「至墜地死」。這一部分是講故事。敘述蝜蝂取物而背，困劇不已，躓仆為人所救，又持取如故。極力上高，終至墜死的一生事蹟。

㈡自「今世之嗜取者」至「亦足哀夫」。依類比聯想，由蟲論人。言「今世之嗜取者」、「遇貨不避」、「以厚其室」，因而「怠躓」，然及其復起，又「日思高其位，大其祿，貪取滋甚，以近于危墜，不知鑑戒。」是小蟲之智。

根據上面的論析，我們對本文結構，可以下圖示其模式：

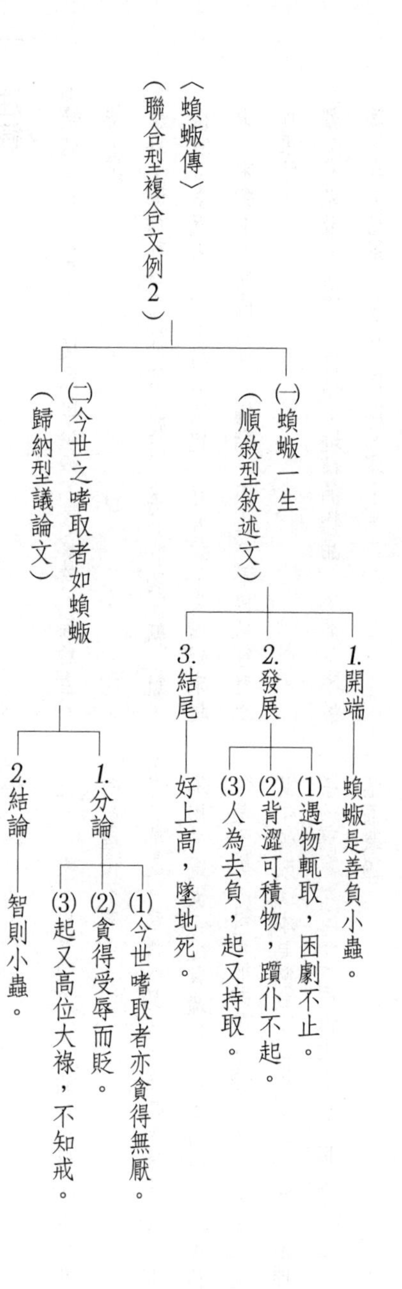

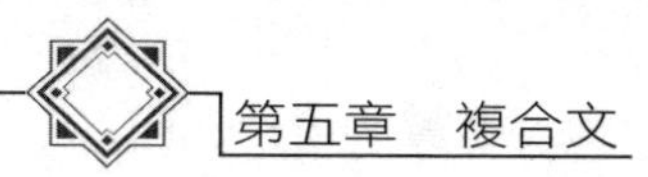

依上圖，可見〈蝜蝂傳〉由一個順敘型敘述文和一個歸納型議論文組合而成。兩個部分獨立成篇章；卻又聯合成一完整的文體，所以是聯合式複合文。

五、技巧

㈠選材的技巧：本文的選材主要有兩部分，一是蝜蝂，二是今世之嗜取者。

蝜蝂的相關題材，有「持取物」、「躓仆」、「起」、「好上高」等行為和習性。嗜取之人的相關題材，有「積貨厚室」、「怠躓」、「起」、「思高位，大其祿」、「不知戒」等與蝜蝂相對應的行為和心理題材。以及「智則小蟲」的論點。

這些題材的選擇，都是應主題的需要、表現的要求而取用的。

㈡謀篇的技巧：文章的布局依作者的構思而定。作者構思時的思維形式是先敘述後議論，落實到表現上，便是先講蝜蝂貪得而死的故事，後喻論有類似行為和心理的嗜取者。一前一後，合乎表現的邏輯層次。而講故事時，採用的是順敘型思維形式，先敘其貪，次敘其躓，再敘其不悟，終敘其死；喻論時，對嗜取者，也先論其貪，次論其躓，再論其不改過，終論其敗死，結處斷言「智則小蟲也」。

㈢修辭的技巧：本文修辭以敘述和議論為主幹。敘述全用直陳；議論則用比喻論證，以前段為前提，句句對應申論（小前提），最後提觀點，以為結論。

作者運用聯想類比法，把蟲和人聯繫起來，議論精闢透徹，立意深遠，表現生動，比喻貼切，語言鋒利簡潔，諷刺辛辣深刻，風格嚴峻沈鬱，是一篇佳作。

〈悲鷙獸〉①

匯澤之場，農夫持弓矢行其稼穡之側。有苕頃焉，農夫息其傍②。未久，苕花紛然，不吹而飛，若有物娛。視之，虎也。跳踉哮闞。視其狀，若有所獲，負不勝其喜之態也③。農夫謂虎見己，將遇食而喜者。乃挺矢匿形，伺其重娛，發，貫其腋，雷然而踣。及視之，枕死麋而斃矣④。意者謂獲其麋，將食而娛，將娛

而害⑤。

日休曰：「噫！古之士獲一名，受一位，如己不足于名位而已，豈有喜于富貴，娛于權勢者⑥？然反是者，獲一名，不勝其驕也；受一位，不勝其傲也。驕傲未足于心，而刑禍已滅其屬。其不勝任，與夫獲死麋者幾希⑦？悲夫！吾以名位為死麋，以刑禍為農夫，庶乎免于今世矣⑧！

一、注釋

①鷙獸：猛兇的野獸，猛獸，指虎。摯與鷙通。

②匯澤之場：因河流匯合而形成的有沼澤的地方。稼穡之側：農田旁。稼穡：莊稼。種農作物、收穫農作物。穡：ㄙㄜˋ。《書．洪範》：「土爰稼穡。」傳：「種曰稼，斂曰穡。」苕：ㄊㄧㄠˊ，葦花，此指蘆葦。頃：一百畝。息：休息。

③紛然：亂貌。娛：嬉戲，戲樂。跳踉：跳躍。踉：ㄌㄧㄤˊ。哮闞：ㄒㄧㄠ ㄏㄢˇ，大聲怒吼。負不勝其喜之態：有懷抱喜不自勝的型態（模樣）。負：被，抱，心中有。

④謂：以為。將遇食而喜者：說不定碰到獵食之物而高與。將：或許。挺矢：舉起弓箭，持箭上弓，挺舉以待。挺：舉起。匿形：藏起身。伺：等。重：再。發：發矢，射箭。貫其腋：貫穿老虎胸腋。雷然而踣：轟然倒下。雷然：如雷打一樣的聲音。踣：ㄅㄛˊ，倒。斃：死。

⑤意者：猜測，臆想。害：受害。

⑥日休：作者皮日休。噫：嘆詞。如己不足于名位而已：像自己才幹不配得到名位罷了。娛于權勢：玩耍權力威勢。

⑦驕傲未足于心：驕傲不止，心中尚不滿足於自己的驕傲。刑禍已滅其屬：刑禍已滅其保護罩。屬：輩，他們。獲死麋者：虎。幾希：差不多。

⑧以名位為死麋：以名位比為虎獵獲的死麋。以刑禍為農夫：以刑禍比農夫。庶：庶幾，也許可以。免：指免禍。

二、作者

皮日休（西元八三四年～八八三年），字逸少，唐代襄陽（今湖北襄陽縣）人。出身寒門，早年居鹿門山，自號鹿門子，性嗜氣，又號醉吟先生。咸通八年（西元八六七年）登進士第。初為著作郎，後遷太常博士。僖宗廣明元年黃巢入長安，署日休為翰林學士。僖宗中和二年（西元八八二年）奉巢命到同州視察安撫，後因故被黃巢所殺。

皮日休為唐末文學家，與陸龜蒙交好，人稱「皮陸」。他強調文學應為政治服務，文章多借古諷今，抒寫憤慨，文筆犀利。傳世有《皮日休集》等。

三、主題和題材

本文以虎為題材，借虎喻人，語意雙關，先敘猛虎獵殺麋，不勝其喜而戲樂，終為農夫所斃；乃以此為前提，喻比人類社會加以議論，提出封建士大夫以名位驕於世人，而「未足于心」，便「刑禍已滅其屬」之輩，正如老虎。其獵名位如老虎獵殺麋，而終為刑禍所滅，正如老虎為農夫所殺。知以此為戒，庶可免禍。

四、結構

這篇文章可分為兩部分：

㈠自「匯澤之場」至「將娛而害」。敘述老虎獲獐，喜而祭食跳踉哮闞，娛而受害。又可分為下列諸支節：

1. 自「匯澤之場」至「農夫息其傍」。敘農夫帶弓矢往匯澤。
2. 自「未久」至「負不勝其喜之態也」。敘老虎在苕花中娛樂。
3. 自「農夫謂虎見己」至「枕死麋而斃矣」。敘農夫誤以為虎欲食己，發箭射虎，虎斃於死麋旁。
4. 自「意者謂獲其麋」至「將娛而害」。臆敘老虎獲麋，娛祭以食麋，將娛而受害的經過。

㈡自「日休曰」至「庶乎免于今世矣」。論封建社會中，以名位驕於世人，而「未足于心」，便「刑禍已滅其屬」的士大夫，其獲名位，如虎之獲麋，而驕傲如虎之娛；終以受刑禍，如虎之受農夫之害，足證名位不足貴。又可分下列諸支節：

1. 自「日休曰」至「娛于權勢者」。論古之士謙虛，得名位，如己有不足以當。
2. 自「然反是者」至「與夫獲死麋者幾希」。論有獲名位而驕傲；以所獲為不足，因受刑禍，是如虎娛死麋而受害。
3. 自「悲夫」至「庶乎免于今世矣」。論人當鄙棄名位，警戒刑禍，方可免害。

根據上面的分析，本文的結構綱領，可圖示如下：

〈悲鷙獸〉（聯合型複合文例3）

- (一)虎獵獲麋嬉而受害（順敘型敘述文）
  - 1.敘農夫帶弓矢息苕澤。
  - 2.敘虎得麋而娛樂。
  - 3.敘農夫殺虎。（附敘虎遇害經緯）
- (二)論士驕名位受刑禍如虎娛麋受害（歸納型議論文）
  - 1.論古之士不為名位為喜。（分論）
  - 2.以名位驕傲，終遭刑禍如虎得獐，娛而遇害。（分論）
  - 3.能賤名位，戒外患，方可免害。（結論）

由上圖，可知本文由一個順敘型敘述文和一個歸納型議論文組合成。兩部分獨立平行，所以，全文是一篇聯合型複合文。

五、技巧

(一)**選材的技巧**：本文主題是戒人不可貪戀名位。作者的表現方式是以一個寓言故事引出議論，抽繹出主題來。所以先選寓言的題材：即虎、麋、農夫，以及作為環境苕澤。這是敘事段的題材。其次是主旨所在的議論段，依主旨所需，選了古之士，追求名位以驕人的士大夫。

(二)**謀篇的技巧**：作者對這篇文章的布局，是敘寓言故事，再發議論，所以敘事段在前，議論段在後。敘事段採用順敘型，所以就依時間先後，安排事件，先敘農夫在苕澤，再敘虎娛麋；最後敘農夫殺虎。議論段既採用歸納型，則先論古之士；次論好名位之士，因驕名位而遭刑禍，結論提出要免禍，只有賤名位。

如此，全文的結構安排得井然有序。

(三)**修辭的技巧**：這篇文章是在敘述和議論的兩種思維形式下，進行表現的。全文最大的特色是運用類比法，將人和老虎聯繫起來進行議論，形成比喻論證的格局。由於是比喻論證，所以語意雙關，詞鋒犀利。語簡意豐，感慨淋漓，耐人尋味。

〈記稻鼠〉①

乾符己亥歲，震澤之東曰吳興，自三月不雨，至于七月②。當時，污坳沮洳者，埃壒塵勃；濯楫支派者，入扉屨無所污③。農民轉遠流，漸稻本，晝夜如乳赤子。欠欠然救渴不暇，僅得葩析穗結，十無一二焉④。無何群鼠夜出，嚙而僵之。信宿，食殆盡。雖廬守版擊，毆而駭之，不能勝。若宮督戶責，不食者有刑⑤。當是，而賦索愈急，棘械束榜箠木肌體者，無壯老⑥。

吾聞之于《禮》曰：「迎貓，為食田鼠也。」是禮缺而不行，久矣。田鼠知之後歟？物有時而暴歟？政有貪而廢歟⑦？《國語》曰：「吳稻，蟹而遺種。」豈吳之土鼠與蟹，更伺其事，而其力殲民歟⑧？且〈魏風〉以〈碩鼠〉刺重斂斥其居也⑨。有鼠之名，無鼠之實，詩人猶曰：「逝將去汝，適彼樂土。」況乎上捃其財，而下啖其食，率一民而當二鼠，不流浪轉徙，聚而為盜何哉！《春秋》：「螽蝝生。」、「大有年。」皆書是，聖人于豐、凶不隱之驗也⑩。

余學《春秋》，又親蒙其災，于是乎記⑪。

一、注釋

①稻鼠：食稻的老鼠。

②乾符己亥歲：唐僖宗乾符六年，即西元八七九年。震澤：湖名，今江蘇太湖。吳興：在今浙江省北部。

③污坳：低窪積水的地方。污：停積不流的水。坳：ㄠˋ，地不平。沮洳：ㄐㄩˋ ㄖㄨˋ，低而水浸之地。水浸處下濕之地。埃壒：ㄞ ㄎㄞˋ，塵埃。塵勃：塵、塵貌。勃：ㄅㄛˊ。濯楫支派者：在支流划船的人。濯楫：划船。支派：支流。入扉屨無所污：穿著鞋子在河裡走，不會沾污一點。入：入湖。扉：ㄈㄟˋ，草鞋，麻鞋。屨：ㄐㄩˋ，麻，革製成的鞋。

④轉遠流，漸稻本：轉運遠處的水，灌溉稻根。轉：轉引。遠流：遠處的流水。漸：浸，灌溉。乳赤子：餵嬰兒的奶。赤子：初生的嬰兒。欠欠然：張口運氣的樣子。欠欠：欠坎，疲憊不堪的樣子。救渴不暇：灌救乾旱，已忙得無暇作別的。渴：乾旱。葩析：開花。穗結：結穗。十無一二：不到十分之二。

⑤無何：不久。嚙：咬。僵之：使稻僵死。信宿：連續兩夜。信：再宿，即過兩晚。宿：留。殆盡：差不多吃完。廬守：搭房子守護。版擊：敲擊木版。毆：打。駭：嚇唬牠。不能勝：無法趕走老鼠。若宮督戶責：好像有什麼東西督責家家戶戶的老鼠。不食者有刑：不吃稻子就要受刑罰。宮、戶：都是家的意思。督：督察。責：責求。刑：刑罰。

⑥賦索愈急：賦稅的索取越來越緊急。賦：稅。索：求。棘械：有刺的械具。束榜：束手指腳趾的榜木。箠木：箠打用的木棒。以上三種，均為刑具。無壯老：不分年輕或年老。不分壯老都受刑具加身的折磨。肌體：身體。

⑦《禮》：《禮記》，儒家經典之一。迎貓為食田鼠：迎來貓，是為吃掉田鼠。《禮記・郊特牲》：「迎貓，為其食田鼠也。」是禮缺而不行，久矣：可見吳與不行迎貓之禮已很久了。田鼠知道這種情況（迎貓之禮）不晚了嗎？意謂田鼠不知這種情況。物有時而暴：動物雖知有「迎貓之禮」，可有時仍會肆意橫行嗎？暴：暴虐。政有貪而廢歟：或是執政者因貪圖財利而廢棄了這種禮呢？政：指執政的人。

⑧《國語》：書名，左丘明所著。吳稻，蟹而遺種：吳地方的水稻，是螃蟹吃剩而遺留下來的種子。見《國語・越語上》語稍異。豈吳之土鼠與蟹，更伺其事，而其力殲民歟：難道是吳地的土鼠和螃蟹，輪流窺伺那種事情，而拼命殲害人民？更：輪流。其事：除蟹、驅鼠之事。

⑨〈魏風・碩鼠〉：《詩經》篇名，詩中把殘酷剝削人民的統治者比作大老鼠。表明了人民的痛恨情緒和消除剝削的希望。刺：諷刺。重斂：繁重的賦稅。斥：使離開。居：住。所：家園。逝將去汝，適彼樂土：我將要離開你，到那個快樂的地方去。逝：助詞。汝：你，指統治者。適：到。

上：指統治階級。捃：ㄐㄩㄣˋ，聚斂。下：指田鼠。啖：ㄉㄢˋ，吃。率：大約。一民而當二鼠：一位人民要抵當兩種老鼠。二鼠：指統治者與田鼠。流浪轉徙：飄流轉移遷徙。聚而為盜何哉：聚集而做強盜，有什麼道理呢？言必聚為盜。

⑩《春秋》：經名。螽蝝生：蝗蟲產生了。大有年：大豐年。《春秋・宣公十五年》載：「冬，蝝生，飢。」又《春秋・宣公十五年》：「冬，大有年。」螽：ㄓㄨㄥ，蝗蟲。蝝：ㄩㄢˊ，未長翅膀的蝗蟲。《穀梁傳・桓公三年》：「五穀皆熟，為有年也。」皆書是：都是記載農害的事。聖人：指孔子。豐凶：豐年、凶年。不隱之驗：不隱諱的證明。

⑪蒙：蒙受。灾：災。

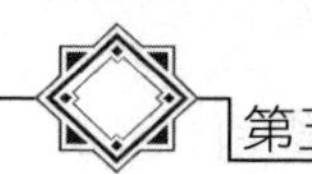

二、作者

陸龜蒙（？～西元八八一年），字魯望，唐、吳郡（今江蘇蘇州市）人。曾舉進士，不第。任蘇、湖二郡從事，後隱居於松江甫里，自號江湖散人，甫里先生。工于詩文，與皮日休齊名。文章多憤世嫉俗之詞，富有現實意義。有《甫里集》傳世。

三、主題和題材

本文寫於唐僖宗乾符六年左右，是篇諷刺文。文中，作者以稻鼠為題材表現人民苦難，官逼民反的主題。作者筆鋒犀利，痛批統治者在人民遭天災、鼠禍之餘，賦索刑逼，民不聊生，突現封建社會中的民間疾苦。

四、結構

本文結構分三部分：

㈠自「乾符己亥歲」至「棘械束榜箠木肌體者，無壯老」。這部分敘述吳興百姓受旱害、鼠禍、官逼三事。

㈡自「吾聞之于《禮》曰」至「聚而為盜何哉」。論政治不恤人民天災、蟲害，加以賦索、刑逼，以致苦難人民走上盜劫之路。可分三小節言之：

1.自「吾聞之于《禮》曰」至「政有貪而廢歟」。論政貪禮廢，以致天災鼠害日亟。

2.自「《國語》曰」至「而其力殲民歟」。論鼠蟹更伺，民為殲絕。

3.自「且〈魏風〉以〈碩鼠〉刺重斂斥其居也」至「聚而為盜何哉」。論民所以流徙聚盜，乃由於人鼠二害加身。

㈢自「《春秋》」至「于是乎記」。說明創作動機。言孔子修《春秋》，不隱豐、凶，吾學《春秋》，又受二害，故執筆記此文。

根據上面的分析，本文的結構可以綱領表示如下：

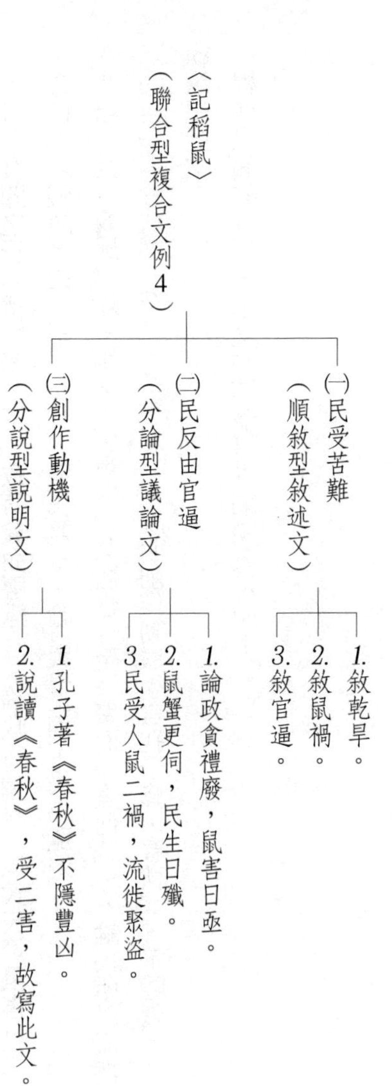

由上圖，可知本文由一個順敘型說明文、一個分論型議論文、一個分說型說明文，組合而成。三者獨立而平行，所以形成聯合型說明文。

五、技巧

(一)**選材的技巧**：本文的題材，有吳興旱災為禍，田鼠肆虐，官賦索急，刑罰濫施；《禮記・郊特牲》、《國語・越語》、《詩經・魏風・碩鼠》、《春秋・宣公十五、六年》等。這些題材皆應主題表現之需、論點推衍之求而選。

(二)**謀篇的技巧**：本文布局，先敘事後議論，終以說明。敘事以設前提，議論因敘事而來，據所敘推演；說明介紹動機。

至於敘事部分安排先天災，次蟲害，最後官逼。所以記吳興人民所受的苦難；議論就事而論，先以歸納方式論鼠害由政貪禮廢；次論鼠蟹交侵，民為殲盡；再論官逼民反；最後說明所以寫此文。而議論和說明，應論點的要求，各引古書為論據，《禮記・郊特牲》之語所以證禮廢；《國語・越語》之語，所以證蟲害；《詩經・魏風・碩鼠》所以證民之避禍；《春秋》所以證記事不諱之處。

布局配材依論點推衍的需要而安排，依題材內容，安置適當位置，井然有序。

㈢修辭的技巧：這篇文章的表現技巧，以敘述、議論、說明等三種思維形式，先後推演。三種思維形式之間，以類比法聯繫，以引用法推展；又有比喻，如「農民轉遠流，漸稻本，晝夜如乳赤子。」有假擬，如「若宮督戶責，不食者刑。」有引用，如「《禮》曰」、「《國語》曰」、「〈碩鼠〉」、「逝將去汝，適彼樂土。」、「《春秋》曰」，或用其語，或用其事，不一而足。

全文技法多有，體類多變，字潔詞整，筆鋒犀利，揭示了封建社會官逼民反的道理。

〈楚人養狙〉①

楚有養狙以為生者，楚人謂之狙公。旦日，必部分眾狙于庭，使老狙率以之山中，求草木之實，賦什一以自奉，或不給，則加鞭箠焉②。群狙皆畏苦之，弗敢違也。一日，有小狙謂眾狙曰：「山之果，公所樹歟？」曰：「否也，天生也。」曰：「非公不得而取歟？」曰：「否也，皆得而取也。」曰：「然則，吾何假于彼而為之役乎③？」言未既，眾狙皆寤。其夕，相與伺狙公之寢，破柵毀柙，取其積，相攜而入林中，不復歸。狙公卒餒而死④。

郁離子曰：「世有以術使民而無道揆者，其如狙公乎！唯其昏而未覺也，一旦有開之，其術窮矣⑤。」

一、注釋

①楚人：楚地人。楚：今湖北、湖南一帶。狙：ㄐㄩ，猿。

②狙公：養猿人。旦日：早晨。部分：處分，部署，安排，布置。率：帶領。以之山中：到山中。草木之實：草木果實。賦：徵收。什一：十分之一。自奉：供養自己。或：有的猿猴。鞭箠：鞭打。

③違：不依從。樹：種植。假：借用。為之役：替他服務。

④既：完。寤：悟，覺醒。伺：偵察。寢：睡。柵：柵欄。柙：ㄒㄧㄚˊ，關猛獸的木籠。積：積蓄的水果。卒：終於。餒：飢餓。

⑤郁離子：作者自稱。以術使民：以手段使役人。無道揆：無道理。昏：昏憒，認識模糊。未覺：未發現。開：啟迪，啟發。窮：失效，結束。

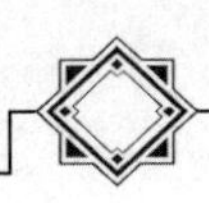

二、作者

劉基（西元一三一一年～一三七五年），字伯溫，青田（今浙江青田縣）人。元末進士，曾任江西高安縣丞、浙江儒學副提舉和浙東元帥府都事。後接受朱元璋的聘請，協助他平定天下，建立明朝，官至御史中丞，封誠意伯。洪武四年（西元一三七一年）告老還鄉，為左丞相胡惟庸構陷，憂憤而死。他是元末明初著名的文學家，其文鋒利遒勁而又幽深雋秀，著有《誠意伯集》。

三、主題和題材

這篇文章受《莊子．齊物論》中「狙公賦芧」的啟發，但主題迥然不同。《莊子》中的「眾狙」是昏昧而受狙公耍手段擺弄的形象；這篇文章的眾狙是受奴役而終於覺悟，擺脫狙公控制的覺醒形象；狙公則是剝削者，暴劣對勞役者，終食惡果的人。

文章的主題在於告知統治者，不可予取予求，毫無道理地，以手段宰割、剝削百姓，不然，將如狙公一般遭受惡果。

四、結構

這篇文章的結構可分兩大部分：

㈠自「楚有養狙以為生者」至「狙公卒餒而死」。敘述狙公無道役使眾狙，終遭眾狙抵制，飢餓而死。這部分依敘述次序又可分為下列幾個小節：

*1.*自「楚有養狙以為生者」至「弗敢違也」。敘述狙公役使、剝削、酷待眾狙。

*2.*自「一日」至「眾狙皆寤」。敘述小狙啟示眾狙，明白狙公憑手段利用自己的真相。

*3.*自「其夕」至「狙公卒餒而死」。敘述狙公因眾狙取走積果散去，而餓死。

㈡自「郁離子曰」至「其術窮矣」。論「以術使民而無道揆者」，必如狙公的下場。可分下列幾個小節：

1.「郁離子曰」至「其如狙公乎」。論「以術使民而無道揆者」，有如狙公之酷役眾狙。

*2.*自「唯其昏而未覺也」。論「以術使民」，只能用於愚民之無知者。

3.自「一旦有開之」至「其術窮矣」。論民智開，則術失效而自食惡果。

根據上面的分析，這篇文章的結構模式，可以下列綱領表示之。

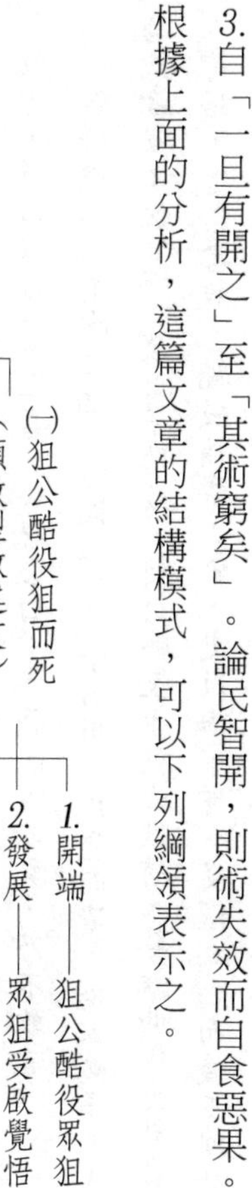

依上圖，可知這篇文章由一個順敘型敘述文和一個歸納型議論文組合而成。敘述文的部分由開端——發展——結尾三個順時性支節組成，所以是順敘型敘述文；議論文由分論——分論——結論三個部分組合而成，屬歸納型議論文，兩部分聯合而成複合文。

五、技巧

(一)**選材的技巧**：本文題材主要的是狙公和眾狙。由兩者而組成三個情節：1.狙公酷役眾狙；2.小狙啟示眾狙；3.眾狙反抗，狙公餓死。

議論部分的題材：論「以術使民而無道揆者」，以及由類比而產生的推論。

(二)**謀篇的技巧**：本文先敘後論，所以敘述部分在前，依時序敘述，故開端最先，發展居次，結尾在後，乃是順敘型敘述文的邏輯順序，理所當然。

而議論文採用歸納思維方式，故類比「使民」者與「狙公」在先，次以「術」之用止於愚民；結以民悟則術窮。

(三)**修辭的技巧**：本文以敘述和議論兩種思維方式為其表現原則，敘述與議論之間，乃憑類比以聯合之。文中，有問答以敘事；有類比以議論。全文語言樸素簡潔，敘述生動而形象；議論峻削有力。

練習

㈠試閱讀下列諸文，並為之標點、分段，說明其結構。

1.劉禹錫〈訊氓〉。
2.柳宗元〈觀八駿圖說〉。
3.蘇軾〈日喻〉。
4.宋濂〈觀漁微〉。
5.方苞〈轅馬說〉。

㈡試以聯合型複合文模式寫下列諸文。

1.民不可以術役使說。
2.水不可狎說。
3.火不可玩說。
4.鳥說。

㈢試選四篇散文的鑑賞範作，供學生課外學習。

第二節　主從型複合文

所謂主從型複合文指的是兩種結構體系，依照主從關係結合在一起的一種複合型式。這種文類中，形象思維占主導地位，具有較強的藝術性。文中，從的部分是由主的部分衍生出來，卻依附於主的部分，不能自己獨立，這是它和聯合型不同的地方。下面舉五例以印證之。

〈召公諫厲王弭謗〉①

厲王虐，國人謗王。召公告曰：「民不堪命矣②！」王怒。得衛巫，使監謗者，以告，則殺之③。國人莫敢言，道路以目④。王喜，告召公曰：「吾能弭謗矣，乃不敢言⑤。」

召公曰：「是障之也。防民之口甚于防川。川壅而潰，傷人必多。民亦如之。是故，為川者決之使導，為民者宣之使言⑥。故天子聽政，使公卿至于列士獻詩，瞽獻曲，史獻書，師箴，瞍賦，矇誦，百工諫，庶人傳語，近臣盡規，親戚補察，瞽、史教誨，耆、艾修之，而後王斟酌焉⑦。是以，事行而不悖。民之有

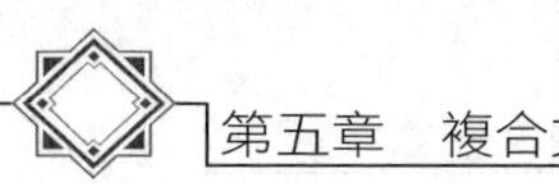

口猶土之有山川也。財用于是乎出；猶其有原隰衍沃也，衣食于是乎生⑧。口之宣言也，善敗于是乎興，行善而備敗，其所以阜財用、衣食者也⑨。夫民慮之于心而宣之于口，成而行之，胡可壅也？若壅其口，其與能幾何⑩？

王不聽，於是國人莫敢出言。三年，乃流王于彘⑪。

一、注釋

①召公：周厲王時卿士，名虎，姬姓。後輔佐周宣王。諫：勸正。厲王：周天子，西元前八七八年～前八四二年在位。弭：ㄇㄧˇ，阻止，消除。

②虐：暴虐，殘暴。國人：周的自由民，包括貴族、平民和工商業者，住在首都城內的人。謗：譭。不堪命：不能接受您的命令，不能忍耐您的作為。堪：忍受。命：政令。

③衛巫：人名，衛地之神巫。使：任命。監謗者：監視譭謗的人。以告：來告發。

④道路以目：路人相遇，不敢交談，只用眼色互遞心中的怨恨。

⑤乃：終於。不敢言：不敢交談。

⑥障：塞。防民之口甚于防川：堵塞人民的嘴巴，比堵塞河流還難。防：堵。甚于：比……還難。川：河川。壅：堵塞。潰：潰決，水沖破堤防。為川者：治水的人。決：疏浚。導：通暢。為民者：治理民事的人。宣：開導。

⑦聽政：處理政事。公卿至于列士：周王室官職分公、卿、大夫、士各級。詩：諷諫之詩，即採自民間諷諭政事的詩歌。瞽：盲樂師。無目曰瞽。曲：樂曲，大都是採自民間，奏給國君聽，使國君了解民意的歌曲。史：史官。書：史籍。師：樂師。箴：一種有勸戒意義的韻文。瞍：眼中無瞳仁的人。賦：誦，今之吟誦。矇：有眸子而看不見的人。誦：誦讀。百工：為國君從事各種工藝的人。一說諸樂工。庶民：平民百姓。傳語：把意見傳達給國君。近臣：國君左右的臣子。盡：進。規：規勸，規諫。親戚：國君族人。補察：彌補監察。指糾正、監察國君的過失。瞽、史教誨：瞽歌曲、史獻書，目的在規勸國君遵守禮法。耆、艾：老年師傅。六十歲曰耆，五十歲曰艾。修：修飾，即有所糾正的意思。斟酌：考慮取捨。

⑧悖：違背。是：此，指山川。原：平原，寬闊之地。隰：ㄒㄧˊ，低下潮濕之地。衍：平坦的低地。沃：有河流灌溉之

地。

⑨善敗：好事和壞事。興：起，出現。備：防備。阜：增多。

⑩慮：思。行：有自然流露的意思。與：幫助。

⑪彘：ㄓˋ，在今山西霍縣東北。

二、作者

《國語》，左丘明所作。今本共二十一卷。同於《漢書・藝文志》的著錄，內容也無變化。漢、唐時，有人認為《國語》與《左傳》同傳《春秋》，稱《左傳》為內傳；《國語》為外傳。因此，《國語》又有《春秋外傳》之稱。《國語》內容，傳達儒家思想，尤其是儒家的民本思想，貫穿全書始終。

三、主題和題材

這篇文章以厲王止謗和召公之諫為題材，敘述又議論周厲王的暴政——箝制人民的言論，終致被人民流放的下場。文章敘述厲王以衛巫監視偵察謗者，凡謗言被逮就處死刑。於是厲王得意洋洋，以為「弭謗」政策成功了。召公向厲王論說了一套「弭謗」不當的言論，諫厲王撤消禁令，厲王不聽，果如召公之論，人民制裁了厲王，把他流放了。

四、結構

這篇文章的結構可分下列三部分：

㈠自「厲王虐」至「乃不敢言」。敘述厲王暴虐，人民批評謗毀他，厲王於是派衛巫監謗，殺謗者。以致「國人莫敢言，道路以目」。

㈡自「召公曰」至「其與能幾何」。論民之口不應堵塞防止。可分下列諸支節：

*1.*自「召公曰」至「事行而不悖」。論民之口不能「壅」而必須宣。這又可分下列諸小節：

(1)先分論厲王弭謗是障民之口；次喻論防民之口如防川，傷人必多；結論提出「宣之使言」的意見，這小節用的是歸納式議論。

(2)論「宣之」之法：先論天子聽政，次分公卿列士獻詩；瞽獻曲；史獻書；師箴；瞍賦；矇誦；百工諫；庶人傳語；近臣盡規；親戚補察；瞽史教誨；耆艾修之，而後王斟酌焉等具體措施。

(3)而結以「事行而不悖」。這小節用的是演歸式議論。

(4)綜合二小節論「宣之」之法，是演繹法議論。

2.自「民之有口猶土之有山川也」至「其與能幾何」。論民之口不可壅。先論民之口如大地之有山川、原隰之有衍沃，財用所自出，衣食所自生；次論「口之宣言」，善敗攸興，行善備敗，所以阜財用衣食；最後結以民心有所慮，宣之于口，只可「成而行之」，不可壅，弭謗之策不可久用。用的是歸納法。

㈢自「王不聽」至「乃流王于彘」。敘述厲王不聽諫，堅持「弭謗」政策的下場——被流放。

據上面的分析，我們可對本文作下面的綱領表示：

〈召公諫厲王弭謗〉（主從型複合文例1）

- ㈠厲王弭謗（順敘型敘述文）
  - 1.開端——厲王虐，國人謗。
  - 2.發展——監謗、殺謗。
  - 3.結尾——人莫敢言。
- ㈡論弭謗不可久（分論型議論文）
  - 1.論民口宜宣（演繹法）
    - (1)總論——民口宜宣。
    - (2)分論——宣之法。
    - (3)分論——事行不悖。
  - 2.論民口不可壅（歸納法）
    - (1)分論——民口財用衣食所自出。
    - (2)分論——行善備敗可阜財用。
    - (3)結論——弭謗不可久。
- ㈢厲王被流放（順敘型敘述文）
  - 1.厲王不聽。
  - 2.國人莫敢言，歷三年。
  - 3.厲王被流放。

依上圖，可知本文的三部分，㈠敘述厲王止謗之事，依時序前後敘述，分開端、發展、結尾等三部分，所以是順敘式的敘述思維體現。㈡論民口不可壅，謗不可止，先以演繹思維方式論民口宜宣；再以歸納思維方式論民口不可壅。

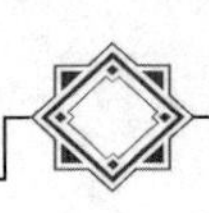

乃合而以論弭謗之不當，兩分論思維構成分論型議論文。㈢以順敘思維方式，敘述厲王不聽召公之諫而被流放。三部分以主從的架構組成主從型複合文。文中，以召公之諫為主，前後敘述諫之所由起，及不聽諫的後果。三者形成因果關係，諫所以諫「因」之事；「果」所以明「不聽諫」之果；三者以「諫」為核心，前後連鎖，非類比型的複合，而是因果型的複合，所以是主從型複合文。在這種複合文中，「主」和「從」不可脫離；聯合型複合文則聯合分子，可獨立存在，這是兩者最大的分辨處。

五、技巧

㈠**選材的技巧**：這篇文章的題材以厲王虐、國人謗王、召公告王、衛巫監謗、殺謗等事件為主。召公之議由此而發，議論用題材，凡民口、川、天子、公卿、列士、瞽、史、師、瞍、矇、百工、庶人、近臣、親戚、耆艾、詩、曲、書、箴、賦、誦、諫、傳語、盡規、補察、誨修、大地山川財用、原隰、衍沃、衣食、堯等，皆應主題需要，論證之用，選擇儲備，以資敘述和議論應用。

㈡**謀篇的技巧**：文章的大局，是依先敘事後議論再結尾的層次布置的。事件的產生，依時序敘述：君虐——民謗——監謗——殺謗——道路以目。發展順序依自然情節而行，為議論提供一個事件前提。議論承事件而起，先論「宣民之口」、次論「民口不可壅」，成平行分論形式。兩分論下各以一個演繹、一個歸納型進行。因此，其下層的布置是先總論、次以二分論；然後又以二分論一結論，兩兩平行成分論型。結尾又以順敘型敘述文形成，結束了這篇文章。

㈢**修辭的技巧**：這篇文章分別以順敘式思維、演繹和歸納式思維為基礎，進行表現。議論時，採用比喻論證法，以防川類比防口，進行論證。

全文敘事簡明；層遞有序；比喻簡練而形象，富有說服力量。

〈展喜犒師〉①

齊孝公伐我北鄙，公使展喜犒師，使受命于展禽。齊侯未入竟，展喜從之，曰：「寡君聞君舉玉趾，將辱于敝邑，使下臣犒執事②。」

齊侯曰：「魯人恐乎？」對曰：「小人恐矣！君子則否。」齊侯曰：「室如懸罄，野無青草，何恃而不恐③？」對曰：「恃先王之命。昔周公、大公股肱周室，夾輔成王。成王勞之而賜之盟曰：『世世子孫無相害也！』載在盟府，太師職之④。桓公是以糾合諸侯而謀其不協，彌縫其闕而匡救其災，昭舊職也。及君繼位，諸侯之盟曰：『其率桓之功。』我敝邑用不敢保聚，曰：『豈其嗣世九年，而棄命廢職，其若先君何⑤？君必不然。』恃此以不恐。」

齊侯乃還。

一、注釋

①展喜：魯大夫。犒師：犒勞齊軍。

②齊孝公：齊桓公之子，西元前六四二年～前六三三年在位。我：魯國史官寫《春秋》時，自稱己國（魯）。北鄙：北方邊境。公：指魯僖公，西元前六五九年～前六二七年在位。受命：受指令，受外交辭令。指請教如何應付？展禽：名獲，字禽，謚號惠，因食邑於柳下，故又稱柳下惠。齊侯：齊孝公。竟：境。從之：往見他。舉玉趾：對別人行止的一種尊稱。趾：腳。辱于：居尊到。敝邑：我國，謙詞。下臣：自己對齊君謙稱。執事：君主左右辦事的人，實指齊孝公。

③小人：在下百姓。君子：在上有遠見卓識的人。室如懸罄：家家戶戶如懸罄一般空虛。懸罄：掛著的玉罄。罄：樂器，中間空虛。野無青草：田野裡連青草都沒有。

④先王之命：先王的詔命。周公：周公旦。大公：指齊國始祖呂望，也稱姜太公。股肱周室：為周王室的得力大臣。股肱：比喻輔佐帝王的得力大臣。股：大腿。肱：ㄍㄨㄥ，胳膊。夾輔：扶持輔佐。盟：盟約。無相害：不要相侵犯。載：載書，盟書，盟約紀錄。盟府：掌管盟約的官府。太師：主管司盟之官。或以為指太史，太史主管收藏載書。職：掌管。

⑤桓公：齊桓公，孝公之父，西元前六八五年～前六四三年在位。糾合：聯合。謀其不協：商討解決諸侯間的糾紛。彌縫其闕：彌補他們的裂痕。闕：裂。匡救其災：匡正援救他們的災難。昭：顯示。舊職：輔佐周室的固有職責。諸侯之盟：諸侯而加盟的。盟：約束。率：遵循。功：事業。保聚：為保衛邊境而聚兵。嗣世九年：指齊孝公繼位九年。棄命廢職：拋棄先王的遺命，廢棄應盡的職責。

二、作者

左丘明，見前〈晉惠公韓原之敗〉作者欄。

三、主題和題材

魯僖公二十六年（西元前六三四年）夏，齊孝公領兵攻打魯國。當時，齊強魯弱，魯國無力以武力對抗，便派遣展喜通過外交活動使齊軍撤退。

這篇文章以展喜的外交辭令為中心題材，敘述展喜退齊兵的經緯。把一位面對強敵，不卑不亢，機警巧變的外交家風度以及交鋒語詞，在事件的敘述對答中，表現出來了。

四、結構

這篇文章的結構分為下列三部分：

㈠自「齊孝公伐我北鄙」至「使下臣犒執事」。敘述齊兵攻魯，展喜奉命往說齊軍退兵。

㈡自「齊侯曰：『魯人恐乎』」至「恃此以不恐」。論魯君子不恐。又可分為下列諸支節：

1.自「齊侯曰：『魯人恐乎』」至「君子則否」。總論魯君子不恐。

2.自「齊侯曰：『室如懸罄』」至「太師職之」。論恃先王之命，所以不恐。

3.自「桓公是以糾合諸侯而謀其不協」至「昭舊職也」。論齊桓公能昭舊職，與盟國魯「無相害」。

4.自「及君繼位」至「君必不然」。論齊孝公能「率桓之功」，孝順之君，必不會棄命廢職。

5.「恃此以不恐」。總結恃王命、齊魯「不相害」之盟，齊君能遵命守職，故魯不恐。

㈢「齊侯乃還」。敘述齊孝公被展喜說服而退兵。

根據上面的分析，這篇文章的結構，可以下面綱領表示：

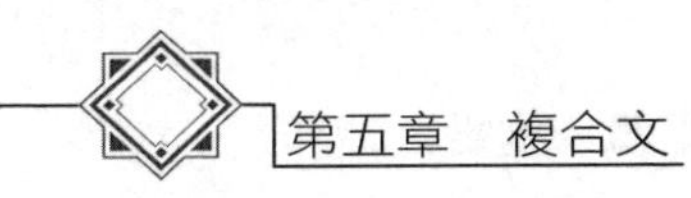

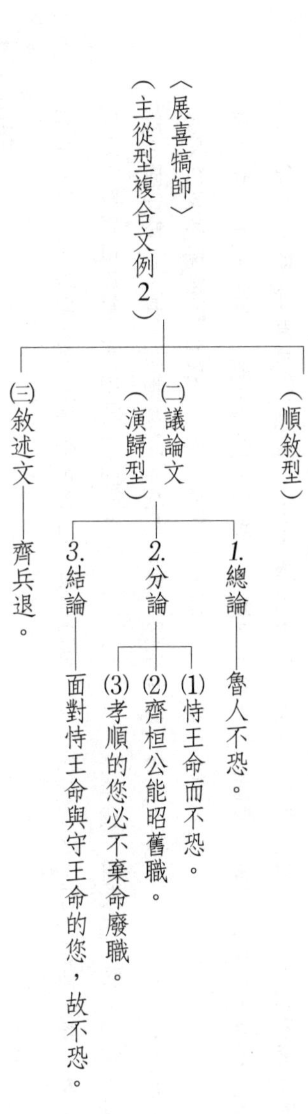

這篇文章由一個順敘型敘述文和一個演歸型議論文，以及一個順敘型敘述文組合而成。文中三個成分，以中間的議論為主，前一敘述，為議論的引子，議論由引子而來，後面的敘述是議論的效應，敘述——議論——敘述，三者成從——主——從的結構關係，彼此相依，不能拆散而獨立存在，所以是主從型複合文。

五、技巧

(一)**選材的技巧**：這篇文章的題材有「齊孝公伐魯」、「展喜犒師」、「展喜論魯不恐」、「齊師退兵」等。前面和後面的敘述題材，取自歷史事件。中間的議論題材，取齊魯先君之盟約。所以，題材的選取完全根據敘史的需要和論據的要求。技巧有跡可循。

(二)**謀篇的技巧**：本文的布局，大處以先敘述，中議論，尾敘述的架構成形。前敘述以順敘式按時序進行；中議論，以先總論，次分論，終結論的模式推演；尾敘述則是結果的交代。全文局勢自然，主從各隸其位，秩序井然。

(三)**修辭的技巧**：本文以敘述和議論等兩種思維為基礎。敘述和議論夾雜對話進行。文中有比喻，如「室如懸罄」，句法自然，用字含蓄而又準確明白。辭令一往一復，粲花之舌，生花之筆，巧變無窮，委婉動聽，令人悅納。超脫警拔，精神妙異。

〈鄒忌諷齊威王納諫〉①

鄒忌脩八尺有餘而形貌昳麗。朝服衣冠窺鏡，謂其妻曰：「我孰與城北徐公美？」其妻曰：「君美甚，徐公何能及君也？」城北徐公，齊國之美麗者也。忌不自信而複問其妾曰：「吾孰與徐公美？」妾曰：「徐公何能及君也？」旦日，客從外來，與坐談，問之客曰：「吾與徐公孰美？」客曰：「徐公不若君之美也②。」明日，徐公來。孰視之，自以為不如；窺鏡而自視，又弗如遠甚。暮寢而思之，曰：「吾妻之美我者，私我也；妾之美我者，畏我也；客之美我者，欲有求于我也③。」

于是入朝見威王曰：「臣誠不如徐公美。臣之妻私臣，臣之妾畏臣，臣之客欲有求于臣，皆以美于徐公。今齊地方千里，百二十城。宮婦左右莫不私王；朝廷之臣莫不畏王；四境之內莫不有求于王。由此觀之，王之蔽甚矣！」王曰：「善④。」

乃下令：「群臣吏民能面刺寡人之過者，受上賞；上書諫寡人者受中賞；能謗議于市朝，聞寡人之耳者受下賞⑤。」令初下，群臣進諫，門庭若市。數月之後，時時而間進；期年之後，雖欲言無可進者⑥。

燕、趙、韓、魏聞之，皆朝于齊。此所謂戰勝于朝廷⑦。

一、注釋

①鄒忌：齊威王時宰相。主張勵精圖治，改革內政。齊威王：戰國田齊第三代國君田因齊。

②脩：同「修」，長，此指身高。八尺有餘：戰國時的一尺約等於現在的 0.23 公尺。昳麗：美麗，豐采俊秀。昳：ㄧˋ，光豔。服：穿戴。窺鏡：照鏡子。孰：誰。徐公：即徐君平。孰與……與……比，孰……。旦日：當天。

③孰視之：仔細看他。孰：熟。弗：不。暮寢：晚上睡覺。美我：讚美我。私：偏愛。畏：懼敬。

④以：以為，認為。方：見方，方圓。蔽：受蒙蔽。甚：嚴重。

⑤面刺：當面指責。上書：上奏章。諫：批評規勸。謗議：批評議論。市朝：公眾聚會的場所。聞：使聞，使傳到。

⑥門庭：宮殿前的大院。若市：如市場，形容人多。間進：

斷斷續續地進諫。期年：滿一年。期：ㄐㄧ，周。

⑦燕、趙、韓、魏：四諸侯國。朝：朝拜，朝貢。戰勝于朝廷：是說通過朝廷內部的改革，取得外交上的勝利，使外國來朝會敬服。

二、作者

《戰國策》編者劉向（西元前七六年～前五年），漢代學者、文人。字子政，本名更生。十二歲任輦郎，二十歲為諫大夫，獻賦頌數十篇。後因煉金不成下獄，由其兄贖其罪。時《穀梁春秋》初立，徵向受《穀梁》，在石渠閣講論五經。又拜郎中、給事黃門，遷散騎、諫大夫、給事中。漢元帝即位，擢為散騎宗正給事中。後因與蕭望之、周勘謀罷外戚許、史和中書宦官弘恭、石顯，不成，反被誣告，第二次下獄。漢成帝即位，石顯等伏罪，劉更生又被起用，改名劉向。召拜中郎，遷光祿大夫。成帝命向校閱中祕五經。因編《列女傳》、著《新序》、《說苑》。成帝欲以向為九卿，因朝廷權要反對，作罷。居列大夫，前後三十餘年。生平撰有《洪範五行傳論》、《五經通義》、《五經要義》、《世說》、《七略別錄》、《列女傳》、《列仙傳》、《新序》、《說苑》。明・張溥輯有《漢劉中壘集》。《增定漢魏六朝集別解》中有輯本《劉子政集》。

《戰國策》，是戰國時期各國史料彙編。其書編著不在一時，亦非出一人之手，乃當時各國史官和策士分別記錄而成。最後由劉向整理編定，並定名為《戰國策》。

三、主題和題材

這篇文章摘錄自《戰國策・齊策》。題材內容記載齊相鄒忌勸勉威王納諫，威王納練，因而威服諸侯。主題是論人君多蔽，納諫除蔽方可明治理政、受列國朝拜。

四、結構

本文結構大局可分兩部分：

㈠第一部分：自「鄒忌脩八尺有餘而形貌昳麗」至「期年之後，雖欲言無可進者」。敘述鄒忌勸勉齊威王納諫，屬於歷時性形象思維的範圍。又可分為四個支節：

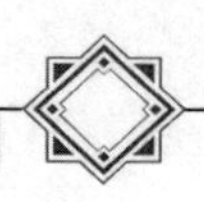

1.自「鄒忌脩八尺有餘而形貌昳麗」至「徐公不若君之美也」。敘述鄒忌的妻、妾、客，皆以為鄒忌美於徐公。

2.自「明日」至「欲有求于我也」。敘述鄒忌忽然想起這是受了妻、妾、客之蔽。

3.自「于是入朝見威王曰」至「善」。敘述鄒忌以己受妻、妾、客之蔽，類比齊威王之蔽，勉王納諫。

4.自「乃下令」至「期年之後，雖欲言無可進者」。敘述齊威王下令禮賢納諫。

四段成起——承——轉——合的規律，故事生動完整。

(二)第二部分只有兩句，即「燕、趙、韓、魏聞之，皆朝于齊」、「此所謂戰勝于朝廷」。「戰勝于朝廷」是結論，也是判斷語。雖然這部分省略了大前提「凡是不戰而使外國朝拜者皆謂戰勝于朝廷」；又合併了四次外國朝拜的反覆論證，成「燕、趙、韓、魏皆朝于齊」的形式。直接承前面形象思維的故事事實，暗用其「修內」之因，導致「服外」的果，以為大前提的暗示，可是短短二句，卻已具備議論文的模式。

這樣，前面的故事為主，主是敘述文；後面以議論文的殘體附屬之，以成論斷其事的架構，這就形成敘事為主，議論為從的主從型複合文。其結構綱領如下：

〈鄒忌諷齊威王納諫〉（主從型複合文例3）

- (一)鄒忌諷威王納諫的故事（順序型敘述文）
  - 1.妻、妾、客美鄒忌。
  - 2.鄒忌悟受蒙蔽。
  - 3.忌諷齊王納諫。
  - 4.齊王下令禮賢納諫。
- (二)論齊威王戰勝于朝廷（歸納型議論文）
  - 1.大前提——修內可以服外，謂之「戰勝于朝廷」。
  - 2.小前提——(1)燕 (2)趙 (3)韓 (4)魏——聞之，皆朝于齊。
  - 3.結論——此所謂「戰勝于朝廷」。

五、技巧

㈠**選材的技巧**：這篇文章的題材，有鄒忌與妻、妾、客，以及他們之間的人情關係。又有鄒忌與齊威王，以及威王與宮婦、左右、臣下的關係。再就是燕、趙、韓、魏四國與齊的關係。最後是「戰勝于朝廷」的中心思想。這些題材都由於故事的需要、類比的要求，而被選擇出來。

㈡**謀篇的技巧**：首先，全文是先敘後論的格局下安排了大局。其次，敘事的部分又依時序展開，情節的呈現除了時間制約之外，還有親疏的秩序，故先妻、次妾、次客；至諷齊王，其序仍以類比為原則，這樣謀篇，邏輯合理，次序自然。最後議論依歸納思維次序安排，雖然有所省略，但格局依稀可見。

㈢**修辭的技巧**：所謂兼吸則明，偏聽則暗。本文通過記敘鄒忌諫齊威王的整個過程和評論，所依據的就是這個道理。文中暗諷國君直言不易，應廣開言路，鼓勵進言，以令內政修明，國家強盛，自可威服諸侯，達到「戰勝于朝廷」的目的。

文章依敘述和議論思維形式展現。先敘後議，而敘述中，處處用比較法；反覆比美，來回查察，心理刻畫細膩，富人情味，有風趣；又以類比手法由己入王，說威王侃侃而談，閨門與朝廷類比，小中見大，思議不到，寫成名理，然後因果相承，結出為政大原則「戰勝于朝廷」。像寓言，卻富邏輯意味。入情入理，情理兼徹，令人擊掌，又令人嘆服。簡峭之言成為千古絕唱。

〈陋室銘〉①

山不在高，有仙則名；水不在深，有龍則靈。斯是陋室，惟吾德馨②。苔痕上階綠，草色入簾青。談笑有鴻儒，往來無白丁③。可以調素琴，閱金經。無絲竹之亂耳，無案牘之勞形④。

南陽諸葛廬，西蜀子雲亭——孔子云：「何陋之有⑤？」

一、注釋

①〈陋室銘〉是題於陋室的文章。陋室：狹窄簡陋的房間。銘：文體名。古人刻文於金石或器物，借以稱頌功德，垂示子孫，又有警戒自己藉資日夕反省之語，後世遂演變成文體。

②名：出名，有名。靈：神異，靈異。斯：此。惟：同「唯」，只是。馨：芳香。《左傳・僖公五年》：「黍稷非馨，明德惟馨。」惟吾德馨：只因我的品德是美好的。

③苔痕上階綠草入簾青：周圍長滿苔蘚青草，庭階上可以踩到綠苔，窗簾中映現著青草，人跡稀少，環境幽僻。上：當動詞用，上到。入：映入。鴻儒：大儒，學問淵博，品德高尚的人。《論衡・超奇》：「能精思著文，連結篇章者為鴻儒。」白丁：白位無官之民。古代服色以白表示無地位，丁為成年男子之稱。《荀子・王制》：「司馬知師旅甲兵乘白之數。」注：「白，謂甸徒，今之白丁。」《北史・李敏傳》：「周宣帝謂樂平公主，曰：『敏何官？』對曰：『一白丁耳！』」

④調：弄，彈。素琴：沒有華飾的琴。金經：指用泥金書寫的佛經，一說藏於金匱的祕經。陳子昂〈酬田逸人游巖見尋不遇題隱居里壁詩〉：「石髓空盈握，金經祕不開。」絲竹：弦樂器和管樂器，這裡泛指音樂。案牘：官衙文書，公文。形：體。

⑤南陽諸葛廬：南陽地方的諸葛廬。南陽：今襄陽縣西的隆中，漢時屬南陽郡鄧縣。據《三國志・蜀志・諸葛亮傳》載，諸葛亮為琅玡郡陽都（今山東沂南縣）人，曾隱居隆中，後仕蜀為丞相。〈出師表〉云：「臣本布衣，躬耕於南陽，苟全性命於亂世，不求聞逢於諸侯。先帝……三顧臣於草廬之中。」西蜀子雲亭：四川的揚雄宅。西蜀：今四川省成都市。子雲亭：揚雄宅，一名草玄堂；是揚雄撰《太玄經》的地方。《漢書・揚雄傳》：揚雄，字子雲，西漢蜀郡成都（今四川成都市）人。少好學，成帝時，獻〈甘泉〉、〈羽獵〉等賦，拜為郎：「（雄）清靜無為，少者欲，不汲汲於富貴，不戚戚於貧賤，不脩廉隅以徼名當世，家產不過十金，乏無儋石之儲，晏如也。」此以孔明廬、子雲亭比陋室，又以二人自比。表示襟懷高尚，不慕榮華的志趣。孔子云：「何陋之有？」：《論語・子罕》：「子欲居九夷，或曰：『陋，如之何？』子曰：『君子居之，何陋之有？』」

二、作者

劉禹錫（西元七七二年～八四二年），字夢得，洛陽（今河南洛陽市）人。一說彭城人。自稱漢中山王劉勝後裔。生於唐代宗大歷七年，工文章，貞元九年（西元七九三年）登進士第，又中博學宏詞科，初為杜佑管書記，後入為監察御史。王叔文引禹錫與宗元同議禁中，所言必從，擢屯田員外郎，頗為時人側目。叔文貶，禹錫貶為郎州（今湖南常德縣）司馬。作〈竹枝詞〉十餘篇，武陵夷俚爭相傳唱。久之召還，又因作〈玄都觀詩〉譏刺執政，出為播州等地刺史。後遷和州（今徽和縣），任上，逢「災旱之後，綏撫誠難。」但禹錫理事得當，穩然克服難題。公事之餘退居自己的陋室，吟咏詩章，搦管撰文，有時憑几閱讀金經，有時倚窗調弄素琴，有時高朋貴友絡繹臨門，談笑論學，逸趣雅興，如《韓詩外傳》所云，隱居陋室之大儒。生活悠然恬適，乃為陋室作銘。後由和州入朝任主客郎中、集賢院學士，復刺蘇州，晚年再入為太子賓客。武宗會昌中加檢校禮部尚書，會昌二年卒。享年七十一歲。禹錫恃弟而廢，以文章自適，善為詩，晚年尤精，與白居易酬答頗多，推為詩豪，是唐代中葉傑出的文人。著有《劉夢得文集》三十卷、《外集》十卷。

三、主題和題材

劉禹錫在上任和州刺史時，興建陋室，時約長慶四年（西元八二四年）至寶歷二年（西元八二六年）之間。居陋室，於其中讀書、吟詩、彈琴、寫作，交往鴻儒，於是寫下〈陋室銘〉。〈陋室銘〉以陋室為題材，表現的是「何陋之有」的意態雅趣，不陋的原因在乎鴻儒往來其中。《韓詩外傳》五云：「彼大儒者，雖隱居窮巷陋室，無置錐之地，而王公不能與爭名矣。」逸趣雅興，儼然傲視王公的大儒神氣，溢乎字裡行間。

四、結構

這篇文章雖然短小，卻可分三部分：

㈠自「山不在高」至「惟吾德馨」。論室有德者居，則不陋。在這部分，「山」、「水」、「陋室」都是一般形象。論議中，青山綠水，儼然如畫，以具象入推理，用形象為論證題材，證明山水可與道德融合。

㈡自「苔痕上階綠」至「無案牘之勞形」。描寫陋室，分景、人、事三部分。雖它的結構近似說明文，可是題材既形象又具體，與抽象的說明稍異。

㈢自「南陽諸葛廬」至「何陋之有」。論陋室不陋。藉類比，以二位古賢證陋室有大儒居就不陋。

本文的思維形式有議論文的結構成分，但基本上仍屬於形象思維的範圍。形象思維占主要地位。本來，事物之間都寓有一定的邏輯關係，本文的三部分亦是如此。第一部分由於山有仙和水有龍的類比，得到此室不陋的結論，但是主人所說的「德」沾上了一些「仙」氣和「龍」氣之後，仍然還欠具體。所以第二部分的描寫，正好彌補了這個缺陷，烘托出清幽高雅和超俗非凡的氣質。再由於這種氣質仍欠明確的標準，所以進一步引出孔子，以評諸葛廬、子雲亭的四個大字——「何陋之有」。這樣反覆論證和申述，大大加強了全文的邏輯力量。因此，此文也是主從型議論文，綱領如下：

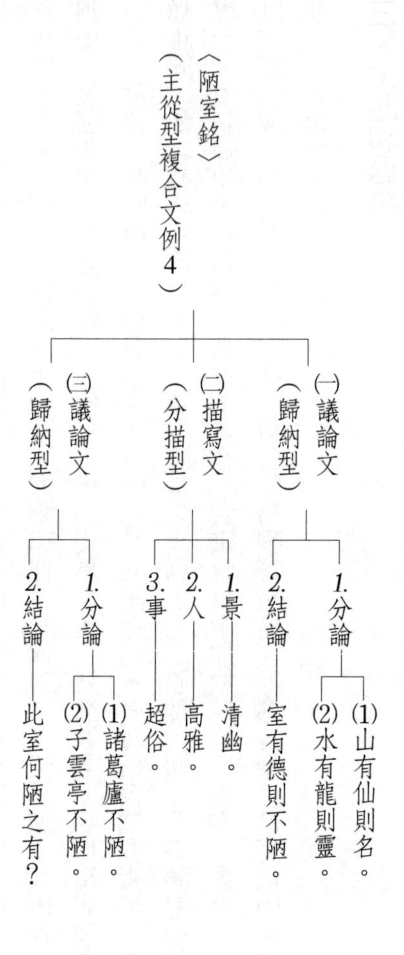

五、技巧

㈠選材的技巧：本文的題材主要的是陋室，以及苔、草、階、簾。鴻儒、白丁、素琴、金經、絲竹、案牘、菌草、人物、器物等。是寫陋室的題材；以及論證用的「山不在高，有仙則名；水不在深，有龍則靈」的理論；「南陽諸葛

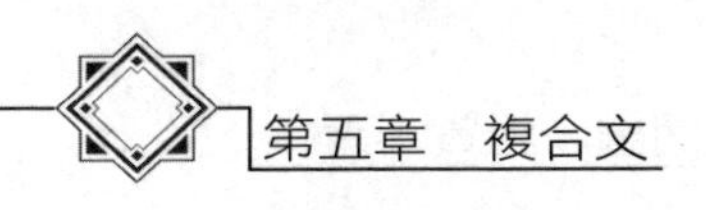

廬，西蜀子雲亭」、「孔子云：『何陋之有？』」等論據。

這些題材都應主題的要求、論證的需要，有的就現實景觀擇取；有的向歷史、經典搜尋得來。

㈡**謀篇的技巧**：本文的布局，先議論，次描寫，後又議論。前面以山水、仙龍與室、人兩相類比，證明有德則室不陋；中間描寫，以景為先，次人，終事，平行安排；後面議論，先以二古賢之居陋室類比自己，結出孔子「何陋之有」。

文局序列，井然不紊，謀篇之術，隱然在觀。

㈢**修辭的技巧**：這篇文章在議論和描寫的基礎上，運用了類比法，進行論證。又以素描的手法塗抹陋室。短短的篇章，寫成一幅高士隱居陋室的風雅圖畫，又用典故類比，意象豐富，文字簡潔，穩然名篇。

〈鳥說〉①

余讀書之室，其旁有桂一株焉。桂之上，日有聲⿰口官⿰口官然者，即而視之，則二鳥巢于其枝幹之間，去地不五六尺，人手能及之。巢大如盞，精密完固，細草盤結而成②。鳥雌一雄一，小不能盈掬，色明潔，娟皎可愛，不知其何鳥也？雛且出矣，雌者覆翼之。雄者往取食，每得食輒息于屋上，不即下③。主人戲以手撼其巢，則下瞰而鳴。小撼之小鳴，大撼之即大鳴，手下，鳴乃已④。他日，余從外來，見巢墜于地，覓二鳥及鷇，無有。問之，則某氏僮奴取以去⑤。

嗟乎！以此鳥之羽毛潔而音鳴好也，奚不深山之適而茂林之棲？乃托身非所，見辱于人奴以死！彼其以世路為甚寬也哉⑥！

一、注釋

①鳥說：論說鳥的遭遇。

②株：棵。⿰口官⿰口官：ㄍㄨㄢ ㄍㄨㄢ，鳥和鳴聲。即：走近。去地：離地。盞：碗盞。細草盤結而成：細草盤繞結合而成。

③盈掬：滿握。娟皎：姿態美好皎潔。雛：小鳥。且：將。

覆翼：覆蓋翼扶。

④戲：逗趣。撼：搖。下瞰：俯視。手下：手放下。

⑤覓：尋找。鷇：ㄎㄡˋ，鳥卵。這裡指孵化出來的小鳥。

⑥奚不：何不。適：到。棲：住，歇息。托身非所：身居危險之地。見：被。彼其以世路為甚寬也：牠難道以為世上生活的路子非常寬廣嗎？意謂世路窄。

二、作者

戴名世（西元一六五三年～一七一三年），字田有，一字褐夫，世稱南山先生。安徽桐城縣人。康熙時進士，授編修。清代著名文學家，為文長於史傳。晚年死於文字獄，所著《南山集》也遭禁毀。

三、主題和題材

本文借雄雌二鳥「托身非所，見辱于人奴，以死」的悲慘遭遇以為題材，由是評論其才德外表均美，而不知自愛惜，擇枝而棲，終因「托身非所」，受辱，以至死於非命。

四、結構

本文可分兩部分：

㈠自「余讀書之室」至「則某氏僮奴取以去」。敘述室旁桂樹上二鳥，色明潔，娟皎可愛，巢於人手能及之處，人撼其居則鳴，而不知遷，終為僮奴所辱而死。

㈡自「嗟乎」至「彼其以世路為甚寬也哉」。論二鳥羽毛潔、音鳴好；不隱深山茂林以策安全；托身非所，辱死於人奴；足證世路險窄。

由上面的分析，本文結構綱領如下：

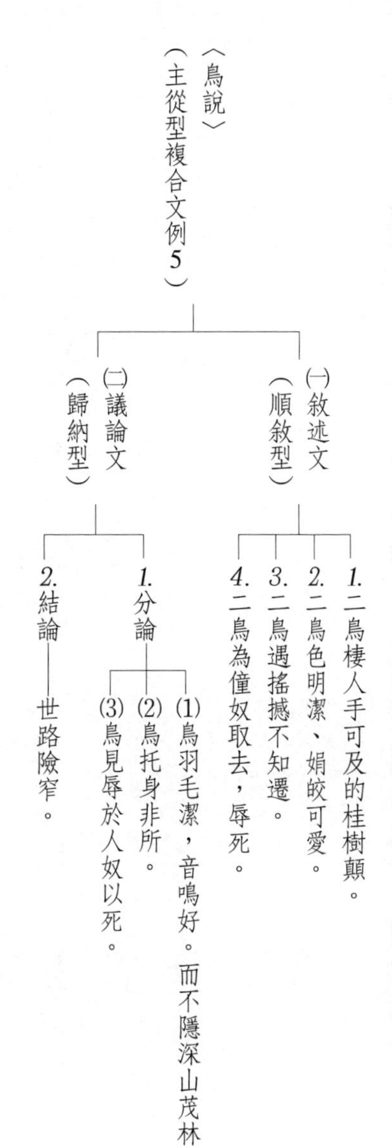

由上圖可見這篇文章是由一個順敘型敘述文和一個歸納型議論文組合而成的主從型複合文。文以形象思維構成的敘述文為主，後面的議論乃評其事。

五、技巧

㈠**選材的技巧**：本文的題材以室旁桂樹上二鳥為主，寫其巢人手能及，鳥明潔可愛，不知避危，終為僮奴所辱死。

㈡**謀篇的技巧**：這篇文章的布局，先敘述故事，後議論。敘述依時序，敘鳥居處，外表音鳴之好，對於危境缺乏警覺，終於受辱而死。然後，就其事而論之，層次分明，秩序井然。

㈢**修辭的技巧**：本文以敘述和議論兩種思維為基礎。又以描寫著色鳥巢、鳥身、鳥生活，夾描夾敘，又加之論評。文章辭警意豐，意味遙深。頗似寓言。以鳥喻人，表現了隱遁山林，遠世避禍的思想感情。

練　習

㈠試閱讀下列諸文，並為之標點、分段，分析其結構。

1. 左丘明〈單襄公論郤至佻天之功〉。
2. 劉向〈唐且說信陵君戒驕〉。
3. 魯褒〈錢神論〉。
4. 陸龜蒙〈野廟碑〉。
5. 貝瓊〈設漁樵對〉。

㈡試以主從型複合文形式寫下列諸題。

1.〈貓說〉。

2.〈男女互敬說〉。

3.〈農說〉。

4.〈夫妻〉。

5.〈門路〉。

㈢試選四篇散文的鑑賞範作，供學生課外學習。

參考書目

一、文體研究參考書

1.吳應天《文章結構學》(中國人民大學出版社,一九九〇年三月)。
2.楊蔭滸主編《文章結構論》(吉林文史出版社,一九九〇年十一月)。
3.王宏喜主編《文體結構舉要》(經濟管理出版社,一九九二年十二月)。
4.褚斌杰《中國古代文體概論》(北京大學出版社,一九九〇年十月)。
5.姜濤《古代散文文體概論》(山西人民出版社,一九九〇年六月)。
6.陳必祥《古代散文文體概論》(河南人民出版社,一九八六年一月)。
7.劉永年、張大文《文體溝通指導》(福建教育出版社,一九九二年十二月)。

二、各種文類寫作方法參考書

1.于漪主編《記敘文寫作技巧》(華東師範大學出版社,一九九二年六月)。
2.方仁工、陸逐《記敘文寫作指導》(上海教育出版社,一九九三年七月)。
3.孟繁華《敘事的藝術》(中國文聯出版公司,一九八九年四月)。
4.冉欲達《文學描寫技巧》(中國青年出版社,一九九二年四月)。
5.徐秋英、霍煥民《說明文寫作技巧》(中國青年出版社,一九九四年二月)。
6.周仲光《論體文章寫作淺談》(大陸商務印書館,一九八九年十月)。
7.劉鈍文《議論文寫作指導》(上海教育出版社,一九九三年七月)。
8.雷耀發、盧曉光《議論的藝術》(中國文聯出版公司,一九八九年四月)。

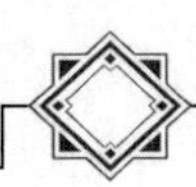

9. 王寶大《議論文寫作技巧》（中國青年出版社，一九九〇年五月）。

三、閱讀與鑑賞方法參考書

1. 鄭文貞編《篇章修辭學》（廈門大學出版社，一九九一年六月）。
2. 張壽康《文章修飾論》（商務印書館，一九九四年八月）。
3. 何耀東《文言文閱讀規律概要》（中州古籍出版社，一九八八年十月）。
4. 魏怡《散文鑑賞入門》（國文天地，一九八九年十一月）。

四、選文參考書

1. 王洪主編《先秦散文精華分卷》（朝華出版社，一九九二年五月）。
2. 王洪主編《漢魏六朝散文精華》（中國文學出版社，一九九五年一月）。
3. 王洪主編《唐宋散文精華分卷》（朝華出版社，一九九二年一月）。
4. 葉楚傖主編《兩漢散文選》（臺灣正中書局，一九八八年十月）。
5. 吳小如《古文精讀舉隅》（山西教育出版社，一九九二年三月）。
6. 姜山齡、韓玉賢編《歷代從政文選》（中共中央黨校出版社，一九九一年二月）。
7. 方伯榮主編《中國名傳大觀》（語文出版社，一九九五年五月）。
8. 宋尚齊《歷代論說文賞析》（明天出版社，一九九〇年四月）。
9. 張曉虎、張世明、李茂桐主編《名士文存一百篇》（上、下）（華藝出版社，一九九二年七月）。
10. 黃進、黃毅、郭豫慶主編《名臣奏表八十八篇》（上、下）（華藝出版社，一九九二年七月）。
11. 溫高才主編《歷史小品大觀》（上海三聯書店，一九九一年六月）。
12. 高明審訂，洪順隆等評賞《古文觀止》（上、下）（臺灣黎明文化事業公司，一九九二年十一月）。
13. 王文濡《宋元明文評註讀本》（臺灣廣文書局，一九八一年十二月）。
14. 朱劍心《晚明小品選注》（臺灣商務印書館，一九四三年十一月）。

15.劉延陵《明清散文選》(臺灣正中書局,一九九〇年一月)。
16.王文濡《清文評註讀本》(臺灣廣文書局,一九八一年十二月)。
17.姚鼐《古文辭類纂》(臺灣藝文印書館)。
18.蕭統《昭明文選》(臺灣藝文印書館)。
19.嚴可均《全上古秦漢三國六朝文》(中華書局)。
20.《欽定全唐文》(大化書局)。
21.李昉《文苑英華》(大化書局)。
22.吳功正主編《古文鑑賞辭典》(江蘇文藝出版社,一九八六年七月)。
23.徐中玉主編《古文鑑賞大辭典》(浙江教育出版社,一九八八年四月)。
24.王彬主編《古代散文鑑賞辭典》(農村論壇出版社,一九八七年五月)。
25.李道英《八大家古文選注集評》(廣西師範大學出版社,一九九六年一月)。
26.高文、何法高主編《唐文選》(上、下)(人民文學出版社,一九八七年六月)。
27.貝遠辰注《歷代雜文選》(湖南文藝出版社,一九九一年八月)。
28.陳慶元主編《學生古文鑑賞辭典》(福建人民出版社,一九九二年八月)。
29.張大可、徐景重主編《中國歷史文選》(上、下)(甘肅教育出版社,一九八八年三月)。
30.關永禮主編《唐宋八大家鑑賞辭典》(北岳文藝出版社,一九八九年十月)。
31.沈括著,胡道靜校注《新校正夢溪筆談》(大陸中華書局,一九八〇年四月)。
32.楊衒之著,范祥雍校注《洛陽伽藍記校注》(臺灣華正出版社,一九八〇年四月)。
33.宋應星《天工開物》(臺灣商務印書館,一九八七年十月)。
34.章學誠著,葉瑛校注《文史通義校注》(上、下)(中華書局,一九八五年五月)。
35.諸葛亮著《諸葛亮集》(臺北河洛出版社)。
36.包拯撰《包拯集編年校補》(黃山書社,一九八九年十二月)。

國家圖書館出版品預行編目資料

歷代文選：閱讀、鑑賞、習作/洪順隆編著.--
二版.--臺北市：五南圖書出版股份有限公
司,2005.12
面；　公分.
參考書目：面
ISBN 978-957-11-4176-3（平裝）
830　　　　　　　　　　94022617

※版權所有・欲利用本書內容，必須徵求本公司同意※

1X77 中國文學系列

歷代文選－閱讀、鑑賞、習作

編著者— 洪順隆
校　訂— 洪文婷
發行人— 楊榮川
總經理— 楊士清
總編輯— 楊秀麗
副總編輯— 黃惠娟
責任編輯— 吳佳怡
出版者— 五南圖書出版股份有限公司
地　址：106台北市大安區和平東路二段339號4樓
電　話：(02)2705-5066　傳　真：(02)2706-6100
網　址：https://www.wunan.com.tw
電子郵件：wunan@wunan.com.tw
劃撥帳號：01068953
戶　名：五南圖書出版股份有限公司

法律顧問　林勝安律師事務所　林勝安律師

出版日期　1998年12月初版一刷
　　　　　2005年12月二版一刷
　　　　　2022年 1月二版七刷
定　價　新臺幣520元

經典永恆·名著常在

五十週年的獻禮——經典名著文庫

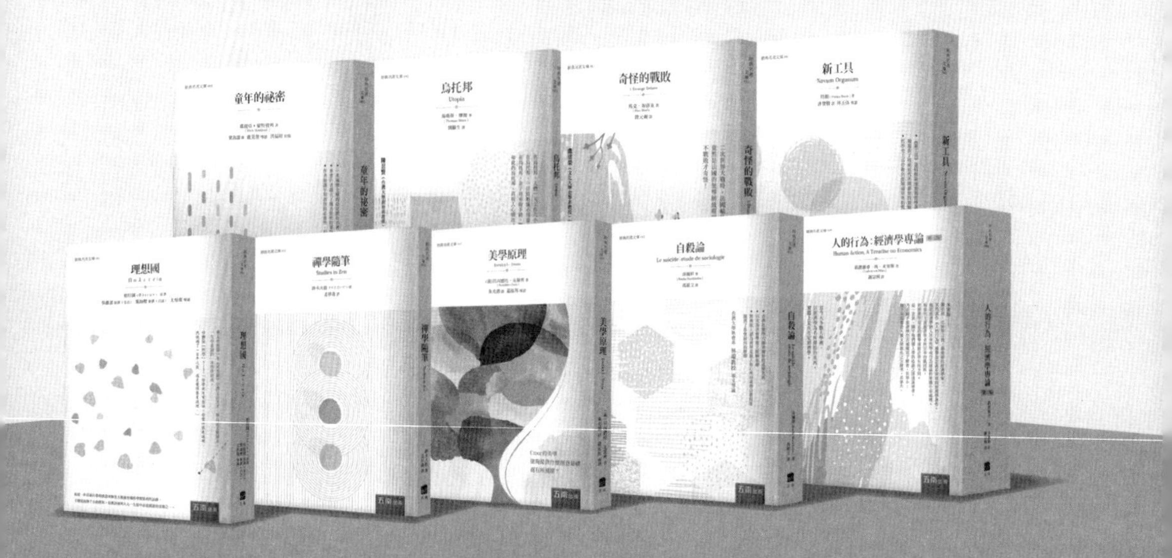

五南，五十年了，半個世紀，人生旅程的一大半，走過來了。
思索著，邁向百年的未來歷程，能為知識界、文化學術界作些什麼？
在速食文化的生態下，有什麼值得讓人雋永品味的？

歷代經典·當今名著，經過時間的洗禮，千錘百鍊，流傳至今，光芒耀人；
不僅使我們能領悟前人的智慧，同時也增深加廣我們思考的深度與視野。
我們決心投入巨資，有計畫的系統梳選，成立「經典名著文庫」，
希望收入古今中外思想性的、充滿睿智與獨見的經典、名著。
這是一項理想性的、永續性的巨大出版工程。
不在意讀者的眾寡，只考慮它的學術價值，力求完整展現先哲思想的軌跡；
為知識界開啟一片智慧之窗，營造一座百花綻放的世界文明公園，
任君遨遊、取菁吸蜜、嘉惠學子！

全新官方臉書

五南讀書趣

WUNAN Books since1966

Facebook 按讚

1 秒變文青

五南讀書趣 Wunan Books

★ 專業實用有趣
★ 搶先書籍開箱
★ 獨家優惠好康

贈書活動喔！！！